Nach dem Großen Krieg herrschte dreißig Jahre lang Frieden im Lande Garon – doch damit ist jetzt Schluss. Als Steinmetze in der Zwergen-Nekropole Felsheim neue Grabkammern in den Berg schlagen und einen heiligen Fluss der Elfen zum Versiegen bringen, lebt der alte Zwist wieder auf. Dass just zu diesem Zeitpunkt der Ork Grimm aus dem Exil zurückkehren will, um mit alten Feinden abzurechnen, macht es nicht besser. Und auch die Menschen, die die entvölkerten Gebiete der Altvorderen besiedelt haben, beweisen jeden Tag aufs Neue, dass ihnen Arglist und Gewalt innewohnen. Und so heißt es schon bald: Elfen gegen Zwerge, Trolle gegen Orks und alle gegen die Menschen.

Mit ›Der Groll der Zwerge‹ beginnt eine neue Völkerroman-Trilogie der Superlative, in der kein Stein auf dem anderen bleibt – ein Muss für jeden Fantasy-Fan.

*Bernd Frenz* (* 1964) schreibt schon seit vielen Jahren Fantasy- und Science-Fiction-Romane. Er gehörte zu den Hauptautoren der Endzeitserie ›Maddrax‹, schrieb für den ›Perry Rhodan‹-Kosmos und verfasste drei ›S. T. A. L. K. E. R.‹-Romane. Mit seiner Trilogie über die ›Blutorks‹ hat er sich einen festen Platz in der deutschen Fantasy-Landschaft erobert.

*Weitere Informationen finden Sie auf www.tor-online.de und www.fischerverlage.de*

BERND FRENZ

# DER GROLL DER ZWERGE

## DIE VÖLKERKRIEGE 1

✦ | TOR

Erschienen bei FISCHER Tor
Frankfurt am Main, Februar 2017

© 2017 S. Fischer Verlag GmbH, Hedderichstr. 114,
D-60596 Frankfurt am Main

Satz: Dörlemann Satz, Lemförde
Druck und Bindung: CPI books GmbH, Leck
Printed in Germany
ISBN 978-3-596-03617-2

# INHALT

# Vurak

Drachenschwanzfel

# Kusan

# Bandor

Sperrfort

Tafelweiden

Steinerner Wald

Werhof am Schwarzen We

Scherbental

Gnomensümpfe

Graugard

# Felsheim

Silberfeste

Knoch
sen

Hochwald

Stolze

# Brakelmeer

Druul

Garon

Norva

Imor

Gohliks
Erdhütte

Große
Meeresöde

# TEIL 1

# VORGEPLÄNKEL

*Gehst du zu den Trollen,*
*vergiss die Knute nicht!*

ALTE ZWERGENWEISHEIT

# Felsheim

## I.

Selbst unter seinesgleichen galt Orm Eisenbeiß als knurriger Gesell, dem nur selten ein freundliches Wort über die Lippen schlüpfte. Dunkler Groll und immerwährende Gereiztheit pochten abwechselnd in seinem spärlich bewachsenen Schädel. Gute Laune bedeutete bei ihm kaum mehr als die Zeit zwischen zwei Wutausbrüchen. Manch wohlmeinende Gemüter behaupteten zwar, erst die Erfahrungen der Großen Schlachten hätte ihn hart und unnachgiebig gemacht, doch viele, die ihn schon von Kindesbeinen an kannten, versicherten mit heiligem Ernst, dass Orm von jeher ein Stinkstiefel gewesen sei. Die Entbehrungen und Gräuel der Kriege hätten nur prächtig gedeihen lassen, was ohnehin schon tief in seiner Brust geschlummert habe.

Vielleicht war das der Grund dafür, warum er selbst im Schlaf mit sich und der Welt zu hadern schien. Für gewöhnlich klang sein Schnarchen wie das Knurren eines angriffslustigen Tieres, und sein Gesicht verzerrte sich dabei, als litte er unter ständiger Atemnot. Doch manchmal – selten zwar, aber mit den Jahren immer öfter – stahl sich auch nackte Angst in seine Züge, immer dann, wenn er im Schlafe zu wimmern begann.

Orm hatte andere Steinmetze darüber hinter seinem Rücken tuscheln hören, deshalb vermied er es mittlerweile, in der Öffentlichkeit einzunicken, obwohl das einem Zwerg seines Alters ohne Gesichtsverlust zustand.

Aber an jenem verhängnisvollen Tage, als der Zwist zwischen den Alten Völkern wiederaufflammte, war er dennoch eingeschlafen. Zum Glück in einer leeren Grabkammer der dritten Tiefebene, in der er den Augen und Ohren der anderen entzogen war. So bemerkte niemand, wie seine Augäpfel heftig unter den geschlossenen Lidern umherwanderten, und keiner hörte die halberstickten Laute in seiner Kehle, als er von *Scherbental* träumte.

*Von den großen Leichenbergen, zwischen denen er wieder und wieder umhertaumelte. Angeschlagen und aus zahlreichen Wunden blutend, das Triumphgeheul der siegtrunkenen Orks im Nacken – das schlagartig verstummte, als der Boden unter den Stiefeln der versammelten Heere zu beben begann. Kurz bevor die nackte Angst bei Freund und Feind gleichermaßen um sich griff, weil …*

Von plötzlich aufbrandendem Geschrei geweckt, schreckte Orm aus dem Albtraum auf. »Verflixt und zerstückelt!« Anstatt sich die schlaftrunkenen Augen zu reiben, langte er instinktiv nach der Peitsche an seiner Hüfte. »Was geht da bloß vor?«

Inzwischen übertönte hämmernder Steinschlag die entsetzten Rufe aus Troll- und Zwergenkehlen. Das lang anhaltende Grollen, das von den Felswänden widerhallte, jagte Orm kalte Schauer über den Rücken. Da hagelte weit mehr durcheinander als nur der Abraum eines vollen Lastkorbes, das war deutlich zu hören.

Und zu spüren!

Nein, Orm täuschte sich nicht. Das leichte Zittern, mit dem der ausgehöhlte Berg seine Stiefelsohlen kitzelte, war eindeutig. Die gesamte Nekropole erbebte in ihren Grundfesten!

Auf einen Schlag hellwach, sprang der Oberste Steinmetz in die Höhe, richtete seine Lederschürze mit sicheren Griffen und strich sich den schlohweißen Bart glatt, bevor er die aufgerollte Trollpeitsche vom Gürtel löste. Zwar lag die Zeit der Sklaverei lange zurück, doch Orm gehörte zu jenen Zwergen, die weiterhin darauf schworen, dass sich aufrührerische Trolle durch nichts besser zur Räson bringen ließen als durch lautes Peitschenknallen.

Schlecht gelaunt, aber gut gerüstet, schlug er das Bärenfell am Eingang zur Seite, bevor er ins Freie stürmte. Direkt in die grauen Staubwolken hinein, die durch den Seitengang des Westschachtes wallten. Orm kniff die Augenlider zusammen, doch zu spät. Der mehlfeine Steinnebel hüllte ihn bereits vollständig ein, durchdrang seinen Bart, kroch ihm unter die Kleidung, legte sich auf seine Lungen und stach ihm in die Augen, bis sie tränten.

*O Elend der Welt!*, fluchte der Zwerg still in sich hinein. *Elend, dass du uns dazu zwingst, Trolle als Träger einzusetzen, weil Felsheims Hüter auf die Münze schauen, anstatt die Traditionen zu achten!*

Hustend kämpfte sich Orm nach links, in Richtung der neuen Talsohle, wo die hochstehende Sonne die im westlichen Lichtschacht aufsteigenden Schleier langsam zu lichten begann. Der Radau entsprang in der Tiefe, dort, wo seine fleißigen Zwerge neue Grabkammern aus dem Fels schlugen, daran bestand kein Zweifel. Den linken Arm auf das Gesicht gepresst, um Mund und Nase zu schützen, stürmte er die Stufen der nächstgelegenen Treppe hinab. Vorbei an pockennarbigen Wänden, die noch zu glätten und zu schleifen waren, obwohl dort bereits eine Grabkammer für die Bestattung eines Toten aus dem Geschlecht der Odemar vorbereitet wurde.

Auch ohne den umherwirbelnden Staub, der jeden Atemzug zur Qual machte, wäre die Sicht schummerig gewesen. Denn hier unten, auf der vierten Tiefebene, hatten sich die Zwerge so weit in den Berg gewühlt, dass es zwischen den

Felswänden nur noch zur Mittagszeit richtig hell wurde, wenn die Sonne senkrecht am Himmel stand.

Mit brennenden Augen tastete sich Orm unter einem Steinbogen hindurch, hinter dem ein halbkreisförmiger Absatz lag. Obwohl er nur mit Mühe sehen konnte, hielt er kurz vor den ersten Stufen inne.

Orks, Menschen oder anderes Gezücht wären wohl haltlos ins Leere gestolpert, doch dem Volk der Zwerge war die Arbeit in Bergwerken und dunklen Stollen über unzählige Generationen in Fleisch und Blut übergegangen. Selbst in tiefster Finsternis spürten Orm und seinesgleichen, wo vorspringende Felsnasen und abgrundtiefe Spalten lauerten.

Umgeben von keifenden Stimmen, die sich gegenseitig die Pest, schwindende Manneskraft und noch Schlimmeres an den Hals wünschten, verschnaufte er einige Herzschläge lang. Zum Glück klarte die Sicht allmählich wieder auf. Nachdem er mehrmals mit den Augenlidern gezwinkert hatte, um den Tränenfluss anzuregen, schälten sich die ersten Kontrahenten des lautstarken Streits aus den absinkenden Staubnebeln hervor.

Obwohl sie gleichermaßen grau eingepudert waren, ließen sich beide Parteien gut voneinander unterscheiden. Auf der einen Seite die Zwerge, die mit ihren unterschiedlich großen Hämmern, den Meißeln und den Lederschürzen deutlich als Steinmetze zu erkennen waren. Ihnen gegenüber standen die doppelt so großen Trolle, die außer ihren Schulterpolstern, auf denen für gewöhnlich die Lastkörbe ruhten, nur einfache Lendenschurze um die Hüften trugen. Den anfallenden Abraum, für den sie zuständig waren, klaubten die lederhäutigen Riesen mit bloßen Händen auf, ansonsten verfügten sie über mannshohe Brechstangen, mit denen sie die Abbrucharbeiten gehörig beschleunigten.

Für anspruchsvollere Tätigkeiten waren Trolle nicht zu gebrauchen. Und wäre es nach Orm gegangen, hätten die plumpen Gesellen ohnehin keinen einzigen Fußbreit in die heiligste aller Grabstätten setzen dürfen. Schließlich war Felsheim nicht irgendeine Totenstadt, sondern *die* Nekropole schlechthin, in der schon seit grauer Vorzeit die reichsten und edelsten Zwerge ihre letzte Ruhestätte fanden.

Leider waren die beengten Verhältnisse der unteren Ebenen für schweres Gerät ungeeignet, und ein Troll schaffte bei jedem Gang ebenso viel Gewicht die Stufen hinauf wie drei kräftige Zwerge, brauchte dafür aber nur einmal bezahlt zu werden. Das genügte den Hütern, um großzügig über das alte Gebot hinwegzusehen, dass es nur Zwergen reinsten Blutes erlaubt war, Felsheim zu betreten.

Wie die meisten Angehörigen seines Volkes, so glaubte auch Orm nicht an helfende oder strafende Götter, sondern ausschließlich an die Macht der Ahnen sowie an Tugenden wie Tatkraft, Fleiß und Handwerkskunst, die jeden Zwerg im Leben weiterbrachten. Und mit größter Wahrscheinlichkeit auch in der jenseitigen Welt, die sie nach ihrem Tode erwartete. Trotzdem war er davon überzeugt, dass sich aus den alten Traditionen und Ritualen Kraft schöpfen ließ, die nicht für eine Handvoll Gold vergeudet werden durfte.

Aber in diesem Punkt vertraten die Herren von Felsheim eine andere Meinung. Allein die Hüter bestimmten über das Schicksal der Nekropole, mochte Orm auch seit Jahrzehnten die Aufsicht über die Steinmetze innehaben. Das hatten ihm Hezio und die anderen beiden des Dreigestirns deutlich vor Augen geführt. Ebenso wie die Möglichkeit, dass er jederzeit durch einen jüngeren und einsichtigeren Aufseher ersetzt werden konnte.

Also musste er parieren, so schwer es ihm auch fiel.

Und so sehr es ihm die Laune verhagelte.

»Tölpel! Tumbes Gesindel!« Borstels helle Stimme, die sich bei Aufregung besonders schrill in die Höhe schraubte, verdrängte die trüben Gedanken. »Dieses Missgeschick ist allein eure Schuld!«

Erst beim Anblick der klagenden Geste, mit der Borstel Flammenhaar auf eine Stelle neben den bereits in den Berg geschlagenen Kammern deutete, wurde sich Orm des vollen Ausmaßes der Katastrophe bewusst. Da, wo sich eigentlich eine massive Steinwand in der staubgeschwängerten Luft abzeichnen sollte, klaffte ein riesiges Loch im Fels. Groß und breit wie ein Troll war die Öffnung. Mit wild gezackten, beinahe ausgefranst wirkenden Rändern, von denen tiefe Risse ausgingen. Die blitzförmig verlaufenden Spalten bereiteten Orm gehöriges Magengrimmen. Angesichts der höher gelegenen Grabstätten vermochte jede Erschütterung der Talsohle weitere Abbrüche nach sich ziehen. Nicht auszudenken, wenn dabei eines der belegten Gräber Schaden erlitt.

»Was willst du denn, du Wicht?« Natürlich war es Archat, der aufseiten der Trolle das Wort ergriff. Ein grober Klotz, der noch die Zeit der Knute kannte, sich aber trotzdem nicht scheute, jetzt für klingende Münze in Felsheim zu schuften. »Ihr Steinmetze habt doch selbst die Löcher, die wir erweitern sollten, in den Stein getrieben!«

Schon als Kettensklave war Archat durch seine Widerspenstigkeit aufgefallen. Als Freier ließ er erst recht keine Gelegenheit aus, eigensinnig auf seine Meinung zu pochen. Seinem Vorbild folgend, pumpten auch die anderen Trolle ihre Brustkörbe auf.

Abgeschieden lebenden Zwergen hätte diese drohende Haltung sicherlich Angst eingeflößt, die Steinmetze von Felsheim wussten jedoch um die Kraft, die in ihren eigenen muskelbepackten Leibern steckte. Außerdem waren sie dem Gegner zahlenmäßig überlegen. Mehr als ein Dutzend Zwerge gegen drei Trolle, da brauchte man bloß einig sein, um den Kampf für sich zu entscheiden. Zumal ihnen die beengten Verhältnisse entgegenkamen. Denn während die Zwerge volle Bewegungsfreiheit genossen, mussten die Trolle schon unter normalen Bedingungen darauf achten, nicht überall anzustoßen.

Borstel zeigte entsprechend wenig Respekt, als er sich über Archats Anschuldigungen empörte.

»Erweitern, ja!«, rief er mit schriller Stimme. »Aber doch nicht so, dass halb Felsheim zusammenkracht! Könnt ihr denn keine Vorsicht walten lassen?«

»Wäääähhhh!«, ahmte Archat das Weinen eines Säuglings nach. »Hört euch bloß diesen greinenden Winzling an! Will nicht begreifen, dass ein ausgehöhlter Stein zerbricht, sobald man auf ihn einhämmert!«

Selbst unter der dicken Staubschicht hindurch war zu erkennen, wie Borstel angesichts des Spotts knallrot im Gesicht anlief. Mit seinen vierzig Lenzen war er noch ein junger Spund, dem schnell das Blut in den Adern kochte. Schnaubend umfasste er seinen Vorschlaghammer mit beiden Händen und reckte ihn Archat entgegen.

»Vorsicht!«, drohte er mit überraschend ruhiger und gefasster Stimme. »Noch ein falsches Wort, und ich ...«

Archat lachte dröhnend, obwohl ein richtig geschwungener Hammer nicht bloß Stein, sondern auch einen Trollschädel zu zertrümmern vermochte. Seine Kameraden forderten den alten Kämpen schon durch beschwichtigende Gesten und Laute zur Mäßigung auf, vergeblich. Anstatt seine Behauptung über den Hohlraum näher auszuführen, drehte sich der lederhäutige Koloss auf der Ferse um und hob seinen Lendenschurz an, um Borstel die blanke Kehrseite zu präsentieren. Das war die Art der Trolle, anderen zu bedeuten, dass sie ihnen *den Buckel herunterrutschen* konnten – nur dass sie dafür ein tiefer gelegenes Körperteil ausstellten.

Beim Anblick des faltigen und behaarten Hinterteils verlor Borstel endgültig die Beherrschung. Seinen Hammer wild über dem Kopf schwingend, setzte er dazu an, dem alten Troll in den Rücken zu fallen. Einige seiner engsten Vertrauten schlossen sofort zu ihm auf, denn eine solche Beleidigung musste eine handfeste Auseinandersetzung nach sich ziehen. Die meisten Zwerge verharrten jedoch zögernd auf ihrem Platz, scheinbar unschlüssig, ob der Einsturz wirklich einen solchen Kampf wert war.

*Hasenherzen! Nach-Scherbental-Geborene!* Orm hätte gerne dabei zugesehen, wie die Trolle eine kräftige Tracht Prügel bezogen, doch dazu hätten alle Steinmetze auf der Baustelle an einem Strang ziehen müssen. So war es hingegen an der Zeit, dem kindischen Treiben ein Ende zu bereiten.

In einer geübten Bewegung ließ Orm den dicken Peitschenstrang zu Boden gleiten. Kaum dass er sich über den staubigen Fels schlängelte, schleuderte ihn der Zwerg auch schon wieder in die Höhe. Pfeifend zischte das Leder durch die Luft und streckte sich in einem lauten Knall, als Orm seine Rechte ruckartig an den Körper zog.

Augenblickliche Stille folgte, nur gestört durch ein vielfaches Echo des Peitschenknalls. Ob Zwerge oder Trolle, alle waren bei dem gefürchteten Geräusch erstarrt. Auch Archat, der mehr als alle anderen Anwesenden böse Erinnerungen damit verknüpfte.

»Auseinander!«, forderte Orm, der die Peitsche betont langsam einholte, bevor er sie in seiner Rechten aufrollte.

»Ihr habt schon genügend Unheil angerichtet! Einer wie der andere!«

Dass alle auf der Baustelle beschämt zu Boden sahen, tat dem Aufseher gut. Vom wohligen Gefühl der Macht durchströmt, schritt Orm die Treppe hinab. Selbst der Steinstaub, der ihm unter die Kleidung gedrungen war und bei jedem Schritt scheuerte und zwickte, schmälerte den Triumph nicht. Nur Archats Blick kreuzte den seinen, während er Stufe um Stufe nahm. Aber auch der Troll würde noch vor dem Abendrot begreifen, wer in Felsheim das Sagen hatte.

»Meister Eisenbeiß«, versuchte sich Borstel förmlich an ihn zu wenden, als er durch die Reihen schritt, doch Orm brachte den Jungspund mit einer herrischen Geste zum Verstummen.

Grimmig war er nun, aber nicht zornig.

Sich jeder Faser seines vor Stolz strotzenden Körpers bewusst, bestieg er den Geröllhaufen, der sich vor dem Einsturz auftürmte. Ach, wäre er, wären sie alle doch nur in Scherbental so selbstsicher gewesen!

Zum Glück verflüchtigte sich dieser Gedanke so schnell, wie er Orm durch den Kopf geschossen war, als er in die vor ihm liegende Höhle blickte. Nur vier Armlängen tief reichte sie in den Berg hinein, erstreckte sich dafür aber nach rechts auf einer Länge von drei Grabkammern. Typisch für einen Hohlraum, den eingedrungenes Regenwasser aus dem Fels gewaschen hatte. Angesichts des brüchigen Gesteins, welches, erst einmal in Bewegung geraten, fast von alleine zu staubigem Geröll zerfallen war, schied auch die bereits links davon fertiggestellte Gruft für eine Nutzung aus. Wenn sie die beiden Öffnungen mit unbeschrifteten Frontplatten verschlossen, würde hoffentlich nie ein Trauernder bemerken, was hier los war. Doch der Verlust der Grabkammern blieb ein Ärgernis.

Bockmist! Das Dreigestirn würde toben!

»Ausgeschwemmt.« Archats fauliger Atem schlug Orm in den Nacken, als sich der Koloss ungebeten zu Wort meldete. Dem Zwerg war gar nicht aufgefallen, dass sich der Troll zu ihm herabgebeugt hatte, aber das machte die Sache nicht besser. Im Gegenteil. »Hab so was schon häufiger gesehen in all den Jahren. Und jedes Mal schlossen sich dem ersten Hohlraum noch weitere an. Von irgendwoher muss das Wasser schließlich kommen, und irgendwohin fließt es wieder ab.«

Die Häme in Archats Stimme war unüberhörbar. Trolle waren von Natur aus nicht sonderlich helle, aber auch sie begriffen Zusammenhänge und gewannen an Erfahrung. Einige von ihnen verfügten sogar über eine gewisse Bauernschläue, leider gehörte Archat diesem erlauchten Kreise an. Darum wusste er ganz genau, dass die Zwerge nichts stärker schmerzte als die verlorenen Münzen, die mit einem unbrauchbaren Abschnitt wie diesem einhergingen.

Orm drehte den Kopf zur Seite, doch Archat hielt seinem drohenden Blick stand, ohne mit der Wimper zu zucken.

»Hier ist nichts weitergeflossen«, beschied er dem Hünen wider besseres Wissen. »Ist doch alles furztrocken, sonst hätte es beim Einsturz nicht so gestaubt. Und jetzt schleich dich zu den anderen Handlangern, während wir Zwerge uns der Sache annehmen.«

Um seine Aufforderung zu unterstreichen, tippte Orm mit der Peitschenrolle gegen Archats Oberkörper. Im Grunde handelte es sich um eine sanfte Berührung, die einem Troll nicht viel ausmachte. Selbst einem kräftigen Stoß mit der flachen Hand oder einem Fausthieb auf den Oberarm maßen die unempfindlichen Kolosse für gewöhnlich keine größere Bedeutung bei.

Doch die Berührung mit dem geschmeidigen Peitschenstrang löste etwas in Archat aus. Vermutlich eine Erinnerung an die Zeit, die ihm das Narbengeflecht auf seinem Rücken eingebracht hatte. Ruckartig richtete sich der Gigant auf, einen furchtsamen Glanz in den Augen, wie ihn noch keiner der Anwesenden je bei ihm gesehen hatte.

Irgendwo lachte ein Zwerg auf.

Eine äußerst dumme Reaktion, obwohl Orm sie gut verstand. Ausgerechnet Archat in Panik zurückstolpern zu sehen hob auch seine Laune.

»Was grinst du so blöde, Eisenbeiß?« Von einem Herzschlag auf den anderen schlug Archats kreatürliche Furcht in blinde Wut um. Wild mit seinen Armen rudernd, richtete er sich zu voller Größe auf, bevor er nachschob: »Hast wohl vergessen, wer in Scherbental zum letzten Gefecht geblasen hat? Unsere Schamanen waren es, während du und deinesgleichen mit vollen Hosen davongelaufen seid!«

Orm spürte, wie ihm bei dieser Lüge alles Blut aus dem Gesicht wich. Plötzlich war ihm heiß und kalt zugleich. Seine Wangen vereisten, während der Steinstaub unter seinem Wollhemd so stark scheuerte, dass er darüber ins Schwitzen geriet.

»Da wirst du blass, was?« Beifallheischend wandte sich der Troll zu seinen Kameraden um. »Weil's nämlich wahr ist. Ich muss es wissen, ich war dabei!«

Orm spürte, wie in ihm der Grimm anschwoll. Archat hatte natürlich Ketten aus Zwergenstahl getragen, als die großen Schlachten tobten. Doch was war, wenn die jungen Steinmetze dieser Lüge trotzdem Glauben schenkten?

Alles konnte Orm ertragen, aber keine Schmähungen über Scherbental! Nicht über den verruchten Tag, an dem so viele der Ihren dem Stahl der Orks zum Opfer gefallen waren. An das namenlose Grauen, das dort getobt hatte, würde er sich bis zu seinem letzten Atemzug erinnern.

Glühend heißer Zorn pulsierte durch seine Adern, während er die Peitsche fallen ließ. So nahe, wie er vor dem Troll stand, war sie als Waffe nutzlos. Zudem besaß sie keine tödliche Wirkung. Und Archats Worte konnten nur noch mit dem Tode abgewaschen werden.

Einige Atemzüge lang stand Orm wie in Trance da, dann sprang er aus dem Stand heraus in die Höhe. Schon einen Wimpernschlag später hatte er den Troll am Hals gepackt. Einhundertvierzig Jahre alt! Ein Zwerg, nicht mehr im besten Mannesalter, doch so voller Groll, dass sich seine Kräfte dadurch vervielfachten.

Selbst Archat, der schon manches Scharmützel ausgefochten hatte, war von der Heftigkeit des Angriffs überrascht. Der harte Aufprall, bei dem ihm Orm beide Knie tief in den Brustkasten rammte, trieb dem Troll die Luft aus den Lungenflügeln. Schwankend kämpfte Archat um das Gleichgewicht.

Das war die winzige Zeitspanne, in der Orm es zu Ende bringen musste. Anders konnte er allein und waffenlos keinen Sieg davontragen.

Mit fliegenden Fingern tastete er nach der Luftröhre des Gegners, um sie mit aller Macht zu zerquetschen. Starke, von harter Arbeit gestählte Zwergenfinger besaßen durchaus die Kraft, einem Troll den Kehlkopf einzudrücken, ja, ihm sogar das Genick zu brechen.

Aber Orm, der alte Eisenbeiß, war viel zu ungestüm vorgegangen. Seine kurzen Beine fanden keinen Halt an dem unbekleideten Trollkörper. Mochte die Haut der dunklen Kolosse auch so zerfurcht wie ausgebrannter Erdboden unter der heißen Sonne sein. Um sich mit den Stiefelspitzen darin abzustützen, waren die Spalte nicht tief genug. So blieb Orm nur, sich mit beiden Händen an Archats Hals festzuklammern und ihn gleichzeitig zuzudrücken. Dadurch fehlte ihm das letzte Quäntchen Kraft, das eigentlich nötig gewesen wäre, um dem Troll die Luft abzuschnüren.

Knurrend überwand Archat seine Überraschung, packte den strampelnden Zwerg mit beiden Pranken und riss ihn mit solchem Schwung von sich fort, dass Orm wie von einem Katapult geschnellt davonflog.

Die Welt um ihn herum schien sich zu drehen, während ihn die Höhle verschluckte. Gleißender Schmerz durchzuckte Orms Rücken, als er gegen die rückwärtige Wand prallte. Der Aufschlag hätte ihm glatt die Wirbelsäule zerschmettert, wäre der Fels nicht unter seiner gedrungenen Gestalt auseinandergeplatzt. Scharfkantige Bruchstücke zerschnitten ihm Hände und Gesicht, während er inmitten eines Steinhagels in die Tiefe stürzte. Kalte Fluten milderten Orms Sturz ab und schlugen gleich darauf über ihm zusammen. Wasser drang ihm in Mund und Nase, stach wie Eisnadeln in seinen Schlund und drohte ihn zu ersticken.

Hustend und spuckend kämpfte sich der Zwerg zurück an die Oberfläche. Als seine großen Hände einen Felsgrat ertasteten, zog er sich empor und rang nach Luft. Erst danach fiel ihm auf, dass er längst festen Grund unter seinen Stiefeln spürte.

Strudelnd und gurgelnd floss das Wasser um seinen Leib, was auf eine schnelle Strömung schließen ließ, doch sonderlich tief war das Nass nicht. Ein unterirdischer Flusslauf, der die zur Totenstadt ausgebaute Bergkuppe durchzog, um irgendwo am Fuße des Gebirgsmassivs als Quelle zu entspringen.

Die Hüter von Felsheim würden toben vor Wut!

Die höher gelegenen Hohlräume mussten schon vor Äonen

entstanden sein, vermutlich lange bevor das erste Grab in die Bergkuppe geschlagen worden war. Wahrscheinlich hatte die stete Strömung an dem Gestein genagt, bis das Flussbett im Laufe der Zeit allmählich tiefer gewandert war.

Genau genommen interessierten Orm die Details aber herzlich wenig. Das kalte Bad hatte ihn gehörig abgekühlt. Er fror und wollte nur noch ins Trockene.

Mühsam kämpfte er sich über den Durchbruch zurück in die Höhle. Vor dem Eingang drängten sich bereits die Neugierigen, die sehen wollten, was mit ihm geschehen war. Bei seinem triefenden Anblick brandete Gelächter auf. Die dumpfen Kehllaute der Trolle machten den Anfang, doch alsbald fielen auch viele Zwerge mit in das schadenfrohe Konzert ein.

Orm hätte darüber zürnen müssen, stattdessen erfüllte ihn lähmende Traurigkeit. In den alten Tagen hätte Archat schon blutend am Boden gelegen, niedergeworfen von aufrechten Zwergen, die darauf brannten, einen der Ihren zu rächen. Seine Steinmetze spotteten hingegen lieber mit dem Feinde, als seine Ehre zu verteidigen. Zählte er wirklich schon so sehr zum alten Eisen, dass er das Benehmen der Fünfzig- bis Hundertjährigen nicht mehr verstand?

Schweigend wrang Orm seinen Bart aus und schüttelte alle Glieder, um sich der ärgsten Feuchtigkeit zu entledigen. Drei Schritte später stand er vor seiner Peitsche, die noch immer auf dem Geröll lag. Der Spott um ihn herum verebbte, und trotzdem beging er nicht den Fehler, den verlorenen Kampf fortzusetzen. Ohne blanke Klinge war er Archat nicht gewachsen, und Blut zu vergießen hätten ihm die Hüter nie verziehen.

»Packt euch!«, forderte Orm, ohne die Trolle dabei anzusehen. »Eure Dienste sind in Felsheim nicht länger erwünscht.«

Archat wartete, bis die Peitsche wieder fest in der Gürtelschlaufe saß, bevor er fragte: »Und wer, glaubst du, soll zukünftig unsere Arbeit erledigen?«

Orm kreuzte den neugierigen Blick des Trolls mit entschlossener Miene. »Packt euch, habe ich gesagt. Oder ich verwende all meine Ersparnisse auf ein paar Elfensöldner, die euch bis zur Erschöpfung jagen, bevor sie euch die Füße auf kleiner Flamme rösten! Und danach alle anderen Körperteile, selbst die, die euer Lendenschurz verdeckt.«

Die Erwähnung der abtrünnigen Elfen flößte den Trollen zwar keine blinde Panik, aber doch zumindest einige Ehrfurcht ein.

»Gut, wir gehen«, verkündete Archat. »Und wir kommen erst wieder, wenn du auf Knien darum bettelst. Du oder der Winzling, der deine Nachfolge antreten wird!«

Sogar die Trolle wussten, wie schlecht es bei den Hütern um ihn stand. Kein Wunder, dass es auch den Steinmetzen an Respekt mangelte.

»Aber Meister Eisenbeiß«, wagte Borstel einzuwenden, als die Trolle davonschlurften. »Wer soll denn nun wirklich die Lastkörbe tragen?«

Orm ließ seinen Blick so lange über die versammelten Zwerge gleiten, bis auch dem letzten von ihnen die Antwort dämmerte.

»An die Arbeit, ihr Memmen!«, forderte er rau. »Schafft Kübel voller Mörtel herbei und verschließt den offenen Zufluss mit so vielen Steinen und Geröll, wie nötig ist, damit hier nicht zukünftig alles unter Wasser steht!«

Während die Steinmetze einander betreten ansahen, klapperten an der Felstreppe die Lastkörbe die Stufen herab. »Schlechte Zeiten für einen Besuch, Menschlein!«, rief Archat. »In Felsheim herrscht dicke Luft!«

Als Orm in die Höhe spähte, um herauszufinden, mit

wem der gerade in einem Seitengang der dritten Ebene abtauchende Troll gesprochen hatte, entdeckte er Velb, einen Grenzläufer, der mit den Alten Völkern Handel trieb. Eigentlich hätte dieser Mensch nie so tief ins Herz der Nekropole vordringen dürfen, andererseits hatte Orm höchstpersönlich erwirkt, dass Velb überhaupt die heilige Stätte betreten durfte.

Warum auch nicht? Schließlich trampelten hier auch Trolle herum.

Außerdem hatten, als es Velb nur gestattet gewesen war, die kleine Siedlung am Fuße des Berges zu besuchen, jene Auswärtigen, die gerade das Bett hüten mussten, stets die besten Geschäfte mit ihm gemacht. Das hatte zeitweise zu überquellenden Krankenlagern geführt, und zwar immer dann, wenn die Zwerge glaubten, dass Velbs Ankunft kurz bevorstände. Da sparte es schon viele Münzen ein, dass sie ihn inzwischen bis zu den Baustellen vorließen.

»An die Arbeit«, forderte Orm seine Zwerge auf, während er dem Grenzläufer entgegenging. Staub wölkte bei jedem Schritt auf und blieb an seinen nassen Hosenbeinen haften.

Borstel und die anderen Steinmetze fragten sich wohl einen Moment, ob sie noch die Befehle eines Mannes annehmen sollten, der schon mit einem Bein in der Verbannung stand. Schließlich machten sie sich aber doch ans Werk.

Orm hörte sie hektisch umherlaufen, während er die in den Fels geschlagenen Stufen emporeilte. »Schnell, höher hinauf«, forderte er Velb auf. »Wenn die Hüter dich so tief unten entdecken, war das dein letzter Besuch.«

»Keine Sorge.« In dem hageren Gesicht des Grenzgängers blitzte ein schalkhaftes Lachen auf. »Hezio und die Seinen kommen uns garantiert nicht in die Quere. Als ich mich von ihnen verabschiedet habe, sind sie gerade zu einem wichtigen Ritual im Kontor verschwunden.«

Orm verstand sofort, was damit gemeint war.

»Du hast Schmauch dabei?«, fragte er weitaus begehrlicher, als es eigentlich klingen sollte.

»Genug für euch alle!«

Einer plötzlichen Eingebung folgend schüttelte Orm den Kopf. »Nein, nur für mich«, verlangte er entschlossen. »Es soll dein Schaden nicht sein.«

Der mit mehreren Lederbeuteln behängte Grenzläufer legte seine Stirn in Falten, stimmte aber nach einigem Zögern zu. Immerhin. Wenigstens dieser Mensch zollte Orms Stellung noch Respekt.

Sein Tag war also nicht völlig verloren …

## 2.

Obwohl die Nekropole Zeichen der Verwitterung aufwies, trotzte sie dem Zahn der Zeit. Als steinernes Monument für die Ewigkeit erbaut, war sie gleichzeitig ein Bollwerk, deren steil aufragende Felswände fremde Blicke abprallen ließen und Unbefugten den Zutritt verwehrten.

Die Gesindehäuser am Fuße des Bergsattels wechselten dagegen in Form, Größe und sogar Beschaffenheit. Natürlich herrschten hier Mauern vor, die aus zurechtgeschlagenen Quadern bestanden, aber die noch vor fünfzig Sommern üblichen Steinplattendächer wichen allmählich hölzernen Giebeln.

Wo sie nicht wie ihre Altvorderen in Erd- oder Berghöhlen wohnten, zeigten sich Zwerge gegenüber Neuem durchaus aufgeschlossen. Nicht alles auf Menschenmist Gewachsene war von Natur aus schlecht, und selbst das kleinwüchsige

Volk wusste den Vorzug ablaufenden Regens bei einem Spitzdach zu würdigen. Außerdem lösten sich Reetbündel und Holzschindeln schneller in Rauch auf, sobald es die Situation erforderte.

Zwerge waren nun einmal von Natur aus misstrauisch. Vielleicht weil sie das kleinste aller Völker waren und zu allen anderen aufsehen mussten. Schon das rundum freie Sichtfeld bewies ihre Bereitschaft, sich jederzeit hinter Felsheims Mauern zu verschanzen. Das war Velb schon bei seinem ersten Besuch aufgefallen, der längst einige Sommer zurücklag.

»Gab's Ärger?«, fragte er, den Blick auf das offene Fenster gerichtet.

»Verdammte Trolle!«, murrte Orm, während er seine frisch gestopfte Wurzelpfeife entzündete.

Rund um die Siedlung wurde der Berg von tiefen Spalten durchzogen, denen hellgraue Schleier entwichen, die rasch mit dem Wind verwehten. Es handelte sich um Wasserdampf, gar keine Frage. Rauch wäre beständiger gewesen, außerdem hätte Brandgeruch in der Luft gelegen.

Dass es in diesem Teil des Gebirges überall zischte und brodelte, war allgemein bekannt. Die Zwerge, die hier hausten, störten sich nicht an den heißen Quellen, die dem Inneren der Erde entstiegen. Im Gegenteil. Schon seit unzähligen Generationen machten sie sich diese Naturgewalten für heiße Bäder und warme Höhlen zunutze, aber auch für dampfbetriebene Zahnräder, Mühlsteine, Blasebälger und andere mechanische Konstruktionen.

Mit Hebeln und Gegengewichten zu arbeiten lag den Zwergen im Blut. Wer nur über so kurze Arme verfügte wie sie, musste sich eben auch anderweitig zu helfen wissen.

Wie es tatsächlich tief drunten im Fels aussah, wussten nur

Eingeweihte. Dass auch rund um die Totenstadt viele Zwerge lebten, war aber allgemein bekannt. Menschen, Elfen und andere Grenzgänger, die das Gebirge durchstreiften, bekamen die kleinen Leute zwar nur selten zu sehen, doch sie waren da, so viel stand fest. Obwohl sie das Tageslicht keineswegs scheuten, dauerhaft wohl fühlten sich Zwerge nur in ihren dunklen Höhlen und Gängen.

Umso erstaunlicher mutete es andere Völker an, dass sie ihre Angehörigen so hoch in den Bergen bestatteten. Andererseits hätten ihnen tiefer im Massiv liegende Gräber nur wertvollen Platz geraubt. Und überhaupt: Begruben die auf der Oberfläche lebenden Menschen nicht ihre Toten am liebsten sechs Fuß unter der Erde?

Orm schmauchte bereits das zweite Pfeifchen, als Velb durch ein Fenster verfolgte, wie Archat und die Seinen ihre Unterkunft räumten. Mit schweren Rucksäcken bepackt, zogen die Trolle davon. Einige schulterten ihre Lasten auf Tragegestellen, die denen in der Nekropole ähnelten, nur dass diese Konstruktionen aus gebogenen Weidenruten statt aus massivem Holz bestanden.

Mit dem Aufbruch in die Heimat war es den klobigen Riesen offenbar ernst. Ein theatralischer Abschied in der stillen Hoffnung, man möge sie noch mit klingender Münze oder guten Worten zurückhalten, lag nicht in ihrer schlichten Natur. Solcherlei war eher der Zwergen Art.

Entsprechend überrascht reagierten Hezio und zwei weitere Hüter, die aufgeregt herbeieilten, um das Schlimmste zu verhindern. Die Trolle rannten die felsgrau gekleideten Würdenträger beinahe über den Haufen, ohne auch nur für eine kurze Erklärung innezuhalten. Vergeblich rauften sich die Zwerge Haare und Bärte, während sie abwechselnd flehten und fluchten, um die Trolle zum Bleiben zu überreden.

Als der erste Hüter wütend auf Orms Unterkunft deutete, wusste Velb, dass es höchste Zeit war, seinen Handel abzuschließen.

»Zufrieden?«, fragte er gleichmütig, als hätte er bei dem langen Blick aus dem Fenster nur seinen Gedanken nachgehangen.

»Guter Schmauch!«, lobte Orm, bevor er ein weiteres Mal an der polierten Wurzelpfeife zog. »So würzig und stark wie kein anderer.«

Behaglich seufzend lehnte sich der Zwerg so weit auf seinem Felllager zurück, dass er mit dem Hinterkopf gegen die steinerne Rückwand stieß. Ein dumpfer Laut ertönte. Als echter Eisenbeiß zeigte er dabei keine Anzeichen von Schmerz, sondern sog erneut an der hohlen Baumwurzel, die so lang wie sein Unterarm war.

Dicke Rauchringe verließen Orms gespitzte Lippen und nebelten die niedrige Decke ein. Der Blick seiner rotgeäderten Augen wirkte entrückt, aber sein Verstand war noch hellwach.

»Ein Schmauch wie der deine findet sich so schnell kein zweites Mal«, sinnierte er. »Viele haben schon vergleichbare Qualität versprochen, doch noch keiner konnte sie wirklich bieten. Verrat mir dein Geheimnis, und ich werde dich reich entlohnen.«

»Zeig mir, wie Zwergengold geprägt wird, und ich unterweise dich in der Kunst der Moosernte«, bot Velb im Gegenzug an.

Ein seltenes Lächeln huschte über Orms bartumflorte Lippen. »Recht hast du, Menschlein. Jeder von uns verfügt über geheimes Wissen, das er besser für sich behält. So ist es schon von alters her, und so soll es für alle Zeiten bleiben.«

Obwohl stark berauscht, schnellte der alte Eisenbeiß mit

dem Oberkörper jäh nach vorne, um in die übereinanderge-schichteten Felle seiner Schlafstätte zu langen. Nach kurzem Umhertasten zog er einen kleinen Lederbeutel zwischen der dritten und vierten Lage hervor. Bis unter die Haarwurzeln voller Schmauch oder nicht, Orm rechnete wohl selbst nicht mehr damit, diese Unterkunft noch lange zu bewohnen, an-dernfalls hätte er Velb das primitive Versteck nicht so bereit-willig gezeigt.

Dass er immer noch in der für Besucher, Trolle und zuge-reiste Steinmetze bestimmten Siedlung wohnte, bewies ohne-hin, dass er unter seinesgleichen ein Außenseiter war, für den sich noch keine passende Höhle gefunden hatte.

Entwurzelt, ohne Aussicht auf ein Weib, das es dauerhaft mit seinen Launen aushielt – solcherart Kriegsveteranen fanden sich auch unter den Menschen. Aber dort starben die Verbitterten zwanzig oder dreißig Sommer nach ihren schrecklichen Erlebnissen. Eine kurze Zeitspanne, in der eine neue Generation ohne Narben auf der Seele heranwuchs. Eine Generation, die erst die Fehler ihrer Mütter und Väter wiederholen musste, um vor den gleichen Trümmern des Le-bens zu stehen.

Ein langes Gedächtnis konnte ein wahrer Segen sein, aber auch eine schwere Bürde.

»Ist das wirklich der gesamte Schmauch, den du mitge-bracht hast?« Den Goldbeutel noch fest umschlossen, deu-tete Orm auf die mit Rauschkraut gefüllten Leinensäckchen, die sich zwischen ihnen auf einem grobgezimmerten Tisch stapelten.

»Wie abgemacht«, log Velb. »Obwohl mich das bei deinen Zunftbrüdern in Ungnade stürzen wird.« Den letzten Teil fügte er für den Fall hinzu, dass einer der anderen Steinmetze zum Tratschen neigte. Andererseits würde der alte Eisenbeiß ohnehin nicht mehr lange in Felsheim arbeiten, dessen war sich Velb ganz sicher.

»Das ist nicht gut, zumal deine Tage zwischen den Grüften womöglich gezählt sind«, sprach er seinen letzten Gedanken laut aus, ohne es zu versäumen, eine gehörige Portion Bedauern in die Stimme zu legen.

»Auch in Orm, dem Schmied, wirst du stets einen guten Käufer finden«, gab der alte Zwerg missmutig zurück. »Zudem entlohne ich dich großzügig für dein Entgegenkommen.« Statt mehrere Münzen aus der Geldkatze abzuzählen, schleuderte Orm sie verschlossen über den Tisch.

Geschickt fing Velb sie auf.

Schon das Gewicht des prall gefüllten Schnürbeutels machte deutlich, dass er die doppelte oder gar dreifache Menge der üblichen Summe enthielt. Velbs offensichtliches Erstaunen erheiterte Orm so sehr, dass sein breites Grinsen die bärtige Gesichtshälfte in zwei schlohweiße Teile spaltete.

Velbs Herz beschleunigte vor lauter Freude. Rasch ließ er die üppige Börse in einer Seitentasche seines Umhangs verschwinden, bevor es sich der alte Eisenbeiß noch anders überlegte – und seinen spendablen Anflug auf das kostenlose Probierpfeifchen zu schieben versuchte.

Mit einem solchen Batzen Zwergengold standen ihm überall die Türen offen. An den Münzen der kleinen Leute bissen sich Kipper und Knapser nämlich die Zähne aus. Da konnte keine andere Währung mithalten, weder der Durat aus Imor noch die Norvaler Fischtaler. Nicht einmal die silbernen Halbmonde der Elfen besaßen einen so guten Ruf wie die Münzen der Zwerge, die ihre Prägung einbüßten, sobald ihnen ein Lumpensohn mit Feile, Bohrer oder Säge zu Leibe zu rücken versuchte.

Velb wollte sich gerade überschwänglich bedanken, als er

vor der Hütte schwere Schritte vernahm. Nur einen Atemzug später flog die Tür auf. Mit hochroten Köpfen stürmten Hezio und seine beiden Stellvertreter zu ihnen herein. Besonders dem Weib des Dreigestirns war die Aufregung deutlich anzusehen. Genauso drall und kurz geraten wie die Männer, wucherten der Zwergin nur ein paar dunkle Härchen auf der Oberlippe, so dass ihr erhitztes Gesicht nicht zu großen Teilen durch einen dichten Bart verdeckt war.

Kaum hatten die drei die Schwelle überquert, blieb Hezio wie angewurzelt stehen. Während seine ihm dicht auf den Hacken klebende Gefolgschaft Mühe hatte, nicht gegen seinen Rücken zu prallen, rümpfte er die Nase und schrie: »Was ist hier los? Heilige Kräuter außerhalb der Zeremonie?«

Dass seine eigenen Augen mindestens ebenso rot wie die von Orm schimmerten, nahm der gespielten Empörung ein wenig die Wirkung, andererseits fiel es dem Magistrat der Nekropole sicherlich nicht schwer, irgendein angeblich vollzogenes *Totenritual* vorzuschieben. Abgesehen davon spielte es bei dem unangemeldeten Besuch keine Rolle, dass der alte Eisenbeiß dem Schmauch frönte, das war jedem in der rauchverhangenen Hütte klar.

Trotzdem bedachte man Velb mit vor Anklage triefenden Blicken.

»Schmuggler, Stromer, Ungläubiger ...«, hob Hezio zu einer Tirade an.

Nun war der Grenzgänger doppelt froh, den Lohn für seine Ware bereits sicher in seinem Umhang zu wissen. Wer wusste schon, was sich der erzürnte Magistrat als Nächstes einfallen ließ?

»Lass das Menschlein in Frieden«, mischte sich Orm ein, bevor er demonstrativ einen weiteren Zug nahm, obwohl der

Schmauch im Pfeifenkopf längst ausgeglüht war. »Velb versteht nichts von unseren Angelegenheiten, und so soll es auch bleiben.«

Hezios rotglühende Wangen blähten sich auf wie bei einem quakenden Frosch, doch gerade als er zu einer lautstarken Erwiderung ansetzen wollte, ließ ihn eine Hand auf seiner Schulter vorzeitig verstummen. Stattdessen ergriff Wighild das Wort, die greise Zwergin mit den zerfurchten Gesichtszügen.

»Räum das Feld«, sagte sie mit ruhiger Stimme zu Velb. »Wir haben mit Orm Dringendes zu besprechen, das nicht für fremde Ohren bestimmt ist.«

Der Grenzgänger kam dieser Aufforderung umgehend nach. Es sich mit dem Dreigestirn zu verderben hätte für ihn den Verlust aller Handelsrechte zur Folge haben können. Stumm nickte er Orm zu, dann eilte er ins Freie hinaus.

Draußen überkam ihn ein Gefühl der Erleichterung.

Selten zuvor hatten ihm grimmige Zwerge so viel Unbehagen eingeflößt. Der Handel mit den Alten Völkern barg körperliche Gefahren, das hatte er schon in der Vergangenheit zu spüren bekommen. Darum beeilte sich Velb, so rasch wie möglich Abstand zu der Hütte zu gewinnen, in der sich nach seinem Abgang lautes Geschrei erhob.

Wighilds Behauptung, die Auseinandersetzung über schlampige Arbeiten und verschwundene Lastenträger wäre nicht für menschliche Ohren bestimmt, erwies sich als glatte Lüge. Obwohl er keineswegs darauf erpicht war, den Streit mit anzuhören, begleiteten Velb die gegenseitigen Vorwürfe und Beschimpfungen noch eine lange Zeit.

# Imor

## I.

Binek spürte die Gefahr, in der er schwebte, sobald er die Augen öffnete. Vermutlich hatte ihn ein Geräusch geweckt oder der durchdringende Gestank schwärender Fäulnis, der ihm jäh in die Nase stach. Was auch immer es gewesen sein mochte, für Flucht oder Gegenwehr war es längst zu spät. An seinem Hals drückte geschliffener Stahl so fest in die Haut, dass schon die kleinste Bewegung, ja, nur ein halberstickter Schrei einen Schnitt durch die Kehle zur Folge gehabt hätte.

Stumm lag er da und wagte nicht, sich zu rühren. Trotzdem ahnten seine Jäger, dass er erwacht war.

»So ist es recht, kleines Schlitzohr!«, lobte eine kehlige Stimme aus der über ihm lastenden Dunkelheit. »Bleib so vernünftig, dann kommst du mit dem Leben davon.«

Kalte Wellen der Übelkeit peitschten in Binek empor. Zwar hatte ihn der modrige Gestank vorgewarnt, aber erst die von Knurrlauten durchzogenen Worte machten seine schlimmsten Befürchtungen zur Gewissheit. Ausgerechnet Kappoks übelste Bluthunde hatten ihn aufgespürt!

Endlich ließ der Druck an seinem Hals nach.

»Was wollt ihr von mir?«, stieß er hervor, obwohl er die Antwort auf seine Frage bereits kannte. Binek redete einfach drauflos, nur um etwas zu sagen. Das half für gewöhnlich, die ihn ihm wühlende Angst zu bezähmen. Auch diesmal ließ das schmerzhafte Ziehen in der Brust allmählich nach.

Die Sumpfgnome wussten trotzdem, wie es um ihn stand.

»Hast die Hose gestrichen voll, häh?«, fragte Drokk, der Ältere der beiden, der bereits die ganze Zeit über mit ihm sprach. »Dabei könnten wir Gildebrüder sein. Du müsstest nur den Befehlen unseres Herrn und Meisters gehorchen.«

Ein leises Glucksen im Hintergrund begleitete Drokks zwischen Hohn und Unverständnis schwankende Stimme. Der, der sich da so sehr amüsierte, musste Marzz sein. Die beiden Gnome schritten stets gemeinsam zur Tat.

»Aber … ich will einfach …« Binek rang unversehens mit aufsteigenden Tränen, bevor er vollendete: »Ich will einfach niemanden ermorden!«

Seine Stimme zitterte ganz erbärmlich vor Verzweiflung, doch das war beileibe kein Grund, sich zu schämen. Manch Nordlandkrieger hätte in ähnlicher Situation bereits hemmungslos um sein Leben gewinselt. Binek machte sich hingegen Sorgen um den Fischhändler, den er für Kappok töten sollte. Im Gegensatz zu anderen Bedrängten wusste er allerdings genau, dass ihn der Großmeister der Dunklen Gilden zunächst lebend in die Hände bekommen wollte.

Das Geräusch von Schritten erfüllte die gemietete Dachkammer.

Marzz trat ans Fenster. Unter leisem Knarren drückte er die angelehnten Holzläden so weit auseinander, dass fahles Mondlicht ins Zimmer fiel. »Zieh dich an, Schlitzohr!«, befahl er dabei. »Und wag es bloß nicht, auch nur an Flucht zu denken! Wir haben Kappoks Erlaubnis, dich nach Belieben zu verstümmeln, wenn uns danach ist! Kein Todesschatten benötigt ein unversehrtes Gesicht, um für den dunklen Fürsten zu töten.«

Auf Bineks Stirn perlte kalter Schweiß auf. Die Gnome waren dafür bekannt, dass sie andere gerne ängstigten, anderer-

36

seits wusste er, dass Marzz keine leeren Drohungen ausstieß. In Imor verloren alle naselang irgendwelche Unglücksraben kleinere oder größere Teile ihres Körpers, nur weil sie Kappoks Unwillen erregt hatten.

Meistens führten die beiden Gnome dabei die Klinge. Auch Bineks linke Ohrspitze hatte schon Bekanntschaft mit Drokks Messer gemacht, weil er dem obersten Herrn der Dunklen Gilden eine geliehene Summe zu lange schuldig geblieben war.

Damals hatten die vielen Klageweiber in Magnons Tempel zu viel Geld verschlungen. Aber was bedeutete schon ein gespaltenes Ohr angesichts eines erträglichen Daseins im Reich der Toten? Vor allem, da die umfangreichen Zeremonien der Frau zugutegekommen waren, die ihn nicht nur geboren, sondern auch am Leben gelassen und aufgezogen hatte.

Ihn, der er doch nur ein Halbblut – ein elender Bastard – war!

»Möchtest du nicht wenigstens ein unversehrtes Ohr behalten?« Trotz der weiterhin drohend über Binek schwebenden Klinge gab sich Drokk verständnisvoll. »Es ist mir wirklich ein Rätsel, warum du so mit deinem Schicksal haderst? Andere im Pfuhl würden sich glücklich schätzen, dürften sie deine Talente ihr Eigen nennen. Unsereins lebt schließlich nicht schlecht hinter Imors Mauern. Und bei einem unschuldigen Gesicht wie dem deinen spreizt so manche Hure ihre Schenkel glatt für die Hälfte der üblichen Summe. Was kann einer wie du schon mehr vom Leben erwarten?«

Bei Drokks Ansprache glitzerte es mehrmals zwischen seinen wulstigen Lippen hervor. Gnome mit goldüberzogenen Eckzähnen, das war die schlimmste Sorte dieses furchteinflößenden Volkes. Goldprotzer, die ihre heimatlichen Sümpfe verlassen hatten, um ein besseres Leben in den Kloaken der Menschen zu suchen. Statt Wasserratten jagten sie nun Kopfgelder, schlitzten Wänste oder Lederbeutel auf – und verdingten sich mit jeder noch so schmutzigen Lumperei, solange sie nur leichtverdientes Gold versprach.

Binek widerten Gnome zutiefst an, dabei strömte durch seine Adern ebenfalls nichtmenschliches Blut. Schließlich war er die verbotene Frucht einer flüchtigen Nacht, die seine Mutter dereinst mit einem Elfen verbracht hatte. Ihr wenige Monde später anschwellender Bauch hatte Irmhild den Abstieg in den *Pfuhl* beschert und ihrem Sohn ein väterliches Erbe, auf das er liebend gerne verzichtet hätte.

Für seine spitz zulaufenden Ohren hatte Binek von Kindesbeinen an Spott und Schläge ertragen müssen, obwohl er den auf ihn einprasselnden Fäusten stets leichter als den Schmährufen entkommen war. Denn zu laufen, zu springen und zu klettern, vermochte er so gut wie kein anderer seines Viertels. Leider hatte er erst viel zu spät begriffen, dass solcherlei Fähigkeiten nicht nur Neid erregten, sondern auch die Aufmerksamkeit jener Mächte weckten, denen die Bewohner des Pfuhls beinahe hilflos ausgeliefert waren.

»Ankleiden, habe ich gesagt!«, riss ihn Marzz aus seinen Erinnerungen.

Mattes Licht fiel auf das knochige Gnomengesicht, in dem die Augenwülste fast ebenso stark hervortraten wie die gebogene Nase.

Schweigend schlängelte sich Binek unter Drokks Klinge hervor, um der Aufforderung nachzukommen. Er wusste um die Launenhaftigkeit der beiden Schergen, die von einem Herzschlag auf den anderen die Geduld verlieren konnten.

Binek hatte wenig Lust, ihre Klingen in seinem Gesicht zu spüren. Bisher genügte eine die Ohren bedeckende Kappe, um seine Herkunft als Halbblut zu verschleiern. Mit freundlichen Blicken oder Worten würde es jedoch endgültig vorbei sein, wenn dort, wo bislang die Nase saß, ein blutiger Krater klaffte.

So rasch es die zitternden Hände zuließen, schlüpfte er in seine wildledernen Beinkleider. Das lange Leinenhemd, in dem er geschlafen hatte, stopfte er mit in den Hosenbund, den er anschließend mit geflochtenen Lederbändern verschnürte. Danach zog er eine ärmellose Weste über, die bei weitem nicht so anschmiegsam wie die Hose war. Wie auch? Bestand sie doch aus zwei Lagen steinhartem Wildschweinleder, zwischen denen sich ein engmaschiges Kettenhemd erstreckte. Damit trug er einen recht brauchbaren Harnisch, an dem schon manch ungelenk geführter Stich abgeglitten war.

Gegen garstige Gnome, die bevorzugt Hals und Unterleib attackierten, bot er jedoch keinen Schutz.

Natürlich machten sich Drokk und Marzz über ihn lustig, als er seinen Kopf mit einem ausgeblichenen Stoffstreifen umwickelte, der die obere Hälfte seiner Ohren fest an die Schläfen drückte. Was durfte er schon von Kreaturen erwarten, die weder Liebe noch Zuneigung kannten?

Eine Lederkappe und ein mausgrauer Umhang vervollständigten Bineks Aufzug. Seinen Leinenbeutel, in dem er seine Diebesbeute aufbewahrte, beließ er unter den Bodendielen, die er eigens dafür gelöst und wieder eingesetzt hatte. Selbst die wenigen Habseligkeiten in diesem Versteck hätten die Gier der Gnome geweckt. Den Dolch, den er normalerweise am Gürtel trug, hatten sie ihm schon im Schlaf abgenommen.

Sobald Binek zum Aufbruch bereit war, banden sie ihm die Hände auf den Rücken. Auch in dieser Hinsicht verstanden Drokk und Marzz ihr schmutziges Handwerk. Ihre Knoten saßen zu fest, als dass er sie selbst hätte lösen können, aber doch nicht so stramm, dass sie ihm das Blut in den Armen abschnürten.

Nachdem sie seinen Umhang über die Fesseln drapiert hatten, nahmen sie Binek in ihre Mitte. Marzz schritt voran, Drokk folgte so dichtauf, dass Binek den heißen Atem des Gnoms unangenehm im Nacken spürte.

Der junge Dieb suchte nicht einmal nach einer Fluchtmöglichkeit, als sie über die steile Treppe ins Erdgeschoss gelangten. Normalen Söldnern wäre er vielleicht trotz seiner Fesseln entkommen, aber nicht Kappoks unbarmherzigen Todesschatten, vor denen jedermann im Pfuhl zitterte.

Unten im Schankraum saßen eine Handvoll Gäste an roh gezimmerten Tischen. Zwei der Zecher starrten krampfhaft in ihre Becher, um deutlich zu machen, dass sie weder hörten noch sahen, was gerade vor sich ging. Die anderen begafften den vorüberziehenden Aufmarsch mit unverhohlener Neugier.

Binek hatte allerdings nur Augen für den vor Schweiß glänzenden Wirt, der ihn vom Tresen aus mit verlegenen Blicken bedachte. Das schlechte Gewissen stand Mitos ins Gesicht geschrieben. Die Münzen, die er in den letzten Tagen erhalten hatte, um rechtzeitig vor einem ungebetenen Besuch wie diesem zu warnen, behielt der feiste Kerl trotzdem unter seiner schmutzigen Schürze.

Natürlich war es verständlich, dass der Wirt alles unterlassen hatte, was ihm Ärger mit den gefürchteten Gnomen hätte einbringen können. Trotzdem erregte der Gedanke an die vergeblich gezahlten Fischtaler Bineks Unwillen. Von jäh aufkeimendem Zorn gepackt, gelüstete ihn plötzlich danach, dem Glatzkopf die gleiche Heidenangst einzujagen, die er selbst am ganzen Leib verspürte. Aufgebracht fixierte er Mitos, der sich unter seinem Blick zu winden begann.

»Du!« Bineks Kinn zuckte in die Richtung des Unglücklichen. »Lass dich besser gleich einpökeln! Du wirst nämlich der Erste sein, den ich aus bloßem Vergnügen töte, sobald ich in den Reihen der Todesschatten marschiere!«

Angesichts dieser Drohung erbleichte Mitos am ganzen Körper. Selbst die behaarten Unterarme traten kalkweiß hervor. Sein jämmerlicher Versuch, etwas zu erwidern, endete in einem Krächzen.

Lastende Stille erfüllte den Schankraum. Bis zu dem Moment, in dem Drokks Hand unter zufriedenem Kichern auf Bineks Schulter krachte, wie um einen neuen Gildebruder zu begrüßen.

## 2.

*Unmenschen*, so schimpften Garons neue Herrscher die alten Völker. Wobei sie den Elfen, die ihnen am stärksten ähnelten, noch den größten Respekt entgegenbrachten. Gnome standen im Ansehen am tiefsten, sogar noch unter den monströsen Orks und Trollen.

Einem von bewaffneten Gnomen eskortierten Mann schlug von allen Seiten Mitgefühl entgegen. Besonders Frauen bedachten Binek mit weichen Blicken, es sei denn, sie gehörten zu den Eingeweihten, die um das Schlitzohr oder seine zwielichtige Herkunft wussten. Doch selbst jene, die ihn für einen unschuldig in Not geratenen Menschen hielten, rührten keinen Finger für ihn.

Nicht im Pfuhl, dem schwarzen Herzen dieser Stadt.

Durch ein unübersichtliches Labyrinth ansteigender und abfallender Gassen strebten die drei ihrem Ziel entgegen.

Bereits die Architektur des Viertels, mit ihren aneinandergedrängten Gebäuden, den schiefen Fassaden und den überkra-
genden Balkonen, gemahnte an ein unkontrolliert wuchern-
des Geschwür. Der Eindruck verstärkte sich noch durch die
vielen Bewohner, die sich hier auf so engem Raume drängten,
dass sie an wimmelnde Maden in einem verrottenden Apfel
erinnerten.

Wegen der unzähligen Tavernen, in denen die Gäste
Abend für Abend hemmungslos dem Spiel, dem Rausch und
den körperlichen Freuden frönten, zog es obendrein viele
Vergnügungssüchtige in den Pfuhl. Der Reiz des Verbotenen
lockte gleichermaßen Einheimische wie Durchreisende an,
so dass immer wieder unerträgliches Gedränge entstand, in
dem sich die Passanten schwitzend und fluchend aneinander
vorbeischoben.

Flankiert von Drokk und Marzz, kam Binek jedoch besser
voran als jemals zuvor in seinem Leben. Gnome waren un-
empfindlich gegenüber Temperaturen, deshalb trugen sie in
ihren Sümpfen kaum mehr als einen Lendenschurz. Für ihr
Leben bei den Menschen hatten sich die Todesschatten knie-
lange Lederhosen zugelegt, unter denen dürre Waden hervorwuchsen, die in unnatürlich breiten Füßen endeten, für
die sich kein Stiefelwerk schustern ließ. Über ihren frosch-
grünen Oberkörpern spannte sich ein Geschirr aus dünnen,
mit spitzen Eisennieten beschlagenen Lederriemen, das ihnen als Wehrgehänge für ihr umfangreiches Arsenal an Messern, Wurfsternen und Kurzschwertern diente.

Mochte es an der waffenstarrenden Aufmachung liegen
oder an ihren grotesken Schädeln mit den unförmigen Ohren, so eng und gewunden der vor ihnen liegende Durchgang auch war, vor ihnen bildete sich stets eine Gasse, die sich
hinter dem ungleichen Trio sofort wieder schloss. Wie durch

den langen Schlund einer alles verzehrenden Riesenschlange schritten sie unter gespannten Wäscheleinen hindurch, an unbeleuchteten Hinterhöfen vorbei, in deren dunklen Schatten sich noch dunklere Dinge abspielten.

Auf ihrem Weg zu Kappok begegneten ihnen einige betrunkene Zwerge, sogar zwei wehrhaft wirkende Elfen bekamen sie zu Gesicht. Doch obwohl jeder von ihnen die Gnome mit einer noch größeren Abscheu als die Menschen betrachtete, zeigten auch sie keinerlei Zeichen der Hilfsbereitschaft.

Von dem Volk seines Vaters erwartete Binek ohnehin keine Unterstützung. Er hatte ein paarmal versucht, Elfen anzusprechen, die ihm auf Märkten oder in Schänken begegnet waren. Doch sobald sie sich näher mit ihm beschäftigt hatten, hatten sie mit Abscheu reagiert. Vielleicht weil sie ihn für einen Bastard hielten oder ihm seine besonderen Fähigkeiten neideten, er wusste es nicht.

Nahe dem Zwergengebirge Graugard gelegen, zog Imor zwar immer wieder Angehörige der alten Völker an, die auf der Suche nach Abwechslung und schnell verdienten Münzen waren. Doch verschlug es sie für längere Zeit in den Pfuhl, gehörten sie auf ihre Weise genauso zu den Entwurzelten und Verzweifelten wie die Menschen, die in diesem Viertel ihr Dasein fristeten. Als Treibgut des Lebens – angespült, abgesunken und unfähig, sich aus der schlammigen Umklammerung des Pfuhls zu befreien – empfand sich auch Binek, der Imors Stadtmauern noch nie weiter als bis auf Sichtweite verlassen hatte.

Nur wenn er die Fassade eines Hauses bezwang oder lautlos über Dächer eilte, überkam ihn ein flüchtiges Gefühl der Freiheit. Leider ließ sich zwischen aneinanderklebenden Schindeln, Erkern und Schornsteinen nicht dauerhaft leben, und die vertraute Umgebung ganz zu verlassen, dazu fehlte ihm der nötige Mut.

Kappoks Fänge reichten weit über Imor hinaus, das wusste er genau.

Derbe Gesänge erfüllten die nächtliche Luft, als sie endlich die *Goldgrube* erreichten, die größte und einträglichste aller Tavernen des Viertels. Ihr Ziel waren aber nicht die hell erleuchteten Fenster, hinter denen die Schankmaiden umhereilten, um die bis auf den letzten Platz besetzten Tische mit dampfenden Speisen und kühlen Getränken zu versorgen, sondern ein gemauerter Niedergang, der in die Gewölbe unterhalb des belebten Gebäudes führte.

Nur eine Fackel wies den Weg über den tiefschwarzen Hinterhof. Außerhalb der eng umrissenen Lichtinsel wachten zwei kräftige Schwertträger darüber, dass sich kein Unbefugter Zutritt zum Hauptquartier der Dunklen Gilden verschaffte. Drokk und Marzz waren ihnen natürlich bekannt, deshalb rührten sie keinen Muskel, als die Gnome ihren Gefangenen die steinernen Stufen hinabführten.

Am Ende des Treppengewölbes versperrte eine schmiedeeiserne Tür den Weg. Sich wild gebärdende Schatten zuckten im Rhythmus der blakenden Flamme über die Wände, während Drokk sie mit einem geheimen Klopfzeichen anmeldete. Der letzte dumpfe Schlag war kaum verklungen, als sich eine handtellergroße Sichtluke öffnete, durch die sie ein weiterer Posten fixierte.

Bei Bineks Anblick funkelte es zufrieden in den grauen Augen des Mannes. Erneut begann das Herz des Diebes zu rasen, obwohl er sich alle Mühe gab, nach außen hin ruhig und gelassen zu wirken. Alles andere wäre ihm als Schwäche ausgelegt worden. Und Schwächlinge hatten im Pfuhl besonders zu leiden.

Noch ehe die stählernen Riegel zurückgeschoben wurden, hatte sich Binek wieder einigermaßen in der Gewalt.

Schon beim Eintreten schlug ihnen ein Schwall abgestandener Luft entgegen, ein Gemisch aus Schweiß, Rauch und schalem Bier. Auf den ersten Blick unterschied sich das, was in dem von Fackeln und offenen Feuern beleuchteten Gewölbe vor sich ging, nicht groß von dem, was ein Stockwerk höher in der *Goldgrube* geschah. Nur dass sich hier unten die Oberhäupter der Dunklen Gilden mit ihren Zuträgern und engsten Vertrauten aufhielten.

Süßliche Rauchschwaden, deren Geruch die Sinne betörte, durchzogen den weitläufigen Raum. Überall standen Männer und Frauen beieinander, um Pläne zu schmieden, Neuigkeiten auszutauschen oder es sich einfach gutgehen zu lassen.

Hätte es nicht so durchdringend nach versengtem Fleisch gestunken, es wäre ein beinahe friedvoller Anblick gewesen. So aber suchte Bineks Blick nicht den Großmeister, der mit seiner Favoritin in einem Berg von zerwühlten Seidenkissen versunken lag, sondern die rußgeschwärzte Feuerstelle an der Rückwand. Dort, wo sich für gewöhnlich ein Spanferkel drehte, lag ein Mann am Boden, dessen nackte Füße über den prasselnden Flammen schmorten.

Seiner vornehmen Kleidung nach zu urteilen hatte er bis vor kurzem in der *Goldgrube* gefeiert. Vielleicht ein spendabler Gast, der sich beim Würfelspiel heillos übernommen hatte? Kappok hasste Zechpreller wie die Pest, trotzdem wurden ihnen für gewöhnlich nicht vor aller Welt die Fersen geröstet.

Binek entging nicht, dass dem Unglücklichen ebenso die Hände auf den Rücken gefesselt waren wie ihm. Wurde der arme Tropf am Ende nur gefoltert, um einen unwilligen Todesschatten einzuschüchtern?

Obwohl der Mann abwechselnd vor Schmerz schrie und

um Gnade bettelte, schenkte ihm keiner der Anwesenden größere Beachtung. Erst als sich Kappok von seinem Lager erhob und Binek freundlich zu sich rief, verstummten die Gespräche. Natürlich wusste jeder im Gewölbe, dass heute der Tag war, an dem Schlitzohrs Willen gebrochen werden sollte. Da galt es, artig den Worten des Obersten aller Gildemeister zu lauschen, der die große Bühne zu schätzen wusste.

»Biiitteeeee!«, hallte es in der einsetzenden Stille von den Wänden wider. »Ich besitze doch nicht mehr als das wenige, das ihr mir schon genommen habt!«

Erbost fuhr Kappok zu den Folterknechten herum, die Bineks Ankunft übersehen hatten. »Stopft dem Erbschleicher das Maul!«, befahl er aufgebracht. »Ich will erst wieder von ihm hören, wenn er die Wahrheit ausspuckt!«

Ein Knebel brachte das Gejammer zum Verstummen, obwohl die Haut an den Füßen des Gequälten längst Blasen warf.

»Verzeih mir«, wandte sich der Großmeister erneut Binek zu. »Manche Geschäfte dulden einfach keinen Aufschub.«

Wer Kappok nicht kannte, hätte ihn in diesem Moment für einen Händler halten können, der sich für den lautstarken Trubel in seinem Kontor entschuldigte. Oder vielmehr für den verwöhnten Sohn eines Händlers, der noch nie in seinem Leben eigenhändig mit anpacken musste. Mit seinen blassblonden, zerzaust vom Kopf abstehenden Haaren, der glatten Haut und schlanken Erscheinung ähnelte er durchaus einem Spross aus gutem Hause.

Doch der äußere Schein trog.

Kappok war dreimal so alt, wie er wirkte, und jene, die seinen Aufstieg zum Großmeister der Dunklen Gilden mit eigenen Augen verfolgt hatten, wussten zu berichten, dass er einst ein mit Narben übersätes Schwergewicht gewesen war, das sich den Weg an die Spitze des Pfuhls mit blanker Klinge erkämpft hatte.

Als Oberhaupt aller Bettler und Wucherer, der Schläger, Diebe und Meuchler regierte Kappok mit eiserner Hand, so dass niemand wagte, nach dem Geheimnis seiner blendenden Erscheinung zu fragen. Ob er sie nur Kräutern und Tränken verdankte oder echter Magie, spielte eine untergeordnete Rolle, solange sich jeder, der zu laut über seine ewige Jugend nachdachte, kurz darauf mit durchschnittener Kehle in der Gosse wiederfand.

Lässig ließ sich Kappok auf den Stufen des weißen Marmorpodestes nieder. Wie hingegossen lag er da, einen Ellenbogen auf den obersten Absatz gestützt.

»Mein lieber Schlitzohr, tritt doch näher, wir haben zu reden.« Die vor Freundlichkeit triefende Stimme jagte nicht nur Binek eisige Schauer über den Rücken.

Auch der viele Schmauch, der die Kälte in Kappoks Augen ein wenig dämpfte, vermochte niemanden in Sicherheit zu wiegen. Imors Fürst der Unterwelt war berüchtigt für seine Stimmungsschwankungen. Wo er eben noch mit säuselnder Stimme parlierte, schlitzte er einem Mann nur einen Lidschlag später den Bauch auf. Das war allgemein bekannt.

Obwohl sich Binek um Haltung bemühte, zitterten ihm die Knie. Mit ungelenken Schritten trat er vor den Großmeister, der sein Leben ganz und gar fest in der Hand hielt. Im Hintergrund schwollen die erstickten Laute des Erbschleichers an, der sich, wahnsinnig vor Schmerz, im Griff seiner Peiniger immer wilder gebärdete. Den Folterknechten gelang es kaum noch, ihn mit dem Rücken auf dem Boden zu halten. Trotzdem roch es unerträglich nach verkohltem Fleisch.

Während Binek fürchtete, sein Magen könne sich jeden Moment umstülpen, füllten andere im Keller ihre Trinkbecher auf oder feixten ihm offen ins Gesicht. Offenbar versprach man sich von seiner bevorstehenden Marter weitaus mehr Unterhaltung als von den Schreien des angeblichen Erbschleichers.

Das gab ihm zu denken.

»Warum machst du mir das Leben so schwer?«, fragte Kappok in einem weinerlichen Tonfall, der noch weitaus ekelhafter war als der alles durchdringende Gestank, der das Gewölbe erfüllte. »Habe ich nach dem Tod deiner Mutter nicht alles dafür getan, dir den rechten Weg zu weisen? Und hast du nicht schon einmal einen Rat ausgeschlagen, der sich im Nachhinein als der richtige erwiesen hat?«

Um die Nacht heil zu überstehen, hätte Binek gut daran getan, zu nicken, doch er brachte es einfach nicht fertig. Stattdessen beobachtete er aus den Augenwinkeln heraus, wie einer der Folterknechte beschwörend auf den angeblichen Erbschleicher einredete. Im Stillen bat Binek inständig darum, der Gemarterte möge endlich ein Geständnis ablegen, und Magnon, der Allgewaltige, erhörte überraschenderweise sein Flehen.

Vom eigenen Erfolg berauscht, zog der Folterknecht den durchweichten Knebel aus dem Mund des Opfers, so dass es kreischen konnte: »Die Türschwelle meiner Bettkammer! Sie lässt sich anheben! Darunter findet ihr alles, was ihr haben wollt!«

Die letzten Worte gingen in einem Aufschluchzen unter, obwohl ihm der zweite Scherge bereits die aufgeplatzten Füße mit kaltem Wasser übergoss.

Binek war erleichtert über die Unterbrechung, aber der Rest der versammelten Menge zuckte vor Schreck zusammen. Nicht wegen des plötzlich einsetzenden Geschreis, sondern weil er Kappoks Launen fürchtete.

In dem Gesicht des Großmeisters zuckte es verdächtig, doch zur allgemeinen Erleichterung behielt er sich in der Gewalt. Statt aufzubrausen und zu poltern, wies er mehrere Mitglieder der Diebesgilde an, das erzwungene Geständnis zu überprüfen, bevor er den Folterknechten befahl, das Feld zu räumen.

Bebend vor Angst schleiften sie den Gequälten hinaus, bevor sein kraftloses Wimmern zu einem störenden Geheul anschwellen konnte.

»Sollte der Hurensohn gelogen haben«, gab ihnen Kappok mit auf den Weg, »häutet ihn lebend! Lasst keine Gnade walten, ganz gleich, was er noch gestehen oder versprechen mag. Heute bin ich nicht in Stimmung für zweite Gelegenheiten.«

Nach dieser Störung war Kappok jegliche Lust an einer langatmigen Ansprache vergangen. Daran vermochte selbst seine Favoritin nichts zu ändern. Grob schlug er ihre Hände beiseite, die über seinen nackten Oberkörper tasten wollten. Stattdessen holte er aus dem offenen Hemd ein schneeweißes Amulett hervor, das er an einem schlichten Lederband um den Hals trug.

Es handelte sich um eine kostbare Schnitzerei aus Elfenbein, die eine Reihe im Kreis schwimmender Raubfische zeigte, von denen einer den anderen mit weit aufgerissenem Maul verschlang. Niemand wusste, welcher Gottheit dieses Symbol huldigte, aber dem Schnitzer war das Kunststück gelungen, sein Werk so zu gestalten, dass es so aussah, als würde ein größerer Fisch den jeweils nächstkleineren von hinten verschlingen – ohne dass sich dabei die Stelle ausmachen ließ, an der der kleinste Räuber die Schwanzflosse des größten Exemplars zwickte.

Binek selbst hatte schon oft versucht, hinter das Geheimnis der Darstellung zu kommen, musste aber jedes Mal die schmerzenden Augen zusammenkneifen, ehe er den Übergang entdeckte. Deshalb ignorierte er das kostbare Amulett, so gut es ging, obwohl Kappok provozierend damit vor ihm herumspielte.

»Du verfügst über bemerkenswerte Fähigkeiten, doch du weigerst dich, sie für das Wohl unserer Gemeinschaft einzusetzen«, hob der Großmeister klagend an. »Warum nur? Warum zwingst du mich erneut, dir zu deinem eigenen Besten weh zu tun?«

Unter den Zuschauern erklang ein gemeinschaftliches Seufzen, ganz so, als könnten diese abgebrühten Hunde Kappoks Schmerz gut nachfühlen. Am liebsten hätte Binek verächtlich aufgelacht, zum Glück versagte ihm zuvor die Stimme.

Kappok erwartete ohnehin keine Antwort auf seine Fragen. »Mein großzügiges Angebot, der Diebesgilde beizutreten, hast du ebenfalls zuerst abgelehnt«, rührte er weiter die Vergangenheit auf. »Ich musste dich erst mit dem Zeichen des säumigen Schuldners belegen, bevor du meinem Rat gefolgt bist. Und war es am Ende nicht ein weiser Vorschlag, den ich dir unterbreitet habe? Bist du nicht einer unserer besten Fassadenkletterer geworden?«

Bei seiner abschließenden Frage wandte sich Kappok dem Meister der Diebesgilde zu, der zustimmend nickte. Aber was hätte Hartwig auch sonst machen sollen, rückgratlos, wie er war? Hart gegen seine Untergebenen, die niemals genug erbeuteten, aber katzbuckelnd vor dem gefürchteten Großmeister, so war Hartwig bei allen Dieben im Pfuhl bekannt. Trotzdem wagte niemand, offen über ihn herzuziehen. Dazu war er zu mächtig und zu nachtragend. Und verstand sich zu gut auf den Umgang mit dem Drosseltuch, von dem er gerne einmal Gebrauch machte, wenn ihm ein Mitglied seiner Gilde zu aufmüpfig wurde.

»Und gefällt dir dein Leben als Dieb inzwischen nicht weitaus besser als die trostlose Existenz, die du zuvor geführt hast?«

»Schon«, gestand Binek widerstrebend ein. »Aber …«

»*Was*, aber?«, unterbrach Kappok schneidend.

»Stehlen ist eine Sache«, versuchte Binek zu erklären. »Doch töten – töten liegt mir einfach nicht im Blut.«

»Armer, kleiner Schlitzohr«, heuchelte Kappok voll falscher Anteilnahme. »Was anderen an Mitgefühl fehlt, besitzt du im Übermaß. Aber diese Schwäche treibe ich dir schon noch aus, zu deinem eigenen Besten. Später, wenn du einmal der Gefürchtetste aller Todesschatten bist, wirst du mir dafür dankbar sein. Selbst wenn ich dir bis dahin beide Ohren und ein paar weitere Körperteile abtrennen lassen muss.«

Binek versuchte, etwas einzuwenden, doch der Herrscher des Pfuhls schnitt ihm mit einer herrischen Geste das Wort ab.

»Ich weiß besser als du selbst, was gut für dich ist«, beschied ihm Kappok. »Das hat die Vergangenheit bewiesen. Also stell dich in den Dienst unserer Gemeinschaft, wie wir es von dir erwarten dürfen. Das Geschäft mit dem Tod füllt unsere Schatzkisten schneller als deine Diebeszüge. Deshalb tötest du noch vor dem ersten Hahnenschrei deinen ersten Mann, oder du erlebst keinen Sonnenaufgang mehr, so wahr ich dein Großmeister bin. Den Namen des Händlers, dessen ewige Ruhe einem Rivalen blankes Zwergengold wert ist, habe ich dir vor drei Tagen genannt. Bringst du mir heute Nacht seinen Kopf, soll es dein Schaden nicht sein. Versagst du jedoch – oder fliehst erneut vor deiner Aufgabe …«

Mit bebender Stimme hob Kappok das Elfenbeinamulett

an, das das Symbol des Stärkeren zeigte, der den Schwächeren frisst.

»Ich wette, deine Gebeine sind ebenso schneeweiß wie die
eines reinblütigen Elfen«, fuhr er unvermittelt fort. »Und
damit äußerst wertvoll für die Dunklen Gilden. Verweigerst
du dich ein weiteres Mal meinen Befehlen, lasse ich dir bei
lebendigem Leibe jeden einzelnen Knochen vom Fleische
lösen, um ihn anschließend an den Meistbietenden zu verkaufen!«


## 3.

Auf seinen Diebeszügen hatte es Binek schon häufig in die
vornehmen Viertel der Stadt verschlagen, trotzdem beein-
druckte ihn immer wieder, wie viel Platz zum Leben die
Bürger hier vergeudeten. Sogar das Kopfsteinpflaster zwischen den Häuserzeilen verlief verschwenderisch breit – und
wirkten nach Mitternacht wie leergefegt. Statt sich mit ihrem Reichtum zu vergnügen, begaben sich die Händler und
Zunftmeister kurz nach Anbruch der Dunkelheit zu Bett, um
schon frühmorgens wieder ihrem Tagwerk zu frönen. Geradezu typisch für Menschen, die sich ihren Wohlstand hart
erarbeiten mussten.

Wo der reich geborene Adel residierte, sah die Welt ganz
anders aus. Dort ging es bis tief in die Nacht lebhaft zu, während den Händlergassen lediglich Nachtwächter oder pa-
trouillierende Stadtgardisten ein wenig Leben einhauchten.
Im Moment war allerdings weder Fußgetrappel noch das metallische Klirren eines Wehrgehänges zu hören.

Binek schien sich mutterseelenallein vor Isleifs Haus zu befinden, doch dieser Eindruck täuschte. Irgendwo im Schutze der Nacht verborgen, lauerten Drokk und Marzz, die jede seiner Bewegungen überwachten, stets dazu bereit, einen Fluchtversuch mit blankem Stahl zu unterbinden. Der Fischhändler würde sterben, das hatten ihm die beiden Gnome eindeutig klargemacht. Die Frage war nur, ob Binek ihm ins Jenseits folgen würde – und zwar an den eigenen, noch dampfenden Gedärmen hängend, ganz nach Gnomenart.

Den Kapuzenumhang fest um den Leib geschlungen, kauerte Binek im Schutze eines im Dunkel versunkenen Torbogens. Unsichtbar für menschliche Augen, aber nicht für die zahllosen Sterne am klaren Himmel, die böse auf ihn herabfunkelten, während sie zu rufen schienen: *Mörder! Feigling! Ehrloser Lump!*

Von Verzweiflung geplagt, blickte er zu dem dritten Stockwerk des gegenüberliegenden Gebäudes empor, in dem sich das erleuchtete Rechteck eines offenen Fensters abzeichnete. Dort lag das bewusste Privatgemach, in dem der Fischhändler seine Bücher bei Kerzenschein führte, weil er tagsüber zu sehr mit anderen Dingen beschäftigt war. Im Gegensatz zu den unteren Geschossen gab es dort oben nicht einmal Gitter vor den Fenstern, fast so, als wäre eine glatte Fassade bereits Hindernis genug für ungebetene Gäste.

Was für eine Einladung! Bei solch bodenlosem Leichtsinn schwiegen die Sterne jedoch, anstatt lautstark zu schimpfen!

Natürlich wusste Binek, dass die quälenden Stimmen, die er fortwährend zu hören glaubte, in Wahrheit von seinem Gewissen herrührten. Trotzdem verweigerte ihm jeder Muskel in seinem Körper den Dienst, die Wahl zwischen Mord und Selbstmord war einfach wenig erbaulich. Da halfen auch keine Gnomenweisheiten nach dem Motto: *Mit jedem Toten wird das Morden leichter!*

Ein scharfes Zischen erfüllte die Nacht. Obwohl es an das Fauchen einer gereizten Katze erinnerte, verstand Binek die Botschaft, die dem Laut innewohnte. *Beweg dich, oder wir lassen dich unsere Klingen spüren*, hieß das. Eine Reflexion von kaltem Mondlicht auf poliertem Stahl unterstrich die Warnung.

Immerhin wusste Binek dadurch, dass sich einer seiner beiden Bewacher unter dem Vordach verbarg, das den Eingang des Nebengebäudes vor Regen und Sonne schütze. Nicht dass ihm dieses Wissen viel genützt hätte.

Noch ehe Binek richtig begriff, was er tat, rannte er schon auf das Haus des Fischerhändlers zu. Es war der reine Überlebensinstinkt, der ihn so handeln ließ. *Wenigstens unversehrt bleiben, bis die Vorderfront erklommen ist* – weiter konnte er nicht mehr denken. Mit federnden Schritten erreichte er die aufragende Fassade und schnellte an ihr in die Höhe.

Die Mauer selbst lag tief im Schatten.

Trotzdem krallte er sich zielsicher in zwei übereinanderliegende Fugen und zog sich an dem so umklammerten Ziegel empor. Seine Stiefelspitzen fanden ebenso sicheren Halt. Hand über Hand, Fuß über Fuß glitt er geschmeidig die Wand hinauf. Noch die kleinste Unebenheit zu nutzen fiel dem Halbblut ebenso leicht, wie seinen Durst mit einem Becher Wasser zu stillen. Wie das ging, darüber brauchte er nicht lange nachzudenken, er tat es einfach. Und so stand Binek schon drei Herzschläge später auf dem umlaufenden Sims, der das erste Stockwerk markierte.

Von hier aus ging es ohne lange Atempause höher hinauf. Dank seines graumelierten Umhangs nur ein formloser Schemen, blieb sein Aufstieg unbemerkt. Zweifellos hatte er es dem Erbe seines unbekannten Vaters zu verdanken, dass er ein solches Gefühl für Balance und absolute Schwindelfreiheit besaß. Zwar verfügten seine Finger nicht über die Saug-fähigkeit von Eidechsenpfoten, wie ihm gerne unterstellt wurde, dafür genügten ihm kleinste Spalten und Vorsprünge, um sich an ihnen nach oben oder unten zu arbeiten. Fast so, als würde er weniger als ein mit Daunenfedern gefülltes Sei-denkissen wiegen.

Am zweiten Sims angekommen, spürte Binek eine fast kör-perlose Berührung.

Leise aufkeuchend spähte er unter seiner Kapuze hervor – und entdeckte ein schwarz-weiß geflecktes Kätzchen, das den eine Handspanne breiten Steg entlangstolzierte, als gehöre ihm die ganze Welt. Der steil aufgerichtete Schwanz schlug Binek ein zweites Mal ins Gesicht, ohne dass sich das Tier nach ihm umsah. Dann war es an ihm vorbeigezogen und blo-ckierte seinen Aufstieg nicht länger.

Das Halbblut stand gerade erst selbst auf dem Sims, als die junge Katze laut auffauchte. Keinen Lidschlag später wirbelte sie in die von Mondlicht durchflutete Gasse hinaus. Binek sah gerade noch, wie sich das Fellbündel um die eigene Körper-achse drehte, bevor es auf allen vieren landete und zischend über das Straßenpflaster davonschoss. *Was genau* die Katze von der Kante gefegt hatte, war nicht zu erkennen, doch er ahnte auch so, dass der zweite Gnom daran schuld sein musste.

Binek spürte, wie sein Mund vor Aufregung austrocknete.

Drokk und Marzz befanden sich also *beide* auf seiner Seite des Gebäudes; dieses Wissen eröffnete ihm ganz neue Mög-lichkeiten. Wilde Fluchtpläne schossen dem Halbblut durch den Kopf. Er kletterte schneller als seine Wächter, das wusste er. Aber wie stand es um die Wurfmesser und Würgeschlin-gen, mit denen sie ihren Opfern zu Leibe rückten? Was war, wenn sich längst dünne Fallstricke über mögliche Fluchtwege spannten?

Ohne sich etwas von seiner aufwallenden Erregung anmerken zu lassen, nahm Binek die Lederkappe ab und klemmte sie zwischen seine Zähne. Den Oberkörper fest an die Fassade gepresst, wickelte er auch das schmale Tuch von seinem Kopf. Das verschaffte ihm etwas Zeit, da es nun so aussah, als bereite er sich darauf vor, den Fischhändler zu erwürgen.

»Mauzerle?«

Mit der Kapuze im Nacken fiel es Binek leicht, zu dem über ihm liegenden Fenster aufzuschauen, in dem sich plötzlich ein hagerer Mann mit krausem Haar abzeichnete. Beide Hände auf den unteren Rahmen gestützt, starrte der Endvierziger angestrengt in die Gasse hinaus, ohne den unter ihm stehenden Fassadenkletterer zu bemerken. Ihn hatte wohl das Fauchen der kleinen Katze angelockt, denn er rief leise: »Wo steckst du denn? Miez-miez-miez – ich habe eine Schale voll warmer Milch für dich!«

Ein einstmals dunkelblonder Schopf, der allmählich ergraute, zeichnete sich deutlich vor dem flackernden Kerzenschein ab. Daher war gut zu erkennen, wie einige der drahtigen Locken unter einem Windzug erbebten. Das konnte nur eins bedeuten! An der Rückseite des Zimmers stand ebenfalls ein Fenster offen.

Diese Erkenntnis gab den Ausschlag.

Lautlos federte Binek in die Höhe. Wo andere haltlos zurückgerutscht wären, wurden ihm die Fugen und schlecht gesetzten Steine zu breiten Stufen, die er mühelos erstürmte. Ein leicht vorstehender Ziegel reichte ihm, um sich kurz vor dem Ziel noch einmal kräftig mit den Zehen abzustoßen. Das freie Ende des Würgetuches flog wie von alleine in seine linke Hand.

Isleifs wässrige Augen weiteten sich vor Schreck, als der aus dem nächtlichen Dunkel aufsteigende Schatten über ihn kam.

Den überraschten Händler zurück ins Zimmer zu drängen fiel nicht schwer.

»Was …«

Zuerst war es pure Verwirrung, die Isleif die Sprache verschlug, dann ein fest gewebter Stoff, der ihm zwischen die Zähne gezwängt und mit geübten Bewegungen mehrmals um den Kopf geschlungen wurde. Hätte Binek sein Opfer erdrosseln wollen, er hätte es nicht anders angestellt, nur wäre dann der Hals das Ziel seiner Attacke gewesen.

Eine Vase ging zu Bruch, während die beiden Männer miteinander rangen. Ansonsten war nur Isleifs unterdrücktes Keuchen zu hören. Hoffentlich klang das draußen so, als ränge der Händler verzweifelt nach Luft.

Hätte sich das stramm gespannte Tuch tief in den Hals geschnitten, wäre die Auseinandersetzung rasch vorbei gewesen. Verzweifelt nach dem würgenden Stoff zu greifen war das Einzige, was den meisten Opfern in ihrem Todeskampf einfiel. Panik und pure Atemnot lähmten rasch jede Gegenwehr, sobald kein Finger mehr zwischen Leinenbahnen und Kehle passte.

Isleif atmete aber problemlos durch die Nase. Nachdem der erste Schrecken überstanden war, entwickelte er die Kraft, wild um sich zu schlagen.

Binek nahm die Knüffe und Tritte wie durch einen roten Nebel wahr, trotzdem kostete ihn die Gegenwehr wertvolle Zeit – sowie seine Lederkappe, die einem Ellenbogenstoß zum Opfer fiel. Nachdem er sich kurz in dem von Pflanzen, Holzregalen, Büchern und Pergamentrollen überquellenden Zimmer orientiert hatte, schleifte er den Fischhändler brutal mit sich.

Ohne festen Grund unter den Füßen verloren Isleifs Abwehrbewegungen umgehend an Kraft. Auf halbem Wege zum

Schreibpult gelangten sie an eine Tür, die ins Treppenhaus führte. Eine beachtliche Entfernung, weil der Fischhändler über ein geradezu unverschämt großes Privatgemach verfügte, in das er sich gerne zum Arbeiten und Entspannen zurückzog. In Tonkübeln wachsende Grünpflanzen dominierten die selbstgeschaffene Oase. Auch die Tür, vor der Binek sein Opfer in die Knie zwang, wurde von zwei in Kopfhöhe pendelnden Töpfen flankiert.

Das Würgetuch weiter straff gespannt, beugte sich Binek herab, bis seine Lippen das rechte Ohr des Mannes berührten.

»Hör mir gut zu«, raunte er heiser. »Kappoks Todesschatten trachten nach deinem Leben. Lauf also, so schnell du kannst, und verbarrikadiere dich am besten in einem fensterlosen Raum.«

In den Augen des Fischhändlers irrlichterte es vor Panik. Ob er wirklich alles verstanden hatte, ließ sich nur ahnen. Für mehr blieb jedoch keine Zeit. Rasch sperrte Binek die Tür auf und stieß den Verängstigten in den dahinterliegenden Flur. Da er das rechte Tuchende fest in der Hand behielt, schleuderte der Händler zweimal um die eigene Körperachse, bevor er zu Boden stürzte.

»Verrat!«, erschallte es lauthals, noch während Binek die zugeschlagene Tür mit dem Rücken ins Schloss drückte.

Sein Mitleid hatte ihn zu viel Zeit gekostet. Drokk hockte bereits mit zum Sprung angespannten Waden im Fenster. Hätte der aufgebrachte Gnom nicht erst einen nadelspitzen Dolch aus der Lederscheide über dem linken Schulterblatt gezogen, er wäre schon durchs Zimmer geschnellt.

Binek langte instinktiv nach dem Sumpfdotter, der neben ihm in Kopfhöhe spross. Drokk wollte sich gerade von der Fensterbank abstoßen, als ihm der gefüllte Topf mitsamt der grünen Staude vor den Brustkorb knallte.

Ein dumpfer Laut ertönte. Der Aufprall trieb dem Gnom alle Luft aus den Lungen. Röchelnd zuckte er mit dem Oberkörper zurück. Ziellos fuhren seine dürren Finger durch die Luft, ohne Halt zu finden, bevor er hintenüberkippte. Einen Lidschlag lang zeichneten sich noch zappelnde Beine im Fensterrahmen ab, dann verschwanden auch sie im Dunkel der Nacht.

Weder wartete Binek, bis ein Aufprall zu hören war, noch nahm er sich die Zeit, die verlorene Lederkappe aufzuklauben. Irgendwo da draußen lauerte noch ein zu allem entschlossener Marzz, der nun vorgewarnt war. Deshalb blieb ihm nur die Flucht nach vorn.

Im Treppenhaus begann Isleif nach seinen Knechten zu rufen, während Binek unter einer frei schwingenden Öllampe hinwegtauchte. Den Kopf zwischen den Schultern eingezogen, nahm er Anlauf auf das rückwärtige Fenster, das kaum mehr als ein schwarzes Rechteck darstellte.

In der Vordergasse zerplatzte der Blumenkübel. Auf Schmerzensschreie des aufprallenden Gnomen wartete er vergeblich. Das bestärkte Binek in dem Entschluss, sich lieber den Hals zu brechen, als Drokk und Marzz in die Hände zu fallen.

Sein Umhang bauschte sich auf wie ein lebendes Wesen, als er mit angezogenen Beinen durch den Rahmen ins Freie sprang. Atemlos tauchte er in die lichtlose Finsternis ein.

## 4.

Dichtbelaubtes Geäst raste auf ihn zu, während er mit beiden Beinen voran ins Blättermeer eintauchte. Kleinere Zweige bremsten seinen Fall, bevor sie knackend zerbarsten. Lautes Rascheln begleitete die Landung auf einem kräftigen Ast, der unter dem Aufprall erzitterte, aber nur eine Handbreit nachgab, bevor er wieder in die Ausgangsstellung zurückschnellte. Jeder normale Mensch wäre dabei ausgeglitten und abgestürzt, aber nicht Schlitzohr, das Halbblut mit den Elfenknochen.

Vom Schwung des freien Falls getragen, rutschte er auf seinen Sohlen die raue Eichenrinde hinab. Zweige, Blätter und frische Triebe peitschten ihm ins Gesicht, bis er Blut auf seinen Lippen schmeckte. Der hinter ihm verfangene Umhang spannte sich, gleichzeitig fand er mit seiner rechten Stiefelspitze festen Halt in einer Astgabel.

Schnaufend blieb Binek einen Moment lang freihändig stehen, bevor er seinen Umhang mit sicherem Griff löste und in der Linken zusammenraffte. Vorsichtig sah er sich um: Vor ihm erstreckte sich ein weiträumiges Karree, das tagsüber von weit ausladenden Bäumen beschattet wurde. Wie in den gehobenen Vierteln üblich, verbarg sich hinter dem Hauptgebäude ein Innenhof, der der hier lebenden Familie und ihren Bediensteten als abgeschirmte Oase diente.

Aus dem Stand heraus sprang er am Baumstamm vorbei, direkt auf einen dahinterliegenden Ast zu, der tiefer in den Hof hineinragte.

In dem Hauptgebäude des Fischhändlers schwoll lauter Tumult an. Lichter wurden entzündet und Fensterläden aufgestoßen. Trotz des dichten Blätterdaches, das ihn vor neugierigen Blicken schützte, zeichneten sich die Konturen der Umgebung allmählich besser ab. Mit beinahe traumwandlerischer Sicherheit eilte Binek über das nachtschwarze Geflecht der Äste hinweg, wechselte mehrmals von einem tieferen Ableger auf den nächsthöheren, ohne mehr als ein leises Blätterrascheln auszulösen.

So mancher Windstoß verursachte kräftigeres Rauschen als er in dem Moment, in dem er sich abstieß, um zu einem angrenzenden Wipfel überzuwechseln. Einen Arm schützend vor das Gesicht gelegt, brach er aus der dichten Laubdecke hervor. Höchstens drei Lidschläge lang zeichnete sich seine Gestalt im Mondlicht ab, bevor er den Schutz der benachbarten Ulmenkrone erreichte, trotzdem erfüllte ein unangenehmes Sirren die Luft.

Kaum dass er wieder festen Grund unter den Sohlen spürte, passierte ihn ein silberner Blitz. In unmittelbarer Nähe erklang ein trockenes Pochen. Dort, wo Binek den Laut gehört hatte, wuchs plötzlich der zitternde Griff eines Wurfmessers aus dem Baumstamm hervor. Die tödliche Klinge hatte ihn nur um wenige Handbreit verfehlt. Der Flugbahn nach zu urteilen war sie von dem Dach hinter ihm geschleudert worden.

Marzz musste es umgehend erklommen haben, um seine Flucht in den Innenhof zu vereiteln. Wäre das rückwärtige Fenster geschlossen gewesen, wäre sie Binek niemals geglückt.

Auch in den links und rechts von ihm verlaufenden Gesindehäusern erwachte das Leben. Doch es waren nicht die Mägde und Knechte, die ihm Furcht einflößten, sondern Kappoks Todesschatten, deren tödlichem Handwerk er nichts entgegenzusetzen hatte. Ohne innezuhalten, eilte Binek weiter. Wechselte von Ast zu Ast, als wäre ihm die unbekannte Ulme ein Zuhause.

Er nahm den Umweg über eine tiefer in der Hofmitte stehende Eiche, obwohl die Entfernung zu ihr größer als zu dem nächstgelegenen Baum war. Die Verwirrung, die er damit stiftete, rettete sein Leben. Zwei weitere Klingen zischten in einiger Entfernung durchs Laub.

Doch das Versteckspiel kostete auch wertvolle Zeit. Deshalb hielt er nach dem geschlagenen Haken direkt auf das rechts von ihm liegende Gebäude zu. Ein unter seinem Gewicht auf und ab wippender Ast verlieh ihm den nötigen Schwung, als er mit beiden Füßen gleichzeitig abfederte.

Zum Abschied riss ihm ein vorstehender Ast den Handrücken auf.

Binek unterdrückte jeden Schmerzenslaut, breitete seine Arme aus und ließ den Umhang offen flattern. Im kalten Sternenlicht wuchs die Fassade immer größer an. Nur die Kanten eines geschlossenen Fensterladens boten ihm genügend Grifffläche, um sich daran abzufangen.

Krachend schlug er mit dem Oberkörper gegen die harten Bretter. Leise war es nicht gerade, doch auf den Hof zu springen und den Aufstieg vom Erdgeschoss aus zu bewältigen wäre sein sicherer Tod gewesen.

Stechender Schmerz zuckte durch seine Finger, als er sich festkrallte. Tränen verschleierten seinen Blick. Das Taubheitsgefühl ignorierend, das sich in seiner Hand ausbreitete, kletterte er sofort los. Spinnengleich schoss er zum Dach hinauf, obwohl die Anstrengungen an seinen Kräften zerrten. Allmählich versagten ihm die geprellten Finger, die fast sein gesamtes Gewicht tragen mussten, den Dienst.

Schwer atmend schwang er sich ein letztes Mal in die Höhe. Auf den gebrannten Dachziegeln stehend, sah er sich nach seinen Verfolgern um.

Ein Luxus, den er umgehend bereute.

Drokk und Marzz waren ihm näher als gedacht. Sie bewegten sich ebenso über die Dächer wie er, doch während Marzz das Karree auf der gegenüberliegenden Seite umrundet hatte, um ihm notfalls den Weg abzuschneiden, eilte Drokk über dasselbe Dach heran, auf dem Binek sich gerade aufrichtete.

Den Sturz aus dem Fenster hatte der Gnom überlebt, sich dabei aber zahlreiche Blessuren eingehandelt. Er sah mindestens doppelt so zerkratzt aus, wie Binek sich fühlte. Die Wut, die im Inneren des Gnomen gärte, ließ ihn jeden Schmerz vergessen. Sein mit Abschürfungen übersätes Gesicht verzerrte sich, als er seine erhobene Rechte im Laufen nach vorne riss. Im gleichen Moment, da die Hand anklagend auf Binek deutete, blitzte es zwischen ihren feingliedrigen Fingern auf.

Binek duckte sich, um seine Angriffsfläche zu verkleinern, und warf sich noch aus der Bewegung heraus zur Seite.

Keinen Herzschlag zu spät.

Wo er gerade noch gestanden hatte, kreuzten sich zwei Flugbahnen. Auf Brusthöhe die des Wurfmessers, das Drokk geschleudert hatte, auf Hüfthöhe der von Marzz stammende Stahl. Zumindest die niedrig angesetzte Klinge hätte ihn sogar geduckt erwischt – und damit sein Ende besiegelt.

Für einen Verletzten, der eine Blutspur hinterließ, gab es vor den Gnomen kein Entkommen. So viel war sicher.

Der Länge nach ausgestreckt, rollte Binek das stark geneigte Dach herab. Die halbrunden Pfannen knackten unter seinem Gewicht, doch sie zerplatzten nicht. Ein aufragender Schornstein schützte ihn vor weiteren Messern aus Drokks Hand.

Der gähnende Abgrund rückte immer näher. Zum Glück war Binek die darunterliegende Seitengasse bekannt, darum drehte er sich so, dass er mit den Füßen voran abwärtsrutschte. Flach auf dem Rücken liegend, nahm er schnell Fahrt auf. Mit dem wollenen Umhang ließ sich gut auf den glatten Ziegeln rutschen.

Drokk schrie vor Enttäuschung laut auf. Ihm reichte nicht, dass sein Feind in den Tod stürzte. Längst dürstete er danach, das Schlitzohr mit bloßen Händen zu erwürgen.

Zu spät.

Über die Schräge hinweg sauste Binek ins Leere. Was hätte er sonst tun sollen? Auf den Dächern waren die Gnome ebenso schnell wie er; dort hätten sie ihn früher oder später in die Enge getrieben.

Kerzengerade fiel er vor dem Gesindehaus in die Tiefe, bis ein Erker seinen Fall bremste. In den Knien nachfedernd, landete er auf beiden Seiten des schmalen Dachfirsts und krallte sich an einem vorspringenden Giebel fest.

Feiner Stallgeruch zog ihm in die Nase. Selbst in den vornehmsten Ecken der Stadt kamen die Bürger nicht ohne Esel und Ziegen aus. Sehr reiche Händler und Adlige leisteten sich sogar Pferde. Für all dieses Viehzeug musste Heu und Stroh herbeigeschafft werden, etwa in dem Leiterwagen, der vor dem gegenüberliegenden Gesindehaus des Nachbarn stand.

Das Würgetuch mit beiden Händen umklammernd, streckte sich Binek einer Fahnenstange entgegen, an der tagsüber das Zunftwappen der Böttcher wehte. Als er darauf zuhechtete, machte er seinen Körper so lang wie möglich. Fast übertrieb er es dabei, denn der matt schimmernde Endknauf wuchs so schnell vor ihm an, dass er sich in sein Gesicht zu bohren drohte. Den Kopf eingezogen, tauchte der Halbelf darunter hinweg, nicht ohne zuvor das Tuch in die Höhe geworfen zu haben.

Der harte Ruck in seinen Händen, als der Stoff den Fall bremste, pflanzte sich bis in die Schultern fort. Eine Armlänge weit rutschte er an der Stange entlang, bevor er direkt über dem Fuhrwerk losließ. Das geladene Stroh dämpfte seine Landung, die unangenehm laut vonstattenging.

Unter dem harten Aufprall zerbrach die Vorderachse. Beide Wagenräder sprangen ab und schepperten zu Boden.

Auf der Ladefläche umhergeschleudert, sprang Binek

kopfüber in die Gasse. Das Kinn fest aufs Brustbein gepresst, rollte er über die rechte Schulter ab. Schon drei Schritte später verschwand er hinter der nächstgelegenen Hausecke, ohne scharfen Stahl in seinem Rücken zu spüren.

Seine Freude über den erlangten Vorsprung verflog jedoch, als er sah, wie weit sich die vor ihm liegende Gasse erstreckte, bevor die erste Abzweigung lockte. Obwohl Drokk und Marzz viel Zeit verloren, weil sie erst mühsam von Isleifs Nebengebäude herabklettern mussten, bekamen sie sicher noch zu sehen, welche Richtung er einschlug.

Zur Umkehr war es zu spät, also blieb dem Halbblut nichts anderes übrig, als weiterzulaufen. *Nicht aufgeben*, beschwor er sich selbst. *Immer weiter, solange du kannst.*

Magnon belohnte Bineks Beharrlichkeit, indem er ihm eine Hofeinfahrt bescherte, die das Wahrzeichen eines weiteren Böttchers trug. Trotz eines hoch aufragenden Rundbogens war sie nur durch eine doppelt mannshohe Pforte versperrt.

Ohne zu zögern, sprang Binek die Bretter empor und wälzte sich so flach wie möglich über die Oberkante. Der Freiraum zwischen Tor und Mauerwölbung hätte mehr Platz hergegeben, aber durfte er sicher sein, dass ihn nicht von irgendwoher ein neugieriges Augenpaar belauerte? Der Spieß eines Wachpostens konnte ebenso tödlich sein wie die Klingen der Gnome.

Binek hockte gerade rittlings auf dem Tor, als es im Hof metallisch klirrte. Enttäuscht biss er sich auf die Lippen. Natürlich! Wer auf eine so schwache Pforte vertraute, war entweder schwachsinnig oder hatte noch weitere Maßnahmen in der Hinterhand. Erneutes Rasseln. Diesmal wesentlich näher, aber zu häufig und zu regelmäßig für einen menschlichen Wächter, der ein Schwert aus der Scheide zog.

Kurz darauf schoben sich zwei struppige Kettenhunde in

den silbernen Lichtstreifen, der den Innenhof sauber umrissen durchschnitt.

Binek atmete erleichtert auf. Besser hätte er es nicht treffen können.

Jede hastige Bewegung vermeidend glitt er herab und trat vorsichtig auf die Tiere zu. Kniehoch waren sie, von gedrungener, aber muskulöser Gestalt. Eine Kreuzung der bissigsten Rassen, zweifellos darauf abgerichtet, jedem Eindringling an die Kehle zu gehen.

Jeder Hund, der an der Kette lebt, wird im Laufe der Zeit bösartig. Der fehlende Auslauf steigert die Angriffslust, da stellten diese beiden Exemplare keine Ausnahme dar. Außer ihrem Herrn, der sie von klein auf fütterte, trachteten sie jedermann nach dem Leben. Umso erstaunlicher mutete das Verhalten an, dass sie Binek gegenüber an den Tag legten. Statt auf den Halbelf zuzuschnellen, verfolgten sie interessiert jeden seiner Schritte. Vollkommen ruhig standen sie da, ohne das leiseste Knurren.

Kräftige Gebisse schimmerten unter ihren zurückgezogenen Lefzen hervor.

»Nicht bellen, Freunde«, bat Binek leise. »Ihr müsst mir helfen. Mir sind zwei üble Burschen auf den Fersen.«

Er wusste um die natürliche Zuneigung, die ihm viele Tiere entgegenbrachten. Ein weiteres Talent, das ihm mit in die Wiege gelegt worden war, allerdings eines, von dem nur die wenigsten etwas wussten. Zumindest vor der Dunklen Gilde hatte er es erfolgreich verbergen können.

Schmerz, Tollwut oder ein Leben an der Kette vermochten die Wirkung jedoch zu stören – oder gar alle unsichtbaren Bande zu zerreißen. Deshalb galt es, diese kraftstrotzenden Bestien mit sanfter Stimme einzulullen und jede falsche Bewegung zu vermeiden.

»Richtig gemeine Gnome sind das!«, hob Binek beschwörend an. »Sie wollen mich zwingen, einen unschuldigen Mann zu töten, aber das kann ich nicht. Das versteht ihr doch, oder?«

Einen Dreck verstanden diese Kettenhunde. Immerhin waren sie selbst darauf abgerichtet, jeden zu zerfleischen, der ihr Revier verletzte. Aber irgendetwas musste Binek ihnen erzählen, während er sie langsam umrundete. Denn es war der Klang seiner Stimme, der sie friedlich stimmte.

Bineks Hals fühlte sich an, als hätte er eine stachlige Kastanie verschluckt. Das Sprechen fiel ihm zunehmend schwerer, doch es gab kein Zurück. Die Schritte seiner Verfolger hallten bereits durch die vor dem Tor verlaufende Gasse. Er musste den Lichthof so schnell wie möglich verlassen.

Fahles Mondlicht verlieh den Hundeaugen einen tückischen Glanz. Der unsichtbare Bann, der Binek vor ihnen schützte, hielt weiterhin an. Sogar noch, als sie ihre Ohren wegen Drokk und Marzz aufstellten, die auf Höhe des Gebäudes anlangten.

Leises Knurren erfüllte die Kehlen der Wachhunde.

Rasch drang Binek noch tiefer in den Schlagschatten ein, der den Innenhof in eine stockdunkle und eine silberhelle Seite unterteilte. Das vor ihm aufragende Gebäude war nur schemenhaft zu erkennen. Schaffte er es bis dorthin, verschmolz er selbst für nachterprobte Gnomenaugen mit der ihn umgebenden Finsternis.

Beide Hände vorgestreckt, tastete er sich blindlings vorwärts, bis er mit dem linken Knie gegen ein Hindernis stieß. Schlimmer als der Schmerz, der sein Bein durchzuckte, war ein überlautes Scharren, das die Stille zerriss. Dem kratzenden Geräusch nach zu urteilen, war er gegen eine leere Schubkarre geprallt.

Im Haus des Böttchers blieb alles ruhig, doch die Gnome hörten ihn.

»Da!«, hallte es aus der Gasse wider. »Das muss Schlitzohr sein!«

Augenblicke später ächzte das Tor unter dem doppelten Gewicht der beiden Todesschatten. Gleichzeitig erwachten die Kettenhunde aus ihrer Erstarrung. Sie schlugen nicht an, nur leises Klirren begleitete ihren Weg. Vermutlich waren sie darauf dressiert, nicht beim kleinsten Geräusch loszubellen, oder sie schnappten gerne ohne Vorwarnung zu.

Vielleicht auch beides.

Die Gesichter von Drokk und Marzz tauchten in dem gemauerten Rundbogen auf. Sofort sprangen die Tiere in die Höhe. Ihre Pfoten kratzten über das Holz, kurz bevor sie zubissen. Drokk riss den Arm zurück, auf dem er sich abstützte. Keinen Atemzug später schlug an gleicher Stelle ein mächtiger Kiefer zusammen, der ihm glatt das Fleisch vom Knochen gerissen hätte.

Schließlich begannen die Wachhunde doch noch zu bellen. Ausgesprochen laut und angriffslustig. Drokk und Marzz tauchten in der Gasse ab, blieben aber auf der anderen Torseite stehen. Das stachelte die Raserei der Tiere zusätzlich an.

»Entenflott und Rattendreck!«, ließ sich Drokk vernehmen. »Hätte sich Schlitzohr dort hineingeflüchtet, läge er bereits zerfleischt in seinem Blute.«

»Schön wär's!«, antwortete Marzz. »Dann bräuchten wir nur noch seine Knochen einzusammeln.«

»Verteil das Elfenbein nicht, ehe das Halbblut erlegt ist.« Ein zufriedenes Kichern begleitete die umgedichtete Jagdweisheit.

»Tratsch nicht so viel!«, brauste Marzz auf. »Sonst wird Schlitzohrs Vorsprung nur noch größer.«

Ohne sich weiter abzustimmen, rannten die beiden gemeinsam los, fest davon überzeugt, ihre Beute in einer der folgenden Seitengassen aufzuspüren. Vielleicht würden sie sich bald aufteilen oder wieder auf die Dächer wechseln, Binek wusste es nicht. Er machte sich auch keine Gedanken darüber, sondern beobachtete angespannt, wie die Hunde zu bellen aufhörten, sobald die Eindringlinge das Weite gesucht hatten.

Zufrieden knurrend wandten sie sich vom Tor ab und kehrten in den Schatten zurück. Im Haus des Böttchers blieb es vollkommen ruhig, auch in den Nebengebäuden flammte kein Kerzenlicht auf. So ein bisschen nächtliches Gebell schien niemanden um den Schlaf zu bringen. Die Hunde trotteten direkt auf Binek zu und ließen sich zu seinen Füßen nieder.

»Das habt ihr gut gemacht«, lobte er. »Bestimmt lassen sich diese Hasenfüße nie mehr hier blicken.«

Die Dunkelheit verbarg, ob sie empfänglich für seine Schmeicheleien waren. Als Binek jedoch die Rechte ausstreckte, um einen der Hunde hinterm Ohr zu kraulen, schimmerten ihm zwei makellose Zahnreihen entgegen. Kettenhunde blieben nun einmal Kettenhunde, denen von klein auf Misstrauen eingebläut worden war. Vielleicht hätte er eine stärkere Bindung zu ihnen aufbauen können, aber dafür fehlte ihm die Zeit.

Binek musste Imor vor Anbruch der Morgendämmerung verlassen, sonst war sein Schicksal besiegelt.

Die Distanz zu den schläfrigen Tieren beibehaltend, sah er zum Himmel auf. Mitternacht war längst verstrichen. Der Mond neigte sich bedenklich dem Westen entgegen. Binek musste sich sputen, wollte er noch im Schutze der Dunkelheit fliehen.

Nach kurzer Überlegung verwarf er den Gedanken, den direkten Weg über die Südmauer zu nehmen. Das Land seiner Väter war eine so offensichtliche Wahl, dass die Gnome bestimmt die Südstadt durchstreiften, sobald ihnen klarwurde, dass er sie abgehängt hatte.

Wandte er sich hingegen zunächst dem Meer zu, glaubte Kappok vielleicht sogar, dass er übers Wasser fliehen wollte. Obwohl das für Binek keinesfalls in Frage kam, da er den Tod durch Ertrinken weitaus mehr fürchtete als die einsamen Weiten jenseits der Stadtmauern. Außerdem, was blieb ihm schon, außer der Hoffnung, nahe dem Hochwald doch auf einige Elfen zu stoßen, die nicht nur den Bastard in ihm sahen? Anderswo hatte er garantiert keine Unterstützung zu erwarten.

Bei dem Gedanken daran, sein bisheriges Leben unwiderruflich hinter sich zu lassen, wurde ihm ganz elend zumute. Der drängenden Zeit gehorchend schüttelte er die bleierne Schwere ab, die seine Glieder lähmte. Entschlossen machte er sich auf den Weg, über die Dächer Imors hinweg, einer Freiheit entgegen, die er nie gewollt hatte.

## 5.

Nicht umsonst gilt die Zeit kurz vor dem Morgengrauen als ideal für einen Überraschungsangriff. Zu keiner anderen Zeit des Tages ist die Luft kälter, die Natur stiller oder der Schlaf von Mensch und Tier tiefer. Selbst pflichtbewusste Wachen rücken in dieser Spanne näher ans Feuer und kämpfen gegen bleierne Müdigkeit an.

Der Posten auf der *Rabennase* machte es Binek besonders leicht. Mit auf dem Brustkorb abgesunkenen Kinn hockte er vor seinem Feuerkorb und umklammerte einen mannshohen Wachspieß mit beiden Händen. Trotz dieser unbequemen Haltung schlief er tief und fest. Auch der in die Stirn gerutschte Helm störte ihn nicht. Der arme Kerl musste wirklich todmüde gewesen sein. Nicht einmal die unter dem roten Gardeumhang hervortretenden Schulterblätter erbebten unter seinen Atemzügen.

Für Binek stellte diese grobe Pflichtverletzung einen wahren Glücksfall dar. Verlief die Westmauer doch zu großen Teilen entlang eines breiten Baches, der einen natürlichen Wassergraben am Fuße der Befestigung bildete. Da die Baumeister seinerzeit dem geschlängelten Ufer gefolgt waren, verlief auch die Stadtmauer keineswegs schnurgrade, sondern sprang häufiger vor und zurück. Die sogenannte *Rabennase* markierte dabei den stärksten Ausreißer gen Westen. Schwang sich Binek hier von den Zinnen, blieb sein Abstieg für die anderen Gardisten bis zuletzt unsichtbar. Durchwatete er anschließend das flache Bachbett im Schutze einer Wolkendecke, vollzog sich seine Flucht gar völlig unbemerkt.

Falls um diese Zeit überhaupt noch ein Posten ins Land hinausspähte. Dass jemand aus der Stadt die Mauer herabzuklettern versuchte, erwartete keiner von ihnen. Nur wenige Menschen waren überhaupt zu einem solchen Kunststück fähig, ohne dabei Leib und Leben zu riskieren.

Still in sich hineinlächelnd huschte Binek die letzten Stufen zur Bastion empor. Natürlich war er darin geübt, sich heimlich an einem Wachposten vorbeizustehlen, nach der hinter ihm liegenden Aufregung wusste er ein leichtes Unterfangen jedoch zu schätzen.

Die rettenden Zinnen lagen nur noch wenige Schritte entfernt, als sich eine davor kauernde Gestalt erhob und ihm den Weg vertrat. Eben noch gänzlich mit dem Mauerschatten verschmolzen, stand sie plötzlich wie aus dem Boden geschossen da. Das von hinten einfallende Mondlicht verlieh ihrem graumelierten Mantel silberne Umrisslinien. Binek ahnte sofort, dass er es mit einem Gildebruder zu tun hatte. Als sein Gegenüber die Kapuze zurückschlug, schrak er dennoch zusammen.

»Hartwig!«, entfuhr es ihm lauter als beabsichtigt.

»Du bist wirklich noch leichter zu durchschauen, als ich zu hoffen gewagt habe.« Das Oberhaupt der Diebesgilde schüttelte den Kopf. »Hast du denn nie zugehört, wenn ich euch etwas beizubringen versucht habe? Niemals naheliegend handeln, immer das Unvorhergesehene tun!«

»Naheliegend wäre gewesen, die Südmauer zu überwinden.« Binek wusste selbst nicht, warum er seine weiteren Fluchtpläne darlegte. Vermutlich weil er tief in seinem Inneren spürte, dass es keine Rolle mehr spielte, ob er Hartwig in sie einweihte oder nicht.

»Vielleicht unvorhersehbar für Gnome.« Ein grausames Lächeln umspielte die Lippen des Gildemeisters. »Aber hast du wirklich geglaubt, Kappok würde sich völlig auf diese beiden leeren Sumpfschädel verlassen? An allen strategisch wichtigen Punkten stehen deine Zunftbrüder bereit, um dich im Fall der Fälle in Empfang zu nehmen. Aber nur *ich* wusste ganz genau, wo du nach deinem erneuten Versagen wirklich zu finden sein wirst.«

Selbstgefälligkeit war eine von Hartwigs schlechtesten Eigenschaften, doch beileibe nicht die gefährlichste. Unversehens blitzte ein Messer zwischen seinen Fingern auf. Binek wusste nicht, woher es so plötzlich kam, nur dass es schneller den Weg in sein Herz finden würde, als er die eigene Klinge zu ziehen imstande war.

Verzweifelt sah er zu dem Gardisten, der noch immer in

der gleichen Haltung auf dem Schemel verharrte. Bei Magnon! So tief konnte doch kein Mensch schlafen!

»Den hast *du* auf dem Gewissen!«, sagte Hartwig kalt. »Hättest du Kappoks Befehlen beizeiten Folge geleistet, wäre er noch am Leben.«

Obwohl Binek geahnt hatte, dass der Mann tot sein musste, traf ihn die Gewissheit mit der Härte eines Faustschlages.

»Geschwätz!«, stieß er hervor. »Nur wer die Klinge führt, entscheidet über Leben und Tod! Versuche nicht, die Verantwortung auf mich abzuwälzen, sondern mach es mit dir selbst aus, dass du zum Mörder geworden bist.«

»Ach, Binek, du und dein ausgefranstes Ohr, ihr werdet mir garantiert nicht fehlen.« Urplötzlich veränderte sich Hartwigs Gesichtsausdruck. Eine eigenartige Mischung aus langgehegter Abneigung und purer Mordlust zeichnete sich darin ab. »Ein Stück von dir werde ich trotzdem für mich behalten. Am besten eines deiner Schulterblätter. Wenn ich das bei mir trage, erklimme ich jede Wand so schnell wie du!«

Dass ihn der Jüngste der Gilde in der Kunst des Kletterns übertraf, wurmte den Meister sicherlich schon lange. Mit dem scharf geschliffenen Messer in der Vorhalte, ging Hartwig ohne weitere Vorwarnung zum Angriff über.

Binek blickte verzweifelt nach rechts, wo die Zinnenkrone bereits die *Rabennase* umfasste. Geschickt täuschte er mit einer leichten Körperbewegung einen Fluchtversuch in diese Richtung an, sprang aber schon im nächsten Augenblick in die entgegengesetzte. Direkt auf den Toten zu.

Hartwig fiel auf die Finte herein. Das verschaffte Binek die Gelegenheit, den Wachspieß zu packen. Der Versuch, die Waffe mit einem harten Ruck an sich zu reißen, scheiterte jedoch. Die klammen Hände des Leichnams wollten den Schaft einfach nicht hergeben.

Beinahe brachte Binek den Toten mitsamt dem Feuerkorb zu Fall. Hartwig hatte das Waffengehänge des Leichnams an den rußverkrusteten Streben festgebunden, um dessen schlafende Haltung zu fixieren. Alles, was Binek deshalb erreichte, war, dass dem Gardisten der Helm vom Kopf rutschte.

Wirr abstehende Haare quollen darunter hervor. An dem Hals, der unter dem auseinanderklaffenden Mantel hervorschimmerte, zeichneten sich dunkle Würgemale ab.

Dass der Posten Hartwigs Drosseltuch zum Opfer gefallen war, nahm Binek nur am Rande wahr. Seine ganze Aufmerksamkeit galt bereits dem Gildemeister, der wutschnaubend auf ihn zustürmte.

In jeder anderen Nacht wäre Binek über die Treppe davongelaufen. Doch zu fliehen war sinnlos geworden. Für ihn gab es keinen Ort mehr, an dem er sich noch verstecken konnte. Und im Gegensatz zu ihm war Hartwig ausgeruht. Der würde sich garantiert nicht abhängen lassen, sondern ihn zu Tode hetzen.

Binek wollte nicht sterben, darum reagierte er wie jedes andere rettungslos in die Enge getriebene Lebewesen. Er stellte sich zum Kampf.

Von einem Lidschlag auf den anderen fiel alle Angst von ihm ab wie eine zweite Haut. Irgendetwas anderes als sein Verstand übernahm die Kontrolle über seine Handlungen. Von nun an reagierte er rein instinktiv, vom bloßen Überlebenswillen getrieben.

Mit der Linken umklammerte er den Wachspieß kurz unterhalb der eisernen Spitze, ballte seine rechte Hand zur Faust und zog sie voll durch. Der biegsame Schaft zersplitterte unter einem Schlag, dem die Kraft der Verzweiflung innewohnte.

Hartwig war schon auf eine Schrittlänge heran, als sich Binek zu ihm herumwarf. Vielleicht war es das laute Bersten, das den Gildemeister im letzten Moment irritierte. Jedenfalls zögerte er kurz, während Binek zielgerichtet handelte.

Schon einen Herzschlag später prallten sie gegeneinander. Den zersplitterten Schaft mit beiden Händen vorgereckt, spürte Binek einen harten Stoß, der ihn bis in die Schultern erschütterte. Gleichzeitig verfing sich etwas Kaltes, Scharfes in seiner Kapuze.

Die Welt um ihn herum begann zu wirbeln. Binek verlor jedes Gefühl für oben und unten, bis er der Länge nach auf kalten Stein schlug. Benommen stemmte er sich in die Höhe und taumelte zwei Schritte umher, bevor er wieder klar sehen konnte.

Erst danach bemerkte er seinen auf dem Boden liegenden Gegner. Hartwigs Gesicht spiegelte grenzenlose Überraschung wider. Und Schmerz.

Großen Schmerz.

Dort, wo die eiserne Spitze in den Körper gedrungen war, sprudelte das Blut aus der Wunde hervor, sickerte mit warmer Klebrigkeit ins Hemd und sog den durchnässten Stoff fest an die Haut. Obwohl Hartwig den roten Strom mit seinen Händen zu bändigen suchte, dauerte es nicht lange, bis die Kleidung ganz und gar durchtränkt war.

Die Verwundung war tödlich, so viel stand fest.

Anfangs stieß der Gildemeister noch eine Reihe unzusammenhängender Flüche aus, doch schon kurz darauf sackte er kraftlos in sich zusammen. Sein Gesicht wurde so fahl, dass es im Mondschein zu glänzen begann. Ein Zittern durchlief den ausgestreckten Körper, gefolgt von einem letzten Röcheln. Plötzlich lag er genauso leblos da wie der durch seine Hand getötete Wachposten.

Binek hatte nur eine zerschnittene Kapuze zu beklagen, doch er spürte nicht den geringsten Triumph.

Über die Dächer der Stadt hinweg entdeckte er den ersten Lichtstreif am Horizont. Zwischen den Häusern meldete ein übereifriger Hahn die anbrechende Morgendämmerung. Während das Krähen durch die engen Straßen hallte, wurde sich Binek schmerzhaft bewusst, dass Kappoks Prophezeiung doch noch in Erfüllung gegangen war.

Um selbst am Leben zu bleiben, hatte er einen Mann vor dem ersten Hahnenschrei töten müssen. Zwar hatte er nicht den verlangten Mord begangen, sondern in schierer Notwehr gehandelt, trotzdem rebellierte sein Magen. Bittere Galle schoss ihm in den Mund, aber zum Erbrechen fehlte die Zeit.

Mühsam ignorierte er die Reue, die wie eine Ratte in ihm nagte, und schwang sich über die Zinnen hinweg in die Tiefe.

# Im Hochwald

## I.

Der Übungsplatz war noch leer, als Eyron ihn betrat. Wie es sich für einen Hauptmann der Silbergarde geziemte, exerzierte er bereits zur frühesten Stunde, während andere noch unter der Decke lagen und dem morgendlichen Gezwitscher der Vögel lauschten. Inmitten des Karrees aus festgestampftem Boden nahm er seinen Platz ein, die Gleve locker in den Händen balancierend.

Andere Elfenkrieger bevorzugten den Bogen, der für Eyron nur zur Jagd diente oder um die Reihen eines anstürmenden Feindes schon aus großer Entfernung zu lichten. Echte Schlachten wurden im Kampf Mann gegen Mann geschlagen, und dafür gab es nichts Besseres als das mannshohe Stangenschwert, das er aufs Vortrefflichste beherrschte. Mit ihm wehrte er den Bihänder der Nordländer ebenso ab wie die Kriegsaxt der Zwerge oder den Streitkolben der Orks.

Mit der langen Stahlspitze konnte er blitzschnell zustoßen oder von der Seite her sensen, mit dem Widerhaken den Gegner binden oder dessen Schläfen mit dem Endknauf zertrümmern, all das und noch viel mehr ließ sich mit der Gleve machen. Diese Vielfalt bot keine andere Hieb- oder Stichwaffe, deshalb war die Gleve stets seine erste Wahl, ganz gleich, gegen wen es ging.

Beide Beine leicht vom Körper gespreizt, suchte Eyron einen festen Stand, bevor er die Gleve in den vorgeschriebenen Figuren umherwirbelte. Zuerst nur zwischen seinen Händen, dann über seine Schultern hinweg und um die Hüften herum. Immer auf perfekte Körperspannung achtend, presste er das glattpolierte Ebenholz fest gegen die Rückseite des linken Oberarms, bevor er es eine Sekunde später unter der Achsel hindurchdrehte, um in einer neuen Angriffshaltung zu verharren.

Minutenlang wechselte er so von einer Stellung in die nächste. Ein leises Sirren erfüllte die Luft, während er unermüdlich silberne Bahnen um seinen Körper wob. Unter den wärmenden Strahlen der aufgehenden Sonne liefen dem schlanken Elfen bald feine Schweißbahnen über die Stirn, doch das machte ihm nichts aus. Jeder, der auf dem Übungsplatz salziges Nass vergoss, huldigte den Waldgöttern in der besten Weise.

Sobald seine Muskeln aufgewärmt waren, ging der Hauptmann zum Schattenkampf über, bei dem er einen oder mehrere unsichtbare Gegner attackierte. Wegen der frühen Stunde sah niemand, wie geschickt er sich dabei gegen imaginäre Menschen, Zwerge oder Trolle wehrte. Ihre niederträchtigen Angriffe parierend, federte er immer wieder hoch in die Luft, drehte sich geschmeidig und stieß von oben herab zu, bevor er in einer neuen Kampfstellung landete.

Geschickt wich er dem gegnerischen Stahl ein ums andere Mal aus, ließ ihn an der Gleve abgleiten oder schlug ihn zur Seite, bevor er zu einem schnellen Gegenstoß ansetzte. Selbst ein zufälliger Beobachter, der nichts von hoher Kampfkunst verstand, hätte die tödliche Anmut bewundert, mit der Eyron jede seiner Bewegungen ausführte. Da er aber weder zur Angabe neigte noch andere Krieger entmutigen wollte, mied er absichtlich die Zeiten, an denen sich viele Zuschauer am Exerzierplatz einfanden.

Nach einer gefühlten Stunde hatten ihn die fortwährenden Drehungen, Stöße und Luftschläge so stark erschöpft, dass er schnaufend innehielt. Ein kurzer Blick auf den Stand der Sonne bestätigte seine Schätzung.

Ja, genau eine Stunde hatte die Übung gedauert.

Stolz erfüllte seine Brust. Nicht nur, weil sein Zeitgefühl so zuverlässig war, sondern auch, weil er einem Volk angehörte, das einen vollständigen Tag in vierundzwanzig gleiche Zeitabschnitte einzuteilen wusste. Wo Menschen, Orks und andere geistig eingeschränkte Völker nur grob in Morgen, Mittag, Nachmittag und Abend unterschieden und sich höchstens noch mit Lid- und Herzschlägen behalfen, sah das bei den Elfen des Hochwaldes ganz anders aus.

Nur die Zwerge mochten über eine ähnlich exakte Zeitrechnung verfügen, doch wenn, dann sicherlich nur, weil sie sie bei den Elfen abgeschaut hatten. Von Natur aus diebisch veranlagt, wie sie waren, klauten die Wichte ohnehin alles zusammen, was ihnen nützlich erschien. Allein der Gedanke an die verwachsenen Gesellen, denen ungepflegte Haare aus jeder Körperöffnung sprossen, erweckte in Eyron den Wunsch nach einem heißen Bad.

Da ihm sein blütenweißes Hemd am Körper klebte, galt es ohnehin den Badezuber aufzusuchen. Auch sein weizenblondes Haar verlangte nach Wasser, Seife und der ordnenden Hand eines Kammes. Als Robur herbeieilte, ahnte Eyron jedoch, dass seine Körperpflege eine Weile zurückstehen musste.

Statt dem Junggardisten entgegenzugehen, erwartete ihn der Hauptmann am Rande des Übungsplatzes. So blieb ihm mehr Zeit, sich über die ungebührliche Aufregung zu ärgern, die sich auf Roburs Gesicht abzeichnete. Obwohl der junge Spund erst vierzig Jahre zählte, repräsentierte er doch die

Silbergarde, die in allen elfischen Tugenden ein Vorbild zu geben hatte.

Wäre es nach Eyron gegangen, hätte Robur ohnehin nicht in ihren Reihen dienen dürfen. Torposten des einfachen Wachverbandes hätte eher den Talenten des Jungen entsprochen, schließlich musste es auch Krieger geben, die sich mit den Bauern, Händlern und Schmugglern beschäftigten, die in immer größerer Zahl das Grenzgebiet durchstreiften. Doch Robur war von Adel, der Einfluss seiner Mutter reichte bis in den Kronrat hinein. Außerdem hatte der große Krieg einen hohen Blutzoll gefordert, der immer noch nicht ausgeglichen war. Angesichts ihrer niedrigen Geburtenrate würde es noch lange dauern, bis die Silbergarde ihre gelichteten Reihen ausschließlich mit Kriegern besetzen konnte, die zur absoluten Elite gehörten.

Die Gleve in der Armbeuge, trug Eyron einen stoischen Gesichtsausdruck zur Schau. Nur schade, dass nicht das kleinste Lüftchen über den Übungsplatz wehte. Sein unter einer frischen Brise auffächerndes Haar hätte die Wirkung verstärkt, die er zu erzielen hoffte.

Der Junggardist schien auch so den unterschwelligen Tadel zu bemerken, den Eyrons Haltung ausdrücken sollte. Auf den letzten Schritten dämpfte er seine Emotionen, die sich viel zu deutlich in seinen glatten Zügen abzeichneten. Gleichzeitig gelang es ihm wohl, seinen Herzschlag zu kontrollieren, denn das hektische Rot auf seinen Wangen verlor an Kraft. Mit frisch gestraffter Haltung baute er sich wie zu einer Meldung auf, obwohl er nicht einmal den Schimmermantel der Garde trug.

»Herr Hauptmann!«, stieß er mühsam beherrscht hervor. »Kommt mit mir, schnell. Etwas Schreckliches ist geschehen.«

Eyrons rechte Augenbraue wölbte sich. »Nun, so schlimm kann es wohl nicht sein, da ihr noch ohne Rüstung …«

»Die Quelle!«, unterbrach ihn Robur eine Spur zu schrill. »Die Heilige Quelle! Sie ist über Nacht versiegt!«

Die Nachricht war von solcher Ungeheuerlichkeit, dass sie Eyron den Atem verschlug. Sekundenlang hatte er das Gefühl, den Boden unter seinen Füßen zu verlieren. All der Tadel, den er sich für Robur zurechtgelegt hatte, war mit einem Mal vergessen.

*Versiegt!*, schoss es ihm mehrmals hintereinander durch den Kopf. *Das darf doch nicht wahr sein!*

Nur äußerlich ungerührt, wischte er diese Gedanken beiseite, bevor er fragte: »Bist du sicher? Hast du das nur gehört oder wirklich selbst gesehen?«

»Mit eigenen Augen, so wahr ich hier stehe!« Um seine Worte zu unterstreichen, nickte der junge Elf heftiger als ein angetrunkener Zwerg in der Schänke. »Doch überzeugt Euch selbst, wenn Ihr mir nicht glaubt.«

Natürlich zweifelte Eyron nicht an der Ehrlichkeit des Gardisten. Kein Elf des Hochwaldes wäre so verrückt gewesen, eine solche Absonderlichkeit zu erfinden. Doch die Meldung war so ungeheuerlich, dass er sich unbedingt selbst ein Bild der Lage machen musste.

Gemeinsam mit Robur machte er sich auf den Weg. Obwohl die Neugier unter seinen Füßen brannte, wollte er nicht aufgeregt vorwegeilen. Leider entschloss sich sein Untergebener ausgerechnet jetzt dazu, in angemessener Würde zu schreiten.

»Schneller, Gardist!«, trieb Eyron ihn zur Eile an. »Vielleicht steht das Schicksal unseres Volkes auf dem Spiel.«

Robur bedachte ihn daraufhin mit einem Ausdruck größter Verwirrung, bevor er sich in das Schicksal jedes Gardisten fügte, dem die Widersprüchlichkeit der erhaltenen Weisungen und Befehle ein Rätsel blieb. Hohe Bäume mit ausladenden Kronen, die sie wie ein natürliches Dach überspannten, säumten ihren Weg, während sie ihr Tempo beschleunigten. Für die astlosen unteren Regionen waren die zahlreichen Priester zuständig, die in der Grenzfeste lebten. Bei diesen Brüdern und Schwestern ging das Wissen um heilsame Kräuter Hand in Hand mit großem gärtnerischem Geschick, dem die Elfen sowohl den Dornenwall als auch den nutzbringenden Eibenholzhain verdankten.

Eyron zollte ihnen dafür den gleichen Respekt wie jeder andere seines Volkes, missbilligte aber, dass sich die Priester aufgrund ihrer wichtigen Stellung nicht selten als einzig wahre Diener der Waldgötter aufspielten. Dabei besaß der Wald auch eine wehrhafte Seite, die durch die Silbergarde repräsentiert wurde. Aber es war nun mal das Los der Krieger, dass ihre Wertschätzung in Zeiten des Friedens sank und erst im Angesicht aufflammender Gefahr erneut zu alter Pracht erblühte. Aber die Zeit des neuen Heldentums lag nur eine Klingenlänge weit entfernt, solange Zwerge, Trolle oder Menschen in unmittelbarer Nachbarschaft zueinander lebten, davon war der Hauptmann überzeugt.

Wie zur Bekräftigung seiner Gedanken ragten zur Linken die mit Grünspan überzogenen Turmspitzen der Silberfeste auf, der ältesten und wichtigsten aller Grenzburgen. Für ein Volk, das mit und in dem dichten Hochwald lebte, war der Schutz seiner Quellen von besonderer Bedeutung. Vor allem, wenn es dabei um den Ursprung des wichtigsten aller Hochwaldflüsse ging.

Dass ausgerechnet die Quelle der Stolzen Au versiegt sein sollte, sorgte für Aufruhr. Längst strömten von allen Seiten Elfen beiderlei Geschlechts zusammen.

Priester mit Sicheln in den Händen, die eigentlich den Dornenwall beschneiden sollten, disziplinlose Wachen, die ihren Posten verlassen hatten, Jäger, Kellermeister und Küchenhilfen. Alte wie Junge. Selbst Eyron hielt es vor Spannung nicht mehr aus. Raumgreifende, schnelle Schritte reichten ihm plötzlich nicht mehr. Ohne einen Gedanken an seine gehobene Stellung zu verschwenden, lief er auf den Eibenhain zu, der rund um die Heilige Quelle in die Höhe wuchs.

Zwischen den Bäumen drängten sich bereits die Schaulustigen. Ihre Köpfe und Schultern versperrten die Sicht auf den freien Platz in der Mitte. Eyron bahnte sich einen Weg durch die Mauer aus Leibern. Schlangengleich, wo es ihm möglich war, energisch schiebend, wo er es für nötig erachtete.

Reflexartige Faust- und Ellenbogenstöße begleiteten den beschwerlichen Weg. Ein deutlicher Beweis für den Schrecken, der den bereits versammelten Brüdern und Schwestern in die Glieder gefahren sein musste. »Ein böses Omen«, raunte es von allen Seiten. »Welch schlimmer Zauber mag dafür verantwortlich sein?«

Von dem unheilvollen Geflüster verängstigt, begann ein Kind zu weinen. Kein Wunder. Die Erinnerung an die schrecklichen Zeiten, in denen der Gebrauch von Magie die Grundfesten ihrer Welt erschüttert hatte, hatte sich tief in das kollektive Gedächtnis der Elfen eingegraben. Selbst Eyron spürte ein kühles Frösteln auf den Oberarmen, als er an die Zeit der Hexenkriege dachte oder an das namenlose Grauen, das die Trolle in Scherbental heraufbeschworen hatten.

Von plötzlich aufwallender Ungeduld erfüllt, stand er kurz davor, sich stoßend und schlagend ein Sichtfeld freizukämpfen, erinnerte sich aber noch rechtzeitig daran, wie unwürdig das für einen Krieger seines Ranges gewesen wäre.

»Aus dem Weg!«, forderte er stattdessen. »Platz für den Hauptmann der Silbergarde!«

Schon seine laute Stimme im Nacken empfanden viele Elfen als Affront. Trotz der missbilligenden Blicke, die ihm zugeworfen wurden, bildete sich eine Gasse, die den Blick auf die Heilige Quelle freigab. Rund um die mit Steinen befestigte Stelle, an der die Wasserader an die Oberfläche trat, bildeten die Neugierigen einen respektvollen Kreis, der nahtlos mit der Baumgrenze abschloss. Wahrscheinlich weil das der Abstand war, den sie auch als Teilnehmer der heiligen Riten und Zeremonien einhielten.

Außerhalb der Feierlichkeiten durfte jeder Elf an den über mehre Natursteinschalen herabplätschernden Strom treten, um eine Handvoll Quellwasser für die geistige und körperliche Erbauung zu schöpfen. Denn der Hochwald und alles, was zu ihm gehörte, war für jeden da, der ihn ehrte und respektierte.

In dieser dunklen Stunde blieb der grüne Zeremonienplatz rund um den Naturaltar allerdings den Priestern und Heilern vorbehalten. Zu dritt umstanden sie das kunstvoll gestaltete Steinbecken, in dem sich für gewöhnlich das Wasser sammelte, bevor es über ein schmales Bachbett abfloss, das die Silberfeste passierte und sich erst jenseits des Dornenwalls mit weiteren Zuläufen vereinigte. Dass diese Quelle wirklich der Ursprung des stolzen Flusses war, der den Hochwald durchschnitt, bevor er an den Hohen Klippen ins Meer stürzte, begriff nur wirklich, wer seinen Ufern einmal vom Anfang bis zum Ende gefolgt war, wie es jeder gute Waldelf einmal in seinem Leben getan haben sollte.

Doch alles Starren des Hohepriesters und seiner Begleiterinnen änderte nichts daran, dass das Becken zu ihren Füßen ausgetrocknet war. Nicht einmal das kleinste Tröpfchen quoll hervor, um diesen Zustand zu ändern. So etwas war noch nie passiert, nicht solange die Überlieferungen der Elfen zurückreichten. Selbst zur Zeit der Langen Dürre war sie nur zu einem Rinnsal verkommen, aber stets geflossen. Nicht einmal die Orks, denen im Großen Krieg alle umstehenden Eiben zum Opfer gefallen waren, hatten die Quelle zum Versiegen gebracht.

Sie hatten in sie hineinuriniert, weil die Missachtung fremder Götter für sie eine Lobpreisung der eigenen Götzen war, natürlich, aber die Quelle zu zerstören wäre selbst diesen primitiven Kreaturen niemals in den Sinn gekommen. Schließlich bedeutete sauberes Wasser saftiges Grün voller schmackhafter Früchte und Wild, das sich jagen ließ. Orks waren schlimmer als der Dreck, der sich unter den Fußnägeln sammelt, und doch hatten sie die Heilige Quelle unangetastet gelassen.

Eyron erschauderte.

*Böse Magie!* Da es nicht das geringste Anzeichen für eine Dürre gab, konnte die Ursache dieses Phänomens tatsächlich nur Hexenwerk sein, oder etwa nicht?

Leider zeichnete sich auf dem verwitterten Gesicht des greisen Beldor nicht die geringste Erkenntnis ab. Den Eibenstab, der ihm als Stütze diente, fest umklammernd, blickte er wortlos auf die Quelle. Falls er allerdings hoffte, sie ließe sich durch seine stumme Fürbitte zum Sprudeln bringen, sah er sich getäuscht.

Selbst für einen Elfen, deren Lebensspanne Jahrhunderte zählte, war Beldor uralt. Trotz aller Weisheit, die er im Laufe seines langen Lebens angesammelt hatte, wirkte er in dieser schlimmen Stunde so abwesend, das Eyron zum ersten Mal der Gedanke kam, der Hohepriester könnte inzwischen zu gebrechlich für sein schweres Amt sein.

Bei den beiden Frauen an seiner Seite spiegelte sich das Alter noch nicht im Gesicht wider. Avea, die den Alten am Arm umfasst hielt, sah kurz zu Eyron herüber, ohne ihn mit Worten oder Gesten näher zu bitten. Trotzdem trat er hocherhobenen Hauptes an ihre Seite, um sich selbst ein Bild der Lage zu machen.

Die Quelle musste im Laufe der Nacht versiegt sein. Noch glänzten die kaskadenförmig angebrachten Schöpfschalen vor Nässe. Das würde sich rasch ändern, sobald die Sonne hoch am Himmel stand.

Eyron blickte in die Runde der Umstehenden. In zahlreichen Gesichtern, die nur auf andere Völker stoisch gewirkt hätten, entdeckte er die bange Hoffnung, dass wenigstens *er* eine Erklärung für das Austrocknen haben könnte. Selbst das rotblonde Mädchen mit den verheulten Augen, das sich furchtsam an den Arm seiner Mutter schmiegte, schien große Erwartungen in ihn zu setzen.

Er wollte ihnen allen gerne Mut zusprechen, doch die Worte ließen ihn im Stich – bis er einige Bewaffnete in der Menge entdeckte.

»Zurück auf eure Posten«, wies er sie an. »In dieser schweren Stunde ist es wichtiger denn je, uns von unserer wehrhaften Seite zu zeigen.«

Obwohl sie ihm nicht unterstanden, da sie zur Wachmannschaft des Waldfürsten gehörten, folgten sie seiner Anweisung. Derart ermutigt, wandte sich Eyron auch den übrigen Brüdern und Schwestern zu.

»Am besten geht ihr alle zurück ans Werk«, forderte er in etwas milderem Tonfall. »Wir wissen nicht, welches Unheil sich über unseren Köpfen zusammenbraut, umso wichtiger ist es, auf alles vorbereitet zu sein. Hier verwirrt herumzustehen spielt einem unsichtbaren Feind womöglich in die Hände.

Darum seid wachsam und fordert auch andere dazu auf, es zu sein, während Priesterschaft und Silbergarde diesem bösen Omen auf den Grund gehen.«

»Wird die Quelle bald wieder sprudeln?« Es war ausgerechnet das Kind, das ihm die Frage stellte, die alle bewegte. Jung, wie es war, verstand es noch nicht, seine Gefühle zu beherrschen. Deshalb sah es ihn über die von Tränen benässten Wangen hinweg mit solch bettelnden Blicken an, dass Eyron es unmöglich enttäuschen konnte.

»Dafür werde ich sorgen«, versprach er, ohne eine Sekunde lang darüber nachzudenken. »So wahr ich der Hauptmann eurer Silbergarde bin.«

## 2.

»Hoffentlich bereust du dein Versprechen nicht«, unkte Avea, nachdem sich die Menge zerstreut hatte. »Es gibt Gefahren, die sich nicht mit der Gleve bekämpfen lassen.«

Sie hatte grundsätzlich kein gutes Wort für seine Taten übrig, egal, wie gut er es auch meinte, daran war Eyron längst gewöhnt. Andere hätten ihn mit solcher Geringschätzung nicht verletzen können, die hätte er einfach nur verachtet. Doch da ein kleiner, tief in seinem Innersten verborgener Teil seiner Seele sie immer noch liebte, schmerzten ihn Aveas fortwährende Sticheleien ein wenig.

Selbstverständlich ließ Eyron sich das nie anmerken. Darum bezähmte er auch jetzt seinen Puls, der gerne schneller schlagen wollte, während er sie kühl von der Seite ansah.

»Wo meine Gleve versagt, liegt es an euch Priestern und Heilern, den Frevel aufzudecken. Willst du wirklich dabei zusehen, wie unser Glaube ins Wanken gerät, nur um meinem Ansehen zu schaden?«

Eyron wusste, dass sie dieser Vorwurf traf, obwohl sie sich ihre Gefühle ebenso wenig anmerken ließ wie er. »Diese Quelle ist nur eine von mehreren Hochwald-Heiligtümern«, antwortete Avea mit erzwungener Ruhe. »Und sie wird es auch bleiben, selbst wenn sie austrocknet. Nicht wahr, Beldor?«

Der greise Hohepriester reagierte nicht auf die Ansprache seiner Ersten Heilerin, sondern starrte weiterhin gedankenverloren über den mit flachen Steinen verzierten Hügel hinweg, als läge die Antwort auf all ihre Fragen in weiter Ferne. Vermutlich hatte er nur keine Lust, sich in den üblichen Zwist zwischen Avea und dem Hauptmann hineinziehen zu lassen.

Weise genug war er dafür ja.

»Unsinn«, trumpfte Eyron auf, da er das Schweigen des Greises als stille Zustimmung deutete. »Ohne die Heilige Quelle gäbe es keine Stolze Au, die die Wurzeln unseres Hochwaldes tränkt. Niemals würden unsere Götter zulassen …«

»Sie ist nur der nördlichste Wassersprung in einem weitläufigen Quellgebiet«, unterbrach ihn die Heilerin. »Wenn eine unterirdische Ader ihren Lauf wechselt, ist das noch lange kein böses Omen. Vielleicht ist in den Bergen nur der Grundwasserspiegel abgesunken, und bereits der nächste Regenguss bringt wieder alles zum Sprudeln.«

»Du redest von der Heiligen Quelle!«, beharrte Eyron auf seiner Meinung. »Die Waldgötter würden niemals zulassen, dass sie von einer simplen Dürre entweiht wird. Da ist mit Sicherheit mehr im Spiel, vermutlich sogar Schwarze Magie.«

Eyrons lautstarke Vermutung hauchte Beldors erstarrter Gestalt vorübergehend Leben ein. Schlagartig kehrte der Glanz in die stumpfen Augen zurück. Seine an raue Baumrinde erinnernden Gesichtszüge begannen, sich zu glätten, bevor er sagte: »Nein, kein Hexenwerk! Das würde ich mit jeder Faser meines Leibes spüren.«

Eyron verbarg seine Enttäuschung hinter einem Wall aus vorgetäuschtem Gleichmut. Wenn es jemanden gab, der Schwarze Magie zweifelsfrei wittern konnte, war es Beldor, der die Hexenkriege selbst miterlebt hatte.

An einen Erdrutsch, der einfach ein paar Gesteinsschichten durcheinandergewirbelt hatte, wollte Eyron trotzdem nicht glauben. Dazu waren die Plätze zu wertvoll, an denen sich schon seit Urmutters Zeiten Elfen einfanden, um Trost und Kraft zu finden. Rund um die Quelle hatte sich dabei durch die Jahrtausende eine spürbare Kraft gesammelt, die den Geist der Elfen für den Ruf des Waldes öffnete. Solche Orte standen unter dem besonderen Schutz der Götter, die nicht zuließen, dass sie entweiht wurden. Und geschah es dennoch, mussten die Frevler dafür büßen, so wie die Orks, die ihre Kriegerwürde für alle Zeiten verloren hatten. Unter ihrem neuen König Moron hatten sie sich zu friedlichen Jägern und Sammlern entwickelt, die froh waren, nicht an die Fehler der Vergangenheit erinnert zu werden. Gremm und sein Gefolge waren hingegen über die Große Meeresöde geflohen, um auf einem unbekannten Kontinent ein Dasein als Fremde unter Fremden zu fristen. Mochten die Götter wissen, welches dieser beiden Schicksale erniedrigender war.

Ehe Eyron imstande war, seinen Gedankensturm in geordnete Worte zu fassen, nahte ein Elfenkrieger, den er kurz zuvor zurück auf seinen Posten befohlen hatte. Die Zurechtweisung vor aller Augen nahm ihm der Kerl anscheinend übel, denn er ignorierte Eyron geflissentlich, als er Beldor und seinen Vertrauten meldete: »Der Waldfürst beruft den Silberrat ein, um über das bösen Omen an der Heiligen Quelle zu beraten. In einer Stunde im Spiegelsaal.«

Der Hauptmann sparte es sich, den Blondschopf zu maßregeln. Die Silberfeste war übersichtlich. In einer der nächsten Wochen würde es schon eine Übung oder einen Wettkampf geben, bei denen sich die Gelegenheit zur Revanche bot. Ordentlich grün und blau geschlagen, würde der Aufrührer schon wissen, wem er in Zukunft Respekt zu zollen hatte.

Zunächst einmal bewunderte Eyron jedoch, wie Waldfürst Albril seine Angelegenheiten regelte. Anstatt selbst herbeizustürzen, ließ sich der Herr der Silberfeste berichten, was vorgefallen war. Da er dem Silberrat angehörte, musste sich Eyron allerdings sputen. Mit einem von der Sonne getrockneten Übungshemd durfte er dort nicht erscheinen, wenn sein Fürst Wert auf seine Meinung legen sollte.

Nach ein paar Abschiedsfloskeln strebte er den Unterkünften der Silbergarde zu, wo schon der Badezuber für ihn bereitstand. Avea, Neene und Beldor zogen sich ebenfalls zurück, um angemessene Gewänder anzulegen.

Obwohl es ihn zur Eile drängte, blieb Eyron abrupt am Rande des Eibenhains stehen. Nicht weit von ihm entfernt sprach Robur mit einem Grenzläufer, dem er gerade den Weg zur Heiligen Quelle wies. Dass es sich dabei um einen Menschen handelte, war schon schlimm genug. Als der Hauptmann obendrein sah, *wer* da gerade drauf und dran war, sich dem entweihten Grund zu nähern, packte ihn die blanke Wut.

Erbost eilte er auf den in Grün- und Brauntönen gekleideten Mann zu. Als ihn Velb so anstürmen sah, weiteten sich dessen Augen vor Schreck. Instinktiv trat er einen Schritt zurück und sah sich um, als wolle er nach einem Fluchtweg suchen, bis ihm wohl dämmerte, dass weglaufen sinnlos war. Seine Knie erzitterten, während er dem Unvermeidlichen entgegenblickte – und dabei unbewusst nach den Ledertaschen tastete, die um seine Hüften hingen.

Vermutlich hätte er sie gerne mitsamt den darin aufbewahrten Waren vor Eyrons Augen verborgen, doch um den tannengrünen Umhang zu schließen, war es längst zu spät.

Darum ließ er es bleiben.

Der Hauptmann schäumte. Dass es überhaupt noch Elfen gab, die mit diesem räudigen Hund Handel trieben! Für den Frevel, den er einst begangen hatte, durfte es aus Eyrons Sicht weder Vergeben noch Vergessen geben. Auch wenn Velb seine Strafe erhalten und ertragen hatte.

»Verschwinde von hier«, verlangte der Hauptmann. »Du hast hier nichts zu suchen!«

Feine Schweißtropfen perlten auf der Stirn des Menschen auf, der sich redlich mühte, Eyrons strafenden Blicken standzuhalten. »Ich bin auf Einladung hier«, entgegnete er mit schwankender Stimme. »Um eine bestellte Ware abzuliefern.«

»Das stimmt«, pflichtete Robur bei, der wieder einmal nicht begriff, worauf es seinem Hauptmann ankam. Ein herablassender Seitenblick brachte den Tölpel zum Schweigen.

Velb bestand trotzdem darauf, sich innerhalb des weitläufigen Dornenwalls aufhalten zu dürfen. Eine kurze, für das menschliche Auge kaum wahrnehmbare Bewegung genügte, um Eyrons Gleve aus der Armbeuge in beide Hände zu befördern. Die auf das Herz des Grenzläufers gerichtete Spitze aus doppelseitig geschliffenem Stahl verlieh seinen folgenden Worten den nötigen Nachdruck.

»Du hast einen schlechten Tag für deinen Besuch gewählt, Velb. Angesichts deiner frevelhaften Vergangenheit mag ich nicht an Zufall glauben, wenn du bei uns am Tage eines bösen Omens erscheinst. Ich denke, ich lasse dich ein wenig im Kerker schmoren, bis du uns alles erzählst, was du über das Versiegen der Heiligen Quelle weißt. Robur, nimm ihm seine Taschen ab! Wir stellen besser sicher, dass er keine verbotenen Waren mit sich führt.«

Velb errötete bis unter die sandfarbenen Haarspitzen. Die Vorstellung, in der Silberfeste einzusitzen, behagte dem Menschen ganz und gar nicht. Bevor Robur dazu kam, den ihm erteilten Befehl auszuführen, spürte Eyron jedoch eine zarte Hand auf seinem Waffenarm.

»Zu diesem Vorgehen hast du kein Recht«, sagte Avea, die sich an Velbs Seite stellte. »Außerdem ist der Händler auf meinen persönlichen Wunsch hin angereist.«

Natürlich, das hätte sich Eyron denken können. Darum hatte Robur dem Menschen den Weg zum Eibenhain gewiesen.

»Ausgerechnet an diesem unheilvollen Tag lädst du diesen Frevler ein«, höhnte der Hauptmann. »So vehement, wie du vorhin jede Entweihung angezweifelt hast, drängt sich mir fast der Verdacht auf, dass du mit ihm unter einer Decke steckst.«

»Du phantasierst«, beschied ihm Avea kühl. »Wie alle Elfen, die sich von ihren Gefühlen leiten lassen.«

Genauso gut hätte sie Eyron anspucken können. Doch anstatt seine Wut anzufachen, überkam ihn bei ihrem Vorwurf eine große Kälte. Nein, den Gefallen, laut zu werden, würde er ihr nicht tun.

Vielleicht erkannte sie, dass sie zu weit gegangen war, als sich sein Blick in den ihren bohrte, doch ehe der Erste von ihnen das jäh einsetzende Schweigen beenden konnte, stammelte Velb plötzlich: »Eure Quelle ist versiegt? Was für ein seltsamer Zufall.«

»Zufall?« Plötzlich genoss der Waldläufer wieder Eyrons volle Aufmerksamkeit. »Was willst du damit sagen?«

»Nichts!« Velb wich entsetzt einen Schritt zurück. »Es ist nur ...«

»Was, nur?«, bohrte nun auch Avea nach.

Von zwei Seiten in die Zange genommen, wand sich der Mensch wie ein Wurm am Angelhaken. »Ich weiß nichts«, jammerte er auf erbärmlichste Weise. »Es ist nur, weil ich vor einigen Tagen in Felsheim war.«

*Die Zwerge!*, durchfuhr es Eyron wie ein Blitz. *Natürlich! Denen ist alles zuzutrauen!* Dabei stieg in ihm ein Verdacht auf, so monströs, dass er körperlich schmerzte.

Die Glevenspitze zuckte nach oben. Erst einen Fingerbreit vor Velbs Kehle hielt sie abrupt inne. »Rede!«, forderte der Hauptmann – und diesmal hielt ihn Avea nicht zurück.

Velbs Gesicht glänzte plötzlich feucht.

»Es ist bekannt, dass sich die Flüsse des Hochwaldes aus dem talwärts sickernden Bergwasser speisen«, sagte er bedachtsam. »Und dass die Zwerge in ihrer Nekropole in immer größere Tiefen vordringen, um noch Platz für neue Grabkammern zu finden.«

»Was hat das mit uns zu tun?«, fragte Robur verständnislos.

Velb machte ein Gesicht, als besäße der Gardist zwar die Gestalt eines Elfen, aber den Verstand eines Trolls.

»Als ich vor einigen Tagen in Felsheim war«, versuchte er, sich verständlich zu machen, »war dort gerade ein Unglück geschehen. Bei dem Versuch, eine neue Grabkammer aus dem Berg zu schlagen, haben die Zwerge eine unterirdische Wasserader freigelegt. Um die Überflutung der unteren Sohle zu verhindern, mussten sie die Stelle mit schweren Felsen verfüllen. Das braucht natürlich nichts mit eurer Quelle zu tun haben ...«

»Aber ...«, platzte Robur dazwischen, »eine solche zeitliche Überschneidung kann doch kein Zufall sein!«

Obwohl er als letzter der anwesenden Elfen begriffen hatte, welche Tragweite Velbs Worte besaßen, war Eyron zum ersten Mal einer Meinung mit ihm.

## 3.

Avea verbarg nicht lange, was sie von Velb erworben hatte. Als sie den Spiegelsaal pünktlich zur Ratsitzung betrat, trug sie ein schneeweißes Gewand mit lang abfallenden Schlupfärmeln. Ihrer gehobenen Stellung entsprechend, hatte sie einen schmalen Stirnreif angelegt. Unter der mit Silberfäden durchwebten Kordel, die das Oberteil auf raffinierte Weise raffte, spannte sich ein glänzender Metallgürtel, der von den Hüften her immer breiter zulief, bis er sich in der Körpermitte zu einem querliegenden Oval vereinte.

Auf kostbare Ornamente und Ziselierungen ihres Schmuckes verzichtete sie schon mit Rücksicht auf die höhergestellten Damen der Runde. Reichte es doch, dass sie schon aufgrund ihrer natürlichen Schönheit alle Blicke auf sich zog. Ihre grazile Gestalt sowie das ebenmäßige Gesicht mit den hohen Wangenknochen verliehen ihr eine Anmut, die selbst unter Elfen ihresgleichen suchte.

Um nicht gänzlich gegen die Erste Heilerin zu verblassen, trugen die übrigen Vertreterinnen aus Adel und Priesterschaft ihr bestes Geschmeide. Aber selbst die kostbarsten Perlen waren nicht so schön anzusehen wie die feine Jadeschnitzerei, die Aveas Samtumhang unter dem Kinn zusammenhielt. Oriel von der Au und die übrigen Ratsdamen ließen es sich nicht anmerken, doch es ärgerte sie zweifellos, dass diese schlicht daherkommende Fibel selbst ihren kostbarsten Schmuck überstrahlte.

Was die Blicke aller Anwesenden auf sich zog, war der Umstand, dass sich die Kronen der beiden fein herausgearbeiteten Bäume genau auf Höhe der Halsbeuge miteinander vereinten, wobei es vom jeweiligen Standpunkt des Beobachters abhing, ob dabei die Äste des linken Baumes die des rechten umschlossen oder umgekehrt.

Der greise Beldor scheute nicht davor zurück, Avea einmal halb zu umrunden, um sicherzustellen, dass ihm seine alten Augen keinen Streich spielten. Mit Magie hatte dieses unterhaltsame Phänomen nichts zu tun, obwohl der Hang zu Amuletten und Talismanen, dem viele Elfen frönten, zweifellos auf den Verlust der alten Mächte zurückzuführen war.

Versierte Künstler, die mit Perspektiven zu spielen wussten, genossen daher hohes Ansehen, und wer ihre Kleinode feilbieten konnte, dem wurde manches verziehen. *Velb hat für seine Taten gebüßt*, hieß es dann, oder: *Menschen sind schwache Wesen, die nicht mit unseren Ansprüchen gemessen werden sollten. Wir dürfen ihnen nicht nur mit Strenge begegnen, sondern müssen auch Güte zeigen.*

*Geschwätz!*, war das Einzige, was Eyron dazu einfiel. *Frevler bleibt Frevler!*

Aus diesem Grunde begegnete er der neuerworbenen Fibel mit deutlichem Desinteresse und war heilfroh, als der Waldfürst zur Sitzung erschien. Zügig, aber ohne übertriebene

Hast nahmen alle Ratsmitglieder Platz an dem achteckigen Tisch, der die Mitte des Spiegelsaals beherrschte. Nachdem der Doppelposten die Tür von außen geschlossen hatte, war von innen kein Eingang mehr zu sehen. Von nun an umgaben sie nur noch wandhohe Silberspiegel, in denen sich alle Anwesenden als matte Abbilder wiederfanden.

Mehr war trotz eifrigen Polierens nicht mehr möglich. Ganz im Gegensatz zu früher, bevor die Flächen erblindet waren. Damals, in der Hochzeit der Magie, hatten sich darin der weit entfernt lebende König und die anderen Waldfürsten abgezeichnet, sogar ihre Stimmen waren zu hören gewesen. Um einen Kronrat abzuhalten, hatte keiner der Herrscher reisen müssen. Doch was nützte solche Bequemlichkeit, wenn dafür der Boden, auf dem man wandelte, ins Wanken geriet?

Als alle saßen, spürte Eyron eine Woge des Wohlwollens aus Oriels Richtung. Er widerstand der Versuchung, sich nach der hohen Ratsdame umzusehen. Stattdessen blickte er auf Aveas Jadefibel, die ihm plötzlich ein feines Lächeln entlockte. *Du hättest deinen Wunsch, diesen Schmuck zu tragen, bis zur nächsten Sitzung bezähmen sollen. Denn für jeden Edlen, den du damit bezirzt, verprellst du eine Dame. Und ich bin immun gegen deine Reize.*

»Ihr wisst alle, warum ich den Festungsrat einberufen habe«, eröffnete Albriel die Sitzung. »Die Heilige Quelle ist über Nacht versiegt, zum ersten Mal, solange wir Elfen zurückdenken können. Noch kennt niemand die Ursache für dieses böse Omen, doch wir müssen damit rechnen, dass unser Heiligtum, dessen Schutz wir uns alle verschrieben haben, bewusst entweiht worden ist.«

Trotz des Hermelinbesatzes sah der Fürst in seinem scharlachroten Umhang bleicher als gewöhnlich aus. Was dem einen wie die nobelste Elfenblässe erscheinen mochte, wirkte auf andere bereits kränklich. Aber die fahlen Gesichtszüge täuschten. Albriel war voller Tatendrang.

»Große Teile der Priesterschaft haben sich zu einem Ritus versammelt in der Hoffnung, den Quellfluss durch gemeinsame Beschwörungen wieder zum Fließen zu bringen. Allerdings hat mir mein Hofmarschall gemeldet, dass auch die Silbergarde bereits zur Tat geschritten ist.«

Rumetin, der über die Küchen, Keller und Ställe der Feste wachte, nickte zustimmend, als sein Name fiel. Aber die Aufmerksamkeit der anderen richtete sich bereits auf Eyron, der seine Finger auf dem kühlen Silber spreizte, mit dem die oktogonale Tischplatte beschlagen war.

»Die Waldgötter haben die Geschicke der Silbergarde gelenkt«, übte er sich in Bescheidenheit. »Insbesondere die eines talentierten Junggardisten, der einen Menschen aufgespürt hat, der uns etwas Ungewöhnliches zu berichten wusste.«

Das spürbare Wohlwollen verstärkte sich weiter. Kein Wunder. Jede Mutter hörte es gerne, wenn ihr Kind lobende Erwähnung fand. Gerne hätte Eyron der mächtigen Oriel noch häufiger Honig auf die blassen Lippen geträufelt, wenn ihr vertrottelter Sohn ihm nur öfter Gelegenheit dazu geboten hätte.

»Es handelt sich dabei um Velb, den die meisten von euch kennen«, führte er weiter aus. »Obwohl ich den Grenzläufer nicht sonderlich schätze, hat er doch glaubhaft bezeugt, dass die Zwerge in Felsheim vor wenigen Tagen eine Wasserader verschlossen haben.«

»Ein starkes Stück!« Von Natur aus aufbrausender als andere Elfen, sprach Rumetin laut aus, was alle dachten.

Bis auf Avea.

»Ich war bei dem Gespräch zugegen«, zog sie das Wort an sich. »Deshalb weiß ich, dass Velbs Bericht so klang, als wäre den Zwergen ein Missgeschick unterlaufen.«

»Ob Absicht oder torhafte Tölpelei«, fuhr Hofmarschall Rumetin fort, »wenn die Zwerge für das Versiegen unserer Quelle verantwortlich sind, müssen sie das angerichtete Unheil wieder in Ordnung bringen.«

»Sicherlich«, beschwichtigte Avea. »Doch bevor wir die Zwerge eines Frevels schuldig sprechen, gilt es, unseren Verdacht zu erhärten. Darum schlage ich vor, eine Abordnung der Silberfeste zur Nekropole zu schicken, um mit den Zwergen zu sprechen.«

»Die Silbergarde steht für diese Aufgabe bereit«, sagte Eyron schnell.

Avea zeigte sich davon nicht im Geringsten überrumpelt.

»Sei mir nicht gram, Hauptmann.« Ihr Lächeln fiel so freundlich aus, dass niemand außer ihm das darin enthaltene Gift erkannte. »Aber das ist eine Aufgabe, die mehr Verhandlungsgeschick als Kampfkraft erfordert. Deshalb sollte unsere Abordnung aus Priestern und Heilern bestehen, zu deren Sicherheit es vollkommen genügen würde, sie von einigen Kriegern im Dienste des Waldfürsten begleiten zu lassen. Da Beldor und Neene in dieser schweren Stunde unabkömmlich sind, möchte ich darum bitten, diese Delegation unter meinen Befehl zu stellen.«

Genau genommen gab es an ihrem Vorschlag wenig auszusetzen, doch Eyron hatte nicht lange im Zuber sitzen müssen, um ein stichhaltiges Gegenargument zu finden. »Ich fürchte, du vergisst, dass Felsheim das größte Heiligtum der Zwerge ist, Erste Heilerin.« Er setzte ein Lächeln auf, das ebenso falsch wie das ihre war. »Diener der Waldgötter ungebeten in die Nekropole zu entsenden könnte von den Zwergen als religiöser Affront gewertet werden. Eine weltliche Abordnung wie die Silbergarde käme wesentlich harmloser daher.«

Zustimmung wurde laut, nur Avea starrte Eyron wortlos an.

Sie hatte ihn wieder einmal unterschätzt, weil sie in ihm nur einen tumben Krieger sah, der jeden Disput mit Gewalt lösen wollte. Dass es durchaus Konflikte gab, bei denen ein Duell das kleinste aller Übel darstellte, hatte sie immer noch nicht begriffen. Und überhaupt, wenn ihr der Verlierer plötzlich so viel mehr bedeutet hatte, warum hatte sie ihn damals nicht ins Exil begleitet?

»Eine rein militärische Abordnung könnte die Zwerge ebenso aufbringen«, riss ihn die Erste Heilerin aus seinen Gedanken. »Der Friede zwischen unseren Völkern ist zu kostbar, um ihn leichtfertig aufs Spiel zu setzen.«

»Ich habe nicht vor, einen Krieg vom Zaun zu brechen«, versicherte Eyron, mehr an den übrigen Rat als an Avea gerichtet. »Aber Zwerge sind von Natur aus störrisch und uneinsichtig. Wir müssen ihnen entschlossen entgegentreten, um den Quellfluss rasch wiederherzustellen. Werden aus Tagen der Trockenheit erst einmal Wochen oder Monate, ist alles zu spät. Verliert unser Volk den Glauben daran, dass es jemals wieder Quellwasser aus den Kaskaden schöpfen kann, ist die Heilige Stätte endgültig entweiht.«

Er hatte vollkommen recht, das wusste auch Avea – ohne deshalb klein beizugeben.

»Es ist falsch, alle Zwerge über einen Kamm zu scheren«, sagte sie mit Nachdruck. »Selbst die Orks haben nach dem Großen Krieg bewiesen, dass sie sich ändern …«

»Die Orks!«, riefen Eyron und Rumetin wie aus einem Munde, bevor der Hauptmann alleine fortfuhr: »Denen wurde auch das Rückrat herausgerissen!«

»Und alle Manneskraft geraubt«, übertrumpfte ihn der

Hofmarschall, der dafür missbilligende Blicke erhielt. Geschichten über verlorene Eier mochten vielleicht Küchenmägde erheitern, aber doch keine edlen Ratsdamen.

Trotzdem stand Avea mit ihren Bedenken alleine da.

»Ich bestehe darauf, die Abordnung zu begleiten«, warf sie ihr ganzes Ansehen in die Waagschale. »Notfalls in einfacher Tracht, die kein Aufsehen erregt.«

»Du willst deinen Stand verleugnen, um dich heimlich in Felsheim einzuschleichen?«, fragte Beldor mit leiser Stimme. »Das ist deiner und unserer unwürdig.«

Avea erstarrte angesichts des Tadels.

»Ihr habt recht, erhabener Meister«, gestand sie, mühsam um Fassung ringend. »Verzeiht mir, dass ich mich aus Sorge um unser Volk zu einer Unbedachtheit habe hinreißen lassen.«

»Es ist gut, dass du die Zwerge mit jungen Augen siehst«, stellte der Hohepriester klar. »Mir selbst fällt das schwer, deshalb wärst du dem Hauptmann der Silbergarde ein weitaus besserer Berater, als ich es je sein könnte. Doch wir dürfen die Hüter der Grabanlage auf keinen Fall täuschen. Wenn das herauskäme, wäre das weitaus schlimmer als ein paar derbe Worte an der falschen Stelle. Über eins müssen wir uns alle im Klaren sein: Zwerge sind sehr schnell verärgert und furchtbar in ihrem Groll. Wir müssen in den Verhandlungen mit ihnen Vorsicht walten lassen, oder das Versiegen der Quelle wird tatsächlich zu einem bösen Omen für weitaus größeres Unheil.«

Avea hätte vermutlich gerne etwas dazu gesagt, doch sie gehörte dem Silberrat lange genug an, um zu wissen, dass es jetzt besser war zu schweigen.

»Es schmerzt mich, dass mir von vielen Seiten so wenig Vertrauen entgegengebracht wird«, ging dafür Eyron auf die

Worte des Hohepriesters ein. »Ich verstehe mich nicht nur darauf, die Gleve zu schwingen, sondern besitze auch einiges Verhandlungsgeschick, das ich gerne unter Beweis stellen würde. Darum möchte ich dem versammelten Rat den Vorschlag unterbreiten, mit einer Handvoll auserwählter Veteranen nach Felsheim zu reisen, um dort unser Anliegen auf friedliche, aber nachdrückliche Weise zu vertreten. Dabei soll uns nur der Junggardist begleiten, dem wir den Hinweis auf die Zwerge verdanken. Ich bin mir sicher, er ist das gute Omen, das wir in diesen dunklen Zeiten so gut gebrauchen können.«

Obwohl sich niemand zu Oriel von der Au umsah, wussten doch alle, dass Eyron ihre Stimme von nun an sicher war. Auf Rumetin zählte er ebenfalls. Ob auch Beldor auf seiner Seite stand, war eher fraglich, und damit ebenso die Zustimmung der Ersten Priesterin Neene.

Am Ende kam es wohl darauf an, ob er den Fürsten selbst überzeugt hatte, der bei einem Gleichstand der Meinungen über die entscheidende Stimme verfügte.

»Du hast dein Verhandlungsgeschick bereits unter Beweis gestellt, Hauptmann«, ergriff Albriel, der die ganze Zeit über geschwiegen hatte, plötzlich das Wort. »Deshalb unterstütze ich deinen Vorschlag, sofern ihr auf Helme und schwere Rüstungen verzichtet. Beides könnte den Eindruck einer Strafexpedition erwecken. Um euch gegen die Gefahren des Weges zu wappnen, reichen Gleven, festes Schuhwerk und ein eiserner Wille, meinst du nicht auch? Was dich angeht, Avea, du wärst sicherlich eine gute Beraterin unseres Hauptmanns, doch deine spirituellen Kräfte sind zu wichtig, um vor Ort auf sie zu verzichten. Außerdem sollen die Zwerge nicht glauben, wir wollten sie in ihrem steinernen Palast des Todes zu unseren lebensbejahenden Waldgöttern bekehren.«

Eyron neigte demütig das Haupt, als wäre er zu ergriffen, um die Weisheit seines Waldfürsten mit Worten zu rühmen. Diese Geste fiel ihm leicht, denn er wusste mit Gewissheit, dass er auf ganzer Linie gewonnen hatte.

## Wehrhof am Schwarzen Weiher
## Zwanzig Tage vor dem Steinernen Wald

Ein knöchellanger Wettermantel kaschierte Ascans hagere Gestalt, trotzdem erkannte in ihm jeder, der seine fünf Sinne beisammenhatte, den gewandten Elfensöldner, der sich auf den perfekten Umgang mit der blanken Klinge verstand. So auch die Besucher des befestigten Gasthauses, die ihn mit trügerischer Gleichgültigkeit betrachteten, als er in einem peitschenden Regenschwall zu ihnen in die Schankstube trat. Obwohl der Abend noch fern war, brannten Kerzen in dem weitläufigen Raum. Angesichts der dunklen Wolken am Himmel und der kalten Schauer, die gegen die Fensterläden klatschten, ließ sich die Dunkelheit nicht anders vertreiben.

Die Flammen flackerten an ihren Dochten, während Ascan sich gegen die Tür stemmte, um sie gegen eine stürmische Bö ins Schloss zu drücken. Als es ihm gelungen war, heulte der Wind noch wütender ums Haus, aber auch das vermochte die finsteren Gesellen nicht zu erschrecken. Von welcher Art dieser Wehrhof am Rande des Trollreiches war, zeigte schon das Kettenhemd, das der Wirt unter seiner schmutzigen Schürze trug. Wer sich auf diese Weise wappnete, obwohl er nackte, mit Muskeln bepackte Oberarme, einen kahlrasierten Schädel und einen über die Kinnlinie hinausragenden Sichelbart zur Schau stellte, hatte schon vor langer Zeit die Hoffnung auf friedliebende Gäste aufgegeben.

Ascan blieb eine Weile im feuchten Eingangsbereich stehen, damit das Wasser von Hut und Mantel ablaufen konnte. Während die Pfütze zu seinen Füßen immer größer wurde, sah er sich den Haufen von verkommenen Halunken an, der hier Unterschlupf gefunden hatte. Hordars Bande, die das Kommando über den Wehrhof am Schwarzen Weiher führte, bestand ausschließlich aus Menschen. Neben einigen stämmigen Nordland-Barbaren entdeckte er auch mehrere Garoner, Kusanesen und Vurakier. Sogar ein dunkelhäutiger Zengale, den es auf den Planken eines großen Segelschiffes nach Garon verschlagen haben musste, saß an einem der Tische.

Die Herkunft der Männer war an ihrer Kleidung zu erkennen oder an der Form der goldenen Ringe, die ihre Ohren und Nasen zierten. Einen Teil des eigenen Vermögens fest am Körper zu tragen war eine Angewohnheit, die sich für schiffbrüchige Seeleute bewährt hatte, aber auch so mancher Gauner zog es vor, stets zu wissen, wo sich sein Gold befand. Wer jederzeit darauf gefasst sein musste, vor einem aufmarschierenden Wachkommando zu fliehen, tat gut daran, selbst im bloßen Nachthemd noch etwas Wertvolles bei sich zu führen, das sich rasch in blanke Münze verwandeln ließ.

Ascan nahm seinen breitkrempigen Schlapphut vom Kopf und schüttelte ihn mit kräftigen Bewegungen aus, um ihn schneller zu trocknen. Die Gäste dieser Spelunke hatten ihn erwartet. Das erkannte er schon an dem mäßigen Interesse, das sie ihm entgegenbrachten. Für gewöhnlich zog er in seinem schmutzig weißen Mantel alle Blicke auf sich, besonders, wenn er dazu den ebenso hellen wie abgewetzten Spitzhut mit der großen Silberschnalle trug.

Ascan zählte knapp zwei Dutzend Gäste in der Schankstube, allesamt grimmige Gesellen. Der Wehrhof am Schwarzen Weiher war ein beliebter Unterschlupf für Schmuggler und Wegelagerer. Die Mischung aus Abneigung, Anspannung und Lust zur Gewalt, die sie verströmten, musste keineswegs ihm gelten. Ob alle Anwesenden zu Hordars Vasallen zählten, war ebenso fraglich. Nicht einmal Hordar selbst ragte aus der Menge heraus.

Der Einzige, den eine besondere Aura umgab, war ein ausgemergelt wirkender Greis, der mit zwei grobschlächtigen Kerlen an einem runden Tisch saß. Obwohl der in sich gekehrte Alte jeden Augenkontakt vermied, wusste Ascan sofort, dass es sich um Mandu handelte, den Magier, den er in Empfang nehmen sollte. Der Elf hatte einen jüngeren Mann erwartet, doch Äußerlichkeiten hatten bei einem Meister der dunklen Künste nicht sonderlich viel zu bedeuten.

Den Hut in der Rechten, fuhr sich Ascan durch sein weißblondes Haar, das ihm am Kopf klebte, bevor er sich zielstrebig auf den Weg machte. Durch die Ritzen und Spalten der Fensterläden drang unversehens grelles Licht herein. Zwei Herzschläge später rollte grollender Donner über sie hinweg. Das Gewitter tobte in unmittelbarer Nähe. Als das Krachen endlich verebbte, war es im Schankraum still geworden. Nur der prasselnde Regen untermalte die Schritte, mit denen zwei kräftige Kerle auf ihn zustapften, um ihm den Weg zu verstellen.

»Nicht so eilig!«, rief ihm der größere der beiden zu. »Leg zuerst deine Waffen ab.«

Ascan schleuderte seinen Hut so zielsicher aus dem Handgelenk, dass er auf dem Tisch des Magiers landete. Beinahe gleichzeitig schlug er seine Mantelhälften zurück, so dass die Knäufe seiner geschwungenen Kurzschwerter zum Vorschein kamen.

Hordars Leibwächter prallten bei ihrem Anblick zurück, als wären sie gegen eine unsichtbare Barriere gelaufen.

»Verschwindet!«, fuhr sie Ascan gereizt an. »Ich habe es

schon den Torwachen gesagt – ich komme nicht als Bittsteller, sondern um euch zu entlohnen. Hätte ich den Plan, euch zu töten, wäre ich mit einer Armee angerückt, und ihr würdet bereits in eurem Blut am Boden liegen.«

Die beiden Kämpen erschraken sichtlich, gewannen aber schnell ihre Fassung zurück. Gemeinsam spannten sie ihre Muskeln an, bereit, die Waffen zu ziehen oder ihn aus dem Stand heraus anzuspringen, doch ein scharfer Befehl brachte sie zur Räson.

»Schluss damit! Der Elf hat recht! Er ist hier, um uns unseren sauer verdienten Sold auszuhändigen.« Der Mann, dessen Befehl sich die Leibwächter umgehend beugten, war der kleinere, unscheinbare der beiden Vaganten, die den Magier flankierten.

Hordar war kein Anführer, der sich mit bloßer Muskelkraft behauptete. Nein, die Männer folgten ihm, weil er kluge Entscheidungen traf, die stets für volle Geldbörsen sorgten.

Ascan schob seine linke Mantelhälfte so weit zurück, dass alle vor ihm im Raum befindlichen Halunken den Lederbeutel an seinem Gürtel sahen, den er mit einem harten Ruck löste, anstatt ihn loszuschnüren. Drei Schritte später stand er vor dem Tisch, auf dem sein Hut lag. Seine schnellen, geschmeidigen Bewegungen, denen müde Blicke kaum folgen konnten, hinterließen gebührenden Eindruck. Nur Hordar, der füllige Mittdreißiger mit dem kurzen Haar, das am Hinterkopf eine natürliche Tonsur aufwies, sah ihn weiterhin mit undurchdringlicher Miene an. Für einen Vogelfreien, der ein unstetes Leben zwischen verschiedenen Verstecken führte, hatte er ein beachtliches Alter erreicht. Außerdem verstand er es geschickt, seine Gefühle zu verbergen.

*Unterschätze niemals deinen Gegner*, mahnte sich Ascan zur Vorsicht, während er die prall gefüllte Börse ablegte.

»Hier, der Lohn für deine zuverlässige Arbeit«, leierte er eine der üblichen Floskeln herunter, bevor er sich an den Magier wandte: »Aufwachen, Hexenmeister. Dein neuer Herr hat eine wichtige Aufgabe für dich.«

Der Angesprochene starrte weiterhin ins Leere, als gäbe es dort Interessanteres zu sehen als den Elfen. Doch er hatte verstanden. Statt zu antworten, hob er schweigend seine Hände in die Höhe, bis zwei eiserne Schellen sichtbar wurden, zwischen denen sich eine kurze Kette spannte.

»Setz dich«, forderte Hordar den Elfen auf. »Es gibt einiges zu besprechen.«

Ascan widerstrebte es, eine ungünstige Position einzunehmen, aber da das Bandenoberhaupt sein Anliegen noch einmal bekräftigte, zog er sich schließlich einen dreibeinigen Schemel heran.

Das Knirschen von nassem Leder erfüllte den Raum, als er sich niederließ. Dunkel hoben sich die Riemen des Wehrgehänges vor dem Waffenrock ab, den er unter seinem weißen Mantel trug. Während Hordar die Münzen aus dem Lederbeutel zu zählen begann, stierte der blonde Vurakier, der mit ihm am Tisch saß, Ascan aus trunkenen Augen an. Der leere Trinkbecher, den er mit beiden Händen umfasste, zeigte mehr als deutlich, womit er sich in den letzten Stunden die Zeit vertrieben hatte.

Herausfordernd strich er sich seine vom Wein nassen Bartspitzen glatt, bevor er auf Ascans linkes Ohr deutete. »Welches brünstige Weib hat dir denn da hineingebissen?«, wollte er wissen.

Die rot vernarbte Linie, die dort verlief, wo sich eigentlich sein Ohrläppchen anschließen sollte, war ein wunder Punkt für den Elfen. Er lächelte schmal und freudlos.

»Deine Schwester«, sagte er.

Entwürdigende Bemerkungen über weibliche Familienmitglieder waren für gewöhnlich ein sicheres Mittel, einen Gegner bis aufs Blut zu reizen, doch der Nordländer starrte nur verwirrt drein.

»Das ist nicht möglich«, erklärte er nach einigem Zögern. »Ich habe nur Brüder.«

»Dann muss es wohl deine verlogene Mutter gewesen sein.«

Diesmal dämmerte dem Blonden, was gemeint war, doch Hordar kam ihm zuvor.

»Schluss mit dem Unsinn«, verlangte er scharf. »Das gilt auch für dich, Pariel!« Und an Ascan gewandt: »Du hast uns gebracht, was ausgemacht war. Allerdings hat sich der Preis für Mandu während unserer Reise verdoppelt.«

Ascans rauchgraue Augen blickten ungerührt auf den Bandenführer, bevor er sagte: »Dir und deinen Männern eilt der Ruf der Tollkühnheit voraus. Ich wusste nicht, dass ihr in Wirklichkeit lebensmüde seid.«

Unangenehme Stille erfüllte die Schankstube, während Hordar dem Blick des Elfen standhielt.

»Wir haben auf dem Weg hierher drei Männer verloren«, erklärte das Bandenoberhaupt. »Das war nicht abgesprochen.«

Ascan wölbte seine rechte Augenbraue zum Zeichen der Missbilligung. »Soll das ein Witz sein?«, fragte er kalt. »Wer Geleitschutz bietet, riskiert dabei sein Leben. Wusstet ihr das nicht?«

»Ich rede nicht von Kameraden, die im Kampf gefallen sind«, hielt Hordar dagegen. »Sondern von Verlusten, die wir dem Scheusal verdanken, das wir zu schützen geschworen haben.«

Bei diesen Worten wandte Mandu erstmals den Kopf und verzog seine Lippen zu einem schuldbewussten Lächeln.

»Ich nehme an, du weißt, was für eine Sorte Magier er ist?«, fragte Hordar lauernd.

Ascan schwieg dazu. Der zweite Lederbeutel, den er unter seinem nassen Mantel hervorzog, interessierte ohnehin viel mehr als jedes überflüssige Wort. Alle Augen waren auf die zusätzliche Börse gerichtet, so dass niemand bemerkte, wie er mit der Rechten nach dem Messergriff langte, der aus seinem Stiefel hervorragte.

Hordars Augen leuchteten auf, als der Beutel neben dem ersten landete. Obwohl er so prall gefüllt war, dass sich zahlreiche Münzränder deutlich unter dem Leder abzeichneten, wollte er die darin enthaltene Summe nachzählen. Kaum griff er nach ihr, platzte die Tischplatte unter seiner Hand auf.

Schmaler, doppelseitig geschliffener Stahl schoss in die Höhe und durchbohrte seine Handfläche mühelos von unten. Blutbesudelt ragte die Klingenspitze zwischen seinen Fingerknöcheln empor. Von jähem Schmerz gepeinigt, versuchte Hordar, den Arm zurückzuziehen, erreichte damit aber nur, dass sich der scharfe Stahl in seiner Hand verkantete.

Ascan hätte lieber von oben zugestochen, um die Hand auf der Tischplatte festzunageln. Aber die ausholende Bewegung hätte zu viele der Anwesenden vorgewarnt. So war der lähmende Schreckmoment länger, den er dazu nutzte, seinen Mantel mit einer energischen Bewegung abzuwerfen.

Scharrend fuhren seine Schwerter aus den Scheiden.

Sein erster Hieb galt Hordars ausgestrecktem Arm, der immer noch vor- und zurückzuckte, in dem vergeblichen Unterfangen, die Hand zu befreien. Der Elfenstahl fuhr durch Fleisch und Knochen, wie ein heißes Messer durch einen Block Butter.

Schrille, kaum noch menschlich zu nennende Schreie erfüllten den Raum.

Während der abgeschlagene Arm auf dem Tisch umher-zuckte, presste Hordar reflexartig die gesunde Hand auf den blutenden Stumpf und stolperte rückwärts, bevor er zu Boden schlug.

Mandu blieb als Einziger der ganzen Schänke sitzen, alle anderen sprangen von ihren Plätzen auf. Auch Pariel, der blonde Vurakier, dem jedoch schon zwei gekreuzte Kurz-schwerter zu beiden Seiten des Halses lagen. Ascan riss sie mit einer geübten Bewegung auseinander, ohne nennenswerten Widerstand zu spüren, bevor er sich den beiden Leibwäch-tern zuwandte, die ihn zu entwaffnen versucht hatten.

Der erste von ihnen war bereits bedrohlich nahe, doch noch ehe ihn Ascan mit einem federnden Ausfallschritt empfangen konnte, leuchtete es neben ihm hell auf. Das Geflecht aus blau-weißen, sich mehrfach verästelnden Lichtblitzen, ent-sprang Mandus Fingerspitzen. Rasend schnell streckte sich das Flechtwerk dem Vaganten entgegen, durchbohrte und umhüllte ihn und verbrannte ihn dabei fast augenblicklich zu einem schwarz verkohlten Leichnam.

Selbst für einen erfahrenen Magier war das eine beacht-liche Entladung, die ihre Wirkung auf den Gegner nicht ver-fehlte. Erschrocken wichen jene, die eben noch gemeinsam auf Ascan eindringen wollten, wieder mehrere Schritte zu-rück. Der Elf nutzte die Atempause, um sich neben Mandu in Position zu bringen. Seine Arme wirbelten dabei unablässig umher, um einen schützenden Wall aus flirrendem Stahl zu weben.

Seine eigene Machtdemonstration verblasste allerdings vor der, die Mandu geboten hatte. Mehr erstaunt als einge-schüchtert starrten ihn die Bandenmitglieder, die ihn durch drei Länder begleitet hatten, von allen Seiten an. Ascan konnte ihre Gesichter so deutlich lesen wie Buchstaben in einer offenen Schriftrolle. Sie konnten einfach nicht begreifen, warum ein Magier, der über solche Kräfte verfügte, ihre eisernen Fesseln so lange still erduldet hatte.

Der Elf dagegen schon.

Solche Blitzgewitter zehrten an der Substanz, und der Weg, der vor Mandu lag, war sehr beschwerlich. Entsprechend hielt er sich von nun an zurück. Nur noch ein feines Lichtgeflecht überzog seine Hände. Gerade stark genug, um seine eisernen Armbänder zu sprengen.

Klirrend prallten sie mitsamt der Kette zu Boden.

»Habt Dank für die gemeinsame Reise«, heuchelte er freundlich, bevor er schärfer hinzufügte: »Die nun ein trauriges Ende findet.«

Viele Schankgäste zuckten zusammen, weil sie fürchteten, ebenfalls von kalten Blitzen verbrannt zu werden, doch Mandu hatte nur vorausgesehen, was als Nächstes geschah. Knallend flog die Schanktür auf, gleichzeitig zersplitterten die Fensterläden unter den Hieben großer Streitkolben.

Bei dem Anblick der grünhäutigen Riesen, die durch Fenster und Türen hereindrangen, gellten entsetzte Angstschreie auf, doch für eine Flucht war es zu spät. Von allen Seiten stürmte die wilde Horde heran und schlug unbarmherzig zu. Orks erwarteten niemals Pardon und waren ebenso wenig bereit, es zu gewähren. Mit tödlichen Hieben schlugen sie auf jeden ein, der ihnen in den Weg kam. Köpfe zerplatzten unter der Wucht kantiger Streitkolben, schartige Klingen schlitzten Wänste und Kehlen auf.

Selbst den Wirt machten sie nieder, ohne seine Unschuldsbeteuerungen zu erhören. Der Vorstoß ins Reich der Trolle musste unter allen Umständen geheim bleiben. Darum hauchte der Kahlkopf sein Leben ebenso aus wie all die anderen Bewohner des Wehrhofes, die bereits entlang der

Palisade, in den Nebengebäuden oder in dem Schlamm des aufgeweichten Innenhofes tot am Boden lagen.

Der letzte Überlebende war ein junger Garoner, der hinter den Schultern kräftigerer Kameraden Schutz gesucht hatte. Krok, der Anführer der Orkhorde, wollte ihn gerade eigenhändig erschlagen, als Mandu ihn davon abhielt.

»Nein, den nicht«, forderte er. »Den brauche ich noch.«

Gehorsam ließ der bullige Grünhäuter die Keule wieder sinken, doch das ängstigte den Hänfling nur noch mehr.

»Töte mich«, bettelte er den über ihm stehenden Koloss an. »Um der Götter willen, erschlag mich doch! Du weißt ja nicht, was diese Kreatur mit mir vorhat!«

Der in Eisen und Leder gekleidete Ork lachte auf.

»Natürlich weiß ich das, du Tölpel!«, beschied er dem jammernden Häuflein Elend. »Was glaubst du wohl, warum ihn König Grimm in seine Dienste gestellt hat?«

# TEIL 2

# STURM ZIEHT AUF

*Mit jedem Toten
wird das Morden leichter.*

GNOMENTROST

# Felsheim

### I.

Weit und dünnbesiedelt war das Alte Land, in das sich Zwerge und Elfen nach der Großen Einkehr zurückgezogen hatten. Eine vom Süden so gut wie unzugängliche Hochebene, an deren gischtumflorten Steilküsten sich die Wellen des Brakelmeers brachen, während im Norden die Gipfel und Schluchten Graugards ein steinernes Bollwerk bildeten. Hemrod, Erbertal, Kurmant und Frostscheid hießen die großen Siedlungen des kleinen Volkes, die sich in dem zerklüfteten Massiv an wichtigen Furten und Handelswegen oder in fruchtbaren Tälern befanden.

Entgegen allen anderslautenden Behauptungen betrieben auch Zwerge Ackerbau und Viehzucht, denn von Steinbrüchen, Schmiedearbeiten oder seltenen Metallen alleine vermochte kein Volk zu leben. Dafür verstanden Zwerge sich darauf, unsichtbar zu bleiben. Von abgelegenen Bergweiden war die Rede, mit scheinbar unbewachten Herden, die sie von getarnten Unterkünften aus hüteten. Und von feuchtwarmen Höhlen, in denen nahrhafte Strünke und Wurzeln aus Decken und Wänden hervorwuchsen.

Aus erster Hand wussten davon die wenigsten Elfen zu berichten, doch in fast jeder Familie gab es einen, der jemanden absolut Vertrauenswürdigen kannte, der solcherlei schon mit eigenen Augen gesehen haben wollte. Fest stand jedenfalls, dass die Angehörigen des Zwergenvolkes weit verstreut lebten. Alleine oder in kleinen Familienverbänden besiedelten sie das Land von der Frostscheide Graugards herab bis zu den undurchdringlichen Baumgrenzen des Hochwaldes.

In dem breiten Landgürtel, der sich zwischen nacktem Fels und undurchdringlichem Grün erstreckte, kamen sie niemandem ins Gehege. Der Flickenteppich aus versteppten Wiesen, Hainen und kleinen Wäldern bot zwar alles, was ein Volk zum Leben brauchte, doch die meisten Elfen zogen das ewig grüne Dämmerlicht dichter Baumkronen vor.

Hoch über widerborstigem Dickicht auf den Baumpfaden des Hochwaldes zu wandeln bot ein Gefühl der Sicherheit, das den Verlust der Magie zu lindern wusste. Tatsächlich führten nur wenige Landwege durch das Unterholz, das eine undurchdringliche Barriere für die meisten Feinde darstellte. Nur dort, wo schwere Lasten von den Ufern der Stolzen Au oder einem ihrer Nebenarme zu einem anderen Gewässer geschafft werden mussten, furchten tiefe Radspuren den Waldboden.

Silberfeste, Siebensee, Fischhorst, Moorhold, Wehrheim, Dornholm, Eichental und – tief im Inneren des Hochwaldes – Rodenau, das waren die ersten Fürstentümer, die sich der Magie der Spiegelsäle bedient hatten, lange bevor die Elfen ausgezogen waren, um in Garon und darüber hinaus zu siedeln. Etwa in der stolzen Feste Hohenstein, die einst dort in den Himmel geragt hatte, wo sich nun die Wüstung Scherbental erstreckte.

Seit der Großen Einkehr gab es keine berittenen Elfentruppen mehr, obwohl das für eine Grenzbastion wie die Silberfeste sinnvoll gewesen wäre. Strenger Pferdegeruch hin oder her, Hauptmann Eyron haderte mit der Zeit, die sie verloren, als er mit seiner Silberschar gen Felsheim marschierte. Trotz aller Ausdauer und ihrem federleichten Elfenbein waren die Gardisten vier Tage unterwegs. Um die Gebiete der Orks oder Trolle zu erreichen, wäre noch ein Vielfaches dieser Marschzeit vonnöten gewesen.

Nur selten drangen kleine Spähtrupps in Druul und Bandor ein, um die Lage auszukundschaften, denn wie alle wussten, nistete in den Herzen der Orks die Arglist, was sie zu einer Quelle immerwährender Gefahr machte, mochten sie auch versuchen, ihre niederen Instinkte zu bezähmen.

Schließlich war es die pure Not, die diese gewalttätigen Gesellen zum Frieden zwang. Noch schwächte sie der Aderlass des Großen Krieges zu stark, um von neuen Eroberungsfeldzügen zu träumen, doch was wirklich hinter Morons wuchtiger Stirn vorging, wusste nur er selbst zu sagen. Er und seine königlichen Vertrauten – möglicherweise aber nicht einmal die.

Zudem stand der Eichenthron der Orks traditionell auf wackligen Füßen. Schon ein vergifteter Kelch oder eine Handbreit Stahl konnten einem Thronanwärter genügen, um alle auferlegten Fesseln abzustreifen. Nichts machte Heldensagen von Schlachtenruhm und Ehre verlockender als eine lange Zeit des Friedens, davon wussten bereits die Ahnen aller Völker zu berichten.

Die einfältigen Trolle, eigentlich mehr Raufbolde als Krieger, durfte man ebenso wenig unterschätzen. Schlichte Gemüter wie die ihren waren leicht zu beeinflussen. Erst einmal von anderen aufgestachelt, kannte ihre Grausamkeit keine Grenzen, das hatte die Vergangenheit bewiesen.

Aus diesem Grunde stand die Silbergarde jederzeit bereit, drohenden Angriffen zu begegnen. Wie Eyron wusste, brannten seine Gardisten regelrecht darauf, ihr kämpferisches Geschick unter Beweis zu stellen, einige sogar zu sehr. Robur von der Au etwa, der sein Glück, mit gen Felsheim marschieren zu dürfen, immer noch nicht richtig fassen konnte. Stets beflissen, jedem zu gefallen, strapazierte der Emporkömmling die Geduld seiner standesbewussten Kameraden aufs Äußerste.

Niemand sprach seine Abneigung offen aus, trotzdem klaffte zwischen ihm und den Veteranen ein Spalt. Doch statt sich in elfischer Zurückhaltung zu üben, steigerte Robur noch seine Bemühungen, sich allen als entschlossener Krieger zu präsentieren – was die Sache nur noch schlimmer machte.

Eyron sandte Robur immer wieder zur Erkundung aus und ließ ihn Extra-Wachen schieben, hütete sich aber davor, ihn direkt zu maßregeln. Die Unterstützung von Oriel von der Au war zu wertvoll, als dass er sie leichtfertig aufs Spiel setzen durfte. Dass er als Hauptmann einen Sitz im Silberrat bekleidete, dem er politische Rücksichten schuldete, war seinen altgedienten Ober- und Hauptgardisten natürlich bewusst. Ebenso, dass der Ehrenkodex der Silbergarde vorschrieb, dass alles, was in den Reihen der Garde geschah, auch dort zu verbleiben hatte.

## 2.

Am Morgen des vierten Tages, als sich Felsheim bereits deutlich umrissen am Horizont abhob, wirkte Robur überraschend still und in sich gekehrt. Beim Anlegen der Schulterbrünne legte er obendrein so viel Ungeschick an den Tag, als steckte ihm noch die nächtliche Kälte in den Knochen. Verärgert über so viel Steifheit, beobachtete ihn Eyron genauer, bis er zwei blaue Flecken entdeckte, die sich deutlich von der milchig weißen Haut des Junggardisten abhoben.

Zwar versuchte Robur, sie unter seiner Kleidung zu verbergen, doch sein blütenweißes Schnürhemd war so gut auf Maß geschnitten, dass die kreisrunden Prellungen bei jeder zweiten Bewegung zum Vorschein kamen. Vermutlich auch, weil es gut ein Dutzend von ihnen gab.

Eyron stutzte. Das sah ganz nach einer Abreibung mit dem Glevenknauf aus, wie sie forsche Neulinge schon einmal erhielten, wenn sie den Unwillen älterer Krieger erregten. Meistens im Schlaf, in stockfinsterer Nacht, so dass die Vollstrecker unerkannt blieben, während eine an die Kehle gepresste Klinge den Delinquenten zur Bewegungslosigkeit verdammte.

Unauffällig wandte sich Eyron den übrigen Männern und Frauen zu, von denen drei verdächtig unschuldig dreinsahen. Kervis, die Erste Gleve der Silberschar, gehörte zu ihnen. Ein stummer Blickwechsel genügte, um ihm zu signalisieren, dass Eyron ihre Tat billigte. Trotzdem wussten die drei, dass er sich aufrichtig empört geben würde, sollte irgendjemand außerhalb ihrer Reihen Kenntnis von der Misshandlung erhalten.

Doch wie es schien, unterwarf sich Robur dem Gesetz der Silbergarde. Beschwerde zu führen oder mit der einflussreichen Mutter zu drohen hätte ihn auch jegliches Ansehen gekostet. Wollte er in der Garde Karriere machen, blieb ihm gar nichts anderes übrig, als die Tat totzuschweigen und sich zukünftig besser einzufügen.

In angenehm lastender Stille legte die Marschsäule das letzte Stück des Weges zurück. Eyron hatte absichtlich nahe dem Ziel gelagert, damit sie trotz des steilen Anstieges ausgeruht in der Nekropole ankamen. Anfangs bedeckten noch kleine Nadelholzgruppen die Flanken der umliegenden Hügel. Nachdem sie einen Pass bewältigt hatten, der in einigen hundert Metern Höhe eine solide Felswand durchbrach, lag die Baumgrenze endgültig hinter ihnen.

Nacktes Gestein beherrschte den von zerklüfteten Graten umgebenen Bergstock, der sich glockenförmig vor ihnen erhob.

Ihre Flügelmasken trugen sie am Wehrgehänge, um ihre friedlichen Absichten zu demonstrieren. Gedämpftes Lederknirschen begleitete ihre leichtfüßigen Schritte. Ab und an klapperten die Helme am Geschirr, ansonsten blieb alles gespenstisch ruhig.

Seltsam.

Obwohl Eyron die Umgebung aufmerksam absuchte, entdeckte er weder Wachen noch getarnte Spähposten. Nicht einmal Felsheims Waschfrauen oder Steinmetze beobachteten ihre Ankunft mit gereckten Köpfen. Dabei stellte eine Doppelreihe Elfen mit geschulterter Gleve beileibe keinen alltäglichen Anblick dar. Nicht dreißig Jahre nach dem Großen Krieg, der mit der Vertreibung des machthungrigen Orkkönigs Gremm geendet hatte.

An- und abschwellender Gesang aus rauen Kehlen erfüllte die Luft, als die Gardisten die leerstehenden Baracken am Fuße der Nekropole erreichten. Ein Netzwerk dünner Felsvorsprünge umgab den grauen Buckel, der an seiner Oberseite unnatürlich flach verlief. Aus den Spalten quellende Dämpfe, die neblig grau im Wind zerstäubten, waren alles, was sich in der ausgestorbenen Siedlung regte. Passend dazu schwoll der unsichtbare Chor zweistimmig an. Was er in der alten Zwergensprache sang, klang für feine Elfenohren nicht sonderlich harmonisch, aber durchaus beeindruckend.

»Totengesänge«, erläuterte Kervis, der zu Eyrons Linken marschierte. »Wie es scheint, platzen wir mitten in eine Leichenfeier hinein.«

Eyron dachte nicht im Traum daran, deshalb anhalten zu lassen. »Umso besser«, freute er sich. »Eine günstigere Gelegenheit, zum Ort des frevelhaften Geschehens vorzudringen, bietet sich uns so schnell nicht wieder.«

»Aber …« Kervis überlegte einen Moment, ob er das Vorgehen des Hauptmannes vor allen Gardisten in Frage stellen durfte, entschied dann aber, dass das geradezu seine Pflicht als Erste Gleve war. »Könnte ein ungebetenes Betreten des Heiligtums nicht als feindseliger Akt gewertet werden?«

»Unsinn«, sagte Eyron im Brustton der Überzeugung. »Außerdem können wir jederzeit so tun, als wollten wir dem erlauchten Toten unsere letzte Ehre erweisen! Wer auch immer dieser lausige Zwerg sein mag.«

In unvermindertem Tempo ging es weiter.

Ein alter Zwerg mit dampfender Wurzelpfeife im Mundwinkel war der einzige Einwohner, den sie entdeckten. Ganz in seine Tätigkeit vertieft, saß er vor einer steinernen Baracke. Neben ihm auf den breiten Stufen stapelten sich zwei mit Eisenbändern beschlagene Holztruhen und mehrere fest verschnürte Säcke, die offenbar sein gesamtes Hab und Gut enthielten. Er schien im Begriff zu stehen, aus dem niedrigen Gebäude auszuziehen. Statt die Lasten zu bewegen, rieb er jedoch mit einem weichen Lappen über einen verbeulten Rundschild, der schon genauso viel Patina angesetzt hatte wie er selbst.

Als das bärtige Gesicht mit dem weißblonden Haar aufsah, um sie mit größter Verwunderung zu mustern, glaubte Eyron den Zwerg zu erkennen, ohne dass er ihn beim Namen zu nennen wusste.

Seine Erste Gleve hingegen schon.

»Der alte Eisenbeiß!«, flüsterte Kervis. »Müsste der als Oberster Steinmetz nicht den Feierlichkeiten beiwohnen, um das Versiegeln der Gruft zu überwachen?«

Orm Eisenbeiß, natürlich! Ein Zwergenkrieger, der in der

Schlacht von Scherbental das Wüten der Felszehrer überlebt hatte, obwohl er mitten im Zentrum des Hauptangriffskeils marschiert war. *An jenem verhängnisvollen Tage, als die Macht der Elfen an ihre Grenzen stieß – und das Blut der Toten vom Himmel regnete.*

Die aufflackernde Erinnerung an die alte Waffenbrüderschaft erzeugte ein kurzes Gefühl der Verbundenheit, das Eyron sofort wieder abschüttelte. Unsinn! Orm und er hatten nie Schulter an Schulter gefochten oder einander das Leben gerettet. Und überhaupt: wie lange all das nun schon zurücklag!

Außerdem war das Zweckbündnis zwischen Elfen und Zwergen nach Gremms Verbannung schneller zersplittert als ein Holzscheit auf dem Hackklotz. Vergangenes war nun einmal vergangen. Alles, was zählte, war die Heilige Quelle, deren geheimnisvolles Versiegen so schnell wie möglich aufgeklärt werden musste.

»Weiter!«, befahl er, während Orm, der wenig Lust zeigte, mit den Neuankömmlingen zu reden, sich erneut der Politur des Schildes widmete.

Ohne weiter auf den Alten zu achten, setzte die Doppelreihe ihren Weg fort. Vorbei an zwergenleeren Gebäuden strebten sie einem natürlichen Felseinschnitt zu, der aussah wie mit einer gewaltigen Axt geschlagen. In Wirklichkeit hatten sich dort Wind und Regen über Tausende von Jahren einen natürlichen Weg durch das Gestein gebahnt, der von fleißigen Zwergenhänden zu einem bequemen Aufgang erweitert worden war. Hätten sich die Gardisten auf dem Weg zur Totenstadt nur ein Mal umgedreht, wäre ihnen aufgefallen, dass ihnen der alte Eisenbeiß doch hinterherstarrte, mit vor Wut funkelnden Augen.

Der Silberschar blieb seine Reaktion jedoch verborgen, allen voran Eyron, der bereits die in den Stein geschlagenen Stufen inspizierte. Niedrig waren sie, aber mit großen Trittflächen versehen, passend zu dem Körperbau der Zwerge, der sich durch kurze Beine und unförmige Füße auszeichnete. Um normal auszuschreiten, mussten die hochgewachsenen Elfen bei jedem Schritt zwei Absätze auf einmal nehmen.

Keine Schildwache vertrat ihnen den Weg, so dass sie schnell vorwärtskamen. Die Tritte ihrer weichen Stiefelsohlen hallten nur leise von dem umliegenden Fels wider. Dabei pressten sie die Flügelhelme fest an ihre Hüften, wie es ihnen der vorauseilende Hauptmann vormachte. Unangenehm eng und steil verlief der Durchbruch, der so aussah wie der Stichkanal eines Schwertes, den ein Riese von schräg oben durch den Berg gestoßen hatte.

Einem scharfen Windstoß gleich, fegte die Doppelreihe über die Stufen hinweg, vorbei an grotesken Orkgesichtern, die ihnen links und rechts der Treppe entgegenstarrten. Großer Schmerz und ewige Pein zeichneten sich auf den mit feinen Meißeln aus dem zerklüfteten Fels gearbeiteten Zügen ab. Manche der unnatürlich weit aufgerissenen Mäuler waren derart übertrieben dargestellt, dass ihre Wirkung schon wieder ins Komische kippte. Selbst angesichts des grimmigen Humors, den Zwerge gerne zur Schau stellten, mutete der Eingangsschmuck ungewöhnlich an. Von fern erinnerten die Figuren allerdings an die Wasserspeier, die an vielen bewohnten Felsmassiven zu finden waren.

Doch dass die Steinmetze, die den Bergeinschnitt zu einem Aufgang erweitert hatten, ausgerechnet die Eingangstreppe für den Abfluss von Regen- und Sickerwasser vorgesehen hatten, glaubte Eyron keine Sekunde lang. Nein, bei diesen Fratzen handelte es sich um kunstvoll gestaltete Pechnasen, die siedende oder leicht entzündliche Flüssigkeiten verspritzen konnten. Hinter dem Dunkel der offenen Mäuler verbargen sich dazu im Fels verborgene Rohre, die den heißen Empfang mit großem Druck speisten.

Mit geschultem Auge prägte sich der Hauptmann die Lage der unregelmäßig verteilten Speier ein, gleichzeitig entsann er Möglichkeiten, den brühheißen Sprühregen zu umgehen. Hätte es in den Felswänden plötzlich zu rauschen und zu glucksen begonnen, wären Menschen oder Orks hilflos gewesen. Für gewandte Elfenkrieger erkannte Eyron jedoch keinen Grund zur Panik. Im Ernstfall wäre es der Silberschar ein Leichtes gewesen, aus dem Stand heraus über die gefährlichen Auslasslöcher hinwegzufedern, um sich, von Vorsprung zu Vorsprung springend, unbeschadet in die Höhe zu arbeiten. Sollte die aufsteigende Hitze dabei zu unangenehm werden, würden sie einfach die Spalten und Simse des über ihnen lastenden Felsbogens nutzen, der Fingern und Stiefelspitzen genügend Halt bot, um an ihm, wie Fliegen an der Decke, entlangzukrabbeln.

Während Eyron sich lebhaft ausmalte, wie sie im Ernstfall jeden toten Winkel ausnutzen würden, um den siedenden Ergüssen auszuweichen, bemerkte er einige Kettenzüge und bewegliche Balken, die nahe dem Eingang im Gestein verschwanden. Sie waren zweifellos Teil einer Mechanik, die ein verdecktes Fallgitter hob und senkte.

Wahrlich, die Zwerge hatten ganz Felsheim zur Festung gemacht, doch ihre Wachsamkeit ließ zu wünschen übrig. Die letzten Elfen befanden sich bereits oberhalb der Stelle, an der die Gefahr einer stählernen Barriere bestand, während der über ihnen liegende Fels einem klaren Himmel wich, ohne dass ihr Eindringen überhaupt bemerkt worden wäre.

Auch als sie über den obersten Absatz auf ein steinernes Rondell strömten, entdeckte sie keine Zwergenseele. Kalter Wind strich über den ausgehöhlten Bergrücken und wirbelte allgegenwärtigen Steinstaub in die Höhe.

Auf Eyrons Befehl hin verwandelte sich die Doppelreihe in eine Linie, die ein schwerer zu treffendes Ziel darstellte. Eine unnötige Vorsichtsmaßnahme.

Auch während sie vorsichtig voranschritten, ließ sich kein Felsheimer blicken. An einigen rechteckigen Bodenöffnungen verharrten die Gardisten, um sie genauer in Augenschein zu nehmen. Unter einigen Löchern gähnten lichtlose Abgründe, die in niedrige Bergstollen münden mochten. Aus anderen Schächten ragten seltsame Gerätschaften hervor, etwa eine, bei der sich unzählige geflochtene Körbe um eine leiterähnliche Konstruktion wanden.

Ausgerechnet Robur und Silene rätselten gemeinsam darüber, wie die zu ihren Füßen befindliche Mechanik funktionieren mochte. Ob er wohl ahnte, dass die Vollblutgardistin zu den drei Peinigern gehörte, die ihm des Nachts zugesetzt hatten? Kervis und Lonin, die beiden anderen, hielten nur wenige Schritte entfernt Ausschau nach den Kleinwüchsigen – doch die oberste Ebene blieb weiterhin verwaist.

Erneut zur Doppelreihe zusammengezogen, begaben sich die Elfen auf die Suche nach all den Arbeitern, Hütern und Trauergästen der Nekropole, die bislang nur zu hören waren. Die immer deutlicher erklingenden Totengesänge wiesen ihnen den Weg. Hinter wuchtigen, von Wehrgängen gesäumten Bergwänden ging es entlang, vorbei an verstaubten Kesseln, die zum Erhitzen von Öl und Pech dienten.

Elend karg und grau mutete die Totenstadt an, in der nicht

einmal ein Grashalm aus den mit Flugsand gefüllten Felsspalten wuchs. Wo Schatten nötig war, spannten sich Sonnensegel zwischen primitiven Arbeitshütten.

Blumenkränze oder andere Trauergaben suchte das Auge auf der ersten Ebene vergeblich. Die obersten Grabkammern schmückten nur eingelassene Goldplatten, auf denen in großen Lettern der Name der Dahingeschiedenen zu lesen stand sowie ihre Titel, die Ahnenreihe und der Todestag. Geburtsjahr und Alter schienen in Zwergenkreisen nicht zu interessieren oder waren in den ausschweifenden Lobpreisungen verborgen, die sich zusätzlich auf den Tafeln befanden. Wovon die goldenen Lettern genau erzählten, war nur schwer zu entziffern. Viele der alten Symbole waren selbst Schriftgelehrten ein Rätsel.

Je tiefer es ging, desto verwinkelter wurde die Grabanlage, deren Kernstück drei kreisrunde Lichtschächte von ungeheurem Ausmaß waren, zwischen denen zahlreiche Seitengänge verliefen.

Ohne die Choräle der Trauerbarden hätten sich die Gardisten verlaufen. Überkragende Simse spendeten Schatten, während sie sauber gehämmerten Stegen folgten. Im Laufe der Zeit wurde ihnen langsam klar, warum ihre Ankunft unbemerkt geblieben war. Die Nekropole besaß ungeheure Ausmaße, in denen sich ein Dutzend Gardisten rasch verlieren konnte. Die meisten Festungen oder Burgen waren weitaus kleiner und übersichtlicher angelegt.

Verglichen mit den schlichten Kammern der obersten Etage, protzten die später in den Fels geschlagenen Gräber mit größerem Prunk. Marmorplatten und farbige Steineinlagen täuschten jedoch nicht darüber hinweg, dass die Ahnenlisten immer kürzer wurden, je tiefer es herabging. Was einst altgedienten Herrschern vorbehalten gewesen war, eine Ruhestätte, weit oberhalb aller anderen, war im Laufe der Generationen zu einem Privileg für alle wohlhabenden Zwerge geworden. In der dritten Tiefebene des Südschachtes angelangt, hörten die Elfen zum ersten Mal Stimmen, die nicht sangen. Sie kamen aus einem Verbindungsgang, der zum Westschacht führte.

»Sie jagen ihn wirklich vom Hof, wie einen alten Hund?«, erklang es hinter einem wackligen Holzgerüst, das sich vor mehreren Gräbern der Wetterseite erhob.

»Wenn ich es dir doch sage«, antwortete eine zweite Stimme. »Gleich nach Eisel von Odemars Beisetzung fährt ihn Borstel mit dem Fuhrwerk nach Frostscheid. Dort wartet eine leerstehende Schmiede auf ihn, die er übernehmen darf.«

»Frostscheid? Graugards kälteste Ecke? Oh, ihr Steinriesen, bewahrt uns vor den Hütern Felsheims, wenn sie uns Geschenke machen.«

»Das kannst du laut sagen!«

Die beiden mit Lederschürzen bekleideten Zwerge, die lieber Pfeife schmauchten, als der unansehnlich gewordenen Frontplatte von Delsuc dem III. mit Seifenlauge und Bürste zu Leibe zu rücken, rissen vor Entsetzen die Augen auf, als sie die Elfen bemerkten.

»Zu Eisels Beisetzung, dort entlang?«, fragte Eyron im Vorbeigehen, ohne die Geschwindigkeit zu vermindern.

Beide Hilfsknechte brachten kein einziges Wort hervor, sondern nickten sprachlos, angesichts der stramm marschierenden Elfen. Keiner der Gleventräger verzog eine Miene, obwohl der Anblick der verdutzten Gestalten unwillkürlich zum Lachen reizte.

Eyron wollte nach der nächsten Abzweigung das Tempo erhöhen, da von nun an die Gefahr eines Alarms drohte, doch diese Vorsichtsmaßnahme erwies sich als unnötig. Das Flattern von Fahnen und Prachtgewändern empfing sie bereits, noch ehe die Reihen der Sänger und Sängerinnen sichtbar wurden, die sie auf den Rängen der dritten Ebene erwarteten.

Endlich, die Schar hatte ihr Ziel erreicht! Unter ihnen lag der neue Bauabschnitt, von dem ihnen Velb ausführlich berichtet hatte.

Der umlaufende Felssims wurde von zahllosen Zwergen in bunten Trachten bevölkert. Unten im Kessel wogte ein Meer aus Rot, während auf den Höhen laubgrüne, himmelblaue und sonnengelbe Farben vorherrschten. Große Teile des auf der dritten Ebene stehenden Trauerchores hatten ihre Prachtgewänder einfach über die normale Arbeitskleidung gezogen, trotzdem boten die bunten Reihen, die die Stege und Absätze säumten, einen feierlichen Anblick.

Unter den so Angetretenen befanden sich auch zahlreiche Zwergenweiber. Alte und runzlige, die sich von ihren Männern nur unterschieden, weil sie keine Bärte trugen, aber auch viele junge mit rosigen Gesichtern, die gut und gerne als etwas kleiner gewachsene Menschenfrauen durchgegangen wären.

Den Blick starr auf den in weißes Leinen gewickelten Leichnam gerichtet, der auf einem mannshohen Eichenschild zu Grabe getragen wurde, bemerkte die Menge überhaupt nicht, wer sich in ihrem Rücken näherte. Von den drei Schächten zweigten zahlreiche Stollen ab, in denen die günstiger zu erwerbenden Grabkammern lagen. Angesichts des Labyrinths aus waagerechten Tunneln und senkrechten Lichtschächten, die hier einen Knotenpunkt fanden, bewegte sich immer irgendjemand im Hintergrund. Außerdem zogen die rituellen Abläufe der Bestattung alle Aufmerksamkeit auf sich. Das kam den Elfen, die sich über einen Niedergang hinter die Totensänger schlichen, sehr entgegen.

Von den Leibern blaugewandeter Barden gedeckt, verschaffte sich Eyron einen Überblick auf das Geschehen. Neben der neuen Krypta in der tiefsten Ebene stand die Familie des Toten, angetan mit ihrer prunkvollsten Kleidung, die wie die zwischen ihnen aufgepflanzten Banner das Wappen der Odemar trug.

Die Hilfsknechte hinter dem Gerüst hatten keinen Unsinn erzählt. Es wurde tatsächlich ein Eisel von Odemar zu Grabe getragen. Das Meer aus roten Roben, das sich vor den Schildträgern teilte, schloss sich wieder hinter ihnen, während sie mit dem Toten auf die drei Hohepriester in den goldbesetzten Umhängen zuhielten. Hezio und seine Stellvertreter standen bei der trauernden Familie, um einen letzten Segen auszusprechen und den Verschluss der Felskammer mit Siegelsprüchen zur ewigen Ruhe zu begleiten.

Die für die Frontöffnung vorgesehene Granitplatte schwebte bereits aufrecht in der Luft, gehalten von festem Tauwerk, das über einen schwenkbaren Holzgalgen führte. Vor dem Gestell standen mehrere Steinmetze in gut gefetteten Lederschürzen, die ihre Stemmeisen präsentierten. Ihr Oberster Steinmetz war ein höchstens einhundertfünfzig Jahre alter Zwerg, dessen Gesicht vor Aufregung genauso flammend rot leuchtete wie sein Haupthaar. Offensichtlich der Nachfolger des alten Eisenbeiß, dem bei seinem ersten Festakt gehörig die Knie zitterten. Die Probleme dieses Wichtes waren Eyron jedoch herzlich egal. Ihn interessierte nur die mit Geröll gefüllte Kaverne, die sich hinter den in Formation angetretenen Steinmetzen und ihrem Hebewerk abzeichnete. Nun galt es bloß noch, ein passendes Plätzchen für die Garde zu finden, dann konnten sie sich im Anschluss an die Leichenfeier mit eigenen Augen von dem Frevel der Zwerge überzeugen.

Allerdings hatten einige der Barden, die vor ihnen auf der steinernen Brüstung wie auf einem Podest standen, inzwischen bemerkt, dass etwas vor sich ging. Eine über ihm verstummende Chorstimme ließ Eyron alarmiert aufsehen. Sein Verdacht bestätigte sich. Ein fülliger Zwerg mit pausbäckigem Gesicht starrte bereits auf ihn hinunter. Mit vor Aufregung zitternden Fingern wollte er einem Nachbarn auf die Schulter tippen, um ihn auf die Elfen aufmerksam zu machen, hielt jedoch erschrocken inne, als ihn der Hauptmann streng fixierte und einen Finger auf seine blassroten Lippen legte.

Eine unmissverständliche Geste, die ihre Wirkung nicht verfehlte. Erschrocken zog der Hilfsbarde seine Hand zurück, als hätte er sie sich an einem heißen Herd verbrannt. Seine Neugier überwog jedoch den Schrecken, und so starrte er weiter über seine Schulter hinweg, anstatt zu singen, was nach und nach die Aufmerksamkeit seiner Nachbarn erregte.

Unterdessen entdeckte Eyron eine zwischen der dritten und vierten Ebene verlaufende Abbruchkante, die zu schmal für klobige Zwergenstiefel war. Für schlankere Gestalten, die über ein gutes Balancegefühl verfügten, reichte der Platz allerdings aus. Außerdem handelte es sich um die einzige Stelle nahe dem offenen Grab, an der keine singenden Felsheimer standen.

Auf einen Wink des Hauptmannes hin hielten die Gardisten auf eine Lücke zwischen zwei Gesangsgruppen zu, die sich nicht nur in ihrer Gewandung, sondern auch in der Stimmhöhe voneinander unterschieden. Die blaugekleidete Reihe, die sie hinter sich ließen, sang längst nicht mehr. Weitere Trauerbarden, die die Elfen bemerkten, verstummten ebenso vor Schreck. Eine Welle des Schweigens begleitete sie, doch noch stand die allgemeine Verblüffung auf ihrer Seite.

Eyron war der Erste, der zwischen den beiden Chorflügeln hindurchging und ins Leere trat. Kerzengerade, wie im Schlusssprung, sauste er in die Tiefe hinab. Sein Rücken berührte zweimal kurz die hinter ihm liegende Steilwand, dann setzte er bereits mit den Sohlen seiner anschmiegsamen Stiefel auf. Ein leichtes Nachfedern in den Beinen genügte, um den Aufprall abzufangen. Geschmeidig bewegte er sich nach rechts, um Platz für seine Erste Gleve zu machen.

Bei seinem Auftauchen blieben auch den Barden der gegenüberliegenden Ränge die Worte im Halse stecken. Immer dünner hallten die Chorstimmen von den gewölbten Bergwänden wider, bis auch der inbrünstigste Barde spürte, dass etwas vor sich ging. Als die Trauergemeinde im Kessel verwirrt in die Höhe blickte, riss der schwermütige Gesang endgültig ab. Selbst die Eichenschildträger blieben stehen, um zu sehen, was sich über ihren Köpfen abspielte.

Unangenehmes Schweigen erfüllte die Nekropole, während sich die wohlbehalten gelandeten Gardisten allesamt mit dem Gesicht nach vorne ausrichteten. Wie Perlen an einer Schnur reihten sie sich auf halber Höhe des Steilhangs gegenüber den Hohepriestern auf. Mit den silbern schimmernden Mänteln, die ihre schweren Waffenröcke umhüllten, boten sie einen imposanten Anblick, doch es waren vor allem die Gleven, die alle Blicke auf sich zogen.

Noch gellten keine Schreckensschreie durch Felsheim, auch Alarmrufe ließen auf sich warten. Trotzdem dämmerte den Zwergen nach der ersten Verblüffung allmählich die Erkenntnis, dass das Erscheinen der bewaffneten Elfen ein ungeheuerlicher Vorgang war. Alle Blicke richteten sich auf Hezio, Wighild und Birol, das priesterliche Dreigestirn, das die Geschicke der Nekropole leitete. Noch hatte es ihnen genauso die Sprache verschlagen wie dem Geschlecht der Odemar, unter denen sich so mancher tapferer Streiter befand.

Ehe sich noch einer der Hohen zu einer Fehlentscheidung durchrang, ergriff Eyron das Wort.

»Ehre und Ruhm dem toten Eisel von Odemar!«, schrie er so laut, dass seine Worte von den umliegenden Felsen widerhallten. »Waldfürst Albriel sandte seine Silbergarde aus, um diesen streitbaren Helden, der im Großen Krieg an unserer Seite kämpfte, den ihm gebührenden Respekt zu zollen!«

Bei diesen Worten kippte er die neben seinem linken Fuß aufgepflanzte Gleve nach vorne und schlug die freie rechte Hand flach auf seine Herzgegend. Der Rest der Silberschar präsentierte umgehend auf die gleiche Weise. Das metallische Knirschen, mit dem zwölf Gardisten ihre Waffenarme streckten, bis die Gleven schräg vor ihnen aufragten, hallte noch nach, als eine dünne Stimme rief: »Aber wir nannten ihn doch stets *Eisel, den Sanften*, weil er nie …«

Eine herrische Geste brachte die Zwergin, die das Wort ergriffen hatte, abrupt zum Verstummen.

»Schweig still, Weib«, forderte Ragatz von Odemar, ein Kraftprotz mit rabenschwarzem Haar, der an seinem mit Wappen geschmückten Wams zu erkennen war. »Auch wenn sich ihre Ankunft verspätet hat, so wollen wir den Respekt, den diese Elfen unserem Oheim zollen, gerne so ehrlich entgegennehmen, wie er gemeint ist. Und nun, ihr Hohen Hüter, fahrt mit der Zeremonie fort.«

Hezio war sichtlich erleichtert darüber, dass der Clan der Odemar keinen offenen Streit mit den Eindringlingen suchte. Mit raschen Anweisungen sorgte er dafür, dass die Leichenfeier wieder genau an der Stelle einsetzte, an der sie unterbrochen worden war. Zuerst setzten die Schildträger ihren Weg fort, gleich darauf erfüllten traurige Gesänge die Luft. Ein wenig verhaltener vielleicht als kurz zuvor, doch immer noch mit der angemessenen Würde, wie sie jedem reichen Zwerge zustand, der sich in Felsheim zur ewigen Ruhe begab.

Eyron und die Seinen verfolgten schweigend, wie es weiterging. Mitzusingen war ihnen unmöglich, klangen die Lieder der Zwerge in ihren Ohren doch nur wie das Brummen lebensmüder Bären. Ab und zu hörten sie Worte voller Schwermut und Trauer heraus, die einen feststehenden Text nahelegten. Davon abgesehen interessierte sie die ganze Zeremonie nur insofern, als dass sie ihrem Ende entgegenfieberten. Damit sie endlich bis zu dem Ort des Unglücks vordringen konnten, von dem sie nur noch zwei Dutzend Schritte trennten.

# Gohliks Erdhütte

## I.

Der Moment des Erwachens war ebenso schmerzhaft wie an den Tagen zuvor. Binek war es einfach nicht gewohnt, auf nacktem Erdboden zu schlafen. Doch so viel Laub er auch abends zusammenraffte, wenn die Erschöpfung seine Glieder zu lähmen drohte, am nächsten Morgen lag alles in weitem Umkreis verstreut. Er schlief offensichtlich sehr schlecht. Den grünen und blauen Flecken nach zu urteilen, die an seinem Körper erblühten, lag das nicht nur am harten Boden und dem vorstehenden Wurzelwerk, sondern auch daran, dass er im Traume um sich schlug.

Sonnenlicht drang durch seine geschlossenen Augenlider, so dass sich das Aderngeflecht auf der durchschimmernden Haut abzeichnete. Als er die Wimpern zu öffnen versuchte, scheiterte er zunächst. Vom Schlaf verklebt, riss er sie mit einer willentlichen Anstrengung auseinander. Das linke Auge backte danach immer noch zur Hälfte zusammen. Erst nachdem er die eitrigen Krümel, die die Wimpern aneinanderketteten, mit den Fingerkuppen fortgerieben hatte, konnte er wieder richtig sehen.

Zuerst erkannte er nur die Sonnenstrahlen, die wie Lichtlanzen durch das Blätterdach zu ihm herabstießen, dann die braunen Stiefel, die neben ihm aus dem Waldboden wuchsen. Die plötzliche Erkenntnis, nicht mehr alleine auf der Lichtung zu sein, schreckte ihn vollends auf. Schlagartig federte er in die Höhe und brachte dabei zwei lange Schritte zwischen sich und den Unbekannten.

»Guten Morgen, Kleiner. Endlich munter geworden?«

Binek sah sich zuerst nach allen Seiten hin um, bevor er den in Wildleder gekleideten Waldläufer näher in Augenschein nahm. Offensichtlich war der Kerl auf der Suche nach Feuerholz, denn er hielt mehrere abgestorbene Äste in seinen Händen. Fingerlanges Haar von der Farbe nassen Sandes stand ihm vom Kopf ab, so dass die kahlen Stellen, die sich ihm von beiden Seiten in die Stirn fraßen, gut zu erkennen waren.

Einen Mantel oder Umhang trug er nicht, dafür ein amüsiertes Lächeln auf den Lippen. Als Kind des Pfuhls wusste Binek jedoch, wie schnell einem freundlichen Lächeln ein Schlag auf den Hinterkopf folgen konnte. Vorsichtig stellte er sicher, dass sich nicht von irgendwoher ein Komplize des Unbekannten an ihn heranschlich.

»Keine Sorge«, versicherte ihm der andere. »Als ich dich schnarchen hörte, habe ich zunächst einen weiten Bogen um dich geschlagen. Aber außer deinen eigenen Fußabdrücken sind weit und breit keine verdächtigen Spuren zu finden. Wer auch immer dir auf den Fersen ist, hat dich noch nicht aufgespürt.«

»Woher willst du wissen, dass ich verfolgt werde?«, fragte Binek misstrauisch.

Der Waldläufer schüttelte lachend den Kopf. »Du machst mir Spaß, Kleiner. Dass du keinen Schimmer davon hast, wie man sich in der Wildnis verhält, ist wirklich nicht zu übersehen. Trotzdem schlägst du dich quer durch den Wald, anstatt auf den Wegen zu bleiben. Warum wohl, wenn du dich nicht vor jemanden zu verbergen suchst? Außerdem ist dein Umhang zwar total verschlissen, aber die Löcher in deiner

Kapuze rühren von Schnitten her. Da fällt es nicht schwer, sich den Rest zusammenzureimen.«

Binek gefiel nicht, dass ihm sein Schicksal so deutlich anzusehen war. Aber die Einschätzung des Waldläufers abzustreiten hatte wenig Sinn. Also schwieg er lieber.

»Na ja«, der andere zuckte mit den Schultern. »Mein Name ist Velb, und ich habe mein Lager da drüben aufgeschlagen.« Er deutete mit dem Zeigefinger auf eine von Büschen verdeckte Stelle jenseits der Lichtung. »Wenn du etwas Feuerholz beisteuerst, biete ich dir heißen Tee und eine kleine Mahlzeit an.«

Die Aussicht auf ein Frühstück erinnerte Binek schmerzlich daran, wie hungrig er war. Ehe er das Angebot annehmen konnte, hatte sich Velb allerdings schon umgedreht und war zwischen zwei Birken verschwunden.

Seufzend sah Binek an sich herab. Er fühlte sich schmutzig, außerdem tat ihm jeder einzelne Knochen im Leibe weh. Anfangs war seine Flucht aus Imor noch angenehm verlaufen, zum Teil hatte er sogar auf Fuhrwerken mitfahren dürfen. Doch seine Hoffnung, spätestens in den Bergen in Sicherheit zu sein, hatte sich zerschlagen, als am Horizont zwei berittene Gnome aufgetaucht waren.

Drokk und Marzz hatten ihn aufgespürt und ließen sich auch nicht wieder abschütteln, ganz gleich, wie viele Haken er durchs Unterholz schlug. Die beiden waren in den Sümpfen groß geworden, er dagegen in den Straßen von Imor aufgewachsen. Hier draußen in der Wildnis war er ihnen noch stärker ausgeliefert als in der Stadt.

Hungrig herumzustehen und Löcher in die Luft zu starren brachte ihn allerdings nicht weiter. Die Aussicht auf ein warmes Getränk und etwas Besseres als Wurzeln und Beeren im Magen ließ ihn darum nach Brennholz suchen. Dummerweise lagerte Velb wohl häufiger in der Gegend, denn er fand zunächst wenig, das schon trocken genug zum Verbrennen gewesen wäre.

Erst als er sich auf seine Fähigkeiten besann und die nächste Buche emporkletterte, wurde Binek fündig. Er arbeitete sich immer höher hinauf, bis er auf abgestorbene Äste stieß, die sich beim Herabfallen in gesunden Zweigen verfangen hatten. Nachdem er einige von ihnen kleingebrochen hatte, raffte er noch die trockenen Blätter einer Schlingpflanze zusammen, die sich um einen völlig entlaubten Wipfel rankte.

Er schickte seine reiche Ausbeute voraus und kehrte sicheren Fußes auf den Boden zurück, um Velbs Lager zu suchen. Er musste weiter laufen als erwartet, trotzdem hätte wohl nicht viel gefehlt, und er wäre schon in der Nacht zuvor über den Waldläufer gestolpert, der es sich unter einer zusammengebundenen Schräge aus Tannzweigen bequem gemacht hatte. Ein Lager aus dicken Wolldecken zeigte an, wo Velb unter seinem Wind- und Regenschutz schlief. Eine in der Nähe verlaufende Bachschleife sorgte für frisches Wasser und vielleicht auch für das nötige Spiegelbild, das es ihm ermöglicht hatte, sein Haar zu kämmen.

Ein sauber in den Boden eingelassener Steinkreis diente dem Waldläufer als Feuerstelle, über der ein kleiner, mit einem Deckel verschlossener Bronzekessel hing, in dem es leise brodelte. Die Kamillen- und Waldblütenblätter, die darin köchelten, verbreiteten einen angenehmen Geruch. Als er das Brennholz ablud, weiteten sich die Augen seines Gastgebers vor Erstaunen.

»Hätte nicht gedacht, dass du so schnell fündig wirst«, sagte Velb. »Eigentlich habe ich die nähere Umgebung schon abgegrast.«

»Man muss nur wissen, wo die Suche lohnt«, tat Binek

geheimnisvoll, während er sich daranmachte, die aufgerollte Ranke ins Feuer zu werfen.

Velbs Gesicht verzerrte sich vor Schreck. Jäh schoss seine Rechte nach vorne und umklammerte Bineks Unterarm.

»Bist du verrückt geworden?«, rief der Waldläufer. »Weißt du nicht, was du da in Händen hältst?«

Widerstandslos ließ sich Binek die raschelnden Blätter aus den Fingern winden. Velb legte sie so weit abseits der Funken nieder, die hin und wieder von dem kleinen Feuer absprangen, als handele es sich dabei um eine gefährliche Schlange, die jeden Augenblick zum Leben erwachen könnte.

»Was soll das schon sein?«, griff Binek die an ihn gerichtete Frage auf. »Irgendein Schmarotzer-Strauch, der Baumspitzen die Kraft entzieht, um selbst das Licht der Sonne zu erreichen.«

Velb schüttelte den Kopf über so viel Unverstand. »Das ist Schlummerkraut«, erklärte er seinem Gast. »Das musst du doch wissen! Elfen verwenden es auf die vielfältigste Weise.«

Binek hatte ganz vergessen, dass er kein Kopftuch trug. Rasch ordnete er sein langes Haar so, dass es wenigstens die Ohrspitzen bedeckte. »Woher soll ich dieses Kraut kennen?«, fragte er verdrießlich. »Ich bin zum ersten Mal in der Nähe des Hochwalds.«

Velb zuckte nur die Schultern, bevor er nach zwei Holzbechern langte und den heißen Bronzekessel mit einem Lappen öffnete. Rasch schöpfte er die beiden Becher voll und schloss den Deckel wieder, bevor zu viel Hitze entweichen konnte. Binek nahm das heiße Getränk genauso dankbar entgegen wie eine dicke Brotscheibe, die mit einer Portion Ziegenkäse bestrichen war. Allerdings probierte er erst, nachdem Velb selbst von seinen Speisen gegessen und getrunken hatte.

Eine Weile kauten sie schweigend, mit untergeschlagenen

Beinen dicht am Feuer sitzend. Dann begannen sie, über dies und das zu reden – meistens über Imor, wobei Binek sich hütete, zu viel von seinem früheren Leben preiszugeben. Als sie beide satt waren, holte Velb aus seinem Gepäck einen kleinen Tiegel hervor, in dem er ein Blatt des trockenen Schlummerkrauts mit einem Stößel zermahlte. Fachmännisch an dem frischen Pulver riechend erklärte er: »Beste Qualität! Hättest du die Ranke ins Feuer geworfen, würden wir jetzt einträchtig nebeneinander schlafen, selbst wenn wir dabei mit dem Gesicht in der Glut lägen.«

»Tut mir leid«, entschuldigte sich Binek betroffen. »Ich hatte es nur gut gemeint.«

»Macht nichts.« Velb grinste breit. »Du scheinst mir trotzdem recht aufgeweckt zu sein. Sicher wirst du schnell lernen, wie unsereiner im Wald überlebt.«

Velb machte eine Pause und schien über etwas nachzudenken. »Ich kann dir ein wenig zeigen, worauf es hier draußen ankommt«, sagte er dann. »Solltest du noch mehr Schlummerkraut finden, können wir ein paar gute Geschäfte mit den Zwergen machen. Die sind nämlich ganz wild auf das Zeug. Ich würde mich auch über ein wenig menschliche Gesellschaft freuen. Du scheinst in Ordnung zu sein, und wer vor anderen flieht, schlitzt selten selber Kehlen auf. Ein wenig Zwergengold schadet niemandem, auch uns nicht. Und sollten wir beide uns irgendwann einmal überdrüssig werden, trennen sich unsere Wege eben wieder. Was denkst du?«

Während Binek überlegte, ob er diesem Angebot trauen durfte, zog ihm der Duft von gebratenem Speck in die Nase. Da nichts dergleichen im Feuer brutzelte, sah er überrascht auf. Nachdem er die Richtung bestimmt hatte, aus der der Wind den Geruch jetzt herübertrug, entdeckte er eine kleine Baumgruppe, über der feine Rauchschwaden verwehten.

»In dir stecken wahrhaftig die Instinkte eines Elfen«, lobte Velb, der seinem Blick gefolgt war.

»Ein hohler Baumstumpf, der als Schornstein dient?«, fragte Binek.

»Er gehört zu Gohliks Erdhütte«, erklärte der Waldläufer.

»Gohlik? Wer ist das?«

»Ein verschrobener Zwerg, den viele meiden, weil er es mit dem Waschen nicht mehr so genau nimmt. Doch er ist sehr hilfsbereit. Ich lagere bei ihm Waren ein, während ich zwischen verschiedenen Zwergen- und Elfensiedlungen hin- und herpendele. Außerdem versteht sich Gohlik auf die Kunst des Schnitzens, was ...«

»Ja?«, fragte Binek, als sein Gastgeber abrupt verstummte.

Velb schnitt ihm mit einer scharfen Handbewegung das Wort ab. Erst als sich Stille am Feuer ausbreitete, bemerkte der Halbelf das protestierende Gezwitscher aus dem Waldstück, in dem er übernachtet hatte. Gleich darauf schreckte ein Vogelschwarm in die Höhe und verschwand am Himmel. Danach wurde es in dem Hain so ruhig, dass nur noch das Knacken ihres Lagerfeuers zu hören war.

»Deine Verfolger!«, flüsterte Velb heiser. »Sie haben deine Schlafstelle gefunden. Jetzt dauert es nicht mehr lange, bis sie bei uns auftauchen.«

»Ich muss fort!« Binek wollte in Panik aufspringen, doch Velbs Hand packte ihn mit so hartem Griff an der Schulter, dass er wieder auf den Boden zurückfiel.

»Nein«, herrschte ihn der Waldläufer an. »Du bleibst schön hier.«

»Hmmm, gebratener Speck!«, seufzte Drokk wohlig. »Die Sumpfgötter meinen es gut mit uns!«

Marzz schwieg mit fest aufeinandergepressten Lippen. Ein untrügliches Zeichen dafür, dass ihn etwas störte. *Gnarziger Gnatzkopf*, dachte Drokk, obwohl er ahnte, was seinem Waffenbruder seit Kindertagen nicht behagte. Schöner Schein trog nur allzu oft und ließ leichtsinnige Gemüter unachtsam werden. Für Gnome, die ihren Sold mit geschliffenem Stahl verdienten, konnte allerdings jede Nachlässigkeit rasch die letzte sein.

»Da ist doch was faul«, verschaffte Marzz seinem Unmut Luft.

»Wüsste nicht, was?«, gestand Drokk ein.

Um sicherzugehen, dass er nichts übersehen hatte, schob er noch einmal den herabhängenden Farnzweig zur Seite, der ihm die Sicht versperrte. Die Lage auf der Lichtung hatte sich noch kein Stück verändert. Das elende Halbblut, das ihnen mehrmals entschlüpft war, stand weiterhin gefesselt an einer Birke und starrte entmutigt auf seine schmutzigen Stiefelspitzen – nicht weit entfernt vom Lager des Mannes, der ihn gefangen hielt.

Velb, der gerade sein Feuer schürte, war den beiden Gnomen durchaus bekannt. Er war ein Händler, der Imor zwei- bis dreimal im Jahr aufsuchte. Meistens mit kunstvollen Amuletten im Gepäck, aber auch mit hervorragendem Schmauch. Zwar kein Zunftbruder der Dunklen Gilden, doch jemand, der guten Geschäften gegenüber niemals abgeneigt war.

Und Kopfgelder waren ein gutes Geschäft.

»Binek ist schnell und gewitzt«, sagte Marzz schnaufend.

»Wie ist es diesem Grenzgänger bloß gelungen, ihn zu überwältigen?«

»Wir haben den kleinen Bastard bis zur Erschöpfung gehetzt«, antwortete Drokk merklich selbstzufrieden. »Der konnte einfach nicht mehr. Außerdem hat ihm Velb sicher erst zu essen gegeben, um sein Misstrauen zu zerstreuen – und ihn dann bei passender Gelegenheit überwältigt.«

Bei dem Gedanken daran, dass dem Halbblut erneut der Glaube an das Gute in den Menschen zum Verhängnis geworden war, stieg ein Lachen in seiner Kehle auf. Er musste es mit Gewalt unterdrücken, um nicht laut herauszuplatzen.

Marzz kämpfte mit anderen Gefühlen. »Woher wusste der Grenzläufer, dass eine Belohnung auf Bineks Ergreifen ausgesetzt ist?«

Drokk schüttelte mitleidig den Kopf. Es war ihm immer wieder ein Rätsel, worüber sich sein Kamerad Gedanken machte, seit sie unter den Menschen weilten. *Zu viel Nachdenken ist ungesund*, bläuten Gnomenmütter ihren Kindern von klein auf ein. Für Drokk hatte diese Weisheit in all den Sommern nichts an Gültigkeit verloren. Trotzdem zählte er die Möglichkeiten auf, die ihm in den Sinn kamen: »Vielleicht wollte Binek etwas stehlen? Oder Velb ist scharf auf seine Elfenknochen, so wie wir?«

»Unsinn! Alles Unsinn!«

Dass seine Vermutung brüsk abgebügelt wurde, verärgerte Drokk so sehr, dass er seinen Verstand anstrengte, bis ihm der Schädel schmerzte.

»Velb musste das Schlitzohr doch nur genau ansehen«, überkam ihn die Erkenntnis. »Die vor Dreck starrende, verschlissene Kleidung! Was würdest du denken, wenn dir so ein Kerl begegnet? Ich würde annehmen, dass ihm einer im Nacken sitzt, der auch noch das andere Ohr zeichnen will.

Ein Gläubiger, der sich für einen gefangenen Binek sehr erkenntlich zeigen wird.«

»Möglich«, gestand Marzz widerwillig ein. »Aber dieser Grenzläufer soll sich nicht einbilden, dass wir ihm auch nur ein müdes Kupferstück abtreten.«

Endlich redete und dachte er wieder wie ein echter Sumpfgnom. Drokk gluckste vor Freude. »Also vorsichtig anschleichen und beide abmurksen?«, fragte er hoffnungsvoll.

»Besser nicht«, sagte Marzz. »Da liegt immer noch der Geruch von gebratenem Speck in der Luft.«

»Den werden wir uns schön einverleiben, sobald sich die beiden Menschlein im Todeskampf winden.« Drokk lief vor Vorfreude glatt das Wasser im Munde zusammen.

»Aber über Velbs Feuer brät kein Speck, du Moorhuhn!«, polterte Marzz von der Seite.

Tatsächlich. Drokk spähte gleich zweimal auf die Lichtung, um sicherzugehen, dass der andere Gnom sich nicht versehen hatte. Witternd hob er seine gebogene Nase in den Wind, doch der feine Duft, der seinen Geruchssinn kitzelte, war keine Einbildung.

»Aber, das heißt ja …«

»… dass sich hier noch jemand aufhält«, vollendete Marzz den Gedanken. »Oder mehrere, vielleicht sogar eine halbe Armee!«

Drokk überlegte. »Mmh, dann ist List und Tücke gefragt!«

Endlich hellte sich die vergnarzte Miene seines Zunftbruders ein wenig auf.

»Du hast heute Morgen wohl von den Beeren der Weisheit genascht?«, freute sich Marzz. »Behalte alles im Blick, während ich unsere Ponys hole. Velb kennt uns. Begegnen wir ihm vollkommen offen, lässt er sich vielleicht aushorchen, bis wir wissen, ob wir die beiden gefahrlos töten können.«

# Felsheim

## I.

Zwerge waren so grobschlächtig wie ihre plumpe Handwerkskunst. Mit der Kraft ihrer kurzen, aber muskelbepackten Arme vermochten sie Stollen zu graben, Eisen zu schmieden und Steine zu behauen, wie es ihrer Natur entsprach. Wie viel filigraner waren dagegen die Fertigkeiten der Elfen! Eyrons Augen bekamen einen wässrigen Schimmer, wenn er nur an die Glasbläser dachte, die vor ihren Öfen kunstvolle Vasen, Trinkgefäße und Kugeln schufen sowie runde Fensterscheiben, die Wind und Regen trotzten, aber auch Spiegel von erlesener Qualität. Gab es einen besseren Beweis, dass die Elfen das am höchsten entwickelte aller Alten Völker waren?

Er wusste keinen …

Beim Einsetzen der Frontplatte bewiesen die Felsheimer allerdings gehöriges Geschick, das musste er neidlos anerkennen. Kaum dass der Tote in dem steinernen Sarkophag lag, der in der Mitte der Grabkammer aufragte, schwenkten sie den Granit auch schon an die für ihn vorgesehene Stelle. Der aus Eiche gezimmerte Hebekran leistete dabei gute Dienste, trotzdem war noch eine gehörige Portion Muskelkraft vonnöten.

Sosehr die Zwerge alles liebten, was metallisch glänzte, den Weg in die Ewigkeit traten sie nur mit dem Nötigsten an. Lediglich das, was sie am gestauchten Leibe trugen, versank mit ihnen in der Dunkelheit. Grabbeigaben, wie sie Orks und

Menschen liebten, waren bei den Zwergen verpönt. Ob Speisen, Geschirr, Waffen oder Kostbarkeiten, alles, was Lebende besser gebrauchen konnten, behielten die Nachkommen lieber für sich. Wahrscheinlich war das einer der Gründe dafür, dass es in Felsheim an gut organisierten Wachmannschaften fehlte. Es gab hier einfach keine wertvollen Schätze, die zu plündern gelohnt hätte.

Ein aus dem Berg gemeißelter Steinsarg, den verschlungene Ornamente und mehrere Abbildungen des Toten zierten, war schon alles, was sie mit dem Leichnam einschlossen. Trotz aller Nervosität leistete Borstel Flammenhaar gute Arbeit. Es war nicht zu übersehen, dass bei ihm und den anderen Steinmetzen jeder Handgriff saß. Gemeinsam drückten sie die Unterkante in eine dafür vorgesehene Nute und stemmten sich anschließend mit vereinten Kräften gegen die Platte, um sie senkrecht aufzurichten. Eine Vielzahl von Zapfen und Zargen fügte sich dabei perfekt in die entsprechenden Gegenstücke der Felsöffnung.

Mörtel kam bei dieser Prozedur nicht zum Einsatz, nur Stemmeisen, mit denen sie letzte Korrekturen vornahmen, ehe sich der Granit fugenlos in die für ihn vorgesehene Stelle einpasste. Stein knirschte durchdringend über Stein, danach stand die Platte aufrecht im Eingang, nur durch ihr eigenes Gewicht und die ineinander verzahnten Aussparungen gehalten. Die anschließenden Siegelsprüche der Hohen besaßen nur symbolischen Charakter. Wichtiger für den Abschluss der Arbeiten waren die mit Fell überzogenen Holzhämmer, die so lange gegen den oberhalb der Platte ruhenden Fels schlugen, bis sich fünf zuvor darin versenkte Stahlstäbe lockerten und in entsprechend platzierte Plattenlöcher rutschten.

Nach dieser letzten Verankerung waren alle handwerklichen Arbeiten abgeschlossen. Borstel und seine Männer schoben den Holzgalgen zurück vor die eingestürzte Kaverne und entfernten sich. Wie durch ein Wunder waren in diesem Moment auch die drei Hohepriester am Ende ihrer Beschwörungen angelangt. Gemeinsam wandten sie der neuen Ruhestätte den Rücken zu, um der anwesenden Menge letzte Worte des Trostes und des Dankes auszusprechen.

Die rituellen Gesten, deren sie sich dabei bedienten, schlossen auch die Elfen mit ein, aber die Blicke, die sie dabei Eyron zuwarfen, waren von Misstrauen geprägt. Zu Recht.

Der Hauptmann interessierte sich nur für die notdürftig verborgene Einsturzstelle, von der ihnen der vermaledeite Waldläufer berichtet hatte. Nur äußerlich ungerührt, wartete Eyron ungeduldig darauf, dass die Zeremonie endlich ein Ende fand. Die Reihen der Trauerbarden lösten sich als Erstes auf. Schließlich steckten unter ihren Gewändern Mägde, Knechte und Handwerker, die ansonsten einem anderen Tagwerk nachgingen. Auch das Meer der roten Roben dünnte schnell aus, bis nur noch der Clan der Odemar und die Hohepriester zurückblieben. Borstel und seine Steinmetze drückten sich auch noch in der Nähe herum, wohl auf Hezios Weisung hin, der zunehmend nervöser zu den an ihrem Platz verharrenden Elfen aufsah.

Ragatz von Odemar bedachte die ungebetenen Gäste ebenfalls mit Blicken von finsterer Natur. Er ahnte wohl, dass die bewaffnete Silberschar keine Ehrenwache für seinen Oheim hielt, sondern ein ganz anderes Anliegen verfolgte. Als einer der wenigen Zwerge war er obendrein bewaffnet. Allerdings trug er ziselierte Prunkwaffen am Gürtel, die zwar herrlich in der Sonne blitzten und glänzten, aber nur bedingt zum Kampfe taugten. Sicherlich hätten er und die anderen wehrfähigen Männer seiner Familie jetzt lieber solide Streitäxte in Händen gehalten.

Trotz der unangenehm lastenden Spannung formierte sich der Clan zu einer langen Reihe, um noch einmal in stiller Andacht vor der goldenen Ahnentafel derer von Odemar zu verharren und sich mit einem Händeabdruck auf dem eingravierten Namen des Toten zu verabschieden. Als Letztes kamen die alten Weiber an die Reihe – deren lautes Wehklagen überhaupt kein Ende nehmen wollte.

Den disziplinierten Gardisten waren ihre langen Weinkrämpfe ein einziges Gräuel, das an den Nerven zerrte. Und überhaupt, war der offizielle Teil der Zeremonie nicht längst beendet? Besonders Eyron brannte darauf, die Kaverne in Augenschein zu nehmen. Irgendwann hielt er die Warterei nicht mehr aus. Ohne Vorwarnung stieß er sich von der Felswand ab und überbrückte die Distanz zu der unter ihm liegenden Talsohle mit einer gewölbten Sprungbahn, die ihn weit in die Mitte des Kessels beförderte. Ein heißes Brennen durchzuckte seine Fußsohlen, doch indem er das rechte Knie so stark beugte, dass es den harten Fels berührte, nahm er der harten Landung jede verletzende Wirkung. Um seine Gleve vor unnötigen Beschädigungen zu schützen, drehte er den linken Arm rechtzeitig am Rücken vorbei in die Höhe.

Die übrigen Gardisten, die unmittelbar nach ihm abgesprungen waren, kamen in der gleichen Haltung auf. Gemeinsam verharrte die gesamte Silberschar zwei Sekunden lang in dieser Position, bevor alle gleichzeitig in die Höhe federten, um in Richtung Kaverne vorzustoßen. Exakter Marschschritt und das Knarren ihrer ledernen Waffenröcke erfüllten die Luft.

Durch die Formation und das zackige Auftreten eingeschüchtert, starrten die Zwerge sie mit offenen Mündern an. Erst kurz vor Erreichen des hölzernen Hebewerks fasste sich

Hezio ein Herz und trat ihnen mit erhobenen Armen entgegen.

»Was fällt euch ein?«, rief er erbost. »Wie könnt ihr es wagen, euch derart ungebührlich in unserer heiligen Stätte aufzuführen? Und gebt nur nicht weiter vor, ihr wäret hier, um einen der Unseren zu ehren. Einen aufrechten Händler, der sein linkes Bein schon mit fünfzig Sommern bei einem Grubenunglück verloren hat und deshalb an keiner einzigen Schlacht des Großen Krieges teilnehmen konnte!«

Herrje, ausgerechnet das einzige Zwergenmaul, das nicht mit erfundenen Heldentaten geprahlt hatte, war hier begraben worden. So viel Pech musste ein Elf erst einmal haben.

»Linke Reihe zur Flankendeckung vorrücken«, befahl Eyron, bevor er direkt auf Hezio zuhielt.

Kurzes Entsetzen blitzte auf dem Gesicht des Zwergenpriesters auf. Gefolgt von zwei Unmutsfalten, die sich über seiner Nasenwurzel zusammenzogen, als ihm allmählich dämmerte, dass nicht nur sein Ansehen, sondern auch seine geistliche Autorität auf dem Spiel stand, wenn er sich weiter von den Eindringlingen übertölpeln ließ.

Sechs Gardisten mit zum Stoß erhobener Gleve hielten den Clan der Odemar in Schach, während sich Hezio und Eyron gegenübertraten. Angewidert blickte der Elf auf den Zwerg herab. »Wie könnt *Ihr* es wagen, so tief in *Eurer* heiligen Stätte zu graben, dass Ihr dabei auf Grundwasser stoßt?«, schnappte er mit der gleichen Empörung zurück, die ihm zuvor entgegengeschlagen war. »Eure zwergenhafte Geldgier bedroht die Heilige Quelle der Silberfeste! Das ist für uns Elfen nicht hinnehmbar!«

»Was?« Hezios Gesicht spiegelte pure Verblüffung wider. »Wovon redet Ihr da?«

»Von der eingestürzten Kaverne natürlich, die Ihr jetzt vor

fremden Augen zu verbergen sucht.« Als Eyron auf die mit Steinplatten, Findlingen und Abraum gefüllte Grabkammer deutete, entdeckte er nicht nur Borstel und die Steinmetze, die ihrem Hohepriester zu Hilfe eilten, sondern auch eine zweite Frontplatte, die zum Einsetzen bereitstand.

Nur die Aussparungen in der Öffnung fehlten noch, dann ließ sich der natürliche Hohlraum wie ein normales Grab verschließen. Ohne Eisel von Odemars Bestattung, die Vorrang gehabt hatte, wäre das wohl schon längst geschehen. Dann hätten sie für alle Zeiten vergeblich nach dem Ort der Freveltat Ausschau halten können.

»Wollt Ihr etwa leugnen, dass es dort in der ausgespülten Kaverne einen Wassereinbruch gegeben hat?«, zischte Eyron den Hohepriester an, der übergangslos so weiß wie eine gekalkte Wand wurde. »Und das Ihr einen Quelllauf umleiten musstet, um ihn zum Versiegen zu bringen?«

»Quellwasser auf dieser Talsohle?«, mischte sich Ragatz von Odemar ein. »Besteht etwa die Gefahr einer Überflutung unserer Grabkammern?«

»Natürlich nicht!«, wehrte Hezio ungehalten ab, während auf seiner bleichen Stirn dicke Schweißtropfen aufperlten. Seine Angst, dass zahlungskräftige Zwerge von dem Unfall erfuhren, schien weitaus größer zu sein als die vor den Gardisten.

»Das kommt mir jetzt ein wenig zu schnell und zu einsilbig!« Ragatz' Misstrauen war geweckt. Das zerfurchte Gesicht des streitbaren Zwerges, der sich durch manche Händel einen Namen als gefürchteter Axtschwinger gemacht hatte, legte sich so sehr in Falten, dass er den Hohepriester plötzlich aus schmalen Augenschlitzen anstarrte. »Ich glaube, ich sollte mir anhören, was das unverschämte Elflein dazu zu sagen hat.«

Eyron nutzte den Moment der Ablenkung, um die rechte Reihe der Silberschar mit einer kurzen Geste anzuweisen, die Kaverne zu besetzen. Hezio und die Seinen hatten einiges zu verbergen, so viel stand fest. Darum setzte er den Hohen weiter unter Druck: »Unsere Hochwaldflüsse entspringen Wasseradern, die sich aus Bergniederschlägen speisen, das wollt Ihr doch nicht leugnen? Dass unsere Heilige Quelle wenige Tage nach Eurem frevelhaften Tun austrocknet, kann doch wohl kein Zufall sein!«

»Was für eine frevelhafte Tat?«, nahm Ragatz den Hohen weiterhin von der anderen Seite in die Zange. »Der Grund, auf den wir meinen Oheim zur ewigen Ruhe gebettet haben, wurde doch wohl nicht entweiht!«

Hezios eben noch totenbleiches Gesicht lief auf einen Schlag knallrot an.

»Was fällt Euch ein, solches Gift zu verspritzen?«, fuhr er Eyron an. »Marschiere ich vielleicht in die Silberfeste ein, um Beldor über seine Aufgaben und Pflichten zu belehren?«

»Würden Beldors Taten zum Einsturz von Felsheim führen, wärt ihr sicherlich der Erste, der …«

»Schnickschnack!« Hezios Hals schwoll vor Wut so stark an, dass er den Kragen seiner Priesterrobe zu sprengen drohte. »Eure Quelle liegt zehn Reisetage von uns entfernt!«

»Wir haben es in vier geschafft.«

Die erneute Spitze fachte Hezios Wut noch stärker an. »Was in Felsheim geschieht, hat auf euch Elfen keine Auswirkung«, versetzte er kalt. »Ganz Graugard ist von Wasseradern und unterirdischen Seen durchzogen. Wenn wir einen Zulauf in dieser Höhe verschließen, findet das Gebirgswasser über andere Wege zu seinem alten Ziel.«

»Wir reden hier nicht von irgendwelchen belanglosen Rinnsalen, sondern von einer Kraftlinie, die so alt ist wie die

Welt. Es ist kein Zufall, dass die beiden größten Heiligtümer unserer Völker an den Ufern desselben Verlaufes liegen.«

»Bist du jetzt plötzlich auch noch Magier und Elfenpriester?« Hezio stellte sich auf seine Zehenspitzen in dem fruchtlosen Versuch, auf Augenhöhe mit seinem Kontrahenten zu sprechen. Trotzdem bohrte sich sein Blick in den Eyrons, als er fortfuhr: »Hör mir gut zu, denn ich sage es dir nur ein einziges Mal: Ich war selbst dabei, als der Wassereinbruch geschlossen wurde. Deshalb kann ich dir versichern, dass ich es gespürt hätte, wenn es eine Verbindung gäbe, die von hier bis zu deiner ach so heiligen Heiligen Quelle reicht.«

Eyron war der Wechsel in die plumpvertrauliche Anrede nicht entgangen.

»Dann stört es dich sicher nicht, wenn wir uns mit eigenen Augen davon überzeugen?«, zahlte er mit gleicher Münze zurück.

»Wage ja nicht, dich am wichtigsten Tempel der Zwerge zu vergreifen«, grollte Hezio, nicht ahnend, dass die Pläne des Hauptmannes bereits ihren Lauf nahmen.

Die zweite Abteilung der Silberschar erreichte gerade die Kaverne, die Eyron mit Gewalt freizuräumen gedachte. Nur so ließ sich zweifelsfrei feststellen, welcher Zusammenhang mit der Heiligen Quelle der Silberfeste bestand. Auf Hezios Wort war in dieser Angelegenheit kein Verlass. Der falsche Hund verheimlichte sogar vor seinem eigenen Volk, was geschehen war. Wie unendlich viel leichter mochte es ihm da fallen, einen Elfen zu belügen?

Robur war der Erste, der den Hebebaum passierte. Dabei trat ihm Borstel Flammenhaar in den Weg, der sein Stemmeisen wie einen Ochsenziemer schwang. Selbst für den Schwächsten der Silbergarde stellte das keine Herausforderung dar.

Roburs Gleve zuckte nach vorne, wie eine zustoßende Schlange. Blitzschnell erreichte die scharf geschliffene Spitze das drohend emporgereckte Eisen. Danach genügte eine geschickte Drehbewegung, um es dem Zwerg aus der Hand zu winden.

Verblüfft starrte Borstel auf seine leeren Finger, die nur noch blanke Luft umklammerten, während der unvermeidliche Schwung mit dem Gegengewicht folgte. Unter einem trockenen Laut prallte der Knauf des Stangenschwertes in das erstaunte Zwergengesicht. Das laute Knirschen, mit dem die Nase brach, hallte von den umliegenden Felswänden wider.

*Wohlgetan*, dachte Eyron, der wider Willen dem geschickten Manöver von Robur Respekt zollen musste.

Borstel konnte einstecken, das musste man ihm lassen. Aufrecht blieb er stehen, ohne einen einzigen Schritt zurückzutaumeln. Die grenzenlose Überraschung in seinen Zügen verwandelte sich übergangslos in eine Fratze des Schmerzes. Instinktiv schlug er beide Hände vors Gesicht, doch nicht schnell genug, um das aus den Nasenlöchern hervorschießende Blut zu stoppen.

Heulend vor Wut und Leid besah er sich die klebrig-rote Bescherung, die unter den Zwergen große Bestürzung auslöste. Dunkel quoll der Lebenssaft zwischen seinen Fingern hervor und rann ihm den Bart herab.

»Blut!«, heulte er dabei auf, als hätten nicht alle mit eigenen Augen gesehen, was geschehen war. »Sie haben Blut im Kampf vergossen! Auf Heiligem Grund, zur Heiligen Zeit des Friedens, die während jeder Bestattung gilt!«

»Elendes Elfengezücht!« Ragatz von Odemar hielt plötzlich sein silbernes Kurzschwert in der Hand. »Seid ihr toll, dass ihr es wagt, das Andenken unseres Oheims derart zu besudeln? Diese Schande kann nur mit eurem Blut abgewaschen werden! Müssten wir nicht unsere Frauen schützen, würde ich sofort ...«

»Jaja, schieb es nur auf eure Weiber«, unterbrach Silene seinen Redeschwall. »Denen geschieht schon nichts, mein Wort darauf. Und jetzt komm her, wenn du dich traust.«

Dass ihn ausgerechnet eine Gardistin derart verhöhnte, trieb Ragatz die Schamesröte ins Gesicht. Doch anstatt auf ihr Angebot einzugehen, zog er sich, das Schwert kampfbereit in beiden Händen, rückwärts zu seiner Familie zurück, um sich in den Schutzwall aus Waffen und Leibern einzufügen, den alle verteidigungsfähigen Zwerge um ihre Verwandten gebildet hatten. Auch Wighild und Birol verbargen sich ängstlich hinter den Schultern der Bewaffneten.

»Silene!« Eyrons halblauter Ruf genügte, um der Kriegerin klarzumachen, dass sie nicht weiter provozieren sollte.

Ein Tabubruch hatte nicht in seiner Absicht gelegen. Natürlich gab es in zahlreichen Ländern die stillschweigende Übereinkunft, dass Trauerfeiern nicht dazu benutzt werden durften, eine verfeindete Sippe auf einen Schlag auszulöschen. Oftmals standen dabei sogar die An- und Abreise unter dem Schutz der Götter, ganz gleich, wie sie auch hießen. Aber dass sich ausgerechnet die hartgesottenen Zwerge bei einer blutenden Nase so aufführten, als wäre ein Arm abgeschlagen worden, ließ ihn nur bitter lächeln.

Großes Lamento, um von der eigenen Freveltat abzulenken. Für solche Finten waren die Zwerge schließlich bekannt. Das sahen nicht nur Eyron und Silene so, sondern auch die übrigen Gardisten, denen es weiterhin nicht an Entschlossenheit mangelte.

Einzig Robur war über die Auswirkungen seines Hiebes so erschrocken, dass seine Muskeln verkrampften. Wie aus Stein geschlagen stand er da, eine zur Bewegungslosigkeit verdammte Statue seiner selbst. Einer der Steinmetze, die Borstel begleitet hatten, nutzte die sich ihm bietende Gelegenheit.

Rasch überbrückte er die zwischen ihnen liegende Entfernung und rammte dem Elfen das Stemmeisen mit solcher Kraft in die Rippen, dass dieser unter dem Ansturm in der Körpermitte durchbog. Wie von einer unsichtbaren Riesenfaust zur Seite gewischt, stürzte Robur zur Erde. Dabei teilte sich nicht nur sein Schimmermantel, sondern auch der Brustharnisch.

Wegen seiner schmerzenden Glieder hatte er ihn offenbar nur nachlässig mit dem Rückenteil verschnüren können, wodurch es an Schutz gegen den stumpfen Eisenschlag gemangelt hatte. Erst die Abreibung mit den Glevenknäufen und nun das – wen die Waldgötter einmal verließen, der hatte viel zu leiden. Trotzdem war er ein Silbergardist, einer der Ihren. Der Versuch des Zwerges, mit einem Hieb auf Roburs Kopf nachzusetzen, scheiterte deshalb an einer Glevenstange, die gegen sein Handgelenk prallte.

Kervis und Lonin waren die Ersten, die sich schützend vor den Kameraden schoben und auf die Zwerge in ihren Lederschürzen einprügelten. Dabei hieben sie mit den Knäufen auf Arme, Schultern und Häupter, damit kein weiteres Blut floss.

Was für Krieger! Eyrons Herz hämmerte vor Stolz. Nicht nur, dass seine Veteranen wussten, worauf es ankam, sie hatten auch die oberste Maxime der Silbergarde verinnerlicht: Niemals einen Kameraden im Stich lassen! Ganz gleich, welcher Zwist in den eigenen Reihen herrschte, bei Gefahr gab es drei silberne Regeln, die nicht gebrochen werden durften: keinen Gardisten im Kampf allein lassen, niemanden auf dem Schlachtfeld vergessen und niemals einen der Ihren dem Feind ausliefern.

Mochten sie Robur auch erst in der Nacht zuvor gezüchtigt haben, nun standen sie für ihn ein, um ihn vor weiteren Verletzungen zu bewahren. In Windeseile räumten sie dabei den Zugang zur Kaverne frei.

Angesichts dieser Niederlage begann nun auch Hezio zu zetern. »Ihr Hunde! Die Verdammnis aller Götter soll über euch hereinbrechen!«

»*Wir sind die Verdammnis!*«, stellte Eyron klar. »Die *dich* für *deinen* Frevel trifft!« Dabei hob er seine Gleve so weit an, dass ihre Spitze erst kurz vor dem Kehlkopf des Priesters verharrte. »Und jetzt vorwärts! Du wirst mir gefälligst dabei helfen, die abgebundene Kraftlinie wieder zum Fließen zu bringen.«

Der Zwerg war sich über die damit verbundene Demütigung im Klaren. Verzweifelt versuchte er, Eyron noch einmal davon zu überzeugen, dass der Wassereinbruch in Felsheim und das Versiegen der Heiligen Quelle in keinerlei Zusammenhang standen. Dass ihn einzig und allein die Angst plage, die neue Tiefebene könnte überflutet werden, gab er ebenfalls preis. Vergeblich. Je länger er redete, desto überzeugter waren die Elfen, dass er etwas Wichtiges vor ihnen verbarg.

Mit hängenden Schultern ergab er sich schließlich seinem Schicksal und marschierte rasch vorweg, Eyrons Glevenspitze dicht im Nacken. Der Clan der Odemar setzte sich zur selben Zeit in die entgegengesetzte Richtung des Kessels ab.

*Sollen sie!*, dachte Eyron, dem die Ehre verbot, Frauen und Kinder als Geiseln zu nehmen. Hezio und die Steinmetze genügten ihm als Faustpfand, außerdem sah er in ihnen die Schuldigen des Streites. Wären sie nicht auf breiter Front tiefer in den Berg vorgestoßen, würde die Heilige Quelle noch fließen.

Kurz vor dem mit Seilen behängten Holzgestell brachte

Eyron den Priester zu Fall, indem er ihm das stumpfe Ende der Gleve zwischen die kurzen Beine steckte. Obwohl er noch mit den Armen ruderte, um sein Gleichgewicht zu halten, prallte der Frevler auf seine Knie. Das war der Platz, der ihm gebührte. Kalter Stahl im Nacken sorgte dafür, dass er die Büßerhaltung beibehielt.

Am ganzen Körper zitternd, sah Hezio in die Höhe. »Was habt ihr vor? Reicht euch das Blut, das ihr vergossen habt, noch nicht? Wollt ihr mich auch noch töten?«

»Sag mir besser gleich, wie ich die Heilige Quelle wieder zum Sprudeln bringe«, forderte Eyron. »Müssen wir erst selbst herausfinden, wie es geht, und das werden wir, wirst du es bitter bereuen.«

»Ich habe nichts mit eurer elenden Heiligen Quelle zu tun!« Der Priester spie beinahe aus, als er von der Kultstätte der Elfen sprach. »So glaubt mir doch endlich!«

Eyron hob die Gleve wie zum Stoß, um die Angst des Frevlers zu steigern. Gleichzeitig rief er über die Schulter hinweg: »Packt ihn! Und bindet ihn an den Kran! Vielleicht frischt das sein Gedächtnis auf!«

Hezios helle Augen sanken tief in die Höhlen zurück. Pures Entsetzen zeichnete sich auf seinem ohnehin schon verzerrten Gesicht ab. Es war stets dasselbe mit Kerlen seiner Art, die noch niemals echte Pein hatten durchleiden müssen. Schon die Androhung von Schmerzen ließ sie zusammenbrechen. Eine halbe Stunde ohne Bodenkontakt, in denen die Seile in seine Arme schnitten, und der Kerl würde alles gestehen, was sie von ihm wissen wollten. Bis dahin konnten sie die Kaverne schon mal so weit wie möglich freiräumen.

## 2.

Eyrons Hoffnung, dass Hezio schon früher gestehen würde, ging in einem lauten Peitschenknall unter. Gleichzeitig bäumte sich die Gleve in seinen Händen auf. Ehe er begriff, was vor sich ging, wirbelte sie durch die Luft davon. Erst einige Meter entfernt schlug sie scheppernd auf. Der Lederstrang, der sie ihm mit großer Gewalt entrissen hatte, umgab sie immer noch mit mehreren Wicklungen.

Eine nutzlos gewordene Trollpeitsche polterte nicht weit entfernt zu Boden. Der Zwerg, der sie geschwungen hatte, folgte über die Stufen einer daneben verlaufenden Steintreppe. Eyron traute seinen Augen nicht, als er erkannte, *wer* da in die Tiefe stürmte. Erst auf dem letzten Absatz hielt er an, um sich drohend zu ihm umzuwenden.

Orm Eisenbeiß! In voller Rüstung, angetan mit schweren Lederstiefeln, war er kaum wiederzuerkennen. Unter dem schweren Plattenpanzer mit den grünen Jadeverschlüssen wären andere Krieger zusammengebrochen, alleine die mit stählernen Stacheln gespickten Schulterstücke wogen dreißig Pfund. Der mit Zargen gesäumte Rundschild, den er kurz zuvor poliert hatte, wölbte sich nun an seinem linken Arm, während der rechte eine monströse Streitaxt schwang, deren halbmondförmige Schneiden weiter voneinander abstanden als die Ohren seines breiten Zwergenkopfs. Mit Fell gefütterte Stahlarmbänder umspannten seine Handgelenke, denen gewaltige Muskelpakete entwuchsen. Auf seinen Bizeps traten die unter der Haut verlaufenden Adern wie kräftige Taue hervor.

Bei diesem Anblick wirkte die Vorstellung, dass er einstmals einen Felszehrer geritten hatte, nicht mehr lächerlich.

Sogar in Eyron keimte Ehrfurcht auf, als Orms Axt in seine Richtung wies.

»Feiger Hund!«, donnerte der Zwerg mit volltönender Stimme. »Nimm die Hände von unserem Hohen und leg dich zu einem deiner Gardisten, die wie Weiber aussehen, aber keine sind. Das ist das Einzige, wozu ihr Elfen zu gebrauchen seid.«

Die Manneskraft des Gegners anzuzweifeln oder ihm gleichgeschlechtliche Neigungen zu unterstellen gehörte zu den üblichen Beleidigungen, die Zwerge gerne im Vorfeld eines Kampfes fallenließen. Eyron ließ das kalt. Was ihn hingegen ärgerte, war die Tatsache, dass die Rettung der Heiligen Quelle plötzlich in weite Ferne rückte. Der Widerstand der Felsheimer war schon gebrochen gewesen. Und nun tauchte ein alter, kampflustiger Zwerg auf, mit dem wirklich niemand gerechnet hatte.

Borstel und die anderen Steinmetze witterten Morgenluft. Aufsässig sahen sie sich um und suchten nach losen Steinen und anderen Waffen oder nur den richtigen Augenblick zum erneuten Losschlagen. Um ihnen den Wind aus den Segeln zu nehmen, musste er Orm vor allen Augen demütigen. Und zwar sofort.

»Puste dich bloß nicht so auf, sondern verschwinde zurück unter den Stein, unter dem du hervorgekrochen bist, du …« Eyron suchte nach einer Beleidigung, die stärker war als *Wurm*, *Wicht* oder *Gnom*, und entschied sich für: »… du *Mensch*!«

Er hatte den richtigen Ausdruck gewählt.

Orm erzitterte am ganzen Körper.

»Stell dich zum Kampf!«, forderte der Zwerg aufbrausend. »Wenn du dich traust, heißt das!« Dabei deutete er auf die Gardisten, die unter ihm an der Treppe lauerten.

Schweigend ging Eyron zu seiner Gleve, wickelte das Peitschenende von der Stange und richtete sich kerzengerade zu voller Größe auf. Lässig bedeutete er seinen Kriegern, sich zurückzuziehen. Danach streckte er Orm die freie Hand entgegen, mit dem Handrücken nach unten. Indem er alle vier Finger gemeinsam mehrfach krümmte, winkte er den Zwerg zum Zweikampf heran.

»Hauptmann!«, rief Kervis warnend, mehr nicht.

Eyron wusste trotzdem, was seine Erste Gleve damit sagen wollte. Sollte Orm im Kampf fallen, würde er sich dafür vor dem Silberrat verantworten müssen. Ihr Befehl lautete, die Lage in Felsheim zu erkunden – möglichst ohne aufmüpfige Wichte zu erschlagen. Aber dieser Zwerg hatte ihn herausgefordert, das durfte Eyron nicht auf sich sitzenlassen. In diesem Punkt war ihm seine Ehre wichtiger als der Rang, den er zu verlieren hatte. Außerdem hegte er weiterhin die Hoffnung, die Heilige Quelle wieder zum Sprudeln zu bringen. Doch dazu musste Orm vor ihm im Staube kriechen.

Kaum dass das alte Schlachtross die vierte Ebene erreicht hatte, kämpfte sich Hezio in die Höhe und trat zwischen die beiden Kontrahenten. Eben noch in Büßerhaltung, gefiel er sich plötzlich darin, ihnen das Profil zuzuwenden und seine leeren Handflächen zu zeigen. »Haltet ein«, forderte er dabei. »Es ist bereits genug Blut auf Heiligem Grund geflossen. Wird jetzt auch noch jemand erschlagen, zieht das unabsehbare Folgen nach sich.«

»Versteckst du dich jetzt hinter deinem Priester?«, fragte Eyron seinen Gegner. »Das nennt ihr Zwerge kämpfen?«

Erbost hämmerte Orm mit der flache Axtbreite gegen seinen Schild, dass es in dem Felskessel nur so schepperte. Der Versuch, sich anschließend an Hezio vorbeizudrängen, scheiterte an der Hartnäckigkeit des Hohepriesters.

»Halte ein, guter Eisenbeiß«, forderte er, nachdem er ihm

erfolgreich den Weg versperrt hatte. »Ich kann deine Gefühle gut verstehen, doch wir müssen auch an die Totenruhe denken.«

Während Orm darüber nachgrübelte, ob die Toten ernstlich Anstoß an ein paar erschlagenen Elfen nehmen würden, wandte sich Hezio an Eyron. »Und was dich betrifft, Gardehauptmann! Kehr zurück zur Silberfeste und berichte deinem Rat, dass du keinen Beweis dafür hast, dass Felsheim mit der Heiligen Quelle in Verbindung steht. Aber ich lade Beldor und fünf seiner engsten Getreuen dazu ein, sich selbst von dem Zustand der verschlossenen Kaverne zu überzeugen. Sie werden zu dem gleichen Schluss kommen wie ich.«

»Natürlich«, bestätigte Eyron mit schneidender Stimme. »Weil du bis dahin alle verräterischen Spuren zu beseitigen gedenkst. Zeit genug für dunkle Beschwörungen bleibt euch ja.«

Hezio war wirklich ein Phänomen. Noch kurz zuvor ein jämmerliches Häuflein Elend, das um sein armseliges Leben bibberte, war er mittlerweile bereit, sein Leben zu opfern. »Geh!«, forderte er mit fester Stimme. »Geh, solange du noch kannst. Und kehr besser nie wieder zurück. In Felsheim bist du eurem Volk von keinem Nutzen, denn du verstehst weder etwas von deinem eigenen noch von unserem Glauben. Ja, ich bin mir sogar sicher, dass du eine Kraftlinie nicht einmal erkennen würdest, wenn sie mitten durch dich hindurch verlaufen würde.«

Eyron ließ die Beleidigungen an sich abperlen wie frischen Morgentau.

»Ich ziehe erst ab, wenn in dieser Kaverne wieder das Wasser sprudelt«, stellte er klar. »Wenn ich dazu über deine Leiche gehen muss, werde ich das mit Vergnügen tun.«

Er hatte sich nicht getäuscht. Ein Blick in Hezios Augen

genügte, um zu erkennen, dass er inzwischen genauso bereit war, sein Leben zu lassen, wie Orm Eisenbeiß. Woher die Todessehnsucht des alten Kriegers rührte, konnte Eyron nachvollziehen. Abgehalftert, wie er war, wollte er lieber im Kampf sterben, als seine letzten Tage in Frostscheid zu verbringen. Aber Hezio?

Dem war wohl der Gesichtsverlust zu hoch. Wer einmal die Geschicke von Felsheim geleitet hatte, wollte sicher keinen kleineren Tempel mehr führen.

*Wohlan, so soll es sein!* Bereit, bis zum Äußersten zu gehen, befahl Eyron seiner Garde: »Helme aufsetzen! Und nehmt mir diese Narren fest, möglichst lebend. Aber dass mir dabei keiner eine Verletzung riskiert, so viel sind die beiden auch wieder nicht wert. Es sind nur Zwerge!«

Sofort folgten alle seinem Beispiel und stülpten sich die Flügelmasken über. Orm blieb dabei ganz ruhig. Anstatt wegen des entgangenen Zweikampfs zu lamentieren, starrte er schweigend in die Luft, als wartete er darauf, dass noch Hilfe vom Himmel fallen könnte.

Sekunden später stemmte er seine Axt wie zu einem verabredeten Zeichen in die Höhe. »Prügelt uns ruhig zu Tode, wenn euch danach ist«, wandte er sich dabei an die Gardisten, die ihn umstanden. »Aber ihr geht dabei mit uns ins Grab, das schwöre ich euch.«

Dabei ließ er die Axt ruckartig in die Tiefe fallen.

Zeitgleich ertönte ein steinernes Knirschen, gefolgt von einem dunklen Grollen. Eyron sah den Steinquader, der auf Rundhölzern über den Sinn der dritten Ebene rollte, erst, als er in die Tiefe kippte. Direkt auf den Hebekran, der dem herabstürzenden Gewicht nichts entgegenzusetzen hatte. Krachend barsten die massiven Balken auseinander, als wären sie nur dünne Zweige.

Instinktiv sanken alle Elfen in sich zusammen, um den durch die Luft wirbelnden Splittern zu entgehen. Zur selben Zeit begann der Boden, unter ihren Füßen zu bocken. Die Wucht, mit der der Quader auf die Talsohle schlug, ließ den gesamten Kessel erbeben. Ein Regen aus mitgerissenen Steinsplittern überschüttete ihre Rücken. Aufwallender Staub machte das Atmen zur Qual.

Als die Erschütterungswellen abebbten, hatte sich alles verändert. Rundum auf der dritten Ebene reihte sich Zwergengesicht an Zwergengesicht, und vor jeweils dreien oder vieren von ihnen zeichneten sich weitere Quader oder dicke Felsbrocken ab. Das massive Bombardement, das sich damit auslösen ließ, würde zwangsläufig Tote fordern. So viel stand fest.

Auf der Empore, von der der Quader herabgestürzt war, ertönte lautes Gelächter. Der Zwerg, der sich da so hämisch freute, war kein anderer als Ragatz von Odemar. »Da schaut ihr bleich aus euren Mänteln, ihr hochnäsigen Elfen!«, tönte er aus sicherer Entfernung. »Gebt gut acht! Uns führt jetzt ein Zwerg, dessen Name seit dem Großen Krieg überall mit Respekt ausgesprochen wird und dem ihr nicht gewachsen seid: Orm Eisenbeiß!«

Es wäre Eyron ein Leichtes gewesen, zu dem Großmaul aufzuentern und ihn kleinlaut vor seiner Gleve winseln zu lassen. Wahrscheinlich hätten sie sogar den sich abzeichnenden Kampf gewinnen und die Kaverne wie geplant öffnen können, doch von nun an war das nur noch um den Preis von einigen Dutzend Toten möglich. Damit hätte er jedoch nicht nur seinen Rang, sondern auch das Schicksal der gesamten Silbergarde aufs Spiel gesetzt – und dafür konnte er die Verantwortung nicht übernehmen. Alleine der Garde wegen, die in diesen gottlosen Zeiten nötiger denn je gebraucht wurde, um die Silberfeste und die Heilige Quelle zu schützen. Sowie alle Elfen, die immer noch an ein friedfertiges Leben an der Seite der Zwerge glaubten.

Eyron fasste mit seiner freien Hand unter den Schimmermantel. Alle Gardisten folgten seinem Beispiel, selbst Robur, der sichtlich Mühe hatte, sich alleine auf den Beinen zu halten. Sobald Eyron sicher sein konnte, dass jeder Einzelne der Silberschar eine Glasgranate in Händen hielt, zog er seine eigene hervor und schleuderte sie auf den Boden.

Ein Explosionsblitz – grellrot mit weiß glühendem Kern – zuckte auf.

Er selbst nahm ihn nur durch seine geschlossenen Lider wahr, doch alle Zwerge, die ihn triumphierend angestarrt hatten, waren nun geblendet. Zumal noch zwölf weitere Glaskugeln zu Boden geschleudert wurden, die die gleiche Wirkung hatten. Die nach Schwefel und Salpeter stinkenden Knallpulverschwaden hinter sich lassend, schwärmten sie in alle Richtungen auseinander, um den Kessel mit einer Leichtigkeit zu verlassen, die nur den Elfen innewohnt.

Robur war der Einzige, der dazu die Treppe nutzte. Aber auch er kam schneller voran, als sich das Gros der Zwerge von dem allgemeinen Schrecken erholen und die Sehfähigkeit zurückgewinnen konnte.

Und so handelte er nur wenige Sekunden später als seine Kameraden vor ihm. Auf der dritten Ebene angekommen, langte Robur erneut unter seinen Schimmermantel, um zwei weitere Glaskugeln aus versteckt eingearbeiteten Innentaschen zu ziehen. Nicht mehr durch das flauschige Innenfutter geschützt, waren sie plötzlich so zerbrechlich, wie sie ohnehin aussahen. Rauchgrau wirkten sie in seinen Händen, aber das war nicht der Farbe des Glases, sondern dem Inhalt geschuldet.

Mit zusammengebissenen Zähnen schleuderte er sie links und rechts von sich in die Höhe, damit er schon etwas Abstand hatte, wenn sie auf dem harten Fels zerschellten. Geballte Schlummerkrautschwaden stiegen aus den Splittern empor und verbreiteten sich zwischen den überrumpelten Zwergen. Rasch breitete sich die betäubende Wirkung aus. Robur hatte schon zu den übrigen Gardisten aufgeschlossen, als die ersten Steinmetze und Trauergäste zu taumeln begannen.

Schreie des Entsetzens erklangen, doch solange keiner von ihnen in die Tiefe stolperte, drohte ihnen nicht mehr als ein unruhiger Schlaf mit lang anhaltenden Kopfschmerzen. Kurz darauf brachen die ersten Zwerge zusammen und blieben reglos liegen. Erste Schnarchgeräusche lösten das furchtsame Rufen und Flehen ab. Aber das hörten die Elfen schon nicht mehr, die Felsheim so rasch verließen, wie sie nur konnten.

In Eyron und einigen anderen wühlte zwar das Verlangen zurückzukehren, um die Kaverne doch noch freizulegen. Aber in Felsheims windstillen Bergkesseln konnten sich die Schlummerschwaden lange halten, und so war die Gefahr zu groß, der eigenen Waffe zum Opfer zu fallen. Denn das war der Nachteil dieser betäubenden Dämpfe – sie kannten weder Freund noch Feind und schlugen auch auf einen selbst zurück. Zwischen den Zwergen einzuschlafen wäre aber wirklich das Schlimmste gewesen, was ihnen passieren konnte.

So ließ die Silberschar die Nekropole hinter sich, um in die Heimat zurückzukehren. In der Hoffnung auf eine größere Streitmacht, die vollenden sollte, was sie an diesem Tage begonnen hatten.

# Gohliks Erdhöhle

Velb spürte, dass er beobachtet wurde, als er trockenes Reisig über die neuen Scheite legte. Um das Feuer stärker anzufachen, stocherte er mit einem bereits schwarz verkohlten Stock in der Glut herum. Umgehend züngelten die Flammen in die Höhe. Zischend entzündete sich das nachgelegte Holz und begann ebenfalls zu brennen. Aufwallende Hitze stieg ihm entgegen.

Velb hielt beide Hände über die tänzelnden Flammen, als stecke ihm noch die frühmorgendliche Kälte in den Knochen. Dabei war es vor allem die Anspannung, die ihn dazu trieb, beständig mit den Fingerkuppen der Rechten über den linken Handrücken zu reiben. Außerdem sollten sich die Gnome an diese Bewegung gewöhnen.

Verdammt, worauf warteten die Unmenschen denn nur? Dass ihnen Binek nicht entkommen konnte, war doch mehr als deutlich zu erkennen! Mit dem Rücken an der Birke stand das Halbblut da, beide Handgelenke eindeutig hinter dem Stamm verschränkt. Das feste Hanfseil, das sie aneinanderband, war auch auf die Entfernung zu sehen.

Trotzdem schienen die Gnome eine Falle zu befürchten. Gut, sollten sie ruhig. Doch wie lange mochten solche Sumpfratten wohl brauchen, um sicherzugehen, dass sie es nur mit zwei Männern zu tun hatten, von denen einer obendrein gefesselt war?

Binek strahlte nun wirklich keine Gefahr aus, sondern starrte nur verdrossen ins Leere.

Velb spürte ein kaltes Rieseln zwischen den Schulterblättern, als der Wind abrupt drehte. Plötzlich lag der strenge Geruch von Pferdeschweiß in der Luft, durchdrungen von einem sumpfigen Moder, wie ihn nur Gnome verströmten. Als erfahrenen Waldläufer genügte es ihm, sein Gesicht in die Brise zu halten, um die genaue Richtung zu bestimmen, aus der sie heranwehte.

Ohne Scheu sah er in ein von Farnen und Brennnesseln überwuchertes Unterholz, in dem sich Drokk und Marzz offenbar verbargen. Da er mit Imor Handel trieb, waren ihm die beiden schon mehrfach über den Weg gelaufen. Er hatte nie eng mit ihnen zu tun gehabt, doch genügend über sie gehört, um zu wissen, dass sie brandgefährlich waren. Dank Bineks ängstlichem Gestammel gab es keinen Zweifel daran, dass es die Gnome waren, die da drüben im Verborgenen lauerten. Zwei gedungene Mörder, denen das Leben eines Unbeteiligten nicht das Geringste bedeutete.

Aber Velb hatte nicht vor zu sterben! Er gedachte, auch diesen Morgen zu überleben, nach Möglichkeit mit etwas zusätzlichem Profit in der Börse. Das Reiben über seinen Handrücken verwandelte sich in ein nervöses Kratzen.

Velbs Nerven waren zum Zerreißen gespannt. Er spielte schon mit dem Gedanken, die beiden Gnome hervorzulocken, als das Unterholz endlich in Bewegung geriet. Gleich darauf teilte sich die dichte Wand aus grünem Farn. Zunächst war nur undeutlich auszumachen, wer oder was dort ins Freie trat, doch je näher der grünbraune Schemen der Lichtung kam, desto deutlicher schälten sich gnomenhafte Umrisse heraus, die sich als die von Marzz entpuppten.

Gleichzeitig tauchte der andere Todesschatten zwischen

einigen Kiefern auf. Er kam über den schmalen Pfad, der sich zu Velbs Lager schlängelte, und führte zwei struppige Bergponys an ihren Zügeln hinter sich her. So gelassen, wie er dabei schlenderte, wirkte seine Annäherung völlig unverfänglich, aber das mochte eine Finte sein. Angesichts der vielen Klingen, die in den ledernen Scheiden ihrer Waffengeschirre steckten, war es den beiden Gnomen jederzeit möglich, zum Angriff überzugehen.

»Hallo, Velb«, rief ihn Drokk schon von weitem an. »Wie schön, dich zu sehen!«

»Und wie erfreulich, dass du für uns ein wohlverschnürtes Geschenk bereithältst!«, fügte Marzz hinzu, bevor er die Zügel der Ponys achtlos beiseitewarf.

Sofort hielten die beiden Tiere im Schritt inne und begannen, an Gräsern und kleinen Buschtrieben zu knabbern. Ein deutliches Zeichen dafür, dass sie darauf abgerichtet waren, bei abgelegten Zügeln genau dort zu verharren, wo sie sich gerade befanden. Eine in der Wildnis äußerst nützliche Dressur, die verhinderte, dass ein fest angebundenes Pferd einem sich anschleichenden Raubtier hilflos ausgeliefert war.

Mit fast bis zu den Ohren hochgezogenen Mundwinkeln näherten sich Drokk und Marzz dem Lagerfeuer. Ihr übertriebenes Grinsen sollte Harmlosigkeit demonstrieren, war aber dazu geeignet, Jungfrauen und kleine Kinder in die Flucht zu schlagen.

»Ich habe mir gleich gedacht, dass dieser Bengel bares Geld wert ist«, sprach Velb, als sie so nahe waren, dass er sich mit ihnen in normaler Lautstärke unterhalten konnte.

»Ach ja, wieso?« Aus seiner Resignation erwacht, sah ihn Binek mit verächtlichem Blick an.

»Du unterschätzt, wie bekannt du in Imor bist«, antwortete Velb lachend. »Ein junger Mann mit Elfenohren, von denen eines das Zeichen des säumigen Schuldners trägt: Das kann nur der Fassadenkletterer sein, den Kappok in seine Dienste gezwungen hat. Taumelt der abgehetzt durch die Gegend, ist er zweifellos jemandem Geld wert. Entweder der Stadtgarde, gedungenen Söldnern oder den eigenen Leuten.«

Die Gnome grinsten bei seinen Worten so breit, dass das Gold zwischen ihren Zähnen hervorblitzte. Andere in misslicher Lage zu sehen bereitete ihnen offenbar wahre Freude.

»Sei dankbar dafür, dass du zuerst Velb in die Hände gefallen bist«, kanzelte Marzz den Gefangenen ab. »Wir hätten dir dein Gesicht und die Knochen zerschlagen.« Dabei trat er an die Birke heran und rüttelte kräftig an Bineks Fesseln. »Und dich nicht derart nachlässig angebunden, sondern so, dass dir die Hände bis zur Mittagszeit abgestorben wären.«

»Sobald er euer Gefangener ist, könnt ihr mit ihm tun, was euch beliebt«, bot Velb an, bevor er mit scharfer Betonung hinzufügte: »Aber noch ist er der meine!«

Gleichzeitig deutete er mit seiner Rechten auf die ihm gegenüberliegende Seite des Lagerfeuers. Die Gnome nahmen seine Einladung an, indem sie sich genauso hinhockten wie er – auf den Zehenspitzen wippend, so dass sie von einem Herzschlag auf den anderen in die Höhe schnellen konnten.

»Leider ist das auf diesen Versager ausgesetzte Kopfgeld nicht sonderlich hoch«, eröffnete Drokk die Verhandlung. »Ein paar kleine Münzen können wir zwar für deine Hilfe lockermachen, aber nur, weil wir ein so großes Herz haben.«

»Wenn das mal keine schamlose Übertreibung ist.« Velb spürte, wie ihm zwei dicke Schweißbäche den Nacken hinunterliefen. »Der Herr der Dunklen Gilden schickt seine besten Todesschatten doch nicht so tief in die Wildnis, wenn ihm die Angelegenheit nicht pures Zwergengold wert wäre.«

Die beiden Gnome lachten ertappt auf, ohne ihn dabei anzusehen. Unstet irrten ihre Blicke umher, vermutlich, um nach verborgenen Gegnern Ausschau zu halten. Die richtige Mischung aus Bauernschläue und Skrupellosigkeit übertraf so manche ausgeklügelte Taktik. Aber das galt nicht nur für Gnome, sondern auch für Schmuggler und Waldläufer …

»Binek ist nicht so harmlos, wie du vielleicht denkst«, legte Marzz nach. »Er hat den Meister der Diebesgilde niedergestochen. Eigentlich müsstest du uns dafür danken, dass wir dich von diesem gefährlichen Hundesohn befreien.«

»Es sei denn, du hast ein paar Freunde, die dir bei seiner Bewachung helfen«, fügte Drokk nicht einmal halb so listig hinzu, wie er selbst von sich dachte. »Verfügst du denn über Unterstützung, auf die du zählen kannst?«

Velb lächelte vielsagend, obwohl er wusste, dass Gohlik nicht einmal aus seiner Erdhütte kriechen würde, wenn er wüsste, was gerade vor sich ging.

»Dieser Landstrich ist meine zweite Heimat«, behauptete er. »Eine Gegend, in der sich viele Brüder und Schwestern gegenseitig unterstützen, sofern es sich als nötig erweist.«

»Eine deiner Schwestern brät wohl gerade frischen Speck«, hakte Drokk nach. »Meinst du, sie lässt einen Gnom mit bestem Leumund aus ihrer Pfanne essen?«

Dabei lachte er dreckig und ließ seine Zunge hervorschnellen.

Statt den herausfordernden Blick des Todesschattens zu kreuzen, starrte Velb in die vor ihm züngelnden Flammen, die sich weiterhin in seine Richtung streckten. Wie unersprießlich es doch war, auf die Launen des Windes angewiesen zu sein.

»Bevor wir gemeinsam tafeln, wollen wir zunächst unseren Handel abschließen«, verlangte er. »Ich denke, dass euch der

Mörder eines Zunftmeisters gut und gerne fünf Goldstücke wert sein dürfte.«

»Fünf Goldstücke? Bist du verrückt geworden?« Drokks Empörung war keineswegs gespielt. Instinktiv zuckte seine Rechte zu dem langen Messer, das er direkt an der Hüfte trug. Erst auf halbem Wege zum Griff hielt er inne, schließlich musste er immer noch damit rechnen, dass irgendwo im Verborgenen ein Pfeil auf ihn angelegt war.

Velb lagen bereits einige harte Worte auf der Zunge, die sich eigentlich nur jemand erlauben konnte, der einen guten Schützen hinter sich wusste, als er einen kühlen Hauch im Nacken spürte. So fühlte sich Schweiß an, der unter einem auffrischenden Luftzug trocknete.

Ein Blick nach unten bestätigte seine Vermutung. Die Flammen des Lagerfeuers flackerten jetzt in Richtung der Gnome. Endlich, der unbeständige Wind hatte sich erneut gedreht. Rasch streckte er beide Hände aus, um ihre Innenflächen in einer Geste der Vorfreude aneinanderzureiben.

»Nur die Ruhe«, forderte er dabei, »wir werden uns schon auf einen angemessenen Betrag einigen.«

Seine Worte überdeckten das leise Knistern, mit dem er die trockenen Schlummerkrautblätter zerrieb, die er die ganze Zeit über in der Linken verborgen gehalten hatte. Bevor er die dabei entstandenen Laubschnipsel ins Feuer rieseln ließ, sah er Drokk und Marzz durchdringend an, um sie zu zwingen, seinen Blick zu erwidern.

»Nun kommt schon«, lockte er, um ihre Aufmerksamkeit in Beschlag zu nehmen. »Dafür stecke ich euch auch genügend Schmauch für die Rückreise zu.«

Velbs Herz hämmerte wild gegen den Brustkorb, während die leeren Innenflächen seiner Hände über dem Feuer schwebten. Nun gab es kein Zurück mehr. Schlug der Wind ausgerechnet in diesem Moment Kapriolen, würde er selbst die betäubenden Dämpfe einatmen. Dann konnte er sich genauso gut selbst entleiben.

Zum Glück trieb der aufsteigende Rauch den Gnomen entgegen.

»Zwei Goldstücke«, sagte Marzz. »Mehr kannst du beim besten Willen nicht erwarten.«

Drokk warf seinem Kumpanen einen entsetzten Seitenblick zu, als wäre ihm das Gegenangebot zu üppig. Velb war sich dagegen sofort darüber im Klaren, dass eine so hohe Summe nur eines bedeuten konnte – Marzz hatte keinen Atemzug lang vor, sie wirklich auszuzahlen.

»Drei Goldstücke«, forderte er in der Hoffnung, dass die Schlummerschwaden in Kürze wirken mochten. Da sich die bläulich schimmernden Schleier rasch auflösten, war leider nicht zu erkennen, ab wann die Gnome den Brodem einatmeten.

Töricht grinsend langte Marzz nach dem steinernen Anhänger, der um seinen Hals hing. Einem eher unbeholfen bearbeiteten, schwarz-rot marmorierten Amulett, bestehend aus einem daumenlangen Stab mit halbrunden Verdickungen an beiden Enden. Velb erkannte darin den typischen Ohrschmuck eines Trolls, den Marzz vermutlich nur trug, damit alle Welt glaubte, dass einer dieser mächtigen Riesen zu seinen Opfern zählte. Möglicherweise war das aber auch der Fall.

»Armer Binek«, heuchelte Marzz unversehens Mitleid. »Ahnt überhaupt nicht, warum ihm Kappok mit aller Gewalt seinen Willen aufzwingen will. Neid ist es, was den dunklen Fürsten antreibt. Der Neid des einen Halbbluts auf das andere.«

Drokk sah seinen Zunftbruder noch beunruhigter an, als

bei dem großzügigen Goldangebot. »Was brabbelst du denn da?«, hauchte er mit furchtsamem Unterton.

Marzz achtete nicht auf die Frage. »Der große Bastard hasst den kleinen Bastard, dem die Götter wohler gesinnt sind. Wer will es ihm verdenken?«

Ein Schlag in die Seite setzte dem Gerede ein abruptes Ende. Marzz lachte unkontrolliert auf, als er Drokks warnende Blicke bemerkte. Seltsam, vor allem, weil er dabei keinerlei Spur von Müdigkeit zeigte.

Velb wischte sich mit dem Handrücken über die feuchte Stirn, auf der ein feines Netz aus Schweißperlen glänzte. Konnte es sein, dass das Schlummerkraut bei Gnomen keine Wirkung zeigte? Zumindest nicht die allgemein übliche?

»Was haltet ihr von zwei Goldstücken und fünf Fischtalern?«, versuchte er, vom Thema abzulenken.

Zu spät. Hinter der hohen Gnomenstirn arbeitete es bereits. »Oha«, ließ Marzz undeutlich vernehmen. »Das hätte ich euch beiden besser nicht erzählt. Jetzt müssen wir euch wohl für immer mundto… mundtoto… totmachen.«

Verwirrt schüttelte der Gnom den Kopf, weil er den Satz nicht richtig zu Ende brachte. Da erst durchzuckte ihn die Erkenntnis wie ein Blitz.

»Verraaaat!« Taumelnd kämpfte er sich in die Höhe, wankte aber ziellos umher, anstatt gezielt anzugreifen.

Drokk hatte offenbar weniger Dämpfe eingeatmet oder war widerstandsfähiger als sein Kumpan. In seiner Waffenhand ruhte bereits das unterarmlange Messer, das die Länge eines Kurzschwertes besaß. Ein raubtierhaftes Leuchten in den Augen, schraubte er sich in die Höhe, um auf Velb zuzustürzen.

Der Waldläufer sah aus den Augenwinkeln, wie Binek verzweifelt an seinen Fesseln zerrte, jedoch unfähig war, sie mit bloßer Muskelkraft zu sprengen.

Damit stand Velbs Entschluss fest. Mit angehaltenem Atem sprang er Marzz entgegen. Ein kräftiger Stoß vor die froschgrüne Brust warf den benommenen Gnom rücklings zu Boden.

Funken stoben in die Höhe, als Drokk ohne Rücksicht auf Verbrennungen ins Feuer trat, um Velb mit einem halbkreisförmigen Stich zwischen den Rippen zu treffen. Glühende Punkte stachen Velb wie Nadeln ins Gesicht, während er den ungelenk ausgeführten Streich mit dem linken Unterarm blockierte.

Die eigene Klinge im Nackenfutteral war unendlich weit entfernt, deshalb packte er mit seiner Rechten nach einem Messergriff, der ihm aus dem Ledergeschirr des Gegners entgegenragte. Er bekam nur ein Wurfmesser mit kurzer, breit auslaufender Klinge zu fassen, aber das war immerhin besser als nichts.

Fauliger Atem schlug ihm ins Gesicht, als sich Drokk mit aller Kraft nach vorne warf, um dem sich abzeichnenden Stich zu entgehen. Der jähe Ansturm brachte Velb völlig aus dem Gleichgewicht. Zusammen mit dem Gnom prallte er zu Boden. Der Aufschlag fühlte sich an, als hämmerte ihm die geballte Faust eines Riesen in den Rücken.

Velb keuchte vor Schmerz auf.

Und sog nur einen Herzschlag später frische Atemluft in seine Lungen, ganz instinktiv, ohne darüber nachzudenken. Was aber, wenn er dabei auch Schlummerschwaden einatmete? Angst schüttelte seinen Körper. Er hielt die Luft an und stach blindlings zu.

Velb sah nicht, wo oder was er traf, er spürte nur, dass ihm etwas Warmes, Klebriges über die Hand lief.

Drokk bäumte sich mit schmerzverzerrtem Gesicht über ihm auf, das Kurzschwert zum tödlichen Stich erhoben. Ein hektischer Schlag mit der freien Hand prellte ihm die Waffe aus den Fingern. Da griff der Gnom mit beiden Pranken zu, um Velb zu erwürgen.

Allein, ihm fehlte schon die Kraft, noch richtig zuzudrücken. Trotzdem versetzte Velb der Druck auf seinen Kehlkopf in Panik. Röchelnd versuchte er, den immer langsamer werdenden Gegner abzuwerfen. Drokk stürzte mit dem Rücken ins Lagerfeuer. Asche wirbelte auf, während der Waldläufer mit dem Wurfmesser nachsetzte.

Im letzten Moment streckte sich der Gnom.

Die auf seinen Hals gerichtete Klinge verfehlte ihr Ziel, stattdessen fuhr sie in die weiche Stelle unterhalb des Kinns. Unartikulierte Schmerzensschreie drangen aus dem Maul der Kreatur, während sich Velb mit seinem ganzen Körpergewicht auf die glitschig gewordene Waffe stützte, um sie bis zum Heft ins Fleisch zu treiben.

Drokk sprach kein Wort, er gurgelte nur. Falls er einen Fluch ausstoßen wollte, hinderte ihn seine von unten durchbohrte Zunge daran.

Über Velb zog ein Schatten hinweg, doch ihm fehlte die Zeit, sich weiter darum zu kümmern. Stattdessen drehte er die Klinge in der Wunde herum, bevor er sie mit sägenden Bewegungen zum Hals hinabzog.

Lange Gnomenfinger fuhren ihm durchs Gesicht, doch Schlummerkraut und Blutverlust forderten ihren Tribut. Zu gebogenen Klauen verkrampft, sackten Drokks grüne Pranken kraftlos zur Seite. Endlich erreichte Velb die Arterie. Blut pumpte in die Höhe, schneller, als er fortspringen konnte.

Im Gesicht und an den Händen besudelt, stolperte er zurück.

Erst jetzt fiel sein Blick auf Marzz, den er völlig aus den Augen verloren hatte. *Der Schatten*, schoss es ihm durch den Kopf, als er neben dem Gnom ein Stilett im Moos funkeln sah. Trotz aller Benommenheit hatte Marzz versucht, sich damit auf Velb zu stürzen, doch längst krallten sich die langgliedrigen Gnomenfinger in einige Stricke, die ihm von hinten um den schmalen Hals lagen.

Zu guter Letzt hatte Binek doch noch seine angeschnittenen Fesseln sprengen und hilfreich in den Kampf eingreifen können. Nun bog der geflochtene Hanf das spitze Gnomenkinn zurück, während sich auf der gegenüberliegenden Seite ein Knie hart in den Nacken presste. Der Gnomenhals wirkte bereits unnatürlich überdehnt, trotzdem zerrte Binek weiter mit aller Kraft an den Seilenden.

Pure Mordlust funkelte in seinen Augen, geboren aus der über Wochen durchlittenen Furcht, in den Händen der Gnome etwas weitaus Schrecklicheres als nur den Tod zu erleiden. Velb wusste gut, wie sich die Mischung aus Todesangst und Kampfrausch anfühlte, schließlich hatte er sie selbst erst kurz zuvor durchlebt. Statt ein Wort der Mäßigung auszusprechen, stand er ungerührt da und beobachtete, was weiterhin geschah.

Um Binek noch in den Arm zu fallen, wäre es ohnehin zu spät gewesen.

Ein fürchterliches Knacken ertönte, wie von einem ausgewachsenen Baum, dessen Stamm während eines wütenden Sturmes in der Mitte zerbrach.

Angesichts des durchdringenden Geräusches galoppierten die beiden Ponys, die die ganze Zeit über neugierig herübergesehen hatten, erschrocken davon. Als sie begriffen, dass ihnen selbst keinerlei Gefahr drohte, blieben sie aber nach einigen wilden Sprüngen wieder stehen. Kurz darauf grasten sie friedlich weiter.

Der Gnomenkopf pendelte haltlos umher. Auch sonst war aus Marzz alle Körperspannung gewichen.

Binek verharrte wie zu Stein erstarrt, bis er aus einer Art Trance zu erwachen schien. Purer Schrecken spiegelte sich in seinen Augen wider. Bestürzt über sich selbst und die Handlungen, zu denen er fähig war, löste er seine Hände von den Seilenden und ließ sie mitsamt dem Gnomen zu Boden fallen.

»Euer Sprichwort hat recht«, sagte er mit seltsam hohler Stimme zu dem Toten. »Mit jedem weiteren Mal wird es leichter.«

Die Qual in seinen Augen wusste allerdings etwas anderes zu berichten.

»Mach dir keine Vorwürfe«, versuchte ihn Velb aufzumuntern. »Gezücht wie dieses lässt seine Opfer niemals in Ruhe. Selbst wenn du zwei Tagesmärsche entfernt gewesen wärst, hätte ich sie hier am Feuer töten müssen. Sonst wären sie bei Nacht zurückgekehrt, um mich feige im Schlaf abzustechen.«

Seine Worte zeigten wenig Wirkung.

»Das Schlummerkraut hat sie langsam und unbeholfen gemacht«, haderte Binek. »Es war kein fairer Kampf.«

Velb verstand nicht, was mit dem Halbelfen plötzlich los war. Sie hatten gerade um ihr Leben gekämpft und gewonnen. Sollte er sich deshalb schämen?

»Diese Gnome haben nie eine Gelegenheit ausgelassen, andere zu tyrannisieren«, gab er zu bedenken. »In solchen Fällen erlauben, ja, fordern die Götter geradezu von uns, zur Kriegslist zu greifen. Außerdem hätten es die beiden nicht anders gemacht, wenn sie gekonnt hätten.«

Binek wischte sich über den Mund, wie in dem hilflosen Versuch, einen bitteren Geschmack loszuwerden. Tatsächlich wich gleich darauf aller Kummer aus seiner Miene, dafür blickte er erschrocken an Velb vorbei.

Alarmiert wirbelte der Händler herum, entspannte sich aber sofort wieder, als er entdeckte, *wer* so plötzlich hinter ihm stand. Der Kampflärm hatte Gohlik angelockt, dessen Gesicht einem Waldpfad ähnelte, über den ein schwerer Tross hinweggerollt war. An manchen Stellen wirkten die Hautfalten wie tiefe Schluchten. Auf dem Grund dieser Ausbuchtungen hatte sich Steinstaub eingefressen, den Gohlik ein langes Zwergenleben lang in Steinbrüchen oder Stollen hatte schlucken müssen. Arbeitsnarben, die Zwerge mit Stolz trugen und die sie, selbst wenn sie gewollt hätten, nie mehr tilgen konnten.

Eine Hand in seinem verlausten Bart vergraben, besah sich der Alte unter fortwährendem Kopfschütteln die blutbesudelten Toten.

»Gnome!«, stieß er hervor, als wäre bereits der Name dieses Volkes ein die Götter lästernder Fluch. »Wie hat dieses elende Sumpfgezücht nur den Weg in unsere geliebte Heimat gefunden?«

Der mit Eisenspitzen versehene Streitkolben in seiner Rechten erbebte bei den Worten, als wäre der Zwerg von unbezähmbarer Wut erfüllt, doch Velb wusste es besser. Selbst in den Reihen seines langlebigen Volkes galt Gohlik als Greis, der bereits mit einem Bein in der Grabkammer stand. Dass sein Kopf und die Glieder unablässig zuckten, war einzig seinem hohen Alter geschuldet.

Der Weg nach Felsheim war manchmal weit für jene Zwerge, die nicht bei dem Einsturz eines Stollens oder in einer Schlacht starben. Ehrenvoll im Kampf zu fallen war Gohlik verwehrt geblieben, selbst das Blutbad in Scherbental hatte er unversehrt überstanden. Zumindest äußerlich, denn sein Verstand war seinerzeit in kleine Splitter zerschlagen worden, die sich nie wieder richtig zu einem intakten Ganzen zusammenfügen wollten; wie bei so vielen Kriegern, die diese grausame Schlacht überlebt hatten.

»Wer ist denn dieser Zitterjockel?«, wollte der Zwerg wissen, während er mit dem Streitkolben in Bineks Richtung deutete.

»Das ist Binek. Er musste aus Imor fliehen, weil er es sich mit den Dunklen Gilden verscherzt hat«, erklärte ihm Velb. »Diese elenden Kopfgeldjäger haben ihn heute Morgen aufgespürt.« Angewidert spie er über Drokk aus, weil er wusste, wie sehr das Gohlik erfreuen würde.

»Wohl getan«, lobte der Zwerg zufrieden, »mit diesem Gezücht kann unsereiner gar nicht hart genug umspringen. Nur schade, dass ich keine Gelegenheit mehr hatte, euch mit meinem Schädelknacker zu Hilfe zu eilen.«

Dabei schwang er seinen Streitkolben bis über den Kopf, um seine Kampfkraft zu beweisen, ließ ihn jedoch rasch wieder in die Tiefe sinken, weil er ihm zu schwer wurde. Dass er sich mit dem Gewicht der Waffe verschätzt hatte, war dem Alten unangenehm, doch er überspielte seine Schwäche, indem er sich forschen Wortes zu Binek umwandte.

»Wer von Gnomen gejagt wird, kann kein von Grund auf schlechter Mensch sein. Als Bedrängter dieser Unzwerge heiße ich dich willkommen, solange du das Gastrecht achtest.« Erneut stemmte Gohlik den Streitkolben in die Höhe, diesmal aber nur so weit, dass er ihn auch längere Zeit halten konnte. »Nichts von dem, was du hier siehst oder hörst, darf später über deine Lippen dringen! Wo und wie ich lebe, geht sonst niemanden etwas an! Hast du das verstanden, Zitterjockel?«

Der Schädelknacker wackelte während der Frage hundserbärmlich in seiner Hand, und dass dabei ein buntschillernder Käfer aus seinem zerzausten Bart hervorkroch, um über die rechte Schulter davonzukrabbeln, ließ ihn auch nicht unbedingt bedrohlicher aussehen. Überhaupt reizten die zerschlissene Kleidung sowie das ungekämmte Haar, in dem es von verfilzten Strähnen wimmelte, zur Heiterkeit.

Binek hob beide Hände in einer abwehrenden Geste.

»Magnons Zorn soll mich treffen, wenn ich auch nur ein Sterbenswörtchen über Euch verrate«, sagte er mit heiligem Ernst, obwohl Velb einen belustigten Unterton in seiner Stimme auszumachen glaubte. »Wer wagt es schon, wenn er noch bei Verstand ist, den Groll der Zwerge herauszufordern? Außerdem kann ich jede helfende Hand gebrauchen, die sich mir entgegenstreckt. Ich bin ein Kind der Stadt, dem es an Erfahrung in der Wildnis mangelt.«

»Der Wildnis!« Lachend ließ Gohlik den bebenden Streitkolben sinken, bis die abgerundeten Eisenspitzen im weichen Waldboden versanken. »Wenn du wüsstest, wie zivilisiert es auf dieser Lichtung zugeht, verglichen mit den grünen Tiefen des Hochwaldes, in denen deine väterliche Linie lebt.«

Überrascht fasste sich Binek an den Kopf. Erst als er feststellte, dass seine Ohren bedeckt waren, ging ihm auf, dass ihn etwas anderes verraten haben musste. »Was macht dich so sicher, dass es ausgerechnet das Volk meines Vaters ist, das ich aufsuchen möchte?«

»Ach, ihr armen Menschlein, die ihr nur versteht, was ihr hören oder sehen könnt«, sagte der Zwerg müde lächelnd. »Dabei gibt es so viel, das sich auch ohne Augen, Ohren oder Nase erkennen lässt. Wir Altvorderen erspüren so manches, was die normalen Sinne übersteigt, ob mit dem Herzen oder dem Verstand, wer vermag das schon zu sagen? Auf jeden Fall erkenne ich noch ein Halbblut, wenn ich es sehe. Das freut mich besonders, da ich schon lange nichts mehr riechen und schmecken kann. Dieser Freuden wurde ich bereits beraubt, als mein Griff noch ruhig und fest gewesen ist. Körperlicher Verfall erfolgt im Alter schleichend, aber unaufhaltsam. In diesem Punkt sind wir vor den Göttern alle gleich. Egal, ob Menschen, Elfen, Zwerge oder Mischlinge.«

Velb gefiel es nicht, dass sich der Zwerg so vor Binek aufspielte, schwieg aber dazu.

»Auch in dir schlummern verborgene Talente, die über das Menschliche hinausgehen, das spüre ich genau«, schmeichelte Gohlik Binek plötzlich. »Doch sei gewarnt! Diese halbblinden Augen sahen einst, wie die Macht der Elfen auf ganzer Linie versagte!« Dabei deutete er auf seine Pupillen, die tatsächlich von milchigen Schleiern umwölkt wurden. »Nutze, was dir die väterliche Seite in die Wiege gelegt hat, doch hüte dich davor, dieses Erbe zu überschätzen. Gebe dein Magnon, dass deine menschliche Seite dich vor deiner elfischen beschützt.«

Velb wusste bei solchem Gerede nie, wo die Weisheit des Zwerges endete und sein Altersschwachsinn begann. Um zu verhindern, dass Binek zu viel nachfragte, hob er nun die Hand, um alle Aufmerksamkeit auf sich zu ziehen. Sonst trat noch zutage, dass Gohlik die Elfen zwar mehr schätzte als die Gnome, aber noch weitaus weniger mochte als die Menschen.

»Schluss mit dem Gerede«, forderte er. »Lasst uns lieber die Toten beiseiteschaffen, die uns mit ihrem Anblick beleidigen.« Dabei beugte er sich zu Marzz hinab, um ihm den schwarz-rot marmorierten Anhänger vom Hals zu reißen. »Den habe ich mir verdient, denke ich.«

Als Nächstes machte er sich auf die Suche nach einem handlichen Hammer, mit dem sich die Zähne der Gnome aus dem Kiefer schlagen ließen. Das Gold, das sie im Gebiss trugen, war einfach zu schade, um es mit ihnen im Wald zu verscharren. Ehe er jedoch Gelegenheit hatte, es ihnen aus dem Mund zu reißen, nahm sich Gohlik ihrer an.

»Besudle deinen Lagerplatz nicht mit Gnomenblut«,

riet er dem Händler. »Überlass die Hundesöhne lieber mir, und ich werde das Gold, das dabei abfällt, gerecht unter uns dreien aufteilen. Auf die Ponys erhebe ich keinerlei Anspruch, schließlich habt ihr den Kerlen das Lebenslicht ausgelöscht. Außerdem ist ihr Fleisch bei weitem nicht so schmackhaft wie das der Gnome.«

Da Velb keinen Widerspruch erhob, befestigte Gohlik seinen Streitkolben am Gürtel, packte die beiden Toten bei einem Bein, um sie davonzuschleifen. Die Aussicht auf gekochtes Gnomenfleisch schien seine Kräfte zu beflügeln. Wo er kurz zuvor noch Mühe gehabt hatte, seinen hölzernen Streitkolben zu schwingen, der doch viel leichter war, als der durchgängig geschmiedete, den er gar nicht mehr vom Haken nahm, kam er nun überraschend schnell voran. Über eine glitschige Schicht aus Laub und abgefallenen Tannennadeln hinweg zog er sie bis zu einem tief in der Erde versunken Findling, der von einigen kleineren Bäumen beschattet wurde.

Als er sich auf einer vorspringenden Stelle des großen Steins abstützte, wirkte es zunächst, als hätten ihn doch die Kräfte verlassen, aber dann war zu sehen, dass die Felsnase unter seinem Gewicht nachgab. Wie ein Hebel ließ sie sich in die Tiefe drücken und schwang gleich darauf wieder lautlos zurück. Gleichzeitig geriet der Waldboden vor ihm in Bewegung.

Zuerst war nur ein Zittern zu erkennen, dann löste sich ein fest umrissenes Viereck aus der Erde und schwang wie eine Falltür schräg in die Höhe. Dabei wurde ein Holzgestell sichtbar, in dem sich der nach oben gewippte Boden mitsamt der abschließenden Laubdecke befand, ohne dass auch nur ein einziges Blättchen zu Boden gewirbelt worden wäre. Eine perfekte Tarnung für die darunter verborgene Stiege, über die Gohlik die Toten nach unten in seine Erdhöhle beförderte.

Kaum war er mit ihnen über den von Fackelschein erhellten Einstieg verschwunden, senkte sich die mit Erdreich gefüllte Klappe auch schon wieder. Und schloss dabei so nahtlos mit der Umgebung ab, dass der kurze Moment der Öffnung danach beinahe wie ein Spuk oder eine Sinnestäuschung anmutete. Dass weder der Gebrauch von Seilzügen oder Zahnrädern zu sehen oder zu hören gewesen war, unterstrich noch die Illusion, gerade Zeuge eines magischen Vorgangs geworden zu sein. Doch dieser Eindruck täuschte. Zwerge waren nicht nur geborene Mineure, sondern auch meisterhaft darin, wirksame Mechaniken mit sorgsam ausbalancierten Gegengewichten zu konstruieren. Sich lautlos öffnende und wieder schließende Geheimtüren waren bei ihnen ausgeklügelte Handwerkskunst und keine Hexerei.

Binek, der sicherlich um diesen Umstand wusste, blickte dennoch völlig fassungslos auf den wieder verwaisten Findling. »Essen Zwerge wirklich das Fleisch von Gnomen?«, wollte er wissen, nachdem er endlich seine Sprache wiedergefunden hatte.

»Für gewöhnlich nicht«, antwortete ihm Velb, »aber du hast sicherlich schon mitbekommen, dass Gohlik weitab von seinem Volk lebt, weil er im Alter ein wenig wunderlich geworden ist. Ich für meinen Teil werde mich deshalb in den nächsten Tagen lieber nicht von ihm zu einer Mahlzeit einladen lassen.«

# Felsheim

Orm erging es nicht besser als den übrigen Zwergen. Geblendet taumelte er umher, unfähig, seine Umgebung auch nur schemenhaft zu erkennen. Selbst als er die Augen fest zusammenkniff, glaubte er noch, direkt in die gleißende Sonne zu blicken. Voller Grimm umklammerte er seine Streitaxt mit beiden Händen, um wenigstens seinen Mörder mit in den Tod zu reißen.

Doch der erwartete Stoß mit der Gleve blieb aus! Stattdessen hörte er, wie in der dritten Ebene Glas splitterte.

Beim großen Allvater! Die Gardisten setzten sich ab, anstatt ein Massaker zu veranstalten. So weit reichten ihre Befehle also nicht. Das hätte Orm auch gewundert. Bloß gut, dass den Elfen das Blut nicht so leicht kochte wie Orks oder Zwergen, sonst wäre es aus mit ihm gewesen.

Obwohl er sich darüber ärgerte, dass ihn Eyron mit der Blendgranate überrumpelt hatte, durchströmte ihn eine seltsame Zuversicht. Noch am Morgen hatte er geglaubt, am Rande eines tiefen Abgrundes zu stehen, der ihn zu verschlingen drohte, und plötzlich fühlte er sich so lebendig wie nach einer siegreichen Schlacht.

Erleichtert stellte er fest, dass das Gleißen in seinen Augenhöhlen allmählich nachließ. Ein sicheres Zeichen dafür, dass sich die Sehnerven wieder erholten. Auch unter den Steinmetzen ebbte der erste Schrecken ab. Da sie mit den Finten der Elfen nicht so gut vertraut waren wie er, keimte jedoch Panik auf.

Allgemeines Wehklagen hob an.

»Blind! Ich bin blind!«, jammerte Borstel lauter als alle anderen. »Sie haben mir mein Augenlicht genommen!«

»Ruhe!«, donnerte Orm, um alle zur Ordnung zu rufen. »Solange die Blendwirkung anhält, müssen wir uns auf unsere Ohren verlassen. Also schweigt gefälligst, bis wir wieder sehen können. Sonst ist es um uns geschehen.«

Angst war ein guter Hebel, um Gehorsam zu erzwingen. Aus Angst vor weiteren Elfenattacken hielten alle umgehend den Atem an. In der daraufhin einsetzenden Stille erklang vereinzeltes Röcheln aus der Höhe, das von gleichmäßigem Schnarchen untermalt wurde.

»Elfenschlummer«, erklärte Orm laut, damit die anderen Bescheid wussten. »Die Gardisten haben ihn gestreut, um ungestört das Weite suchen zu können. Ich kenne ihre kriegerischen Schliche, schließlich hatte ich schon oft genug mit ihnen zu tun. Sei es als Gegner oder Verbündeter.«

Alle lauschten ergriffen, außer Hezio, der es als Oberster Hüter nicht gewohnt war zu schweigen, wenn andere sprachen. »Wir haben noch einmal Glück gehabt«, zeigte er sich erfreut. »Sobald die Schwaden verflogen sind, können wir …«

»So tief unten in Felsheim verfliegt das Schlummerkraut nur langsam«, widersprach Orm, schon alleine, um dem Obersten nicht das letzte Wort zu überlassen. »Vergesst nicht, dass sich auf den tieferen Talsohlen kein Windhauch regt. Am besten ziehen wir uns bis zur Felswand zurück, um nicht vorzeitig den absinkenden Dämpfen zum Opfer zu fallen.«

Leises Fußscharren bewies, dass die anderen seinen Vorschlag befolgten. Ach, wie wohl es doch tat, wieder volle Autorität zu genießen. Selbst Hezio schwieg von nun an stille.

Bunte Kreise tanzten auf Orms Netzhäuten, während er dem Obersten und seinen Steinmetzen folgte. Als sie sich alle Schulter an Schulter zwischen Findling, zerschmettertem Kran und der Kaverne drängten, kehrte ihr Augenlicht langsam zurück. Da sahen sie, dass Orm in allem recht gehabt hatte. Rundum, auf den Stegen und Felskanten, schliefen Zwerge neben den Steinen, die sie noch kurz zuvor in die Tiefe hatten schleudern wollen. Über den Köpfen der Unglücklichen wallten graue Nebel, die sich bereits wie eine dünne Decke über dem offenen Kessel ausbreiteten.

Dass sie auch absank, war nur eine Frage der Zeit.

»Fort von hier!«, forderte Hezio heiser. »Bevor auch unsere Atemluft verpestet ist.« Unter seiner Führung setzte sich die kleine Gruppe in Bewegung.

Orm überließ ihm gerne die Spitze, wohl wissend, dass ein geborener Anführer, dem die Zwerge vertrauten, in solch einer Situation die alles schützende Nachhut übernahm. Nur zwanzig Schritte entfernt, in einem Nebengang, der hinter der für die Kaverne bereitstehenden Frontplatte abzweigte, drückte der Oberste Hüter in der richtigen Reihenfolge auf drei nachgebende Stellen, die zuvor unsichtbar im Fels verborgen gewesen waren. Kaum kehrte der dritte Stein in seine Ausgangsstellung zurück, begann es im Berg zu rumoren.

Unter lautem Kettenrasseln schob sich ein Teil der neben Hezio befindlichen Steilwand zurück und schwang wie ein Felstor nach innen. Der rechteckige Durchlass, der dabei entstand, war so niedrig, dass selbst die Zwerge beim Betreten den Kopf einziehen mussten. Danach vergrößerte sich der vor ihnen liegende Stollen auf normale Höhe.

Kaum hatte sich der schwere Mechanismus hinter ihnen geschlossen, atmeten alle erleichtert auf. Durch solch ein fugenloses Tor vermochte kein Elfenschlummer zu folgen.

Trotzdem hielten sie sich nicht lange auf, sondern eilten tiefer in den Gang hinein, den eine einsame Fackel beleuchtete. Ihre hell schimmernden Gesichter waren kaum mehr als verschwommene Flecken in konturloser Schwärze, bis sie die blakende Flamme am Quergang erreichten.

Irgendwo, tiefer im Labyrinth der Stollen und Gänge, sprachen mehrere Zwerge ruhig miteinander. Nicht alle Felsheimer, die unter Tage schafften, hatten mitbekommen, dass bei den Grüften Dramatisches vor sich ging.

Jetzt noch Alarm zu schlagen wäre aber sinnlos gewesen. Die Schmach, die ihnen die Gardisten zugefügt hatten, ließ sich nicht dadurch tilgen, dass sie die Verfolgung aufnahmen. Ob zu Fuß oder zu Pferde, Elfen waren einfach schneller als Zwerge. Es sei denn, es gab geheime Gänge, durch die sich Wege abkürzen ließen. Aber das war von Felsheim in Richtung Hochwald nicht der Fall.

Borstel keuchte wie ein Mann, der eine schwere Last zu schultern hatte, als sie über ausgetretene Felsstufen nach oben stiegen. Seine zerschmetterte Nase schwoll immer stärker an, so dass er nur noch durch den Mund atmen konnte.

Hezio hielt trotz seines hohen Alters mit den jüngeren Zwergen Schritt, schlug aber unterwegs die Kapuze zurück, um sich Kühlung zu verschaffen. Die kahle Stelle auf seinem Haupt, die längst die Ausmaße einer Halbglatze angenommen hatte, schimmerte wächsern in dem Sonnenlicht, das von oben herabstreute.

Abgesehen von Orm war es ein geschlagener Haufen, der auf der dritten Ebene ins Freie trat. Eine bewaffnete Gestalt, die dort umherirrte, wirbelte bei ihrem Erscheinen herum und holte zum Schlag aus – ließ das Kurzschwert aber sofort wieder sinken, als sie erkannte, mit wem sie es zu tun hatte.

Ragatz von Odemar stand sichtlich unter Schock und

wirkte auch körperlich angeschlagen. Schnaufend stützte er sich auf seiner Prunkwaffe ab, obwohl die silberne Spitze dabei verkratzte. Erst bei Orms Erscheinen hellte sich seine Miene ein wenig auf.

»Eisenbeiß, alter Recke!«, grüßte er auf eine Art, die sich nur ein anderer namhafter Krieger erlauben durfte. »Wie gut, dass Euer starker Arm für Felsheim streitet, sonst wäre der gute Ruf der Odemar für alle Zeiten dahin gewesen! Trotzdem brennt die Schmach in mir, dass uns die klapprigen Elfen entkommen sind, wo sie doch schon in der Falle saßen. Wir können ihnen nicht einmal nachsetzen, weil alle wehrfähigen Zwerge in magischer Starre liegen.«

Orm sparte sich den Hinweis, dass Glasgranaten keine Zauberei waren.

»Ihr seid der Wirkung des Elfenschlummers entronnen?«, fragte er stattdessen. »Da zeigt sich der wahre Krieger, unbeugsam und allen Gefahren trotzend!«

Ragatz' faltiges Gesicht geriet angesichts dieses Lobes in Bewegung. Seine Mundwinkel wanderten in Richtung der breiten Ohrläppchen, bevor er erklärte: »Ich habe noch nicht oft gegen Elfen gestritten, doch ihre Finten sind unter Eingeweihten kein Geheimnis. Auf ihr Blendfeuer folgt häufig betäubendes Gas, aber auch gerne die Lungen verätzender Gifthauch. Darum bin ich sofort zurückgewichen, nachdem sich ihre geschleuderten Blitze in meine Augen gebrannt hatten. Obwohl ich mich in Felsheim nicht besonders gut auskenne, entkam ich blindlings stolpernd, bevor ihre nächste Attacke über uns hereinbrach. Was mich noch an stinkendem Elfentrug erreichte, ließ nur Übelkeit in mir aufsteigen. So seht Ihr mich lebend, aber in tiefer Sorge um meine Söhne und Neffen.«

»Seid guten Mutes«, versuchte Orm, die Ängste des Sippenältesten zu mildern. »Hört Ihr das Schnarchen der Betäubten? Ich bin sicher, sie werden nicht viel mehr als ein Schädelbrummen zurückbehalten.«

»Mögen uns unsere Ahnen Beistand leisten.« Ragatz schöpfte tatsächlich Hoffnung. »Ihr seid ein Mann von Verstand und großer Erfahrung, Orm Eisenbeiß, deshalb vertraue ich Eurem Wort. Trotzdem muss ich Euch fragen, warum Ihr nicht früher eingegriffen habt? Und wo all die anderen Bewaffneten stecken, die Felsheim vor böswilligen Eindringlingen schützen?«

»Die gibt es nicht.« Ein tadelnder Blick in Hezios Richtung begleitete Orms Antwort. »Natürlich hätten Posten und Späher verhindert, dass uns die Elfen unbemerkt überfallen können, aber die kosten ja blankes Zwergengold, das sich viel besser in den Schatzkammern horten lässt.«

»Was soll das heißen?«, grollte Ragatz. »Bei der stolzen Summe, die eine Grabstätte kostet, bürgen die Hüter von Felsheim doch wohl für eine heilige Totenruhe?«

Das Heer der Schweißtropfen, das auf Hezios kahlem Haupt glitzerte, vereinigte sich schlagartig zu einer durchgängigen Pfütze. Zwischen Furcht und Empörung schwankend, hob er beschwichtigend die Hände. »Aber, aber, lieber Ragatz! Bedenkt doch, dass es seit dem Großen Krieg niemanden mehr gibt, der unsere Totenstadt bedrohen könnte.«

»Offensichtlich schon«, hielt ihm Ragatz entgegen. »Oder haltet Ihr das, was wir gerade erlebt haben, für einen bösen Traum? Und überhaupt! Dreißig Jahre ist doch keine Zeit des Friedens, die einen Zwerg einlullen darf! Das ist kaum die Länge eines halben Menschenlebens.«

Allein die Erwähnung der Menschen hinterließ einen so bitteren Geschmack auf seiner Zunge, dass Ragatz ausspucken musste. Orm tat es ihm umgehend gleich, worauf auch viele andere ihren Schnodder hochzogen und ausspien.

»Natürlich soll uns die Unverschämtheit der Elfen eine Lehre sein«, beeilte sich Hezio zu versichern. »Orm stehen dazu alle notwendigen Mittel zur Verfügung. Ihr seid doch bereit, uns in dieser Zeit der schweren Not beizustehen, werter Eisenbeiß?«

Orm zierte sich eine Weile, aber nicht zu lange. Schon aus Furcht, Hezio könnte die Gelegenheit dazu nutzen, das militärische Kommando einem anderen zu übertragen. Etwa mit der Begründung, dass für Zauderer kein Platz war, an der Spitze einer aufzustellenden Streitmacht. Dabei juckte es Orm gewaltig in den Fingern, Felsheim gegen eine mögliche Belagerung zu rüsten. Schockschwerenot! Was wäre das für ein Aufstieg nach dem tiefen Fall, den er erleben musste!

»Wie könnte ich den Ruf meines Volkes überhören, wenn Sturm aufzieht?«, gab er sich gebührend pathetisch. »Wo mein starker Arm gebraucht wird, da soll er für die Sache der Zwerge streiten! Zumal damit zu rechnen ist, dass die Elfen das nächste Mal mit einem großen Heer anrücken.«

»Das ... das nächste Mal?«, wiederholte Hezio verdattert. »Glaubt ihr wirklich, sie kehren noch einmal zurück?«

»Mit größter Sicherheit«, behauptete Orm, der in Wahrheit nicht die geringste Ahnung hatte, was hinter stoischen Elfengesichtern vorgehen mochte. Aber wie sich der Oberste Hüter demütigen ließ, der ihn wie einen kleinen Zwerg von vierzig Jahren absurviert hatte, darüber wusste Orm gut Bescheid, als er fortfuhr: »Um Felsheim zur uneinnehmbaren Festung auszubauen, bedarf es kampferprobter Krieger. Die lassen sich nicht in wenigen Tagen oder Monaten aus Steinmetzen drillen, die müssen wir in unsere Dienste stellen. Koste es, was es wolle.«

»Redet ihr etwa von Söldnern?« Der Oberste sah bereits den Münzberg in seiner persönlichen Schatulle schmelzen. »Aber, ist die Verteidigung der Totenstadt keine Ehrensache? Sehen denn nicht alle Zwerge Graugards zu Felsheim wie zu dem größten Ahnentempel ihres Volkes auf?«

Der größte Tempel aller Zwerge? Orm konnte kaum glauben, was Hezio da zusammenschwafelte. Seit der Glaube an den Mammon und die Mechanik den an die Gunst der Vorfahren ersetzt hatte, gab es keine großen Zwergentempel mehr. Nekropolen wie Felsheim dienten nur noch dem Prestige der Lebenden. Trotzdem fielen die Worte des Obersten auf fruchtbaren Boden.

»Wohl gesprochen!«, rief Ragatz begeistert. »Ich sende sofort Boten aus, um eine schlagkräftige Truppe in Hemrod ausheben zu lassen. Außerdem nehme ich alle nahen und fernen Vettern in die Pflicht, für das Ansehen und die ewige Ruhe unseres Oheims zu kämpfen.«

Wie leicht dieser schwarzbärtige Kauz doch dem Obersten auf den Leim gegangen war. Orm konnte es kaum fassen. Andererseits kannten die wenigsten Zwerge Felsheim so gut wie er. Vielleicht lag es aber auch daran, dass der Große Krieg viele Zwerge bis ins Mark erschüttert hatte. Hatte der Glaube an die Gunst der Ahnen auch an Bedeutung verloren, so besaß doch fast jeder von ihnen irgendetwas, an dem er sich festhielt. Glücksbringer in Form von Amuletten, Münzen, Knochen oder selten geformten Steinen waren weit verbreitet, und wer keinen Talisman sein Eigen nannte, besaß doch zumindest eine fixe Idee oder einen ehernen Grundsatz, der ihn leitete und schützte.

Krieger wie Ragatz glaubten zumeist an die Macht ihres Schwertes oder die Sache, für die sie stritten. Warum sonst eiferte sich ein so kämpferischer Zwerg wie er ausgerechnet für einen Verstorbenen, den sie zeitlebens *Eisel, den Sanften* genannt hatten? Nun ja, vielleicht weil er wie Orm zu jenen gehörte, die noch an den Allvater und die Macht der Toten glaubten, die schützend ihre Hand über die lebenden Nachfahren hielten.

Wie sehr Orm doch zu seinen Altvorderen gebetet hatte, als er, den süßen Schmauchträumen unsanft entrissen, begreifen musste, dass er vor dem absoluten Nichts stand. Er, ein Zwerg, der immer häufiger alle Knochen im Leibe spürte. Dessen Kräfte längst den Zenit überschritten hatten, obwohl er das, was er an Stärke und Ausdauer einbüßte, bislang durch Erfahrung ausgleichen konnte. Aber spätestens in dreißig oder vierzig Wintern würde er ernsthaften Konfrontationen ausweichen müssen, weil er jüngeren, ungestümeren Gegnern nicht mehr gewachsen war. Wollte er darauf in Frostscheid warten? Oder sich lieber noch einmal zu neuen Höhen aufschwingen, selbst auf die Gefahr hin, keine weiteren dreißig Winter zu überstehen?

Die Antwort fiel ihm leicht. Lieber eines nahen Tages im Kampfe sterben, als ein Leben wie Gohlik zu führen, das irgendwann im Siechtum endete. Ein früher Tod, mit einhundertfünfzig, konnte durchaus ein Geschenk sein, davon war Orm überzeugt.

»Ehrenvolle Worte, die Euren Ruhm mehren«, pflichtete er deshalb Ragatz bei. »Doch bedenkt, wie lange Boten brauchen und wie hoch der Aufwand ist, eine Truppe unter Schmieden, Bergleuten und Bauern auszuheben. Was ist, wenn uns die Elfen nicht mehr so viel Zeit lassen? Deshalb schlage ich vor, das Fanal zu entzünden, um alle wehrhaften Zwerge zu Hilfe zu rufen.«

»Das *Fanal?*«, echote Ragatz verblüfft. »Glaubt ihr wirklich, es steht so schlimm?«

Sein Schrecken war nicht weiter verwunderlich. Das Fanal war schon seit dem Großen Krieg nicht mehr entzündet worden und auch davor nur zu Zeiten der äußersten Bedrängnis. Doch um rasch Zwerge unter Waffen zu stellen, war es das einzige Mittel.

Hezio wusste ebenfalls um die Bedeutung des Signals, entsprechend gequält fiel sein Lächeln aus. Falls auf das Fanal hin Tausende von kampfbereiten Kriegern herbeiströmten, brauchte er ihnen zwar keinen Sold zu bezahlen, musste aber für Unterkunft und Verpflegung aufkommen. Erneut sah er wohl die Münzberge der Schatzkammer vor seinem geistigen Auge zusammenschmelzen, wagte aber nicht, sich knauserig zu zeigen.

Statt seiner führte Borstel mahnende Worte im Mund.

»Warum lassen wir die Elfen nicht einfach den Damm in der Kaverne öffnen?«, fragte er unschuldig in die Runde. »Sobald sie sehen, dass die zugeschüttete Wasserader nichts mit ihrer Heiligen Quelle zu tun hat, werden sie sich wieder beruhigen. Und sollte es doch einen direkten Zusammenhang geben, finden wir schon eine Möglichkeit, uns zu einigen.«

Nachdem er geendet hatte, blickte er in einen Halbkreis missbilligender Gesichter. Niemand außer ihm war bereit, dem fremden Volk auch nur einen einzigen Fußbreit entgegenzukommen. Ragatz umklammerte sein Schwert mit so festem Griff, dass die Fingerknöchel weiß hervortraten. Grollend hob er die Waffe an, um seinem Unmut Ausdruck zu verleihen, doch Orm stoppte den Wortschwall, der dem Narbengesichtigen auf der Zunge lag, ehe er hervorbrechen konnte.

»Haltet ein, ihr alle!«, forderte er. »Hört ihr denn nicht, wie sehr Borstels Atem rasselt? Niemand wurde in dem Kampf mit den Elfen so schwer verwundet wie er! Sein Nasenbein ist so zertrümmert, dass er kaum noch Luft bekommt. Aber statt ihm zu helfen, lassen wir ihn in der prallen Sonne stehen und mit uns die schwersten Entscheidungen seit Dekaden treffen. Wollt ihr ihm da zum Vorwurf machen, dass er wirr daherredet? Ich nicht!«

Der Steinmetz mit dem flammend roten Haar, dessen Bart nur so vor verklumptem Blut starrte, warf Orm einen kurzen Blick der Dankbarkeit zu, bevor er beschämt zu Boden sah. Angesichts des riesigen Blutergusses, der sich von seiner Nasenwurzel aus über beide Augen erstreckte, sahen alle davon ab, ihn wüst zu beschimpfen. Vor allem Ragatz, für den Orms Wort etwas zählte.

»Hezio, seid so gut und sorgt dafür, dass sich ein Heilkundiger der Verletzung dieses Helden annimmt.« Bei Orms Bitte verwandelten sich die Lippen des Hohen in eine blutleere Linie, trotzdem befahl er zwei herumstehenden Steinmetzen, ihren Kameraden zu Bikesch, dem Kräuterkundigen, zu begleiten.

Keiner der Anwesenden verzog eine Miene, als Hezio die Anweisung des erst vor kurzem verstoßenen Obersten Steinmetzen ausführte, mochte sie auch in eine Bitte gekleidet gewesen sein. Damit handelte der Höchste wie eine Erste Axt, die zwar große Macht besaß, aber dennoch in der Rangordnung unter dem wahren Befehlshaber stand.

Hezio wusste nur zu genau, dass er sich unterordnen musste, wollte er nicht den Elfen oder dem zürnenden Ragatz schutzlos ausgeliefert sein. So nahm er es widerspruchslos hin, dass Orm mehrere Steinmetze bestimmte, die sich in der Rüstkammer mit Blankwaffen und Schilden eindecken sollten. Zwei von ihnen kommandierte er als Schildwache ans Eingangsportal ab, die anderen wies er an, mit einer Vielzahl von Hilfsknechten die gesamte Nekropole zu durchsuchen. Nur für den Fall, dass sich noch irgendwo ein feindlicher Gardist versteckt halten mochte.

Als Nächstes schickte Orm einen Boten aus, der die Dampfwerker im Inneren des Berges damit beauftragte, ausreichend Pech an die Oberfläche zu schaffen. Mit Ragatz an seiner Seite machte er sich anschließend auf den Weg, die brachliegenden Verteidigungsanlagen der Nekropole zu inspizieren. Dabei holte er immer wieder den Ratschlag des Jüngeren ein, um ihn gewogen zu halten. Schließlich war es vor allem der gerechte Zorn dieses geschädigten Sippenoberhauptes, den Orm zu besänftigen suchte.

Ragatz erwies sich schnell als ein geschulter Krieger, der etwas von Belagerungsmaschinen, Taktik und Heerführung verstand, sich aber nicht zu schade war, auf die Meinung des berühmten Veteranen zu hören. Vielleicht war die zur Schau gestellte Wissbegier aber auch nur seine Art, die Schmeicheleien zu erwidern. Auf jeden Fall gefielen sich die beiden Bewaffneten rasch darin, mit vor Stolz geschwellter Brust herumzulaufen und zufällig daherkommenden Zwergen Befehle zu erteilen.

Rasch kam das übliche Tagwerk vollständig zum Erliegen. Stattdessen waren Knechte und Mägde damit beschäftigt, Pechkanäle zu reinigen, Kessel zu putzen und Feuerholz herbeizutragen. Seilwinden und Förderkörbe schafften Unmengen von Pechblöcken an die Oberfläche, die zuvor viele Jahre ungenutzt in der Rüstkammer gelagert hatten. Sobald ein Kessel mit ihnen befüllt war, entfachten die Zwerge darunter ein Feuer, das die Blöcke zum Schmelzen brachte.

Während sich das Dreigestirn der Hüter die ganze Zeit nicht blicken ließ, tauchten immer mehr Angehörige der Odemar-Sippe auf, die zu den Ersten gehörten, die aus dem unnatürlichen Elfenschlummer erwachten. Ragatz wies die

Frauen und Kinder seines Clans an, unter Tage zur Hand zu gehen und mitzuhelfen, während er alle Männer im wehrfähigen Alter an seiner Seite versammelte.

Spätestens jetzt verfügte Orm über eine schlagkräftige Truppe, die auf sein Kommando hörte. Selbst wenn es den Hohen plötzlich in den Sinn gekommen wäre, hätten sie es von nun an schwer gehabt, ihn noch aus der Position des Festungskommandanten zu verdrängen.

Sobald das Pech in den Kesseln erste Blasen warf, verteilte Orm allen noch in seinem Besitz befindlichen Schmauch an die schwer schuftenden Mägde und Knechte. Als guter Feldherr wusste er, wie sich die Hilfstruppen bei Laune halten ließen, außerdem besaß er selbst keine Verwendung mehr dafür. Der Rausch der Macht, der seit dem Vormittag von ihm Besitz ergriffen hatte, war durch kein Kraut der Welt zu übertreffen.

Die Sonne begann, sich bereits wieder zu senken, als endlich Bewegung in das Fanal kam. Gemeinsam mit den Odemar trat er an die unscheinbare Steinscheibe, die auf dem höchsten Punkt Felsheims ruhte. Etwas in ihr zu verbrennen hätte bereits einen weithin sichtbaren Lichtschein bewirkt, besonders in der Nacht. Doch erst, als die Dampfwerker das Räderwerk eines verborgenen Mechanismus in Gang setzten, wurde daraus das Fanal, das sie bei Anbruch der Nacht entzünden wollten.

Unter lautem Knarren wuchs in der Mitte der Schale eine Felsnadel in die Höhe, die dem Durchmesser eines Handtellers entsprach. Eine spiralförmig eingemeißelte Ablaufrinne umgab sie wie die Windungen eines Schneckenhauses. In ihrem ausgehöhlten Inneren verlief ein kreisrunder Kanal. Während der steinerne Mast weiter in die Höhe wuchs, erklärte Orm seinen um ihn versammelten Getreuen, wie der komplizierte Mechanismus funktionierte, der sich, einmal in Gang gekommen, aus sich selbst heraus speiste.

Da er zu den wenigen in Felsheim gehörte, die das Fanal schon einmal brennen gesehen hatten, kümmerte er sich selbst um alle Handgriffe, die notwendig waren, die monströse Riesenfackel in Gang zu setzen. Den Abfluss in die darunter befindliche Pechgrube freizulegen erwies sich zunächst als schwierig, aber mit Hilfe einer Messerspitze gelang es ihm schließlich, den mit Moos überzogenen Steindeckel zu lösen.

Erstes Abendrot färbte den Horizont ein, als berauschte Knechte dampfende Eimer mit flüssigem Pech herantrugen und in der runden Steinschale entleerten. Glucksend floss das zähflüssige Schwarz in die darunterliegende Grube ab, die gut fünfzig Eimer fasste. Erst als sich die Schale selbst füllte, weil nichts mehr ablief, ging über eine Meldekette der Befehl an die Dampfwerker, das Pumpwerk in Betrieb zu nehmen.

Dunkle Wolken ballten sich am Himmel zusammen, während sie warteten. Gleichzeitig verschärfte sich der Wind. *Sturm zog auf!* Orm mochte nicht an Zufall glauben. Die Natur selbst spürte, dass etwas Entscheidendes vor sich ging.

Zerschnitt das Fanal erst einmal die Nacht, würde nichts mehr so sein wie zuvor. Selbst wenn die Elfen der Nekropole fernblieben, herrschte von da an Gefechtsbereitschaft. Und wo ein Volk unter Waffen stand, gab es auch Krieger und Feldherren wie ihn, die die Geschicke ihres Volkes entscheidend bestimmten.

In dem pechschwarzen Wolkenband zuckten Blitze auf, ohne dass Regen fiel. In das nachfolgende Donnergrollen mischte sich ein dumpfes Rumoren, das aus den Tiefen des Berges zu ihnen heraufdrang. Dort hatten die Dampfwerker einige der größten Zahnräder in Gang gesetzt. Je mehr von ihnen rotierten, desto lauter dröhnte das Stampfen. Sobald sich das mechanische Hebewerk in Gang setzte, grollte ganz Felsheim.

Nicht nur der Boden unter Orms Sohlen begann zu vibrieren, auch die Felsnadel in der Steinschale erbebte, sobald sich die dampfende Pechgrube verkleinerte. Unter einem lauten Fauchen, das unangenehm an furzende Trolle erinnerte, sprudelte die zähflüssige Masse aus der Steinspitze hervor und lief über die Schneckenrinne wieder ab. Alles, was jetzt noch fehlte, war der Funke, der die schwarze Quelle in Brand setzte.

Der scharfe Wind, der über die Nekropole strich, war mittlerweile so kalt, dass er wie mit einem Schälmesser über die Wangen der Versammelten schabte. Trotz der eisigen Böen war das von Felswänden umgebene Rondell bis auf den letzten Wehrgang mit Zuschauern besetzt. Selbst die Hüter ließen sich wieder blicken. Feierlich bahnte sich das Dreigestirn einen Weg durch die Menge. Hezio, der es anführte, hielt einen langen Goldstab in Händen, der in einer Fackelhalterung endete. Die darin lodernde Flamme duckte und wand sich schlangengleich unter dem brausenden Wind, doch dank des pechdurchtränkten Holzes erlosch sie nicht.

Die Zeremonie des Entzündens wollte sich der Höchste selbstverständlich nicht entgehen lassen. Orm überließ ihm gerne den Vortritt, schließlich hatte er den ganzen Tag über bewiesen, wer ansonsten die Befehle gab.

»Allvater! Allvater!«, intonierten einige Strenggläubige, während Hezio mit der blakenden Fackel an das Podest mit der Steinschüssel trat. Rasch schwoll der Ruf weiter an, bis er als dunkles Raunen durch die Menge lief. Wie seltsam, dass sich im Augenblick der Bedrohung so viele, die zuvor den Mammon angebetet hatten, wieder auf den Ahnenkult besannen.

Hezio war das nur recht. Würdevoll wartete er neben der drei Zwergenlängen hohen Schneckensäule, bis die Sonne hinter Graugards westlichstem Bergrücken versunken war, bevor er sich streckte, um das Fanal zu entzünden.

Armlang wuchs das Feuer in die Höhe, während überschüssiges Pech über die Ablaufrinne zurück ins Becken floss.

»Beeindruckend«, merkte Ragatz an, klang jedoch ein wenig enttäuscht über die Wirkung der tanzenden Flamme. »Sicherlich ist das weithin zu sehen.«

Orm schwieg dazu, um die Überraschung nicht zu verderben.

Die Menge applaudierte verhalten im roten Widerschein der einsamen Feuerlanze. Angesichts des bedeckten Himmels war sie die einzige größere Lichtquelle, die die hereingebrochene Dunkelheit erhellte. Entsprechend groß war die Wirkung, als das Fanal übergangslos zu voller Größe anwuchs.

Laut zischend schoss die glühende Säule gen Himmel, als wollte sie die Nacht in zwei gleiche Hälften spalten. Selbst wer seinen Kopf so tief in den Nacken legte, dass es schmerzte, hatte Mühe, bis zu der in die Wolkendecke stechenden Garbenspitze aufzusehen. Kleinere Funken lösten sich aus dem kompakten Strahl, verglühten aber vollständig, ehe sie jemandem gefährlich werden konnten.

Ehrfürchtiges Schweigen breitete sich unter der versammelten Menge aus, als auch der Letzte unter ihnen begriff, dass dieses mächtige Zeichen nicht nur bis in die angrenzenden Täler, sondern in ganz Graugard und weit darüber hinaus zu sehen sein musste.

Und so war es auch.

Ein jeder Zwerg, der noch nicht im tiefsten Schlummer lag, sah es am Horizont leuchten. Zuerst nur Posten, die auf abendlicher Wacht standen, oder Schänkengänger, denen es nach einem kühlen Humpen verlangte. Und natürlich jene, die es ins Freie lockte, weil sie einen gelblichen Schein durch die Fensterläden schimmern sahen. Die meisten stürmten jedoch erst nach draußen, als sie das aufgeregte Geschrei anderer auf das seltene Phänomen aufmerksam machte.

Von Hemrod bis Frostscheid spürten Zwerge ein kaltes Rieseln im Nacken, als sie begriffen, dass es das Fanal von Felsheim war, das sie in der Ferne leuchten sahen.

Unruhige Zeiten drohten.

*Sturm zog auf!*

# Bandor
## Zehn Tage vor dem Steinernen Wald

Das Reich der Trolle war ein steinernes Land, genau so grob und ungeschlacht wie seine grauhäutigen Bewohner. Je höher es ins Gebirge ging, desto unbezwingbarer wurde es für normal gewachsene Völker. Zwischen Baumgrenze und ewigem Eis ragten die Höhenzüge so steil auf, dass nur noch die langen, vor Kraft strotzenden Trollarme genügend Vorsprünge fanden, an denen sich ein Kletterer emporarbeiten konnte. So tumb die grauen Riesen auch auf fremde Völker wirkten, sobald sie in ihren Bergen umherstiegen, legten sie eine Gewandtheit an den Tag, die ihresgleichen suchte.

Dieser Eindruck verstärkte sich noch, wenn sie vor der Kulisse erhabener Felsmassive zu beweglichen Punkten in Insektengröße schrumpften, die Stunden brauchten, bis sie einen Gipfel bezwungen hatten. Viele Tiere, Pflanzen und Orte in Bandor waren deshalb nur aus Erzählungen bekannt, und so manches Wunder der Natur, wie die fruchtbaren Plateaus der Tafelberge, hatte wahrhaftig noch kein menschliches Auge aus der Nähe gesehen.

Natürlich erzählten Trolle gerne und viel aus ihrer Heimat, doch nicht alles, was sie bei einem oder mehreren Krügen Wein von sich gaben, war wirklich glaubwürdig. Aber das, was jene Wagemutigen zu berichten hatten, die bis tief nach Bandor vorgestoßen und wieder zurückgekehrt waren, klang schon beeindruckend genug. Fest stand, dass selbst Zwerge an dem harten Granit verzweifelten, wenn sie Stufen oder gar Stollen in ihn hineintreiben wollten. Die Trolle lebten deshalb auch nicht unter Tage, sondern in steinernen Rundhütten, allein, an unzugänglichen Orten oder in kleinen Dorfgemeinschaften.

Von Trampelpfaden war in den Erzählungen die Rede, breit genug, dass eine menschliche Armee in Reih und Glied darüber hinwegmarschieren konnte. Und von geometrischen Skulpturen, wie quadratischen Felsnadeln, die zu Dutzenden gen Himmel ragten und ganze Landstriche aussehen ließen wie sprießende Felder.

In den Chroniken der Elfen gab es Hinweise darauf, dass Bandor einst eine Hochkultur beherbergt hatte, die an kleinlichen Stammesfehden zugrunde gegangen und in die Bedeutungslosigkeit gestürzt war. Dass die Trolle einmal einen wachen Verstand besessen haben sollten, war zwar nur schwer vorstellbar, doch aus dieser Zeit musste auch das Sperrfort stammen, eine unbezwingbare Steinfeste, die eine natürliche Furt durch das mächtige Granitmassiv blockierte.

Das einzige größere Bauwerk in Bandor, das Hunderten von Trollen ein geräumiges Zuhause bieten konnte, wurde nur von einigen Dutzend Bewohnern instand gehalten. Die Technik in den alten Mauern überstieg teilweise ihren Verstand. Selbst wenn die Trolle gewollt hätten, hätten sie die Passage vermutlich nicht mehr freigeben können. So blieb eine direkte Reise von Kusan nach Garon weiterhin unmöglich, denn die Steinernen Riesen, die Bergrücken der mächtigen Gebirgskette, die Bandor nach Westen hin abschloss, hatte noch kein ungeflügeltes Lebewesen von Kusan aus überwunden. Selbst die mächtigen Steinadler schafften dieses Kunststück nur im Frühjahr und im Herbst, wenn die Aufwinde entsprechend günstig waren.

Greifvögel, die Herren der Lüfte, gehörten zu den wenigen Tieren, die noch höher als Trolle aufsteigen konnten. Aus diesem Grunde waren sie auch ideale Späher, um bei einem geheimen Vorstoß die Umgebung auszukundschaften, zumindest wenn ein Elf über Ascans Fähigkeiten verfügte.

Mit untergeschlagenen Beinen saß der Söldner in Grimms Diensten auf einer spärlich bewachsenen Hügelkuppe und sandte seine Gedanken zu einem kreisenden Falken aus, den er kurz zuvor am Himmel entdeckt hatte. Obwohl seine Augen geschlossen waren, sah er das stolze Tier bald so deutlich vor sich, als schwebe es nur noch eine Armlänge von ihm entfernt. Sobald der Falke Ascans Anwesenheit spürte, machte er Anstalten, in seine Richtung zu fliegen, doch dann kam er dem Wunsch des Söldners nach, weiter aufzusteigen.

Dass ihm viele Tiere wohlgesinnt waren, hatte Ascan einer besonderen Blutlinie zu verdanken, die seinen Zweig des Elfengeschlechts durchzog. Schon viele seiner Vorväter und -mütter hatten das gleiche Talent besessen, und auch ihm war es, im Gegensatz zu seinem älteren Bruder, mit in die Wiege gelegt worden. Schon von klein auf waren ihm Tiere mit besonderer Zuneigung begegnet, doch erst im Laufe der Jahre hatte er seine Fähigkeiten so weit verfeinern können, dass sie ihm nicht nur ihr Vertrauen entgegenbrachten, sondern sich auch völlig seinem Willen unterwarfen.

Der Falke sträubte sich zunächst, als Ascan nach seinem Augenlicht tastete, doch schließlich fand sich der Vogel damit ab, dass ein fremder Geist die Kontrolle über ihn gewann. Zunächst war die Aussicht auf das endlose Grün der Baumkronen einfach überwältigend. Doch der Elf gab sich diesem verlockenden Anblick nicht lange hin, denn er wusste um die Kopfschmerzen, die unweigerlich folgten, wenn er seinen Verstand zu lange mit dem eines Tieres verband.

Rasch ließ er den flinken Vogel einige Lichtungen und Schneisen anfliegen, um sicherzustellen, dass in ihrer unmittelbaren Umgebung keine Trolle hausten. Da auch auf den verschlungenen Pfaden und unbewaldeten Hängen keine Grauhäuter auszumachen waren, ließ er den Falken noch höher aufsteigen. Dank der klaren Sicht konnte er plötzlich bis zu den weißen Häuptern der Steinernen Riesen sehen, und auch viele Gipfel unterhalb der Schneegrenze zeichneten sich deutlich vor ihm ab. Um das Grün der Tafelwiesen zu erkennen, waren die Distanzen jedoch zu groß. Nicht einmal die Spitzpfeiler des Steinernen Waldes traten deutlich sichtbar hervor, trotzdem glaubte Ascan die in einer Senke gelegene Kultstätte zu erkennen. Wenn sie weiterhin so gut vorankamen wie bisher, würde ihre Truppe das anvisierte Ziel in acht bis zehn Tagen erreichen.

Ein leises Scharren in seinem Rücken riss Ascan aus seinen Betrachtungen. Das Geräusch war kaum mehr als das Rascheln von Gräsern, die an einem Hosenbein vorüberstrichen, trotzdem löste er sofort die Verbindung zu dem Falken.

Frei von jeder Kontrolle, schoss der Vogel in einer engen Kehre davon und war bald darauf kaum noch zu erkennen.

Wieder voll auf sich selbst konzentriert, schnellte der Elf ansatzlos in die Höhe. Als seine Sohlen wieder festen Boden berührten, hatte er bereits eine halbe Drehung vollzogen und sah seinem ungebetenen Besucher ins fleischige Gesicht. Gut zwanzig Schritte entfernt stand ihm Krok in abwartender Haltung gegenüber. Nur sein Arrz, das traditionelle Orkschwert mit dem Reißzahn an der stumpfen Spitze, hing an seinem Gürtel. Eigentlich zog er es vor, mit einem menschlichen Bihänder zu kämpfen, denn er hatte längst die Vorzüge einer doppelschneidigen Klinge erkannt. Um seine Stellung als Hordenführer nach außen hin zu bekunden, musste er jedoch das primitive Schwert tragen, das sich schon seit Generationen im Familienbesitz befand.

Welche Gefühle Krok beherrschten, war, wie so häufig, nicht zu deuten. Aus der Sicht anderer Völker zogen Orks meistens eine fürchterliche Grimasse, ganz gleich, ob sie wütend oder frohgestimmt waren. Daran war vor allem der stark gewölbte Unterkiefer schuld, mit seinen großen, schief zueinanderstehenden Zähnen und den gebogenen Eckhauern, die bei geschlossenem Maul bis weit über die Oberlippe ragten.

Kroks Körperhaltung wirkte entspannt. Seine linke Pranke hatte er mit dem Daumen am breiten Leibgurt eingehakt, die rechte hing locker an seinem stämmigen Körper herunter. »Ich wollte dich nicht erschrecken«, brummte er in dem für Orks üblichen Grollen. »Nur sagen, dass Mandu die Umgebung bereits auf die gleiche Weise ausgespäht hat. Er hat sich dazu allerdings eines Bussards bedient.«

»Und du vertraust dem Nekromanten?«, fragte Ascan belustigt.

»Ich vertraue nur meiner Horde«, sagte Krok und spuckte zur Seite aus, als müsste er einen bitteren Geschmack loswerden. »Darum durchstreifen meine Späher die Umgebung oder stehen auf vorgeschobenem Posten.«

Ascan schenkte dem Ork ein wissendes Lächeln. Wenn es etwas gab, das die beiden ungleichen Krieger todsicher miteinander verband, dann war es ihre instinktive Abneigung gegenüber dem Magier. Mandu war sicherlich auch der Grund dafür, dass Krok ihn aufgesucht hatte. Ascan setzte sich in Bewegung. Sein Weg führte ihn zum östlichen Hügelrand, von dem aus sie eine gute Aussicht auf den flachen Findling genossen, der zwischen einigen Buchen aus dem Waldboden ragte.

Der grün bemooste Stein war mit Blut besudelt, das von einem mit dem Rücken auf ihm liegenden Toten stammte. Arme und Beine des Garoners, den sie am Schwarzen Weiher gefangen genommen hatten, waren mit langen, fest am Boden angepflockten Seilen gefesselt. Selbst aus der Entfernung war zu erkennen, wie tief sich die Stricke in die Handgelenke eingeschnitten hatten. Der Oberkörper war ausgeweidet worden. Seine Gedärme hingen zu beiden Seiten des Körpers herab, das Herz war gänzlich verschwunden.

Von Mandu war ebenfalls nichts mehr zu sehen.

Krok war Ascan wortlos gefolgt. Erst im Angesicht des Opfersteins brach er sein Schweigen.

»Nichts gegen Menschenfleisch«, brummte er. »Aber Männer, die einen Abkömmling des eigenen Volkes verzehren; das ist doch abartig.«

»Trotzdem hat dein König auf einen Totenzehrer in unseren Reihen bestanden.« Ascan sah Krok von der Seite her an. »Weißt du, warum?«

Der Ork langte unbewusst nach einem runden Anhänger an seinem Hals, den er in Momenten des Zweifels und der Ratlosigkeit gerne zwischen Daumen und Zeigefinger rieb. Das Motiv des Amuletts, das ihm bei seinen Entschlüssen half, war typisch für das grobe Gemüt der Grünhäuter und wurde in seiner Horde in unterschiedlichen Varianten getragen. Krok hatte sich für eine Reihe von Waldtieren entschieden, die einander hinterrücks auffraßen. Zweifellos eine Mahnung daran, dass in der Welt der Orks stets die Starken über die Schwächeren triumphierten. *Fressen oder gefressen werden*, hieß auch König Grimms Devise. Anderen Elfen hätte vor einem Amulett gegraut, das solchen Glauben glorifizierte, doch Ascan war schon vor langer Zeit zu dem Schluss gekommen, dass diese Weltsicht bei allen Völkern vorherrschte, auch wenn einige sie mit schönen Worten über Stolz und Ehre zu verschleiern suchten.

Hatte ihn seine Liebste nicht verstoßen, nur weil er im Duell um ihre Gunst der Unterlegene gewesen war? Warum hatte sie ihm seine Schwäche nicht verziehen und war mit ihm in die Fremde gegangen, wenn sie nicht insgeheim an das Recht des Stärkeren glaubte?

Obwohl er seine Liebe zu Avea seit fünfzehn Jahren zu vergessen suchte, schlug der Schmerz der Erinnerung wie feurige Lohen durch seinen Körper. Mühsam bezähmte er die in ihm aufwallenden Gefühle und drängte sie zurück in den verborgenen Winkel seiner Seele, in dem er sie normalerweise fest verschlossen hielt. Zum Glück war der neben ihm stehende Ork zu sehr mit sich selbst beschäftigt, um etwas von dem kurzen Moment seiner Schwäche zu bemerken.

Immerhin rang sich Krok inzwischen zu einem Schulterzucken durch.

»Gib dich nicht so ahnungslos«, drängte Ascan. »Als Erster Streitkolben bist du doch sicherlich in die Pläne deines Königs eingeweiht!«

»Als Erster *was*?«, fragte der Ork mit weit aufgerissenen Augen.

»Als Grimms höchster Offizier. Sein Stellvertreter eben«, erklärte der Elf ungeduldig. »Was auch immer Erste Gleve in euren Horden bedeutet.«

»Ach so!« Krok nickte verstehend. »Seine Rechte Hand, meinst du!«

»Von mir aus auch das.«

Der Ork sah wieder zu dem Opferstein hinab. »Grimm will mit aller Macht aus dem Schatten seines Vaters heraustreten«, sagte er dabei. »Dazu ist ihm jedes Mittel recht.«

»Wirklich jedes?«

»Fragt der Elf, der an unserer Seite kämpft. Warum eigentlich?«

»Der Sold«, antwortete Ascan eine Spur zu schnell.

»Ich glaube dir kein Wort!« Krok verzog seine Lippen zu einem unübersehbaren Grinsen. »Du lechzt nach Rache, alter Feind, das sehe ich dir an deinem verschlossenen Elfengesicht an. Und ich gehe jede Wette ein, dass die Quelle, die deinen Rachedurst stillen soll, im Hochwald zu finden ist.«

Zum ersten Mal seit langer Zeit sah Ascan bei Kroks Anblick wieder das Gesicht des Orks vor sich, dem die untere Hälfte seines Ohrs zum Opfer gefallen war. Damals hatte er den Auftrag übernommen, Grimm hinterrücks zu ermorden, war in dessen Leibwache jedoch auf ebenbürtige Gegner gestoßen. Um ein Ohrläppchen ärmer und einige Erfahrungen reicher war ihm die Flucht gelungen, doch sein Kampf mit den Orks hatte so viel Eindruck hinterlassen, dass ihn Grimm daraufhin in seine Dienste stellen wollte.

Da keine persönlichen Abneigungen bestanden, hatte es dabei zwischen Krok und Ascan keine Probleme gegeben. Im Gegenteil. Die beiden waren ein gutes Beispiel dafür, dass manche Krieger, die miteinander auf Leben und Tod kämpften, einander tiefer ins Herz sahen als manche Liebenden ein Leben lang.

Ascan und der Ork waren beileibe keine Blutsbrüder, aber sie wussten, was sie aneinander hatten und dass sie sich als Krieger ebenbürtig waren. Daraus ergab sich ein gewisser Respekt, mit dem sie sich begegneten. Dass Krok ihn so klar durchschaut hatte, ließ in Ascan trotzdem einen Anflug von Feindseligkeit aufkommen. Wütend auf sich selbst, erstickte er das Gefühl, ehe es anwachsen konnte. Letztlich war es ohne Belang, ob der Ork seine wahren Motive erahnte oder nicht.

»Was würde es ändern, wenn du recht hast?«, fragte er gereizter als beabsichtigt.

»Nichts«, beschied ihm Krok. »Nur dass es dich und uns ähnlicher macht, als dir vielleicht lieb ist. Rache ist auch das, was uns Verstoßene antreibt. Lieber wollen wir im Kampf sterben, als auf ewig jenseits der Großen Meeresöde in der Verbannung zu leben.«

Die breiten, fleischigen Nasenflügel vibrierten, während Kork mehrmals scharf ein- und ausatmete. »Was allerdings diesen Totenzehrer angeht, den uns der Prinz von Zengal ans Herz gelegt hat, so weiß ich beim besten Willen nicht, was ihn in Wirklichkeit antreibt. Vielleicht die Lust an der puren Vernichtung, vielleicht aber auch viel, viel mehr.«

Ein unangenehmes Prickeln im Nacken warnte Ascan davor, näher auf diese düstere Prophezeiung einzugehen. »Was ist eigentlich, wenn euer Vorgesetzter ein Linkshänder ist?«, fragte er stattdessen.

»Häh?«

»Ich meine, wärst du dann Grimms Linke statt seine Rechte Hand? Oder wie geht das bei euch Orks zu?«

Krok wusste mit der Frage nichts anzufangen. Verärgert zog er seine buschigen Augenbrauen über der Nasenwurzel zusammen, bevor er brummte: »Ihr Elfen seid ein merkwürdiges Volk. Kein Wunder, dass niemand etwas mit euch zu tun haben will.«

»Sagt der Ork, der Liebling aller Völker.«

Krok begann, aus tiefster Kehle zu lachen. Wie viele Orks neigte auch er zu starken Stimmungsschwankungen, die schnell zwischen argem Verdruss und Frohsinn wechseln konnten. »Uns fürchten die anderen Völker«, verkündete er vergnügt. »Euch misstraut man nur.«

Ascan sah dem Davonstampfenden eine Weile schweigend

nach, bevor er sich umdrehte und, wie erwartet, Mandu auf dem Hügel stehen sah. Ziemlich genau an der Stelle, an der er noch kurz zuvor im Gras gesessen hatte.

Ein schlichteres Gemüt hätte annehmen können, der Magier wäre wie aus dem Nichts erschienen, doch Ascan wusste es besser. Wäre Mandu wirklich in der Lage gewesen, körperlos zu reisen, hätte er auf fremdes Geleit zum Steinernen Wald verzichten können.

»Ihr seid ein Elf mit zahlreichen Talenten«, sagte Mandu. Dabei blickte er vielsagend in den strahlend blauen Himmel, an dem sich nicht das kleinste Wölkchen abzeichnete, geschweige denn ein Greifvogel. »Beinahe verwunderlich, dass sich König Grimm nicht mit Euren Fähigkeiten begnügt und auf meine verzichtet.«

Es lag kein lauernder Ton in der Stimme des Totenzehrers, trotzdem schien er sich zu fragen, wie es um seine Stellung innerhalb der Horde bestellt war. Ascan beschloss, ihn in Sicherheit zu wiegen.

»Vermutlich weil meine Begabung mit der Euren nicht mithalten kann«, gab er sich bescheiden. »Näheres kann ich nicht sagen, weil mir unbekannt ist, was uns im Steinernen Wald erwartet.«

Ascans Unwissenheit stimmte den Magier sichtlich zufrieden. Kein Wunder. Bei einem Unternehmen wie dem ihren bedeutete ein Wissensvorsprung stets Macht über die anderen.

»Sicher wollte Grimm nicht unnötig Furcht in dein Herz säen«, erklärte Mandu von oben herab. »Doch keine Sorge, meine Kräfte trotzen jeder Gefahr. Sogar dem schleichenden Gift des Verrats, das aus niederträchtigen Worten tropft. Obwohl es mich überrascht, finstere Ränke in den Reihen der Orks zu entdecken. Ich dachte immer, solch schlichte Gemüter könnten nur mit dem Streitkolben kämpfen.«

Worauf er anspielte, war offensichtlich. Ascan versuchte deshalb gar nicht erst, sich ahnungslos zu geben.

»Krok ist von edlem Geblüt«, erklärte er. »Er ist intelligenter als viele seiner Untergebenen und redet daher mehr und geschickter als sie. Doch seine unverbrüchliche Treue gilt König Grimm! Solange das Gleiche für Euch gilt, werdet ihr beide gut miteinander auskommen.«

»Wie erfreulich, das zu hören.« Mandu hob seine glatten Hände, die in starkem Kontrast zu seinem faltigen Gesicht standen, in einer beschwichtigenden Geste. »Mit so ehrlichen Seelen wie Euch wird unser Vorstoß in den Steinernen Wald ein Kinderspiel.«

»Ihr legt Wert auf eine ehrliche Seele?«, gab sich Ascan erstaunt.

»Natürlich«, behauptete der Magier. »Wer tut das nicht?«

»Warum geht Ihr dann nicht mit gutem Beispiel voran und zeigt uns Euer wahres Gesicht, Mandu? Das fände ich erfrischend ehrlich.«

Die Augen des Magiers blitzten verärgert auf. Das konnte auch das falsche Lächeln nicht verbergen, das seine Lippen kräuselte. Erst nach einem kurzen Moment des Überlegens dämmerte ihm wohl die Erkenntnis, dass es sinnlos war, auf einer einmal durchschauten Tarnung zu beharren.

Beide Mundwinkel starr nach oben gezogen, langte er mit seiner Linken an den Halsansatz. Ein feines Knistern umspielte seine Fingerspitzen, die sanft über die Kehle strichen. Einen Lidschlag später sah es so aus, als pellte sich seine Haut an dieser Stelle wie nach einem starken Sonnenbrand. Ohne zu zögern, langte Mandu nach dem überstehenden Hautlappen und weitete ihn so stark, dass er mit den Fingern beider Hände darunterfassen konnte.

Ascan hatte schon einmal einen Mann getötet, der sich

in der Maske eines Toten bei einer Händlerin eingeschlichen hatte. Deshalb schockierte es ihn nicht weiter, als sich Mandu das eigene Gesicht zuerst über das Kinn und schließlich noch über Mund und Nase zog. Nur einen Herzschlag später hielt er die faltige Kopfhaut an ihrem grauen Schopf in die Höhe, nunmehr eine leere Hülle, deren Augen-, Nasen- und Mundöffnungen sich in grotesker Weise in die Länge zogen.

Unter dem abgezogenen Gesicht war keineswegs rohes Fleisch zum Vorschein gekommen, sondern ein junges Antlitz mit pechschwarzen Brauen und Haaren, die eher zu einem Adepten denn zu einem erfahrenen Meister der Magie passten. War das wirklich Mandus wahres Äußeres oder nur eine weitere Maske, die das wahre Aussehen des Nekromanten verbarg? Oder war dieser Kerl, der lächelnd vor ihm stand, in Wirklichkeit Mandus Mörder, der sie mit dem Gesicht seines toten Lehrmeisters zu täuschen versucht hatte?

Aus dem weichen Lederbeutel, in dem die Maske des Alten verschwand, ragten noch weitere Schöpfe hervor. Rasch band ihn der Magier wieder an eine rückwärtige Stelle des Gürtels, die für gewöhnlich unter seinem grauen Umhang verborgen lag.

Vielleicht, dachte Ascan, würde sich bald auch das Gesicht des toten Garoners dazugesellen, aber wahrscheinlich fehlte Mandu die nötige Zeit, um es entsprechend zu häuten und zu präparieren.

»Das war eine gute Idee«, heuchelte der Magier, während er sich über seine neues, ausgesprochen rosiges Gesicht rieb, als wollte er die Durchblutung fördern. »So lebt es sich auf Dauer angenehmer. Allerdings musst du mich jetzt zu den Orks begleiten, damit sie mich nicht aus Versehen für einen Eindringling halten.«

»Ein kurzer Energiestoß würde sie rasch überzeugen«, war Ascan überzeugt.

»Eine solche Lektion wäre möglich. Doch könnte sie die groben Gesellen auch schnell verärgern.« Mandu lächelte verschmitzt. »Und das wollen wir doch nicht, oder?«

»Natürlich nicht.«

Mit einer schwungvollen Geste lud Ascan den Magier ein, an seine Seite zu treten. Gemeinsam machten sie sich auf den Weg zu ihrem Lager, das jenseits des Opfersteins lag. Warum auch nicht? Ob Mandu wirklich Mandu war oder ein anderer habgieriger Magier, der dessen Namen angenommen hatte, war im Grunde einerlei. Wichtig war nur, dass seine Macht groß genug war, um im Steinernen Wald zu bestehen.

# TEIL 3

# AXT
# GEGEN
# GLEVE

*Erst am Ende der Schlacht*
*werden die Leichen gezählt.*

LOSUNG DER SILBERGARDE

# Die Knochensenke

## I.

Bis zum Anbruch der Dunkelheit suchte Binek nach schwer zugänglichen Baumkronen, in denen weiteres Schlummerkraut wucherte. Das war für ihn der beste Weg, mit seinen Gefühlen ins Reine zu kommen. Seit dem Sieg über die beiden Gnome war sein Leben nicht mehr unmittelbar bedroht, doch nur die andauernde Todesgefahr hatte überdeckt, wie fremd ihm die Wildnis doch war. Obwohl ihn Kappoks Häscher in Imor erwarteten, quälte ihn plötzlich schreckliches Heimweh. So widersinnig diese Empfindung auch war, sie ließ sich nicht abschütteln.

Wäre nicht das dünne Band des gemeinsamen Überlebenskampfes gewesen, das sein Schicksal von nun an mit dem von Velb verknüpfte, hätte er sich längst wieder auf und davon gemacht. So aber befahlen ihm Gefühl und Vernunft, bei dem Waldläufer zu bleiben, der sich als verlässlicher und mutiger Gefährte erwiesen hatte, auf den er zählen konnte. Das war weitaus mehr, als er über jeden anderen Bewohner des Grenzlandes sagen konnte, das sich zwischen Hochwald und Zwergengebirge erstreckte. Außerdem lockte Binek das Gold, das sich mit dem Schlummerkraut verdienen ließ, sofern man, wie Velb, die richtigen Käufer kannte.

Nur mit genügend Münzen in der Geldbörse konnte sich das Halbblut in irgendeiner weit von Imor entfernten Stadt niederlassen, ohne wieder sein altes Diebeshandwerk aufnehmen zu müssen. Eine von hohen Mauern umgebene Stadt, mit drangvoller Enge in den Häuserschluchten, das war der Ort, an den Binek gehörte und an den er so schnell wie möglich zurückwollte. Aber vorher musste er einen Abstecher zu den Elfen machen – war es nicht an der Zeit, etwas über seine eigene Herkunft zu erfahren? Ihn fröstelte bei dem Gedanken, denn seine bisherigen Begegnungen mit Elfen waren alles andere als erfreulich verlaufen.

Es konnte also nicht schaden, auf ehrlichem Wege etwas Geld zu verdienen, indem er bei einem erfahrenen Händler wie Velb in die Lehre ging. Doch so vernünftig dieser Gedanke war, das Gefühl der Verlorenheit wollte einfach nicht von ihm weichen – bis zu dem Moment, an dem er aus den Augenwinkeln heraus einen Lichtschimmer wahrnahm, der dort nichts zu suchen hatte. Ungläubig schob er einen belaubten Ast zur Seite, um besser sehen zu können. Vergeblich. Der seltsame Anblick, den er eben noch als eine Abfolge von Blitzen am Horizont abtun wollte, veränderte sich einfach nicht.

»Velb!«, brüllte er, ohne den Blick von der klar umrissenen Gebirgslinie zu nehmen, die sich deutlich unterhalb einer riesigen Flamme abzeichnete. »Komm schnell her, das musst du dir ansehen!«

Der Waldläufer reagierte sofort. Allerdings musste Binek noch mehrmals schreien, um ihm mit der Stimme den richtigen Weg zu weisen. Seine Furcht, der hohe Flammenstrahl könnte in dieser Zeit wieder verschwinden, erwies sich als unbegründet. Zwei Dutzend Schritte von Bineks Baum entfernt blieb der Händler wie angewurzelt stehen und legte den Kopf in den Nacken.

»Siehst du es?«, wollte Binek wissen.

»Klar und deutlich!«, lautete die Antwort.

Schweigend starrten sie gemeinsam in die Ferne, bis der

Halbelf beschloss hinabzusteigen. Rasch glitt und sprang er die Äste herab, bis er nicht weit entfernt von Velb landete.

»Das Fanal!«, empfing ihn der Waldläufer. »Ich habe es noch nie mit eigenen Augen gesehen, doch es kann nichts anderes sein. Damit ruft Felsheim alle wehrhaften Zwerge zu Hilfe.«

»Felsheim? Die Totenstadt?«

»So tot ist sie gar nicht. Ich war schon häufiger dort, um Handel zu treiben.«

Binek wusste zwar, dass das Volk der Zwerge nicht die Götter der Menschen anbetete, sondern in ausufernden Grabanlagen einem Ahnenkult frönte. Trotzdem hatte er die Geschichten über Nekropolen, in denen tausend und mehr Tote ruhten, immer für eines der Schauermärchen gehalten, die erst nach reichlich genossenem Bier und Wein zum Besten gegeben wurden. Angesichts des gigantischen Feuermals, das weithin sichtbar durch die Nacht strahlte, sah er die fettleibigen kleinen Wichte, die sich bei ihren Besuchen in der Goldgrube stets sehr grimmig gegeben hatten, in einem neuen Licht.

Offensichtlich waren Zwerge doch zu großen Taten fähig.

Mochte da nicht auch stimmen, was sonst über Felsheim erzählt wurde? Bohrende Neugier verdrängte die trüben Gedanken, die Binek den ganzen Abend hindurch beherrscht hatten. Plötzlich brannte er darauf, die Totenstadt der Zwerge mit eigenen Augen zu sehen und zu erfahren, was dort vor sich ging. »Was mag sie wohl bewogen haben, das Fanal zu setzen?«, fragte er Velb.

Der Waldläufer zuckte mit den Schultern, um deutlich zu machen, dass er es selbst nicht richtig wusste. »Vielleicht ein Angriff der Orks?«, erging er sich in Vermutungen. »Aber was gäbe es in Felsheim schon zu plündern, außer der Schatzkammer der Obersten Hüter? Ob der weite Weg dafür lohnt?

Da ist es wohl eher ein Rachefeldzug der Trolle, die bis vor kurzem in der vierten Ebene geschuftet haben.«

»Eine Handvoll Trolle?«, erklang es hinter ihnen mit Tadel in der Stimme. »Schockschwerenot! Mit denen kämen Orm und die Seinen doch wunderbar alleine zurecht.«

Gohlik konnte noch nicht lange hinter ihnen stehen. Auch der auffrischende Wind, der ihnen entgegenwehte, vermochte seinen strengen Geruch nicht zu vertreiben. Vermutlich war er gerade erst aus einer der vielen getarnten Falltüren geschlüpft, die sich überall auf dem Gelände verteilten. Dieser ungewaschene Zwerg war fleißiger als eine ganze Armee von Dachsen, er hatte sämtliche Wiesen und Waldhaine rund um seine Höhle unterhöhlt.

»Hast du mir nicht etwas von einem Unfall in Felsheim erzählt?« Gohlik besah sich seinen rechten, mit einem dicken Trauerring unterlegten Daumennagel, bevor er ihn dazu benutzte, eine störende Fleischfaser zwischen den schadhaften Zähnen herauszupulen. Binek wurde bei diesem Anblick ein wenig flau im Magen.

»Und das einige Tage nachdem die Heilige Quelle der Silberfeste versiegt ist?« Trotz des auf und ab wandernden Daumennagels sprach der verlauste Zwerg weiter. »Ich denke, da hast du deine Antwort. Die Silbergarde ist aufmarschiert, um die Hüter unter Druck zu setzen. Anstatt sie mit Katapulten zu empfangen, wie wir es zu meiner Zeit getan hätten, fleht Hezio lieber um Beistand. Diese geldgierige Natter war schon immer ein rückratloser Feigling.«

Lautes Blätterrascheln untermalte seine Vermutungen. Die befreite Fleischfaser auf die Lichtung schnippend, sah Gohlik zu dem sternenlosen Himmel auf, in dem starke Winde die Wolken vor sich hertrieben. Die Baumwipfel rauschten ohne Unterlass.

»Jaja«, sinnierte er dazu, als wäre er allein auf weiter Flur. »Das passt.«

»Wer auch immer die Felsheimer bedrängt«, zog Velb das Wort an sich, »eins steht jedenfalls fest. Der Preis für einen Sack voll Schlummerkraut ist gerade auf das Doppelte bis Dreifache gestiegen.« Und mit einem Seitenblick zu Binek: »Wie sieht's aus? Hast du Lust, mit mir zu den Zwergen zu reisen? Oder zieht es dich mit aller Gewalt zu den Elfen hin? Ich könnte dir danach auch den Weg zur Silberfeste zeigen.«

»Damit habe ich es nicht eilig«, erklärte er. »Wahrscheinlich jagen sie mich sowieso mit Schimpf und Schande davon. Die Elfen, denen ich in Imor begegnet bin, waren mir nie sonderlich wohlgesinnt. Wahrscheinlich haben sie in mir stets nur das Halbblut gesehen.«

Velb zeigte Verständnis für diese Reaktion und sagte aufmunternd: »Nicht alle Elfen sind so grimmig wie die, die sich im Pfuhl herumtreiben. Aber vielleicht ist es in unruhigen Zeiten wie diesen wirklich besser, dich nicht sofort ins Gewühl zu stürzen. Auf dem Weg nach Felsheim passieren wir einen Ort, an dem sich für gewöhnlich friedliebende Elfen aufhalten. Zumindest jene unter ihnen, die der Priesterschaft angehören. Vielleicht können sie dir sogar Näheres über den hiesigen Zweig deiner Familie erzählen.«

»Du meinst die Knochensenke?«, unterbrach Gohlik krächzend. »Hältst du es für weise, dich dort blicken zu lassen?«

Velb zuckte bei diesen Fragen zusammen, ging aber nicht näher auf sie ein.

»Menschen ist es untersagt, die Knochensenke zu betreten«, erklärte er Binek, ohne den redseligen Zwerg eines Blickes zu würdigen. »Aber ein Halbblut wie dich werden die Elfen dulden, besonders wenn du ihnen dein Anliegen erklärst. Jagen sie dich trotzdem davon, weißt du wenigstens, dass du deine Reise in die Hochwaldsiedlungen getrost noch ein wenig hinausschieben darfst.«

»Abweisen, jaja, das passt zu diesen arroganten Baumläufern!«, brabbelte Gohlik laut vor sich hin, als hätte er ganz vergessen, dass Binek ebenfalls ein geübter Baumkletterer war. »Armer Zitterjockel.«

Das Gerede des greisen Zwerges versandete gleich darauf, und das aus gutem Grund. Das Fanal, das sie die ganze Zeit über beobachtet hatten, schrumpfte am Horizont jäh zusammen und erlosch von einem Herzschlag auf den anderen. Tiefschwarze Dunkelheit erfüllte die Nacht.

»Was hat das zu bedeuten?«, wollte Binek wissen.

»Das fragst du noch?«, wunderte sich Gohlik. »Hörst du denn nicht das Pfeifen des Windes? *Sturm zieht auf!*«

## 2.

Auf halbem Wege zwischen Silberfeste und Gebirgsrand gelegen, war Mijnsor zuallererst ein Relikt der Vergangenheit, das an alte Zeiten erinnerte, in denen der Hochwald noch bis an den Fuß des Bergmassivs gereicht hatte. Selbst die Chronisten wussten nicht genau zu berichten, *warum* sich die Baumgrenze einst nach unten verschoben hatte. Einige glaubten an Brandschatzungen von Orks oder Zwergen, andere gaben dem Aufkommen der Magie die Schuld daran. Vielleicht hatte es aber auch nur den Göttern gefallen, eine große Kälte auszusenden, der die hohen Bäume zum Opfer gefallen waren – wer wusste das schon zu sagen?

Manche Dinge blieben halt für immer im Dunkel der Vergangenheit verborgen.

Doch ganz gleich, ob der verwaiste Boden einst verbrannt, verdorben oder tiefgefroren worden war, im Laufe der Jahre hatten ihn die Bergwinde so stark abgetragen, dass nur noch Wiesen, Gestrüpp und kleinere Wälder darauf gediehen. Einzig in Mijnsor ragten noch zwanzig bis dreißig Meter hohe Eichen und Eiben in den Himmel, wie am Anbeginn aller Zeiten. Das hatte mit der windgeschützten Lage der Senke zu tun, aber auch mit einer unterirdischen Wasserader, die hier so nahe an der Oberfläche verlief, dass der fruchtbare Humus selbst in lang anhaltenden Trockenzeiten weich und feucht blieb. Dass dies keine Laune der Natur darstellte, sondern dem Willen der Wald- und Wassergeister geschuldet war, zeigte sich schon daran, dass hier bereits die Altvorderen einen Friedwald angelegt hatten, in dem die Gebeine der Toten langsam wieder im ewigen Grün aufgingen.

Unzählige Generationen von Elfenbein waren hier schon zu Staub zerfallen und mit dem Regen im Boden versickert. Und haufenweise weitere Skelette warteten zwischen Ginster und Stechkraut darauf, dass das Gleiche mit ihnen geschah.

Lange Zeit wäre keinem Ork, Troll oder Zwerg je in den Sinn gekommen, sich die Kleidung wegen ein paar in der Sonne bleichender Knochen an dem rundum wuchernden Dornenwall zu zerreißen. Bis zu dem Moment, in dem das Gerücht aufgekommen war, dass der Besitz von Elfenbein auch anderen Völkern dabei half, sich leichter vom Boden zu erheben. Gebrechliche Menschen und Zwerge trugen seitdem gerne Knochensplitter oder Schnitzereien aus Elfenbein am Körper und waren fest von ihrer Wirkung überzeugt.

Ob etwas dran war oder nicht, seit Abergläubische und

Kranke bereit waren, bare Münze für die schneeweißen Gebeine zu bezahlen, gab es Grabschänder, die hemmungslos die Totenruhe störten, um den Auslagen der großen Märkte die gewünschte Ware zu liefern. Niemand wusste, wo die Ursprünge der unheilvollen Legende lagen. Alle Versuche, sie als Lüge zu entlarven, waren fehlgeschlagen. Doch wer auch immer sie in die Welt gesetzt hatte, erbrachte mit ihnen den Beweis, dass Worte genauso zerstörerisch sein konnten wie blanker Stahl.

Erst die Gier nach den schneeweißen Knochen zwang die Elfen dazu, ihre Friedwälder besser zu schützen. Die Bewachung von Mijnsor, der Knochensenke, oblag den Gardisten und Wachverbänden der Silberfeste. Die hierher abkommandierten Kriegerinnen und Krieger empfanden ihren Dienst im Grenzland als besondere Ehre.

Neene und Avea genossen dagegen vor allem die Ruhe und Zurückgezogenheit des Friedwaldes, der für sie eine Art Zuflucht darstellte. Nirgendwo sonst konnten sich die beiden Frauen ihren Gefühlen so ungestört hingeben. Träge in einer breiten Astgabel ruhend, schmiegten sie sich eng aneinander. Wie hingegossen lagen sie da, jede Unebenheit des Baumes nachzeichnend. Aveas Finger fuhren durch das seidenweiche Haar ihrer Gefährtin. Geschickt fächerten sie es auf. Eine schmale Lichtbahn, die durch eine Lücke im Blätterdach drang, verlieh Neenes Strähnen einen besonderen Glanz.

Welchen Reiz es doch besaß, am helllichten Tage einander so nah zu sein. In der Silberfeste, wo sie vielen Pflichten nachzukommen hatten, wäre das niemals möglich gewesen. Und selbst die Nächte, die sie dort in aller Heimlichkeit miteinander verbrachten, bargen stets die Gefahr der Entdeckung in sich. Wie sehr sich die Geistliche und die Heilerin doch danach sehnten, einmal ihre Liebe laut aus sich herauszuschreien, wenn sie einander mit kundigen Händen verwöhnten.

Aber das war nicht einmal in Mijnsor möglich.

Jedenfalls nicht, solange die fürstliche Wachmannschaft ihren Dienst versah. Die Senke war allerdings zu weitläufig, als dass die beiden entdeckt werden konnten, wenn sie sich leise genug verhielten.

Neene genoss die Liebkosungen ihrer Gefährtin so sehr, dass sie sich zu räkeln begann. Prompt entblößte der Saum ihres laubgrünen Gewandes nicht nur ein paar schlanke Fesseln, sondern auch ihre festen Waden von der Farbe frisch vergossener Milch. Avea spürte ein angenehmes Prickeln zwischen den Schenkeln, als sie sich vorstellte, dass sie den Stoff noch weiter in die Höhe schob.

Viel weiter.

Alleine der Gedanke daran, Neenes samtweiche Haut unter ihren Fingerkuppen zu spüren, fachte ihre Leidenschaft an. Wie zufällig ließ sie ihre mit den Haaren beschäftigten Finger auf den Oberkörper der Priesterin sinken. Neenes Busen, der sich deutlich unter dem fest anliegenden Gewand abzeichnete, hob und senkte sich augenblicklich schneller. Die Wärme, die von ihm ausging, war selbst durch den Stoff hindurch zu spüren. Plötzlich schien die Luft zwischen ihnen zu knistern.

Avea nutzte die sich bietende Gelegenheit. Lächelnd ließ sie von Neenes Haaren ab und wandte sich den sanften Hügeln zu, die sich ihr entgegenreckten.

»Lass das!«, forderte ihre Gefährtin lahm.

Die Brustspitze, die sich unter ihren sanften Umkreisungen versteifte, ermunterte Avea jedoch zum Weitermachen. Neenes schlanker Leib erbebte vor Verlangen, trotzdem drängte sie die streichelnde Hand zur Seite. Als Aveas Fingerkuppen stattdessen den Bauch hinabglitten und dabei in immer tiefere Regionen vordrangen, schreckte Neene schlagartig in die Höhe.

»Bist du verrückt geworden?«, keuchte sie. »Willst du unser beider Leben für immer ruinieren?«

»Nun hab dich nicht so.« Avea lachte leise auf. »Was soll schon passieren? Außer uns ist hier niemand.«

»Noch nicht!«, gab die Geistliche verärgert zurück. »Aber wenn wir uns zu sehr gehenlassen, könnte uns eine ganze Schar Wachsoldaten dabei zusehen, ohne dass wir etwas bemerken würden.«

Neene war schon immer die Vernünftigere, Beherrschtere der beiden gewesen. Zum Glück verflog ihr Zorn genauso schnell, wie er aufgeflackert war. Selbst ihre bildhafte Befürchtung, dass es in den umliegenden Baumwipfeln vor rotwangigen Wachsoldaten wimmeln könnte, entlockte ihr bei genauerer Überlegung ein leises Lächeln.

Willig ließ sich Neene den Nacken küssen, während Avea ihren Geist öffnete, um sicherzustellen, dass sie wirklich alleine waren. Statt sich in ihrer Annahme bestätigt zu sehen, zuckte sie jäh zusammen.

»Was ist los?« Neene, von Aveas Bewegung selbst aufgeschreckt, sah ihre Gefährtin besorgt an.

Avea legte einen Finger auf die Lippen. Aus der Richtung, aus der sie ein seltsames Echo vernahm, erklang kurz darauf ein Rascheln. Ihre Sorge, dass tatsächlich ein neugieriger Posten dahinterstecken könnte, verflog allerdings, als sich eine dunkle Gestalt aus dem Schatten einer dichtbelaubten Eiche löste und keine hundert Meter entfernt auf die vor ihnen liegende Lichtung sprang.

In ihrem mehrfach geflickten, mausgrauen Umhang hob sie sich deutlich in der grellen Nachmittagssonne ab. Ein Elf aus der Silberfeste war das nicht. Und auch kein Waldläufer. Der hätte tarnende Farbe aus Grün und Braun vorgezogen.

Vielleicht ein Söldner, der als Vorhut die Lage in Mijnsor auskundschaften sollte? Allerdings trug der magere Kerl nicht mehr als ein Messer am Gürtel. Außerdem schritt er recht unbedarft umher, anstatt sich ins hohe Gras zu kauern und alles aus sicherer Deckung heraus auszuspähen.

Ein von einem Ast herabhängender Leinensack erregte seine Aufmerksamkeit. Vorsichtig trat er näher und stupste ihn mit seinem ausgestreckten Zeigefinger an. Das leise Klappern, das ab der ersten Pendelbewegung erklang, ließ den Fremden zusammenzucken. Erschrocken hielt er den Knochensack fest, bis er sich nicht mehr regte. Danach wandte er sich einem Elfenbeinhaufen zu, der wenige Schritte entfernt aus dem Gras hervorschimmerte. Einige ihn umgebende Leinenfetzen machten deutlich, dass er sich genau dort auftürmte, wo er mit seinem Sack zu Boden gestürzt war.

Zwischen einigen Trauerweiden zeichneten sich weitere Skelettansammlungen ab, die dort schon viele Jahre ruhen mochten. Der Fremde umschlich mehrere Grabstätten, bis er vor einer niederkniete, um sie aus verschiedenen Richtungen aufmerksam zu beäugen. Zwischendurch blickte er immer wieder auf, um die Umgebung nach einer verdächtigen Bewegung abzusuchen.

»Grabschänder«, schimpfte Neene leise. »Elender Elfenbeindieb.«

Ihren griffbereiten Langbogen, der zusammen mit dem Köcher an einem nahen Aststumpf gehangen hatte, hielt sie bereits in Händen. Als Nächstes lag ein gefiederter Pfeil auf. Knarrend spannte sie die Sehne, um dem seltsam gekleideten Eindringling eine Lektion zu erteilen. Obwohl Avea wusste, dass ihre Gefährtin nur einen Warnschuss abgeben wollte, bedeutete sie ihr mit einer beschwichtigenden Geste, die Waffe zu senken.

Irgendetwas war seltsam an diesem jungen Kerl, der sich inzwischen, beide Hände in die Hüften gestemmt, aufrecht umsah, als wartete er auf ein Empfangskomitee. So benahm sich doch keiner, der Elfenbein stehlen wollte. Nein, so sah jemand aus, der nach Antworten suchte. Außerdem gab es da diese seltsamen Schwingungen, die sie in seiner Gegenwart spürte. Aus irgendeinem Grund fühlte sich dieser Fremde merkwürdig vertraut an.

Erst als ihr Blick zum wiederholten Male auf das um den Kopf geschlungene Stofftuch fiel, ging ihr auf, was mit diesem Besucher los war.

»Ein Halbblut!«, flüsterte sie aufgeregt. »Entweder der Vater oder die Mutter, einer von ihnen war ein Elfe.«

»Sein Vater«, behauptete Neene. »Hätte sich die Mutter solch einen Fehltritt erlaubt, wäre sie zu ihrem Volk zurückgekehrt, um die Hilfe ihrer Schwestern zu erbitten.«

Das ausgerechnet Neene von einem *Fehltritt* sprach, fand Avea merkwürdig. Schließlich war das, was sie beide miteinander verband, aus der Sicht der meisten Elfen ebenfalls ein Fehltritt. Wenn auch einer, aus dem keine Leibesfrucht erwachsen konnte.

»Er wirkt so verloren«, sprach Avea voller Mitgefühl. »Sicherlich sucht er nach Spuren seiner Familie.«

Neene bedachte sie dafür mit einem Blick, den sie nur zu gut kannte. *Du spinnst!*, sollte das heißen. Aber das konnte Avea nicht aufhalten. Ihr Entschluss stand fest. Geschmeidig stemmte sie sich in die Höhe und machte sich zum Absprung bereit.

Das junge Halbblut suchte die Lichtung weiterhin angestrengt mit seinen Blicken ab. Obwohl er in die falsche Richtung starrte, schien er zu spüren, dass er beobachtet wurde. Avea wollte mit ihm sprechen, ehe er auf die Idee kam, laut in der Gegend herumzurufen. Tauchte erst mal die Wachmannschaft auf, wurde alles komplizierter.

»Gib mir Deckung«, bat Avea, bevor sie sich aus der Astgabel löste, ohne eine Antwort abzuwarten.

Lautlos glitt sie aus dem dichtbelaubten Wipfel hervor und flog aufrecht durch die Luft. Während sie sich dem Waldboden näherte, bauschte sich ihr Gewand stärker auf als beabsichtigt. Deshalb verzögerte sie ihre Landung in einer Weise, wie sie nur die talentiertesten Elfen beherrschten. Mit züchtig um die Fesseln flatterndem Saum kam sie wenige Meter hinter dem Fremden auf. Wäre nicht der trockene Zweig gewesen, der unter ihrer linken Sohle zerknackte, der Junge hätte ihre Ankunft nicht einmal bemerkt.

So wirbelte er entgeistert herum.

»Wo kommst du denn her?«, wollte er wissen, nachdem er sich von seiner ersten Verblüffung erholt hatte.

»Das müsste ich eher dich fragen!«

Misstrauisch sah er sie an. Warf einen Blick über die linke Schulter, um sicherzustellen, dass sie ihn nicht bloß ablenken wollte. Und entspannte endlich ein wenig.

»Ich stamme aus Imor«, erklärte er nach einigem Zögern.

»Und du bist hier, um deinen Vater zu suchen?«

Er begriff erst, was sie damit sagen wollte, als er ihrem Blick zu einem Knochenhaufen folgte.

»Was? Nein! Nein!«, stammelte er verwirrt. »Ich meine … ich habe keine Ahnung, wo der Kerl steckt! Er hat meine Mutter schon lange vor meiner Geburt sitzenlassen.«

Bei diesem Eingeständnis lief er knallrot im Gesicht an. Eine typisch menschliche Eigenschaft, die bei Elfen nur selten zu beobachten war. Gleichzeitig sorgte seine Aufregung dafür, dass seine Erbschwingungen deutlicher hervortraten. Avea hegte nun keinen Zweifel mehr daran, dass ihr sein Vater bekannt sein musste. Wäre nicht das menschliche Blut gewesen, das durch seine Adern strömte, hätte sie die Erblinie des Jungen längst genau bestimmen können.

»Ich heiße Avea«, stellte sie sich vor, damit er ein wenig Zutrauen fasste. »Wie ist dein Name?«

»Binek«, antwortete er verlegen. »Doch in Imor nennen mich die meisten einfach nur Schlitzohr.«

Aus seiner Stimme sprach eine Traurigkeit, die sie rührte, obwohl ihre Erziehung sie daran hinderte, dieses Gefühl offen zu zeigen. Binek war ein Fremder, dazu von unbestimmbarem Blute. Bei den Elfen, die einander an der Blutlinie erkannten, galt das als ein unübersehbarer Makel. Doch durfte man diesem zerrissenen Jungen seine Herkunft vorwerfen? War es nicht eher sein Vater, der gefehlt hatte?

Im gleichen Moment, da sie ablehnende Gefühle für den verantwortungslosen Erzeuger durchströmten, ging ihr auf, an wen sie Bineks Erbschwingungen erinnerten.

Eyron, natürlich! Als wäre eine störende Schale zersprungen, sah sie die Übereinstimung plötzlich deutlich vor ihrem geistigen Auge.

Aber konnte das wirklich sein? Hatte der ach so disziplinierte Hauptmann tatsächlich einmal Unzucht mit einem Menschenweib getrieben?

Avea schämte sich ein wenig dafür, als sie sich ausmalte, welche Möglichkeiten ihr dieses Wissen eröffnete. Den Hauptmann mit Schimpf und Schande aus dem Amt zu jagen wäre natürlich eine Versuchung gewesen. Aber keine, der sie allzu unüberlegt nachgeben wollte.

Während ihr die Gedanken im Kopf umherjagten, trat Binek verlegen von einem Fuß auf den anderen. Bei der großen

Eiche, wie konnte sie den Jungen nur so lange im eigenen Saft schmoren lassen? Sie war gut fünfmal so alt wie er, da gehörte es sich wohl, dass sie Rücksicht auf seine menschlichen Schwächen nahm.

»Du bist also den ganzen Weg aus Imor angereist?«, nahm sie das Gespräch wieder auf. »Kann es sein, dass ich die erste Elfin bin, mit der du zusammentriffst? Und du viele Fragen an mich hast?«

Binek schien erleichtert aufzuatmen. Trotz seiner menschlichen Seite hatte sie ihr Gespür nicht getrogen.

»Deshalb bin ich gekommen«, antwortete er hastig. »Weil mir gesagt wurde, dass hier Elfenpriester leben, die mir Auskunft geben können. In Imor sind mir zwar schon andere aus meines Vaters Volk begegnet, doch sie waren immer sehr abweisend zu mir.«

Avea antwortete nicht sofort, weil sie den Eindruck hatte, dass Binek noch mehr sagen wollte. Anstatt weiterzusprechen, zeichnete sich auf seinem Gesicht jedoch ein Ausdruck größten Erschreckens ab. »Was soll das?«, rief er verblüfft. »Was habe ich Euch getan?«

Zuerst erschien ihr sein Verhalten verrückt zu sein, aber als sie seinem in die Ferne schweifenden Blick folgte, entdeckte sie Neene, die nur zwanzig Meter entfernt mit der Waffe in der Hand dastand.

»Der Verfemte!«, rief die Priesterin, als sich ihre Blicke kreuzten. »Spürst du es denn nicht?« Der gespannte Bogen in Neenes Händen wirkte genauso furchteinflößend wie ihr zu allem entschlossener Gesichtsausdruck.

»Er ist doch kein Verfemter!«, rief Avea erbost, bis ihr mit einiger Verzögerung klarwurde, wie der Ausruf ihrer Gefährtin wirklich gemeint gewesen war.

O nein, wie hatte sie sich nur derart täuschen können? In

ihrer Hoffnung darüber, den Hauptmann der Silbergarde zu zähmen, hatte sie das Nächstliegende völlig übersehen. Nämlich, dass die Erbschwingung unter Geschwistern lediglich in Nuancen voneinander abwichen. Und da Bineks Ausstrahlung durch die menschliche Mutter verwischt wurde, mochte das durchaus bedeuten …

»Besitzt du ein besonderes Talent für Tiere?«, platzte es aus ihr heraus.

Als sich Bineks offene Miene schlagartig verdunkelte, wusste sie, dass sie einen wunden Punkt getroffen hatte.

»Du also auch!« Seine Stimme triefte plötzlich vor Abneigung. »Das wollt ihr Elfen alle wissen, bevor ihr vor mir ausspuckt. Doch inzwischen tue ich es euch gleich!«

Ehe sie seinen heftigen Stimmungsumschwung richtig begriffen hatte, spie er schon vor ihr aus. Sein Gefühlsausbruch überraschte Avea so sehr, dass es ihr die Sprache verschlug.

Der harte Schlag der Bogensehne erklang, gefolgt von dem bösen Surren des abgeschossenen Pfeils. Doch als sich der gefiederte Schaft kurz vor der Stelle, wo Binek gestanden hatte, in den Boden bohrte, war er bereits verschwunden. Mit langen, federnden Schritten, wohl ebenfalls Teil seines väterlichen Erbes, rannte er in Richtung Dornenwall davon.

Rasch breitete Avea beide Arme aus, um Neenes Schussbahn zu blockieren.

»Warte doch!«, rief sie Binek nach. »Das war bloß ein Missverständnis! Ich beantworte dir gerne alle Fragen, die du an uns hast!«

Zu spät. Er setzte sich bereits mit einem langen Satz in einen Baum ab und suchte das Weite, ohne sich noch einmal nach ihr umzudrehen.

»Sei vorsichtig!«, rief Neene, als Avea die Verfolgung aufnahm.

Geschwind setzte sie dem Halbblut nach,
reits den am Boden wuchernden Dornenwa
hatte. Als Avea und einige Herzschläge späte
den Rand der Senke erreichten, war es bereits
hatte einen dreihundert Meter entfernten Fel
und stieg dort auf ein wartendes Bergpony. D
mit dem er davonritt, kam ihnen bekannt vor. Konnte es Velb
sein? Doch um wen es sich handelte, war sowieso zweitrangig.

»Los, hinterher«, forderte Neene. »Die holen wir ein,
auch wenn sie beritten sind.«

»Nur die Ruhe«, wehrte Avea ab. »Er ist nicht so mutterseelenallein, wie ich befürchtet habe, sondern hat einen
Begleiter. Also wird er sich nichts antun. Am besten räumen
wir ihm einen kleinen Vorsprung ein, damit er Zeit zum Ab-
kühlen hat. Außerdem müssen wir uns von den Wachen verabschieden, bevor wir Mijnsor verlassen. Sonst machen sie
sich auf die Suche nach uns.«

»Mir soll's recht sein.« Neene zuckte mit den Schultern.
»Ich weiß sowieso nicht, was du von einem Halbblut willst,
das vor dir ausgespuckt hat.«

»Sei nicht so hart«, forderte die Heilerin mit einem mil-
den Lächeln. »Sicher ist er ein netter Junge, den du mögen
würdest.«

»Ganz bestimmt nicht.«

Wer von ihnen recht behalten sollte, blieb zunächst unge-
wiss. Denn kaum dass sie zur Lichtung zurückgekehrt waren,
stürzte ihnen ein fürstlicher Wachmann entgegen.

»Ihr hohen Geistlichen!«, rief er aufgeregt. »Endlich finde
ich euch. Kommt schnell mit mir, es gibt schlimme Neuigkeiten.«

Ohne lange Nachfragen folgten sie dem Mann bis zu einem
Teil Mijnsors, der den tiefsten Punkt der Senke markierte.

...re Bewaffnete hatten sich dort mit ernster Miene um ...e hohe Eiche versammelt. Avea verstand zunächst nicht, was es Besonderes zu sehen gab, bis sie mehrere Stellen mit gelblich verfärbten Blättern im Laubwerk bemerkte. Eine für diese Jahreszeit absolut unübliche Erscheinung. Es sei denn, der Baum war erkrankt – oder litt an Wassermangel.

»Der Boden dörrt aus«, bestätigte ein Wachmann ihren Gedankengang, indem er mehrmals mit der Stiefelspitze ins Erdreich trat, das tatsächlich trocken aufwölkte.

»Das hat nichts zu bedeuten«, wehrte Avea ab, die sich mit allen Pflanzen gut auskannte. »Eichenwurzeln dringen tief in die Erde ein. Diese hier reichen vermutlich bis zur Wasserader herab.«

»Das ist es doch gerade.« Etego, der Krieger, der ihr widersprach, zeigte keine Spur von Triumph. »Diese Trockenheit kommt von unten, weil die Wasserader versiegt ist.« Aufgeregt deutete er auf zwei Krieger mit dem fürstlichen Wappen, die sie in den letzten beiden Tagen nicht zu Gesicht bekommen hatte. »Diese Männer gehören zu den Doppelstreifen, die das gesamte Quellgebiet kontrollieren. Sie kommen gerade von der Stelle, an der die unter uns verlaufende Wasserader an die Oberfläche tritt. Dort ist schon seit Tagen kein Tropfen mehr aus dem Boden geflossen.«

Die Uniformierten, auf die Etego deutete, nickten mit unbeweglicher Miene.

»Außerdem haben wir Meldung erhalten, dass es an anderen Quellen ähnlich aussieht«, fügte der Ältere der beiden düster hinzu.

Auf einen Schlag geriet die Begegnung mit Binek zur Nebensache. Fassungslos blickte Avea von einem Gesicht in das andere, doch in allen Mienen spiegelte sich ihr eigenes Erschrecken wider. »Das ist eine Katastrophe!«, würgte sie mühsam hervor. »Greift das weiter um sich, schwebt nicht nur die Stolze Au in Gefahr, sondern der gesamte Hochwald.«

Wie gerne hätte sie in diesem Moment die Hände ihrer Gefährtin ergriffen, damit sie sich gegenseitig Trost und Zuversicht spenden konnten. Doch das hätte jeder Etikette widersprochen.

»Fürst Albriel ruft erneut den Festungsrat ein«, sagte Etego. »Diese Doppelstreife wurde nicht nur ausgesandt, um uns Meldung zu erstatten, sondern auch, damit sie Euch, Erste Heilerin, und Euch, Erste Priesterin, umgehend zur Silberfeste begleiten. Ab sofort gilt Mijnsor als vorgeschobener Verteidigungsposten, der mit einer dauerhaften Signalwache zu besetzen ist.«

Und das zwei Tage nachdem die Felsheimer ihr Fanal entzündet hatten. Avea fröstelte, als sie eine dunkle Ahnung nahender Gewalt überfiel.

Sie war nicht die Einzige, der es so erging, das spürte sie deutlich. Doch zum Hadern fehlte die Zeit. Schweigend machte sie sich mit Neene daran, ihre Sachen zu packen. Kurz darauf schlossen sie sich der Eskorte an, die für sicheres Geleit sorgen sollte. Zum ersten Mal seit langem kam ihr diese Schutzmaßnahme sinnvoll vor. Die Zeiten, in denen friedliebende Elfen ungefährdet durchs Grenzgebiet reisen konnten, waren offensichtlich vorüber.

# In der Silberfeste

## I.

Hart war der Weg der Schmach, der sie zurück in die Heimat führte. Besonders Eyron graute vor der Meldung, die er dem Festungsrat zu erstatten hatte. Die Wurzel allen Übels ausfindig zu machen, ohne sie mit Stumpf und Stiel ausreißen zu können, war eines Hauptmanns der Silbergarde unwürdig. Obwohl ihnen die militärische Zurückhaltung befohlen worden war, sah er sich genötigt, um seinen Abschied zu bitten, wenn auch in der Hoffnung, damit auf Ablehnung zu stoßen.

Doch was geschah, wenn sich die Kräfte, die im Rat gegen ihn opponierten, für eine Annahme des Gesuches aussprachen? Die Furcht davor verfolgte ihn bis in den Schlaf hinein. Ihn, den bewährten Kämpfer, der selbst in höchster Bedrängnis durch Kaltblütigkeit glänzte.

Trotz aller nervlichen Anspannung kamen sie gut voran. Ihre Feldrationen und ausreichend Wasser genügten ihnen, um von Tagesanbruch bis tief in die Nacht zu marschieren. Selbst Robur, dem immer ein paar Schweißperlen mehr auf der Stirn glänzten, als sich geziemte, hielt wacker mit. Da er auch nur leise stöhnte, wenn er sich im Schlaf unruhig umherwälzte, unterließen es die anderen sogar, ihn für seine Schwäche zu hänseln. In Felsheim war Robur kühn vorangegangen, um sich zu beweisen. Das konnte ihm niemand mehr absprechen.

Als sie Mijnsor in einiger Entfernung passierten, wurden sie erstmals auf ihrem Rückweg mit blinkenden Sonnensignalen empfangen, die von weiterem Unheil kündeten. Grell blitzte es im Wipfel der höchsten Eiche auf, in dem ein fürstlicher Wachposten seinen Dienst auf einer Aussichtsplattform versah. Bei der Nachricht, die er mit Hilfe von langen und kurzen Reflexionen übermittelte, ließ Eyron beinahe den eigenen Handspiegel fallen.

*W-e-i-t-e-r-e Q-u-e-l-l-e-n s-i-n-d v-e-r-s-i-e-g-t*, lasen auch die anderen der Silberschar. *E-i-n-e R-a-c-h-e d-e-r Z-w-e-r-g-e?*

Was wollten sie ihm da unterstellen? Dass er die Missetaten dieser Wichte zu verantworten hätte? *Z-w-e-r-g-e h-a-b-e-n W-a-s-s-e-r-a-d-e-r i-n F-e-l-s-h-e-i-m v-e-r-s-i-e-g-e-l-t*, antwortete er mit der blanken Fläche seines Silberspiegels. *W-e-i-g-e-r-n s-i-c-h, B-l-o-c-k-a-d-e a-u-f-z-u-h-e-b-e-n*. Alles Weitere wollte er dem Rat persönlich vortragen, denn er wusste um die Macht des gesprochenen Wortes. Außerdem waren Lichtbotschaften zu leicht misszuverstehen.

Trotzdem, die Signale eilten ihnen voraus. So verwunderte es wenig, dass sie bei ihrer abendlichen Ankunft bereits vor den Toren der Stadt empfangen wurden. Scharen von Neugierigen standen dort in kleineren und größeren Gruppen zusammen, um über das Unglück zu diskutieren, das über die Elfen hereingebrochen war. Und natürlich um die neuesten Entwicklungen hautnah mitzuerleben.

In vorderster Linie, flankiert von fürstlichen Wachen und Silbergardisten, trug der versammelte Festungsrat feierliche Mienen zur Schau. Nur in den Augen des Waldfürsten funkelte es ärgerlich. Vermutlich weil Eyron alle Meldeläufer, die vorab Berichte einfordern wollten, brüsk zurückgewiesen hatte. Schlimm genug, dass sie in aller Öffentlichkeit Rede und Antwort stehen sollten. Da wollte er nicht noch dazu beitragen, vorab Gerüchte zu streuen.

Schwer atmend kamen sie an. Um der gewaltigen Front, die ihnen gegenüberstand, etwas entgegenzusetzen, ließ Eyron die Schar in einer Linie antreten.

»Was ist in Felsheim vorgefallen?«, fragte Albriel, ohne sich mit den üblichen Begrüßungsformen aufzuhalten. »Warum haben die Zwerge das Fanal gesetzt?«

Dass die Meldeläufer unverrichteter Dinge zurückgekehrt waren, schien schwer an ihm zu nagen. Selbst Avea, die Eyron selten wohlgesinnt war, fand dieses Verhalten eine Spur zu hart.

»Sei so gut und beweise die Großmut, für die du überall gerühmt wirst, mein Fürst, und lasse diese Schar zu Atem kommen«, bat sie Albriel mit einer tiefen Verbeugung. »Als Erste Heilerin kann ich nicht übersehen, dass diese erschöpften Gardisten einer Erfrischung bedürfen. Ich sehe es daher als meine Pflicht an, sie ihnen vor deiner erwarteten Meldung zu gewähren.«

Indem sie ihre spezielle Stellung hervorhob, machte sie es dem Fürsten nahezu unmöglich, ihr zu widersprechen. Tatenlos musste er dabei zusehen, wie auf Aveas Wink hin ein Dutzend ihrer Schüler herbeieilten, die mit Kräutersud gefüllte Schalen in Händen hielten.

Obwohl Eyron die Kehle brannte, war er zu stolz, etwas davon anzunehmen. Fast alle Gardisten seiner Schar folgten diesem Beispiel. Nur der stark schwitzende Robur, der leicht schwankend in der Reihe stand, langte nach dem dargebotenen Gefäß und leerte es mit großen Schlucken. Es folgte ein heftiger Hustenanfall, der ihn am ganzen Körper schüttelte. Ein unwürdiger Anblick für einen Silbergardisten, doch wenigstens verschaffte seine Schwäche dem Hauptmann die nötige Zeit, etwas Atem zu schöpfen und sich die richtigen Worte zurechtzulegen. Als sich der Junggardist endlich wieder beruhigt hatte, setzte Eyron sofort zur Antwort an, um weiteren Attacken des Fürsten zuvorzukommen.

»Unsere schlimmsten Befürchtungen haben sich bewahrheitet«, erklärte er mit fester Stimme. »In Felsheim wurde tatsächlich eine Wasserader zugeschüttet, um die Nekropole vor Überflutung zu schützen. Als wir die Zwerge darum baten, den Lauf zurück in die alten Bahnen zu lenken, haben sie sich geweigert. Ihr eigenes Heiligtum ist ihnen wichtiger als das unsere.«

»Darum *gebeten*, soso.« Albriels Stimme troff unangenehm vor Hohn. »Diese Bitte von Euch muss ja ausgesprochen freundlich ausgefallen sein, wo sich doch die Felsheimer danach entschlossen haben, ihr Fanal zu setzen. Es gab wohl Tote? Warum hätten sie sonst entschieden, uns obendrein von weiteren Quellen abzuschneiden?«

*Dieses verdammte Fanal steckt wie ein Dolch in meinem Rücken.* Eyron spürte die Woge der Ablehnung, die ihm entgegenschlug. Drei Tage und drei Nächte hatten die Elfen der Silberfeste Zeit gehabt, darüber zu grübeln, warum die Zwerge zu den Waffen riefen. Ihre Meinung darüber stand offenbar fest. Eyron hatte die Interessen seines Volkes schlecht vertreten und sollte nun die Konsequenzen dafür tragen.

In diesem Fall konnte er noch so viel versuchen, sie umzustimmen, konnte erklären, was geschehen war, an ihre Ehre appellieren oder seinen guten Ruf in die Waagschale der Gerechtigkeit werfen – am Ende wollten sie doch nur von ihm hören, dass er freiwillig in die Verbannung ging.

Zum ersten Mal seit Jahrzehnten geriet der Boden unter Eyrons Füßen ins Wanken. Ein Gefühl tiefster Hilflosigkeit stieg in ihm auf, wie er es nicht mehr seit den Tagen gespürt hatte, an denen ihm klargeworden war, das Avea seine Gefühle niemals erwidern würde. Selbst das Gerüst aus Disziplin und Härte, das ihn sonst in jeder Lage stützte, vermochte ihn kaum noch aufrecht zu halten.

*Ihr Götter!*, haderte er mit sich selbst. *Habe ich wirklich so sehr gefehlt, dass ihr mich derart strafen wollt? Wäre es etwa besser gewesen, vor den Toren der Totenstadt um eine Audienz zu bitten? Um uns dann von den Hütern eine Grabreihe zeigen zu lassen, in der die verschüttete Kaverne hinter einer falschen Frontplatte verschwunden ist? Die passende Abdeckung stand schon bereit dafür!*

Aber natürlich, das war der zu ergreifende Grasbüschel, der ihn vor dem Versinken im Sumpf der Anschuldigungen bewahren konnte! Er musste auf den geplanten Trug der Zwerge verweisen, um seinen kühnen Vorstoß zu rechtfertigen, den sie ihm so übelnahmen. Während Eyron noch um die richtigen Worte rang, nutzte ein anderer die Gelegenheit, die anhaltende Stille mit der eigenen Stimme zu füllen.

Überall ruckten Köpfe herum, als Robur unversehens einen Schritt nach vorne trat.

»Der Hauptmann hat vollkommen richtig gehandelt!«, brach es unbeholfen aus ihm hervor. »Keinem Zwerg ist ein Leid geschehen, doch sie hatten schon alles dafür vorbereitet, ihren Frevel zu verbergen. Nur Eyrons entschlossenem Handeln haben wir es zu verdanken, dass wir die Wahrheit sahen.«

Der Kerl fieberte, kein Zweifel. Anders war die Unverschämtheit, mit der er das Wort an sich gerissen hatte, nicht zu erklären. *Ihr Götter! Warum habt ihr diesem jungen Toren die gleiche Eingebung geschenkt wie mir?* Eyron wäre am liebsten vor Scham im Boden versunken.

Stattdessen gefiel es den Waldgeistern, Robur zu Fall zu bringen.

Und das wortwörtlich. Als alle Blicke auf ihn gerichtet waren, knickte der Junggardist jäh ein und prallte mit den Knien voran ins Gras. Ein feuchtes Keuchen entrang sich seinem Brustkorb. Nur einen Atemzug später schoss ihm ein Teil des Kräutersudes, den er zuvor getrunken hatte, wieder über die Lippen. Von Krämpfen geschüttelt, sackte er gänzlich zu Boden, ohne sich mit den Händen abzufangen.

Außer Avea rührte sich keiner der Anwesenden von der Stelle. Die Erste Heilerin wusste besser alle anderen Elfen, wie mit einem Siechenden zu verfahren war. Jetzt zusammenzuströmen und dicht beieinander im Kreise zu stehen hätte Robur nur die Luft zum Atmen geraubt. Selbst Oriel von der Au sah mit kühlem Blick auf ihren Sohn herab, obwohl hinter der Fassade ihres ebenmäßigen Gesichtes die Gefühle toben mussten.

Robur fieberte wirklich, das bewiesen seine feucht glänzenden Augen, die in unbekannte Fernen zu starren schienen. Ein dichtes Netz aus Schweißperlen bedeckte sein Gesicht, besonders seine fahlen Lippen, die sich unentwegt öffneten und schlossen, ohne einen Ton von sich zu geben. Mit geübten Händen öffnete ihm Avea den Harnisch und legte vorsichtig seinen Oberkörper frei. Was sie dabei zu sehen bekam, ließ sie zusammenzucken. Auch Eyron erschrak, als er den violett angelaufenen Streifen auf Höhe der untersten Rippe entdeckte. Genau da, wo ihn einer der Steinmetze mit dem Stemmeisen getroffen hatte. Wäre Roburs Harnisch doch nur nicht wegen der nächtlichen Abreibung so schlecht verschnürt gewesen!

Seine Überraschung war ihm wohl deutlich anzumerken, denn der tadelnde Blick, mit dem ihn Avea bedachte, wich rasch einem verständnislosen Kopfschütteln. Robur stöhnte leise auf, als sie die angeschwollene Stelle vorsichtig mit den Fingern abtastete.

»Gebrochen«, murmelte sie, bevor sie sich all den Prellungen zuwandte, die seinen Körper zusätzlich zierten. Glücklicherweise schillerten sie bereits in den unterschiedlichsten Farben, so dass sie nicht mehr als Knaufabdrücke zu erkennen waren.

Angesichts des malträtierten Oberkörpers, der aussah, als hätte eine ganze Zwergenhorde mit vereinten Kräften auf ihn eingedroschen, verlor selbst Oriel von der Au ein wenig von ihrer bewundernswerten Fassung. Eine einzelne Träne löste sich aus ihrem linken Augenwinkel und rann den schmalen Nasenflügel herab.

»Bei der Heiligen Quelle! Wie konntet ihr Robur in diesem Zustand durch das Grenzland hetzen?«, fragte Avea, während sie einige Adepten heranwinkte.

Immerhin stellte sie die Frage ins Leere hinein und schleuderte sie Eyron nicht voller Verachtung ins Gesicht.

»Er ist ins dickste Getümmel geraten und hat sich wie ein echter Gardist geschlagen«, antwortete Silene. Möglicherweise, weil sie Reue für die Abreibung empfand, die Robur auch von ihrer Hand erhalten hatte, vielleicht aber auch, weil sie wusste, dass Avea lieber mit Männern als mit Frauen stritt. »Damit die Wahrheit über die Niedertracht der Zwerge so schnell wie möglich ans Licht kommt, hat er seine Verletzungen vor uns allen verheimlicht, so, wie es jeder andere von uns getan hätte. Für die Garde und für das ganze Volk der Elfen.«

Das war nun schon das zweite Mal, dass einer aus der Schar sprach, während der Hauptmann schwieg. Eigentlich hätte das das Ende seiner Laufbahn bedeuten müssen, doch das Gegenteil davon war der Fall. Eyron konnte förmlich mit Händen greifen, wie die Stimmung in der versammelten Menge kippte. Wo eben noch pure Ablehnung in der Luft gelegen hatte, herrschten plötzlich Empörung und Mitleid vor.

»Feiges Zwergenpack!«, raunte es immer wieder durch die Reihen der Elfen. »Den Schwächsten haben sie sich gegriffen ...«, war ein weiterer Satzfetzen, der die anderen übertönte. »Keinem Zwerg ist ein Leid geschehen«, wiederholten einige Roburs Worte, während andere riefen: »Die müssen noch auf ihn eingeschlagen haben, als er schon am Boden lag!«

Eyron konnte es sich nicht erklären, aber aus irgendeinem Grund hatte Robur mit seinem erbärmlichen Zusammenbruch erreicht, was ihm trotz seiner ganzen Stärke niemals gelungen wäre. Die vorgefasste Meinung der Elfen zu brechen und neu für die Silbergarde einzunehmen.

Diese Entwicklung hätte er nie und nimmer vorausgesehen.

Dabei waren schon sein Vater und seines Vaters Vater Hauptleute der Silbergarde gewesen. Entsprechend hatten sie ihn als ältesten Sohn und Sohnes Sohn dazu erzogen, ihre Tradition fortzuführen. Seit Kindesbeinen an hatte es Eyron nie an Lektionen in Disziplin, Taktik oder Selbstbeherrschung gemangelt, doch seine strengen Lehrmeister hatten niemals auch nur ein Wort darüber verloren, dass sich Schlachten auch durch Schwäche und Unvermögen gewinnen ließen. Sollte er diesen Abend im Range eines Hauptmannes überstehen, wollte Eyron sich diese Erkenntnis für alle Zeiten zu Herzen nehmen.

Noch war es aber nicht so weit. Schon mancher hatte nach einer gewonnenen Schlacht den Krieg verloren. Ginge es nach Albriel, drohte ihm dieses Schicksal. Im Moment sprach jedoch Avea, die gerade zwei Adepten anleitete, aus einem großen Umhang und zwei ausgeliehenen Wachspießen eine Trage zu bauen, auf der sich Robur in das Lazarett der Kräuterkundigen transportieren ließ. Vorsichtig betteten sie den mittlerweile Bewusstlosen auf den übereinandergeschlagenen Stoff.

»Wir sollten die Ratssitzung in den Spiegelsaal verlegen, wo sie hingehört«, schlug Oriel von der Au vor, während Avea ihren Sohn begleitete.

Erneut siegte Verletzlichkeit über pure Macht. Angesichts der feuchten Tränenspur, die auf der Wange der einflussreichen Ratsdame trocknete, wagte der Waldfürst nicht, ihr zu widersprechen. Aber damit nicht genug.

»Wir haben uns alle getäuscht«, wandte sich Oriel an die versammelte Menge. »Blicken wir auf die Silbergarde, sehen wir nur eine unüberwindlich scheinende Speerspitze, die für unsere Sicherheit sorgt. Eine Sicherheit, die wir schon viel zu lange für vollkommen selbstverständlich halten. Unser Vertrauen in die Garde ist so groß, dass wir schier Unmögliches von ihr verlangen. Unbezwingbar soll sie sein, gleichzeitig über alle Maßen listig und diplomatisch. Die Heilige Quelle soll sie wieder zum Sprudeln bringen und gleichzeitig von den niederträchtigen Gesellen, die sie zum Versiegen brachten, mit Hochrufen verabschiedet werden. Doch heute ist der schmerzvolle Tag gekommen, an dem wir hinter die Silbermasken blicken und erkennen müssen, dass auch Silbergardisten schwitzen, bluten und leiden, wenn sie für uns und die Waldgötter ins Feld ziehen. Darum kehrt heim in eure Gemächer und versinkt in stiller Andacht für das bedrohte Quellgebiet der Au, das nicht dauerhaft austrocknen darf. Und bittet für jene, die der Sache der Elfen treu ergeben sind, ohne sich zu schonen oder ein Wort des Dankes zu erwarten.«

Bei dem letzten Satz geriet ihre Stimme leicht ins Schwanken. Nicht so sehr, dass es unbeherrscht oder gar pathetisch geklungen hätte, doch gerade so viel, dass alle an den entkräfteten Robur denken mussten, der klaglos bis zur völligen Erschöpfung marschiert war, um die Meldung an den Festungsrat nicht zu verzögern. Mochte dieser Anflug von Schwäche auch berechnet gewesen sein, so spürte Eyron doch denselben Kloß im Hals wie alle anderen. Deshalb schwor er sich, dass Oriel nie erfahren sollte, dass es ein Stemmeisen und kein Schwert gewesen war, das ihren geliebten Sohn zu Fall gebracht hatte.

## 2.

»Die Zwerge haben also keine Verluste hinnehmen müssen?«, fragte Albriel zum wiederholten Male. »Warum rufen sie dann zu den Waffen, wie es in Kriegszeiten üblich ist?«

Nicht nur Eyron war es allmählich leid, das Offensichtliche erklären zu müssen. Auch andere hätten gerne gesehen, dass der Waldfürst die gegebenen Tatsachen endlich akzeptierte. Im Laufe der Debatte hatten die meisten bereits jede vornehme Zurückhaltung abgelegt, trotzdem war es am Ende wieder einmal der unbeherrschte Rumetin, dem die Nerven zuerst durchgingen.

»Warum wohl? Warum, warum?«, polterte er los. »Weil die kleinen Wichte genau wissen, dass wir uns ihre Unverschämtheiten nicht ungestraft bieten lassen und deshalb mit einer Streitmacht zurückkehren werden, die unsere berechtigten Interessen durchzusetzen vermag.«

Derart klare Worte war seine Exzellenz nicht gewohnt. Deutliches Missfallen prägte die fürstlichen Züge. »Und wie passt es zusammen, dass die Heilige Quelle durch einen Unfall versiegt ist, uns die Zwerge aber nach Belieben austrocknen können?«, wollte er wissen.

»Vermutlich gar nicht!«, antwortete Avea, bevor Rumetin erneut das Wort an sich reißen konnte. »Bis sich ein Stau in den Bergen bei uns bemerkbar macht, dauert es seine Zeit. Alle bisher versiegten Stellen im Quellgebiet haben vermutlich mit der eingestürzten Kaverne zu tun. Besäßen die Zwerge wirklich die Macht, uns bewusst auszutrocknen, hätten sie längst ein Ultimatum gestellt. In ihren unförmigen Schädeln mögen nicht die hellsten aller Lichter brennen, doch wie man Verhandlungen führt, ist ihnen bestens bekannt.«

Eyron, der sich bisher zurückgehalten hatte, bedachte die Erste Heilerin mit einem missbilligenden Funkeln. Dass sie das Versiegen weiterer Quellen keineswegs mit einem Fehlverhalten der Silberschar in Verbindung brachte, hätte sie gerne schon in der Öffentlichkeit erklären dürfen. Doch alles, was seine Position schwächte, kam Avea gelegen. So heuchelte sie auch nicht den geringsten Anschein von Reue, sondern schenkte ihm ein spitzes Insektenlächeln.

»Bisher ist nur ein geringer Teil des Quellgebietes betroffen«, fuhr sie fort, »doch das Unheil mag sich weiter ausbreiten. Ein fallender Grundwasserspiegel kann sehr schnell benachbarte Pegelstände in Mitleidenschaft ziehen. Wenn uns dann ein heißer Sommer mit Dürre überzieht …«

»So weit dürfen wir es nicht kommen lassen«, unterbrach Neene sie ungewohnt schroff. »Die Gefahr für unseren Hochwald ist zu lange unterschätzt worden. Wir müssen handeln, ehe es zu spät ist. Marschieren wir schnell genug vor Felsheims Toren auf, können wir die Zwerge vielleicht zum Einlenken zwingen. Haben sie erst einmal ein großes Heer hinter den Mauern der Nekropole versammelt, bleibt es vielleicht nicht mehr bei einem klärenden Scharmützel.«

Die leidenschaftliche Bogenschützin sprach mit dem typischen Feuer einer Elfenpriesterin, die sich um das Wohl des Hochwaldes sorgte. Dass sie dabei unverhohlen die Möglichkeit eines Krieges in Betracht zog, ohne von Beldor zur obligatorischen Besonnenheit ermahnt zu werden, ließ erahnen, dass sie mit seiner Rückendeckung sprach. Der Hohepriester liebte es, sich selbst mit der Aura größter Friedfertigkeit zu umgeben, deshalb schickte er wohl seine Erste Priesterin vor. Sobald alle Ratsmitglieder begriffen hatten, dass auch Beldor einen Feldzug befürwortete, machte sich die Runde daran, die ersten Vorbereitungen zu treffen.

Hier wäre vor allem Eyron gefordert gewesen, doch der Hauptmann hatte genug damit zu tun, wach zu bleiben. Immer wieder blickte er kurz in tiefschwarze Dunkelheit, weil ihm die Augenlider zufielen. Je länger er auf seinem Stuhl saß, desto stärker machten sich die Anstrengungen der zurückliegenden Tage bemerkbar. Daran hatte auch das Bad in eiskaltem Wasser nichts geändert, das ihm vor der Sitzung vergönnt gewesen war. Kaum dass er sich neu eingekleidet hatte, hatte er auch schon im Spiegelsaal erscheinen und von den Vorkommnissen in Felsheim berichten müssen. Dabei war er, so gut es ging, bei der Wahrheit geblieben.

Lediglich die Stemmeisen der Steinmetze hatte er zu Schwertern erklärt, um Roburs Kampf zu glorifizieren. Der ganze Rest, wie die Niedertracht der Zwerge, ihre Lügen und Ausflüchte im Angesicht der bereitstehenden Grabplatte und ihr Versuch, die Elfen aus dem Hinterhalt heraus zu attackieren, hatte sich tatsächlich so abgespielt. Nun gut, die wenigen Momente, in denen Eyron – im Nachhinein betrachtet – vielleicht ein wenig zu arrogant oder von oben herab gehandelt hatte, ließ er selbstverständlich unerwähnt. Aber das war vollkommen üblich und wurde aufseiten der Zwerge nicht anders gehandhabt.

»Hauptmann?«

Eyron hatte große Mühe, die bleischweren Lider noch einmal aufzureißen. »Ja, mein Fürst.« So, wie ihn plötzlich alle anstarrten, war er wohl länger als nur einige Atemzüge lang weggedämmert.

»Denkt Ihr, Ihr könntet Felsheims Mauern ohne große Verluste erstürmen?« Der Tonfall, den Albriel anschlug, machte deutlich, dass er die Frage bereits zum zweiten Male stellte.

»Unsere Verluste werden davon abhängen, wie viel kampferprobte Recken die Zwerge in so kurzer Zeit zusammenziehen können. Wie ich dieses kleingeistige und vor Geiz zerfressene Völkchen kenne, senden die meisten Städte zunächst einmal Boten aus, um die Lage in der Nekropole zu erkunden. In den ersten zehn bis zwanzig Tagen treffen vermutlich nur kleine Gruppen von Abenteurern, Raufbolden und Veteranen ein. Wenn wir in dieser Zeitspanne zuschlagen, sehe ich Aussicht auf schnellen Erfolg. Zumal ich das Eingangsportal mit seinen Verteidigungsanlagen bereits ausgekundschaftet habe.«

Die Häme, die zu Beginn seiner Antwort noch in einigen Blicken gefunkelt hatte, wich angesichts seiner klaren Lageeinschätzung widerstrebender Anerkennung.

»Wohl gesprochen«, lobte Albriel, der seinen Groll inzwischen begraben hatte. »Es tut gut, in diesen unruhigen Zeiten einen fähigen Anführer wie Euch an der Spitze unserer Truppen zu wissen. Doch für heute soll es gut sein. Begebt Euch zur Ruhe, damit Ihr morgen wieder frisch ans Werk gehen könnt. Wir werden es Euch gleichtun, sobald wir einige Boten mit einer Nachricht für die anderen Hochwaldsiedlungen auf die Reise geschickt haben.«

Dieses Angebot ließ sich Eyron nicht zweimal unterbreiten. Den Rücken kerzengerade durchgedrückt, erhob er sich von seinem Stuhl, um den Saal zu verlassen. Als er sich selbst in den halbblinden Spiegeln ausmachte, erschrak er über seinen Anblick. Noch einen Tag zuvor hätte er alle körperlichen Reserven mobilisiert, um seine Gestalt zu straffen und elastischer davonzuschreiten. Doch dank der an diesem Abend gewonnenen Erkenntnis, dass auch aufblitzende Schwäche Schlachten gewinnen konnte, schlich er so davon, wie er sich fühlte.

Müde und ausgelaugt.

## 3.

Eyron hatte sich gerade erst zurückgezogen, als es an seine Kammer klopfte. Zum Glück war er viel zu erschöpft, um mit der Gleve blindlings durch das Türblatt zu stoßen, sonst wäre dem unbekannten Störenfried ein Unglück geschehen. Stattdessen tat der Hauptmann etwas, das seinem Charakter ganz und gar widersprach. Er verhielt sich vollkommen still, in der vagen Hoffnung, dass der späte Besucher von alleine verschwinden möge, wenn er ihn bereits in tiefem Schlummer wähnte. Doch Eyrons inständige Bitten an alle Quellgeister wurden nicht erhört.

Erneutes Klopfen erschütterte die Tür, gefolgt von einer zarten Stimme.

»Bitte öffnet, Herr Hauptmann«, bettelte sie. »Oriel von der Au schickt mich zu Euch.«

Sehnsüchtig blickte Eyron zu seinem Felllager, das nur wenige Schritte entfernt auf ihn wartete. Heldenhaft widerstand er der Versuchung, sich einfach daraufzuwerfen und beide Hände fest auf die Ohrmuscheln zu pressen. Stattdessen entriegelte er die Tür und sah durch einen schmalen Spalt nach draußen. Sein Gesicht wirkte wohl nicht sonderlich freundlich. Jedenfalls trat die junge Zofe, die in dem Gang auf ihn wartete, einen Schritt zurück, als fürchtete sie, dass er nach ihr schlagen könnte.

»Weiß deine Herrin, dass Mitternacht schon vorüber ist?«, knurrte er sie an.

Das junge Ding nickte heftig, doch die Angst vor der Ratsdame war offenbar größer als die vor ihm, denn sie gab sich plötzlich einen Ruck und sprach: »Die Edle bittet den Hauptmann, sie in ihren Gemächern aufzusuchen. Sie findet keinen Schlaf, ehe sie aus seinem Munde erfahren hat, was ihrem Sohn im Reich der Zwerge widerfahren ist.«

Oriel von der Au war dem Festungsrat ferngeblieben, um an Roburs Krankenbett zu verweilen, solange die Erste Heilerin an der Sitzung teilnahm. Niemand konnte das einer Mutter übelnehmen, vor allem, da es um das einzige Kind ging, das ihr nach dem Großen Krieg verblieben war. Trotzdem sträubte sich alles in Eyron dagegen, noch einmal den Bericht zu wiederholen, den er bereits im Spiegelsaal in aller Breite dargelegt hatte.

Die Kammerzofe, die seinen Widerwillen spürte, sah ihn noch ängstlicher an als zuvor. Es fehlte nicht viel, und sie hätte sich ihm wohl zu Füßen geworfen, um sein Mitleid zu erregen. Offensichtlich wusste sie noch besser als er, dass die Bitte einer von der Au einem Befehl gleichkam, dem besser Folge zu leisten war. Unbewusst knetete sie die Säume des Schultertuchs, das sie sich über ihr Nachtgewand geworfen hatte.

Bei allen Quellgeistern! Die edle Dame musste ja eine furchtbare Herrin sein!

»Warte hier«, bat Eyron mit einer Sanftheit, die ihn selbst überraschte. »Ich bin gleich so weit.«

Nachdem er seinen Schimmermantel übergeworfen hatte, löschte er die Kerze und trat nach draußen. Er war barfuß, trug ansonsten nur Hemd und Hosen. Sollte die Ratsdame ruhig sehen, dass sie ihn vom wohlverdienten Schlaf abhielt. Umso eher entließ sie ihn wieder aus ihren Diensten.

Oriels Zofe wartete bereits ein Stück entfernt, einen schalenförmigen Kerzenleuchter in der Hand, in dem ein kurzer Stummel mit noch kürzerem Docht brannte. Als ob er seinen Weg nicht auch im Dunkeln gefunden hätte.

Auf leisen Sohlen eilte sie so schnell voraus, dass sich seine Mantelschöße beim Gehen aufbauschten. Hohe Marmorwände glitten an ihm vorüber, nur ab und zu durch einen Wandteppich oder gekreuzte Prunkwaffen geschmückt. Schon nach der zweiten Abzweigung wurde ihm klar, dass ihn das zitternde Ding nicht auf direktem Wege zum Ziel führte. Dass sie ihn in einen Hinterhalt locken wollte, hielt er für mehr als unwahrscheinlich, doch was es mit den verschlungenen Pfaden auf sich hatte, ging ihm erst auf, als ihnen keine einzige Nachtwache begegnete. Sein später Besuch sollte geheim bleiben, und diese Zofe kannte sich offensichtlich bestens mit dem Rhythmus der Rundgänge aus.

Schlamperei! Nur gut, dass er ohnehin nichts auf den Schutz der fürstlichen Wachmannschaft gab.

An einer Reihe von Rundbogenfenstern entlang, durch die mattes Sternenlicht streute, ging es noch eine Wendeltreppe herab, dann standen sie vor Oriels Gemächern. Nachdem sie sich mit verstohlenen Blicken davon überzeugt hatte, dass es keine unliebsamen Beobachter gab, klopfte die Zofe vorsichtig in einem Takt an, der aus vier schnell aufeinanderfolgenden und zwei normalen Schlägen bestand, zwischen denen eine genau bemessene Pause lag. Anscheinend ein Erkennungszeichen, das sie und ihre Herrin miteinander verabredet hatten. Kaum dass sie ihn auf diese Weise angemeldet hatte, schlüpfte die junge Elfin auch schon leise davon und war nur eine Sekunde später in einem der angrenzenden Gänge verschwunden. Schnell und absolut lautlos, als wäre sie nie zugegen gewesen.

*Die gäbe eine gute Kundschafterin ab*, dachte Eyron bei sich, während er den Riegel in die Höhe drückte. Denn natürlich hätte sich eine Oriel von der Au nie dazu herabgelassen, einen Besucher hereinzurufen oder gar selbst zu öffnen.

Beim Eintreten schlug ihm ein Schwall süßlicher Düfte entgegen. Trotzdem begriff er erst, was ihn in der fremden Kammer erwartete, als die Tür schon wieder hinter ihm ins Schloss fiel. Nur wenige, hinter gespannter Seide glimmende Kerzen erhellten den ausladenden Raum, den ein riesiges Baldachinbett beherrschte.

Oriels Schlafgemach!

Die Kräutermischungen, die in zwei Tonschalen verbrannten, besaßen eine geradezu betäubende Wirkung. Eine entsprechende Bemerkung verbot sich beim Anblick seiner Gastgeberin allerdings von selbst, denn die edle Dame, die nur ein schwarzes Nachtgewand aus durchschimmernder Seide trug, stand in einer silbernen Lichtbahn, die durch ein offenes Fenster in die Raummitte fiel. Der Mondschein umschmeichelte ihre schlanke Erscheinung in dem gleichen Maße, wie die raffiniert geschnittene Seide mehr von ihr enthüllte als verbarg.

»Tretet näher, Hauptmann«, forderte sie ihn mit weicher Stimme auf. »Oder fürchtet Ihr Euch vor Frauen?«

»Für gewöhnlich nicht«, gestand er ein, verkniff sich aber die Bemerkung, dass er in diesem Moment lieber mit bloßen Händen einem hungrigen Wolfsrudel entgegengetreten wäre. »Ihr wolltet mit mir über Euren Sohn sprechen?«, fragte er, während er auf sie zuging. »Ich hoffe, er befindet sich auf dem Weg der Besserung.«

Seine Hoffnung, sie mit dieser Bemerkung aus dem Gleichgewicht zu bringen, erfüllte sich nicht.

»Er ist aus seiner Ohnmacht erwacht!«, antwortete sie so erfreut, als säßen sie sich im Spiegelsaal gegenüber. »Und er spricht die ganze Zeit über nur in den höchsten Tönen von Euch.«

»Mir scheint, er fiebert noch«, erwiderte Eyron ehrlich.

Zwergenrotz und Gnomenschleim! Er hatte Robur auf dem ganzen Weg nach Felsheim seine Verachtung spüren lassen, außerdem hatten ihm einige Kameraden eine Abreibung verpasst. Was trieb diesen Kerl nur dazu, die Garde trotzdem in den Himmel zu loben?

Zwei Schritte von Oriel entfernt blieb Eyron stehen. Inzwischen war der helle Flaum zischen ihren Schenkeln deutlich zu erkennen. Dass ihre prall abstehenden Brustwarzen beinahe die sie bedeckende Seide durchbohrten, war ebenso wenig zu übersehen. Aus irgendeinem Grunde musste er bei diesem Anblick an eine Insektenart im Hochwald denken, bei der die Weibchen die Männchen nach dem Zeugungsakt verspeisten.

Obwohl sie einhundertzwanzig Jahre älter war als er, unterschied sich Oriel nur wenig von jüngeren Elfendamen. Die meisten Angehörigen ihres Volkes hielten bis ans Lebensende ihr Gewicht, auch ihre Haut erschlaffte nur in geringem Maße. Oriels Gesicht wies nicht die geringsten Verwerfungen auf, im Gegenteil. Selbst für eine adelige Elfin, der Selbstbeherrschung über alles ging, wirkte es maskenhaft starr. Vermutlich hatte sie sich innerhalb der letzten Stunde von Feuergrillen stechen lassen, deren Gift eine straffende Wirkung zugesprochen wurde.

»Ihr könnt Euch gar nicht vorstellen, wie erleichtert ich bin, dass Robur in Euch ein so stattliches Vorbild gefunden hat.« Ehe Eyron sich versah, lag ihre rechte Hand schon in einer vertrauten Geste auf seiner Schulter. »Für eine alleinstehende Edle meines Geblütes ist es wirklich schwer, einem jungen Mann den rechten Weg durchs Leben zu weisen.«

Wie sie Männern den Weg in ihr Lager weisen konnte, wusste sie dafür umso besser. Eyron sah überhaupt nicht, wie sie es anstellte, doch schon einen Herzschlag später stand sie so dicht vor ihm, dass sich ihr fester Leib dicht an den seinen schmiegte. Heiß strich ihr Atem über seinen Nacken, während ihre Hände unter seinen Mantel wanderten. »Warum ist es nur so schwer, einen edlen Recken zu finden, der einer hilfesuchenden Dame unter die Arme greift?«, flüsterte sie dabei.

Statt in den Achselhöhlen berührte er sie an den Hüften. Das gefiel ihr.

»Natürlich müsste dieser Mann auch ein Vorbild in Treue und Verschwiegenheit sein«, fuhr sie fort.

»Er sollte wohl Geheimnisse für sich behalten können?«

»Wie klug Ihr doch seid!« Er spürte eine sanfte Berührung auf seiner Wange und begriff erst, dass es ein Kuss gewesen war, als sie ihm schon wieder tief in die Augen blickte. Oriel wusste um ihre Wirkung auf Männer, und sie kämpfte dabei auf einem Feld, auf dem er unterlegen war. Hier gab es keine Gegenwehr mit blanken Waffen.

»Heute hat Robur seinen ersten Schritt in die Öffentlichkeit getan«, schnurrte sie, während sie ihre Hände geschickt über seinen Körper gleiten ließ. »Doch es braucht noch viele weitere Heldentaten, wenn er einst zum neuen Waldfürsten aufsteigen soll, wie es ihm durch seine Herkunft vorherbestimmt ist. Zum Glück gibt es bald viele Gelegenheiten, bei denen er sich bewähren kann.«

Daher also ihr Entgegenkommen.

»Euer Sohn ist ein vielversprechender Gardist«, behauptete er, während ihm das Blut in den Lenden zusammenströmte. »Sicherlich wird er noch häufig im Kampf gegen die Zwerge von sich reden machen.«

Sie wusste genau, wie es inzwischen um ihn bestellt war. Um völlig sicherzugehen, langte sie ihm zwischen die Beine. Zärtlich und fordernd zugleich fachten ihre schlanken Finger sein Verlangen an. Höchste Zeit also, ihr zu zeigen, dass er auch etwas von dem Spiel verstand, das sie ihm aufzwängte.

Ihre Brüste erbebten, als er sie mit beiden Händen umfasste.

»Allerdings ist meine Hilfe nur so stark wie die Silbergarde«, gab er zu bedenken. »Und die hat häufig einen schweren Stand, besonders im Festungsrat.«

»Von nun an ist Euch meine bedingungslose Unterstützung gewiss, mein Hauptmann«, hauchte Oriel erregt. »Wann und wo auch immer Ihr sie benötigt.«

Längst zog sie ihn in Richtung des weichen Lagers.

»Auf den neuen Waldfürsten«, neckte er sie.

»Uns verbindet also ein Pakt? Dann lasst ihn uns besiegeln.« Dabei presste sie ihre Lippen auf die seinen und schob ihm ihre heiße Zunge tief in den Mund.

# Felsheim

### I.

Gegen Mittag ihres vierten Reisetages erreichten sie einen Sandrücken, auf dem sich ein Geestweg entlangzog. Hier trafen Velb und Binek erstmals auf einen kleinen Trupp bewaffneter Zwerge, die sich aufgemacht hatten, in Felsheim nach dem Rechten zu sehen. Allzu bedrohlich sahen die kleinen Gesellen nicht aus, vielleicht weil es ihnen an einer einheitlichen Uniform oder Bewaffnung fehlte. Nur zwei der fünf trugen matt schimmernde Rundschilde bei sich, während den anderen Waffen am Gürtel hingen, die aussahen, als hätten sie, in ölige Tücher eingeschlagen, schon viele Jahre ganz unten in einer Truhe gelegen.

Da einer von ihnen schon einmal Handel mit Velb getrieben hatte, fragten sie ihn ohne Arg, ob er wisse, welcher Art die Bedrängnis sei, die die Felsheimer dazu bewogen hätte, das Fanal zu zünden? Bereitwillig gab ihnen der Grenzgänger Auskunft, ohne dabei zu erwähnen, wie die Elfen so schnell eine Verbindung zwischen dem Unglück bei den Grabkammern und dem Versiegen ihrer Heiligen Quelle ziehen konnten.

Binek, dem er unterwegs die Umstände seines Gespräches mit Eyron und Avea anvertraut hatte, schwieg die meiste Zeit. Auf der einen Seite fand der Halbelf die dramatischen Umstände ihrer Reise recht abenteuerlich, auf der anderen fürchtete er ein wenig, wegen seines väterlichen Erbes angefeindet zu werden. Auf Velbs Anraten hin verbarg er seine Ohren unter einem kegelförmigen Schlapphut, der obendrein gegen die pralle Sonne schützte.

Nachdem der Wissensdurst der Zwergengruppe gestillt war, ritten Velb und Binek weiter, dem in der Ferne erstarrten Felsenmeer entgegen, dessen aufragende Wellenkämme so manches Geheimnis bargen. Als sie die Niederung verließen, erhielt das Land ein neues Gesicht. Der Anteil an Laubbäumen nahm zugunsten der Nadelhölzer ab. Jahrtausendealte Pfade folgten den natürlichen Graten und Einschnitten des Felsengewirrs.

Das Gipfelglühen lag nicht mehr fern, als sie sich am fünften Tage einem Pass näherten, der auf direktem Wege nach Felsheim führte. Kurz bevor sie seiner selbst ansichtig wurden, schwängerte der harzige Duft von frisch gefällten Tannen und Fichten die Luft. Missmutig rümpfte Velb die Nase, obwohl der Geruch nicht unangenehm war.

»Die Zwerge schlagen die Hänge frei, um anrückenden Truppen die Deckung zu nehmen«, vermutete er. »Das heißt wohl, dass die Passhöhe bereits von ihnen besetzt ist.«

Binek, der nichts von militärischen Vorkehrungen verstand, konnte dazu nur ratlos mit den Schultern zucken. Er schloss sich seinem Weggefährten aber bereitwillig an, als dieser ihn dazu aufforderte, mit ihm die Lage zu erkunden. Gemeinsam erklommen sie einen steilen Hang, der ihnen den Blick auf den angestrebten Pass versperrte. Die Fichtenschneise, die sie zum Aufstieg nutzten, war so eng, dass sie zu beiden Seiten stechende Nadeln spürten.

Im Schleichen stand Binek dem erfahrenen Waldläufer in nichts nach, und so robbten sie schlussendlich Seite an Seite durch das auf dem Kamm sprießende Gras, bis sie die Passhöhe erspähten, die weit oberhalb der Baumgrenze lag. Dort war ein großes Banner aufgepflanzt, unter dem sich größere Gruppen einheitlich blaugekleideter Gestalten versammelt hatten.

Velb stöhnte bei ihrem Anblick gequält auf, als wären seine schlimmsten Befürchtungen noch weit übertroffen worden. Binek bewunderte hingegen, wie gut der Weggefährte die Lage aufgrund des Harzgeruches eingeschätzt hatte. Der vor ihnen liegende Osthang, der den steil ansteigenden Passweg flankierte, war tatsächlich mit den frisch gefällten Stämmen einer Schonung bedeckt. Die Äxte der Zwerge hatten dort ganze Arbeit geleistet. Selbst kleinste Krüppelkiefern waren ihnen zum Opfer gefallen.

»Erkennst du das Emblem auf dem Banner?«, fragte Velb, der seine Augen vergeblich zusammenkniff, um besser sehen zu können.

An dieser Stelle zahlte sich der Adlerblick aus, über den das Halbblut verfügte.

»Auf mich wirkt das wie ein Hirschgeweih vor einem stilisierten Hügel«, erklärte er, ohne zu zögern.

Velb belegte die Beschreibung mit einem allen Göttern lästernden Fluch. »Ausgerechnet Hirschberger!« Da er sich in der Heraldik der Zwerge auskannte, wusste er das Geweih sofort richtig einzuordnen. »Schlimmer hätte es nicht kommen können.«

»Glaubst du, sie verweigern uns den Durchlass? Sie müssen doch wissen, wie wertvoll das Schlummerkraut bei der Verteidigung Felsheims ist.«

»Natürlich werden uns die Hirschberger passieren lassen«, knurrte Velb. »Aber erst nachdem sie einen ordentlichen Wegzoll eingestrichen haben. Das ist wieder mal typisch für diese Beutelschneider, dass sie lieber einen lohnenden Engpass besetzen, anstatt sich bei den Verteidigern von Felsheim einzureihen. Aber wartet nur, ihr gierigen Wichte, diese Suppe will ich euch versalzen.«

Grummelnd kehrte er mit Binek zu den beiden Bergponys zurück, hinter deren Sätteln prall gefüllte Leinensäcke festgezurrt waren, die so gut wie nichts wogen, da sie nur Schlummerkraut enthielten. Nachdem Velb und Binek aufgesessen hatten, folgten sie eine Weile ihrem ursprünglichen Weg, vorbei an Nadelhölzern, die noch standen, weil sie keinerlei taktische Bedeutung besaßen. Die Abstände zwischen den Bäumen waren sehr groß, als Velb sein Pony in die schmale Schonung lenkte, die sich zwischen Trampelpfad und nächster Gratkette erstreckte. Die Abzweigung zum Bergpass lag noch in einiger Ferne, so dass niemand sehen konnte, wie sie sich in die Büsche schlugen.

Wohin Velb sie führen würde, war Binek ein Rätsel, doch er stellte keine Fragen. Velb hatte während ihrer Reise mehrfach unter Beweis gestellt, dass er sich gut in Graugard auskannte. Sicherlich wusste er, was er tat.

Neben einer hohen Tanne, die alle anderen Bäume überragte, zügelte der Waldläufer sein Pferd und sprang ab. Zielstrebig ging er auf einen von kniehohen Kräutern gesäumten Felssockel zu, der in unregelmäßigen Stufen zu einem Bergsattel anwuchs.

Binek beobachtete verwundert, wie sich sein Begleiter einen Weg durch die Grünpflanzen bahnte, um die Steinformation nach etwas abzusuchen. Nachdem er mit seinen Händen verschiedene Simse und Einbuchtungen abgetastet hatte, hielt Velb erfreut inne. Die Fingerspitzen seiner Linken in einen Vorsprung gekrallt, den Handballen der Rechten in eine Mulde gepresst, spannte er plötzlich alle Muskeln so fest an, dass seine Schulterblätter zu zittern begannen.

Mehrere Atemzüge lang geschah nichts. Binek wollte schon

fragen, was dieses seltsame Gebaren zu bedeuten hatte, da hob unter dem Fels ein metallisches Rasseln an. So ähnlich klang es, wenn ein Fallgitter in die Tiefe raste oder ein Gegengewicht an einem Kettenzug. Letzteres war hier der Fall. Das wurde Binek schlagartig klar, als ein fest umrissenes Felsstück zitternd in die Höhe fuhr.

Wie jedes Mitglied einer Diebesgilde, so war auch er mit den grundsätzlichen Funktionen von Falltüren und Geheimgängen vertraut. Besonders Hartwig hatte ihnen in dieser Hinsicht sehr viel beigebracht. Doch zwischen einigen Steinquadern, die in einer Mauer nach hinten rückten, wenn man an der richtigen Fackelhalterung zog, und einer nach oben klappenden Felskuppe bestand ein gewaltiger Unterschied.

Ehe sich der Halbelf versah, blickte er in eine dunkle Öffnung, so groß wie ein Scheunentor. Sein Pony erschrak weitaus mehr als er. Aufgeregt tänzelte es zur Seite, so dass sich Binek gezwungen sah, aus dem Sattel zu springen. Erst im Stehen brachte er sein Tier unter Kontrolle. Einem Reiter mit größerer Erfahrung wäre das nicht passiert, aber nachdem sich das struppige Pony beruhigt hatte, ließ es sich willig von ihm am Zügel führen.

Inzwischen hatte Velb im Eingangsbereich eine Fackel aufgetrieben, die er mit Stahl und Feuerstein entzündete – zwei zum Überleben in der Wildnis notwendige Dinge, die Binek ebenfalls in einem Zunderbeutel bei sich führte.

»Jetzt aber schnell«, forderte Velb, als der mit Pech getränkten Lappen umwickelte Stecken brannte. »Mit den Ponys hinein, ohne Krach und großes Aufsehen.«

Als sie die offene Höhle betraten, sah Binek scharfe Speerspitzen von oben herabragen. Sie waren an die Quadrate eines Eisengitters geschmiedet, das sie mühelos mitsamt den Ponys aufgespießt hätte, wäre es zu ihnen heruntergeklappt.

»Keine Sorge«, beruhigte Velb, dem der misstrauische Blick in die Höhe nicht entgangen war. »Ich habe diese Falle gesichert, noch ehe ich mich nach den Fackeln umgesehen habe.«

»Ein Schutz vor unbefugtem Betreten?«, fragte Binek.

»Für den Fall, dass einmal ein feindlicher Späher den getarnten Eingang entdeckt«, bestätigte Velb. »Selbst wenn es ihm gelingt, den verborgenen Mechanismus zu öffnen, lebt er nicht mehr lange genug, um sich daran zu erfreuen.«

Binek entzündete eine eigene Fackel, mit der er die Ausmaße der Höhle zu ergründen versuchte, doch es gelang ihm nicht. Der Felsendom, der sich über ihnen auftürmte, ließ sich nicht mit dem eng umgrenzten Schein ausleuchten. Allein der Hufschlag ihrer Ponys, der zu beiden Seiten hin verhallte, ließ ahnen, dass man sich hier drinnen durchaus verlaufen konnte.

Binek beschlich ein Gefühl der Beklemmung, als sich der Eingang wieder schloss. Nicht einmal der kleinste Lichteinfall markierte den Spalt, der zwischen Bergsims und Steintor verlief. Trotz der Fackeln umschloss sie die Finsternis wie eine zweite Haut.

Die Ponys zerrten unruhig an ihren Zügeln, allerdings nicht vor Angst, sondern weil sie das Wasser witterten, das in einiger Entfernung vorüberrauschte. Velb führte die durstigen Tiere an das nahe Ufer und ließ sie ausgiebig saufen, bevor er ihnen Futtersäcke vor die Mäuler hängte.

»Felsheim wurde nicht zufällig in diesem Teil des Gebirges errichtet«, erklärte er dabei. »Hier gibt es viele weiche Gesteinsschichten, die sich gut bearbeiten lassen. Das bedeutet aber auch, dass sich der Regen über Äonen seinen Weg durch die Berge gewaschen hat. Deshalb findest du hier viele unterirdische Flüsse und Seen, dazu von den Zwergen angelegte Zisternen, in denen sich genügend Wasser speichern lässt, um ganz Graugard durch lange Zeiten der Dürre zu bringen.«

»Woher weißt du das alles?«, fragte Binek erstaunt. »Und wer hat dir verraten, wie du hier unbeschadet hereinkommst?«

»Gohlik«, antwortete Velb, als wäre damit alles erklärt, setzte dann aber noch hinzu: »Der alte Griesgram hat sein halbes Leben lang in der Nekropole gearbeitet. Nicht nur als Steinmetz bei den Grabkammern, sondern hier vor allem unten, tief in den Bergen, als Wasserknecht.«

»Und ihr beide steht euch so nahe, dass er dir diesen geheimen Zugang verraten hat?«, staunte Binek.

»Diesen und noch einige mehr! Er besitzt ein paar sehr alte Karten, in denen Dinge verzeichnet sind, von denen die jüngeren Zwerge keine Ahnung mehr haben. Niemand kennt die Wege des Wassers so gut wie er.« Der gelbstichige Fackelschein verzerrte Velbs Lächeln zu einem dämonischen Grinsen. »Ich treibe schon lange Handel mit dem alten Knaben, und er weiß meinen Schmauch ausgesprochen zu schätzen. Am meisten gefällt ihm jedoch, dass er meine Waren gegen seine geschnitzten Anhänger eintauschen kann, die unter Menschen und Elfen reißenden Absatz finden. Gohlik versteht sich nämlich darauf, Motive zu schnitzen, denen etwas Magisches anhaftet. Bäume, deren Äste im Wind zu wogen scheinen, oder Treppenkarrees, in denen alle Stufen reihum nur aufwärts führen.«

Unwillkürlich musste Binek an Kappoks Elfbeinanhänger denken, verscheuchte diese Eingebung aber sofort wieder. *Unsinn!* Vermutlich gab es Dutzende von altersschwachen Zwergen, denen diese Schnitztechnik geläufig war.

»Aus Dankbarkeit lässt mich Gohlik bei seiner Erdhütte lagern«, erzählte Velb weiter. »Außerdem hat er mir diesen direkten Zugang zu den Wasserknechten verschafft, so dass ich ihnen Schmauch verkaufen kann, ohne dass Dampfknechte, Steinmetze oder die Hohen irgendwie Wind davon bekommen. Allerdings musste ich schwören, diesen Zugang keiner Menschenseele zu verraten. Aber da du nur zur Hälfte Mensch bist, zählst du nicht. Trotzdem wäre es besser, wenn uns die Wasserknechte vorläufig nicht bemerken.«

Alleine die Vorstellung, von grimmigen Zwergen umringt zu werden, die Velb und ihm vorwarfen, unerlaubt in ihr unterirdisches Reich eingedrungen zu sein, bereitete Binek Magengrimmen. Nervös sah er sich um, konnte jedoch in der allumfassenden Finsternis keine verdächtigen Bewegungen ausmachen.

Velb lachte laut auf. »Du hast keine Vorstellung davon, wie groß die natürlichen Hohlräume rund um die Totenstadt sind«, erklärte er, als er sich endlich wieder beruhigt hatte. »Außer den Wasserknechten lässt sich hier niemand blicken. Und auch die schauen nur vorbei, wenn es etwas zu kontrollieren oder instand zu setzen gibt.«

Der lastende Druck auf seinem Magen blieb, trotzdem folgte Binek dem Beispiel seines Weggefährten, der sich in dem klaren Gebirgsstrom den Staub von Gesicht und Händen wusch. Das kalte Wasser erfrischte, von außen wie von innen. Nachdem Binek seinen ärgsten Durst mit der hohlen Hand gestillt hatte, füllte er auch den Trinkschlauch auf. Neu belebt, war er anschließend zur Weiterreise bereit.

Der Weg entlang des steinernen Ufers führte an bizarren Felsformationen vorbei, die bedrohlich wirkten, weil der Feuerschein sie nur bruchstückhaft dem schwarzen Meer der Finsternis entriss. Der Marsch durchs Dunkel war lang, aber eine Passhöhe zu erklimmen wäre weitaus beschwerlicher gewesen. Ihre Reise durch den Berg kürzte die vor ihnen liegende Strecke gehörig ab. Trotzdem mussten sie ihre heruntergebrannten Fackeln mehrfach gegen neue eintauschen, die in regelmäßigen Abständen in eisernen Körben bereitlagen.

Das Höhlensystem verengte sich manchmal so stark, dass sie mit ihren Ponys nur noch hintereinandergehen konnten. Einmal verschwand der neben ihnen verlaufende Fluss sogar im Berg, um schon dreihundert Königsschritte später wieder hervorzutreten. Stalagmiten säumten ihren Weg wie stumme Wächter, die vor einem weiteren Eindringen in das Reich der Zwerge warnten. Noch häufiger hingen die Tropfsteine bedrohlich tief von der Decke, wie mit Geifer bedeckte Drachenzähne.

Durch schmale Lichtscharten und natürliche Öffnungen fielen hin und wieder Sonnenbahnen ein. Trotzdem waren die Temperaturen sehr niedrig. Besonders die allgegenwärtige Feuchtigkeit kroch Binek kalt unter die Kleidung. Das erste Frösteln überfiel ihn allerdings erst, als er ein kleines Boot entdeckte, das auf einem stillen See dahindümpelte. Die glatte Wasseroberfläche reflektierte das Licht der im Bug hängenden Laterne tausendfach, wie ein zerbrochen daliegender Spiegel.

Die im Boot sitzenden Zwerge hielten gewundene Wurzelpfeifen in den Händen, aus deren Köpfen dünne Rauchfäden in die über ihnen lastende Finsternis aufstiegen. Als sie die beiden Fackelträger mit den Ponys entdeckten, winkten ihnen die Schiffer vergnügt zu. Zum Glück überquerten Velb und Binek gerade den Scheitelpunkt einer Felsbogenbrücke, so dass ihre Körpergröße aus der Ferne nur schwer einzuschätzen war. So genügte es zurückzugrüßen, um nicht weiter aufzufallen.

»Was machen die Zwerge da draußen?«, fragte Binek, als die Anspannung von ihm abfiel.

»Vermutlich schmauchen.« Velb lachte. »Aber eigentlich ist es ihre Aufgabe, Wasserstände zu prüfen, nach Felseinbrüchen zu suchen oder die Schleusen zu kontrollieren.«

»Die Schleusen?«, echote Binek.

»Ja, sicher. Ich habe dir doch von den Wasserspeichern für lange Trockenzeiten erzählt. Die werden über Schleusen befüllt und entleert. Außerdem gibt es nicht nur *diesen* unterirdischen Lauf in nordsüdlicher Richtung, sondern noch einige weitere, dazu welche, die nach Osten oder Westen fließen. Ich selbst kenne nur einen kleinen Teil dieses Höhlensystems, doch es durchzieht das gesamte Gebirge. Die Zwerge regulieren schon seit Generationen die Wasserpegel, um Überschwemmungen zu vermeiden. Früher haben einbrechendes Schmelzwasser oder starke Regenfälle viele Todesopfer in den Höhlen gefordert, inzwischen kommt das nur noch selten vor. Aber das weitverzweigte System zu überblicken ist schwer und sein Gleichgewicht sehr empfindlich, wie der Unfall bei den Grabkammern zeigt.«

»Können die Zwerge nicht einfach neue Wassermassen für die Elfen umleiten?«

Velb zuckte mit den Schultern. »Wenn sie es könnten, hätten sie es wohl schon getan. Aber ich fürchte, dass selbst den

Wasserknechten der Überblick über das gesamte Schleusennetz fehlt.«

Fernes Stampfen unterbrach ihr Gespräch. Binek beschlich ein mulmiges Gefühl. Das durchgängige Grollen erklang viel zu gleichförmig, um natürlichen Ursprungs zu sein. Öffneten die Zwerge vielleicht gerade eine Schleuse, um zwei ungebetene Besucher ihres unterirdischen Reiches zu ertränken?

Das Ziehen in seiner Magengegend verstärkte sich bei diesem Gedanken, bis Velb erleichtert neben ihm aufatmete. »Hörst du das Zischen und Knarren?«, fragte der Händler vergnügt. »Das bedeutet, dass die Dampfknechte nicht mehr fern sind!«

Binek wusste mit dieser Ankündigung nichts anzufangen, bis sie an eine in gelben Schein getauchte Höhle gelangten, in der riesige Zahnräder ineinandergriffen, um eine Vielzahl von Aufzügen und Förderbändern anzutreiben. Zwerge in schweren Lederschürzen, mit Brandnarben an den bloßen Armen, rannten zwischen weißen Dunstschwaden umher. Sie waren vor allem damit beschäftigt, einen riesigen Kessel zu befeuern, der die Mitte des Gewölbes ausfüllte. Das Wasser, das sie in einem rußgeschwärzten Behälter zum Sieden brachten, stieg als Dampf durch eine enge Tülle auf, über der sich die Antriebsblätter eines hölzernen Schaufelrades drehten.

Ein normales Wassermühlrad gab es auch, das jedoch viel kleiner war. Es befand sich unterhalb einer Rinne, die frisches Wasser in den Eisenkessel leitete. Ein schwerer Schieber regelte die genaue Menge der Wasserzufuhr. An anderen Stellen mussten Gestänge eingehängt werden, um etwas anzutreiben. Geschäftig dreinblickende Zwerge sorgten dafür, dass alles seinen reibungslosen Ablauf nahm.

Ging einmal etwas schief, begannen die Dampfknechte, laut zu zetern, mit sich selbst, aber auch mit anderen, denen sie die Schuld an der Misere gaben. Dabei hantierten sie so lange an der Mechanik herum, bis wieder alles vorbildlich schnurrte und zischte.

Velb versteckte sich mit Binek im Schatten eines Felsens, gleich neben dem Höhleneingang, um einen passenden Moment der Unachtsamkeit abzuwarten. Nachdem sie ihre Fackeln gelöscht hatten, verschmolzen sie mit ihrer tintenschwarzen Umgebung.

»Was geht da drinnen vor?«, fragte Binek, der das Treiben rund um den Kessel mit offenem Mund verfolgte.

»In dieser Höhle wird Pech aus einer tiefer gelegenen Teergrube gefördert«, erklärte ihm sein Begleiter. »Pech ist überaus wichtig für ein Leben unter Tage. Die Zwerge fertigen daraus nicht nur Fackeln, sondern befeuern damit auch ihre Kessel, die ihnen das Leben leichter machen. Denn so stark die Zwerge auch sind, so manches, was sie tief in den Bergen treiben, lässt sich nur mit Hilfe der Dampfkraft bewerkstelligen.«

Angesichts des allgemeinen Zischens und Knarrens begannen die Ponys, unruhig zu schnauben. Binek teilte ihre Nervosität. Obwohl in der Hektik des Pfuhls aufgewachsen, flößte ihm die monströse Mechanik ebenfalls Furcht ein. Was wohl geschah, wenn all die Gestänge, Seilzüge und Hebewerke, die sich wie durch Geisterhand von alleine bewegten, plötzlich ein Eigenleben entwickelten? Reichte schon eine falsch eingerastete Schiene aus, um gewaltige Kräfte zu entfesseln? Zweifellos splitterte und krachte alles auseinander, wenn die Dampfknechte einmal die Kontrolle verloren!

Während sich Binek ein fauchendes Inferno ausmalte, glaubte Velb die Lücke zu entdecken, auf die sie schon so sehnsüchtig gewartet hatten.

»Schnell!«, forderte er. »Die Gelegenheit ist günstig.«

Velb hatte recht. Rund um den Kessel war keine Zwergenseele zu erblicken. Und die Dampfknechte, die auf den höher gelegenen Stegen und Hängebrücken arbeiteten, waren allesamt beschäftigt. Etwa damit, schwarz verschmierte Schöpfeimer zu entleeren, mit denen sie den klebrigen Inhalt der Pechgrube förderten.

Ihre Ponys sträubten sich gegen den Lärm, der sie beim Eintritt in die Höhle empfing. Nachdem Binek beruhigend auf sie eingewirkt hatte, folgten sie jedoch friedlich. Feuchte Wolken umhüllten die beiden Händler wie weiße Schleier, während sie einem schräg gegenüberliegenden Durchgang entgegenstrebten.

Bis zur Hälfte des Weges ging alles gut.

Die Dampfknechte auf den Stegen waren in ihre Arbeit vertieft, und falls sie doch einer aus den Augenwinkeln bemerkte, maß er ihnen keine große Bedeutung bei. Aber der Platz neben dem Kessel war keineswegs so leer, wie es zunächst den Anschein hatte. Unversehens schälte sich aus dem wogenden Dunst eine zwergenhafte Gestalt hervor, die sie mit kohlrabenschwarzen Augen anstarrte.

»Velb?«, fragte sie verdutzt. Dabei strich sie sich den Bart, in dem Hunderte von kleinen Wasserperlen glitzerten. »Was treibst du dich mit zwei Pferden bei uns herum? Noch dazu mit einem Fremden im Schlepptau?«

Binek erstarrte bei diesen Worten vor Schreck, während sein Weggefährte vollkommen gelassen blieb. Kein Wunder. Schließlich kannte er den Zwerg, der sie überrascht hatte.

»Hallo, Riebich!«, grüßte Velb mit strahlendem Lächeln. »Gut, dass du uns über den Weg läufst. Man hat uns zu euch herabgeschickt, um unsere Tiere sicher unterzustellen. Wir haben das Fanal gesehen und bringen euch Schlummerkraut zur Verteidigung! Binek hat mir geholfen, es sicher nach Felsheim zu transportieren. Leider haben wir uns hier unten verlaufen. Kannst du uns nicht zu den Ställen begleiten? Es soll dein Schaden nicht sein …«

Velb redete ohne Atempause auf den schweißüberströmten Zwerg ein. Dabei nestelte er unter seinem zurückgeschlagenen Umhang so lange am Gürtel herum, bis er einen kleinen Lederbeutel in Händen hielt.

»Ihr kommt aus Felsheim herab und wollt zu den Ställen?« Riebich klang ungläubig, aber keineswegs misstrauisch. »Bei allen Ahnen, da seid ihr ja gewaltig vom Weg abgekommen.«

Anstatt Velbs fadenscheinige Erklärung zu hinterfragen, galt Riebichs Interesse bereits dem Lederbeutel, der verführerisch vor seiner Nase baumelte.

»Schmauch?«, fragte der Zwerg hocherfreut.

»Der beste!«, versprach Velb mit verschwörerischer Miene. »Stark und würzig, wie du ihn aus Norva gewohnt bist. Wie sieht es aus? Kannst du uns schnell und sicher ans Ziel führen? In diesem Fall soll dieser Beutel der deine sein.«

Funken der Gier blitzten in Riebichs Augen auf; der sichtbare Wunsch nach einem Pfeifchen, das ihn die schwere Arbeit bei Hitze, Lärm und Pechgestank vergessen ließ. Prüfend sah er zu dem Feuer hinüber, das unter dem Kessel loderte. Vorerst gab es dort nichts nachzulegen.

»Schlummerkraut zur Verteidigung, häh?« Diesmal drehte er die Bartspitze um seinen Zeigefinger. Auch seine übrigen Bewegungen, fahrig und unbeholfen, zeugten von dem inneren Kampf, den er mit sich selbst ausfocht. »In diesem Fall ist wohl Eile geboten. Besser, ich weise euch den richtigen Weg, bevor unser Feldherr warten muss.«

Ein Blick in die Höhe stellte sicher, dass niemand sah, wie er den kleinen Beutel unter seiner Lederschürze verschwinden ließ. Danach setzte er sich an die Spitze ihrer kleinen Gruppe und führte sie durch den Ausgang, den Velb und Binek ohnehin angesteuert hatten.

Dampf und Hitze begleiteten sie noch einige Zeit in dem von Zwergenhand geschaffenen Tunnel, in dem Fackeln und Feuerschalen brannten. Um Pech und Atemluft zu sparen, setzten die Zwerge auch auf fluoreszierende Moose, die an den gewölbten Decken wuchsen. Bereits nach den ersten drei Abbiegungen verlor Binek die Orientierung, da jeder dieser Tunnel dem nächsten glich. Zum Glück eilte ihnen Riebich stramm vorweg, so dass gar keine Zeit für irgendwelche Zweifel blieb.

Unterwegs kamen ihnen immer wieder einzelne oder kleinere Gruppen von Zwergen entgegen. Die meisten von ihnen gingen einer normalen Arbeit nach, doch manche waren auch bewaffnet. Das Fanal hatte viele wehrfähige Männer nach Felsheim gelockt, die sich nun auf den Kampf gegen die Elfen vorbereiteten. Der Anblick zweier Menschen erweckte natürlich Neugier, aber da sie von einem Dampfknecht geführt wurden, stellte niemand irgendwelche Fragen. Angesichts des herrschenden Durcheinanders war alles möglich, und so ging jeder davon aus, dass ihre Anwesenheit schon seine Richtigkeit haben würde.

Auch in den Stallungen, in denen vor allem Ziegen und Hühner gehalten wurden, zweifelte niemand an Riebichs Worten, als dieser zwei Stellplätze für die Ponys verlangte. »Schon recht, schon recht«, brummte ein alter Stallknecht, dem die Müdigkeit deutlich anzumerken war. »Stellt sie einfach mit zu den Pferden der Rappolds, dort ist noch Platz genug.«

Dabei deutete er auf eine der vielen in den Fels geschlagenen Remisen, die den Gang zu beiden Seiten säumten. Sie waren mit frischem Stroh ausgestreut und mit Futtertrögen versehen. Auch sonst boten sie alles, was in einer oberirdischen Stallung zu finden war.

»Absatteln müsst ihr schon selbst, um den Rest will ich mich kümmern«, bot der Alte an, während er sich auf eine Mistgabel stützte. »Aber nehmt alles mit, was von Wert ist. Ich habe zu viel zu tun, um auf euer Zeug ein Auge zu haben. Und hier laufen jede Menge unbekannter Gesichter herum, die ich nicht einzuschätzen vermag.«

»Auch Hirschberger?«, fragte Velb misstrauisch.

Riebich und der Stallknecht lachten hämisch, da sie Velbs Abneigung nicht nur kannten, sondern auch teilten. Nachdem die Ponys untergebracht waren, schulterten die beiden Händler ihre prall gefüllten Leinensäcke und folgten Riebich bis zu einem gezimmerten Aufzug, über den für gewöhnlich größere Tiere wie Esel, Ziegen und Pferde zu den Stallungen transportiert wurden. Binek wusste nicht recht, was er von diesem mit Seilzügen bewegten Hebewerk halten sollte, aber da Velb sich ihm bedenkenlos anvertraute, stieg er ebenfalls ein.

»Orm überwacht die Schanzarbeiten auf der obersten Ebene«, erklärte ihr Führer durch das Labyrinth zum Abschied. »Aber das wisst ihr ja bereits.«

»Orm?«, entfuhr es Velb überrascht.

Das war ein Fehler.

Riebich, dessen Hand bereits das Glockenseil umfasste, um einem zuständigen Dampfknecht Signal zu geben, hielt plötzlich mitten in der Bewegung inne.

»Ja, natürlich«, sagte er, von sichtlichem Misstrauen erfasst. »Er ist unser Feldherr, der die Verteidigung gegen die Elfen organisiert. Das musst du doch wissen! Oder hat dich einer der Odemars zu uns geschickt?«

»Seinem Brustwappen nach zu urteilen schon«, antwortete Velb vorsichtig, um sich kein weiteres Mal zu verraten. »Ich bin mir aber nicht ganz sicher, es war nur ein kurzes Gespräch.«

»Und hat dir dieser Odemar nicht erzählt, dass einer der Unseren den Oberbefehl über die Streitkräfte führt?«, fragte der schwarzhaarige Zwerg erbost. »Ein von allen respektierter Veteran! Ein Überlebender der Schlacht von Scherbental!«

Das jäh aufflammende Pathos lag wie eine Drohung in der Luft. Velb hob deshalb beide Hände zu einer beschwichtigenden Geste.

»Doch, natürlich hat dieser Odemar von Orms neuer Stellung gesprochen«, versicherte er. »Und dass wir euren Feldherrn sofort mit dem Schlummerkraut aufsuchen sollen, sobald unsere Pferde versorgt sind.«

Seine Ausflucht stand auf wackligen Beinen, aber das machte nichts. Statt auf Velb richtete sich der Zorn des Dampfknechtes von nun an auf die Odemars, gegen die er ohnehin einen Groll zu hegen schien.

»Elendes Adelspack!« Riebich war offenbar davon überzeugt, dass Velb nur schön daherredete, um einen Zwist zwischen den Zwergen zu vermeiden. »Die sollen sich hier nicht größer aufspielen, als sie sind. Sonst ziehen wir ihnen die kurzen Beine lang.«

Noch ehe der Händler etwas erwidern konnte, rüttelte Riebich am Seil. Irgendwo über oder neben ihnen erklang ein feines Läuten, gefolgt von dem Einrasten eines schweren Zahnrades. Nur drei Herzschläge später begann der viereckige Kasten, in dem sie standen, gehörig zu wackeln. Binek stützte sich instinktiv an der Seitenwand ab, obwohl das unnötig war.

Nach dem ersten Ruckeln ging es vergleichsweise sanft in die Höhe.

Riebich wurde unter ihnen immer kleiner und geriet schließlich ganz außer Sicht, als sie in einen senkrechten Schacht eintauchten, der rundum nur eine Handbreit größer als der Aufzug war. Velb atmete erleichtert auf, sobald sie nur noch grauen Stein vorüberhuschen sahen.

»Das wäre ja beinahe schiefgegangen«, seufzte er. »Gut, dass Riebich gleich eine Erklärung für mein Unwissen mitgeliefert hat.«

»Wer ist denn dieser Orm, dass du so überrascht warst?«

Velb presste den Sack mit dem Schlummerkraut fest an seinen Körper, bevor er sich zu Binek umwandte und sagte: »Jemand, von dem ich dachte, er würde längst in Frostscheid weilen.«

## 3.

Ein schweres Eichentablett in beiden Händen, eilte Imtje schon zum fünften Male durch die sternenklare Nacht. Zwischen dem Küchenaufzug und den Wehrgängen ging es für sie stetig hin und her, um die hungrigen Mäuler all der Freiwilligen zu stopfen, die dem Ruf des Fanals gefolgt waren. Mit dem Rücken zur Felsbrüstung saßen sie da, ließen ihre Beine herabbaumeln und schmatzten laut, wenn sie nicht gerade nach Nachschub verlangten.

Nur die quiekenden Laute fehlten, ansonsten hätte die aufgekratzte Bande wie ein Haufen Ferkel geklungen, das sich um einen frisch gefüllten Trog drängte. Da hieß es sich sputen, bevor sich die Männer gegenseitig an die Kehle gingen.

Wie viele andere ihrer Küchenschwestern hatte auch Imtje ihre handgewebten Röcke gerafft und am Gürtel festgesteckt, um schneller laufen zu können.

Viele Mägde stöhnten wegen der schweren Arbeit, die sie seit Tagen leisten mussten, doch bei Imtje überwog die Freude darüber, dem täglichen Trott entronnen zu sein. Schließlich war sie noch ein junges Ding von zweiundvierzig Jahren, das mühelos schleppen, laufen und gleichzeitig tändeln oder plaudern konnte. Dass es außerdem reichlich neue Mannsbilder zu sehen gab, wog vieles für sie auf. Das Geschwätz der Felsheimer Schlachter, Köche und Küchenhilfen kannte sie schon in- und auswendig. Selbst Borstel war sie müde geworden, auch wenn das der neue Oberste Steinmetz nicht wahrhaben wollte. Und vielleicht gab es ja unter den Tapferen, die für Felsheim streiten wollten, einen gut gebauten Zwerg, der Imtje zum Lachen und Erbeben brachte, je nachdem, wonach ihr gerade war?

Natürlich erhob sich unter den bereits Schlemmenden großes Geschrei, als sie mit ihrem dampfenden Tablett, auf dem sich frische Brote und heiße Bratenscheiben stapelten, an ihnen vorübereilte. Wann immer sich fetttriefende Finger nach den Speisen ausstreckten, wich Imtje ihnen geschickt aus, nicht ohne sich insgeheim über die anzüglichen Bemerkungen zu freuen, die es wegen ihrer blanken Waden hagelte.

Die Küchenmagd wusste um ihre wohlgeratenen Formen und ließ sich auch gerne für sie bewundern. Da nicht jeder Zwerg zu dichten verstand, lebte sie gerne mit der Tatsache, dass manche Lobpreisungen ein wenig derber ausfielen. Zumindest so lange, wie ihre Verehrer die Finger bei sich behielten. Für die anderen gab es noch den Dolch am Gürtel, mit dem sie frechen Zwergen gerne an den Rippen kitzelte, bis sie begriffen, wie sie sich einer Dame gegenüber zu benehmen hatten.

Bei einer Gruppe von Freiwilligen angekommen, die sich nur an leeren Trinkbechern festhielten, hob Imtje ihr Tablett in die Höhe, das in Windeseile unter den von allen Seiten zulangenden Händen verschwand. Es waren vor allem ältere Kämpen, die hier wie Hühner auf der Stange saßen. Und der einzige jüngere unter ihnen, der für Imtje halbwegs in Frage kam, schmatzte so sehr, dass es einer Sau grausen würde, als er fragte: »Ischt dasch allesch? Gibtsch denn gar nischt mehr schu trinken?«

Ihre Hoffnung auf einen annehmbaren Galan, der bei ihrem Anblick den Hunger vergaß und sie lieber mit seinen Augen verspeiste, zerstob erneut wie eine Rauchwolke im auffrischenden Wind. Nun ja, vielleicht weiter hinten, nahe dem Fanal, wo bisher nur die älteren Zwergenweiber servierten.

Von leichtem Missmut befallen, kehrte Imtje zu dem Aufzug zurück, der direkt zur Küche hinabführte. Wiltrud, die dort über die ankommenden Speisen wachte, winkte schon von weitem ab. »Schluss für heute«, erklärte sie dazu. »Die Vorräte für diesen Tag sind verbraucht. Öfen und Herde glühen bereits aus. Der Kellermeister schafft noch zwei Weinfässer heran. Wem das nicht reicht, muss sich bis zum Frühstück mit Luft und Liebe begnügen.«

Luft und Liebe, das klang gut! Imtje unterdrückte das Lächeln, das ihr bei dieser Vorstellung über die geschwungenen Lippen huschen wollte. Wiltrud war ein schwatzhaftes Weib, das gerne über junge Mägde herzog.

»Zwei Fässer?«, fragte Imtje stattdessen. »Ob das reichen wird?«

»Das ist nur ein Tropfen auf den heißen Stein, ich weiß.« Wiltrud hob die Schultern. »Aber was willst du machen?

Hezio und die Seinen halten die Vorratskeller fest verschlossen.«

Imtje legte ihr Tablett, auf dem nur noch wenige Brotkrumen klebten, zu den anderen, die sich leer übereinanderstapelten. Da ihre Arbeit soweit getan war, beschloss sie, unter freiem Himmel noch ein wenig frische Luft zu schnappen. Wiltrud schärfte ihr zwar ein, sich zurückzumelden, sobald die Fässer hochgezogen wurden, doch die junge Magd erklärte nur zum Schein ihr Einverständnis. Es gab genügend Küchenschwestern, die zwischendurch gebummelt hatten. Sollten die doch mit Krügen umherrennen und leere Becher füllen.

Erst jetzt, da sie Zeit zum Nachdenken hatte, spürte Imtje, wie sehr ihre Füße schmerzten. Zum Glück entschädigten die Sterne, die so herrlich am Himmelszelt funkelten, für die ganze Mühsal des Tages. Davon, dass vielleicht ein Krieg mit den Elfen drohte, war auf Felsheims oberster Ebene nichts zu spüren. Im Gegenteil. Überall standen oder saßen Zwerge schwatzend und lachend beisammen, als hätten sie sich zu einer großen Feier zusammengefunden.

Nur dort, wo Pech- und Ölkessel befeuert wurden oder Wachposten angestrengt ins Land hinausspähten, war etwas vom Ernst der Lage zu spüren. Imtje erhaschte auch einen Blick auf Orm, der immer noch die Abwehranlagen inspizierte, um zu überprüfen, ob weitere Verbesserungen notwendig waren. Mit seinen mächtigen Schulterpolstern, denen unterarmlange Eisenspitzen entsprangen, sah er ganz anders aus als in der Lederschürze der Steinmetze.

Weitaus jünger, vitaler – und vor allem gefährlicher.

Die große Zuversicht, die ihm aus allen Poren quoll, riss die Felsheimer mit sich. Eigentlich glaubte ja niemand, den Imtje näher kannte, dass die Elfen noch einmal zurückkehren würden, um sich an der verschütteten Kaverne zu vergreifen. Aber sollten sie wider Erwarten doch aufmarschieren, würde ihnen Orm eine Lehre erteilen, da war sie sich ganz sicher. Von dem schaudernden Gefühl ergriffen, den Vorabend einer geschichtsträchtigen Zeit zu erleben, wäre Imtje beinahe mit den beiden Gestalten zusammengestoßen, die vor ihr jäh aus der Dunkelheit auftauchten.

Imtje prallte zurück, als wäre sie gegen ein unsichtbares Hindernis gelaufen. Erschrocken stellte sie fest, dass sie zu den beiden schlanken Männern, die prall gefüllte Säcke auf den Schultern trugen, aufsehen musste. Ihre erste Befürchtung, dass es sich um Elfen handeln könnte, erfüllte sich zum Glück nicht. Aber auch zwei Menschen waren ein seltener Anblick in Felsheim, insbesondere in diesen unruhigen Zeiten.

Instinktiv langte sie nach dem Dolch an ihrem Gürtel.

»Halt, wer seid ihr?«, rief sie die beiden an. »Spioniert ihr hier etwa für die Elfen herum?«

Sofort blieben die beiden wie angewurzelt stehen.

»Hoho, nur die Ruhe, kleine Küchenfee«, wandte sich der Ältere an sie. »Genau das Gegenteil ist der Fall. Mein Name ist Velb, der Grenzgänger. Ich treibe schon lange Handel mit den Felsheimern, und ich habe euer Fanal gesehen. Darum bringe ich euch Schlummerkraut, das ich zusammen mit meinem Kameraden Binek gesammelt habe. Es wird euch gute Dienste bei der Verteidigung eurer Nekropole leisten, zumindest wenn du uns sicher zu eurem Feldherrn Orm geleitest, der für uns bürgen wird.«

Imtje hatte schon viel von Velb gehört, ihn aber bisher nur von weitem zu sehen bekommen. Das war der Nachteil ihrer Küchenarbeit, sie kam nur selten nach draußen. Trotzdem wusste sie, dass Velb für gewöhnlich alleine unterwegs war.

Als sie ihren Blick zu seinem Gefährten schweifen ließ, erwischte sie diesen dabei, wie er auf ihre nackten Beine starrte. Obwohl das für seinen guten Geschmack sprach, sah sie ihn dafür tadelnd an. Das gehörte schließlich zu den Hürden, die jeder Mann zu überwinden hatte, der das Herz einer Frau erobern wollte.

Abrupt wandte Binek den Blick ab und sah verschämt zu Boden. Selbst im Mondlicht war zu erkennen, dass er knallrot im Gesicht anlief.

Bei allen Ahnen, das war ja ein ganz zartes Pflänzchen. Dabei sah er durchaus stattlich aus. Und wer sich in diesen Zeiten zu den Zwergen wagte, konnte auch kein ängstlicher Jammerlappen sein. Nur von Frauen schien er nicht viel zu verstehen. Vielleicht weil er ein Mensch war, denen wurden ja allerlei merkwürdige Dinge nachgesagt.

Hatte sie dem schüchternen Burschen vielleicht zu arg zugesetzt? Imtje plagte plötzlich das schlechte Gewissen. Womöglich waren das die ersten anständigen Frauenbeine gewesen, die er seit langer Zeit bewundern durfte. Vielleicht war er aber auch nur so nervös, weil er sich bei etwas viel Schlimmerem ertappt fühlte?

»Zu Orm wollt ihr?«, fragte Imtje, die Rechte weiter am Dolchgriff. »Geht voran, ich werde euch zu ihm bringen. Dann sehen wir ja, wie gut er euch kennt.«

Imtje ließ die beiden vorgehen, damit sie ihr nicht überraschend in den Rücken fallen konnten. Um sie herum hielt das bunte Treiben weiter an. Obwohl einige Zwerge zu ihnen herüberstarrten, schenkte keiner von ihnen den Menschen genügend Beachtung, um auf sie zuzugehen und nach ihrem Begehr zu fragen. Wären die beiden Elfen gewesen, hätten sie tatsächlich alles ausspähen oder noch schlimmeres Unheil anrichten können.

Nur Orm stellte sein waches Auge unter Beweis, indem er schon weitem rief: »Sieh an, Imtje! Welch hohen Besuch treibst du denn vor dir her?«

Nahe einem der Kessel, die im Ernstfall die Pechnasen des Eingangsportals speisten, wartete der Feldherr auf sie. Die Oberfläche der schwarzen Masse schlug bereits Blasen, die laut schmatzend zerplatzten, als Orm auf Velb zutrat, um ihn mit einem krachenden Schlag auf den Oberarm zu begrüßen.

»Den Ahnen zum Gruß, alter Grenzläufer!«, empfing er ihn mit sichtlicher Freude. »Ich wette, du hast nicht damit gerechnet, mich noch in Felsheim vorzufinden!«

»Ich freue mich, dass dir die Hohen endlich eine Aufgabe zugewiesen haben, die deinen Fähigkeiten gerecht wird«, wich Velb einer direkten Antwort aus. »Aber darf ich dir meinen Freund Binek vorstellen? Er ist ein ausgesprochen guter Kletterer, dem wir eine ertragreiche Schlummerkrauternte verdanken. Als das Fanal am Himmel erschienen ist, haben wir uns sofort entschlossen, die Ranken komplett nach Felsheim zu schaffen. Ich bin mir sicher, ihr habt Verwendung dafür.«

»Für einen angemessenen Preis, nehme ich an?« Orm lachte dröhnend.

»Das versteht sich doch von selbst«, antwortete der Händler zweideutig.

Orms Freude endete abrupt. Übergangslos einen ernsten Ton anschlagend, fragte er: »Du weißt hoffentlich, dass wir mit den Elfen der Silberfeste Streit haben?«

»Wer hat den nicht?«, fragte Velb zurück, unbehaglich mit den Schultern rollend. »Aber ja, die Kunde ist zu uns gedrungen. Ich habe aber schon vorher etwas in dieser Richtung geahnt.«

»Wie das?«, polterte Orm überrascht. »Das musst du mir erklären.«

Ausschweifendes Gerede, bei dem es am Ende doch nur um den Preis der angebotenen Ware ging, langweilte Imtje. Darum nutzte sie die Zeit lieber dazu, sich ein besseres Bild von Binek zu machen, der sich ein wenig abseits der anderen Männer hielt. Augenscheinlich zog er es vor, unauffällig im Hintergrund zu bleiben, doch seine Körperhaltung drückte nicht die geringste Spur von Furcht aus. Im Gegenteil. Er wirkte durchaus selbstbewusst, bloß nicht bei den Frauen.

Seit Imtjes tadelndem Blick vermied er jeden Augenkontakt mit ihr. So etwas Nachtragendes! Ob das gang und gäbe bei den Menschen war?

»Vermissen dich die Kinder nicht, wenn du so lange durch Graugard reist?«, fragte sie unvermittelt.

»Was?« Endlich widmete er ihr wieder die volle Aufmerksamkeit. »Kinder? Welche Kinder?«

»Ach so«, tat Imtje mitleidig, »deine arme Frau kann keine bekommen, das wusste ich nicht. Ich wollte dir natürlich nicht zu nahe treten.«

»Wieso nahe … Von welcher Frau sprichst du überhaupt?«

Diesen Binek auszuhorchen war wirklich einfacher, als einem Säugling den mit Honig beträufelten Stoffzipfel wegzunehmen. Aber Zwergenmänner waren in dieser Hinsicht auch nicht viel heller im Kopf.

Nun, da Imtje wusste, dass Binek niemandem treu zu sein brauchte, trat sie so nahe an ihn heran, dass ihr wogender Busen nur noch zwei Fingerbreit von seinem Bauchnabel entfernt war. Da er bereits mit dem Rücken am Wehrgang lehnte, konnte er der Magd nicht entkommen, ohne sie unschicklich zu streifen. Das dachte Imtje zumindest, als sie ihn fragte: »Wie kommt es, dass ein stattlicher Junge wie du noch keine Gefährtin hat?«

Diesmal presste er lieber die Lippen zu einer schmalen Linie zusammen, anstatt ihr zu antworten. Nur einen Lidschlag später hatte er sich in Luft aufgelöst. Überrascht sah Imtje zuerst an sich herunter und dann von rechts nach links, bis sie ihn drei Schritte entfernt entdeckte, auf halbem Wege zu Orm und Velb, die sich weiterhin angeregt unterhielten.

Wie war ihr Binek nur entkommen? Das grenzte ja an Hexerei!

Nicht nur, dass er sie trotz der beengten Lage nicht einmal berührt hatte, er hatte sich auch noch schneller bewegt, als ihre Augen folgen konnten. Imtje staunte. So unscheinbar sich Binek auch geben mochte, in Wirklichkeit schlummerten in ihm besondere Fähigkeiten. Damit war er das genaue Gegenteil der meisten Zwerge, die bei einer ersten Begegnung gerne mit Fähigkeiten prahlten, die sie nur vom Hörensagen kannten. Dass Binek seine Talente lieber verbarg, anstatt sie zur Schau zu stellen, machte ihn in Graugard ausgesprochen einzigartig, aber das erschreckte Imtje nicht. Im Gegenteil. Irgendwie fand sie es interessant und, wie sie sich insgeheim eingestehen musste, sogar ein wenig anziehend.

Auf leisen Sohlen schloss sie zu dem jungen Menschen auf, hielt aber ebenso wie er den Atem an, als Orm plötzlich Velb an beiden Oberarmen packte und mühelos in die Höhe stemmte.

»Mach dir doch deshalb keine Sorgen, alter Gesell!«, rief er dabei voller Begeisterung. »Damit hast du mir nur den größten Gefallen aller Zeiten getan! Sieh mich doch an, wie gut es mir wieder geht, seit wir unter Waffen stehen! Bis die Elfen kamen, war ich nur ein abgehalfterter Steinmetz, den sie nach Frostscheid abschieben wollten. Und heute bin ich der Herr über Felsheim, dem Hunderte von Kriegern unterstehen! Hätte ich es doch nur eher gewusst: Für Veteranen wie mich ist der Krieg etwas Wunderbares!«

Binek zuckte bei dem Schlusswort zusammen. Imtje erging es nicht viel anders. Auch wenn sie den Zusammenhang nicht verstand, in dem Orm gesprochen hatte, stieg in ihr doch ein ungutes Gefühl auf.

Erst als der muskulöse Zwerg den Händler wie einen nassen Mehlsack in die Tiefe plumpsen ließ, wurde ihm bewusst, dass er mehr Zuhörer gehabt hatte, als gut für ihn war. Schlagartig verschwand sein breites Grinsen.

»Auf jeden Fall vielen Dank dafür, dass du uns mit Schlummerkraut beliefern willst«, wechselte er das Thema unter kräftigem Schulterklopfen. »Am besten suchen wir gleich das Dreigestirn auf, um uns über den Preis zu einigen. Über die gleichen Waffen wie die Elfen zu verfügen kann sicherlich nicht schaden.«

Mit einem raschen Wink forderte er Binek auf, seine Ware aufzunehmen und ihm mit Velb zu folgen. Imtje speiste er mit einem kurzen Kopfnicken ab. Dass sie nicht mit zu den Hohen durfte, schmerzte sie nicht sonderlich, aber dass sich Binek nicht einmal die Mühe machte, sich von ihr zu verabschieden, schon.

»Warte nur, du Spitzhut!«, sagte sie kampfeslustig, als er außer Hörweite war. »So schnell gebe ich nicht auf.«

## 4.

Bei klarem Wetter pflanzen sich Stimmen und Geräusche in den Bergen über weite Strecken hinweg fort. Manchmal so gut, dass sich zwei Hirten mit lauter Stimme von einem Talrand zum anderen unterhalten können. Steinlawinen oder gefällte Bäume, die splitternd und berstend zu Boden schmettern, sind ebenso deutlich zu hören, aber natürlich auch nächtliche Gelage, die auf dem Scheitel eines Berges abgehalten werden.

Olf und Thaar, die sich gemeinsam am Wachfeuer wärmten, schauten missmutig in Richtung Felsheim, von wo aus der Wind immer wieder Fetzen eines feuchtfröhlichen Stimmengewirrs herüberwehte.

»Denen scheint es ja prächtig zu gehen«, stellte Olf verdrossen fest. »Wo kommen bloß die ganzen Freiwilligen her? Über unseren Pass sind sie jedenfalls nicht einmarschiert.«

»Sind wohl über Schleichwege eingesickert«, vermutete Thaar und spuckte aus. »Um sich unseren gerechten Wegzoll zu sparen.«

Die beiden Hirschberger wussten um den Ruf ihrer Sippe und um die Abneigung, die andere Zwerge gegen sie hegten. In diesem Fall allerdings zu Unrecht, schließlich hatten sie zwei volle Tage damit verbracht, die Fichtenschonung am Osthang zu fällen, um die von ihnen besetzte Anhöhe gegen unbemerkte Annäherung zu schützen. War diese Plackerei es nicht wert, mit einem kleinen Obolus belohnt zu werden?

Leider hatte ihre Einheit noch nicht allzu viel eingenommen. Und was nutzten schon die paar zusätzlichen Münzen in den Hosentaschen, wenn anderswo der Spaß umsonst zu haben war?

»Bestimmt gibt es dort junge Küchenmägde, die Wein und warme Speisen servieren«, malte sich Olf aus, was sie gerade verpassten. »Und wir stehen uns hier die kurzen Beine in den Bauch und warten auf Elfen, die sich ohnehin nie blicken lassen werden.«

Angesichts des versäumten Spaßes traten dem jungen Zwerg fast die Tränen in die Augen. Verlegen starrte er ins Feuer, damit Thaar den feuchten Schimmer nicht entdeckte. Das verräterische Geräusch, mit dem er seine laufende Nase hochzog, ließ sich allerdings nicht verheimlichen.

Eine Weile standen sich die beiden Zwerge reglos gegenüber wie steinerne Mahnmale, schweigend auf ihre Wachspieße gestützt. Das zwischen ihnen lodernde Feuer tauchte ihre Gestalten in einen unruhig flackernden, rötlich gelben Schein, der sie weitaus bedrohlicher wirken ließ, als sie sich selbst fühlten. Außer dem Schnarchen ihrer schlafenden Kameraden war nur das Knacken der Scheite zu hören. Bis ein Windstoß erneutes Gelächter herübertrug.

»O Ihr Ahnen!«, seufzte Olf laut. »Was habe ich nur verbrochen, dass ich in unsere geldgierige Sippe hineingeboren wurde?«

Abrupt wandte er sich von dem wärmenden Feuer ab und marschierte tiefer in den Bergeinschnitt hinein, um einen besseren Ausblick auf Felsheim zu erhaschen. Eigentlich wäre es seine Aufgabe gewesen, in die entgegengesetzte Richtung zu spähen, aber den steilen Aufstieg im Süden konnte niemand bewältigen, ohne lange vor der Ankunft bemerkt zu werden. Und wer mochte schon in die schwarze Leere starren, wenn es im Norden schattenhafte Umrisse vor rötlichem Feuerschein zu sehen gab, die ahnen ließen, wie lustig es im Leben zugehen konnte, wenn ein Zwerg nur zur rechten Zeit am rechten Ort weilte.

Ein wenig nagte die mangelnde Pflichterfüllung schon an Olf, so dass er laut brummte: »Versuch mich bloß nicht zurückzuhalten! Die anderen Wachen nehmen es auch nicht genauer als ich!«

Statt einer Antwort bekam er nur ein metallisches Klirren

zu hören. Gefolgt von einem Aufschlag, der nach einem nassen Mehlsack klang. Verwundert hielt Olf mitten im Schritt inne und drehte sich um. Irgendetwas stimmte da nicht. Ziellos irrte sein Blick über den verwaisten Feuerkorb hinweg, bis er Thaar ausgestreckt am Boden liegen sah.

»Was ist mit dir?«, fragte er überrascht.

»Der schläft nur.« Die unbekannte Stimme, die ihn angesprochen hatte, klang zu hoch, um einem Zwerg zu gehören. Noch ehe sich Olf von seiner Überraschung erholen konnte, trat eine schlanke Gestalt auf ihn zu. Der Metallstab, den sie waagerecht in Händen hielt, lag genau auf Höhe von Olfs Stirn. Als ihm seine Instinkte rieten, zur Seite hin auszuweichen, war es zu spät. Das Ende raste bereits zielgenau auf den Kopf des Zwerges zu.

Mit einem trockenen Laut traf ihn das Glevenende oberhalb der Nasenwurzel. Ohne seinen Helm, der sein Gesicht bis zu den Wangenknochen bedeckte, hätte ihm der Schlag glatt den Schädel gespalten. So dämpfte das Metall die Wucht, dellte aber oberhalb der Augenlöcher ein. Grelle Lichter blitzten vor ihm auf, bevor er in den tiefen Schacht der Ohnmacht stürzte.

## 5.

Eyron, der den gezielten Stoß ausgeführt hatte, sprang sofort vor, um zu verhindern, dass der Zurücktaumelnde lang hinschlug. Blitzschnell krallte er sich in dem Bart des Hirschbergers fest, um dessen Sturz abzumildern. Geschafft. Nur der zu Boden gleitende Wachspieß klapperte kurz, während der Zwerg beinahe lautlos auf dem Rücken landete.

Unter den in unmittelbarer Nähe ertönenden Schnarchgeräuschen geriet eines ins Stottern. Eyron hielt die Luft an, während der langsam Erwachende zweimal mit der Zunge schnalzte, bevor er sich zur Seite drehte und im Halbschlaf murmelte: »Macht nicht so einen Lärm in der Küche!«

Was auch immer der betreffende Zwerg gerade geträumt hatte, holte ihn schnell wieder ein. Nur wenige Herzschläge später atmete er so laut und regelmäßig, als wäre er niemals aus seinem Schlummer aufgeschreckt. Eyron blieb trotzdem vorsichtig. Ebenso die Getreuen der Silberschar, die mit ihm die steilen Berghänge links und rechts des Weges erklommen hatten, um unentdeckt den Pass zu erobern. Konturlosen Schatten gleich, huschten sie auf die Reihe der Schlafenden zu, die sich im Schutze eines Felsüberhangs ein Lager aus Fichtenzweigen bereitet hatten.

Fest in ihre Mäntel gehüllt, lagen sie da, gebettet auf Tierfelle, die vor den piksenden Nadeln schützten. Auf Eyrons Wink hin stellten sich die übrigen Gardisten mit ihren Gleven vor den schnarchenden Zwergen auf – und stießen alle gleichzeitig zu. Einzelne Schmerzenslaute erfüllten die kalte Nachtluft, doch die meisten Hirschberger wurden mit den stumpfen Enden bewusstlos geschlagen, ohne es überhaupt zu bemerken.

In diesem Zustand ließen sie sich ohne jeden Widerstand fesseln.

Während die meisten Elfen damit beschäftigt waren, Stricke um Hände und Beine zu zurren, erkundeten Kervis, Silene und Eyron den vor ihnen liegenden Pass. In der Zeit, in der sie oberhalb des Wachfeuers auf die richtige Gelegenheit zum Zuschlagen gewartet hatten, waren ihnen keine weiteren Posten aufgefallen. Trotzdem suchten sie alles ab, um sicherzugehen.

Sie wurden nirgendwo fündig. Auch auf dem im Norden herabführenden Weg war kein verdächtiger Schatten auszumachen. Zufrieden stützte sich Eyron auf einem hüfthohen Felsbrocken ab, der neben dem Weg aufragte. Kaum dass seine Hand den Stein berührte, fuhr er erschrocken zusammen.

»Licht her!«, befahl er aufgeregt. »Rasch!«

Kervis rannte zu dem Eisenkorb und kehrte mit einem brennenden Holzscheit zurück. Im Schein der blakenden Flammen sahen sie eine natürlich geformte Regenmulde, die groß genug war, einem darin kauernden Zwerg Deckung zu bieten.

Aufgeregt tastete Eyron mehrmals über die Vertiefung und ihre Umgebung hinweg. »Diese Mulde fühlt sich eindeutig wärmer an als das übrige Gestein«, erklärte er seinen Hauptgardisten. »Probiert es selbst!«

Die beiden Elfen stimmten ihm zu, ohne deshalb dieselben Schlüsse wie er zu ziehen. »Vielleicht speichert sich die Hitze des Tages an dieser Stelle nur stärker als an anderen«, gab Kervis zu bedenken.

»Ja, gut möglich«, gestand Eyron ein. »Aber vielleicht wurde diese Stelle auch durch den Körper eines Spähers erwärmt, der sich nun auf dem Weg nach Felsheim befindet, um unsere Ankunft zu melden.«

## 6.

Zeit seines Lebens hatte Binek die Flucht angetreten, wenn es unangenehm für ihn wurde. Die Einsamkeit der Dächer war ihm stets ein sicherer Hort gewesen, der vor fremden Anfeindungen schützte. Aus der Deckung von Mauervorsprüngen, Erkern und Schornsteinen heraus hatte er das brodelnde Leben im Pfuhl lieber aus der sicheren Entfernung verfolgt, anstatt an ihm teilzuhaben. Heimlich in fremde Räume einzudringen, unbemerkt nach Beute zu suchen und wieder zu verschwinden war ihm dabei zur zweiten Natur geworden. Wäre es nach ihm gegangen, hätte es immer so bleiben dürfen. Ein Leben in den Schatten, nur unterbrochen von seinen Treffen mit den Hehlern, die das Diebesgut verkauften, dem Besuch von Marktständen sowie dem einen oder anderen Krug Bier in einer Schänke, hätte ihm vollkommen gereicht.

Bis zu dem Tage, an dem ihn Kappok in die Diebesgilde gezwungen hatte, war es ihm gelungen, sich außerhalb jeder Gemeinschaft zu bewegen. Und erst mit Hartwigs Unterricht, dem er beiwohnen musste, wollte er nicht mit den Klingen der Gnome Bekanntschaft machen, hatte er einen guten Teil seiner Freiheit eingebüßt.

Auch vor der Verhandlung mit den Geistlichen von Felsheim wäre Binek am liebsten ausgerissen. Doch er hatte gelernt, sich leidigen Pflichten zu stellen, um die Lage, in der er sich befand, nicht zu verschlimmern. Daher unterdrückte er seinen Fluchtinstinkt und versuchte stattdessen, so gleichmütig wie möglich auf seinem unbequemen Schemel zu sitzen.

Für das Reden war ohnehin Velb zuständig.

Die Augen der drei Hohen waren jedoch auf ihn gerichtet. Binek fühlte sich von ihnen regelrecht durchbohrt, selbst in den kurzen Momenten, in denen sie sich mit Seitenblicken über etwas zu verständigen schienen.

Als Hezio die Stimme erhob, wandte er sich jedoch an Velb.

»Welch eine Freude, dass unser Fanal auch unter den Menschen Widerhall gefunden hat«, begann er förmlich. »Wie wir von Orm erfahren haben, hast du uns eine erfreulich große Menge an Schlummerkraut anzubieten?«

Obwohl der Zwerg von Freude sprach, spiegelte sich in seiner Miene pures Misstrauen wider. Auch seinen Gesten und seiner ganzen Körperhaltung wohnte etwas Argwöhnisches inne. Die Sitzordnung in dem niedrigen Raum erinnerte Binek ohnehin an die der Gildetribunale, denen er mehrmals beigewohnt hatte – sei es als Zeuge, Zuschauer oder Angeklagter. Während die drei Zwerge auf der anderen Seite des breiten Tisches auf kunstvoll geschnitzten Stühlen saßen, die so hoch waren, dass die Zwerge trotz ihrer geringen Körpergröße auf ihre Gäste herabblicken konnten, hatten Velb und Binek große Mühe, sich auf ihren wackligen Schemeln aufrecht zu halten.

Orm, der sie in die Unterkunft der Hohen begleitet hatte, stand ein wenig abseits. Fast so, als hätte er keinerlei Einfluss auf den Ausgang dieser Besprechung, bei der doch eigentlich nur ein gerechter Preis für ihre Ware ausgehandelt werden sollte. Oder ging es am Ende doch um etwas anderes?

Während Velb wortreich die lange Handelsbeziehung zwischen ihm und Felsheim beschwor und dabei das Schicksal pries, das ihm zur rechten Zeit einen so gewandten Kletterer wie Binek gesandt hatte, huschten die Blicke der Priester jedenfalls immer wieder zu dem Begleiter an seiner Seite.

»Das Schlummerkraut ist uns hochwillkommen«, nutzte Hezio die erste Atempause des Händlers, um das Gespräch wieder an sich zu ziehen. »Aber hast du auch Purpurbeeren für uns, damit wir es *veredeln* können?«

Diese Frage schien Velb zu überrumpeln.

Lastende Stille breitete sich in dem kleinen Raum aus. Nur die Kerzen, die in dem fünfarmigen Leuchter zwischen Händlern und Geistlichen brannten, knisterten leise vor sich hin. Zwei von ihnen rußten so stark, dass sie verschlungene Ornamente an einen Stützbalken der hölzernen Decke malten.

Endlich raffte sich Velb zu einer Antwort auf. »Ich bin davon ausgegangen, dass ihr genügend Purpurbeeren vorrätig habt.« Er machte eine Pause und fuhr dann fort. »Wenn dem nicht so ist, so bin ich mir aber sicher, dass Binek auch die entlegeneren Gipfel zu bezwingen vermag. Für eine entsprechende Entschädigung könnten wir euch wohl behilflich sein.«

»Tatsächlich?«, gab sich Hezio überrascht. »Kannst du uns das bestätigen, junger *Freund*?«

Bineks Unbehagen war mit jeder Frage weiter angewachsen, besonders mit der letzten, die der Zwerg direkt an ihn gerichtet hatte. »Ich denke schon.« Instinktiv hob er die Schultern, um klarzustellen, dass er nicht genug über die Berge wusste, um mit völliger Sicherheit antworten zu können. »Bestimmt sind die meisten Felswände nicht schwerer zu erklimmen als eine senkrechte Mauer.«

»Weißt du, wofür Purpurbeeren benötigt werden?«, mischte sich Wighild ein, die einzige Frau im Raum.

»Nein«, antwortete Binek ehrlich, denn welchen Sinn hätte es gehabt, in diesem Punkt zu lügen?

Aus den Augenwinkeln nahm er wahr, dass Velb unmerklich zusammenzuckte. Außerdem klebten die forschenden Blicke der Zwerge stärker an ihm als je zuvor. In diesem Moment wurde für ihn die vage Ahnung, dass sich dieses Gespräch einzig und allein um ihn drehte, zur endgültigen Gewissheit. Für das starke Interesse an seiner Person konnte es eigentlich nur einen einzigen sinnvollen Grund geben – seine Herkunft.

»Werden Purpurbeeren mit dem Schlummerkraut verbrannt, verwandelt sich seine betäubende Wirkung in eine tödliche«, erklärte Wighild inzwischen. »Die Dämpfe sind dann so schädlich wie Brunnen- oder Höhlengase, wirken aber bei weitem nicht so schleichend. Purpurdämpfe verätzen die Lungen, bis diese keinen Atem mehr schöpfen können. An ihnen zu ersticken bedeutet einen ausgesprochen schmerzvollen Tod. Wie du weißt, liegt ein Krieg mit den Elfen in nicht mehr allzu weiter Ferne. Wärst du bereit, uns diese Beeren zu sammeln, damit wir uns wirkungsvoll zur Wehr setzen können?«

»Nein!«, entfuhr es Binek, ohne lang über mögliche Auswirkungen dieser Antwort nachzudenken.

Die Zwergenpriesterin ließ sich deshalb keinen Unmut anmerken, doch Velb kniff die Augen zusammen.

»Es geht mir dabei nicht nur um die Elfen«, fügte Binek rau hinzu. »Ich möchte genauso wenig dazu beitragen, Menschen oder Zwerge auf diese Weise umzubringen. Nicht einmal Gnome haben ein solches Schicksal verdient. Genau genommen möchte ich überhaupt niemanden töten! Aus diesem Grunde musste ich auch meine Heimat verlassen. Natürlich lässt es sich nicht immer vermeiden, sich seiner Haut zu wehren, das weiß ich inzwischen. Doch was ihr da sagt, klingt furchtbar. Wenn es schon auf Leben und Tod geht, so ziehe ich einen Kampf von Angesicht zu Angesicht vor.«

Sein Herz klopfte vor Aufregung, nachdem er geendet hatte, denn er wusste nicht, ob die Zwerge seine Ansicht teilten oder ihr von Grund auf ablehnend gegenüberstanden. Auf Wighilds zerfurchtem Gesicht ließ sich für ihn nichts ablesen. Wenn sich darin wirklich Gefühle regten, so fehlte es ihm schlicht an der nötigen Erfahrung mit dem kleinen Volk, um sie zu erkennen.

Wighild wechselte einen kurzen Blick mit Hezio, bevor sie sagte: »Du sprichst die Wahrheit, Binek, das spüre ich genau. Denn im Gegensatz zu allen anderen hier im Raum fehlt dir die Fähigkeit, deine Gefühle zu verbergen.«

Obwohl sie ihm seine Ehrlichkeit offenkundig anrechnete,

fühlte sich Binek plötzlich nackt und verletzlich. Insbesondere, als die Hohe wünschte: »Sei so gut und verbirg auch sonst nichts vor uns, junger Freund. Setze bitte deinen Hut ab.«

Binek kam der Aufforderung, ohne zu zögern, nach. Offensichtlich wussten die Zwerge ohnehin schon, was bei dieser Gelegenheit zum Vorschein kommen würde. Ihr Interesse galt denn auch eher Velb, der aber nicht den Fehler beging, überrascht zu tun, als sein Weggefährte auch noch die Haare zurückstreifte, um seine Ohren freizulegen.

»Ich bin kein Elf«, erklärte Binek dazu, »auch wenn es vielleicht den Anschein haben mag.«

»Er ist ein Halbblut aus Imor, das vor Gnomen fliehen musste, die ihm nach dem Leben trachteten«, ergänzte Velb. »Die beiden Froschgesichter leben nicht mehr. Wir mussten uns bei Gohliks Erdhütte gemeinsam gegen sie wehren. Deshalb habe ich Binek zu meinem Weggefährten gemacht. Und weil er das Herz auf dem rechten Fleck trägt, wenn es darauf ankommt.«

Wighilds Falten glätteten sich bei diesen Worten, während Birol noch immer genauso angespannt dreinschaute wie zu Beginn des Gesprächs. Hezios Blick saugte sich hingegen an Bineks Ohren fest, als hätte er dergleichen noch nie zuvor gesehen.

»Aber, was ist das denn?«, stieß Felsheims höchster Priester plötzlich hervor. »Diese geschlitzte Ohrspitze, ist das nicht das Zeichen eines säumigen Schuldners?«

Bineks väterliches Erbe geriet für Hezio zur völligen Nebensache. Dass Wighild mäßigend auf ihn einzuwirken versuchte, fachte seine Abscheu nur noch weiter an: »So einem gezeichneten Habenichts ist doch wohl alles zuzutrauen.«

»Ich musste mir Geld bei einem Wucherer leihen, um die

Trauerzeremonien für meine tote Mutter auszurichten«, versuchte Binek zu erklären. »Obwohl ich länger dafür gebraucht habe, die vereinbarte Summe zurückzuzahlen, als vereinbart war, bin ich doch am Ende niemandem etwas schuldig geblieben.«

»Ein Hinterbliebener, der eine Anleihe aufnimmt, um die Kosten der Bestattung zu begleichen«, wandte sich Wighild triumphierend an Hezio. »Ach, wie viel leichter wäre doch unser Leben, wäre solches Verhalten auch unter Zwergen üblich!«

Hezio bedachte die Alte mit einem bösen Blick, zog es ansonsten aber vor zu schweigen. Dafür ergriff erstmals Birol das Wort. »Versteh mich nicht falsch, Halbblut«, bat er, »aber sollte dich dein Weg, gerade in diesen angespannten Zeiten, nicht eher zum Volk der Elfen führen?«

»Ich …« Binek wollte genauso schnell und ehrlich antworten wie bisher, geriet aber, von aufwallenden Gefühlen geschüttelt, nach dem ersten Wort ins Stocken.

»Ich habe ihn zur Knochensenke begleitet«, sprang ihm Velb zur Seite. »Die Priesterinnen, die er dort gesprochen hat, haben ihn mit Schimpf und Schande davongejagt.«

»Das sieht den Elfen ähnlich!«, empörte sich Wighild. »Arrogant, wie sie sind, halten sie sich und ihre Götter für derart überlegen, dass sie ihr eigen Fleisch und Blut verachten!«

Dass sich die Zwergenpriesterin so temperamentvoll für ihn aussprach, erfüllte Binek mit tiefer Dankbarkeit. Hezio betrachtete die Anwesenheit des Halbelfen mit weitaus mehr Argwohn. Nachdem er sich mit den Ärmeln seines weinroten Umhangs den Schweiß von der Stirn gewischt hatte, der ihm bei der hitzigen Auseinandersetzung – und dem Gedanken an sofort zahlungsfähige Hinterbliebene – ausgebrochen war, stand sein Entschluss fest.

»Auf Wighilds Einschätzung ist Verlass!«, verkündete er. »Deshalb freut es mich umso mehr, dass du mit Velb so viele Strapazen auf dich genommen hast, um uns durch eine Lieferung Schlummerkraut bei der Verteidigung Felsheims zu unterstützen. Doch natürlich haben wir alle Verständnis dafür, wenn du unserer Nekropole so schnell wie möglich verlassen möchtest, bevor deine ...«

Das Krachen einer auffliegenden Tür unterbrach den Hohen mitten im Satz. Der mit einem schweren Hammer bewaffnete Steinmetz, der zu ihnen hereinstürmte, scherte sich nicht darum, dass er die Geistlichen auf äußerst ungebührliche Weise störte. Die Botschaft, die er zu überbringen hatte, duldete keinen Aufschub.

»Die Elfen kommen!«, ließ er alle lautstark wissen. »Sie haben die Hirschberger auf dem Pass überrannt und stehen schon fast vor unseren Toren!«

## 7.

Den steil abwärtsführenden Passweg zu bewältigen war beschwerlicher als gedacht, denn sie führten die Hirschberger mit sich. An Händen und Füßen gefesselt, hingen die Zwerge wie erlegtes Wild von entasteten Fichtenstämmen herab. Sobald sie aus ihrer Ohnmacht erwachten, begannen die Gefangenen, gegen ihre Knebel anzuschreien und sich ungestüm zu gebärden. Drohend an den Hals gepresste Klingen trugen jedoch schnell zur Beruhigung der Lage bei, so dass sie die Ebene von Felsheim ohne Verluste erreichten.

Eyron war das sehr recht. So weit voraus, wie sie den Hauptstreitkräften waren, konnte ihre Vorhut jederzeit auf eine Übermacht stoßen. Da mochte das Dutzend Geiseln noch nützlich sein, um sich freies Geleit zu erpressen.

Die Zwerge zeigten sich allerdings überraschend sorglos. Zwischen Passhöhe und Felsheim stießen die vorsichtig vordringenden Elfen auf keine weiteren Posten. In der Nekropole war ebenfalls Ruhe eingekehrt. Von fahlem Mondlicht umrissen, lag sie wie ausgestorben da. Wären nicht die Silhouetten der Wachen gewesen, die sich in großen Abständen hinter der Felsbrüstung abzeichneten, hätte die Bergfestung beinahe wie ein normaler Felskamm gewirkt.

Nur wer genau wusste, wo sich das Eingangsportal befand, konnte dessen Umriss in der Dunkelheit erahnen. Als Eyron einen matten Schimmer in dem natürlichen Felsspalt ausmachte, wusste er, dass das mächtige Fallgitter herabgelassen war. Weitere Sicherheitsvorkehrungen waren nicht zu erkennen.

»Die meisten ihrer Wachen scheinen zu schlafen!«, flüsterte Silene voller Verachtung. »Warum senden wir ihnen keine gefiederten Grüße, damit sie munter werden?«

Den Gegner mit fortwährenden Nadelstichen in Aufruhr zu versetzen war eine gute Zermürbungstaktik, die ihre Wirkung allerdings erst im Laufe der Zeit entfaltete. Deshalb schied sie aus. Außerdem hoffte Eyron immer noch darauf, Felsheim ohne lange Belagerung zu erobern.

»Die rechnen noch nicht mit uns«, sagte er, stolz darauf, dass sich die Silbergarde unbemerkt durch Graugard geschlichen hatte. »Das sollten wir zu unserem Vorteil nutzen.«

»Was ist aus dem Kundschafter geworden, der in der Regenmulde gelegen hat?«, warf Kervis ein, da er den Hang seines Hauptmannes zu waghalsigen Unternehmungen kannte.

»Vielleicht war doch die Sonne daran schuld. Oder ein Tier hat darin geschlafen«, wiegelte Eyron ab. »Wenn die

Zwerge wüssten, dass wir hier sind, hätten sie schon versucht, ihre Kameraden aus der Gefangenschaft zu befreien.«

»Das kleine Volk kämpft nicht wie wir!«, gab Kervis zu bedenken. »Nicht so offen und weithin sichtbar. Ihnen liegt es im Blut, sich zu verbergen und den Gegner in Sicherheit zu wiegen, um aus dem Nichts heraus zuzuschlagen. Besonders, wenn sie das Gelände kennen, weil sie dort zu Hause sind.«

»Du verstehst dich auf die Schliche der Zwerge«, lobte Eyron zum Schein. »Doch wer anderen eine Fußangel auslegt, verfängt sich rasch selbst in ihr.«

»Was willst du damit sagen?«

»Dass ich mir die Pechmäuler im Zugangsportal genau angesehen habe. Orks, Menschen oder andere Invasoren mögen ihnen nicht entkommen können, doch uns ist es mühelos möglich. Selbst wenn die Ruhe trügerisch ist, könnte sich deshalb die Falle, die uns die Zwerge stellen möchten, als großer Fehler für sie herausstellen.«

»Du willst die Treppe erstürmen?«, fragte Silene atemlos. »Noch heute Nacht?«

Eyron nickte.

»Wozu?« Kervis machte keinen Hehl daraus, dass er diese Idee für zu waghalsig hielt. »Selbst wenn es uns gelingt, Felsheim zu erstürmen, sind wir doch zu wenige, um es auf Dauer zu halten.«

»Das ist überhaupt nicht notwendig.« Eyron lächelte so zufrieden, dass seine ebenmäßigen Zähne zwischen den Lippen hervorblitzten. »Seht ihr nicht die Dämpfe, die oberhalb des Felseinschnitts aufsteigen?«

An der angezeigten Stelle wabberten tatsächlich feine Schleier in der monddurchfluteten Nacht. »Dort stehen jetzt Kessel voller siedendem Öl, die jeden Sturmangriff vereiteln sollen. Gelingt es uns, die trickreichen Anlagen, auf die sich die Zwerge so viel einbilden, in einem Handstreich zu zerstören, wird sie das demoralisieren. Steht dann erst mal unser ganzes Heer vor ihren Mauern, werden Hezio und die Seinen unseren Forderungen nachgeben, weil es nichts mehr gibt, was uns aufhalten könnte. Dann nehmen wir Felsheim ein, ohne eine einzige Klinge kreuzen zu müssen. Wie gefällt euch dieser Gedanke?«

Sein Plan klang verführerisch, das war besonders Silene anzusehen. Kervis hatte weiterhin Bedenken, auch wenn er sich nicht mehr dazu äußerte. Eyron beschloss daher, seine Erste Gleve bei den Bogenschützen zu lassen. Nur wenn alle Beteiligten des Unternehmens an den Erfolg des Vorstoßes glaubten, mochte er gelingen.

Zufrieden kehrte er mit seinen Vertrauten zu den übrigen Gardisten zurück und teilte alles für ihr Vorhaben ein. Bevor es losging, wartete er jedoch die Ankunft einiger Kundschafter ab, die in die nähere Umgebung ausgeschwärmt waren. Nachdem sie bestätigt hatten, dass sich weit und breit keine Zwergenseele aufhielt, ließ er die Gefangenen zu einer kleinen Felsgruppe bringen, deren Erhebungen ringförmig zueinanderlagen, so dass sie einen natürlichen Schutzwall bildeten. Zwischen ihrer jetzigen Position und der Zwergenfeste lagen nur noch die Gemeinschaftshäuser, die von auswärtigen Arbeitern wie den Trollen bewohnt worden waren. Dunkel ragten die geräumten Gebäude auf, die durchaus als Deckung dienen mochten.

Nachdem er fünf der sechzig Gardisten zu Wachen bestimmt hatte, schlich er sich mit der übrigen Silberschar in Richtung Trollsiedlung davon. Von weitem wirkten die steinernen Bauten nicht viel anders, als er sie in Erinnerung hatte, doch aus der Nähe betrachtet war nicht zu übersehen, dass sie vollkommen ausgebrannt waren. Die rußgeschwärzten Mauern, die das Mondlicht komplett absorbierten, fühlten sich sogar noch warm an.

Zwischen den Ruinen verborgen, beobachteten sie eine Weile die Umgebung, ohne etwas Verdächtiges wahrzunehmen. Zufrieden wählte Eyron das Dutzend Mitstreiter aus, die ihn begleiten durften. Den Rest ließ er unter Kervis' Obhut als Einsatzreserve und Flankenschutz zurück. Weder die Erste Gleve noch einer der anderen ließ sich seine Enttäuschung über die Zurückstufung anmerken. Stattdessen nahmen sie die Bögen und Pfeilköcher der zwölf Auserwählten entgegen, die alles Hinderliche ablegen mussten.

Sie verzichteten sogar auf ihre beim Klettern störenden Gleven, um sich ganz auf ihre Kurzschwerter zu verlassen. Mit angelegten Flügelhelmen machten sie sich bereit, ihre Aufgabe zu erfüllen.

Eine dichte Wolkendecke, die sich langsam an der silbernen Mondscheibe vorbeischob, verschaffte ihnen die nötige Deckung, um die Distanz zwischen Ruinen und Treppenaufgang unbemerkt zu überwinden. Die weiten Kapuzenmäntel kaschierten ihre Gestalten, als sie, kaum mehr als huschende Schatten in lichtloser Finsternis, über den nackten Fels liefen.

Das eiserne Gitter lag auf dem ersten Treppenabsatz auf. Eyron und drei Getreue nutzten die davorliegenden Stufen, um sich in den Schutz des natürlichen Durchbruchs zu begeben. Alle anderen pressten sich draußen fest an die tief beschattete Steilwand, damit sie selbst ein Posten, der sich weit über die Brüstung lehnte, unmöglich ausmachen konnte.

Ein kurzer Versuch, das Gitter anzuheben, scheiterte, wie nicht anders zu erwarten. Nicht nur wegen des Gewichtes, das zu groß für normale Muskelkraft war. Auch wegen einiger eingerasteter Sperren, die es genau vor solchen feindlichen Attacken schützen sollten. Um es einzudrücken, wäre schon ein Rammbock vonnöten gewesen, und zum Herausreißen eine Winde oder mehrere Pferdegespanne. Die Elfen verfügten aber über ganz andere Möglichkeiten.

Eyron schlug seinen Schimmermantel zurück und langte nach einer Hüfttasche an seinem Gürtel, die mit Schnalle und Lederriemen verschlossen war. Daraus zog er eine kleine Phiole hervor, durchsichtig wie Glas, aber aus stoßfestem Bergkristall gefertigt. Um ihn herum hielten alle Elfen den Atem an, als er die Metallschellen löste, die den Kristallstopfen fest an seinem Platz fixierten.

Kaum dass die Phiole offen war, verbreitete sich ein unangenehmer Schwefelgeruch, der in der Nase kribbelte. Rasch ging Eyron ans Werk. Nur wenige Tropfen des farblosen Inhaltes genügten. Er benetzte die Eisenstreben, und gleich darauf kehrte das Fläschchen, wieder fest verkorkt, in die lederne Gürteltasche zurück.

Wie sich die Säure durch das geschmiedete Gitter fraß, war mehr zu hören als zu sehen. Eyron wartete deshalb ungeduldig, bis er das erste Knacken hörte, mit dem das Metall an den Stellen zersprang, an denen es der Gitterspannung nicht mehr gewachsen war. Zufrieden machte er sich daran, zwei vor ihm aufragende Stäbe zu packen und so lange an ihnen zu rütteln, bis er ein loses Gitterrechteck in Händen hielt. Das war stets ein heikler Moment, denn wenn sich dabei ein überschüssiger Säuretropfen löste und auf Hände oder Kleidung geriet, waren schlimme Verletzungen die Folge. Und sie hatten keine Heiler in ihren Reihen.

Zum Glück ging alles gut. Schon bald klaffte eine große Lücke in dem Fallgitter. Zwei Gardisten glitten an ihm vorüber und schlüpften durch das Tor, während er das herausgelöste Stück vorsichtig zur Seite stellte. Dies war keine Respektlosigkeit vonseiten seiner Untergebenen. Sie taten es auch nicht, weil sie es nicht abwarten konnten hereinzukommen, sondern um ihren Hauptmann vor unvorhergesehenen Angriffen zu schützen.

Gleich nach Eyron folgten Silene und die anderen.

Die Gardisten an der Spitze verhielten sich so, wie er es bei den Ruinen befohlen hatte. Noch ehe die ersten Speier auftauchten, sprangen die beiden an den schroffen Felsen in die Höhe, um über die gefährlichen Öffnungen hinwegzuklettern. Der hinter der Wolkenbank hervortretende Mond schien tief genug in den Stichkanal hinein, um die gemeißelten Fratzen links und rechts der Treppe so weit der Dunkelheit zu entreißen, dass ihre Umrisse deutlich hervortraten.

Triumph durchströmte Eyron wie ein belebender Trunk, als er den anderen vorauskletterte. Die Zwerge ein zweites Mal zu überrumpeln würde ihren Hochmut für alle Zeiten brechen.

Die beiden ersten Gardisten hatten gerade die Hälfte des Aufganges bewältigt, als eine winzige Erschütterung der Felswand alle Träume von einem unbemerkten Eindringen zunichtemachte. Noch ehe das Gurgeln und Zischen hörbar wurde, ahnte der Hauptmann schon, was vor sich ging. Oben, auf der ersten Ebene, wurde ein Kessel entleert, um das im Berg verborgene Röhrensystem zu fluten.

Unwillkürlich hielt er einen Herzschlag lang im Aufstieg inne. Silene, die in dieser Zeit mit ihm gleichzog, lächelte ihm aufmunternd zu. Schließlich hatten sie mit ihrer Entdeckung gerechnet und genossen weiterhin den Vorteil, den heimtückischen Fallen der Zwerge entwischen zu können. Zumindest dachten sie das, bis sich neben der Gardistin, wie von Geisterhand erschaffen, ein Spalt im Fels öffnete.

Jäh wurde Eyron klar, warum er instinktiv angehalten hatte. Die Flüssigkeit, die ringsum verdeckt durch den Berg gurgelte, fand ihren Weg nicht bis herab zu den speienden Fratzen! Sie rauschte über ihre Köpfe hinweg!

Die Gardistin an seiner Seite erkannte das Entsetzen in seinen Zügen – doch zu spät.

Fauchend brach das Grauen über sie herein. Durch verborgene Felsspalten, die sich erst durch die Hitze des anrauschenden Öls so weit dehnten, dass die Flüssigkeit daraus hervortreten konnte. Glühend heiß schoss es umher und füllte das Gewölbe mit einem vernichtenden Regen, der auf seinem Weg zu den Stufen alles und jeden durchnässte. Von oben angefangen breitete sich der dampfende Guss nach unten aus. Obwohl er dabei an Wucht verlor, reichte die Hitze dennoch aus, sie bei lebendigem Leibe zu rösten.

Gerade noch rechtzeitig drehte Eyron den Kopf zur Seite. Heißer Sprühnebel traf ihn am Hinterkopf. Sofort wurde es unter dem Helm so heiß, dass es sich so anfühlte, als hätte er seinen Kopf in einen glühenden Backofen gesteckt. Die Vorsprünge unter seinen Fingern wurden glitschig. Unversehens hing er nur noch an einer versengten Hand, an der sich bereits die Haut vom Fleisch pellte.

Die Welt um ihn herum geriet ins Schwanken, bis er nicht mehr wusste, wo oben und unten war. Er wirbelte um seine eigene Achse, bis ihn ein brutales Stechen in den Knien zur Besinnung brachte. Eyron fand sich auf den Stufen der Treppe wieder. Er war abgerutscht, das war sein Glück. Denn je länger der Sprühnebel durch die Rohre floss und in der Luft verweilte, desto stärker kühlte er ab.

Weiter oben im Stollen, wo das Öl unter größerem Druck hervorschoss, gab es dagegen kein Entkommen. Von allen Seiten umhüllt, verbrühten die beiden vorderen Gardisten bei lebendigem Leibe. Durchdringender Gestank von verbranntem Fleisch machte jeden Atemzug zur Qual.

»Rückzug!«, brüllte Eyron wie von Sinnen, während er die auf ihn herabstürzende Silene mit beiden Armen auffing. »Wenn weitere Kesselfüllungen folgen, sind wir rettungslos verloren.«

Obwohl die Gardistin vor Schmerz wild um sich schlug, warf er sie sich über die Schulter und stürmte die Stufen herab. Dass seine Knie aufgeschlagen waren, bemerkte er zwar, spürte es jedoch nicht. Sein Überlebenswille verdrängte allen Schmerz. Keuchend stolperte er der Öffnung im Gitter entgegen.

Vor ihm landeten weitere verletzte Gardisten auf der Treppe und stürzten so ungestüm davon, dass sie sich an den scharfen Graten des Gitters die Schimmermäntel aufrissen. Unheilvolles Rauschen kündigte neue Ölmengen für die untere Hälfte an. Fast blind vor Schmerzen und Tränen, prallte Eyron mit der Schulter gegen die Gitterstäbe. Verzweifelt versuchte er, die inzwischen bewusstlos gewordene Silene durch die Öffnung zu bugsieren. Unerträgliche Qualen hatten ihr die Sinne geraubt. Das Öl hatte sie genau in den Aussparungen zwischen Helm und Silbermaske erwischt. Dort, wo sich eigentlich ihr rechtes Auge befinden sollte, zeichnete sich nur eine verquollene Masse unter dem Sichtschlitz ab.

Hilfreiche Hände nahmen Eyron die Ohnmächtige ab und zerrten sie ins Freie.

Keuchend lehnte er sich mit dem Rücken gegen die Eisenstäbe, bereit, sich seinem Schicksal zu fügen. Er sah, wie die beiden vorausgeeilten Gardisten die Treppe herabwankten. Ihre Kleidung hing ihnen in Fetzen von Armen und Beinen. Wo sie kein Harnisch schützte, hatte sich das Öl tief in ihre Leiber gebrannt.

Rohes, dampfendes Fleisch blitzte allenthalben hervor. Nur

noch von purer Willenskraft aufrecht gehalten, gingen sie immer weiter, obwohl ihre Verletzungen so schlimm waren, dass sie die Nacht unmöglich überleben würden. Bereits lebendig gesotten und gegart, brachte sie schließlich der erneute Ölregen zu Fall, der an dem oberen Treppenabsatz begann und sich immer tiefer vorwärtsfraß.

Von gelblich weiß aufwallenden Dämpfen umhüllt, glitten die beiden Verlorenen auf den verschmierte Stufen aus und rutschten, mit dem Helm voran, die Treppe herab. Grauenvolle Schreie der Pein erfüllten den Aufgang. Längst waren die beiden Gardisten oder das, was noch von ihnen übrig war, nicht mehr voneinander zu unterscheiden. Eine der beiden Gestalten sackte wie ein Haufen leerer Lumpen in sich zusammen und schien sich im Dampf aufzulösen. Die andere robbte mit ihren verbrühten Händen weiter, in dem sinnlosen Versuch, noch ins Freie zu gelangen. Selbst dann noch, als links und rechts der Treppe zwei runde Felsscheiben aus dem Berg hervorrollten. Unter lautem Knirschen schloss sich das Eingangsportal unwiederbringlich mit tonnenschwerem Gestein.

Der Fliehende geriet mitten in die vordere der beiden Scheiben, die ihn erfasste und mühelos in zwei Hälften zerteilte, bevor sie mehrere Handbreit tief in der gegenüberliegenden Wand verschwand. Plötzlich gab es nur noch einen abgetrennten Brustkorb, der langsam weiterrutschte.

Eyron betrachtete das grausige Schauspiel wie erstarrt – bis ihn die entschlossenen Hände seiner Gardisten packten und ins Freie schleiften. Dort ließ er sich fallen. Lieber wollte Eyron sterben, als mit der erlittenen Schmach leben.

Zwei Ohrfeigen mit der flachen Hand rissen ihn aus seiner Apathie. »Reißt Euch zusammen, Hauptmann! Wir brauchen Euch! Nötiger denn je!«

Obwohl die Schläge an seiner Silbermaske abgeprallt waren, brachten sie ihn zur Besinnung. Ruckartig rappelte er sich auf und blieb stehen, wenn auch leicht schwankend.

»Zu den Ruinen!«, befahl er.

Was blieb ihnen sonst auch übrig?

Der feindliche Beschuss, den er für ihren Rückzug befürchtet hatte, blieb allerdings aus. Stattdessen erhob sich ein lautes Geschrei von den über ihnen aufragenden Felsen. Als Eyron über die Schulter blickte, konnte er den Anblick kaum ertragen. Dicht an dicht reihten sich die Zwerge auf, um zu jubeln und sie zu verhöhnen.

Hunderte von ihnen.

Sie mussten sich dort die ganze Zeit über versteckt haben, sonst hätten sie niemals so schnell dort sein können, um ihren Sieg zu feiern. In ihrer Freude darüber, dass ihnen die Elfen derart auf den Leim gegangen waren, entblößten einige sogar ihr Gesäß, um es den Fliehenden entgegenzustrecken.

Der Weg zu den Ruinen schien sich unendlich weit zu dehnen, doch irgendwann fielen sie Kervis' Mannen in die Arme, die sie rasch in Sicherheit zogen. Erst als die geschwärzten Mauern sie schützten, gab die Erste Gleve die Bogen frei. Vorher hätte das nur dazu geführt, dass die Zwerge den Stoßtrupp doch noch beschossen hätten.

Die erste Salve klang, als würde eine einzige Bogensehne laut anschlagen. Ehe die Zwerge begriffen, was durch die Nacht auf sie zukam, fanden die Pfeile bereits ihr Ziel. Gleich mehrere der nackten Arschbacken wurden zwei- bis dreifach getroffen. Schmerz- und Wutgeheul erfüllte die Luft, bis eine weitere Salve die Plätze entlang der Brüstung leerfegte.

Während sich der Widerstand der Zwerge formierte, marschierten die Elfen bis zu der Felsgruppe, an der sie ihre Gefangenen zurückgelassen hatten. Silene und ein weiterer

Gardist mussten getragen werden, ansonsten kamen alle aus eigener Kraft voran. Am Ziel angelangt, wünschten sich jedoch alle, die noch stehen konnten, ebenfalls das glückliche Vergessen einer Ohnmacht herbei.

Statt gefesselter Geiseln fanden sie nur durchgeschnittene Stricke vor. Von ihren Wachposten lebte kein einziger mehr. In ihrem eigenen Blute lagen sie da. Erschlagen von einer Übermacht, daran ließen die zu erkennenden Kampfspuren keinen Zweifel aufkommen. Falls dabei auch Zwerge gestorben waren, hatten die Überlebenden ihre Leichen mitgenommen.

Wider alle Vernunft nahm Kervis mit einer Handvoll Männer die Verfolgung auf, kehrte aber nach kurzer Zeit unverrichteter Dinge zurück. Die Spuren hatten sich auf dem felsigen Boden rasch verloren.

»Wir müssen fort, so schnell wie möglich«, forderte er von seinem Hauptmann, doch Eyron widersprach.

»Nein, wir bleiben. Wollten uns die Zwerge ebenfalls abschlachten, hätten sie uns hier im Dunkeln erwartet. Doch lebend sind wir ihnen lieber. Unsere Niederlage soll die Hauptstreitmacht demoralisieren, noch ehe sie Felsheim erreicht hat. Diesen Gefallen dürfen wir ihnen nicht tun.«

Kervis leuchtete das zum Glück ein. Angesichts der fatalen Niederlage, in die Eyron seinen Stoßtrupp geführt hatte, wäre es ihm schwergefallen, sich in einem Führungsstreit mit seiner Ersten Gleve durchzusetzen.

So verbarrikadierten sie sich zwischen den Felsen und kümmerten sich um ihre Verletzten. Als sie Silenes Silbermaske aus dem Helm lösten, bot sich ihnen ein Bild des Grauens. Ihre rechte Gesichtshälfte war so stark verbrüht, dass für ihr Auge jede Hilfe zu spät kam. Daran bestand selbst im trüben Mondlicht kein Zweifel.

»Lichtbotschaft vom Pass«, meldete ein aufmerksamer Gardist.

Tatsächlich signalisierte ihnen die Schar, die die Anhöhe besetzt hielt, dass sich der Haupttross um einen Tag verspäten würde. Eyron ließ antworten, dass sie auf Widerstand gestoßen wären, aber ausharren wollten. Danach wandte er sich wieder Felsheim zu, auf dessen Wehrgängen schon wieder vorwitzige Zwerge lärmten.

»Schreit nur herum, solange ihr noch könnt!«, drohte er so laut, dass es alle verstanden. »Denn von nun an kennen wir Elfen kein Pardon mehr. Von nun an strecken wir jeden Zwerg in unserer Reichweite nieder.«

»So soll es sein!«, stimmte ihm Kervis zu. »Denn eines ist vom Anbeginn aller Zeiten gewiss: Erst am Ende einer Schlacht werden die Leichen gezählt.«

## 8.

Binek war groß genug, um über die Brustwehr hinwegzusehen, ohne den Wehrgang betreten zu müssen. Dabei wusste er nicht, was ihn mehr erschütterte. Der Anblick der verbrühten Elfen, die geschlagen von dannen zogen, oder der hemmungslose Freudentaumel der Zwerge, die sich derart an dem Leid ihrer Feinde ergötzten.

Der geleerte Kessel, aus dem sich das siedende Öl in einen Schacht ergossen hatte, dampfte noch in unmittelbarer Nähe. Allein die schiere Menge, die er fassen konnte, ließ ahnen, was den Eindringlingen widerfahren sein musste.

»Zwei sind verreckt! Zwei sind verreckt!«, verkündete immer wieder ein Zwerg mit flammend rotem Haar, der den

Überlebenskampf vom oberen Treppenabsatz aus mit angesehen hatte, obwohl es allen verboten gewesen war, sich vorzeitig blicken zu lassen. Seinem zerschlagenen Gesicht nach zu urteilen war sein Groll gegen die Elfen ein ganz persönlicher, während die meisten Zwerge wohl nur deshalb so triumphierten, weil sich dadurch in ihnen die Anspannung der vorangegangenen Tage löste.

Einige gestandene Krieger, so wie Orm, verfolgten schweigend, was geschah. Ebenso das Dreigestirn der Hohen, die im Stillen dafür beten mochten, dass der Versuch, den Elfen von vornherein den Schneid abzukaufen, wirklich gelungen war.

Velb führte zwar keinen Tanz auf, doch die Schadenfreude, die er angesichts der Niederlage der Elfen empfand, war ihm deutlich anzusehen. Merkwürdig. Eigentlich hatte Binek angenommen, der Grenzgänger würde mit beiden Völkern gleichermaßen gerne Handel treiben. Aber war ein Kriegsgewinnler, der seine Purpurbeeren an den Meistbietenden verschacherte, wirklich so viel besser als einer, der für eine Seite Partei ergriff?

Wohl kaum.

Allerdings war es dem Halbblut ein Rätsel, was an Zwergen so viel sympathischer sein sollte. Oder war es doch seine Abscheu gegenüber den überheblichen Elfen, die Velb mit solcher Genugtuung erfüllte?

Ehe Binek diesen Gedanken weiterverfolgen konnte, erhob sich neben ihm ein riesiges Geschrei, dem ein paar harte Schlaggeräusche folgten. Bevor er richtig begriff, was los war, kippte ihm schon ein Zwerg mit heruntergelassener Hose vor die Füße, in dessen nacktem Hintern zwei Pfeile staken.

Das war ein Anblick, der zum Lachen reizte – allerdings nur, bis sich der Unglückliche voller Pein im eigenen Blut zu wälzen begann. Die tief eingedrungenen Schäfte hatten ihm große Wunden gerissen, mit denen nicht zu spaßen war. Einige seiner Kameraden pressten ihm sofort Lappen auf die Wunden, um die Blutung rasch zu stillen. Die Pfeile herauszuziehen wagten sie nicht, aus Angst, die Stichkanäle damit noch zu erweitern.

Noch während sie beratschlagten, wo der nächste Heilkundige sein mochte, zischten weitere Geschosse heran. Binek suchte gerade nach einer Deckung, als er am Arm gepackt in die Tiefe gezogen wurde.

»Kopf runter!«, verlangte eine weibliche Stimme. »Besonders wenn man so groß ist wie du!«

Zu seiner Überraschung war es die flachsblonde Küchenmagd, die mit ihm sprach. Die, die Velb und ihn zu Orm geführt hatte. Auch links und rechts von ihnen sprangen die Zwerge in Deckung, so dass die meisten Pfeile diesmal über die Menge hinwegflogen und hinter dem Wehrgang auf dem Felsboden zerbrachen.

»Dich kann man wirklich keinen Moment aus den Augen lassen, was?« Die Frage war offenbar nicht böse gemeint, sonst hätte Imtje nicht so herzlich dabei gelacht.

Trotzdem wusste Binek nicht richtig, was er von ihr halten sollte.

»Bist du immer so frech?«, wollte er wissen.

»Nein, meistens bin ich frecher. Viel frecher sogar. So frech, dass manche Männer Reißaus nehmen, wenn sie mich nur von weitem kommen sehen. Zum Glück bist du nicht so schnell, deshalb kannst du mir nicht entwischen.«

»Ich und langsam?« Binek riss vor Überraschung die Augen auf, schluckte seine Empörung aber herunter, als ihm aufging, dass sie ihn nur foppen wollte. Stattdessen beschied er ihr: »Noch frecher als jetzt geht doch gar nicht.«

»Haha! Hast du eine Ahnung!«

Anstatt ihn weiter zu triezen, sprang sie jedoch auf den Wehrgang, um als eine der Ersten über die Felsbrüstung in die Tiefe zu spähen. Was für ein neugieriges Weib! Aber auch sehr mutig, das musste man ihr lassen.

»Wehe, du nutzt die Situation aus, um mir auf den Hintern zu starren!«, rief sie ihm über die Schulter hinweg zu.

Eigentlich hätte ihn diese Unterstellung empören müssen, aber wozu Kräfte vergeuden? Lieber wandte er sich Velb zu, der ebenfalls gerade auf die Beine kam.

»Zeit, hier zu verschwinden«, raunte ihm Binek zu. »Handel endlich einen Preis aus und dann nichts wie fort von hier.«

»Ich fürchte, dafür ist es zu spät«, entgegnete der Grenzgänger. »Niemand weiß, wie viele Elfen da draußen lauern. Aber wenn wir ihnen in die Hände fallen, werden sie uns ein paar unangenehme Fragen stellen. Das ist das Risiko, wenn man im Krieg Handel treibt.«

Allein bei dem Gedanken daran, in Felsheim festzusitzen, zog sich Binek der Magen zusammen. »Was soll das heißen?«, fragte er. »Wir brauchen doch nur den Weg zurückzugehen, auf dem wir gekommen sind, dann …«

Velb bedeutete ihm mit einer energischen Geste zu schweigen, obwohl um sie herum schon wieder alle so laut redeten, dass sie Mühe genug hatten, sich selbst zu verstehen.

»Sei vorsichtig mit dem, was du laut von dir gibst«, forderte der Waldläufer. »Hier oben darf niemand wissen, wie gut ich im Reich der Wasserknechte Bescheid weiß. Vor allem jetzt nicht, da die Hohen deine väterliche Linie kennen. Hätte ich geahnt, dass sie das so leicht wie Gohlik erspüren, wäre ich lieber alleine hierhergekommen. In Zeiten wie diesen ist schnell ein böser Verdacht ausgesprochen.«

Was Velb damit sagen wollte, war dem Halbblut sofort klar.

Einem Mann mit spitzen Ohren schlug angesichts einer anmarschierenden Elfenarmee wenig Zuneigung entgegen. Von da an war es nur noch ein kurzer Schritt, als Spion verdächtigt zu werden.

»Wir bleiben erst mal hier, bis wir die Lage besser überblicken«, schlug Velb in versöhnlicherem Tonfall vor. »Morgen früh, nach einer Mütze voll Schlaf, sieht die Lage wahrscheinlich schon ganz anders aus.«

»Ihr seid auf der Suche nach einem Nachtlager?« Wie aus dem Boden geschossen stand Imtje neben ihnen und ergriff Bineks rechten Arm so fest, dass sich ihr voller Busen weich gegen seinen Ellenbogen schmiegte. »Für ein freundliches Wort könnte ich mich glatt überreden lassen und euch eins verschaffen.«

»Bist du sicher?« Velb lachte. »Nicht doch eher gegen klingende Münze?«

»Bezahlen müsst ihr beide auf jeden Fall«, feixte sie. »Nicht unbedingt alle mit Geld, du allerdings schon.« Dabei zwinkerte sie Binek verschwörerisch zu, so dass er nicht wusste, ob sie Spaß machte oder wirklich auf Männerfang war.

Andere hatten bereits eine feste Meinung zu dem Thema.

Plötzlich stand der Rothaarige vor ihm, der den Tod der beiden Elfen so sehr gefeiert hatte. Seine beiden blau geschlagenen Augen waren in dem wie Hefeteig aufgegangenen Gesicht kaum noch zu erkennen, trotzdem funkelten sie ihn böse an.

»Was geht hier vor, Imtje?«, fragte er. »Hast du keinen Anstand, dass du so vertraut um diesen Fremden herumscharwenzelst?«

Die eben noch anschmiegsame Zwergin spannte übergangslos alle Muskeln an – und das waren nicht wenige, da sie Tag für Tag schwere Küchenarbeit verrichtete.

»Was willst du von mir, Borstel Flammenhaar?«, fragte sie angriffslustig, während es Binek so vorkam, als wollte sie ihm den Arm zerdrücken. »Wir beide haben schon lange nichts mehr miteinander zu schaffen. Denkst du, deine Beförderung zum Obersten Steinmetzen gewährt dir besondere Rechte? Geh lieber und küss noch ein Gleve, du Wicht, das scheint dir ja in letzter Zeit besonders zu gefallen.«

Angesichts der Worte, mit der sie seine Verletzung schmähte, lief Borstel puterrot im Gesicht an und schnappte vor Aufregung nach Luft. Dafür hatte Binek mehr Verständnis als für Imtjes Benehmen, vor allem, da sie ihn plötzlich nach vorne schob und rief: »Und jetzt hinfort mit dir, ehe dich mein neuer Gefährte bei deinem feuerroten Schopfe packt und den Elfen hinterherwirft.«

Neuer Gefährte? War die Kleine noch ganz bei Trost? Oder wollte sie Borstel eifersüchtig machen?

»Nur die Ruhe«, versuchte Binek zu beschwichtigen. »Ich glaube, hier liegt ein Missverständnis vor.«

Leider stießen seine Worte bei Borstel Flammenhaar auf taube Ohren. Der Zwerg hob bereits seine geballten Fäuste in einer kämpferischen Pose, was nur halb so wild gewesen wäre, hätte Imtje den Arm ihres *neuen Gefährten* nicht weiter wie ein Schraubstock umklammert.

Velb, der sich ein Feixen nicht verkneifen konnte, wollte schon vermittelnd eingreifen, als plötzlich Wighild zwischen ihnen stand. Angesichts des Respekts, den die Hohe in ganz Felsheim genoss, senkte Borstel umgehend die Arme und ging auf Distanz.

»Diese beiden Händler sind unsere Gäste«, beschied sie dem Giftzwerg kühl. »Benimm dich ihnen gegenüber also gefälligst so, wie es sich für einen Obersten Steinmetzen gebührt.«

Borstel senkte den Blick.

»Verzeih mir, Hohe«, stammelte er verlegen. »Das wusste ich nicht.«

»Dann weißt du es von jetzt an! Und nun hinfort mit dir, bevor ich mich vergesse!«

Borstel erbleichte. Beinahe ebenso schnell, wie ihm zuvor das Blut in den Kopf geschossen war. Derart abgekanzelt zu werden war für ihn ein harter Schlag, doch er wagte nicht, etwas zu seiner Verteidigung vorzubringen. So zog er sich schweigend zurück. Ein kurzes Funkeln in seinen Augen bewies jedoch, dass er Binek für das über ihn hereingebrochene Unglück verantwortlich machte.

Auch Wighild war dieser Blick nicht entgangen.

»Du siehst, die Stimmung ist aufgeheizt«, wandte sie sich an Velb. »Lasst euch von Imtje die Lager für die Freiwilligen zeigen. Beim ersten Tageslicht verhandeln wir über den Preis für das Schlummerkraut. Und sehen danach, wie es mit euch weitergeht.«

Selbst die bisher so vorlaute Küchenmagd gab sich angesichts der hochrangigen Geistlichen auf einmal zurückhaltend. Von Bineks Arm hatte sie bereits abgelassen, nun deutete sie sogar einen Knicks an, bevor sie die beiden Händler bat, ihr zu den Unterkünften zu folgen.

Binek atmete innerlich auf. Und spürte gleichzeitig die untrügliche Gewissheit, dass die Probleme für ihn gerade erst begonnen hatten.

## 9.

Binek war es gewohnt, lange zu schlafen. Als er erwachte, schimmerte hinter den schweren Tierfellen, die vor den

Fenstern hingen, bereits ein breiter Rand aus Tageslicht hervor. Die übrigen Strohlager waren verwaist, auch von Velb fehlte jede Spur.

Vermutlich saß er am Verhandlungstisch, um sich mit den Zwergen über den Preis für das Schlummerkraut zu einigen. Binek bereute längst, dabei geholfen zu haben, diese Waffe – und um nichts anderes handelte es sich bei den vertrockneten Laubsträngen – zu den Zwergen zu schaffen. Doch für eine Kehrtwende war es zu spät. Die Säcke ruhten längst in den geheimen Kammern der Felsheimer.

Verschlafen zupfte er sich einige Halme aus Kleidung und Haar. Als er dabei das Narbengeflecht an seinem linken Ohr berührte, rückte er rasch das Kopftuch zurecht, bis die Ohren wieder verdeckt waren. Mochten alten Recken wie Orm oder die spirituellen Führer der Nekropole auch instinktiv spüren, wer oder, besser gesagt, *was* er wirklich war, das Gros der Zwerge ließ sich weiterhin über seine Herkunft täuschen.

Die Baracke, in der Imtje sie untergebracht hatte, lag auf der obersten Ebene. Eigentlich gehörte sie zu den Quartieren, in die sich die Steinmetze zurückzogen, wenn sie bei ihrer beschwerlichen Arbeit eine Pause einlegten. Solange das Gehämmer an den Grabkammern ruhte, standen sie jedoch den Freiwilligen zur Verfügung, die von nah und fern herbeigeeilt waren, um die Nekropole zu verteidigen. Da der Platz nicht mehr für alle reichte, hatten die Zwerge noch einige Hütten zusammengezimmert, die sich, alle ein wenig windschief, auf einem ehemals freien Platz nahe den ersten Grabgewölben aneinanderdrängten.

Der Wohnraum in den Tiefen des Berges blieb einzig und allein den Felsheimern vorbehalten. Vielleicht weil er begrenzt war oder man nicht so viele Fremde in die Geheimnisse des weitverzweigten Stollensystems einweihen mochte, selbst wenn es sich dabei ebenfalls um Zwerge handelte.

Auf einem rechteckig aus dem Berg geschlagenen Felsblock fand Binek ein Waschgeschirr aus rotglasiertem Steingut vor. Der Krug war noch zur Hälfte gefüllt. Angesichts des Schmutzwassers, das bereits in der Schüssel schwappte, begnügte er sich jedoch mit ein paar Wasserspritzern für Hände und Gesicht. In Imor hätte er die Waschschüssel einfach durch das Fenster auf die Straße entleert, doch er wusste nicht, ob das in Felsheim ebenfalls üblich war. Überhaupt waren ihm die Geflogenheiten der Zwerge vollkommen fremd, und er wollte keine Fehler begehen.

Im Freien angekommen, kniff Binek die Augen zusammen. Nach dem Halbdunkel der Steinbaracke schien die Sonne gleißend hell auf ihn herabzubrennen. In den Bergen war man dem Himmel wesentlich näher als in den Gassen des Pfuhls, besonders an einem so wolkenfreien Morgen wie diesem. Nachdem er seinen breitkrempigen Hut so weit zurechtgerückt hatte, dass er die Augen beschattete, erkannte er die Umgebung besser. Um ihn herum wirkte alles friedlich, fast so, als hätte es nie einen nächtlichen Überfall der Elfen gegeben. An zwei im Freien aufgestellten Tischreihen saßen noch andere Langschläfer, denen allerdings die Köpfe vom vielen genossenen Wein brummten. Daher tranken sie nur frisches Quellwasser und löffelten etwas Breiförmiges aus runden Schüsseln.

Zwergenfrühstück.

Binek verspürte schlagartig keinen Hunger mehr, zumal eine mit benutztem Geschirr beladene Magd die Nachzügler zur Eile dränge. Sie und ihre Küchenschwestern wollten die Tafel aufheben, doch sobald sie Binek bemerkte, hellten sich ihre Gesichtszüge auf.

Es handelte sich um die flachsblonde Imtje mit den schlanken Beinen, die so überhaupt nicht dem Bild entsprach, das er sich bisher von Zwergenfrauen gemacht hatte.

»Endlich ausgeschlafen, Großer?«, begrüßte sie ihn freundlich. »Setz dich zu uns. Das Brot ist schon alle, aber es gibt noch Haferschleim und frische Ziegenmilch. Magst du deinen Brei lieber heiß? Ich hole dir gerne eine frisch gefüllte Schüssel aus der Küche.«

Binek war ihre Aufmerksamkeit unangenehm, denn er wollte möglichst unauffällig bleiben. Zu spät. Plötzlich waren alle Zwergenaugen auf ihn gerichtet.

»Hey, was soll das?«, mokierte sich einer der Tischgenossen, der seinen Schädel kahlgeschoren hatte, dem der Bart dafür aber umso wilder wucherte. »Warum bist du zu diesem Menschen so freundlich, während du uns nicht schnell genug loswerden kannst?«

Über Imtjes Nasenwurzel bildeten sich umgehend zwei steile Falten, und auch sonst nahm ihr Gesicht einen ausgesprochen giftigen Ausdruck an.

»Nimm dir bloß keine Frechheiten heraus, Endrik!«, keifte sie den Glatzkopf an. »Während du gestern Abend hemmungslos gesoffen hast, hat uns dieser Mensch genügend Schlummerkraut geliefert, um ein ganzes Elfenheer einzunebeln. Mach dich für unsere Sache ebenso nützlich wie er, und ich serviere dir ebenfalls heißen Haferschleim. Bis dahin hältst du besser deinen Rand!«

Mit schmerzverzerrter Miene langte sich der gescholtene Zwerg an die Stirn, als gälte es, einen dahinter wütenden Schmerz mit bloßer Hand zurückzudrängen. »Jaja, schon gut!«, bettelte er wehleidig. »Nur schrei nicht so herum. Das ist ja nicht auszuhalten!«

»Ich habe eigentlich gar keinen Hunger«, warf Binek eilig ein, bevor der Streit weiter ausufern konnte. »Ein Becher Milch reicht mir vollkommen.«

»Das komm doch gar nicht in Frage!« Ehe er sich versah, bugsierte ihn Imtje schon mit überraschend kräftigem Griff auf eine der Sitzbänke. »Niemand soll sagen, dass wir Zwerge nichts von Gastfreundschaft verstehen.«

Noch während sie sprach, reichte sie ihm einen Holzbecher mit einer weiß schwappenden Flüssigkeit. Danach eilte sie davon, den versprochenen Haferschleim zu holen, obwohl noch mehrere Schüsseln mit kalt gewordenem Brei herumstanden.

Unangenehmes Schweigen breitete sich aus. Die männlichen Zwerge, die ihn durchdringend anstarrten, sprachen kein Wort, und Binek wusste erst recht nicht, was er zu einer Unterhaltung beitragen sollte. Verlegen nippte er an seiner Ziegenmilch, die so gut mundete, dass er anschließend in großen Schlucken von ihr trank.

»Kriegsgewinnler!« Zu Endriks Rechten saß ein bereits in die Breite gehender Zwerg mit schwarzen Haaren, der seinen Holzlöffel hingebungsvoll ableckte, als könne er kein Wässerchen trüben. Doch sobald der letzte Klecks in seinem Mund verschwunden war, fuhr er mit einer unverwechselbaren Fistelstimme fort: »Ihr Menschen wart schon immer ein verschlagenes Pack, dem nicht zu trauen ist.«

Binek hatte genügend Zeit in Imors Schänken verbracht, um die Situation einschätzen zu können. Die Zwerge, die ihm gegenübersaßen, litten noch an den Nachwirkungen ihrer durchzechten Nacht. Deshalb waren sie viel zu müde, um sich auf eine ernstliche Prügelei einzulassen. Außerdem war er flink genug, ihren Fäusten zu entkommen, falls er sich irrte.

Vollkommen entspannt lächelte er sie über den Rand seines Bechers hinweg an. »Es war schon immer mein heimlicher

Wunsch, die größten Schwätzer und Stinkstiefel Felsheims kennenzulernen«, sagte er dabei. »Hab ich ein Glück, dass ich euch gleich am ersten Tage alle zusammen antreffe.«

Grenzenlose Überraschung spiegelte sich in einem halben Dutzend Zwergengesichtern wider. Vier von ihnen wandten sich schließlich Endrik und dem schwarzen Wuschelkopf zu, um zu sehen, was diese auf seine Herausforderung antworten würden. Ehe einer der beiden seine Müdigkeit überwunden hatte, stand eine dampfende Schüssel vor Binek.

»Na, Jungs, vertragt ihr euch auch schön?«, fragte Imtje scheinheilig.

»Natürlich«, verkündete Endrik eilig, um sich vor Kopfschmerzen und weiterem Ungemach zu schützen. »Wir bewundern gerade alle den hohen Hut des freundlichen Händlers, den du so sehr ins Herz geschlossen hast.«

Ein falsches Lächeln umspielte die Lippen des Glatzkopfes, während er auf Bineks kegelstumpfartige Hutkrone deutete.

»Dieser Kanten lässt dich schön groß aussehen«, säuselte er dabei. »Aber die Schmuckschnalle ist schon reichlich angelaufen. Du solltest sie durch eine aus Silber ersetzen. Ich könnte dir eine fein ziselierte Schnalle verkaufen. Von all dem Gold, das du mit deinem Schlummerkraut verdienst, kannst du dir sicherlich bald so eine Kostbarkeit leisten.«

Binek pustete auf den dampfenden Brei in seinem Löffel, um ein wenig Zeit zu gewinnen. »Danke fürs Angebot«, antwortete er mit ebenso geheuchelter Freundlichkeit, wie sie ihm entgegenschlug. »Aber ich mache mir nicht so viel aus überflüssigem Pomp.«

»Wohl war«, bestätigte der Wuschelkopf mit der Fistelstimme. »Man sieht es an den Lumpen, die du spazieren trägst.«

Warum ausgerechnet ein Zwerg, dessen Hemd genauso

zerknittert wie sein Gesicht wirkte, glaubte, so mit Binek sprechen zu müssen, blieb sein Geheimnis. Noch ehe ihm das Halbblut antworten konnte, hatte Imtje die Tafel umrundet und zog den sechs Zwergen ihre Bank unter dem Hintern weg.

»Schluss mit dem Müßiggang«, beschied sie den angeschlagenen Gesellen. »Ornus und die anderen Holzknechte haben schon mehrmals gefragt, ob es hier keine hilfsbereiten Hände gäbe!«

Murrend kamen die Gescholtenen ihrer Aufforderung nach.

»Ihr habt es nicht immer leicht mit euren Frauen, was?«, gab ihnen Binek mit auf den Weg.

Das brachte ihm mehrere gemurmelte Erwiderungen ein, die verdächtig nach Verwünschungen klangen. Statt darauf einzugehen, nahm er seinen ersten Bissen von dem stark mit Honig gesüßten Haferbrei, der überraschend gut schmeckte. Augenblicklich klang seine Appetitlosigkeit ab. So aß er weiter, während sich Imtje und einige weitere Küchenmägde daranmachten, das übrige Geschirr abzutragen und die ersten Holztafeln von den Böcken zu heben. Hastig leerte Binek den Milchbecher und stand mit der Schüssel in der Hand auf, um nicht länger im Weg zu sitzen.

»Keine Eile«, beruhigte ihn Imtje. »So viel Zeit muss sein. Du sollst doch keine Magenverstimmung bekommen.«

»Wieso sorgst du dich so sehr um mich?«, fragte er angenehm berührt.

»Wighild hat mich heute Morgen gebeten, ein Auge auf dein Wohlbefinden zu haben«, antwortete sie.

Bineks Lächeln fiel in sich zusammen. Das klang ja fast, als hätte die Magd den Auftrag erhalten, ihn zu überwachen.

»Aber natürlich sorge ich mich auch, weil sich bei uns selten so wohlgeratene Männer wie du blicken lassen«, fügte sie lachend hinzu. »Wo hast du dich bloß so lange versteckt? Bisher hat uns Velb immer alleine besucht.«

»Bis vor kurzem war ich ein Dieb in Imor«, antwortete er, um sie abzuschrecken. Ohne Erfolg.

»Uhhhhuhuhu!«, rief sie aus, hob dabei ihre Hände und schüttelte ihren schlanken Leib, als würden ihr wohlige Schauer des Schreckens über den Rücken jagen. »So ein richtiger, mit einer Kapuze vermummter Dieb, der nachts in fremde Kammern schleicht?«

Offensichtlich nahm sie seine Worte nicht für bare Münze.

So erging es einem, der in diesen Zeiten freiheraus die Wahrheit sagte. Man glaubte ihm nicht. Während er bei Endrik und dem Stinkstiefel um keine Antwort verlegen gewesen war, wusste er bei Imtje allerdings langsam nicht mehr weiter. Aber das machte nichts. Inzwischen schossen ihre kichernden Küchenschwestern die eine oder andere Spitze ab. Die Unterstellung, dass sich wohl schon viel zu lange kein Mann mehr heimlich in Imtjes Gemächer gestohlen hätte, gehörte dabei noch zu den harmloseren Attacken, die allesamt in die gleiche schlüpfrige Richtung zielten.

Seltsamerweise errötete Binek bei diesen Anspielungen stärker als Imtje. Rasch stellte er seine Schüssel ab und verabschiedete sich mit den Worten: »Dann will ich mal schauen, ob ich mich ebenfalls bei den Zimmerleuten nützlich machen kann.«

»Jetzt habt ihr ihn verjagt, ihr dummen Gänse!«, schimpfte Imtje mit ihren Küchenschwestern, die sich diesen Vorwurf nicht widerspruchslos bieten ließen.

Und so erhob sich ein kräftiges Geschrei, während Binek mit langen Schritten das Weite suchte.

## 10

Bineks Bereitschaft, den Zwergen zur Hand zu gehen, verschwand umgehend, als er sah, woran sie arbeiteten. An einem Katapult, mit dem sich schwere Steinbrocken über weite Entfernungen auf den Gegner schleudern ließen. Die Holzteile für die Kriegsmaschine waren von den Zimmerleuten vorgefertigt worden. In einiger Entfernung lagen noch zwei weitere Haufen zum Zusammenbau bereit.

Ornus, der das Kommando führte, überragte die anderen Zwerge um einen halben Kopf. Sein Schädel war ebenso kahlrasiert wie der von Endrik, doch seinen Bart trug er sauber gestutzt. Während er die mit schweren Ketten am Boden festgeflanschte Maschine mehrmals umrundete, überprüfte er ein letztes Mal alle Nägel, Zargen und Zapfen auf Haltbarkeit. Endrik und die anderen Nachzügler sahen ihm dabei mit hinter den Gürteln gehakten Daumen zu, gerade so weit entfernt, dass sie nicht im Wege standen.

Binek zog es vor, sich das Treiben aus größerer Entfernung anzusehen. Dabei befand er sich in guter Gesellschaft. Zahlreiche Mägde und Knechte hielten es genauso wie er. Neugierig verfolgten sie, was an der Verschanzung vor sich ging, die an dieser Stelle wie eine natürliche Bastion vorsprang.

Als Ornus endlich mit allem zufrieden war, schickte er die Zwerge fort, die ihm beim Aufbau geholfen hatten, damit sie sich ausruhen konnten. Danach baute er sich mit gewichtiger Miene vor den Nachzüglern auf, stemmte seine Hände in die Hüften und schnarrte: »So, ihr Schlafmützen. Nun seid ihr an der Reihe! Vier von euch spannen das Katapult, die verbliebenen zwei dürfen einen der zurechtgeschlagenen Brocken heranschaffen, die irgendein nichtsnutziger Strohkopf dahinten aufgehäuft hat!« Damit deutete er auf eine gut fünfzig Zwergenschritte entfernte Schanze.

Umständlich zählten die sechs Zwerge aus, wer von ihnen laufen musste, bevor sie endlich ans Werk gingen. Den Wurfarm über eine Kettenwinde in die Tiefe zu drehen war eine schweißtreibende Angelegenheit, besonders wegen des massiven Gegengewichtes, das dabei mit in die Höhe gewuchtet werden musste. Angesichts der kräftigen Oberarme, über die die Zwerge verfügten, drehte sich das Speichenrad aber in einem fort, so dass der Schlagbaum längst eingehängt war, als das Geschoss eintraf.

Kaum war der Brocken mit vereinten Kräften in die Wurfschaufel gestemmt worden, peilte Ornus über seinen Daumen in weite Ferne. Danach prüfte er, wie sich das Gewicht des Steins auf die Stellung des Katapultes auswirkte, um noch einige Holzkeile an verschiedenen Stellen einzuschlagen, die die Maschine exakt auf ihr Ziel ausrichten sollten. Am Schluss wies er Endrik und seine Mannen an, wieder anderthalb Kettendrehungen nachzulassen.

Erst danach blitzte ein zufriedenes Lächeln in seinem Gesicht auf.

»Worauf haben die es abgesehen?«, wollte eine Magd von einem Holzknecht wissen, der gerade auf einem Wurstzipfel herumkaute.

»Die Elfen haben sich hinter einer kreisförmigen Steingruppe verschanzt, um dort auf Verstärkung zu harren«, erklärte er mit vollem Mund. »Denen wollen wir ein bisschen das Leben schwermachen.«

Binek glaubte, bei diesen Worten wieder das Geschrei der verbrühten Elfen zu hören. Mitleid packte ihn, aber damit stand er wohl alleine da. Rings um ihn herum rieben sich Zwerge in Vorfreude darauf die Hände, es den hochnäsigen

Elfen erneut zu zeigen. Als sich Ornus anschickte, den Sperr-riegel zu lösen, strömten alle Zuschauer nach vorne, um den Flug des Geschosses mitzuverfolgen. Binek wollte sich dem zunächst nicht anschließen, am Ende gewann jedoch seine Neugierde überhand. Mühelos über die Köpfe der Zwerge hinwegschauend, verfolgte er von einem Wehrgang aus, was weiterhin geschah.

Ruckartig schob Ornus den Hebel nach vorne, der den Wurfarm blockierte. Der schwere Granit am Fuße des höl-zernen Riesenlöffels sauste in die Tiefe, so dass der massige Eichenstamm nach vorne schnellte, bis er mit einem lauten Knall gegen einen quergestellten Bremsbalken krachte. Die auf die Holzkonstruktion einwirkenden Kräfte waren so ge-waltig, dass sie vom Boden abhob. Die Halteketten spannten sich klirrend, hielten jedoch der Belastung stand.

Fasziniert beobachtete die versammelte Menge, wie der Riesenbrocken, den ein einzelner Mann kaum mit Armen umfassen konnte, durch die Luft flog wie ein Kieselstein. Na-hezu lautlos beschrieb das scharfkantige Geschoss einen lang-gezogenen Bogen. Wie gut Ornus das Katapult eingestellt hatte, zeigte sich, als sich die Flugbahn tatsächlich über der anvisierten Felsengruppe absenkte. Der Aufschlag erfolgte mitten in dem von Steinkuppen umgebenen Platz.

Ein dumpfer Schlag erklang. Staub wölkte auf. Gleich dar-auf ertönte ein Schrei von allerhöchster Pein.

Unter den Zwergen brandete Jubel auf, bis ein lauter Alarmruf meldete: »Achtung! Bogenschützen!«

Es war Binek, der gerufen hatte. Ihm war die Doppelreihe der aus den nahen Ruinen hervorstürzenden Elfen zuerst aufgefallen. Als er sah, wie sich die Bogensehnen spannten, sprang er von der Brustwehr zurück und zog die links und rechts neben ihm stehenden Zwerge gleich mit sich. Ein tödliches Sirren schwoll an, wurde lauter und lauter, bis es die Ohren malträtierte. Endlich suchten auch alle anderen Deckung. Die wenigen vollständig Bewaffneten unter ihnen duckten sich hinter ihre Schilde, alle anderen drängten in ihrer Panik übereinander weg, bis sie unterhalb des Wehrgangs stürzten und übereinanderfielen.

Nur einer aus Endriks Gruppe begriff viel zu spät, was los war. Mit einem schmatzenden Geräusch fuhr ihm ein Pfeil mitten durch den Hals. Blut spritzte durch die Luft, als die breite Eisenspitze auf Höhe der Schlagader wieder austrat. Gurgelnd stürzte er hintenüber, unfähig, sich noch irgendwie zu halten.

Gefiederte Schatten verdunkelten den Himmel, während er mit dem Hinterkopf aufschlug. Das Geräusch klang fürchterlich und erinnerte von fern an den Einschlag des Katapultgeschosses.

Ein verängstigtes Kleinkind begann zu weinen. Niemand kümmerte sich um sein Geschrei, alle waren sich plötzlich selbst der Nächste. Beherzt presste es Binek an seinen Brustkorb und rannte mit ihm auf die ältesten Krypten der erste Ebene zu, um es vor weiteren Pfeilschwärmen zu schützen. Seine langen Beine trugen ihn schneller davon als jeden Zwerg. Auf Höhe der verwitterten Gräber kam ihm eine Küchenmagd mit ausgestreckten Armen entgegen. Er musste nicht erst fragen, ob sie die Mutter war, das war ihrem entsetzten Gesicht deutlich anzusehen. Binek übergab ihr das wimmernde Bündel, ohne auf ihren gestammelten Dank zu hören. Er war einfach nur froh zu sehen, dass die beiden über eine im Boden klaffende Öffnung in der Tiefe des Berges verschwanden.

Als er sich umwandte, war der Platz rund um das Katapult weitgehend verwaist. Nur ein paar mit Pfeilen gespickte

Zwerge lagen am Boden. Die meisten waren nur verletzt, doch wenn man ihre Wunden nicht schleunigst versorgte, würden sie verbluten. Wer noch auf dem Wehrgang hockte, war mit Schwert und Schild gerüstet. Auch Ornus und die Seinen trugen plötzlich Helm und Waffen.

Während seine Glatze nur ein einfacher Eisenhelm mit Nasenschutz bedeckte, war der von Endrik mit einem Augenvisier und zwei abstehenden Hörnern versehen. Beide versuchten gerade, eine Magd zu befreien, deren linke Hand durch einen Pfeil an das Katapult genagelt worden war. Sich vor Schmerzen windend, machte sie es ihnen nicht gerade leicht. Schließlich zerbrach Ornus den gefiederten Schaft und riss ihre Hand über das kurze Ende zurück. Das war einfacher, als sie mitsamt dem tief ins Holz eingedrungenen Pfeil zu lösen.

Verdammte Pfeile, die nicht zwischen Kriegern und Mägden unterschieden! Aber auch verdammte Katapulte, die auf ebenso schwer überschaubare Weise töten!

Auf dem Wehrgang schlugen die Zwerge wie von Sinnen auf die Brustwehr ein. Binek verstand erst, was sie damit bezweckten, als ein von einem Kletterseil gelöster Wurfanker in den Innenraum der Nekropole polterte.

Mit solch einem Hilfsmittel hatte Binek auch schon glatte Steilwände bezwungen. Unter den Elfenkriegern verstanden sich offenbar alle auf dieses Geschick. Weitere Anker überflogen die Felsmauer, wurden zurückgezogen, hakten dabei fest. Gleichzeitig beschrieben transparente Glaskugeln eine ähnliche Flugbahn. Alle Zwerge blickten zur Seite oder hielten sich Unterarme vor das Gesicht.

Binek begriff erst, was vor sich ging, als den Scherbenhaufen gleißende Lichtsäulen entsprangen. Heller als tausend Sonnen, so kam es ihm vor.

Geblendet schloss er die Augen, doch zu spät. Auch mit

zusammengekniffenen Lidern hallte das allumfassende Weiß lange in ihm nach. Sein Herz schlug wie wild. Hilflos taumelte er umher, verlor dabei seinen Schnallenhut und trampelte noch mit seinen Stiefeln darauf herum. Da packten ihn schlanke, weiche Finger am Handgelenk und zogen ihn mit sich. Er wusste, dass es Imtje war, noch ehe sie beruhigend auf ihn einsprach.

Die Kleine hatte es sich wirklich zur Aufgabe gemacht, auf ihn aufzupassen. Mochte Magnon wissen, warum.

Folgsam ließ er sich von ihr zwischen mehrere aus dem Berg gemeißelte Krypten zerren und gegen eine Wand pressen. Als die Blendwirkung allmählich abklang, hatte sich das Bild an der Schanze grundlegend gewandelt. Mehr als ein Dutzend Elfengardisten hatte den Aufstieg bewältigt. Oben angekommen, schlugen sie auf alles ein, was sich ihnen in den Weg stellte. Dabei wirbelten ihre langen Stangenschwerter so schnell durch die Luft, dass sie silberne Bahnen um ihre Körper woben. Die Zwerge hatten große Mühe, ihnen Widerstand zu leisten.

Wer nicht über einen Schild verfügte, dem erging es übel, ob Mann oder Frau. Eine dieser ungewappneten war die Küchenmagd, die Ornus und Endrik von dem Katapult befreit hatten. Völlig reglos lag sie auf dem Gesicht. Ihr Gewand klaffte auf dem Rücken weit auseinander, darunter verlief eine stark blutende Wunde. Der Gardist, der sie unbarmherzig von hinten niedergestreckt hatte, war selbst eine Frau. Eine, deren Antlitz sich in eine anmutige und eine grässlich entstellte Seite aufteilte.

Wie sie mit ihren frischen Verbrennungen überhaupt kämpfen konnte, war Binek ein Rätsel. Vermutlich war es purer Hass auf jene, die sie für ihr Schicksal verantwortlich machte.

Der schwarzhaarige Wuschelkopf, der die Gardistin mit einer Streitaxt bedrängte, bekam ihre volle Kampfkunst zu spüren. Geschickt blockte sie seinen Axtkopf mit dem Ende der Gleve ab, bevor sie mit der bereits nach unten geneigten Schneide über seine Knie rasierte. Angesichts seiner Fistelstimme schrie der Getroffene ungewöhnlich dunkel auf, was damit zu tun haben mochte, dass sich die Glevenspitze anschließend so tief in seinen Magen bohrte, dass er in der Körpermitte zusammenklappte.

Durch ihr bisheriges Geschick gewarnt, drangen Ornus und Endrik gemeinsam auf die Gardistin ein. Obwohl es ihnen mehrmals gelang, ihren blitzschnellen Stößen und Schlägen zu entkommen, waren sie doch gezwungen, immer weiter vor ihr zurückzuweichen. Auch die übrigen Gardisten, die im Gegensatz zu ihr Visiermasken in den Flügelhelmen trugen, verschafften sich weiter Raum. Was sie damit bezweckten, wurde schnell ersichtlich. Die beiden bei dem Katapult verbliebenen Elfen beschmierten dieses mit Pech und steckten es anschließend mit speziellen Glaskugeln in Brand.

Ornus heulte bei diesem Anblick vor Wut auf, aber das half ihm nicht dabei, ihre Deckung zu durchdringen. Immer weiter verlagerte sich der Kampf in Richtung Grabgewölbe, so dass sich Binek bereits nach einem Fluchtweg umsah. Im Gegensatz zu ihm war Imtje zum Kampf entschlossen. In ihrer Rechten glänzte plötzlich eine polierte Klinge, die sich angesichts der blutbefleckten Gleve geradezu lächerlich ausnahm.

»Bleib hinter mir«, befahl sie. »Uns schlitzt diese Hexe nicht den Rücken auf, das schwöre ich dir!«

Erst in diesem Moment ging ihm auf, dass sie vermutlich die tote Magd, deren Ermordung sie mit ansehen musste, gut gekannt haben musste, ja, vielleicht sogar mit ihr befreundet gewesen war. Entsprechend fixierte sie die immer näher heranrückende Gardistin und suchte ernstlich nach einer Möglichkeit, sie mit dem Messer anzugehen.

Was für ein Wahnsinn, das musste er verhindern!

Entschlossen packte er Imtje von hinten bei den Schultern und stemmte sie wie einen Mehlsack in die Höhe. Wütend über diese Behandlung, strampelte sie mit den Beinen, bis er sie neben sich abstellte.

»Hör auf«, verlangte er von ihr. »Und lass dir zur Abwechslung einmal von mir helfen.«

Verblüfft starrte sie ihn an, während er fieberhaft überlegte, was er mit seinem eigenen Dolch gegen die überlegene Waffe der Elfin ausrichten konnte. Genau genommen gar nichts! Selbst die erfahrenen Zwergenkrieger gerieten in höchste Bedrängnis, als die Gleve so heftig auf Endriks linkes Horn niederfuhr, dass ihm der Helm vom Kopf flog.

Völlig aus dem Rhythmus gebracht, bot der schildlose Zwerg einen Moment lang ein einfaches Ziel, doch Ornus' im Halbkreis durch die Luft wirbelnde Axt fegte den tödlichen Stoß, der Endriks rechte Brusthälfte treffen sollte, im letzten Moment zur Seite. Dabei wandte er allerdings einem mit zwei Kurzschwertern kämpfenden Gardisten den Rücken zu, der gerade einen Zwerg niedergestochen hatte. Als Imtje sah, wie der Elf mit den beiden ausgestreckten Klingen auf Ornus' Rücken zuhielt, wollte sie sich dazwischenwerfen.

Binek war schneller.

Mit drei langen Schritten hetzte er dem Gardisten entgegen und sprang vorwärts. Dass sich ihm plötzlich ein Gegner mit dem Geschick eines Elfen näherte, damit hatte er nicht gerechnet, und ehe er richtig begriff, was vor sich ging, prallte Binek schon mit den Füßen voran gegen ihn. Der Stoß gegen die Hüfte fegte den Elfen acht Königsschritte weit durch die Luft. Als er hart zu Boden schlug und benommen liegen blieb, hielt er nur noch eines seiner leicht gebogenen Kurzschwerter in Händen. Das andere lag neben Binek, der sich schnell wieder aufrappelte. Blitzschnell klaubte er die Waffe aus dem Staub auf und fuchtelte unkontrolliert mit ihr herum, um einen möglichen Angreifer in die Defensive zu zwingen.

Ornus und Endrik lagen inzwischen auf dem Boden, beide aus oberflächlichen Wunden blutend. Dass sie noch keinen Todesstoß erhalten hatten, lag wohl an Imtje, die der Elfin angriffslustig gegenüberstand. Dabei ließ sie ihr Messer geschickt von einer Hand in die andere wandern. Von Angst war bei ihr nicht das Geringste zu spüren, trotzdem bewahrte sie wohl ein letzter Rest von Überlebensinstinkt davor, sich in einen Zweikampf mit der Gardistin zu stürzen.

Binek schrie laut auf, um die Aufmerksamkeit auf sich zu lenken, was ihm bei beiden Frauen auf Anhieb gelang. Während Imtje vor Begeisterung jauchzte, wandte sich ihm die Gardistin mit kaltem Blick zu – und erstarrte.

Binek nutzte die kurze Atempause, um sich einige Waffenübungen ins Gedächtnis zu rufen, die er in der Gilde hatte absolvieren müssen. Rasch schlug er zwei Achten aus dem Handgelenk, bevor er eine Ausgangsstellung einnahm, die ihm größere Standfestigkeit verlieh. Die Elfin schenkte diesen Bemühungen keine große Beachtung, sondern starrte ihm weiterhin ins Gesicht.

»Du!«, sagte sie jäh, obwohl ihr das Sprechen aufgrund des verbrannten Mundwinkels sichtliche Mühe bereitete. »Wer bist du?«

»Mein neuer Freund!«, schrie Imtje sie von der Seite an. »Und der schlitzt dir gleich den Wanst so weit auf, dass wir aus deinen Gedärmen die Zukunft lesen können! Von deiner wird dabei nicht viel zu sehen sein!«

Zum Glück maß die Elfin diesem blutrünstigen Gerede keine Bedeutung bei, sondern betrachtete Binek bloß mit großen Augen.

»Du ...«, wiederholte sie bestürzt. »Wer ... Was machst du bei den Zwergen?«

»Der Zufall hat mich hierher verschlagen«, antwortete er. »Dein Volk will von mir schließlich nichts wissen.«

Diese Worte schienen sie zu verwirren. Plötzlich sah sie an ihm vorbei. Was auch immer sie dabei entdeckte, trieb die alte Härte zurück in ihr entstelltes Gesicht. Nur einen Herzschlag später federte sie zur Seite und entfernte sich mit schnellen Schritten. Unterwegs las sie den Gardisten auf, den Binek zur Seite getreten hatte. Auch die übrigen Elfen räumten die Schanze weitflächig und hetzten zu dem Katapult zurück, das mittlerweile lichterloh brannte.

Der Grund für den Ruckzug war eine geschlossene Schildformation, die unter Orms Führung anrückte. Dagegen kamen sie auch nicht mit ihrer überlegenen Kampfkunst an. Das Katapult, das ihnen auf die Entfernung gefährlich werden konnte, war nicht mehr zu gebrauchen. Und bis das nächste errichtet war, würde schon längst die Nacht hereinbrechen.

Ebenso schnell, wie er aufgetaucht war, setzte sich der Stoßtrupp ab.

»Keine Purpurdämpfe«, rief die Gardistin, als einige ihrer Kameraden unter ihre Mäntel griffen, danach waren sie endgültig verschwunden.

»Bei allen Ahnen, wie hast du das bloß gemacht?« Imtje umschloss Binek so fest mit ihren Armen, dass einige seiner Rippen verdächtig zu knacken begannen. »Die hässliche Kröte stand vor Schreck wie angewurzelt da!«

Ihre Hände fest auf die Wunden gepresst, rappelten sich Ornus und Endrik auf. Sie wirkten ebenfalls erstaunt über den schnellen Rückzug, der ihnen wohl das Leben gerettet hatte.

»Habt ihr das gesehen?«, rief ihnen Imtje zu, bevor sie mit ihrem Messer einige Bewegungen vollführte, die Bineks Schwertführung imitieren sollten. »So und so hat er gemacht, und da war sie vor Schreck wie erstarrt!«

»Ornus und ich haben sie müde gekämpft«, brummte Endrik. »Das ist alles.«

»Ach, du spinnst doch!«

Binek hegte keinen Zweifel daran, dass ihn die Gardistin aus ganz anderen Gründen verschont hatte, behielt das aber lieber für sich. Bevor sich der Streit zwischen Imtje und Endrik weiter aufschaukeln konnte, waren die ersten Schlachtreihen herangekommen, die die Brustwehren besetzten und auch sonst für Sicherheit sorgten.

»Wann begreift ihr endlich den Ernst der Lage?«, schimpfte Orm angesichts all der Toten und Verletzten. »Es herrscht Krieg, das ist kein Honigschlecken! Mag er auch noch nicht zwischen Graugard und dem Hochwald toben, so doch zwischen Felsheim und der Silberfeste. Deshalb will ich von nun an nur noch Krieger in voller Rüstung auf den Wehrgängen sehen und keine Schaulustigen mehr, die doch nur Vieh für die Schlachtbank sind.«

Sein Zornausbruch hallte noch eine ganze Weile über die erste Ebene hinweg. Neben vielen Verwünschungen enthielt er auch sinnvolle Befehle für die zukünftige Verteidigung. Trotzdem suchte Binek lieber nach einem passenden Wehrgehänge für sein erbeutetes Elfenschwert. Bei einem verletzten Zwerg, der ihm seins für einige Münzen überließ, wurde er fündig.

Zwischendurch tauchte Velb auf, der angesichts von Bineks neuer Bewaffnung ein Lob aussprach.

»Die werden wir gut gebrauchen können«, sagte er, »wenn wir uns bei passender Gelegenheit davonstehlen.«

»Wenn es dazu nicht schon zu spät ist«, antwortete das Halbblut düster, ohne zu erwähnen, dass die Elfen auf ihn aufmerksam geworden waren. »Ich fürchte, der Belagerungsring hat sich bereits viel zu fest zugezogen.«

## 11.

Das Häuflein Zwerge, das den gewundenen Bergpfad herabschritt, war ohne Arg. Munter schwatzten sie miteinander über Rücken und Schultern hinweg, denn um nebeneinanderzugehen, war der Weg zu schmal. Es musste die Nähe zu ihrem Ziel sein, die sie so unvorsichtig machte, denn ihre Rundschilde, Harnische und Waffen zeichneten sie als echte Krieger aus. Dass sich kurz vor Felsheim bereits Elfen aufhalten mochten, kam ihnen gar nicht in den Sinn.

Das war ein Fehler.

Eyron und seine Gardisten lauerten ihnen in den umliegenden Felsen auf, hinter scharfkantigen Kuppen und Vorsprüngen verborgen oder in Spalten hineingezwängt. Der Gardehauptmann selbst ließ seine Hand auf einem kopfgroßen Felsbrocken ruhen, den er eigenhändig in die Höhe geschleppt hatte. Lang ausgestreckt lag Eyron da, spähte in die Tiefe und übte sich in Geduld.

Als der führende Zwerg aus seinem Blickfeld verschwand, zählte er fünf Atemzüge ab und versetzte dem Stein dann einen kräftigen Stoß. Derart beschleunigt, stürzte das massige Geschoss in die Tiefe, bis es an einem Vorsprung so hart aufschlug, dass es von der Bergwand abprallte.

Überrascht ruckten die Zwergenköpfe in die Höhe. Gleichzeitig war der Lärm das Zeichen zum Angriff. Während der vermeintliche Steinschlag die Blicke des Häufleins fesselte, beugten sich die Elfen mit gespannten Bögen aus ihren Verstecken hervor.

Sirrender Tod erfüllte die Luft.

Nur einem der Überfallenen gelang es rechtzeitig, seinen Schild in die Höhe zu reißen. Alle anderen wurden getroffen, wenn auch nicht tödlich. An einem mit Eisen beschlagenem Schulterharnisch prallte ein Pfeil ab, andere durchschlugen zwar Brust- und Rückenpanzer, blieben aber in dem darunterliegenden Leder stecken. Derart gespickt, büßten die Getroffenen Bewegungsfreiheit ein, insbesondere wenn sie die Schilde an den Körper zu ziehen versuchten – und dabei feststellten, dass sie gegen die stabilen Fichtenholzschäfte stießen.

Der bogenlose Eyron war der Erste, der sich zum Angriff in die Tiefe schwang, gefolgt von den übrigen Gardisten, die nach dem Abschuss ihrer Pfeile ebenfalls zum blanken Stahl gegriffen hatten. Mit der Sonne im Rücken sprangen sie auf die Zwerge herab, die sich mit zusammengekniffenen Augenlidern hinter ihren Schilden verbargen. Der Anführer des Häufleins duckte sich rechtzeitig unter dem vorbeiwirbelnden Brocken hinweg, das beim Steinschlag abgesplitterte Geröll prasselte ihm jedoch auf den Rücken, so dass er zu Boden ging.

Als er wieder in die Höhe kam, stand Kervis vor ihm.

Geschickt schlug der Elf mit seiner Gleve den Rundschild zur Seite, um im Rückschwung mit der Klingenspitze zuzustoßen. Auch die übrigen Gardisten drangen auf die Zwerge ein. Eyrons Gegner war der Veteran, der seine Deckung noch beizeiten gehoben hatte. Wie vorausgeahnt, verstand der alte Knabe etwas vom Kriegshandwerk.

Geschickt ließ er den ersten Glevenstoß an seinem schräggestellten Schild abgleiten, so dass Eyron Mühe hatte, nicht in die offene Klinge des Zwerges zu stolpern. Nur seiner erstaunlichen Körperbeherrschung war es zu verdanken, dass sich der Gardehauptmann rechtzeitig zurückwerfen konnte. Sein Glevenende, das er dabei unter den Schildbogen schlug, verhinderte zum Glück einen allzu schnellen feindlichen Gegenstoß.

Als der Schwertstreich dennoch kam, wich ihm der Elf mühelos aus.

Während um sie herum Stahl gegen Stahl prallte, belauerten Eyron und der Veteran einander, um eine Schwäche in der Deckung des Gegners auszumachen. Für langes Herumtänzeln fehlte ihnen beiden jedoch die Zeit, darum krachte und klirrte es zwischen ihnen plötzlich genauso wie zwischen den anderen. Eyron war schneller und wendiger als der Zwerg, der dafür den Hieben auf sein Schild mit unerschütterlicher Ruhe begegnete.

Obwohl der Hauptmann seine Waffe besser als jeder andere Silbergardist beherrschte, fühlte es sich für ihn an, als prügelte er auf einen Granitblock ein. Bei jedem Zusammenprall sprühten Funken auf, doch es dauerte eine gefühlte Ewigkeit, bis der geschliffene Zwergenstahl erneut hinter der Deckung hervorstach.

Eyron schlug danach, um ihn zur Seite zu prellen. Er traf, doch um welchen Preis? Unversehens bohrte sich ihm der eiserne Schildbuckel in die Rippen. Der harte Treffer machte ihm zu schaffen. Rasch ließ er sich fallen, ehe er zur hilflos umhertaumelnden Beute werden konnte.

Ein Schwertstreich wischte so dicht über seinen Kopf hinweg, dass er den Luftzug spürte. Keuchend prallte Eyron auf den Rücken. Aus seiner liegenden Position heraus ragten die stämmigen Beine des Zwerges überdeutlich unter dem Rundschild hervor. Rasch stieß er mit der Gleve danach. Wie ein silberner Blitz schoss die Spitze auf den linken Stiefel des Veteranen zu. Knirschend bohrte sie sich mit solcher Wucht in den Fußknick, dass sie oberhalb der Ferse wieder austrat.

Augenblicklich gab das darauf lastende Bein nach. Der Zwerg kippte zur Seite.

Gleichzeitig federte Eyron in die Höhe. Jaulend vor Schmerz prallte der Getroffene zu Boden. Schwert und Schild fielen von ihm ab wie Schuppen von einem altersschwachen Drachen, bevor er instinktiv nach der blutenden Wunde tastete.

Eyron befreite sein Stangenschwert mit einem harten Ruck, wodurch sich sein Gegner noch stärker am Boden krümmte. Im gleichen Moment, da die blutbesudelte Klinge auf dem Kehlkopf des Zwergs lastete, vergaß dieser alle Schmerzen. Vor Schreck verstummt, bohrte sich sein Blick in den des Elfen.

»Gnade!«, winselte es zwischen altersspröden Lippen hervor.

»Wird von uns nicht erwartet – und auch nicht mehr gewährt!«, sagte Eyron kühl.

»Aber …« Die Stimme des Alten schwankte zwischen Unverständnis und Todesangst. »Ihr habt gesiegt! Was wollt ihr denn noch?«

Der Elfenhauptmann war nicht in Stimmung für Erklärungen. Eine kleine Gewichtsverlagerung genügte, um die Gleve tief in den Zwergenhals zu treiben. Ein kurzes, feucht ersticktes Gurgeln war alles, was der Sterbende noch vorzubringen hatte. Nur die Anklage in seinem gebrochenen Blick blieb bestehen. Eyron drehte die Klinge in der Wunde herum, um die Leiden des Gegners zu verkürzen. So viel zumindest konnte er für seinen Gegner tun – und das war weitaus mehr, als die Felsheimer ihrem Stoßtrupp zugestanden hatten.

Doch woher hätte dieser Krieger mit den Insignien der Hemroder das wissen sollen? Eyron verdrängte diesen Gedanken ebenso schnell, wie er in ihm aufgekeimt war. Einen unterlegenen Feind gefangen zu nehmen kam ohnehin nicht mehr in Frage. Nicht, nachdem alle Gardisten, die gefangene Hirschberger bewacht hatten, von den Felsheimern hinterrücks ermordet worden waren.

»Was geschieht mit den Leichen?«, fragte Kervis, der gerade den Umhang des von ihm getöteten Zwerges auflas, um damit das Blut von seiner Gleve zu wischen. »Lassen wir sie zur Warnung liegen?«

»Die Berggeier werden sich freuen«, antwortete Eyron mit erzwungener Kälte. »Dass das andere Zwerge abzuschrecken vermag, bezweifle ich allerdings. Die Schleichpfade, deren sie sich bedienen, sind ohne Zahl. Und haben sie erst einmal spitzbekommen, dass Elfen vor Felsheim liegen, werden sie sich besser vor uns zu verbergen wissen.«

»Leider haben wir es mit keinem geschlossen anrückenden Heer zu tun«, bestätigte Kervis. »Sondern mit kleinen Gruppen von Freiwilligen, von denen uns die meisten wie Flöhe durch die Finger schlüpfen.«

»Den Göttern sei Dank, dass die Bergsippen nicht in Heeresstärke anrücken«, sagte Eyron verstimmt. »In diesem Fall wären wir auf Verstärkung aus den übrigen Hochwaldsiedlungen angewiesen. Wir müssen eine Entscheidung erzwingen, bevor sich dieses Scharmützel zu stark ausweitet. Nur so ist das große Blutvergießen zu vermeiden.«

Nachdem alle Klingen gereinigt waren und sie die Bogen aus den Hügeln geborgen hatten, ließen die Elfen ihre erschlagenen Gegner so liegen, wie sie waren. Nur ihre Helme nahmen sie mit, um sie den Felsheimern als Trophäe vor die Füße zu schleudern.

Der Rückweg verlief ohne große Überraschungen, bis zu dem Moment, an dem die Hügel flacher wurden und die Nekropole wieder in Sichtweite kam. Tiefschwarze Rauchschleier schwebten so schwer und ölig über einer vorspringenden Schanze, dass die Bergwinde Mühe hatten, sie zu vertreiben. So sah es für gewöhnlich aus, wenn etwas mit Hilfe von Pech verbrannt worden war.

Eyron ahnte sofort, dass Silene einen Gegenangriff geführt hatte. Trotz ihrer schweren Verbrennungen weigerte sie sich standhaft, das Krankenlager zu hüten. Ganz im Gegensatz zu zwei Gardisten, die unter schwerem Fieber litten, obwohl sie nur Verbrühungen an Armen und Beinen aufzuweisen hatten.

Je näher sie ihrem Lagerplatz kamen, desto deutlicher spürte Eyron, dass sich seit ihrem Aufbruch etwas Entscheidendes getan haben musste. Die Wachposten stellten bei ihrer Ankunft ernste Gesichter zur Schau, anstatt über die erbeuteten Zwergenhelme zu frohlocken.

Trotz dieser Vorwarnung erfasste Eyron jähes Entsetzen, als er den Kreis der Findlinge passierte. Dort, wo sie die Fiebernden zur Ruhe gebettet hatten, lag nur noch einer von ihnen. Sein Brustkorb war vollkommen zerschmettert. Er war einem aus großer Höhe herabgeschleuderten Felsbrocken zum Opfer gefallen, der ihn regelrecht entzweigeschlagen hatte. Oltor, dem anderen Kranken, hatten die Kameraden daraufhin ein neues Lager in gebührender Entfernung bereitet.

Eyron spürte, wie ihm die Knie weich wurden. Rasch stützte er sich auf einem Findling ab, bis er die Kontrolle über seinen Körper zurückgewonnen hatte. Was blieb, war pure Bitterkeit, die ihn angesichts des erneuten Verlusts erfüllte.

*Warum nur?*, zermarterte er sich das Gehirn. *Warum strafen mich unsere Götter so sehr, obwohl ich die Heilige Quelle mit aller Kraft zu retten versuche?*

Oder verstand er nicht, ihre Zeichen richtig zu deuten? Verlangten sie von ihm eine härtere Gangart? Nicht nur den Zwergen, sondern auch der Garde gegenüber?

Bislang hatte Eyron von einem Rückzug in die Berge abgesehen, weil ihm der Marsch zu gefährlich für die Fiebernden war. Nun lag trotzdem einer von ihnen tot am Boden. Zerschmettert von feigen Zwergen, die nicht den Mut aufbrachten, sich einem Kampf in offenem Gelände zu stellen. Plötzlich war er froh, dass sie auf dem Bergpfad keine Gefangenen gemacht hatten.

»Schafft diesen verdammten Steinbrocken fort«, verlangte er von den Umstehenden. »Und baut genügend Tragen, damit wir uns mit unseren Toten und Verletzten zum Pass zurückziehen können.«

»Aber was ist mit Oltor?«, begehrte seine Erste Gleve auf. »Wird er diese Anstrengungen überstehen?«

»Das liegt in der Hand der Götter, für die wir streiten!«

Dem mochte niemand widersprechen, obwohl sich alle um den geschwächten Kameraden sorgten. Am stärksten bangte Eyron selbst um ihn, ohne es nach außen hin sichtbar zu zeigen. Schwerer als je zuvor lastete die Verantwortung auf seinen Schultern. Seine stillen Gebete, dass es für diesen Tag genug sein möge, wurden trotzdem nicht erhört.

»Hauptmann! Darf ich Euch um eine Unterredung unter vier Augen bitten?« Jedem anderen hätte er dieses Anliegen zu diesem Zeitpunkt verwehrt, doch angesichts der rot entzündeten Kraterlandschaft, die ihm aus Silenes Gesicht entgegenstarrte, konnte er ihr nichts abschlagen.

»Was gibst du dich so geheimnisvoll?«, fragte er, bevor sie ein Stück zur Seite gingen.

»Ich habe eine unangenehme Nachricht für Euch«, eröffnete sie ganz direkt, da seine Ungeduld unüberhörbar war.

»Schlimmer, als dieser Tag schon ist, kann er nicht mehr werden«, antwortete Eyron leichtfertig.

Das rächte sich. Umgehend.

»Aufseiten der Felsheimer kämpft ein Elfenbastard«, weihte ihn die Obergardistin in brutaler Offenheit ein. »Einer, der zur Blutlinie Eurer Familie gehört.«

## 12.

Nachdem alle Wehrgänge dicht besetzt waren, führte Orm einen gegen die Ruinen gerichteten Ausfall an. Da sie dort keine Elfen antrafen, kehrte er unverrichteter Dinge zurück. Bis zu den Findlingen vorzustoßen war ihm zu gefährlich, denn um über freie Fläche gegen die Pfeilhagel der treffsicheren Gardisten vorzudringen, fehlte es ihm an disziplinierten Kriegern, die sich darauf verstanden, in geschlossenen Formationen zu kämpfen.

Jeder Zwerg, der seinen Schild bei heiklen Manövern nicht richtig zu halten wusste, gefährdete damit nicht nur sich selbst, sondern auch seine Kampfgefährten. Da war es besser, den Gegner gegen Felsheims Mauern anrennen zu lassen. Die konnten auch von Männern und Frauen verteidigt werden, die nichts von offenen Feldschlachten verstanden.

Während Bewaffnete die erste Ebene vor weiteren Überfällen absicherten, machten sich andere Zwerge daran, die Verwundeten des Scharmützels zu versorgen. Imtje legte dabei besonderen Fleiß an den Tag, und Binek ging ihr so gut zur Hand, wie er konnte. Was hätte er auch sonst machen sollen? Die Hände in die Hosentaschen stecken und danebenstehen, so wie Velb? Immerhin hatte ihm Imtje unter die Arme gegriffen, als er geblendet umhergestolpert war.

»Fass doch mal mit an«, forderte er Velb auf, als er gerade eine hilfreiche Hand brauchte, um einen festen Verband anzulegen.

»Würde ich ja gerne«, antwortete der Waldläufer, ohne sich einen Fingerbreit von der Stelle zu rühren. »Aber die Hohen erwarten mich zur Mittagszeit in ihrer Unterkunft, um endlich den Elfenschlummer zu kaufen.« Schadenfroh blinzelte er zu der hoch am Himmel stehenden Sonne hinauf, als müsse er erst ihren genauen Stand überprüfen, um ganz sicherzugehen, bevor er hinzufügte: »Und wie mir scheint, muss ich mich bereits sputen, um nicht zu spät zu der Unterredung zu kommen. Die Hohen warten zu lassen schickt sich nicht – das siehst du doch hoffentlich ein?«

»Der Handel ist immer noch nicht abgeschlossen?«, wunderte sich Binek. »Was hast du denn den ganzen Vormittag getrieben?«

»Kleinere Geschäfte abgewickelt«, erklärte Velb leichthin. »Ich erzähle dir mehr darüber, sobald ich Zeit dazu habe.«

Dass sich der Waldläufer nicht vor aller Welt über jeden einzelnen Schmauchbeutel auslassen wollte, leuchtete Binek ein. Deshalb konzentrierte er sich wieder auf den Leinenstreifen, den er Endrik um Brust und Rücken wickelte. Als er die Enden fest umeinanderzog, damit der mehrfach gelegte Stoff nicht über der Wunde verrutschte, stöhnte der Zwerg gepeinigt auf.

Binek entschuldigte sich für den zugefügten Schmerz, was wiederum Imtjes Unwillen hervorrief.

»Hör auf, um Mitleid zu heischen«, fuhr sie Endrik an. »Hättest du dich nicht von dieser Furie treffen lassen, bräuchten wir deine Wunden nicht zu versorgen. Und hörst du uns vielleicht jammern?«

»Zicke!«, schnaufte der Zwerg wütend.

»Ochse!«, gab die Küchenmagd nicht minder aufgebracht zurück. »Zum Ziegenbock reicht es bei dir ja nicht.«

»Hey, kümmere dich lieber um deine Verwundeten«, mischte sich Binek ein. »Ich komme mit meinen ganz gut alleine zurecht.«

»Oh, ich bitte um Entschuldigung!«, tat Imtje übertrieben beleidigt. »Ich werde mich hüten, dich noch mal zu belästigen.«

Als sie ihm daraufhin den Rücken zudrehte, war er sich nicht sicher, ob sie nur beleidigt tat oder es vielleicht tatsächlich war. Doch er hatte viel zu viel mit dem Schnitt in Endriks Unterarm zu tun, um nachzufragen. Velb war längst grußlos verschwunden, Imtje kümmerte sich nur noch um Ornus, so dass er von nun an schneller vorankam. Sobald er fertig war, besah sich Endrik das saubere Leinen, das seinen Bizeps umschloss, mit einem zufriedenen Lächeln.

»Gut gemacht, Spitzhut«, lobte er. »Du bist ja doch zu etwas zu gebrauchen.«

Der schmerzhafte Schlag mit der flachen Hand, den Binek anschließend auf die Schulter erhielt, stellte vermutlich ein Friedensangebot dar. Mühsam unterdrückte er einen Schmerzenslaut und antwortete mit einem verbindlichen Lächeln, dem hoffentlich anzumerken war, dass er seine Hilfe für eine Selbstverständlichkeit hielt.

Ornus rückte seine Kleidung ebenfalls zurecht.

»Auf geht's!«, forderte er Endrik auf. »Das nächste Katapult wartet bereits darauf, von uns zusammengebaut zu werden.«

»Du bist wohl nicht bei Trost?«, schimpfte Imtje den Holzknecht aus. »Wenn ihr euch jetzt wieder in die Arbeit stürzt, bluten die Verbände doch gleich wieder durch!«

»Dann müssen wir uns wohl auf das Überwachen der Arbeiten beschränken«, wandte sich der größere der beiden Glatzköpfe feixend an den kleineren.

»So ein Jammer aber auch«, gab Endrik glucksend zurück.

Gemeinsam machten sich die beiden auf den Weg, einige unverletzte Knechte aufzutreiben, denen sie ihre Anweisungen geben konnten. Zum Abschied winkte Endrik noch einmal dankend in Bineks Richtung.

»Sieht aus, als hättest du deinen ersten Freund in Felsheim gefunden«, sagte Imtje, die plötzlich dicht neben ihm stand. »Willst du dich dafür nicht bei mir bedanken?«

Binek spürte, wie sie ihn von hinten umschlang. »Wieso sollte ich mich bei dir bedanken?«, wollte er wissen.

»Weil ich ihm so viel Feuer gegeben habe, dass du ihn einfach in Schutz nehmen musstest«, erklärte Imtje vergnügt. »Jetzt rechnet er dir natürlich an, dass du mich zum Schweigen gebracht hast. Meine spitze Zunge ist nämlich unter den Felsheimern gefürchtet, musst du wissen.«

»Tatsächlich? Das kann ich mir überhaupt nicht vorstellen.«

Ironie war nicht ihre starke Seite, denn sie antwortete: »Doch, wirklich! Ich bin nicht zu allen Männern so nett wie zu dir!« Dabei fuhr sie spielerisch mit der Hand an seinem Arm entlang, als hätte er ihr gerade ein großes Kompliment gemacht.

Dreißig Königsschritte entfernt sah Binek einen rothaarigen Zwerg stehen, der sie finster musterte. Seinem violett schimmernden Gesicht nach zu urteilen, handelte es sich um Borstel, Imtjes verflossenen Liebhaber, der ihr nicht mehr das

Stroh anwärmen durfte. Ob sie nur so dicht an Binek heranrückte, um den Steinmetzen eifersüchtig zu machen?

Egal, ein wenig Nähe und Zuspruch taten ihm nach dem zurückliegenden Kampf sehr gut, also ließ er sie gewähren. Längst nahm um sie herum alles seinen gewohnten Gang. Die Leichen der gefallenen Zwerge waren bereits fortgeschafft worden. Mittlerweile waren Mägde und Knechte damit beschäftigt, das vergossene Blut aufzuwischen und die verbliebenen Stellen mit Sägespänen zu bestreuen. Nicht mehr lange, und nichts würde mehr an die Zwerge erinnern, die hier erst vor kurzem ihr Leben gelassen hatten.

Was blieb, war der ungläubige Ausdruck in den Augen der entstellten Gardistin, die geglaubt hatte, Binek zu erkennen. Er konnte sich aber beim besten Willen nicht vorstellen, wo sie ihm schon einmal über den Weg gelaufen sein könnte. In den Kaschemmen Imors hatte er sie ganz sicher nie zu Gesicht bekommen, und für die beiden aus der Knochensenke war die Gardistin zu kräftig gewesen.

»Auf jeden Fall freue ich mich, dass du auf unserer Seite kämpfst«, riss ihn Imtje aus seinen Gedanken.

Überrascht sah er zu ihr herab und bemerkte erst bei dieser Gelegenheit, dass er seine Linke unbewusst auf ihren Rücken gelegt hatte. »Wie kommst du darauf, dass ich mich auf eine Seite geschlagen hätte?«, fragte er erstaunt. »Das hier ist nicht mein Krieg. Ich habe mich nur eingemischt, um zu verhindern, dass dir ein Leid geschieht. Immerhin hast du mich beschützt, als ich hilflos war.«

Ihre geschwungenen Lippen strahlten ihn weiter an, doch in ihren Augen nisteten plötzlich Zweifel.

»Und die Zwerge, die du verbunden hast?«, fragte sie. »Warum hast du denen geholfen, obwohl du dich zuvor mit einigen von ihnen gestritten hast?«

»So ein paar Frotzeleien sind doch kein ernsthafter Streit!«, wiegelte er ab. »Nichts, was man einem blutend am Boden liegenden Mann vorwerfen kann.«

Erste Falten furchten ihre zuvor spiegelglatte Stirn. »Aber dieser grässlichen Elfenfratze hättest du doch wohl nicht geholfen, oder?«

»Wenn sie wehrlos vor mir gelegen hätte? Warum nicht?«

Wütend schüttelte Imtje seine Hand ab und machte einen Schritt zurück. »Weil die Alte hässlich war!«, zischte sie. »In ihrem Aussehen, aber auch im gesamten Verhalten. Sie hat Zwerge getötet, schon vergessen?«

Obwohl er das Temperament der Küchenmagd bereits kennengelernt hatte, erstaunte ihn ihr heftiger Ausbruch. »Dass das entstellte Gesicht dieser Elfin eurem siedenden Öl zu verdanken ist, dieser Gedanke ist dir wohl nicht gekommen?«, fragte er.

Imtjes Augen verengten sich zu schmalen Schlitzen, während sie ihn misstrauisch fixierte. »Dieses spitzohrige Biest ist an seinen Verletzungen selbst schuld. Schließlich hat sie versucht, sich mit Waffengewalt bei uns einzuschleichen!«

*Spitzohriges Biest!*

Ihm fiel wieder ein, dass er seine eigenen Ohren vor den Zwergen verbarg, um nicht von ihnen angefeindet zu werden. Ehe er zur Beruhigung der Lage beitragen konnte, ertönte neben ihnen ein tadelndes Zischen.

»Ts, ts, ts, ts!«, machte es immer wieder, bis es hieß: »Nun sieh sich einer den Zitterjockel an! Ist noch keine zwei Tage hier und hat schon die schönsten Beine von ganz Felsheim entdeckt!«

Überrascht blickten sie den Zwerg an, dem die Stimme gehörte. Einen weißhaarigen Kauz mit zerfurchtem Gesicht, der sich auf einem mit Nägeln gespickten Streitkolben abstützte.

»Gevatter Gohlik!«, rief Imtje bei seinem Anblick erfreut. »Dass ich dich noch einmal lebend zu sehen bekomme.«

Einen kurzen Moment lang sah es so aus, als wollte sie ihm um den Hals fallen, doch angesichts seines ungepflegten Zustandes, den eine vorwitzig aus dem Bart hervorlugende Wanze unterstrich, beließ sie es bei einem zaghaften Schulterklopfen.

Der Alte nahm ihr das nicht übel, im Gegenteil. Seine Lippen spalteten sich zu einem so breiten Grinsen, dass die Lücken sichtbar wurden, die sein schadhaftes Gebiss durchzogen, als er sagte: »So heftig, wie ihr miteinander streitet, könnte man glauben, ein altes Paar vor sich zu haben!«

Während Imtje laut auflachte, überlegte Binek fieberhaft, wie er das Thema wechseln konnte.

»Wo kommst du plötzlich her?«, fragte er neugierig. »Wir waren dir immerhin auf Ponys voraus.«

»Und habt dabei einen Umweg über die Knochensenke gemacht«, erinnerte ihn Gohlik. »Außerdem kenne ich unterirdische Flüsse und Pfade, auf denen selbst alte Knochen wie die meinen schnell vorankommen.«

»Willst du uns im Kampf gegen die Elfen unterstützen, Gevatter?«, fragte Imtje hoffnungsvoll.

»Aber selbstverständlich!« Gohlik schlug sich bei diesen Worten mit der Faust auf die Brust. »Was glaubst du wohl, warum ich meinen Schädelknacker mitgebracht habe?« Ein kurzes Husten folgte. Nachdem er wieder zu Atem gekommen war, klang die Stimme des mit Falten und Altersflecken geschlagenen Zwerges etwas weniger kampfeslustig. »Außerdem will ich mir die Stelle ansehen, an der die Trolle auf Wasser gestoßen sind. So, wie es mir Velb erklärt hat, ist das bei der Errichtung der neuen Grabkammern geschehen. Mir will nur nicht in den Kopf, wie sich das auf das Quellgebiet der Elfen auswirken soll. Du weißt ja, bevor ich vergesslich wurde, kannte ich mich mit den Wasserwegen aus wie kein Zweiter. Zum Glück habe ich alles, was ich weiß, in einer Karte verzeichnet! Wenn ich die wiederfinden könnte, wäre ich Orm sicherlich eine große Hilfe!«

»Wir zeigen dir gerne den Weg in die vierte Ebene«, bot Imtje an, da ihn seine erneute Zerstreutheit traurig dreinblicken ließ. »Nicht wahr, Binek? Du gewährst uns doch Geleitschutz auf diesem beschwerlichen Wege?«

»Eine Leibwache? Für mich?«, fuhr Gohlik auf. »Sehe ich wirklich so tatterig aus, du junges Ding, dass du mir so etwas antragen magst? Sieh her, wie gut ich noch imstande bin, jeden Feind das Fürchten zu lehren.«

Binek hätte am liebsten die Hände vors Gesicht geschlagen, um nicht mit ansehen zu müssen, wie sich der alte Zwerg einmal mehr übernahm. Keuchend stemmte er die Wurzelkeule in die Höhe, um allen zu zeigen, dass er sie noch mühelos über dem Kopf schwingen konnte – doch wie erwartet, ging ihm dabei auf halbem Wege die Luft aus. Zitternd fuchtelte er mit der Keule vor ihren Nasen herum und ließ sie schnell wieder sinken.

Fast mutete es wie ein Wunder an, dass er sich dabei keinen rostigen Nagel aus der Verdickung in den Fuß rammte. Wie er überhaupt mit dem schweren Ding gereist war, obwohl er sich kaum selbst auf den Füßen halten konnte, stellte ein weiteres Rätsel dar. Er musste wirklich die meiste Zeit über in einem Boot gefahren sein, und zwar *mit* der Strömung, anders war das Ganze nicht zu erklären. Den frischen Rillen nach zu urteilen, die hinter ihm im Felsboden prangten, zog er die Keule auch gerne hinter sich her, wenn sie ihm zu schwer wurde.

Imtje focht das indessen alles nicht an. Begeistert klatschte sie in die Hände, als hätte der Alte eine wahre Meisterleistung vollbracht, bevor sie sich dann bei ihm einhakte. Die Keule, für die Gohlik nun keine Hand mehr frei hatte, reichte sie an Binek weiter – der nun verstand, wofür er wirklich gebraucht wurde. Als Keulenträger.

Hätte ihn nicht selbst interessiert, was es mit der verschütteten Kaverne auf sich hatte, um die die Elfen und Zwerge so erbittert stritten, er wäre den beiden niemals hinterhergetrottet. Außerdem verbrachte er seine Zeit lieber mit der wundersamen Imtje und dem noch weitaus wundersameren Gohlik, als alleine in der Gegend herumzustehen und grimmigen Kriegern und Zimmerleuten bei ihren Schlachtvorbereitungen zuzusehen.

Sobald er die Keule schulterte, um sie besser tragen zu können, wurde Binek klar, dass in Gohlik noch weitaus mehr Kraft stecken musste, als ihm auf den ersten Blick anzumerken war. Anders ließ sich nicht erklären, wie der Alte den schweren Schädelknacker überhaupt von der Stelle bekam. Trotz des Lederharnischs, den Binek trug, drückte das Gewicht ausgesprochen unangenehm, so dass er mehrmals die Schulter wechseln musste.

Das seltsame Dreigestirn zog denkbar viele Blicke auf sich. Ab und an neckte man sie auch mit der Frage, ob Gohlik das Kommando über seine eigene Schar erhalten hätte, doch im Grunde maß man ihnen keine große Bedeutung bei. So kamen sie problemlos voran, ohne dass sich ihnen jemand in den Weg stellte. Nicht einmal, als sie in einem der Aufzüge in die Tiefe fuhren, um sich die vielen Treppenstufen im Außenbereich zu sparen.

Wäre Binek allein ins Innere von Felsheim vorgedrungen, hätte er sich garantiert unangenehme Fragen gefallen lassen müssen. In Begleitung von Imtje und dem noch allseits bekannten Gohlik stellte niemand seine Anwesenheit in Frage. Als sie in der dritten Tiefebene durch ein getarntes Felstor ins Freie traten, wurde ihm erstmals bewusst, wie groß die Nekropole wirklich war. Von terrassenförmig abfallenden Lichtschächten, die gleichzeitig als Treppenhäuser fungierten, zweigten in alle Himmelsrichtungen Stollen ab, in denen die weniger privilegierten Krypten lagen. Dort, wo das Tageslicht einfiel, ruhten nur Familien, die es sich wirklich leisten konnten. Und da Platz kostbar war, hatten sich die Meißel auch zwischen den Ebenen in den Berg hineingefressen.

Von einer ebenmäßigen Anlage konnte in diesen Bereichen keine Rede mehr sein, doch gerade die in verschiedenen Größen und Tiefen angelegten Kammern zwischen den Ebenen, die oft über steile Stiegen und verschlungene Treppen zu erreichen waren, verliehen der Totenstadt ein besonderes Fluidum, das Lebendigkeit ausstrahlte. Und darum ging es schließlich bei den Ahnenkulten der Zwerge, die daran glaubten, dass alle Verstorbenen ein wachsames Augen auf ihre Nachfahren warfen – und ihnen für eine opulente Unterbringung dankbar waren.

Da die Zahl der begehrten Grabplätze, die noch zu vergeben waren, stetig abnahm, hatten die Hohen beschlossen, einen der Lichtschächte um eine weitere Tiefebene zu erweitern. Dabei hatten sie sich für die größte und am weitesten westlich liegende Öffnung entschieden.

All das erfuhr Binek von Imtje, die großes Vergnügen daran hatte, ihm das Herz der Nekropole zu zeigen. Von den ausgedehnten Höhlensystemen, die sich tief im Berg erstreckten, erwähnte sie allerdings nichts. Und Binek hütete sich davor, ihr zu erzählen, was er bereits wusste. Als Imtje zur Sprache brachte, dass ausgerechnet am Grunde des größten Terrassenschachtes, an dem die vierte Ebene ausgehoben wurde, eine störende Wasserader verlief, meldete sich Gohlik zu Wort, der die ganze Zeit über geschwiegen hatte.

»Elende Grünschnäbel, die nur Hammer und Meißel im Kopf haben«, polterte er los. »Anstatt die Altvorderen zu beschwören, hätten sie lieber die Wasserknechte fragen sollen. Wer sonst kennt sich mit dem Verlauf der unterirdischen Adern aus? Das kommt davon, wenn alle nur noch ihrem eigenen Gewerbe nachgehen und es niemanden mehr gibt, der gleichermaßen Stollen schlagen wie Dämme bauen kann.«

»Gevatter Gohlik hat über einhundert Jahre im Bergbau gearbeitet, bevor er Wasserknecht wurde«, flüsterte Imtje hinter vorgehaltener Hand.

»Woher kennst du ihn eigentlich so gut?«, fragte Binek, während Gohlik, ohne Atem zu holen, weiter vor sich hin brummte und schimpfte.

»Seine Großnichte war meine Milchamme«, erklärte die Küchenmagd. »Darum habe ich ihn als Kind oft gesehen, bis er immer wunderlicher wurde. Als ihn die Hohen wegen seiner Vergesslichkeit seines Amtes enthoben, war sein Gram so groß, dass er sich wenige Nächte später davongeschlichen hat, um seinen Lebensabend in aller Abgeschiedenheit zu beschließen. Seitdem habe ich ihn nur zu Gesicht bekommen, wenn er Velb beim Handel begleitet hat. Leider wirkte er dabei jedes Mal schwächer, so dass ich schon nicht mehr geglaubt habe, ihn noch einmal lebend wiederzusehen.«

Unten in der Grube angekommen, nutzte Binek die erste Gelegenheit, um die schwere Keule abzusetzen. Auf ihren gut geölten Griff abgestützt, beobachtete er, wie Gohlik auf die Reihe der neuen Kavernen zumarschierte, die bereits aus dem Fels herausgeschlagen und mit Grabplatten versiegelt waren. Rechts von ihnen lag eine, die mit Geröll verfüllt worden war.

Der galt das ganze Interesse des alten Zwerges.

»Also war das Abschiedsgeschenk verfrüht, das mir der Gevatter bei unserem letzten Treffen ausgehändigt hat.« Imtje
zog ihren Ausschnitt mit dem Zeigefinger nach vorne, um
eine Halskette ans Tageslicht zu befördern, die zwischen
ihren üppigen Brüsten lag. Der Einblick, den sie dabei ge-
währte, war ein wenig tiefer, als eigentlich schicklich gewesen
wäre.

»Kein Grund, puterrot zu werden«, neckte sie Binek.

»Ich musste diese schwere Nagelkeule schleppen«, erinnerte er sie. »Das ist schon alles.«

Der Anblick des präsentierten Anhängers brachte sein
Blut allerdings wirklich in Wallung, wenn auch aus anderem
Grund. Es handelte sich um eine Reihe von Schwalben, die
im Kreis umherflogen und dabei so gearbeitet waren, dass es
aussah, als würden sie mit ihren Flügeln schlagen. Die Ähn-
lichkeit zu dem besonderen Talismann, den Kappok trug, war
unübersehbar, nur dass Imtjes Motiv nichts Grausames innewohnte.

»Wunderschön«, lobte er.

»Nicht wahr?«, flötete sie. »Das sagt man mir oft!«

Gohlik war zwischenzeitlich bei dem Versuch gescheitert,
tiefer in die Kaverne vorzudringen. »Hey, Halbblut!«, rief er
verstimmt. »Hör auf, mit der Kleinen zu turteln, und bring
mir meine Keule!«

»Halbblut?«, echote Imtje erfreut. »Heißt das etwa, dass
du zur Hälfte von den Zwergen abstammst?«

Gohlik lachte bei dieser Frage laut auf.

»Wie habe ich das vermisst, Imtje!«, schrie er so durchdringend, dass es von den Terrassen widerhallte. »Deine
Späße sind wirklich die besten.«

Rasch klemmte sich Binek die Keule unter den Arm und

rannte los. Imtje stellte zum Glück keine weiteren Fragen. Vermutlich weil sie annahm, dass Gohlik nur eine weitere seiner vielen Verrücktheiten von sich gegeben habe. Bei dem vom hohen Alter gezeichneten Zwerg angekommen, wollte er die Keule wieder abstellen, doch Gohlik kam ihm zuvor. Mit überraschend kräftigem Griff packte er die Waffe, schwang sie über dem Kopf und ließ sie niedersausen.

Unter der Wucht des Einschlags flogen so viele Steine zur Seite, dass eine kleine Stufe entstand. Zwei weitere Schläge schufen zusätzlich Platz, so dass er die Halde ein Stück weit emporklettern konnte. Angesichts der Kraft, die Gohlik plötzlich an den Tag legte, fragte sich Binek unwillkürlich, ob ihn der Alte die ganze Zeit über an der Nase herumgeführt hatte? Oder wechselten sich die Phasen, in denen er kraftlos war, und die, in denen er seine Muskeln spielen lassen konnte, wirklich ab?

Während er mit seinen faltigen Händen über die Innenwände des natürlichen Hohlraums strich, brabbelte Gohlik wieder unzusammenhängend vor sich hin.

»Hmmhmmhmmm! Diese graue Gesteinsschicht kenne ich doch! Ja, natürlich, und darüber … diese. Hmmhmmhmm! Aber das kommt doch hinten und vorne nicht hin!«

Inzwischen schloss Imtje zu ihnen auf.

»Was ist mit ihm?«, wollte sie wissen.

»Wenn ich das wüsste.«

Wie auf Kommando streckte Gohlik den Kopf nach draußen. Sein schlohweißer Bart und sein Haupthaar standen noch wirrer ab als gewöhnlich, trotzdem blickte er überraschend ernst drein.

»Wir müssen Orm finden«, verkündete er ihnen. »Ich habe ihm etwas Wichtiges mitzuteilen.«

## 13

Die Silberschar war gerade zum Abmarsch bereit, als zwischen ihnen und dem Pass die Luft zu wabern begann. Eyron konnte sich das nicht erklären. Trotz der Mittagsstunde war es nicht heiß genug für flirrende Sonnenglast. Deshalb umklammerten sie ihre Waffen so fest, dass die Knöchel an den Händen weiß hervortraten, und entspannten sich erst wieder, als Beldor aus der Luftspiegelung hervortrat. Hinter ihm zeichneten sich die Gestalten von Avea und Neene ab, denen wiederum eine zwölf Mann breite Soldatenformation folgte.

Deshalb hatten die Posten am Bergpass keinen Haupttross melden können. Der Hohepriester hatte ihren Vormarsch auf magische Weise vor fremden Blicken geschützt. Auch vor denen anderer Elfen.

Erleichtert ließ Eyron seine Gardisten antreten.

Beldor näherte sich ihrem verbliebenen Häuflein mit unergründlicher Miene, während Avea beim Anblick von Silenes entstelltem Gesicht merklich zusammenzuckte. Instinktiv tastete die Erste Heilerin nach der großen Tasche an ihrer Seite, in der sie ihre Salben, Tränke und Verbände mit sich führte, bevor sie sich zur Ordnung rief und Haltung annahm.

»Was ist geschehen?«, fragte Beldor, bevor der Hauptmann der Silbergarde überhaupt Gelegenheit hatte, eine Meldung abzugeben.

»Wir haben versucht, Felsheims Verteidigungsanlagen bei Nacht zu zerstören«, berichtete Eyron knapp. »Doch das Eingangsportal hat sich als eine einzige Falle herausgestellt. Als die Zwerge heute Nachmittag einen Ausfall unternahmen, sind sie durch eine Felsklappe hervorgestürmt. Das Portal ist auch für sie mit massiven Steinscheiben verriegelt.«

Dass sie Verluste erlitten hatten, brauchte er nicht zu erwähnen. Das war unübersehbar.

»Dir fehlt es an Demut«, beschied Beldor dem Hauptmann. »Wärst du wirklich der Silbergardist, für den du dich hältst, hättest du die Größe besessen, auf unsere Hauptstreitmacht zu warten, anstatt zu versuchen, dich mit deinen Auserlesenen hervorzutun.«

Ebenso gut hätte ihm der Hohepriester ein Messer ins Herz rammen können und dazu noch befehlen, es selbst in der Wunde herumzudrehen. Doch sosehr Eyron die Wunde auch schmerzte, die ihm diese Worte geschlagen hatten, sein Körper war weiterhin intakt. Mühsam jedes Zittern unterdrückend, sah er dem Hohepriester in die Augen und erwiderte: »Ich habe mit bestem Gewissen zum Wohle meines Volkes gehandelt. Leider weiß ich nicht, warum mich unsere Götter dafür bestrafen.«

Um die fest aufeinandergepressten Lippen des Hohepriesters schlich sich ein weicher Zug. Möglicherweise weil er Eyrons Eingeständnis, dass ihm die Wege der Götter unergründlich waren, für die eingeforderte Demut hielt.

»Vielleicht wurde eure Silberschar gar nicht bestraft«, gab sich der weise Greis versöhnlich. »Vielleicht ist euer Scheitern nur eine Botschaft an mich, schnell und entschlossen zu handeln und eure Fehler nicht zu wiederholen.«

Ohne seine Worte näher zu erläutern, drehte sich der Hohepriester zu den hinter ihnen angetretenen Schlachtreihen um und hob beide Hände. Auch die rechte, in der sein langer Eibenstab lag, der ihm für gewöhnlich als Stütze diente. Mit seinem scharfen Profil und dem weiten Gewand, das sich unter der großen Geste spannte, wirkte er dabei wie ein Raubvogel, der seine Schwingen spreizte.

»Die Zeit des Zauderns ist vorüber!«, rief er laut. »Die

Zwerge sind voller List, und der Fels, der uns umgibt, ist mit geheimen Gängen durchzogen. Wir befinden uns auf ihrem Territorium, auf dem sie jeden Fußbreit ober- und unterhalb der Erdkruste kennen. Diesen Vorteil beabsichtigen sie zu nutzen, bis wir zu schwach sind, gegen sie im offenen Kampf zu bestehen. Daher warten wir nicht, bis sie uns im Schutz der Nacht niedermachen. Nein, wir greifen sie umgehend an, solange sie noch darüber staunen, wie wir unbemerkt in so großer Zahl zu ihnen vordringen konnten.«

Nicht nur Eyron wehte bei dieser Rede ein kalter Hauch über die Wangen. Alle Frauen und Männer, die den Worten lauschten, erstarrten vor Ehrfurcht, während die Temperatur um sie herum merklich sank. Der, der da zu ihnen sprach, war nicht länger der gütige Beldor, den die meisten von ihnen niemals anders kennengelernt hatten, sondern der unbarmherzige Kriegsmagier, der einst das Unwesen der Hexen und Hexer mit eiserner Faust beendet hatte.

Niemand wagte auch nur eine Silbe von sich zu geben, während Beldor mit eindringlichen Gesten die Position vorgab, auf der sich Silbergardisten und fürstliche Truppen formieren sollten. Eyrons Atem wölkte nebelgrau von seinen Lippen auf, wie sonst nur an kalten Wintertagen. Den übrigen Elfen erging es nicht anders. Außer Beldor, der entweder keine Luft zu holen brauchte oder innerlich genauso kalt war wie die auffrischende Brise, die sie gemeinsam zum Frösteln brachte.

Jede dieser beiden Möglichkeiten war ebenso beängstigend wie die andere.

Es gab einen guten Grund dafür, dass die Elfen der Magie entsagt hatten – und nur noch in höchster Not auf sie zurückgriffen. Wäre es nicht um die Heilige Quelle gegangen, Eyron hätte sich nicht gescheut, den Hohepriester auf Knien darum zu bitten, von seinem gefährlichen Treiben abzulassen. Neene, Beldors engste Vertraute, erging es wohl nicht anders.

So aber starrte er schweigend auf die kleinen Staubwirbel, die über den nackten Felsboden tanzten, während die einzelnen Abteilungen der Hauptstreitmacht im Laufschritt auf die Mitte des zwischen Felsheim und dem Pass gelegenen Areals zuhielten. Beldor folgte ihnen gemessenen Schrittes und war dabei doch so schnell, als würde er mehr gleiten als gehen.

Zwei versetzt zueinander stehende Karrees bildeten eine gut erkennbare Front, in deren Zwischenraum er anhielt und in Richtung der Nekropole blickte. Dort drüben, hinter der Brustwehr, waren die Köpfe der dicht aneinandergedrängten Zwerge zu sehen, die das ihnen gebotene Schauspiel atemlos verfolgten. Das Grölen und Johlen war ihnen verständlicherweise vergangen. Und erst recht wagte niemand mehr, seinen nackten Hintern zu präsentieren. Sie spürten genau, dass es jetzt ernst für sie wurde.

Kaum dass er seinen festen Stand gefunden hatte, mit leicht geöffneten Beinen und Fußspitzen, die genau auf einer Linie lagen, stieß Beldor das untere Ende seines Eibenstabes auf den Boden. Der Berg, auf dem sie standen, erbebte unter diesem Stoß, aber das fiel nur wenigen auf, da die meisten von dem ohrenbetäubenden Knall abgelenkt wurden, mit dem die knaufartige Verdickung an der Spitze zerplatzte. Myriaden von feinsten Holzpartikeln stoben auseinander, wurden aber, nur zwei Handlängen entfernt, wie von einer gläsernen Kugel aufgehalten. Drei Herzschläge lang wirbelten die Späne innerhalb der Energieblase durcheinander, bevor ihre Bewegung abrupt stoppte – und alle gleichzeitig zu Boden rieselten.

Dadurch wurde der Blick auf einen faustgroßen Opal frei, der, in Silber eingefasst, genau dort prangte, wo sich zuvor die abgeplatzte Verdickung befunden hatte. Ob der schillernde Kraftfokus, der sein Farbspektrum fortlaufend veränderte, schon immer unter dem Holz verborgen gewesen war oder erst durch Zauberei dorthin befördert wurde, wusste Eyron nicht zu sagen. Er spürte nur mit jeder Faser seines Leibes, dass dem Stein gewaltige Kräfte innewohnten.

Als Beldor seine Arme erneut anhob, frischte der kalte Bergwind weiter auf, der wie mit Eisnadeln in ihre Gesichter stach. Gleichzeitig verdunkelte sich der Himmel. Unter lautem Heulen trieben Winde schwere Wolken heran, die sich in einer unglaublichen Geschwindigkeit zu einer Regenbank zusammenballten.

Eyron durchlebte ein Wechselbad der Gefühle. Einerseits spürte er tiefe Furcht im Angesicht der entfesselten Elemente, andererseits frohlockte er über die Tatsache, dass diese tobenden Naturkräfte in ihren Diensten standen. Den knapp dreihundert Bewaffneten, die Beldor flankierten, ging es wohl nicht anders. Dreihundert, das waren knapp die Hälfte der Truppen, die die Silberfeste entsenden konnte, ohne sich und die Knochensenke hilflos zurückzulassen. Vermutlich stand der Rest ihrer Armee, verborgen unter einer flirrenden Tarnung, irgendwo in Reserve.

Alles in Eyron schrie jedoch danach, zu den Ersten zu gehören, die Felsheims Mauern im Sturm eroberten. Er wollte gerade einen Wurfanker aus seinem Gepäck ziehen, als ihn laute Worte aufschreckten.

»Nehmt Eure Hände von mir, Heilerin!«, übertönte eine ihm wohlbekannte Stimme das Tosen der Winde. »Oder sie liegen gleich abgetrennt neben Euch im Staub.«

Silenes Rechte umklammerte tatsächlich die Gleve, trotzdem hielt Avea sie weiter am Arm fest, um zu verhindern, dass die Gardistin in Richtung Truppe davonstürmte. »Lasst mich wenigstens eine schmerzlindernde Salbe auftragen«, bat sie, »so dass Ihr die schützende Silbermaske aufsetzen könnt. Wenn Ihr unbedingt den Kampf suchen wollt, obwohl Ruhe vonnöten wäre, will ich Euch nicht daran hindern. Aber ich sehe es als meine Pflicht an, Eure Überlebensaussichten so weit zu erhöhen, wie es in meiner Macht steht.«

Gerötet, wie ihre Wangen waren, rechnete die Erste Heilerin wirklich damit, ihre Hände zu verlieren. Rasch ging Eyron auf die streitenden Frauen zu. Dabei krempelte er seine Ärmel so weit hoch, dass die Brandwunden an seinen Unterarmen sichtbar wurden.

»Sie hat recht«, wandte er sich an Silene. »Wir sollten so stark wie möglich in diesen Kampf ziehen. Dies wird vielleicht der größte und wichtigste unseres Lebens, und es steht viel auf dem Spiel.« Dann hielt er der Heilerin seine verbrannten Arme hin.

Avea sah so aus, als würde sie tatsächlich lieber eine ihrer Gliedmaßen verlieren, als persönlich Hand an ihren Erzfeind zu legen. Die Lippen fest aufeinandergepresst, drückte sie ihm ein kleines Tontöpfchen in die Rechte, damit er sich seine schmerzenden Stellen selbst einreiben konnte.

Er tat es, ohne zu murren, nur damit Silene seinem Beispiel folgte. Nachdem Avea die verbrannte Gesichtshälfte vorsichtig behandelt hatte, ohne dass die Gardistin dabei die geringste Miene verzogen hätte, machten sich alle kampffähigen Krieger ihrer Schar zum Angriff bereit.

Flügelhelme bedeckten ihre Köpfe, die darin eingesetzten Silbermasken die Gesichter. Auch das von Silene. So gerüstet, langten sie nach ihren Kletterseilen und sahen zum Himmel auf.

Über Felsheim zuckten bereits Blitze, erste Regentropfen fielen herab. Es war so weit.

»Macht euch bereit!«, drängte Eyron zur Eile. »Wir wollen doch die Ersten auf Felsheims Mauern sein!«

## 14.

Auf der ersten Ebene war die Anspannung mit Händen zu greifen. Entlang der südlichen Brustwehr standen überall Bewaffnete, die in die vor ihnen liegende Ebene spähten. Dem allgegenwärtigen Geflüster und Geraune war zu entnehmen, dass sich vor der Totenstadt ein größeres Elfenheer versammelt hatte, so dass sich niemand mehr selbst auf einen Wehrgang zu drängen brauchte, um zu erfahren, was vor sich ging.

Das Gewitter, das sich über ihren Köpfen zusammenbraute, sorgte ebenfalls für Unruhe. Angesichts der Blitze, die immer wieder das tiefschwarze Wolkenband durchstießen, war das nicht weiter verwunderlich.

Gohlik scherte sich nicht um den zornigen Himmel, er suchte Orm. Jeden, der ihren Weg kreuzte, rief er an, um zu fragen, ob er nicht wisse, wo sich der Befehlshaber der Zwerge aufhalte. Die meisten hatten bereits jeden Überblick verloren oder waren viel zu sehr mit sich selbst beschäftigt, als dass sie etwas Sinnvolles antworten konnten. Einige wenige wiesen ihm jedoch die grobe Richtung, und schließlich war es Orms dröhnende Stimme, die Gohlik endgültig auf die richtige Spur brachte.

Nahe dem Fanal gab der gut gerüstete Zwerg lautstarke Kommandos an die Verteidiger Felsheims.

»Befehl an die Dampfwerker!«, übertönte seine Stimme gerade das Brausen des Windes. »Sofort das Fanal ausfahren!«

»Ist es nicht etwas zu spät, um weitere Hilfe anzufordern?«, schrie Ragatz von Odemar gegen den allgemeinen Lärm an, anstatt die Order weiterzuleiten.

Orms ohnehin schon erhitztes Gesicht lief endgültig bis unter die Haarspitzen an. Nur mühsam bezähmte er einen Wutanfall, der sich durch eine heftig unter der Haut zuckende Schläfenader ankündigte, bevor er unwirsch forderte: »Führt gefälligst aus, was ich Euch auftrage, ohne Fragen zu stellen. Wir haben keine Zeit für lange Aussprachen! Aber seid Euch gewiss, dass ich schon weiß, was ich tue. Ich sah schon andere Elfenhexer am Werke. Daher ist mir bekannt, dass jede Magie göttlichen Gesetzen unterliegt, denen sie sich zu beugen hat. Also, zieht los und sorgt dafür, dass die vereinbarten Bolzen der Grube gelöst werden – und die Dampfwerker das Fanal ausfahren!«

Das Oberhaupt der Odemars war es nicht gewohnt, dass man so mit ihm sprach, trotzdem fügte es sich dem Willen des Überlebenden von Scherbental. Während der muskulöse Ragatz mit verkniffener Miene davonstapfte, waren Gohlik und seine Begleiter inzwischen so nahe heran, dass unter den Personen, die Orm umstanden, Velb und die drei Hohen erkennbar wurden.

Die Verhandlungen der vier waren endlich zu einem Ergebnis gekommen. Der Grenzläufer wog noch immer zufrieden einen prall gefüllten Lederbeutel in seinen Händen. Dem hektischen Durcheinander auf der ersten Ebene stand er wie ein völlig Unbeteiligter gegenüber, den das alles nichts weiter anging. Erst als immer mehr Tropfen vom Himmel fielen, zeichnete sich leichter Missmut auf seinen Zügen ab, die sich bei Gohliks Anblick unversehens in fassungsloses Erstaunen verwandelten.

Orm reagierte hingegen gereizt, als der Greis mit der geschulterten Keule auf ihn zuhumpelte. »Was stehst du uns im Weg herum?«, fauchte der Feldherr, während Gohlik, der mühsam um Atem rang, kein einziges Wort hervorbrachte. »Siehst du nicht, dass ich jetzt keine Zeit für deine Torheiten habe?«

»Es ist aber wichtig!«, grollte Gohlik. »Du musst wissen, dass diese Kaverne in Felsheim unmöglich etwas mit der Heiligen Quelle zu tun haben kann!«

Orms Gesichtsmuskeln spannten sich so stark an, dass seine Wangenknochen hervortraten. »Das weiß ich selbst, du Schwachkopf!«, herrschte er den Einsiedler an. »Es sind die Elfen, die deshalb Streit suchen!«

»Schon, aber da ist noch etwas ...« Gohlik streckte seinem Gegenüber die beschmutzten Finger seiner linken Hand entgegen. Doch was auch immer er weiter vorbringen wollte, ging für die Umstehenden in einem infernalischen Donnern unter.

Fast gleichzeitig brachen zahllose Blitze aus den Wolken hervor. Grellweiße Entladungen, die auf Felsheim herabzuckten. Wo sie einschlugen, spritzte Gestein auf. Starker Schwefelgeruch breitete sich aus.

Auf den Wehrgängen wirbelten die Schildträger herum. Fassungslos starrten sie auf die Elmsfeuer, die noch einige Zeit über die schwarz verrußten Einschlagstellen huschten. Entsetzen spiegelte sich in vielen schweißnassen Gesichtern wider angesichts der Erkenntnis, dass sich der Himmel selbst gegen sie verschworen hatte.

»Verstehst du?«, war Gohlik wieder zu hören, als der Donnerhall in ein erträglicheres Grollen überging. »Wenn ich doch nur wüsste, wo meine Karten sind, dann könnte ich es noch besser beweisen. Doch die Elfen müssen auch so davon erfahren!«

»Dann geh doch zu ihnen, wenn du glaubst, dass sie dir zuhören«, entgegnete Orm. »Aber verschon mich im Angesicht der bevorstehenden Schlacht mit deinem Gestammel!«

So schnell wollte sich der greise Zwerg mit dem wirr abstehenden Haar jedoch nicht abwimmeln lassen. »Aber ...«, begann er mehrmals vergeblich, bevor er grimmig fortfuhr, »hör mich doch erst einmal richtig an!«

Da langte Orm drohend nach seinem Schwert.

»Verschwinde, du Schwachkopf, bevor ich mich vergesse!«, brüllte er. »Hättest du deinen Verstand nicht in Scherbental verloren, ich hätte dich schon längst niedergestreckt.«

Gohlik zuckte zurück, wie von einem Faustschlag getroffen. Er war es gewohnt, mit Mitleid oder Verachtung behandelt zu werden, doch die direkte Erwähnung der Schlacht, die ihn bis in die Grundfesten erschüttert hatte, schmerzte ihn mehr als eine körperliche Attacke.

Nachdem die erste Überraschung verdaut war, funkelte es wütend in seinen Augen. Grollend umfasste er seinen Schädelknacker mit beiden Händen und machte Anstalten, ihn in die Höhe zu stemmen.

Unabhängig voneinander warfen sich Imtje und Binek zwischen die beiden streitenden Gesellen, doch Velb war schneller. Mit ausgebreiteten Armen umfing er den Einsiedler mitsamt seiner Keule, um ihn vor einem nicht wiedergutzumachenden Fehler zu bewahren. Ungeachtet des zerzausten Bartes und des säuerlichen Schweißgeruchs, den Gohlik verströmte, versuchte ihn Velb, von Orm fortzuschieben, denn ein Angriff auf ein militärisches Oberhaupt wurde in Zeiten wie diesen leicht mit dem Tode bestraft.

Erst mit Imtjes und Bineks Hilfe gelang die Kraftanstrengung. Umringt von Freunden, die es gut mit ihm meinten, gab Gohlik seinen Widerstand auf. Plötzlich liefen ihm Tränen über die zerfurchten Wangen. Von den in ihm tobenden Gefühlen übermannt, sank er in sich zusammen.

Erneut brachen Blitze aus der Wolkenbank hervor, weitaus zahlreicher als beim ersten Mal. Sich immer stärker verästelnd tanzten sie über das von Zwergenhänden geschaffene Plateau hinweg, bis ein armdicker Strang zwischen den Öl- und Pechkesseln einschlug.

Ein Zwerg, den es dabei auf Höhe des Brustkorbes durchzuckte, starb auf der Stelle. Andere fielen dem gleißenden Netz einander überkreuzender Entladungen zum Opfer, das sich, vom Einschlagspunkt ausgehend, in alle Richtungen ausbreitete. Die auf sie einwirkende Energie lähmte die Getroffenen so stark, dass sie in völlig verkrampften Körperhaltungen zu Boden sanken. Dampfende Löcher markierten ihre Ein- und Austrittswunden. Die Kessel wurden ebenfalls durchlöchert, so dass das Öl aus ihnen wie durch ein Sieb abfloss. Trotz des starken Windes roch es nach verbranntem Fleisch.

Für die übrigen Zwerge war der Tod ihrer Kampfgefährten ein Schock. Insbesondere als die nächsten Blitze auf die südliche Brustwehr niedergingen. Entsetzte Schreie gellten über die Ebene. In dem gleißenden Licht, das über sie hereinbrach, war schwer zu erkennen, wer getroffen wurde. Doch zwei Krieger, über deren Helme und Schilde Elmsfeuer liefen, fielen anschließend vom Wehrgang. Unter dem harten Aufprall, mit dem sie landeten, sprangen ihre gekochten Augäpfel aus den schwarz verkohlten Höhlen.

Dieser Anblick war zu viel für etliche Zwerge. Furchtsam duckten sie sich, um sich vor weiteren Blitzkaskaden zu schützen. Was blieb ihnen sonst übrig, angesichts eines übermächtigen Gegners, der sich nicht mit Schild und Waffen bezwingen ließ?

Schon stahlen sich die ersten Krieger von der Felszinne, um im Inneren des Berges Schutz zu suchen.

»Die Stellung halten!«, brüllte Orm, der mittlerweile mitten auf dem Plateau stand, um die Übersicht nicht zu verlieren. »Das ist es doch, was die Elfen wollen! Dass wir ihnen das Feld kampflos überlassen!«

Mit der Macht seiner Autorität zwang er die Wankelmütigen zurück auf ihre Plätze, ehe sie andere mit ihrer Angst anstecken konnten. Eine unkontrollierte Massenflucht war mit das Schlimmste, was einem Feldherrn auf dem Schlachtfeld passieren konnte.

Angesichts weiterer Blitze, die Tote und Verletzte forderten, fiel es den Überlebenden immer schwerer, die Haltung zu wahren. Viele kauerten bereits unterhalb des Wehrgangs, den eisernen Schild vor den gekrümmten Körper gezogen, obwohl das den Einschlag weiterleiten anstatt abwehren würde. Anstürmende Elfen ließen sich auf diese Weise ebenso wenig bezwingen.

Während Orm die Reihen weiterhin mit volltönender Stimme zusammenhielt, gleißte es über ihm taghell auf. Schon stieß eine auf und ab springende Ladung direkt auf ihn herab. Hätte sie ihn am Helmscheitel getroffen, wäre das wohl das Ende einer disziplinierten Verteidigung gewesen. Auf halber Höhe zwischen Wolken und Plateau brach der Blitz jedoch zur Seite hin aus und schlug in das inzwischen vollkommen ausgefahrene Fanal ein.

Auch nachfolgende Lichtbögen suchten ihren Weg zur stählernen Röhre, anstatt die Ebene zu löchern. Das war keineswegs ungewöhnlich. Jeder Wanderer, der auf offenem Feld in ein Gewitter geriet, wusste, dass es besser war, sich in einen Graben zu hocken, anstatt sich unter den einzigen Baum zu stellen, der weit und breit in die Höhe wuchs.

Trotzdem wertete Orm das Abweichen als persönlichen Triumph, denn aus genau diesem Wissen heraus hatte er das Fanal von den Dampfwerkern ausfahren lassen. »Seht her!«, forderte er seine Krieger lauthals auf. »Auch die Macht der Elfenmagier unterliegt Grenzen. Versammelt euch zwischen mir und dem Fanal, um der Heimtücke der Spitzohren zu entgehen!«

Die Aussicht darauf, dem gefährlichen Unwetter zu entkommen, beflügelte die Schildträger auf ihrem Weg. In dichten Schwärmen liefen sie über die erste Ebene, um sich hinter ihrem Anführer zu versammeln.

Die Hohen und einige weitere Unbewaffnete ergriffen dagegen die Flucht. Einen von ihnen traf dabei der Schlag. Imtje, Gohlik und die beiden Menschen reihten sich deshalb lieber bei den Kriegern ein. Das erschien ihnen sicherer.

Kaum war die südliche Zinne verwaist, ließ die Zahl der Blitze nach, bis sich plötzlich kein einziger mehr zwischen Himmel und Erde spannte. Stattdessen verwandelte sich das bisher trockene Gewitter in einen Platzregen.

Von einem Herzschlag auf den nächsten brach es aus den tiefhängenden Wolken hervor. Es war, als hätten Wasserknechte eine Schleuse geöffnet. Myriaden dicker Tropfen stürzten zur Erde. Dort, wo sie zerplatzten, stäubten sie als feiner Dunst in die Höhe. Auf Orms Befehl hin hoben die Krieger ihre Schilde über den Kopf, trotzdem waren alle in Windeseile nass bis auf die Haut. Durch den dichten Regenvorhang verkürzte sich ihre Sicht. Viele hatten Mühe, nur bis zur Brustwehr zu sehen.

»Sie nutzen den Schutz des Starkregens aus, um sich ungesehen zu nähern«, erklärte Orm die Taktik der Elfen. »Doch an die Zinne zurückzukehren hat für uns keinen Sinn. Dann ruft Beldor nur weitere Blitze zu Hilfe. Wir rücken deshalb in geschlossener Formation ins nordöstliche Eck vor, um uns dort, wie von mir bereits befohlen, zu verteidigen. Also, zum Karree antreten.«

Es dauerte eine Weile, bis sich aus dem ungeordneten Haufen die gewünschte Formation bildete. Nicht nur der dichte Regen erschwerte ihr Vorgehen, sondern auch die fehlende Erfahrung vieler Freiwilliger, die selten oder sogar noch nie in ihrem Leben exerziert hatten. Als sie endlich so weit waren, ließ sie Orm ohne Tritt abmarschieren. Nahezu lautlos bewegten sich die Schlachtreihen durch die Wasserschleier.

Gohlik und sein Begleiter hielten sich direkt an der Seite der Formation, um im richtigen Moment zu den nahe gelegenen Krypten weiterzueilen, wo sie sich verstecken oder einen der vielen Aufzüge suchen konnten, die in Felsheims Tiefen führten. Doch schon nach zwei Dritteln des Weges ließ der Regen schlagartig nach.

Orm wusste sofort, was das zu bedeuten hatte.

»Zum Schildwall gegen Süden antreten!«, befahl er halblaut. »Schnell!«

Sofort drehten sich die ersten beiden Reihen von links auf dem Absatz um und hoben ihre Rundschilde. Die erste Reihe kniete sofort nieder, während die hinter ihnen Stehenden ihre Schilde über die Köpfe der Vorderleute hielten. So entstand ein stählerner Wall, der so mancher Attacke zu trotzen wusste. Die weiter rechts marschierenden Krieger rückten zu beiden Seiten des Schildwalls auf und nahmen die gleich Position ein, doch das klappte alles andere als reibungslos.

Orm grauste es bei diesem Unvermögen so sehr, dass er laut schimpfte. Doch es half nichts. Viele Krieger waren noch in Bewegung, als die ersten Elfen auf der Felszinne auftauchten.

Die Wurfanker ihrer Kletterseile spannten sich noch unter dem Gewicht der Nachfolgenden, da sprangen schon die ersten Bogenschützen die Wehrgänge herab. Ob Gardisten oder fürstliche Soldaten, ein jeder von ihnen legte seine Pfeile so schnell auf, dass das Auge kaum zu folgen vermochte. Sehnen spannten sich, gefiederte Schäfte zischten durch die Luft.

Wo der Schildwall fest wie eine Mauer stand, prallten die eisernen Spitzen ausnahmslos ab. Anderswo hielt der Tod reiche Ernte. Doch wo immer Zwerge fielen, drängten andere nach, um ihren Platz einzunehmen. Zwischen der rasch anwachsenden Zahl von Bogenschützen tauchten immer mehr Gleventräger auf, die sich mit Seitenblicken abstimmten, bevor sie zum Sturmlauf ansetzten.

Während ein weiterer Pfeilschwarm über sie hinwegflog, rannten die Gleventräger auf den Schildwall zu, gefolgt von Elfen, die in beiden Händen leicht gekrümmte Schwerter hielten. Sie hatten gerade die Hälfte der Distanz überwunden, als ihnen ein Hagel aus Wurfäxten entgegenwirbelte. Mit geschickten Körperdrehungen wichen die meisten von ihnen dem tödlichen Stahl aus, doch bei weitem nicht alle. Zahlreiche Elfenkrieger holte es von den Beinen. Blutend blieben sie liegen, während die knienden Zwerge bereits neue Wurfäxte zu ihren stehenden Waffenbrüdern heraufreichten.

Die zweite Welle, die zwischen den Schilden hindurchflog, forderte weitere Opfer, aber dann waren die Elfen am Ziel.

Klirrend prallten die ersten Gegner zusammen. Die meisten Elfen versuchten dabei, durch die zwischen den Rundschilden klaffenden Lücken zu stechen, bevor sie wieder zurücksprangen. Ganz gleich, ob sie dabei jemanden getroffen hatten oder nicht. Auf diese Weise entgingen sie nicht nur den vorzuckenden Schwertern der Zwerge, sondern provozierten sie auch dazu, ihre feste Schlachtordnung zu verlassen, um ihnen zu folgen. Unruhe zu stiften und den Schildwall aufzubrechen, das war das Ziel dieser Plänkler.

Da die Elfen keine Schilde trugen, unterschied sich ihre Kampftaktik grundlegend von der der Zwerge. Es war ihre große Beweglichkeit, die sie zu gefürchteten Kriegern machte. Auf kurz oder lang würde es ihnen gelingen, das stählerne Bollwerk zu knacken, selbst wenn dessen Schildträger von stoischer Ruhe erfüllt waren.

Von Routine oder Gelassenheit fehlte bei dem bunt zusammengewürfelten Haufen, der Felsheim verteidigte, allerdings jede Spur. Besonders als einige anstürmende Gardisten ihren Glevenknauf in den Boden rammten, um sich mit dem daraufhin aufbäumenden Stangenschaft über die vor ihnen stehende Doppelreihe hinwegzukatapultieren.

Im Rücken des Schildwalls gelandet, wurden sie von Zwergen erwartet, die Orm extra für diesen Fall zurückgehalten hatte. Sofort wirbelten die Elfen ihre Gleven mit präzisen Bewegungen um ihren Körper, um ihren tödlichen Tanz aufzuführen.

Klingen schlugen dabei gegen Klingen, aber auch von Schilden stoben Funken ab. Gohlik, Imtje und die Menschen sahen sich ebenfalls gezwungen, um ihr Leben zu kämpfen. Zum Glück ging es den durchgebrochenen Elfen vor allem darum, möglichst viel Verwirrung zu stiften. Zumindest so lange, bis das Heer aus der Silberfeste komplett auf dem Plateau stand.

Der Letzte, der die Brustwehr überwand, indem er einfach über sie hinwegschwebte, war der Magier mit dem in Silberzargen eingefassten Kraftfokus, der das Unwetter heraufbeschworen hatte. Sobald Beldor gelandet war, formierten sich seine Krieger zu einem Angriffskeil mit Glerventrägern an der Spitze und Schwertkämpfern im Inneren.

Auf flinken Beinen, mit einer Geschwindigkeit, die nur Elfen innewohnte, stürmte die Formation vorwärts. So schnell, dass die bereits plänkelnden Kameraden zur Seite auswichen, um nicht zwischen den Fronten zerrieben zu werden. Krachend grub sich der Keil in den Schildwall ein und drückte ihn mit so großer Wucht auseinander, dass allenthalben gestürzte Zwerge über das Schlachtfeld rollten.

Ihre Doppelreihe riss dabei auf breiter Front auf und zerfiel bis hinaus an den zerfransten Rand. Sofort nachstoßende Elfen verhinderten, dass die Schlachtordnung wieder zusammenfand. In Windeseile zerstreuten sich die kämpfenden Parteien zu kleinen Gruppen, in denen jeder nur noch um sein nacktes Überleben kämpfte.

Schlimmeres konnte den in festen Aufstellungen kämpfenden Zwergen kaum passieren, trotzdem blieb Orm die Ruhe selbst, als er mit von Grimm erfüllter Stimme rief: »Lasst euch nicht auseinandertreiben! Weicht so lange zurück, bis ihr euch im nordöstlichen Eck neu sammeln könnt.«

### 15.

Inmitten all des Chaos verlor Binek den Überblick. Zum ersten Mal seit seiner Flucht wünschte er sich, in Imor geblieben zu sein. Aber dafür war es nun zu spät, also konzentrierte er sich darauf, am Leben zu bleiben und jene zu schützen, die ihm am Herzen lagen. Allen voran Imtje, die wieder einmal furchtlos mit ihrem Langdolch herumfuchtelte, obwohl um sie herum nur Schwerter und Gleven aufeinander einschlugen.

So wie die meisten Schildträger kleine Gruppen bildeten,

die Rücken an Rücken kämpften, so versuchte auch ihre ungleiche Truppe, sich gegenseitig zu decken. Zum Glück konzentrierten sich die Elfen nicht unbedingt auf einen Gegner, der aus einer Küchenmagd, zwei Waldläufern und einem greisen Zwerg bestand.

Nachdem Gohlik einem helmlosen Soldaten den Rücken mit seinem Schädelknacker aufgerissen hatte, mussten sie sich allerdings doch noch ihrer Haut erwehren. Rein instinktiv blockte Binek zwei auf ihn einprasselnde Hiebe mit dem erbeuteten Krummschwert ab, das ihm wirklich ausgezeichnet in der Hand lag. Trotzdem war er froh, dass ein überraschend ausgeführter Schwertstreich, der den Elfen knapp unterhalb der Achselhöhle traf, ihm eine Verschnaufpause verschaffte.

Der fast schon hünenhaft zu nennende Zwerg, der Binek zu Hilfe geeilt war, funkelte ihn unter dem Helm hervor an, als er rief: »Habt ihr Orms Befehle schon vergessen? Sobald sich der Kampf in diesen Teil Felsheims verlagert, so schnell wie möglich zur nordwestlichen Mauer zurückweichen, lauteten die. Also sputet euch gefälligst.«

An der Stimme erkannte Binek, dass es sich um Ornus handelte. Offensichtlich wollte sie der Holzknecht, der ihm fast bis zum Kinn ging, so schnell wie möglich in Sicherheit wissen.

»Leichter gesagt, als getan«, klagte das Halbblut. »Gohlik scheint sich in den Kopf gesetzt zu haben, diese Schlacht alleine zu gewinnen.«

»Dieser elende Tor!«, knurrte Ornus, während er auf den Schild des Waffenbruders klopfte, der ihm den Rücken freihielt. »Warte, wir helfen euch.«

Bei dem anderen Krieger handelte es sich um Endrik. Gemeinsam packten sie den Einsiedler bei den Schultern und zerrten ihn ohne großes Federlesen einfach mit sich. Erst jetzt bemerkte Binek, dass sich das Kampfgeschehen tatsächlich verlagert hatte. Um sie herum war es beinahe still geworden. Die meisten Elfen waren gerade damit beschäftigt, die rasch zurückweichenden Zwerge auf breiter Front gegen die Nordmauer zu drängen. War ihnen das erst einmal gelungen, sah es für die Felsheimer schlecht aus.

Binek hatte sich dort schon einmal umgesehen und dabei festgestellt, dass es mindestens einhundert Glevenlängen steil bergab ging, bevor ein stark zerklüftetes und nur schwer zugängliches Gelände begann. Wurden die Zwerge an dieser Seite über die Mauer gedrängt, war ihnen der sichere Sturz in den Tod gewiss. Umso weniger dachten sie daran, aufzugeben. Endrik und Ornus strebten mit Bineks Gefährten zielstrebig der Westseite zu, obwohl die Lage dort ähnlich niederschmetternd aussah.

Auch hier lieferten die Zwerge nur Rückzugsgefechte, während die Elfen sie in einer langgezogenen Schlachtordnung bedrängten. Wäre nicht Beldor gewesen, der ihnen – umgeben von zwei Dutzend Gardisten – den Rücken freihielt, hätte sie das wohl für Flankenangriffe verwundbar gemacht.

Binek fragte sich längst, ob es nicht sinnvoller wäre, nach Süden hin auszuweichen, doch Ornus und Endrik hielten bereits unbeirrt auf eine Lücke in den Reihen der Elfen zu, die an der Westseite kämpften. Dabei gerieten die beiden Flüchtenden in das Blickfeld eines Gardisten, der gerade einen Krieger aus dem Clan der Odemar niedergemacht hatte. Und nun nach neuen Gegnern Ausschau hielt.

Die bis zum Schaft blutverschmierte Spitze richtete sich bereits auf die beiden Zwerge, deren Aufmerksamkeit stärker von Gohlik beansprucht wurde, als gut für sie war. Bineks Beine setzten sich beinahe von selbst in Bewegung. Ohne groß nachzudenken, sprang er über einen Toten hinweg, um mit leichten Schritten auf den Gardisten zuzulaufen, der ihm den Rücken zuwandte. Jemandem eine Handbreit Stahl zwischen die Schulterblätter zu rammen war ihm weiterhin zuwider. Deshalb beschloss er zu kämpfen, wie er es aus Imor gewohnt war. Schnell, lautlos und ohne tödliche Waffen.

Mit langen Sätzen holte er auf und verkürzte die Distanz zwischen sich und seinem Gegner schließlich so weit, dass er sich mit der Schulter voran gegen ihn werfen konnte. Der Rammstoß in den Rücken landete sauber im Ziel. Binek hörte, wie dem Elfen die Luft aus den Lungen entwich. Keuchend segelte der Getroffene durch die Luft und rutschte mit dem Gesicht voran über den Boden. Frisch vergossenes Blut hatte den Stein, auf dem er landete, ausgesprochen schlüpfrig gemacht. Trotzdem federte der Gardist sofort wieder in die Höhe und richtete die Gleve auf seinen Angreifer. Damit hatte Binek nicht gerechnet. Rasch schlug er eine Acht aus dem Handgelenk und sah sich nach einem Fluchtweg um.

Als er den Blick wieder auf seinen Gegner richtete, war dieser verschwunden. Binek begriff erst, wo der Kerl mit der Gleve geblieben war, als er einen Schlag gegen den linken Fußknöchel spürte. Seine Beine wurden ihm regelrecht unter dem Körper weggesäbelt. Zum Glück nicht mit scharfem Stahl, sondern mit einem kreisförmigen Tritt.

Bei dem folgenden Sturz schrammte er sich die Hände auf, doch die Todesangst, die ihn durchzuckte, verdrängte jedes Schmerzempfinden. Rasch versuchte er, sich wieder aufzurappeln, doch eine Glevenspitze, die auf seine Stirn zielte, ließ ihn mitten in der Bewegung erstarren.

Binek kniete noch, wenn auch mit dem Schwertgriff in der Hand. Eine denkbar ungünstige Haltung angesichts des über ihm stehenden Gardisten.

»Bastard!« Die Augen des Elfen blitzten kalt unter der

Silbermaske, während er Binek beschimpfte. »Silene hat mir von dir erzählt, aber ich wollte es nicht glauben. Sag schon, ist mein Bruder auch hier?«

»Euer Bruder?«, fragte Binek erstaunt. »Woher soll ich das wissen? Ich weiß ja nicht einmal, wer Ihr seid.«

Die Gleve zuckte vor. So weit, dass Binek bereits mit dem Leben abschloss – doch sie durchtrennte nur das Kopftuch, so dass seine Ohren frei zutage traten.

»Dein Vater!«, stellte der Gardist klar. »Kämpft er auch aufseiten unserer Feinde gegen sein eigenes Volk? Sag die Wahrheit!«

Mit allem hätte das Halbblut gerechnet, aber nicht damit, nach dem Mann gefragt zu werden, der ihn schon vor seiner Geburt verraten hatte. Binek spürte, wie ihn abwechselnd kalte und heiße Wellen durchliefen, bis die Kälte endgültig die Oberhand gewann. Plötzlich war es ihm nicht nur egal, ob er auf diesem lausigen Schlachtfeld starb, er sehnte den Tod regelrecht herbei.

»Mein Vater?«, fragte er und hob dabei den Kopf, obwohl die Glevenspitze seine Wange ritzte. »Mein Vater hat meine schwangere Mutter mit mir sitzenlassen. Ich werde ihm ins Gesicht spucken, wenn er mir eines Tages gegenüberstehen sollte. Er und seine ganze verdammte Sippe sollen verflucht sein. Also auch du!«

Die Gleve erbebte kein einziges Mal, während er sprach, trotzdem war er sicher, dass die Worte seinen Vaterbruder trafen. Warum sonst sah er ihn schweigend an, anstatt die Sache mit einem raschen Stoß seiner Gleve zu beenden. Einige Herzschläge lang brach keiner von beiden das auf ihnen lastende Schweigen. Bis sich plötzlich um sie herum Geschrei erhob.

Die Zwerge bäumten sich noch einmal gegen ihr Schicksal auf. Mit vereinten Kräften und vorgehaltenen Schilden drängten sie die Elfen zurück, tiefer in das Plateau hinein. Selbst Gohlik beteiligte sich daran, obwohl ihn langsam die Kräfte verließen. Jedenfalls geriet er ins Taumeln, so dass ihn Velb unter den Achseln fassen und zurückzerren musste.

Die kurze Ablenkung reichte. Noch während der Gardist die Umgebung sondierte, schlug Binek das Stangenschwert zur Seite. Das verschaffte ihm gerade genug Zeit, sich abzurollen und einige Schritte Abstand zu gewinnen.

»Bleib stehen«, befahl der Elf. »Wir sind hier noch nicht fertig.«

»Und ob wir das sind.« Binek umrundete einen reglosen Zwerg, der seinen Schild im Tod fest umklammerte. Nun ruhte der Schild schräg auf seinem Brustkorb.

»Keinen Schritt weiter! Du bist mein Gefangener! Ob mit durchtrennten Fersen oder aufrecht gehend, das liegt bei dir!«

Der Gardist klang, als meinte er seine Drohung ernst. Aber wer vermochte schon zu sagen, was wirklich in diesem Volk vor sich ging?

Aus dem Augenwinkel sah Binek, dass der aufflackernde Widerstand der Zwerge nur von kurzer Dauer gewesen war. Schneller, als die überraschten Elfen folgen konnten, zogen sie sich plötzlich zurück. Gleichzeitig erklang ein dumpfes Grollen aus den Tiefen des Berges. Verwirrt sahen einige zu ihrem jungen Magier, um herauszufinden, ob er damit etwas zu tun hatte. Auch Bineks Vaterbruder wandte den Blick.

In diesem Moment sprang das Halbblut auf den erhöhten Schildbuckel zu seinen Füßen, um auf die Art der Fassadenkletterer zu fliehen. Es war nicht das erste Mal, dass er über jemanden hinwegsprang, um einer scharfen Klinge zu entkommen. Sein Elfenbein half ihm dabei, hoch in die Luft zu springen, eine Flugrolle über den Flügelhelm hinweg zu vollführen und mit den Füßen voran zu landen. Mit einem raschen Stich in die Höhe hätte ihn der Elf erwischen können, aber der rührte sich nicht. Entweder weil er zu überrascht gewesen war, oder weil gleichzeitig der Boden unter seinen Füßen ins Wanken geriet!

Binek begriff selbst erst, was vor sich ging, als er unversehens auf einer abschüssigen Ebene landete, die sich rasend schnell zur Seite neigte. Um ihn herum geriet alles ins Rutschen. Südlich von ihm ragte bereits ein Absatz auf, der immer höher anwuchs. Ornus und Endrik knieten dort und hielten ihm ihre Arme entgegen.

»Schnell! So spring doch endlich!«

Binek überlegte nicht lang, sondern tat wie geheißen. Mit aller Kraft stieß er sich ab und streckte sich, während der unter ihm abkippende Boden immer schneller in die Senkrechte ging. Eine Falltür wie diese konnte nur von Zwergenhand erschaffen werden. Sie maß mindestens dreißig mal fünfzig Königsschritte und drehte sich um eine Mittelachse, so wie wesentlich kleinere Exemplare, die der Dieb aus Imor kannte. Ob Freund oder Feind, ein jeder, der sich noch auf der rechteckigen Platte befand, stürzte in die unter ihm gähnende Tiefe, noch ehe sie vollkommen senkrecht stand. Darum hatten sich die Zwerge so schnell zurückgezogen. Um der mit Dampfkraft ins Rotieren gebrachten Steinplatte zu entgehen.

Einige Elfen, die sich auf ähnliche Weise wie Binek retten wollten, wurden von den Zwergen mit vorgehaltenen Schilden zurück in den gähnenden Abgrund getrieben. Nur ihm streckten sich kräftige Arme entgegen. Zwei Herzschläge lang strampelte er mit den Beinen in der Luft, doch dann wuchteten sie ihn mit vereinten Kräften in die Höhe und auf festen Grund. Keinen Moment zu früh, denn beinahe gleichzeitig vollendete der drehbare Boden seine kreisförmige Bewegung und schloss dadurch wieder glatt mit der übrigen Oberfläche ab.

Kurze Zeit schwankte der Boden noch, dann machte ein Knirschen der Bewegung ein Ende. Zweifellos waren steinerne Zargen ausgefahren worden, die die schwenkbare Platte fixierten.

»Ein Hoch auf die Dampfknechte!«, gab Ornus vor, und viele Zwerge fielen in den Ruf mit ein.

Binek konnte kaum glauben, was gerade geschehen war. Alle kampffähigen Elfen, selbst jene des Magiers, hatte der Berg verschluckt. Doch seine Retter staunten über etwas ganz anderes.

»Was ist das denn?«, fragte Endrik mit vor Überraschung weit aufgerissenen Augen, als er den schwer atmenden Binek betrachtete. Er meinte die Ohren, natürlich. Obwohl sie nicht ganz so groß wie die eines Elfen waren, sahen sie auch keineswegs menschlich aus.

»Ich bin kein Elf«, stellte Binek klar. »Fragt eure Hohen.«

»Mmmh. Muss wohl stimmen.« Endrik zuckte mit den Schultern. »Sonst hättest du uns wohl auch nicht das ganze Schlummerkraut verkauft, das gerade die Gardisten einnebelt.«

Außer Ornus und Endrik hatte noch niemand bemerkt, was zwischen seinen verschwitzten Haaren hervorlugte. Dazu waren um sie herum alle zu sehr mit Jubeln beschäftigt. Als er nach Imtje Ausschau hielt, entdeckte er ihr von Tränen überströmtes Gesicht. Weinend kniete die Küchenmagd neben dem auf dem Bauch liegenden Gohlik und starrte auf ihre blutverschmierten Hände.

Verdammt! Was war da los?

Wie in Trance wankte er auf sie zu und betrat dabei als Erster die wieder geschlossene Decke, die sein Gewicht problemlos trug. Der Weg schien sich sehr weit zu ziehen, doch schließlich erreichte er sein Ziel.

»Was ist geschehen?«, fragte er Imtje, die verzweifelt versuchte, eine schwere Blutung mit Hilfe von weißem Leinen zu stoppen, das sie aus einem ihrer Unterröcke gerissen hatte.

»Ich weiß es nicht genau«, jammerte sie. »Auf einmal schwankte er und lag blutend in meinen Armen. Diese verdammten Elfen!«

Die Tränenschleier in ihren Augen verhinderten wohl, dass sie seine Ohrenspitzen sah. Jedenfalls ließ sie sich von ihm tröstend über den Rücken streichen, während sie ein wenig gerolltes Leinen in die Wunde stopfte, in dem verzweifelten Versuch, damit den starken Blutfluss zu stoppen. So flach, wie Gohlik atmete, stand es schlecht um ihn. Selbst jüngere Männer hätten solch einen Aderlass kaum verkraftet.

»Wir brauchen Nadel und Faden«, warf Velb aus dem Hintergrund ein. »Die Wunde muss genäht werden.«

»Du musst es ja wissen! Schließlich hast du Gohlik auf dem Gewissen!« Der Vorwurf kam aus den Reihen der Umstehenden, doch zunächst trat niemand vor, um ihn von Angesicht zu Angesicht auszusprechen.

»So ein Unsinn!«, empörte sich Velb. »Gohlik und ich sind seit langer Zeit befreundet, weit über das Geschäftliche hinaus. Warum hätte ich ihm ein Leid antun sollen?«

In die Reihen der Bewaffneten kam Bewegung. Plötzlich trat zwischen ihnen ein Zwerg hervor, der bereits Helm und Schild abgelegt hatte, aber noch ein blutiges Schwert in Händen hielt. Sein flammend rotes Haar war Binek ebenso wohlbekannt wie sein rund um die Augen violett schimmerndes Gesicht.

Borstel, der eifersüchtige Steinmetz.

»Du hast Gohlik hinterrücks erstochen, weil du ein Spion der Elfen bist«, schnarrte der Oberste Steinmetz, der wegen seiner zerschlagenen Nase auch ein wenig näselte. »Genauso wie dein spitzohriger Freund hier!«

Daher also die Lügen gegen Velb. Eigentlich wollte er Binek treffen. Und hatte Erfolg damit.

»Mörder!«, zischte es von allen Seiten, als wäre nicht das ganze Plateau mit Toten und Verletzten übersät. »Spione!«

»Gohlik ist noch nicht tot«, fuhr Imtje auf. »Aber er wird es bald sein, wenn mir nicht bald jemand Nadel und Faden reicht.«

Rasch wurde das Gewünschte herbeigeschafft. Eine kleine Ahle, die sich für Wundstiche eignete und feinster Faden aus Naturdarm. Binek und Velb sahen dabei zu, wie Imtje die blutende Stelle mit schnellen Stichen verschloss. Sie hätten sich auch nicht entfernen können, das verhinderte alleine der undurchdringliche Kreis aus stählernen Schilden.

»Wo ist denn die Klinge, mit der ich zugestochen haben soll?«, fragte Velb, um die gegen ihn gerichtete Anklage zu entkräften.

»Die hast du einfach fallen lassen«, führte Borstel an. »Und nun liegt sie in der großen Grube, mit all den anderen herrenlosen Waffen. Wirklich schlau von dir.«

»Du bist doch wahnsinnig!«

»Warum sollte ich lügen?«

»Weil du eifersüchtig auf mich bist«, warf Binek ein.

»Auf einen wie dich?«, fragte Borstel eine Spur zu schrill. »Dass ich nicht lache.«

»Vielleicht kannst du die Schläge nicht verknusen, die dir die Elfen verabreicht haben«, behauptete Velb. »Und in der Schlacht hast du dich auch nicht besonders hervorgetan! Deshalb willst du dich wohl nachträglich vor den anderen aufspielen.«

Das traf den Obersten Steinmetzen bis tief ins Mark. Erst fiel ihm das Kinn herab, dann spannte er seine Muskeln an. Das Schwert in seiner Hand begann zu beben. »Was fällt dir ein?«, fauchte er. »Das brauche ich mir von einem Mörder wie dir doch nicht sagen zu lassen.«

»Ich habe nicht auf Gohlik eingestochen«, entgegnete Velb. »Du lügst. Aus was für Gründen auch immer.«

Auf Borstels Wangen bildeten sich rote Flecken, die prächtig mit dem Violett harmonierten, das sich von der Nasenspitze bis zur Stirn zog. »Du Hund!«, jaulte er getroffen auf. »Dafür bringe ich dich um. Genauso wie deinen Elfenfreund.«

Velb versuchte zurückzuweichen, stieß aber auf eine undurchdringliche Wand aus Schilden, die ihn zurückschleuderte. Aber auch Borstel kam nicht weit. Inzwischen waren Ornus und Endrik heran, die ihn mit hartem Griff zurückhielten.

»Nicht so hitzig«, verlangten sie, »Binek ist unschuldig, das können wir bezeugen. Außerdem haben wir gesehen, dass ihn ein hochrangiger Gardist töten wollte.«

»Und warum ist er dann noch am Leben?« Borstel lachte höhnisch. »Das ist doch alles eine Scharade, um uns zu täuschen. Und ihr dummen Holzknechte fallt darauf herein. Kein Wunder, ihr könnt ja nicht einmal einen geraden Felssims aus dem Berg schlagen.«

»Dafür ist uns auch noch kein Felsbrocken auf den Kopf gefallen.«

Das brachte alle Steinmetze auf, die ohnehin auf Borstels Seite standen. Drohend rückten sie näher und machten dabei ihrem aufgestauten Unmut Luft. Über Zwerge, die mit

Hammer und Nagel arbeiteten, aber vor allem über Menschen und anderes Gezücht, das nur Unheil über die Nekropole brachte.

Wäre Binek alleine gewesen, er hätte sich längst über die Köpfe der Zwerge hinweggeschwungen, um möglichst viel Abstand zu gewinnen. Doch er konnte Velb unmöglich alleine zurücklassen. Das wäre dessen Todesurteil gewesen. Außerdem wartete er immer noch auf ein Wort von Imtje, die jedoch nur verbissen auf Gevatter Gohlik herabblickte und ansonsten so tat, als bekäme sie gar nicht mit, was gerade vor sich ging.

Hatte sie der Angriff auf den Einsiedler wirklich derart schockiert? Immerhin hatte gerade erst eine Schlacht mit sehr vielen Toten und Verletzten stattgefunden. Oder war es ihr peinlich, mit einem Halbblut herumgeturtelt zu haben? Dieser Gedanke schmerzte ihn weitaus mehr, als er zugeben mochte.

Ehe die Lage noch weiter eskalieren konnte, bahnten sich zwei Neuankömmlinge einen Weg zu ihnen hindurch. Wighild und Birol. Die Autorität der beiden ließ augenblicklich alle Steinmetze erstarren.

Nachdem sie gehört hatten, was geschehen war, wandte sich Wighild mit strengem Blick an Borstel und sah ihn durchdringend an. »Das ist ein schwerer Vorwurf, den du da erhebst, Oberster Steinmetz«, sagte sie dabei. »Bist du sicher, dass du ihn aufrechterhalten willst?«

Borstels Haltung straffte sich, bevor er bestätigte: »Ich weiß, was ich gesehen habe.«

Die Hohe blickte ihn noch länger an, ohne dass er den Blick senkte.

»Du wirkst ehrlich«, gestand sie ihm zu, »doch Binek ebenso. Bevor wir deine Anschuldigung näher untersuchen, müssen wir jedoch die Bedrohung durch die Elfen abwenden. Bis dahin setzen wir Velb und Binek fest, auch zu ihrem eigenen Besten.«

Das Halbblut und der Händler protestierten gegen diese Entscheidung, doch angesichts der allgemeinen Übermacht blieb ihnen nichts anderes übrig, als sie zu akzeptieren.

»Lasst es gut sein«, redete Endrik auf sie ein. »Die Hohe hat sicher recht! Die Kerkerhaft dient auch eurer Sicherheit.«

## 16.

Geheime Stollen, falsche Pechnasen und getarnte Felszugänge, die für das bloße Auge nicht erkennbar waren – die fintenreichen Zwerge verstanden sich wirklich darauf, massiven Fels in ein von Fallen gespicktes Areal zu verwandeln. Mit Fallgruben hatten die Elfen zwar gerechnet, aber nicht mit einer, die die Ausmaße einer großen rechteckigen Halle besaß.

Die mit ihnen in die Tiefe gestürzten Zwerge lachten schadenfroh, bis sie für immer zum Schweigen gebracht wurden. Die Wichte hatten auf den Schutz der tiefen Finsternis vertraut, aber vergeblich. Beldors Eibenstecken verströmte ein blau schimmerndes Licht, das ausreichte, um die Zwerge aufzuspüren. Doch selbst der blassblau schimmernde Machtopal verströmte nicht genügend Helligkeit, um die gigantische Fallgrube vollständig auszuleuchten.

Rund um sie herum nisteten undurchdringliche Schatten, dennoch erkannten die Elfen, dass sie sich in einer rechteckigen Kammer aus nacktem Felsgestein befanden. Trotz der großen Höhe, aus der sie herabgestürzt waren, hatte sich niemand ernsthaft verletzt. Viele Abschürfungen und Prellungen, einige Verstauchungen sowie ein ausgerenkter Arm, mehr war nicht zu beklagen.

In einem massiven Gefängnis zu sitzen drückte auf die Stimmung, konnte den Kampfgeist aber nicht brechen. Ohne dass ein entsprechender Befehl ergangen wäre, machten sich Soldaten und Gardisten daran, die Wände ihres steinernen Verlieses nach einem Ausgang abzusuchen. Eyron sorgte indessen dafür, dass jene versorgt wurden, die noch aus Stich- oder Platzwunden blutend am Boden saßen. Beldor sprach in der ganzen Zeit kein Wort, sondern blickte vergnügt in die Runde, als hielte er die Falle, in die sie getappt waren, für einen amüsanten Zwergenstreich.

Die mächtigen Zauber, die er gewirkt hatte, schienen nicht an seinen Kräften zu nagen. Im Gegenteil. Die Falten in dem Gesicht des greisen Hohepriesters hatten sich ebenso gestrafft wie seine Körperhaltung. Der Gebrauch der Magie wirkte verjüngend auf ihn, fast so, als wäre sie das reinste Lebenselixier.

In Beldors jugendliches Antlitz zu schauen war befremdlich. Einige Elfen ängstigte der Anblick mehr als die Lage, in der sie sich befanden. Bis zu dem Zeitpunkt, an dem Eyron, der gerade eine Schnittwunde versorgte, entsetzt in die Höhe federte.

»Rauch!«, rief er alarmiert. »Es dringt Rauch aus dem Boden!«

Seine Worte hallten noch von den hohen Wänden wider, als sich das Licht des Machtopals bereits verstärkte. So grell hellte es auf, dass viele Elfen ihren Blick abwandten, um nicht geblendet zu werden. Offenbar hatte Beldor den Schimmer bis dahin absichtlich gedämpft. Erst jetzt, da es notwendig war, tauchte sein Kraftfokus die Kammer in einen bläulichen

Schein, der alle Farben verfälschte und jede Bewegung seltsam unecht wirken ließ.

Wer wollte da mit Sicherheit ausschließen, dass die aus verdeckten Spalten aufquellenden Schwaden purpurn waren?

»Das ist nur Elfenschlummer«, beruhigte sie der Magier. »Die Zwerge würden niemals ihre eigenen Leute vergiften, die mit uns in die Grube gefallen sind. Außerdem wäre eine große Anzahl von Kriegsgefangenen ein guter Faustpfand für sie.«

Indessen sackte der Lichtschein von der Decke herab in Richtung Boden, als würde er von einer unsichtbaren Riesenhand zusammengepresst. Je stärker er sich dabei verdichtete, desto intensiver leuchtete der Blauton. Alles ging rasend schnell vor sich, ohne dass Beldor dazu Worte der Macht aussprechen musste. Für niedere Magie dieser Art war das einfach nicht nötig.

Ehe sich Gardisten und Soldaten versahen, schrumpfte der blaue Schein zu einer fingerdicken Schicht zusammen, die nur noch den Boden bedeckte. Der ausströmende Rauch vermochte diese Barriere nicht zu durchdringen, sondern nur zu trüben. In der Lichtschicht gebunden, wurde er bis in die Auslassöffnungen zurückgedrängt. Schon einen Herzschlag später zeugten von den Bodenspalten nur noch blau glimmende Linien. Die darunter verlaufenden Schächte, die zum einleiten der Schlummerdämpfe dienten, waren nun luftdicht versiegelt.

»Das sollte uns etwas Zeit verschaffen«, sagte der Magier mit einer Stimme, die wesentlich heller klang als Beldors vertrautes Krächzen. »Bis die Zwerge, die das Kraut verfeuern, selbst zu schnarchen beginnen, wird man uns in Ruhe lassen.«

»Was nützt uns der Aufschub, solange wir weiterhin in der Falle sitzen?«, platzte Eyron heraus. »Verbarrikadieren wir uns hier drinnen, ersparen wir den Zwergen damit nur die Arbeit, uns einzusperren.«

Erneut glomm der Kraftfokus auf. Gerade hell genug, um Beldors Gesicht dem Dunkel zu entreißen. Vielleicht lag es an diesem gespenstischen Leuchten, dass der Triumph auf seinen Zügen geradezu unheimlich wirkte, als er fragte: »Glaubst du denn wirklich, Hauptmann, ich hätte mit einem Zwergentrick wie diesem nicht gerechnet?«

Ehe Eyron zu einer Antwort ansetzen konnte, erhoben sich kleine Elmsfeuer auf der Wölbung des weißen Machtopals. Immer schneller huschten sie über die glatte Oberfläche hinweg, kreuzten ihre Bahnen zu einem wild umherzuckenden Gewimmel, aus dem sich transparente Lichtblasen lösten, die zügig über die Köpfe der versammelten Elfen hinwegschwebten. Bis auf halbe Höhe der Kammer stiegen sie an. Dort sammelten sie sich, bis sie, zwölf Stück an der Zahl, einen großen, sich langsam drehenden Kreis bildeten, der von einem Wimpernschlag auf den anderen auseinandersprengte.

Nach Westen und nach Osten rasten sie davon, aber auch auf den unter ihnen liegenden Boden zu. Anstatt an dem nackten Fels zu zerschellen, drangen sie mühelos hindurch, wie ein heißes Messer durch einen Butterblock. Allerdings ohne ein Loch oder eine andere Öffnung zu hinterlassen.

Im gleichen Augenblick, da sie verschwanden, zeichneten sich in der über den Elfen lastenden Dunkelheit zwölf blasse Linien ab. Anfangs zuckten sie wild umher, wie Striche, die auf einem Pergament entstanden, wenn ein Schreiber etwas mit seiner Gänsefeder schraffierte. Bald schon wurden die Lichtbahnen länger. In geraden, sich teilweise vereinenden Linien schossen sie umher und schnitten einander so, dass Eyron bald darauf eine vertraute Struktur erkannte. Einen in der Luft schwebenden Lageplan, der den Weg der verschwundenen Kugeln so nachzeichnete, dass er die begehbaren Wege Felsheims oberhalb und unterhalb des Bergmassivs abbildete.

»Erkennst du, was du dort siehst, Hauptmann?«, fragte Beldor.

»Natürlich!«, antwortete Eyron beleidigt.

»Dann sage mir, wie weit wir von der verschütteten Kaverne entfernt sind.« Bei dieser Aufforderung wurde auch dem letzten Elfen klar, dass sie keineswegs hilflose Gefangene waren, sondern nur darauf warteten, dass Beldor einen gezielten Vorstoß anführen konnte, um die Zwerge unerwartet aus ihrer Mitte heraus zu treffen.

Diese Aussicht ließ Eyron jeden Ärger vergessen. Eifrig machte er sich daran, laut über den kürzesten Weg zu den Grabkammern des westlichsten Lichtschachtes nachzudenken. Kerbis und Silene unterstützten ihn dabei, so dass sie sich rasch zurechtfanden. Beldor nickte, als er mit ihrem Ergebnis zufrieden war, machte aber keine Anstalten, zur Tat zu schreiten.

»Worauf warten wir noch, Hohepriester?«, drängte Eyron ungeduldig.

»Darauf, dass der letzte Sucher bei Neene eintrifft«, antwortete Beldor mit sanfter Stimme. »Sie ist der zweite Pol, der notwendig ist, damit dieser Zauber wirkt. Und auch diejenige, die unsere Reserve ins Feld führen wird, damit wir die Zwerge von zwei Seiten aus in die Zange nehmen können.«

## 17

»Parole?«, schnarrte einer der beiden Zwerge, die vor der tiefer führenden Steintreppe standen. Sie trugen das Felsheimer Wappen, schauten aber drein, als hätten sie Endrik und Ornus noch nie zuvor gesehen.

»Hallo, Ranuk«, grüßte Endrik den Sprecher des Doppelpostens, dem der etwas zu große Helm bis zu den Augenbrauen herabreichte. »Wir bringen zwei Gefangene in den Kerker.«

»Das ist nicht die Parole!«, stellte Ranuk fest, bevor er seinen Schild hob und den Wachspieß senkte. Eine drohende Geste, die der Kamerad an seiner Seite sofort nachvollzog.

»Wir kennen die Parole nicht«, mischte sich Ornus ein. »Seit wann ist so was überhaupt nötig?«

»Die wurde heute Morgen ausgegeben und ist seit der Mittagszeit gültig«, erklärte Ranuk, misstrauisch zwischen oberem Schildrund und tiefsitzendem Helm hervorfunkelnd. »Davon müsst ihr doch wissen, wenn ihr wirklich Zwerge seid!«

Velb und Binek sahen einander kurz an und dachten sich ihren Teil, hüteten sich aber davor, ein Wort zu sagen. Als Arretierte, denen die Hände auf den Rücken gebunden waren, ergingen sie sich besser nicht in Lästereien. Das war der Gesundheit für gewöhnlich abträglich.

Endrik massierte sich indessen die Nasenwurzel mit Daumen und Zeigefinger.

»Was soll der Unsinn, Ranuk?«, fragte er dabei. »Du kennst uns beide doch ganz genau.«

»Euer Äußeres ist mir wohlbekannt«, gestand der Posten ein. »Aber wer garantiert mir, dass ihr nicht verzauberte Elfen seid, die sich nur bei uns einschleichen wollen?«

Der Einwand war nicht völlig von der Hand zu weisen, trotzdem strafften die beiden Holzknechte empört ihre Schultern. Das Muskelspiel an ihren Oberarmen hatte allerdings nur zur Folge, dass die Posten einen noch festeren Stand hinter ihren Schilden suchten.

»Jetzt hör mir mal genau zu«, knurrte Ornus, provozierend mit der Axt wippend, die er in der rechten Hand hielt. »Wüsste ein Elf etwa davon, dass der Tisch in deiner Höhle wackelt, weil einer der vier Füße kürzer ist als die anderen? Und würde dir ein Elf damit drohen, dass du bis zum Nimmertage auf eine Reparatur warten musst, wenn du uns nicht sofort passieren lässt?«

In Ranuks Augen blitzte es furchtsam auf, doch noch während er überlegte, wie er ohne Gesichtsverlust einlenken konnte, flüsterte sein Nebenmann: »Denk an unsere Befehle!«

Der wütende Seitenblick, den Ranuk daraufhin abschoss, machte den zweiten Posten nachdenklich. »Wieso wisst ihr nichts von der Parole?«, wandte er sich an Ornus, offensichtlich bereit, seinem Bekannten doch noch eine Brücke zu bauen.

»Weil es draußen schon seit den Morgenstunden hoch hergeht«, beschied ihm Endrik. »Erst haben wir ein Katapult gebaut und die Elfen beschossen, anschließend mussten wir ihren Gegenangriff abwehren. Und gerade eben gab es eine Schlacht, in der wir das feindliche Heer in die Drehgrube gelockt haben. Entschuldige also bitte, wenn uns dabei die Parole, die hier unten – wo nicht gekämpft wird – so furchtbar wichtig ist, nicht erreicht hat.«

Die mit der Erklärung verbundenen Vorwürfe erzürnten die beiden Wächter aufs Äußerste. »Macht euch bloß nicht so wichtig«, brauste Ranuk auf. »Wenn ich mitgekämpft hätte, gäbe es überhaupt keine Gefangenen, die …«

Jäh zusammenzuckend brach der Zwerg mitten im Satz ab, den erschrockenen Blick auf etwas gerichtet, das sich im Rücken der Gefangenen abzuspielen schien.

»Vorsicht!«, brüllte er schließlich.

Natürlich hätte das ein Trick sein können, um sie zu überrumpeln, trotzdem sahen Velb und Binek über ihre Schultern. Was sie dabei erblickten, ließ sie instinktiv in die Knie gehen, doch das erwies sich als unnötig. Die heransausende Lichtkugel, kaum größer als eine Walnuss, wich bereits aus.

Weit über den Köpfen der Zwerge schoss sie durch den Rundbogen des Tunnels, an dem sich die abfallende Decke der Treppe anschloss. Der Schweif, den sie auf ihrem Weg in die Tiefe nach sich zog, glomm noch kurz im Halbdunkel auf, dann war er auch schon wieder genauso schnell verschwunden, wie er aufgetaucht war.

»Was war das denn?«, keuchte Ranuk überrascht.

»Echter Elfenzauber«, vermutete Ornus. »Ich kann mir jedenfalls nicht vorstellen, dass unsere Hohen solche Irrlichter zustande bringen. Und jetzt lass uns endlich vorbei. Wer weiß, was draußen vorgeht, während wir hier drinnen unsere Zeit vertrödeln.«

Das war der Nachteil des weitverzweigten Labyrinths, das die ganze Bergkette durchzog. Niemand wusste recht, was in anderen Teilen vor sich ging. Schweigend winkte Ranuk die beiden Zwerge und ihre Gefangenen durch, ohne dass sein Nebenmann Protest erhob. Vielleicht war es der Schock über die seltsame Lichterscheinung, die ihren Sinneswandel bewirkt hatte, vielleicht wollten sie aber auch nur so schnell wie möglich verduften, sobald sie wieder alleine waren.

»Wie heißt die Parole eigentlich?«, fragte Ornus im Vorbeigehen. »Nur für den Fall, dass wir noch weiteren Schlaubergern von eurer Sorte begegnen.«

Die beiden verdatterten Posten gaben die Losung tatsächlich preis. Zum Dank mussten sie sich anhören, dass *Eckstein – Rabenbein* nicht sonderlich originell wäre.

Weitere Schildwachen begegneten ihnen zwar nicht, dafür kamen ihnen gleich zwei Irrlichter entgegen. Zwerge und Menschen beschlich bei ihrem Anblick gleichermaßen die Furcht, dass die Elfen noch etwas planten, das ihnen Schaden zufügen mochte. Eigentlich wäre das der richtige Zeitpunkt für einen Fluchtversuch gewesen, doch Binek verdrängte diesen Gedanken sofort wieder. Er befand sich nun einmal nicht in Imor, wo er sich bestens auskannte. In den schwach beleuchteten Tiefen Felsheims wusste er nicht einmal, wo der nächste Ausgang lag. Hier mochte hinter jeder Wegzweigung eine Sackgasse oder gar ein Trupp Bewaffneter lauern.

Vor einer massiven Eichentür angekommen, hatten sie ihr Ziel erreicht. Der mit Eisenbändern beschlagene Zugang war fest verschlossen. Ornus rüttelte vergeblich an dem angerosteten Ring, mit dem sie sich aufstoßen und wieder zuziehen ließ. Schließlich hämmerte er mit der Faust gegen die fugenlos aneinandergefügten Eichenbohlen.

Endlich begann es hinter der Tür zu rumoren. Schlurfende Schritte wurden laut sowie eine bebende Stimme, die rief: »Eckstein!«

Ornus drehte sich zu seinen Begleitern um und verdrehte die Augen, bevor er laut antwortete: »Rabenbein!«

Zunächst geschah nichts, aber dann war das hölzerne Schaben eines vorgelegten Querbalkens zu hören. Ornus trat ungeduldig von einem Bein auf das andere, als es auch danach eine halbe Ewigkeit dauerte, bis sich die Tür einen Spalt weit öffnete. Das von graumeliertem Haar umrahmte Knittergesicht, das dahinter zum Vorschein kam, blickte furchtsam drein.

»Was wollt ihr?«, fragte es mit nach oben ausreißender Stimme.

»Na, was wohl? Wir haben zwei Gefangene für dich!«

»Betrunkene?«, wollte der Kerkermeister wissen. »Schafft sie nach oben, wo die Katapulte aufgebaut werden. Die Kerle sollen gefälligst schaffen und nicht ihren Rausch bei mir ausschlafen.«

»Dir flattern wohl schon Motten durch die leeren Gehörgänge?«, knurrte Ornus verärgert. Dabei stemmte er sich so hart gegen die Eichentür, dass er sie mitsamt dem verstörten Kerkermeister nach innen schob. »Ich habe hier zwei Menschen für dich. Einen Menschen und ein Halbblut, um genau zu sein. Wighild hat angeordnet, dass sie bis zum Ende der Kämpfe in Kerkerhaft bleiben.«

»Jaja, schon gut, nun hab dich nicht so«, sagte der ganz in braunes Leder Gekleidete. »Du ahnst ja nicht, was hier gerade passiert ist.«

»Ich nehme an, du hattest Besuch von einem Irrlicht, das mehrere Runden gedreht hat und wieder zur Tür hinaus ist?«

»Und zwar durch die geschlossene!«, bestätigte der Kerkermeister. »Aber woher weißt du das?«

»Glaubst du wirklich, deine miefige Höhle stellt den Mittelpunkt der Welt dar?« Ornus nahm zwei in der Ecke stehende Tonkrüge nebst zwei kleinen Brotlaiben auf, bevor er sich wieder zu Endrik gesellte. Gemeinsam schafften sie die Gefangenen in eine der beiden mit Stroh ausgelegten Zellen, die den hinteren Bereich des Gewölbes einnahmen. Beide waren leer, und die Treppe, die in die tiefer gelegene Folterkammer führte, lag völlig im Dunkeln. Dort unten war auch niemand. Nicht auf der Streckbank und in keinem der von der Decke hängenden Käfige.

Für gewöhnlich saßen in Felsheims Kerker tatsächlich nur Raufbolde und Trunksüchtige ein.

Gemeinsam durchtrennten die beiden Holzknechte die Fesseln des Menschen und des Halbbluts. Einen kurzen Moment lang standen sich die vier schweigend gegenüber, bevor Endrik erklärte: »Sobald die Elfengefahr gebannt ist, nehmen sich die Hohen der Vorwürfe an, die Borstel gegen Velb erhoben hat. Beschuldigt er ihn zu Unrecht, dauert es gewiss nicht lange, bis ihr wieder in Freiheit seid.«

Velb nickte verhalten zum Zeichen des Dankes. Größeren Jubel hatte auch niemand erwartet. Endrik und Ornus schickten sich daher an, wieder zur Drehgrube zurückzukehren. Sobald sie nach draußen getreten waren, warf der Kerkermeister die Zellentür zu und drehte in jedem der drei daran befindlichen Schlösser fünfmal den Schlüssel herum, bis sie sich so fest ins Gitter einfügte, als wäre es aus einem einzigen Guss geschaffen worden.

Nachdem er den Schlüssel an einen freien Haken an der Wand gehängt hatte, verrammelte er auch die Eingangstür wieder mit einem Querbalken.

»Verdammtes Irrlicht«, schimpfte er dabei. »Ist einfach durch die Eichenbohlen durch, ohne eine Brandspur zu hinterlassen. Die Macht der Elfen ist gefährlich, das ist ihnen selbst bekannt. Und doch bedienen sie sich ihrer wieder.« Er schüttelte den Kopf. »Ausgerechnet hier bei uns, in Felsheim!«

Er sprach zu sich selbst, ohne eine Antwort von seinen Gefangenen zu erwarten. Das war seiner einsamen Stellung geschuldet, die nur wenig Abwechslung und noch weniger Geselligkeit bot.

Velb rieb sich die Arme, um das durch die Fesseln aufgestaute Blut wieder zum Zirkulieren zu bringen. Binek ließ sich hingegen auf einer Pritsche nieder, die an zwei Ketten von der Felswand hing. Das Wasser aus dem Tonkrug schmeckte schal, und das darauf abgelegte Brot war schon zwei Tage alt. Trotzdem riss er es auseinander und pulte etwas von dem weichen Inneren hervor, um es zu einer Kugel zusammenzurollen.

Sein Blick glitt dabei so lange an den Zellenwänden entlang, bis er etwas fand, das es überall gab, wo gut bevorratete Zweibeiner lebten. Ein Mauseloch.

Ein kaum wahrnehmbares Lächeln umspielte die Lippen des Halbbluts, während es die Brotkugel zwischen Daumennagel und Mittelfinger presste, um sie zielgenau vor die dunkle Öffnung zu schnippen.

## 18.

Während sich die übrigen Heiler weiterhin um die Verletzten kümmerten, suchte Avea die Nähe ihrer Gefährtin. Neene befand sich mit der verbliebenen Truppe hinter dem Tarnvorhang, der sich wie ein fließender Wasserfall durchschreiten ließ. Zumindest fühlte es sich so an, als würde etwas Flüssiges über den Körper strömen, obwohl man dabei vollkommen trocken blieb. Sobald die flirrende Wand hinter ihr lag, stand sie auch schon vor der Gefährtin und den zum Abmarsch bereiten Soldaten.

Neene war auf den ersten Blick anzusehen, dass ihr dieser Besuch nicht behagte. »Erste Heilerin?«, fragte sie förmlich. »Gibt es noch irgendetwas, das wir für dich tun können?«

Avea rang um ihre Haltung. Alle wussten, dass die Erste Priesterin und sie enge Vertraute waren. Warum gab sich

Neene also so offen distanziert? Fürchtete sie etwa, dass Avea sie umarmen wollte? Oder fühlte sie sich der kämpfenden Truppe so sehr verbunden, dass sie sich inzwischen selbst für eine Offizierin hielt?

»Ich wollte mich nur nach der aktuellen Lage erkundigen«, antwortete Avea, ehe das zwischen ihnen herrschende Schweigen Anlass zu Spekulationen bieten konnte.

Neene hob die rechte Hand, als wollte sie um Ruhe bitten. In Wirklichkeit galt die Geste einer durchscheinenden Lichtkugel, die von hinten über Aveas linke Schulter hinwegschwebte. Lautlos landete sie in der offenen Hand und verschwand, ohne die geringste Spur zu hinterlassen. Avea wusste, dass die Sucher dabei ihr Wissen übertrugen, das sie auf dem Weg durch die unterirdischen Gänge der Zwerge gesammelt hatten.

»Noch zwei«, erklärte ihre Gefährtin. »Ich muss erst alle in Empfang nehmen, bevor wir marschieren können. Obwohl ich bereits weiß, welchen Weg wir nehmen werden.«

Avea hätte gerne gefragt, wie es um Beldor stand, aber das wagte sie nicht. Zu viele fremde Ohren verfolgten das Gespräch. Und außer ihnen durfte niemand ahnen, wie sehr der Hohepriester an die Grenzen seiner Kräfte ging. Selbst bei diesem Zauber, den Neene unterstützte, lag die Hauptlast auf seinen Schultern.

Eine weitere Kugel schwebte heran und ging durch eine Greifbewegung in Neenes Körper über.

»Zieh dich mit deinen Kranken und den Heilern hinter den Vorhang zurück, sobald wir abmarschiert sind«, befahl die Erste Priesterin. »Dort seid ihr sicher, bis wir siegreich zurückkehren oder im Kampf gegen die Zwerge untergehen.«

Avea neigte ihr Haupt, um nicht laut aussprechen zu müssen, dass sie gehorchen würde. Auf ihrem Rückweg zu den Findlingen sah sie den letzten noch verbliebenen Sucher, der sich aus einer östlich zu ihnen verlaufenden Felsformation löste, um direkt auf die unsichtbare Truppe zuzuhalten. Rasch wies sie ihre Gefolgsleute an, zusammen mit den Verletzten die frei werdenden Plätze hinter der wabernden Wand einzunehmen, sobald die fürstlichen Soldaten abgezogen waren.

Leichter Marschtritt kündigte an, dass sich die Einheit bereits in Bewegung gesetzt hatte. Linie um Linie trat aus dem scheinbaren Nichts hervor, um Neene in geschlossener Formation zu der Stelle zu folgen, an der sich die letzte Lichtkugel aus dem Steinsockel gelöst hatte.

Sofort übertrug Avea alle Verantwortung ihrem fähigsten Heiler und eilte der Staubfahne nach, die unter den Sohlen der Soldaten aufwirbelte. Sie wusste, dass sie Neene mit ihrem Verhalten erzürnen würde, doch sie konnte nicht anders. Sie musste sie wenigstens begleiten, bis sie im Reich der Zwerge verschwand.

Die Marschlinien waren inzwischen zum Stehen gekommen. Avea blieb trotzdem unentdeckt, denn ihre Gefährtin war damit beschäftigt, ihre feingliedrigen Finger über den schroffen Fels gleiten zu lassen. Ihr Bogen, mit dem sie so treffsicher war, hing über ihrem Rücken.

Die Stelle, an der der getarnte Eingang lag, hatten ihr die Sucher zwar verraten, doch den Mechanismus, der ihn öffnete, musste sie selbst ausfindig machen. Ihr feines Gespür, das weit über das eines normalen Elfen hinausging, würde ihr dabei helfen, trotzdem war es keine leichte Aufgabe.

Eine Weile sah es so aus, als wollten die Götter ihr die Gunst versagen, aber dann war ein erlösendes Knacken zu hören, dem ein raues Scharren und Schaben folgte. Obwohl

Avea schon viele Wunder gesehen hatte, erfüllte sie ein tiefes Gefühl des Erstaunens, als sich auf dem Felssockel plötzlich lange Spalten abzeichneten. Aufeinander zulaufend bildeten sie ein Rechteck, das sich aus dem Fels zu lösen begann.

Abgesehen von leisen Kratzgeräuschen, schwang das Steintor nahezu lautlos in die Höhe. Mit angelegter Gleve bereiteten sich die fürstlichen Soldaten auf die Möglichkeit vor, einem daraus hervorstürmenden Feind zu begegnen. Doch alles, was sie zu sehen bekamen, war eine gähnende Öffnung, hinter der tiefschwarze Finsternis lauerte.

Neene erschuf zwischen ihren gekrümmten Fingern einen blassroten Lichtball, gerade so groß, dass sie ihn noch mit beiden Händen umfassen konnte. Es war kein sonderlich schwerer Zauber, doch er strengte sie sichtlich an, während sie ihn unter leise gesprochenen Formeln ausführte. Schwebend eilte die Lichtkugel voraus und blieb wenige Schritte hinter dem Eingang stehen. Obwohl sie ihre Umgebung ein wenig erhellte, hätte sich hinter ihr immer noch eine ganze Kompanie Zwerge unbemerkt im Dunkeln verbergen können.

»Die Sucher haben mir in diesem Abschnitt keine feindlichen Soldaten gemeldet«, versicherte sie deshalb den Wartenden.

Xiys, der kommandierende Offizier an ihrer Seite, ließ daraufhin die erste Reihe antreten, um als Vorhut in den Berg einzurücken. Gehorsam bewegten sich die Männer und Frauen im Laufschritt auf die vor ihnen liegende Öffnung zu. Keiner der anwesenden Elfen rechnete ernsthaft mit Schwierigkeiten – bis ein rostiges Knarren erklang, dem ein heftiger Schlag folgte.

Entsetzt stoben die eben noch geordnet daherlaufenden Soldaten nach allen Seiten davon, außer dem ersten von ihnen, der plötzlich von Speerspitzen durchbohrt im Eingang hing.

Niemand schrie auf, das wäre gegen ihre Erziehung gewesen. Selbst der Sterbende unterdrückte die furchtbaren Schmerzen, die in ihm toben mussten. Wo Menschen oder Zwerge laut gekreischt hätten, kam ihm nur ein gequältes Stöhnen über die Lippen.

Avea rannte los, ohne über die Folgen nachzudenken. An dem Höhleneingang angekommen, stellte sie fest, dass sie nichts mehr für den Aufgespießten tun konnte. Nicht einmal mehr seine Leiden lindern. Die fünf Speere, die Torso, Arme und Beine durchschlagen hatten, hatten ganze Arbeit geleistet. Unkontrolliert am ganzen Körper zuckend hing er fest, doch seine Bewegungen verloren bereits an Kraft. Es dauerte nicht lange, bis seine Muskeln erstarrten. Nur noch das Blut, das von den scharf geschliffenen Spitzen rann, belebte das grausige Bild.

Enttäuscht ließ Avea die Hände sinken. Hier kam jede Hilfe zu spät.

»Was tust du hier?« Nicht nur Neenes Worte, auch ihr brennender Blick bewiesen, dass sie dieses Versagen lieber ohne die Anwesenheit ihrer Gefährtin ertragen hätte.

»Ich erfülle meine Pflicht als Erste Heilerin«, versuchte Avea ihre Anwesenheit zu rechtfertigen.

Noch ehe sie sie ausgesprochen hatte, hätte sie sich für ihre Worte am liebsten selbst geohrfeigt. Natürlich, nach außen hin musste es jetzt so aussehen, als hätte sie der Ersten Priesterin von vornherein nicht die verlustfreie Erfüllung ihrer Pflichten zugetraut.

»Wie war das möglich?«, wagte nun Xiys zu fragen. »Ihr habt doch gesagt …«

»Nicht nur ich, auch die Magie selbst hat ihre Grenzen«,

beschied ihm Neene kühl, obwohl sie am liebsten vor Gram im Boden versunken wäre. »Auch wenn unser Augenmerk von nun an stärker auf möglichen Fallen liegen muss, dürfen wir deshalb nicht zögern, weiter zügig vorzustoßen. Beldors Truppe verlässt sich auf uns.«

Die Angst um das Leben ihrer Gefährtin sprang Avea mit der jähen Wucht eines Raubtieres an. Nur die seit Kindesbeinen eingeübte Disziplin half Avea dabei, den in ihr tobenden Sturm niederzukämpfen. Und die Verantwortung, die sie augenblicklich übernahm. Rasch wählte sie zwei Soldaten aus, die den Toten von den Speeren lösten. Als er neben ihr auf dem Boden lag, drückte sie ihm die Lider über die aufgerissenen Augen und sprach einige Formeln, die ihn auf den Weg in die ewigen Wälder begleiten sollten.

Andere schoben die tödliche Klappfalle zurück in die Höhe, bis sie sich blockieren ließ. Danach rückte die Truppe ein. Ohne Laufschritt, doch mit furchtsam nach oben gerichtetem Blick. Neene war die Letzte in der langen Reihe, die in dem Berg verschwand. An der blassroten Lichtkugel angelangt, drehte sie sich noch einmal um. In dem Blick, den sie Avea zum Abschied schenkte, lag namenlose Trauer.

Wie gerne hätte ihr die Erste Heilerin etwas Bedeutungsvolles zugerufen, etwas Tröstendes oder gar Liebevolles. Doch ihr fiel beim besten Willen nichts ein, das dem Moment angemessen gewesen wäre. Und so verschwand Neene einfach mit dem Licht an ihrer Seite, und alles, was blieb, war tiefe Dunkelheit.

Und die Angst, ihre Freundin nie mehr lebend wiederzusehen.

## 19.

»O Gevatter, was ist nur aus dir geworden?«, klagte Imtje mit tränenerstickter Stimme, während sie den schwach vor sich Hindämmernden mit einem nassen Lappen wusch.

Den sauberen Verband, der über Gohliks nackten Oberkörper lief, umrundete sie dabei vorsichtig. Ein mühsames Unterfangen, doch was half es? Der Gestank, den der alte Zausel verströmte, war auf Dauer nicht auszuhalten. Und jemand musste ihn pflegen, wenn nicht sie, wer dann?

Sie kannte ihn schließlich noch, wie er einmal gewesen war. Immer frisch gewaschen, warmherzig und stets für einen groben Scherz zu haben.

Nun lag er vor ihr, bleich wie der Tod, mit wächserner Haut, auf der die Schweißperlen glänzten. Obwohl die Stichwunde gesäubert und genäht war, bereitete sich Imtje darauf vor, dass er den Weg zu seinen Vorfahren antreten musste. Sicherlich würde er dann über sie wachen, wie keiner ihrer eigenen Ahnen, aber das war ihr nur ein schwacher Trost. Lieber hätte ihn Imtje noch eine Weile im Diesseits gewusst. Doch um sicherzustellen, dass er seinen Altvorderen unter die Augen treten konnte, wollte sie ihn vom Scheitel bis zur Fußsohle auf Vordermann bringen.

Entzündungen beugte das sicherlich ebenso vor.

»Fliegen …«, grummelte Gohlik undeutlich vor sich hin, während sie die Reinigung eines Armes beendete und sich dem anderen zuwandte.

»Gibt es hier nicht!«, verkündete sie gewollt heiter. »Da sind schon all die Spinnen vor.«

Das brachte ihr einen missbilligenden Blick des Heilers ein, der sich um die anderen Bettlägerigen kümmerte. Da Imtjes

Temperament hinlänglich bekannt war, legte sich allerdings so schnell niemand mit ihr an. Zufrieden mit dem Freiraum, den sie sich auf diese Weise erkämpft hatte, seifte sie Gohliks schmutzigen Arm von oben bis unten ein.

»Fliegen …«, drang es erneut über seine von Fieberblasen überzogenen Lippen. Und erstmals: »Fliegen … Stein!«

Sie hätte sich nichts weiter dabei gedacht, wäre sie nicht in diesem Augenblick an seiner Hand angelangt, deren Innenfläche seltsam grau schimmerte. Ganz so, als hätte er an einem Gestein gerieben, das abfärbte. Grauem Kobalt zum Beispiel. Zwerge, denen er beim Abbau von nutzbringenden Adern in die Hände fiel, legten sich gerne Brocken davon in ihre Höhlen, weil lästige Fliegen, die daran leckten, kurze Zeit später starben.

Als Gohlik sie zur Begrüßung umarmt hatte, waren seine Hände noch sauber gewesen. Das wusste sie genau, weil es sie so sehr gefreut hatte. Bei welcher Gelegenheit war er dann mit Grauem Kobalt in Kontakt gekommen? Und warum beschäftigte ihn das so sehr, dass er im Fieber darüber sprach?

»Wo hast du dich nur so sehr beschmutzt, alter Mann?«, fragte sie ihn, ohne eine Antwort zu erwarten. »Und warum bin ich die dumme Gans, die das saubermachen muss. Gerecht ist das nicht.«

»Fliegenstein«, wiederholte Gohlik mit solcher Penetranz, dass es ihr langsam auf die Nerven fiel. »Wasser auf Fliegenstein fließt nur Richtung Norden.«

Imtje hielt inne. Was hatte das nun wieder zu bedeuten? Sie verstand das Gerede nicht. Falls ihm überhaupt Sinn und Verstand innewohnte.

In Fieberträumen ging so manches durcheinander, das wusste sie aus eigener Erfahrung. Gohlik regte sich in seinem Delirium aber so sehr auf, dass er plötzlich die Augen aufschlug. Vollkommen weiß starrten sie der Magd entgegen. Imtje zuckte erschrocken zusammen. Auch als das Weiße verschwand, weil Gohliks Augen in ihre normale Lage zurückrollten, beruhigte sie sich nicht. Im Gegenteil. Wie sie der Alte plötzlich anstierte, versetzte sie in Unruhe. Wie ein Blick aus dem Totenreich fühlte sich das an.

»Die Quellen des Hochwaldes werden im Süden gespeist«, sagte er auf einmal mit normaler Stimme. »Frag Velb, er weiß es genau. Bring ihm die Karte aus der Weste.«

Ausgerechnet Velb?

Obwohl Imtje um das starke Band wusste, das zwischen dem Händler und ihrem Gevatter bestand, gefiel ihr das überhaupt nicht. Velb war die letzte Person, die sie bei Gohlik gesehen hatte, kurz bevor er im Kampf gefallen war. Und so eifersüchtig Borstel sich auch gerne gab, dass er jemanden grundlos eines versuchten Mordes bezichtigte, sah ihm nicht ähnlich.

So schnell stürzten all diese Gedanke auf Imtje ein, dass sie zunächst gar nicht begriff, wie klar und deutlich der Fiebernde zu ihr gesprochen hatte. So schnell, wie der Augenblick der Klarheit gekommen war, war er allerdings auch schon wieder vorbei. Längst dämmerte er wieder mit geschlossenen Lidern vor sich hin. Nur seine Augäpfel, die unter der dünnen Haut umherzuckten, zeigten an, wie sehr es in seinem Kopf arbeitete.

Verzweifelt versuchte sie, ihn aufzurütteln.

»Wach auf, du dummer Kerl«, bettelte sie. »Sprich noch einmal mit mir. Erklär mir, was du meinst. Diesmal will ich auch ganz aufmerksam sein!«

Vergeblich. Seine Lippen bewegten sich zwar noch, brachten aber keinen verständlichen Ton mehr hervor. Imtjes Augen füllten sich mit Tränen, so dass sie alles nur noch wie durch einen Schleier wahrnahm. Da fühlte sie eine faltige Hand auf ihrem Arm und hörte eine männliche Stimme, die zu ihr sagte: »Lass ihn, Kleine. Das war nicht er selbst, der zu dir gesprochen hat. Das waren seine Ahnen, die dir etwas mitteilen wollten.«

Nachdem sich Imtje die Tränen fortgewischt hatte, sah sie zu Bikesch auf. »Was sagst du da?«, wollte sie wissen.

Mit ernstem Blick sah der Alte auf sie herab. »Das habe ich schon oft erlebt«, behauptete er. »Wenn Zwerge mit dem Tode ringen, öffnet sich eine Brücke zu ihren Altvorderen. Was sie uns Lebenden zu sagen haben, ist nicht immer sofort zu verstehen, ergibt im Nachhinein aber oftmals einen Sinn.«

»Aber was soll mit Gohliks Weste sein? Die hat doch überhaupt keine Taschen.«

Kopfwackelnd ging der gebeugte Heiler auf einen Haufen mit blutigen Lumpen zu, auf dem auch Gohliks zerschnittene Fellweste lag. Nachdenklich besah er sie von allen Seiten und drückte auf ihr herum – bis er erstarrte.

»Ich glaube, da ist etwas unter dem Leder eingenäht«, sagte er.

## 20.

Orm Eisenbeiß achtete darauf, dass sich nur Krieger mit Schlachterfahrung vor dem steinernen Tor versammelten. Zwerge, die nicht viel Worte machten und dafür zuzupacken wussten. Entsprechend ruhig ging es zu, obwohl sich die Leiber in dem unterirdischen Gang drängten. Nur das Knarren von Leder und das leise Klirren von Waffen und Rüstungen, die unentwegt aneinanderstießen, waren zu hören. Ein Wagemutiger hätte problemlos dreißig Schritte über Köpfe und Schultern gehen können, ohne dabei ein einziges Mal mit dem Fuß einzubrechen.

Natürlich hatte die Meldung, dass der Elfenschlummer nicht richtig abgezogen war, überall die Runde gemacht. Die Vorstellung, dass auf der anderen Seite der Felsmauer kampfbereite Elfen schon auf ihren Angriff warteten, war wenig erquicklich, und die Kunde von umherschwirrenden Irrlichtern trug auch nicht gerade zur Beruhigung der Gemüter bei.

Für Orm trennte sich in solchen Momenten die Spreu vom Weizen. Aus der Übermacht heraus, mit der richtigen Taktik auf der eigenen Seite, war es leicht, ein Held zu sein. Die wahre Qualität eines Kriegers zeigte sich erst, wenn vor den eigenen Linien das Unbekannte lauerte. War der Tod nur mehr eine Klingenlänge weit entfernt, galt es, eng zusammenzustehen und unermüdlich draufzuhauen. Auch dann noch, wenn man selbst schon aus zahllosen Wunden blutete.

»Wäre es nicht besser, vom Grubenrand aus anzugreifen?«, durchbrach Ragatz von Odemar das allgemeine Schweigen.

*Spreu!*, dachte Orm, ohne die geringste Miene zu verziehen. *Dem flattern die Nerven!*

Leider durfte ein Zwerg in seiner Position nicht geradeheraus sagen, was er empfand, sondern musste diplomatisch sein. Ein Festungskommandant stieß einen wichtigen Verbündeten nicht ohne Not vor den Kopf, erst recht nicht vor versammelter Mannschaft.

»Ginge es gegen Trolle oder Menschen, wäre es eine gute Idee, die Drehplatte zu öffnen«, erklärte er so ruhig wie möglich. »Doch den elfischen Bogenschützen könnten wir keinen größeren Gefallen tun, als den Kampf auf lange Distanz zu führen. Viele Gleventräger wären außerdem dazu imstande, aus der Tiefe auszubrechen. Daher bleibt uns gar nichts anderes übrig, als die Elfen auf engstem Raum zu stellen. Nur so können wir unsere Stärken gegen sie ausspielen.«

Im Gesicht des schwarzhaarigen Odemar arbeitete es bei diesen Worten. Kurz wirkte er, als wollte er Einwände erheben, doch angesichts der allgemeinen Entschlossenheit in den Gesichtern ließ er es bleiben.

Immerhin.

»Ich teile Eure Einschätzung, werter Eisenbeiß«, heuchelte er sogar, um einen Schulterschluss herbeizuführen. »Aber als Euer Schild und Wappen sehe ich es als meine Pflicht an, um die bestmögliche Strategie zu ringen. Nur so können Eure Krieger sicher sein, dass wir den Elfen so viel Stahl wie möglich zu schmecken geben.«

»So spricht ein wahrer Schild!«, heuchelte Orm zurück. »Nun seid mir auch ein starker Arm und setzt den Öffnungsmechanismus in Gang, ehe in diesem Gedränge den ersten Waffenbrüdern die Luft knapp wird.«

Da er direkt vor dem Hebel stand, der die verborgenen Gewichte und Kettenzüge in Bewegung brachte, brauchte Ragatz nur einen Arm auszustrecken. Den matt glänzenden Stahl fest umschlossen, zögerte er noch einen Lidschlag lang, ehe er mit aller Kraft daran zog. Jetzt gab es kein Zurück mehr.

Aus dem grauen Fels drang ein dunkles Rumoren hervor, mit dem gewaltige Hebelkräfte in Gang gesetzt wurden. Bei diesen Geräuschen erstarb auch das letzte Flüstern. Die Gesichter der Krieger spannten sich so stark an, dass ihre Wangenknochen kantig hervortraten. Angehobene Schilde schlossen sich zu festen Reihen und Linien zusammen.

Schleifend schob sich das rechteckige Felsstück zurück, danach glitt es zur Seite. Als der erste Spalt langsam breiter wurde, waren alle Muskeln angespannt. Orm fieberte der

Möglichkeit entgegen, als einer der Ersten durch den sich öffnenden Durchgang zu stürmen, um seine Zwerge zum Sieg zu führen.

Obwohl allmählich die gesamte Stollenwand vibrierte, schob sich der steinerne Einlass quälend langsam zur Seite. Fast schien es sogar, als verlöre er immer mehr an Geschwindigkeit. Gleichzeitig platzten handtellergroße Felsstücke aus der Wand. Risse entstanden, pflanzten sich fort und verästelten sich.

Orm staunte. Solche Gewalt konnte doch kein von Zwergenhand geschaffenes Hebelwerk entwickeln, selbst dann nicht, wenn es außer Kontrolle geriet! Ehe der alte Eisenbeiß und die Seinen richtig begriffen, was überhaupt geschah, erbebte der Tunnel wie unter göttlichen Hammerschlägen.

Gut dreißig Königsschritte südlich von ihm, dort, wo auf der anderen Seite der Mauer die Fallgrube endete, war die einwirkende Gewalt so groß, dass der Boden unter ihren Sohlen vibrierte. Staub rieselte von der Decke.

*Beldor!*, durchfuhr es Orm. Aber die Erkenntnis kam zu spät.

Unter lautem Krachen flog die Felswand am südlichen Ende der Grube wie in einer Explosion auseinander. Mannshohe Bruchstücke stürzten zu ihnen in den Tunnel und begruben jeden unter sich, der zufällig im Wege stand. Flache, scharfkantige Steine zischten mit so großer Geschwindigkeit durch die Luft, dass dort, wo sie auf ungeschützte Körperteile trafen, Zwerge blutüberströmt zu Boden gingen.

Nur gut, dass sie alle so stark gerüstet waren und ihre Schilde bereits kampfbereit erhoben hatten. An dem reflexartig emporgeschnellten Schildwall prallte ein großer Teil der umherwirbelnden Geschosse ab. Der nachfolgenden Staubwolke hatten sie jedoch nichts entgegenzusetzen. Unangenehm große Körner stachen ihnen in die Augen, bis sie tränten. Plötzlich schmerzte jeder Atemzug, als würden sie heiße Asche einatmen.

Auch mit zu Schlitzen geschmälerten Lidern war durch den aufgewirbelten Dreck nichts zu sehen, doch erste Pfeilspitzen, die gegen die Schilde schlugen, bewiesen, dass die Elfen den Ausbruch wagten.

Orm zwinkerte verzweifelt, um seinen Tränenfluss zu verstärken. Als die groben Körner, die sich zwischen Lid und Augapfel eingenistet hatten, fortgespült waren, brauchte er nur noch das salzige Nass zur Seite zu wischen, um wieder klare Sicht zu haben. Was er über die absinkende Staubwolke hinweg entdeckte, übertraf seine schlimmsten Befürchtungen. Hinter einer dreifach gestaffelten Linie von Bogenschützen, die sie mit einem unablässigen Hagel an Pfeilen eindeckten, hatte sich das Gros der Elfen bereits abgesetzt.

»Die ersten beiden Linien!«, kommandierte Orm, unversehens in die Mitte des Zwergenhaufens abgedrängt. »Wurfäxte frei.«

Angesichts der geringen Entfernung, in der sich die beiden Parteien gegenüberstanden, ließen sich die Bogenschützen tatsächlich auf diese Weise treffen. Trotzdem schossen die Elfen unbeirrt weiter, zum Teil durch große Steinbrocken gedeckt, unter denen stöhnende Zwerge mit gequetschten Beinen und zertrümmerten Brustkästen lagen. Staub lag über den Leidenden, die den elenden Spitzohren nicht einmal einen Gnadenstoß wert waren.

Trotzdem wurden Äxte geworfen, auch auf die Gefahr hin, die eigenen Krieger zu treffen. Was auch geschah! Aber immerhin zwei der wirbelnden Schneiden gruben sich in Elfenarme. Die Unruhe, die entstand, als die Verletzten zurücktaumelten, reichte Orm aus, um einen Angriff zu formieren.

Einige kurze Befehle genügten, dann rückte ihr stählerner Haufen geschlossen vor.

Wie gerne hätte Orm sie von der Spitze aus angeführt, doch in der drangvollen Enge hätte es zu lange gedauert, sich einen Weg nach vorne zu bahnen. Wer aus Stein- oder Pfeilwunden blutete, wurde einfach mit der Menge mitgerissen. Verlor dabei jemand seinen Halt, trampelten die anderen über ihn hinweg, es ging nicht anders. Sie durften nicht länger zögern, sondern mussten die Initiative zurückgewinnen.

Angriffslustige Knurrlaute begleiteten ihren Weg. Angesichts der anwalzenden Übermacht wichen die Bogenschützen zurück. Längst waren sie von der Flankendeckung zur Nachhut geworden. Die übrigen Elfen verschwanden bereits am Ende des langen Ganges. Was sich ihnen dort an vereinzelter Gegenwehr entgegenstellte, wurde hinweggefegt.

Die Pfeile schossen nun höher heran, so dass sie in langgezogenen Flugbahnen auf die hinteren Linien niedergingen. Zu spät. Mittlerweile hatten fast alle Zwerge den Schild über den Kopf erhoben. Wie eine Schildkröte mit stählernem Panzer rückten sie vor, bis die Elfen entschieden, ihren zusammengeschmolzenen Pfeilvorrat für spätere Auseinandersetzungen aufzusparen.

An der Durchbruchstelle, wo scharfkantige Felsbrocken den Weg versperrten, ließ Orm noch einmal Äxte werfen, damit die Bogenschützen auf keine dummen Gedanken kamen. Diese Barriere war eine gefährliche Stelle, da sie ihre Formation auflösen mussten, um das Hindernis zu überwinden. Ihren Gegnern war es jedoch wichtiger, nicht den Anschluss an die eigene Truppe zu verpassen, als noch weitere Nadelstiche zu setzen.

Schneller als erwartet formierten sich die Zwerge hinter der Einsturzstelle neu. Durch das wie ausgefranst wirkende

Loch in der Tunnelwand konnten sie in die leere Grube blicken. Dort gab es nur noch die Leichen der abgestürzten Zwerge zu sehen, beleuchtet von einem magischen Schimmer, der den Boden bedeckte.

Verdammter Beldor, der ihre Falle zunichtegemacht hatte! Und verdammte Elfen, die keine Gnade kannten.

Aus rotgeränderten Augen überprüfte Orm, ob sich alle nach seinen Befehl richteten. Als er zufrieden feststellte, dass in den vordersten Linien nur die stärksten und unerschrockensten Krieger standen, gab er den Befehl, im Laufschritt vorzurücken.

»Jetzt jagen wir die Spitzohren zurück in den Hochwald!«, rief ein Krieger aus dem Karree, um sich und allen anderen Mut zu machen.

»Holzkopf!«, schalt ihn ein anderer. »Was glaubst du, warum Beldor nicht die Decke gesprengt hat? Weil er mit seinen Elfen tiefer in die Nekropole vordringen will, bis hinab in die vierte Ebene.«

Orm forderte Ruhe ein, obwohl er die Lage genauso sah wie der zweite der vorlauten Zwerge. Entsprechend führte er den entschlossenen Haufen in die nächste Abzweigung, die dem großen Lichthof mit der vierten Ebene am nächsten war. Tote und Verletzte, die ihnen unterwegs begegneten, beseitigten jeden Zweifel daran, dass sie sich auf dem richtigen Weg befanden. Den Elfen ging es nicht darum, Felsheim zu erobern oder zu besetzen! Dazu wären sie angesichts des ausgedehnten Systems auch niemals in der Lage gewesen! Nein, sie wollten hinsichtlich der Kaverne Tatsachen schaffen, selbst wenn sie die Nekropole dabei unter Wasser setzten. Und damit nicht nur Felsheims Ruf ruinierten, sondern auch jeder Ahnenverehrung der Zwerge Hohn sprachen.

Von tiefem Groll erfüllt, sehnte Orm den Kampf herbei.

Sein Wunsch erfüllte sich, als sie in einen breiten Gang voller verschlossener Grabkammern einbogen, der direkt zu dem am westlichsten gelegenen Lichtschacht führte. Von dem sonnendurchfluteten Ende drang ihnen Kampflärm entgegen. Angriffsgeschrei, Schmerzenslaute und ein stählernes Echo von unzähligen Waffen und Schilden, die aufeinanderprallten.

Ein in Deckung gegangener Silbergardist, der sich seinen blutenden Oberarm hielt, drückte sich bei ihrem Anblick mit dem Rücken von der Wand ab. Entweder flößte ihm die anrückende Streitmacht Angst ein, oder er sah es als seine Pflicht an, die anderen Elfen vor der aufziehenden Gefahr zu warnen. Auf jeden Fall ließ er von seiner klaffenden Wunde ab, langte nach seiner Gleve und stürmte ins Freie, mitten in die tobenden Kämpfe hinein.

Die Zwerge folgten ihm. Draußen bot sich ihnen ein Bild des Grauens. Überall, in den ober- und unterhalb liegenden Terrassen, kämpften Zwerge alleine oder in kleinen Gruppen gegen ebenso verstreute Elfen. Was auf den ersten Blick ausgeglichen wirkte, musste auf Dauer in einer Niederlage für die Felsheimer enden. Im Kampf Mann gegen Mann waren geschulte Elfenkrieger jedem noch so versierten Zwerg an Beweglichkeit und Reichweite überlegen. Nur auf engstem Raum oder in fester Schlachtordnung ließ sich dieser körperliche Nachteil gegenüber den Spitzohren ausgleichen.

»Dort unten!« Ragatz von Odemar hatte es zuerst gesehen. Doch jeder Zwerg, der der Richtung seines ausgestreckten Armes mit den Augen folgte, war ebenso empört wie er. Unten, in der vierten Tiefebene, lag ein doppelter Abwehrring aus Bogenschützen und Gleventrägern in Stellung. Sie bewachten die eingestürzte Kaverne, aus der abwechselnd grellweißer und hellblauer Lichtschein aufflackerte.

Beldor! Welche Bosheit brütete der hexende Hohepriester nun wieder aus?

Orm entdeckte einen provisorischen Lastenaufzug, dessen hölzerne Plattform unter vier Kämpfenden schwankte. Die Steinblöcke, die einmal darauf gelegen hatten, waren in die Tiefe gestürzt. Direkt auf einige Elfen, die mit verrenkten Gliedern darunter begraben lagen.

Dafür waren Ornus und Endrik verantwortlich, die beiden Holzknechte, die sich gerade gegen zwei schwertschwingende Gardisten zur Wehr setzten, die den Tod ihrer Waffenbrüder rächen wollten. Lange würde das nicht mehr gutgehen. Elfen besaßen von Natur aus die bessere Balance, und die beiden Zwerge gerieten ernsthaft in Bedrängnis.

»Erobert die Plattform!«, befahl Ornus. »Wir müssen so schnell wie möglich zu Beldor!«

Geschlossen stürmten sie auf ihr Ziel zu.

Vereinzelte Pfeile flogen ihnen entgegen, ohne ihren Sturmlauf zu behindern. Die Köcher der meisten Schützen waren leer, auch wenn einige versuchten, sie mit verschossenen Schäften aufzufüllen. Dabei schreckten sie nicht einmal davor zurück, sie aus toten oder verletzten Zwergen zu ziehen. Um den Wall aus überlappenden Schilden zu durchdringen, flogen jedoch viel zu wenig Geschosse. So rückten sie vor, bis sich vor der Plattform eine kleine Traube aus hoch aufgeschlossenen Elfenkriegern bildete, die ihre Gleven und Schwerter nach allen Seiten hin ausstreckten, wie ein Igel seine Stacheln.

Der stählerne Wald, der vor ihnen anwuchs, vermochte Orm nicht zu verschrecken. Lieber wollte er aufgespießt werden, als Beldor bei seinem frevelhaften Tun unbehelligt zu lassen. Auch die Elfen gedachten lieber ihr Leben zu opfern, als sich zurückzuziehen. Einer von ihnen versuchte, den

Kettenzug zu lösen, um die Plattform in die Tiefe zu stürzen.

Dabei fiel er Endriks scharfem Stahl zum Opfer.

Gleich darauf prallten die Parteien mit einem grässlichen Laut aufeinander. Stählernes Klirren mischte sich mit dem Brechen von Knochen und dem saugenden Geräusch sich öffnender Leiber. Der Waffenbruder an Orms linker Seite sackte brüllend zusammen, als ihm eine Glevenschneide beide Füße von den Beinen trennte. Dass der Sichelschnitt ihn getroffen hatte, während Orm die Ehre zuteilwurde, seine Streitaxt tief in die Halsbeuge des Übeltäters zu hacken, war pures Glück für den Feldherrn.

Genauso gut hätte es andersherum sein können. Das war nun einmal das Gesetz des Schlachtfeldes.

Halbkreisförmig spritzte das Blut aus der durchtrennten Schlagader hervor. Im Rückschwung erwischte Orm einen anderen Elfen am Flügelhelm, ohne diesen zu durchdringen. Das war auch nicht nötig. Ihm wühlte bereits scharf geschliffener Zwergenstahl im Magen.

Mühelos drängten sie mit ihren blutbespritzten Schilden den Gegner zur Seite. Der Weg war frei. Sofort setzten sie zu der Plattform über, auf der sich ein Elfensoldat mühte, gegen Endrik und Ornus zu bestehen. Im Angesicht der anstürmenden Übermacht suchte er umgehend das Weite. Mit einem langen Satz, wie er nur Elfen gelang, setzte er zu einer weit entfernten Terrassenecke über, wo ihm die Schwerter und Äxte der Felsheimer nicht mehr gefährlich werden konnten.

Dort vereinigte er sich mit weiteren Elfen, die zum Kampf gegen die Schildformation herbeieilten. Orm überließ ihre Abwehr jenen Zwergen, die nicht mehr mit auf die Plattform passten.

Aus der untersten Ebene stiegen Pfeile auf, zu spät. Ornus löste bereits den Kettenzug. Rasselnd jagten sie in die Tiefe, durch ihr hohes Gewicht viel zu schnell angetrieben. Es folgte ein klatschender Aufprall, bei dem ein Vorhang aus Wasser aufspritzte. Trotzdem war die Landung so hart, dass die Zwerge wie Holzkegel durch die Luft wirbelten. Orm fühlte sich plötzlich schwerelos. Oben und Unten lösten sich auf, verschmolzen für ihn zu einem schleudernden Schemen, der erst wieder Gestalt annahm, als er mit dem Rücken im Wasser landete.

Beldor hat die verschlossene Wasserader wieder zum Sprudeln gebracht!

Elender Magier! Was hast du getan?

Die doppelköpfige Streitaxt lag weiterhin wie festgeschmiedet in Orms Hand. Behände sprang er in die Höhe und nahm eine Grundstellung mit hocherhobenem Schild ein. Dass er bis zu den Waden im Wasser watete, war eine Erschwernis, mit der allerdings auch die Elfen zu kämpfen hatten.

Orm wehrte zwei Pfeile ab, die einzig und allein ihm galten. Auf sein eisernes Rund war Verlass. Nur wenige Herzschläge später deckten Waffenbrüder seine Flanken. In Windeseile formierten sie sich zu einem rundum geschützten Stoßkeil, hinter dem schildlose Krieger wie die beiden Holzknechte Deckung fanden.

Entschlossen rückten die Zwerge gegen die Kaverne vor, aus der das Wasser ausströmte.

»Gegen Beldor!«, forderte Orm, wohl wissend, dass dieser Ruf ihren Gegner aus der Reserve locken würde. »Tod dem Elfenmagier!«

Der Pfeilhagel verstärkte sich, hinterließ aber nur Schrammen auf ihren Schilden. Da ließen die Schützen ihre Bögen sinken und griffen nach ihren Schwertern. In zwei Wellen stürmten die Elfen an. Gleich die erste versuchte, den Schildwall mit brachialer Gewalt aufzubrechen.

Doch Zwerge sind zwar klein, aber kompakt und ungeheuer stark. Ihre Linie geriet nicht ins Wanken. Erst als sie ihre Gegner zurückgestoßen hatten, lösten sie ihre Reihen auf, um besser zuschlagen zu können. Orm schwang seine mächtige Streitaxt, als wäre sie aus leichtem Fichtenholz.

In kreisförmigen, ineinander verschlungenen Bahnen hielt er sie in steter Bewegung, bis er eine Lücke in der Deckung seiner Gegner ausmachte. Die Gleve glitt an seinem stählernen Rund ab, während er seine Axt aus einem gespaltenen Kopf zog. Einen blutigen Schweif nach sich ziehend, sackte der Getroffene vor ihm zusammen. Gegen die geballte Kraft seiner mächtigen Waffe boten auch Flügelhelme keinen Schutz.

Blutige Schlieren durchzogen das klare Wasser zu ihren Füßen, während weitere Krieger fielen.

Auf beiden Seiten.

Trotz aller Verluste erfüllte Orm ein Gefühl des Triumphes, vor allem, als er sah, wie sich die geheime Felstür hinter der Kaverne öffnete. Unter Hezios Führung strömten dort weitere Bewaffnete zur Verstärkung heran. Hirschberger und weitere Freiwillige, die bereit waren, ihr Leben für die Ehre ihrer Ahnen zu geben. An der Kaverne angekommen, warf Hezio einen furchtsamen Blick ins Innere der überfluteten Höhle. Was er dort sah, gefiel ihm. Augenblicklich straffte sich seine Gestalt. Nachdem die erste Überraschung überwunden war, riss er seine Arme jubelnd in die Höhe.

»Beldor hat seine Kräfte überschätzt!«, rief er dabei. »Er ist bei seinem letzten Zauber zusammengebrochen!«

Alarmiert wirbelten die Elfen herum und sahen sich dabei einer zweiten Front aus massiven Schilden gegenüber. Da half es auch nicht, dass der Hauptmann der Gardisten unter ihnen weilte. Sie saßen in der Falle.

Trotz der zahlenmäßigen Überlegenheit der Zwerge wich plötzlich alle Freude aus Hezios Zügen. Sein Kinn sackte herab, bis ihm der Mund offen stand, während er fassungslos in die Höhe starrte.

Orm folgte der Blickrichtung, und als er sah, was Hezio so erschreckt hatte, verstand er die Reaktion des Hohen. Auch Orms Herz setzte einen Schlag lang aus, angesichts der mit einem Bogen bewaffneten Priesterin, die frische Elfentruppen in die Schlacht warf. Gleichzeitig strömten von allen Seiten Zwerge herbei, auch solche, die eigentlich Wache stehen sollten.

Ein jeder spürte instinktiv, dass sich hier und jetzt der Krieg zwischen der Silberfeste und Felsheim entscheiden würde.

»Brüder und Schwestern, es ist so weit«, murmelte Orm so leise, dass es niemand außer ihm hören konnte. »Möge das Blutbad beginnen.«

### 21.

Um die Felsmaus anzulocken, bedurfte es keiner besonderen Fähigkeiten. Der Brotkrumen vor dem flach gewölbten Loch reichte vollkommen aus. Zuerst war nur ihre feuchtglänzende Nase zu sehen, die sich witternd kräuselte, dann schob sich der Nager vorsichtig nach draußen. Er trug ein schwarzes Fell, passend zu seinen noch schwärzeren Vorderpfoten, die wie poliert glänzten, als wären sie aus Chitin. Eine Brustblesse, die bis zum Hals reichte, sowie zwei schneeweiße Ohrspitzen vervollständigten das Bild.

Vorsichtig reckte sie ihren Kopf und spähte in alle Richtungen, um sicherzustellen, dass ihr keine Gefahr drohte, wenn sie sich nach draußen wagte. Velb und Binek saßen auf der anderen Seite des Raums. Sobald sich einer von ihnen bewegte, brauchte sie nur auf ihren Hinterbeinen herumzuwirbeln, um mit zwei schnellen Sätzen wieder in ihrem Versteck zu verschwinden.

Sichtlich zufrieden mit ihrer Lage, tippelte sie los, ergriff den zusammengepressten Teigball und begann, an ihm zu nagen. Binek wartete, bis die Hälfte davon hinter ihren spitzen Zähnen verschwunden war, bevor er vorsichtig nach ihrem Geist griff. Ein weiteres Brotbällchen folgte, diesmal direkt vor ihm auf dem Boden. Die Maus dazu zu verleiten, auch dieses zu fressen, war nicht schwer. Flink schoss sie durch das Stroh heran und machte sich über die zweite Portion her.

Velb, der mit einer Schulter an der Wand lehnte, runzelte die Stirn. »So eine zutrauliche Flohschleuder habe ich ja noch nie gesehen.«

»Dieses Tier haben wahrscheinlich schon Generationen von Gefangenen gefüttert, um sich die Zeit zu vertreiben«, behauptete Binek, um das Misstrauen des Weggefährten einzuschläfern.

Seine Erfahrungen hatten ihn gelehrt, niemanden in sein spezielles Talent einzuweihen. Obwohl er Velb traute, würde nichts Gutes dabei herauskommen. Wie weit sie Bineks Fähigkeit gebracht hatte, Schlummerkraut aus Baumkronen zu sammeln, erlebte er ja gerade am eigenen Leib.

»Generationen von Zwergen ist wohl übertrieben«, sagte Velb. »Du vergisst, wie langlebig dieses Völkchen ist und wie kurz die Lebensspanne einer Felsmaus.«

»Du weißt genau, wie es gemeint war«, entgegnete Binek, der sein Brot weiter aushöhlte, um noch ein drittes Futterbällchen zu formen. »Generationen im Sinne von sehr, sehr vielen Gefangenen, die hier im Laufe der Zeit eingesessen haben.«

Wobei die meisten Zellenbewohner vermutlich eher nach dem Nager getreten oder geschlagen hatten, sobald er ihnen ihre Nahrung streitig machen wollte. Ohne Bineks Einfluss hätte sich die Maus niemals so weit vorgewagt, das spürte er genau. So aber fraß sie ihm bereits bei der dritten Portion aus der Hand.

Nok, den Kerkermeister, interessierte es nicht, dass sein spitzohriger Gefangener weit vorgebeugt auf der harten Pritsche saß. Lieber schnarchte der Zwerg laut vor sich hin, den Oberkörper auf einem von Holzknechten zurechtgezimmerten und gut eingeölten Eichenstumpf ausgestreckt, der ihm als Tisch diente.

Die Waffen der Gefangenen – das erbeutete Elfenschwert und zwei Langdolche – lagen neben Nok auf den Baumringen. Keine sieben Schritte von dem Zellengitter entfernt, doch für Binek ebenso unerreichbar wie die Sterne am Nachthimmel.

»Jetzt pennt dieser Kerl auch noch!« Velbs Laune verschlechterte sich zusehends. »Eben hat er noch gebibbert aus Furcht vor den Irrlichtern, und schon ist wieder alles vergessen. So sind sie, die Zwerge. Langlebig, aber mit kurzem Gedächtnis.« Von Unruhe erfüllt, lief er umher, bis er an das eiserne Gitter trat.

»Verdammt, das wäre die Gelegenheit, sich unbemerkt davonzustehlen. Bis er aufwacht, könnten wir längst über alle Berge sein.« Mit rotgeäderten Augen sah er sich zu Binek um. »Kannst du nicht einfach diese verdammten Schlösser knacken? Du warst doch einmal ein Dieb!«

Tatsächlich war Binek längst dabei, ihren Ausbruch vorzubereiten, hütete sich aber, darüber auch nur ein Wörtchen zu verlieren. Lieber streichelte er den Nacken der Maus, die er mittlerweile in der linken Hand hielt.

»Warum hast du es so eilig?«, fragte er dabei. »Glaubst du wirklich, dass jemand Borstels Anschuldigungen Glauben schenkt?«

Der Händler umfasste zwei der mattgrauen Gitterstäbe und presste sein Gesicht dagegen, als wolle er sich zwischen ihnen hindurchzwängen.

»Vergiss nicht, dass wir hier Fremde in einem fremden Land sind«, gab er zu bedenken. »Wir sind nur ein Mensch und ein Halbblut unter Zwergen, ich weiß nicht, was davon schlimmer für sie ist. Ich weiß nur, dass in Zeiten wie diesen, in denen die Schwerter sprechen, eine haltlose Anschuldigung schon reichen kann. Eben hast du noch gute Geschäfte mit ihnen gemacht, und plötzlich tanzt du unter des Seilers Töchterchen.«

»Sie hängen ihre Verurteilten?«, fragte Binek entsetzt.

»Nein.« Velb schüttelte den Kopf. »Das ist die Art der Elfen. Zwerge köpfen lieber oder flechten den Schuldigen auf ein Wagenrad. Anschließend schlagen sie mit großen Hämmern auf ihn ein, bis auch der letzte Knochen im Leib gebrochen ist. Aber wenn du mich fragst, ich möchte auf keine dieser drei Arten sterben.«

Seufzend drehte sich Velb um. Er lehnte sich mit dem Rücken an das Gitter, fand diese Haltung aber nicht sonderlich angenehm. Deshalb setzte er wieder seine Wanderung fort.

Binek nutzte den Moment, um die Maus auf Augenhöhe zu heben. Ganz still saß sie in seiner gewölbten Hand und starrte ihn aus furchtsamen Augen an.

*Willst du dir nicht das Gesicht putzen, kleine Maus?*, überlegte er. Und schon fuhr sie sich mit ihren Vorderpfoten durch die

Schnauzhaare, leckte sie mit dem Maul an und wiederholte die Bewegung.

Sehr gut. Die Verbindung war vorhanden, ohne dass er sich groß darauf konzentrieren musste.

»Hast du eigentlich gesehen, was mit Gohlik passiert ist?«, fragte er unvermittelt, ohne den Blick von dem Tier zu nehmen. »Ich meine, vielleicht steckt ja Borstel selbst dahinter?«

»Nein. Ich habe den alten Zausel im entscheidenden Moment aus den Augen verloren«, sagte Velb nach einer Weile. »Aber Borstel war bestimmt nicht in seiner Nähe. Ich denke eher, Gohlik wollte seinen Schädelknacker einmal zu oft schwingen. Mitten im Schlachtgetümmel kann selbst ein altgedienter Krieger die Übersicht verlieren.«

Dazu konnte Binek nur nicken. So hatte er den Kampf auf der ersten Ebene ebenfalls in Erinnerung. »Wenn wir fliehen, werden alle glauben, dass du schuldig bist«, gab er zu bedenken.

»Oder dass ich klug genug bin, nicht auf die Gerechtigkeit der Zwerge zu vertrauen«, hielt Velb dagegen. »Aber ich gebe dir recht, in dem Fall müsste ich wohl mein Lager im Grenzgebiet abbrechen. Aber glaub nicht, dass du so viel besser dran bist. Hast du dir eigentlich schon überlegt, was uns blüht, wenn die Elfen diese Schlacht gewinnen?«

»Warum sollten die uns schlechter behandeln als die Zwerge?«

»Jetzt tu nicht so unschuldig«, empörte sich Velb. »Wegen des Schlummerkrautes natürlich. Irgendwer hat ihnen davon erzählt. Das weißt du doch! Ich habe selbst gesehen, wie du mit Eyron mitten in die Schlacht gestritten hast.«

»Eyron?«, fragte Binek überrascht. »Wer ist das denn?«

»Der Hauptmann der Silbergarde, der dich angeschrien und bedroht hat.«

»Ach der«, antwortete das Halbblut unangenehm berührt. »Da ging es um etwas anderes. Der war nicht gut auf meinen Vater zu sprechen. Jetzt weiß er, dass es mir genauso geht wie ihm.«

Plötzlich wirkte Velbs Gesicht unnatürlich starr, wie aus Stein gemeißelt. »Eyron kennt deinen Vater? Dann muss er aus gutem Hause stammen. Lass dir von diesem elenden Silbergardisten nichts anderes einreden.«

Binek verkniff sich den Hinweis, dass sein Vater – und damit auch er selbst – eng mit dem Gardehauptmann verwandt war, und wechselte das Thema. »Du hast das Schlummerkraut also nicht nur wegen der klingenden Münze an Felsheim verkauft, oder? Du wolltest dich auch an den Elfen rächen!«

Velb lächelte bitter. »Nicht an allen Elfen«, sagte er. »Nur an bestimmten.«

Dabei langte er über seine Schultern, griff in sein Hemd und zerrte es in die Höhe. Gleichzeitig drehte er sich herum. Binek zog die Stirn in Falten und pfiff durch die Zähne, als er das Narbengeflecht auf dem Rücken des Händlers sah. Dicht an dicht kreuzten sich dort aufgeworfene Striemen, die zu regelmäßig angeordnet waren, um von einem Sturz oder einem anderen Unfall zu stammen. Nein, das waren eindeutig die Spuren einer Auspeitschung. Und zwar die schlimmsten, die er je gesehen hatte.

»Das ist Eyrons Werk«, erklärte Velb dazu. »Jetzt weißt du hoffentlich, warum wir besser verschwunden sind, wenn die Elfen diese Schlacht gewinnen.«

Binek spürte, wie ihm heiß und kalt zugleich wurde. Nicht nur in Imor regierte die Grausamkeit, auch bei den Elfen und Zwergen war sie anzutreffen. Plötzlich bekam der Hass, mit dem sein Vaterbruder zu ihm gesprochen hatte, ein viel stärkeres Gewicht.

Sein Mund fühlte sich wie ausgetrocknet an. Mühsam schluckte er, bevor er fragte: »Warum hat man dir das angetan?«

»Wegen des Elfenbeins!«, antwortete Velb kurz angebunden. Erst als er wieder begann, sein Hemd zurück in die Hose zu stopfen, fuhr er fort: »Ja, ich weiß, was du denkst. Ich bin auch nicht stolz auf das, was ich getan habe. Aber es ist nun einmal ungeheuer wertvoll in Imor, und in der Knochensenke liegt es offen zutage. So viel davon, dass niemand ein paar Knochen mehr oder weniger bemerken würde – so dachte ich zumindest, als ich mir etwas davon nehmen wollte. Aber ich habe mich geirrt.«

In der Zeit, in der er seine Kleidung richtete, vermied Velb jeden Blickkontakt. Doch als er fertig war, sah er dem Halbblut fest in die Augen. »Wäre es nach Eyron gegangen, hätte er mir nicht nur die Haut vom Rücken gefetzt, sondern mich gänzlich zu Tode geprügelt. Und falls die Elfen uns hier finden, wird ihn diesmal niemand davon abhalten, da kannst du dir ganz sicher sein.«

»Zum Glück stellen sie keine Gefahr mehr da«, sagte Binek mit rauer Stimme. »Sie sitzen in der Fallgrube fest.«

Velb schnaufte verächtlich durch die Nase. Offenbar glaubte er noch nicht an die endgültige Niederlage der Elfen. Aber noch ehe er etwas erwidern konnte, ertönte ein lautes Dröhnen, das durch den ganzen Berg zu laufen schien. Gleichzeitig kitzelte es unter den Fußsohlen des Halbelfen. Zuerst vibrierten nur der Boden und die Wände, einen Lidschlag später auch die Zellengitter, deren Stäbe einen hohen Ton von sich gaben.

Eigentlich glaubte Binek nicht an göttliche Zeichen, aber nun bekam er es doch mit der Angst zu tun. Sofort gewannen die Fluchtinstinkte der Maus überhand. Mit einer kurzen Kopfbewegung schüttelte sie ihren Bann ab und sprang davon.

Selbst der schnarchende Nok schreckte auf.

»Erdbeben!«, rief er, noch völlig schlaftrunken.

»Dann lass uns raus, bevor es zu spät ist!«, forderte Velb, der dabei gegen das Zellengitter schlug.

»Nur die Ruhe, Mensch! Es ist ja schon wieder vorbei!« Doch die hektische Eile, die der Zwerg an den Tag legte, strafte seine beruhigenden Worte umgehend Lügen. Sein Stuhl fiel hinter ihm zu Boden, während er auf direktem Wege zur Kerkertür wieselte. Nachdem er den Querbalken zur Seite geworfen hatte, war er schon auf den dahinterliegenden Gang hinaus.

»Hey, du kannst uns doch nicht einfach unserem Schicksal überlassen!«, forderte der Händler lautstark, doch der Zwerg lief einfach fort.

Durch die offene Tür war zu hören, dass auch sonst große Unruhe herrschte. Was sich die aufgeregt umhereilenden Felsheimer zuriefen, war aber nicht genau zu verstehen. Erst Nok, der zurückkehrte, um seine Waffen zu holen, klärte sie auf.

»Die Elfen sind aus der Fallgrube entkommen«, erzählte er, während er Streithammer und Schild von der Wand nahm. »Für euch besteht also keine Gefahr.«

»Was schwafelst du da?«, empörte sich Velb. »Von wegen. Jetzt mehr denn je!«

Erstaunt hielt Nok beim Anlegen seines Waffengehänges inne. »Wieso das denn?«, wollte er wissen. »Ich sagte doch, es gibt kein Erdbeben.«

»Aber wenn die Elfen siegen, ist unser Leben keinen Pfifferling mehr wert. Deswegen!«

Dass ein Mensch eine Niederlage der Zwerge überhaupt in

Erwägung zog, verärgerte den Kerkermeister aufs Äußerste. Empört spitzte er seine Lippen und erklärte: »Die Elfen werden bei uns niemals das Sagen haben, damit das nur klar ist. Aber an ihren Regeln und Gesetzen habe ich nichts auszusetzen. Wenn ihr *Menschen* dagegen verstoßen habt, braucht ihr euch nicht zu wundern, wenn man euch dafür zur Rechenschaft zieht. In Friedenszeiten stände den Elfen dazu mein Folterkeller jederzeit zur Verfügung. Aber bis dahin habe ich noch eine Schlacht zu schlagen. Guten Tag, die Herren!«

Ohne weitere Erklärungen eilte er in den Gang hinaus, um sich den anderen Kriegern anzuschließen, die Richtung Oberfläche liefen. Die Tür zu den Verliesen ließ er offen stehen.

Schlamperei! Das war zumindest Velbs Meinung, die er mehrmals hintereinander kundtat und dabei abwechselnd gegen die Gitterstäbe trat oder an ihnen rüttelte. Während Velb tobte und schrie und den Zwerg aufforderte zurückzukommen, beobachtete Binek ihre Umgebung etwas genauer. Rasch spürte Binek die Felsmaus auf und lenkte sie mit sanfter Gewalt in Richtung Eichentisch. Von dort aus ging sie ihr Ziel von alleine an. Eben noch sah er sie über die glattpolierte Oberfläche des Baumstumpfes laufen, da sprang sie auch schon in die Falten eines am Haken hängenden Kapuzenmantels, denen sie steil in die Höhe folgte.

Mit ihren spitzen, ausgesprochen widerstandsfähigen Krallen konnte sie sich überall festklammern, sogar in rauem Felsgestein. So war es ihr ein Leichtes, von dem wollenen Stoff auf einen schmalen Absatz zu wechseln, über den sie bis an den Nebenhaken gelangte, an dem der verschnörkelte Zellenschlüssel hing. Mit spitzen Zähnen und ihren Vorderpfoten schob sie so lange an ihm herum, bis er über das verdickte Ende des eingeschlagenen Hakens hinwegrutschte.

Velbs Radau übertönte den Aufschlag.

Danach nahm die Maus den Schlüssel in ihr Maul und rannte in einem großen Bogen auf die Zelle zu. Wie von Binek gewünscht, legte sie ihr Gewicht eine Armlänge von der Zelle entfernt ab und eilte davon. »Was ist das denn?«, rief er, sobald sie außer Sichtweite war. »Das muss passiert sein, als die Wände gebebt haben.«

Ehe sein Nebenmann richtig begriff, was vor sich ging, lag das Halbblut flach auf dem Boden und streckte seinen Arm durchs Gitter. Velb war mehr als erstaunt und fragte sich laut, wie der Schlüssel völlig unbemerkt so weit davongeschleudert worden war. Aber die Aussicht auf baldige Befreiung verdrängte rasch jeden Zweifel.

Es dauerte seine Zeit, bis es Binek gelang, die drei Schlösser aufzusperren, doch endlich war es so weit. Erleichtert ließen sie die Zelle hinter sich und nahmen ihre Waffen auf. Alles lief wie am Schnürchen, bis sie zur Kerkertür hinauswollten, die plötzlich von einer gedrungenen Gestalt blockiert wurde. Zum Glück handelte es sich nicht um einen bewaffneten Zwergenkrieger mit Gefolge, sondern um eine Küchenmagd, die ihnen nur zur gut bekannt war.

Um Imtje.

## 22.

»Wohin so eilig, die Herren?«, fragte sie, scheinbar gelangweilt an dem gerafften Ausschnitt ihrer weißen Küchenbluse zupfend. »Ihr wollt doch hoffentlich nicht die Flucht antreten, während in Felsheim die Klingen sprechen?«

»Leider bleibt uns nichts anderes übrig«, erklärte Binek. »Wenn die Elfen erfahren, dass wir euren Kampf mit Schlummerkraut unterstützt haben, sind wir unseres Lebens nicht mehr sicher. Und da wir bei deinen Leuten auch nicht mehr wohlgelitten sind, hält uns hier recht wenig.«

Auf Imtjes Gesicht zeichneten sich deutlich ihre widerstreitenden Gefühle ab. Sicherlich fragte sie sich, ob sie die von Wighild Arretierten einfach so gehenlassen durfte, andererseits quälte sie ein schlechtes Gewissen, weil ihr Verflossener Borstel einen falschen Verdacht ausgesprochen hatte, sie also nicht ganz unschuldig an ihrer misslichen Lage war. Wäre es nur um Velb gegangen, hätte sich die Waagschale wohlmöglich zu seinen Ungunsten geneigt, doch nach einem langen Blick auf Binek entschloss sie sich, den Männern zu helfen.

»Also gut«, sagte sie. »Aber ihr müsst über die Nordseite fliehen. Dampfwerker und Wasserknechte schaffen noch an ihren Plätzen. Wenn sie uns zusammen sehen, bekomme ich mächtigen Ärger.«

Natürlich erklärten sich die beiden sofort einverstanden. Eine kundige Führerin durch das unterirdische Labyrinth war genau das, was ihnen noch gefehlt hatte. Rasch eilte Imtje voraus, und sie folgten, so schnell sie konnten. Trotz der kürzeren Beine der Zwergin hatten die beiden Mühe, mit ihr mitzuhalten. Sie kannte sich eben besser aus, außerdem ging es durch niedrige Nebengänge, in denen sich Binek und Velb bücken mussten, um nicht mit den Köpfen an die Decke zu stoßen.

Dabei hob Imtje immer wieder den Saum ihres Arbeitskleides, das durch die weiß abgesetzten Ärmel und den gerafften Ausschnitt trotzdem eine gewisse Finesse aufwies, um schneller voranzukommen. Ihre Bundschuhe aus weichem Leder hinterließen kaum ein Trittgeräusch, doch die Wachen standen ohnehin nicht auf Posten. Fast schien es, als wären aus diesem Teil von Felsheim alle kampfkräftigen Zwerge in die Schlacht gezogen, die so weit entfernt tobte, dass davon nichts zu hören war.

Zu ihrem Glück mussten sie nicht ganz nach oben steigen, um die Nekropole zu verlassen, sondern konnten einen versteckten Ausgang an der Nordflanke des Berges nehmen, den Imtje für sie öffnete.

Kalter Wind sprang ihnen angriffslustig entgegen, als sie ins Freie traten. Über ihnen stieg das Massiv so steil an, dass aus dieser Richtung tatsächlich keine Angriffe zu befürchten waren. Unter ihnen schlängelten sich ebenfalls nur schmale Pfade durch das schroffe Gestein, in dem weder Baum noch Strauch Halt fanden. Selbst jenseits der Baumgrenze war nur wenig Grün zu entdecken, obwohl mehrere kleine Quellflüsse zu Tal liefen. Im Gegesatz zum Süden war der Norden von Felsheim eine einzige Steinwüste, und das obwohl der Boden eigentlich recht fruchtbar aussah.

Während sie zu dritt einem abschüssigen Pfad folgten, konnte Imtje ihnen zum ersten Mal erzählen, was sie an Gohliks Krankenlager erlebt hatte.

Velb glaubte allerdings nicht, dass sie wirklich eine Botschaft seiner Ahnen erhalten hatte. »Im Fieber reden viele wirr daher«, sagte er, während er mit einem langen Schritt über eine frisch entsprungene Gebirgsquelle stieg, deren Bachbett an dieser Stelle den Weg durchschnitt. »Ich weiß jedenfalls nicht, was Gohlik gemeint haben könnte.«

Obwohl das Wasser neben ihnen mit großer Kraft aus dem Berg sprudelte, war der über lange Zeit in den Fels gegrabene Lauf einige hundert Speerlängen tiefer so gut wie ausgetrocknet. Kaum mehr als ein Rinnsaal floss dort ab.

Im Gegensatz zu Velb hielt Imtje an dem Quellsprung an, um etwas von dem glasklaren Nass in ihre hohlen Hände fließen zu lassen. Als sie davon trinken wollte, hielt der Waldläufer sie zurück.

»Lass das besser bleiben«, warnte er. »Wenn du davon trinkst, wird dir schlecht werden, wenn nicht sogar Schlimmeres widerfahren.«

»Ach ja?«, fragte sie. »Warum denn? Weil es durch Gesteinsschichten mit Grauem Kobalt fließt? Ist das auch der Grund dafür, dass hier und weiter unten so gut wie gar nichts wächst?«

Der Händler sah sie verblüfft an.

»Woher soll ich das wissen?«, stieß er hervor. »Ich weiß nur, dass mich Gohlik einmal davor gewarnt hat, aus den Nordquellen zu trinken, das ist alles.«

»Er hat dir also doch aus seiner Zeit bei den Wasserknechten erzählt?«

»Was willst du damit andeuten?«

»Das wüsste ich auch zu gerne«, mischte sich Binek ein.

Velb starrte die Zwergin wütend an, die trotzig zurückstarrte. Binek fürchtete einen Moment, dass sich die beiden aus einem ihm völlig unerklärlichen Grund an die Kehle gehen würden, doch dann schrie Velb plötzlich laut auf: »Was ist das schon wieder für ein Hexenwerk?«

Binek verstand erst, was er damit meinte, als er die hellroten Schleier sah, die das klare Quellwasser auf einmal verunreinigten. Zuerst hielt er diesen Anblick für eine Sinnestäuschung, doch obwohl er über seine Augen wischte, verschwand das Phänomen nicht. Im Gegenteil. Die Trübung gewann weiterhin an Intensität, bis es so aussah, als würde der Berg aus einer Wunde bluten.

Unwillkürlich kamen Binek Geschichten in den Sinn, die im Pfuhl erzählt wurden. In ihnen war von gewaltigen Schlachten die Rede, in denen das Blut der Erschlagenen ganze Flüsse rot gefärbt hatte. Angesichts des gerade tobenden Gefechtes, von dem immer wieder Lautfetzen zu ihnen herabwehten, passierte hier dasselbe.

Aber, das bedeutete ja …

»Ich glaube, das war es, was Gevatter Gohlik vor dem Angriff der Elfen erzählen wollte«, kam ihm Imtje zuvor. »Du weißt schon, als er Orm die grau verschmutzte Hand entgegengehalten hat. Da wollte er ihm sicherlich sagen, dass jeder Kampf sinnlos ist, weil …«

»… der Einsturz dieser Kaverne nichts mit dem Versiegen der Heiligen Quelle zu tun haben kann«, vollendete das Halbblut. »Denn Wasser, das an Grauem Kobalt vorbeifließt, bringt keine fruchtbaren Ebenen hervor. Es wäre kein Wasser, das der Heiligen Quelle der Elfen entspringen könnte.«

Vor ihnen quoll es unvermindert rot aus dem Bergspalt. Wie viele Elfen und Zwerge mochten schon gefallen sein, um eine derartige Verfärbung hervorzurufen?

»Schnell!«, forderte er. »Das müssen alle erfahren, bevor es zu spät ist.«

Imtje stimmte sofort mit ein, nur von Velb hörten sie kein Wort. Er war spurlos verschwunden.


## 23.


Als Binek und Imtje im Herzen der Nekropole ankamen, bot sich ihnen ein Bild des Grauens. Die Baugrube mit den ersten fertiggestellten Gräbern war bereits zur Hälfte vollgelaufen. Zahllose Leiber trieben in dem rot gefärbten Wasser umher. Rundum schwiegen die Waffen. Hunderte von Zwergen und Elfen hatten den Tod gefunden, mindestens ebenso viele waren verletzt. Selbst jene unverzagten, die bis zum letzten Atemzug kämpfen wollten, hatten sich für den Moment zurückgezogen. Auch der stärkste Arm erlahmte, wenn er ununterbrochen auf Schilde eindrosch oder fremde Schläge abwehrte.

Die Elfen hatten sich auf die Südterrassen der dritten Ebene emporgekämpft, wo sie sich um den bewusstlosen Beldor scharten. Auf den gegenüberliegenden Nordterrassen lagen die ausgepumpten Zwerge, denen die starken Arme ebenso schwer herunterhingen. Ein allgemeines Stöhnen und Klagen erfüllte die Luft.

»Wo kommt nur all das Wasser her?«, fragte Imtje atemlos.

»Dafür ist der Elfenmagier verantwortlich«, vermutete Binek. »Er hat seine gewaltigen Kräfte dazu benutzt, den Steindamm in der Kaverne aufzubrechen. Aber das ist ihm nicht gut bekommen. Sieh nur, wie sich seine Elfen mühen müssen, ihn am Leben zu erhalten.«

Auch auf die Entfernung war deutlich zu erkennen, wie eine Priesterin, und zwar jene aus der Knochensenke, die mit dem Bogen in seine Richtung geschossen hatte, heilende Magie einsetzte. Den Fingerspitzen ihrer rechten Hand entsprangen feine Lichtfäden von der Farbe der Irrlichter, die sich um den Körper des Hexers spannen. Knisternd verwoben sie sich zu einem flirrenden Tuch, das ihn von Kopf bis Fuß fest umschloss.

»Sie werden versuchen, ihn aus Felsheim herauszuschaffen«, erkannte Imtje. »Spätestens dann lässt Orm erneut zum Angriff blasen.«

»Das müssen wir verhindern«, sagte Binek aufgeregt. »Sonst schlachten sich alle gegenseitig ab, bis keiner von ihnen mehr steht.«

Er hatte recht, das wussten sie beide.

Noch einmal sah Imtje auf den mit roten Schlieren durchzogenen Wasserspiegel herab, der inzwischen nicht mehr anstieg. Mehr Druck konnten die einströmenden Fluten nicht aufbauen, da sie gleichzeitig über die wieder freigelegten Kanäle abflossen. Nur eben auf dem kurzen Weg nach Norden, und nicht gen Süden, wie von den Elfen angenommen. All die Kämpfer waren völlig umsonst gestorben. Wenn die flammend roten Haare nicht täuschten, trieb auch Borstel dort unten herum.

»Ich laufe zu Orm«, schlug Imtje vor. »Wenn ich ihm berichte, was wir gesehen haben, wird er mir glauben. Versuch du inzwischen dein Glück bei den Elfen.«

Binek lachte bitter auf. »Die werden gerade auf mich hören.«

»Du hast doch spitze Ohren, wie sie, nicht wahr? Glaub mir, in Zeiten der Not ist Blut stets dicker als Wasser.«

Angesichts der roten Schwaden, die weiterhin das Wasser in der Sohle durchzogen, war das ein seltsamer Vergleich, aber im Grunde hatte die Küchenmagd natürlich recht. Auch wenn seine Chancen nicht sonderlich groß waren, so musste er doch wenigstens versuchen, auf das Volk seines Vaters einzuwirken. Mochte er auch bei Fanatikern wie Eyron auf taube Ohren stoßen, so gab es doch vielleicht andere, verständigere Elfen, die noch auf ehrliche Worte hörten.

Imtje war schon in Richtung Nordterrassen davongelaufen, als er sich endlich in Bewegung setzte. Alle seine Erfahrungen nutzend, die er als Dieb in Imor gesammelt hatte, huschte Binek so unauffällig wie möglich auf die Elfen zu. Niemand schien auf ihn zu achten. Dabei kam ihm zugute, dass alle Zwerge, die ihm auf seinem Weg begegneten, in ihm den verbündeten Menschen sahen, der an ihrer Seite gestritten hatte, während alle Elfen, die einen Blick auf ihn erhaschten, in seiner Statur und seinen Bewegungen einen der Ihren zu erkennen glaubten. Auch das kurze Elfenschwert an seiner Seite sprach für ihn. Und ehe jemand zweimal überlegen konnte, ob er richtig gesehen hatte, war er ohnehin schon wieder entschwunden.

Ohne ein einziges Mal innezuhalten, lief, sprang und kletterte Binek auf die Südterrasse der dritten Ebene zu, bis er auf Hörweite an das Häuflein der noch kampfbereiten Elfenkrieger heran war.

»Wir müssen diesem Wahnsinn ein Ende bereiten!«, forderte die Priesterin aus der Knochensenke gerade von einem Silbergardisten, in dem er Hauptmann Eyron wiedererkannte. »Lass uns über einen Waffenstillstand verhandeln! Schon Beldor zuliebe. Das Kraftfeld, in das ich den Hohepriester gehüllt habe, hält nicht ewig. Avea muss ihn heilen, sonst weilt er bald nicht mehr unter uns.«

Die Erschöpfung stand Eyron ins Gesicht geschrieben. Schweißnass klebte ihm das Haar an Hals und Stirn, während er mit dem Rücken gegen einen Stein lehnte.

»Schlag dir das aus dem Kopf, Neene«, lehnte er ab. »Du hast doch den alten Eisenbeiß gehört. Mit weniger als unserer Kapitulation gibt er sich nicht zufrieden. Aber das lasse ich nicht zu. Lieber soll unser aller Blut den Hochwald tränken, als dass wir in Schmach und Schande zurückkehren.«

Das Pathos, das von jedem seiner Worte tropfte, verursachte Binek Übelkeit. Mit einem langen Satz näherte er sich der Gruppe. Sofort wurden Gleven gegen ihn erhoben, doch angesichts der leeren Hände, die er deutlich sichtbar nach oben hielt, stach keine von ihnen zu.

»Darauf könnt ihr Elfen lange warten!«, brach es unbeherrscht aus ihm heraus. »Alles, was ihr wieder zum Fließen gebracht habt, ist eine Quelle in Felsheims Norden!«

Eyron starrte ihn verblüfft an. Mit dem Erscheinen seines Brudersohnes hatte er nicht gerechnet.

»Lüge!«, brüllte der Hauptmann mit sich beinahe überschlagender Stimme. »Hört nicht auf das, was dieser Bastard spricht. Er ist Ascans Sohn und von der gleichen Niedertracht wie sein Vater erfüllt!«

Ein jeder, der sich noch bewegen konnte, versuchte, einen Blick auf Binek zu erhaschen. Das Halbblut kümmerte sich nicht darum.

»Kommt mit mir auf die Nordseite«, forderte er sie auf. »Dort könnt ihr sehen, wie das von euch vergossene Blut in eine für alle Zeiten unfruchtbare Ebene fließt. Schlimmer verschwendet könnte es gar nicht sein.«

Eyron sah ihn zunächst fassungslos an. Als er sich endlich zu einer Erwiderung durchgerungen hatte, kam ihm Neene zuvor.

»Wenn mir Orm für diesen Gang einen Schutzbann ausspricht, will ich mir gerne ansehen, was du uns zu zeigen hast«, sagte sie.

Auf der gegenüberliegenden Seite des mächtigen Schachtes war der Festungskommandant immer noch damit beschäftigt, Imtje zuzuhören. Das Wort der Küchenmagd besaß offensichtlich Gewicht, denn nach einiger Zeit erhob er sich mit einer Handvoll von Getreuen, um über einen der umlaufenden Gänge auf sie zuzukommen. Seinen Bewegungen haftete eine gewisse Müdigkeit an. Die Kampfeslust, die ihn so lange beherrscht hatte, war einer erbitterten Entschlossenheit gewichen. Aus sicherer Entfernung rief er Eyron an, um zu hören, wie dieser auf die von Imtje und Binek verkündeten Neuigkeiten reagierte.

Stattdessen hörte er von dem Wunsch, den Neene an ihn hatte.

»Eigentlich gehört ihr alle erschlagen!«, grollte er zur Antwort. »Aber um das Unheil nicht noch größer zu machen, biete ich euch einen Waffenstillstand an, bis wir uns mit eigenen Augen davon überzeugt haben, dass diese jungen Leute die Wahrheit sprechen. Das Letzte, was wir brauchen, ist ein Hauen und Stechen bis zum letzten Krieger, dem nur Rache und Gegenrache folgen, bis ganz Graugard gegen den Hochwald marschiert.«

Als sich Neene mit dem Waffenstillstand einverstanden zeigte, zögerte Orm nicht länger, sondern sprach die gewünschten Schutzworte aus, die von keinem Zwerg unter seinem Befehl gebrochen werden durften. Eyron wollte sich trotzdem nicht mit der Entscheidung der Ersten Priesterin abfinden. »Egal, was sie dir zeigen«, hob er mit lauter Stimme an. »Sei gewiss, dass du nur Zwergentrug zu sehen bekommst. Unser Kampf ist erst zu Ende, wenn wieder Wasser durch die Heilige Quelle fließt.«

»Vielleicht können wir auch damit dienen!« Es war Imtje, die so sprach. Die einfache Küchenmagd, die sich als Einzige um den verschrobenen Gohlik gekümmert hatte. »Mit einer Lösung, für die kein weiteres Blutvergießen nötig sein wird.«

Dabei fasste sie in ihren Ausschnitt und zog ein gefaltetes Stück Pergament hervor, das sie die ganze Zeit über zwischen ihren Brüsten verborgen getragen hatte. Es war ein schon sehr altes, fleckiges Papier mit zahlreichen Rissen und Falten, doch was auf ihm zu sehen war, hatte es in sich. Mit akkuraten Federstrichen waren darauf die wichtigsten Seen und Kanäle rund um Felsheim eingezeichnet, mitsamt den Zisternen und geheimen Zugängen.

Orm quollen beinahe die Augen aus dem Kopf, als er die Karte zu sehen bekam, denn von etwas Vergleichbarem hatte er noch nie zuvor gehört. Imtje ließ sich den Plan trotzdem nicht von ihm wegnehmen.

»Der Gevatter liegt ihm Fieber«, erklärte sie stattdessen. »Trotzdem konnte er mir sagen, dass die Quellen des Hochwaldes aus dem Süden Felsheims gespeist werden. Und dass die genaue Lage dieser Wasseradern hier auf diesem Papier zu finden ist.«

## 24.

Für gewöhnlich wurde Avea freudig begrüßt, wenn sie ein Krankenlager aufsuchte, doch von den Zwergen, die an Gohliks Seite wachten, schlug ihr vor allem Misstrauen entgegen. Dass Bikesch in ihr eine Rivalin sah, deren Erfolg seine eigenen Fähigkeiten in Frage stellen würde, konnte sie noch verstehen, aber warum sie auch das flachsblonde Zwergenweib mit bösen Blicken durchbohrte, war ihr ein Rätsel. Vermutlich lag es an all dem Blut, das an diesem Tage so vollkommen sinnlos vergossen worden war.

Angesichts der vielen Toten und Verletzten war die Ernüchterung auf beiden Seiten groß, aber noch immer herrschte großer Groll in den Reihen der streitlustigen Parteien. Groll darüber, dass die unterste Sohle des Westschachtes zur Hälfte unter Wasser stand, aber auch, dass die Heilige Quelle weiterhin vom Wasser abgeschnitten war.

Auch wenn die Waffen ruhten, standen sich Elfen und Zwerge immer noch unversöhnlich gegenüber. Entsprechend angespannt war die Stimmung, als Avea durch die Reihen der Wartenden schritt. Das Lazarett war bereits mit Verletzten überfüllt. All die Abgesandten beider Völker, die einander schweigend belauerten, ließen die Luft zum Atmen zusätzlich knapp werden.

An Gohliks Lager angekommen, kniete sich Avea nieder. Ein wenig Demut konnte an diesem schicksalhaften Tag nicht schaden, außerdem half ihr das, auf die richtige Höhe zu kommen. In einer fließenden Bewegung streckte sie ihre Hände aus und ließ sie mit gespreizten Fingern über den starr daliegenden Gohlik wandern. Obwohl ihre Handflächen ganz dicht über seinem Oberkörper und dem Kopf kreisten, berührten sie ihn kein einziges Mal. Das war zum Glück auch nicht nötig. Gohlik roch nämlich noch strenger als die meisten anderen Zwerge.

»Der Blutverlust hat ihn stark geschwächt«, sagte Avea, um die unangenehme Stille zu durchbrechen. »Außerdem ist sein Geist umwölkt. Das ist allerdings seinem Alter geschuldet und rührt nicht von seiner Verletzung her.«

Wirre Träume waren nichts Ungewöhnliches, insbesondere bei Verletzten, die vor sich hin fieberten. Doch was da als fernes Echo in ihren Gedanken nachhallte, ließ eigentlich keinen anderen Schluss zu. Der fragende Blick, den sie Imtje zuwarf, die den Verletzten als ihren Gevatter bezeichnete, wurde jedoch mit einer undurchdringlichen Miene beantwortet.

»Kannst du ihn aufwecken?« Natürlich war es Eyron, der so drängte. Sie wusste aber, dass auch Orm und seine Zwerge Gewissheit über die Karte haben wollten.

Bikesch zog scharf die Luft zwischen seinen Zähnen ein, als sie Gohlik auf die Seite rollte, um sich den Verband über der Stichwunde näher anzusehen. Natürlich wertete der Zwergenheiler diesen Teil der Untersuchung als Misstrauenskundgebung gegenüber seinen Fähigkeiten, aber das konnte sie ihm nicht ersparen. Schließlich war sie es, die man eine

Mörderin schimpfen würde, wenn Gohlik den Einsatz ihrer Künste nicht überlebte.

Der Verband war nicht durchgeblutet. Das beruhigte sie ebenso wie die Kräuter, die sie unter den frischen Leinenbahnen riechen konnte. Gegen Wundbrand war also vorgesorgt worden, wenn auch auf eine sehr robuste Weise.

»Eine gute Arbeit«, lobte sie, um die Situation zu entspannen. Bikesch verzog trotzdem nicht die kleinste Falte in seinem zerfurchten Gesicht.

»Er ist sehr schwach«, sagte Avea, nachdem sie Gohlik wieder auf den Rücken gebettet hatte. »Ich werde ihn nur kurze Zeit aufwecken, damit er sich nicht überanstrengt.«

In Imtjes Augen funkelte es warnend auf. Binek, der direkt neben dem Zwergenweib stand, schien hingegen mit Avea zu fiebern. Wie es Ascans Sohn von der Knochensenke nach Felsheim verschlagen hatte, mitten hinein ins turbulente Geschehen, war der Ersten Heilerin ein weiteres Rätsel, das sie nicht zu lösen vermochte. Auf jeden Fall freute sie sich, dass sie Binek wiedersah. Auch wenn sie Ascans Liebe damals nicht erwidern konnte, so hatten sie seine Fähigkeiten im Umgang mit Tieren doch stets fasziniert. Ob Binek wohl über die gleichen Kräfte verfügte? Leider wagte sie nicht, ihn ein zweites Mal danach zu fragen.

Während Avea ihrer ledernen Tasche verschiedene Tiegel und Phiolen entnahm, wanderten ihre Gedanken zu Beldor, der außerhalb der Nekropole unter dem Tarnvorhang selbst um sein Leben kämpfte. Er hatte sich während der Schlacht zu stark verausgabt, was leider keine Seltenheit war. Magie scherte sich nicht um die Lebenskraft, von der sie sich nährte. Das war eine der vielen Gefahren, die ihr innewohnten. Zwar hatte Neene den Hohepriester in ein schützendes Feld gehüllt, doch ihren magischen Fähigkeiten waren noch starke

Grenzen gesetzt. Von nun an lag sein Wohlergehen in Aveas Händen. Sie musste sich deshalb sputen, durfte aber auch keinen Fehler begehen.

Rasch mischte sie aus verschiedenen Essenzen einen stärkenden Trunk zusammen, der dabei helfen würde, Gohliks Blutverlust auszugleichen. Erst nachdem sie diesen auf die Lippen des Zwerges geträufelt hatte, holte sie ihr stärkstes Riechsalz hervor. Kaum dass der letzte Tropfen des Tranks im Mund verschwunden war, begannen Gohliks Augäpfel, unter den geschlossenen Lidern umherzuwandern. Das war ein gutes Zeichen.

Rasch entkorkte sie das Riechfläschchen und hielt es Gohlik unter die stark behaarten Nasenlöcher. Umgehend spannten sich alle seine Muskeln an. Die Augäpfel unter den Lidern begannen umherzurasen. Ein Röcheln entrang sich seiner Kehle.

Rasch setzte sie das Fläschchen ab und holte dafür einen Tiegel hervor, der ein silbriges Pulver enthielt, von dem sie sich eine Prise in die offene Handfläche streute.

Leises Murmeln drang über Gohliks Lippen. Zuerst zu undeutlich, um etwas davon zu verstehen, doch dann waren es unverkennbar Worte, wenn auch wirr hervorgestoßene. Der Zeitpunkt seines Erwachens war nah. Rasch blies ihm Avea das Silberpulver in die Nase. So viel davon, dass es teilweise in seinem Bart hängen blieb.

»Elfenflitter!« Bikeschs Stimme troff nur so vor Verachtung.

Avea reagierte nicht darauf. Sie wusste, dass ihr der Erfolg schon bald recht geben würde.

»Elende Elfen!« Mit einem harten Ruck fuhr Gohliks Oberkörper kerzengrade in die Höhe. »Wartet nur, mein Schädelknacker wird euch schon das Fürchten lehren.« Seine

Gedanken kreisten noch immer um die Schlacht, in der er zu Boden gegangen war. Dann zeigte das Silberpulver Wirkung. »Aber was … wo bin ich hier?«

Sein Blick war vollkommen klar, seine Stimme ebenso.

»Unter Freunden«, beruhigte ihn Avea, die sich die Karte reichen ließ. »Wir haben leider nicht viel Zeit, deshalb musst du uns rasch einige Fragen beantworten.«

»Wer bist du?«, fragte Gohlik überrascht. »Und warum sitzt du nicht im Kerker, bei den anderen besiegten Elfen?«

»Später vielleicht.« Avea schenkte dem alten Zausel ein entwaffnendes Lächeln, das seine Wirkung nicht verfehlte. »Vorher musst du uns nur etwas erklären. Dank dir und deinen Getreuen wissen wir, dass die Wasserader, die die Kaverne durchschneidet, nichts mit der Heiligen Quelle zu tun hat. Doch du hast Imtje gegenüber angedeutet, dass du eine Ahnung hättest, wo der wahre Zufluss zu unserer Heiligen Quelle liegen mag.«

Der Küchenmagd liefen beim Anblick ihres erwachten Gevatters Freudentränen über die rosigen Wangen. Am liebsten wäre sie dem Alten wohl um den Hals gefallen, doch zum Glück beherrschte sie sich und klammerte sich lieber an Binek fest.

Gohlik sah unterdessen in die Runde, entdeckte Orm, der ihm aufmunternd zunickte, und nahm die Wasserkarte entgegen. »Die alten Zisternen von Anrun«, sagte er, ohne zu zögern. »Sie wurden nach einem Erdbeben zur Zeit der Langen Dürre geschlossen, um Zwist mit den Elfen zu vermeiden.«

»Aha, nun wissen wir es!«, brauste Eyron auf. »Schon von alters her hortet ihr Wasser, das allen zusteht!«

Neene forderte ihn sofort zur Mäßigung auf, denn ihre Zeit war zu kostbar, um sie mit Streit zu vergeuden. Trotzdem war Gohlik kurz abgelenkt, und als er sich endlich daranmachte, auf die entsprechende Stelle der Zeichnung zu deuten, verharrte sein Zeigefinger auf halbem Wege in der Luft. Ein Zittern durchlief seine Glieder, und der Blick seiner Augen verschleierte sich.

»Rasch!«, bettelte Avea. »Zeig uns, wo dieses Anrun liegt.«

Unter Aufbietung aller Kräfte stieß der Zwerg den Zeigefinger vor, als wollte er ihn tief im Pergament versenken. Seine halb herabgesunkenen Augenlider begannen dabei zu flattern. Alle Kraft hatte ihn mit einem Schlag verlassen.

»Müde«, war alles, was er noch hervorbringen konnte. »So müde.«

Dabei sackte ihm das Kinn auf den Brustkorb herab. Als er auch noch zur Seite zu kippen drohte, war es mit Imtjes Beherrschung vorbei. Aufheulend drängte sie Avea zur Seite und umschlang den Oberkörper des Wegdämmernden mit beiden Armen.

»Wer hat hinterrücks auf dich eingestochen, Gevatter?«, rief sie dabei. »Wer ist der feige Schuft?«

»Weißnich.« Gohlik sprach so leise, dass er kaum noch zu verstehen war. »Müssenwohlelfengewesensein.«

Um sie herum brandete empörtes Gemurmel auf. Zwerge und Elfen tadelten gleichermaßen, dass weitere Fragen nach Anrun wichtiger gewesen wären. Zum Glück hatte Avea die Karte mit den Wasserläufen rechtzeitig an sich gebracht. Erfreut stellte sie fest, dass sich dort, wo Gohlik hingezeigt hatte, eine sichelförmige Druckstelle abzeichnete, die dem Schwung eines Fingernagels entsprach.

Rasch stand sie auf und forderte Ruhe ein. Als ihre Worte endlich Gehör gefunden hatten, wandte sie sich an einen Wasserknecht, der sie ins Lazarett begleitet hatte. »Anrun, sagt dir der Name etwas?«, fragte sie ihn.

Er schüttelte den Kopf, sagte aber dazu: »Das muss nichts

433

heißen. Es gibt so manches, das vor uns einfachen Knechten geheim gehalten wird. So viel wissen wie nötig, aber so wenig wie möglich. Das war schon immer der Wahlspruch der Hohen von Felsheim.«

»Also, das ist doch wohl die Höhe!«, meldete sich Hezio aus dem Hintergrund zu Wort.

Der Wasserknecht zuckte mit den Schultern. »Ich sage nur, wie es ist.«

»Kannst du uns wenigstens zu dem Ort führen, der unter dieser eingedrückten Halbmondsichel zu sehen ist?«, drängte Avea.

Der Zwerg nahm das Pergament an sich und studierte es eingehend, wobei er es mehrmals prüfend ins Licht hielt. »Ich kenne die Gegend«, bequemte er sich endlich zu einer Antwort. »Aber da gibt es nur nackten Fels und sonst nichts. Wenn da Zisternen wären, wüsste ich davon.«

»Nichtsnutz!«, schimpfte Hezio. »Den ganzen Tag schmauchen, das ist alles, was ihr könnt.«

»Wenn die Heilige Quelle dort blockiert wird, werden wir die Stelle schon finden«, wandte sich Neene an ihn. »Euer Wasserknecht muss uns nur so nahe wie möglich heranführen.«

## 25.

Ihre kleine Abordnung benutzte zwei Boote, um schneller voranzukommen. Die Wasserknechte an Bord waren mit den Strömungen der unterirdischen Seenlandschaft vertraut, so dass sie nicht einmal die Ruder zur Hand nehmen mussten. Binek kannte die erste Hälfte ihrer Strecke bereits, gab dies aber nicht vor den anderen zu erkennen. Nachdem sie angelegt hatten, ging es noch eine Weile zu Fuß weiter, bis ihr Weg vor einer massiven Felswand endete.

Handtellergroße Spinnen und vierbeinige, drahtig beharrte Schatten flohen vor dem Fackellicht, das sie verbreiteten. All dem Dreck und den Spinnweben nach zu urteilen hatte hier schon lange keines Zwerges Fuß mehr den Boden betreten. Der Eindruck mochte natürlich täuschen. Angesichts der Sackgasse, in der dieser Gang endete, gab es für die Wasserknechte allerdings wirklich keinen Grund, hier regelmäßig nach dem Rechten zu sehen.

»Wie ich schon sagte: Der verrückte Zausel muss sich geirrt haben, hier gibt es nichts zu sehen.« Triumphierend an seiner Wurzelpfeife ziehend, gefiel sich ihr Führer durch das unterirdische Labyrinth in seiner Besserwisserei.

»Als er von Anrun sprach, war Gohlik bei klarem Verstand«, entgegnete Neene.

»Wie Ihr meint.« Der Wasserknecht zuckte mit den Schultern. »Wir können dieser Wand natürlich mit Hämmern und Spitzhacken zu Leibe rücken, aber ob dabei wirklich etwas zutage tritt?«

Statt darauf zu antworten, hob Neene die rechte Hand. Lautlos wuchs aus ihrer Innenfläche eine schwach glühende Lichtkugel hervor, die langsam in die Höhe stieg und über den Köpfen der versammelten Gruppe zu kreisen begann.

Beklommen sah der Wasserknecht zu der walnussgroßen Sphäre auf. »Ihr seid also die Hexerin, die über die Irrlichter gebietet.«

»Leider nicht«, widersprach die Erste Priesterin. »Sonst wäre vieles einfacher. Aber um die nächste Umgebung zu durchsuchen, werden meine Fähigkeiten wohl reichen.«

Ohne näher zu erklären, wie sie das meinte, schickte sie

das Irrlicht auf die Reise. Dabei drang es mühelos in die vor ihnen aufragende Felswand ein und verschwand aus ihrem Sichtfeld.

»Ist es zerschellt?«, fragte Imtje nach einer Weile in die eingetretene Stille hinein. »Oder irgendwie ausgegangen?«

»Der Sucher ist auf einen Hohlraum gestoßen«, antwortete Neene. »Sonst wäre er bereits zurückgekehrt.«

Erneut breitete sich gespanntes Schweigen aus, bis die Lichtkugel wieder auftauchte. Zunächst kreiste sie vor der Stelle, aus der sie aus dem Berg getreten war, dann noch vor einer zweiten. Anschließend flog sie auf Neene zu, um wieder in der rechten Hand der Ersten Priesterin aufzugehen.

Einige Herzschläge lang legte sie ihren Kopf auf die Seite, als würde sie einer fernen Stimme lauschen, dann ging sie auf den vor ihr liegenden Fels zu und langte nach den beiden gut eine Armlänge auseinanderliegenden Stellen, die das Irrlicht markiert hatte. Eine Weile tastete Neene über die Unebenheiten unter ihren Fingern, dann ertönte ein Klicken, dem ein charakteristisches Schleifen folgte.

Binek hatte in den zurückliegenden Tagen schon so viele Geheimtüren aufschwingen sehen, dass ihm der Anblick beinahe vertraut vorkam. Dass sie auf der anderen Seite des Durchganges gedämpftes Sonnenlicht erwartete, erstaunte ihn allerdings.

Neene versicherte sich zunächst, dass sie in keine Fallen lief, danach trat sie als Erste durch die ovale Felsöffnung. Sie musste dabei den Kopf einziehen, um nicht gegen das obere Felsrund zu stoßen. Binek und den übrigen Elfen erging es ebenso. Auf der anderen Seite erwartete sie eine sich stark nach links und rechts erweiternde Grotte, in der leises Wasserrauschen erklang. Zu ihren Füßen verliefen mehrere kleine Wasserläufe, nach vorne war die Höhle in Kopfhöhe an mehreren Stellen durchbrochen. Das mussten die Folgen des Erdbebens sein.

Dicht belaubte Büsche verhinderten jeden Blick auf die sich hinter den Öffnungen erstreckende Landschaft. Das durch den Blätterwall einsickernde Sonnenlicht machte ihre Fackeln überflüssig, doch noch wagte niemand, sie zu löschen.

Beim Anblick des Grüns wäre Binek am liebsten einfach nach draußen gestürzt. Für einen wie ihn, der die Einsamkeit liebte, war in Felsheim einfach viel zu viel in viel zu kurzer Zeit geschehen. Und er war immer mittendrin gewesen.

Dicke, rostige Eisenstreben, die in die Durchbrüche eingelassen waren, sollten ein unbefugtes Eindringen verhindern. Einige von ihnen lagen jedoch herausgebrochen am Boden.

Sofort legten sich Elfen- und Zwergenhände auf an der Hüfte getragene Waffengriffe. Vorsichtig sah sich die Gruppe nach allen Seiten hin um, doch weder Bären, Wildschweine noch anderes gefährliches Getier hatten sich in der Höhle eingenistet. Das Wasser, das hier an die Oberfläche trat, um für gewöhnlich nur zwanzig Königsschritte weiter wieder im Fels zu verschwinden, wurde durch eine massive Steinbarriere am Weiterfließen gehindert.

Von der Staumauer abgelenkt, strömte es über eine Rinne in eine Felsöffnung zur Linken, hinter der es hörbar in die Tiefe stürzte. Einige große Felsbrocken waren gegen die Mauer gerollt worden, wohl um sie zu verstärken.

Sofort machten sich die Wasserknechte, die ihre beiden Boote gesteuert hatten, mit Feuereifer daran, die Mechanik genauer in Augenschein zu nehmen. Einer von ihnen, die Hände mit Schmieröl benetzt, erstattete Orm Bericht.

»Irgendwer muss die Anlage kürzlich instand gesetzt haben«, erklärte er. »Wir haben voll bewegliche Kettenzüge gefunden, an denen nichts verrostet ist.«

»Also doch!«, sagte Eyron mit mühsam unterdrücktem Zorn. »Ihr Zwerge habt uns das Wasser absichtlich abgeschnitten.«

»Unsinn!«, donnerte Orm. »Hätte ich vielleicht dabei zugesehen, wie ihr Elfen hierhergelangt, wenn ich von diesem Staudamm gewusst hätte? Außerdem ist hier offensichtlich jemand von außen eingedrungen. Wahrscheinlich jemand, der den verborgenen Eingang hinter uns gar nicht kannte.«

»Aber wer soll das gewesen sein?«, fragte Binek, dem dazu nur Velb und Gohlik einfielen – und Gohlik schied vollkommen aus.

Dabei kam ihm Velbs vernarbter Rücken in den Sinn, den er Eyron verdankte. Konnte es sein, dass der Waldläufer auf diese Weise geheime Rache an seinen Peinigern nehmen wollte?

Orm ließ die Felsbrocken forträumen, damit die Staumauer abgesenkt werden konnte. Statt über die alte Zisterne in die unterirdische Seenplatte floss das Wasser bald darauf wieder durch die vor ihnen liegenden Gesteinsschichten.

Jubel kam trotzdem nicht auf. Zu tief saß bei den Elfen der Argwohn, dass ihnen die Zwerge einen bösen Streich gespielt hatten.

Neene, die schon die ganze Zeit an einer Stelle verharrte, beugte sich plötzlich vor und hob etwas vom Boden auf. »Hattet ihr nicht Streit mit irgendwelchen Trollen?«, fragte sie Orm, während sie den Gegenstand zwischen ihren Fingern betrachte.

Sofort wurde sie von mehreren Zwergen umringt, die alle wissen wollten, was sie gefunden hatte. Es dauerte eine Weile bis auch Binek einen Blick auf den schwarz-rot marmorierten Stab mit den halbrunden Endverdickungen werfen konnte, der für gewöhnlich seinen Platz in den Ohrläppchen eines

Trolls fand. Er hatte schon einmal so einen gesehen, konnte sich aber nicht gleich entsinnen, wo. Nach einer Weile kam er drauf. Konnte das vielleicht der Trollschmuck sein, den Velb dem toten Marzz abgenommen hatte?

Allerdings glaubten auch andere, das Schmuckstück wiederzuerkennen.

»Elender Archat!«, fluchte Orm gereizt. »Wollte sich wohl auf diese Weise an uns rächen, weil wir ihn wegen seiner Unfähigkeit, die zum Einbruch der Kaverne führte, davongejagt haben. Trollpack, undankbares!«

»Trotzdem tragt ihr Zwerge die Verantwortung für unsere Wasserknappheit«, beharrte Eyron.

Orm Eisenbeiß sah das ganz anders und ließ das auch alle lautstark wissen. Dass die Trolle an allem schuld waren, bezweifelte kaum noch jemand. Zumindest in den Flüchen, die über sie ausgestoßen wurden, herrschte bald größte Einigkeit.

Ist das wirklich die einzige Möglichkeit, wie zwei Völker zueinanderfinden können, fragte sich Binek unangenehm berührt. Indem sie auf ein drittes einprügeln?

»Schluss mit diesem Unsinn«, fuhr Neene allen über den Mund. »Es wird Zeit, dass wir unseren Streit begraben und uns wieder auf unsere Gemeinsamkeiten besinnen.«

Mit dieser Meinung stand sie allerdings alleine da. Auf beiden Seiten waren zu viele Krieger gefallen, um die Kämpfe der vergangenen Tage als unglückliches Missverständnis abzutun. Dazu waren die geschlagenen Wunden zu tief, zu zahlreich und viel zu schmerzhaft.

»Die Zeit zum Aufbruch naht«, wandte sich Avea inzwischen an Binek. »Ich würde mich freuen, wenn du uns zur Silberfeste begleitest. Ich weiß, unser erstes Zusammentreffen ist recht unglücklich verlaufen, aber nachdem deine Entdeckung ein noch größeres Blutbad verhindert hat, wird man dich bei uns mit offenen Armen empfangen.«

Binek konnte sehen, wie sich Imtjes Stirn bei diesen Worten in Falten legte. Nach allem, was sie gemeinsam durchgestanden hatten, hoffte sie wohl, dass er vorerst in Felsheim blieb und hier vielleicht sogar eine neue Heimat fand. Doch für solch eine Entscheidung war es zu früh. Binek brauchte unbedingt etwas Abstand, um mit sich selbst ins Reine zu kommen. Und da war noch etwas anderes, über das er sich dringend Klarheit verschaffen musste. Konnte es sein, dass er sich wirklich so in Velb getäuscht hatte?

»Mich zieht nichts zur Silberfeste«, beschied er Avea, die immer noch auf eine Antwort wartete. »Ganz egal, ob du selbst an deine schönen Worte glaubst, für die meisten von euch Elfen werde ich doch stets nur der Bastard eines Verräters sein.«

Sein Blick glitt zu seinem Vaterbruder, der zwar wütend die Hände zu Fäusten ballte, aber schwieg. So schwer es ihm auch zu fallen schien.

»Aber nichts ist für ewig in Stein gemeißelt«, sagte Binek weiter. »Lasst mich erst über einige Dinge klarwerden, dann werde ich mich jenen zuwenden, die mir etwas bedeuten.«

Dabei sah er in Imtjes Richtung, die diesen Wink sehr wohl verstand.

# *Bandor*
## *Der Steinerne Wald*

»Ganz schön unheimlich hier.« Aus dem Munde eines Orks klangen diese Worte unpassend, ja, geradezu grotesk. Doch das Unbehagen, das Krok laut zum Ausdruck brachte, war auch den übrigen Kriegern der Horde anzumerken.

Es war nicht etwa nächtliches Rauschen von Baumwipfeln oder fernes Wolfsgeheul, das in den wilden Kriegern gemischte Gefühle hervorrief, sondern, ganz im Gegenteil, die unnatürliche Stille einer durch und durch lebensfeindlichen Umgebung. Nicht einmal das Summen oder Zirpen von Insekten war zu hören. Was die Nerven der Orks am stärksten reizte, war jedoch das unüberschaubare Heer aus gleichförmig gemeißelten Felsnadeln, das sie zu allen Seiten hin umgab. Mehr als einmal standen Krieger der Horde kurz davor, eine der quadratischen Säulen mit dem Streitkolben zu zerschlagen. Doch im letzten Moment besann sich jeder einzelne von ihnen eines Besseren, ohne dass Krok ihn zur Ordnung rufen musste.

Ob sich die Spitzpfeiler wirklich so einfach zertrümmern oder umwerfen ließen, war natürlich fraglich, aber bestimmt hätte der dabei veranstaltete Lärm ausgereicht, sie zu verraten und damit all ihre Bemühungen zunichtezumachen. Schließlich hatten sie volle zwei Tage gebraucht, um unbemerkt in den von hohen Steilhängen umgebenen Talkessel einzusickern, dessen Kraterlandschaft zum Glück viele Möglichkeiten zum Verbergen bot. Tagsüber hatten sie versucht, in ihrem Versteck zu schlafen, doch außer Mandu war das niemandem aus der ungleichen Gruppe gelungen. Selbst Ascan hatte sich an den gleichförmig gemeißelten Obelisken gestört, die, aus der Höhe betrachtet, in Form von Dreiecken und Kreisen angeordnet waren. Mit versteinerten Bäumen hatte das Ganze nichts zu tun, und Ascan fragte sich, warum die Trolle – oder das höher entwickelte Volk, das hier vor ihnen geherrscht hatte – diesen Namen gewählt hatten.

Von Magie verwüstete Gebiete gab es viele, Scherbental war ein gutes Beispiel dafür. Doch ein Ort wie dieser, der mit keinem anderen vergleichbar war, zog zwangsläufig Neugierige an, mochte er auch noch so gefährlich sein. Die Gier nach Macht oder Reichtum übertraf von jeher die Besonnenheit, ob nun bei den Menschen oder anderen vernunftbegabten Völkern. Selbst das Geschlecht der Elfen nahm Ascan bei dieser Einschätzung nicht aus.

Schob nicht auch er alle Vorsicht beiseite, wenn er mitsamt der Horde und dem zwielichtigen Nekromanten tief in den Steinernen Wald vorstieß? Und strahlten diese Pfeiler keine so starke Drohung aus, dass sich selbst die Trolle bei Anbruch der Dämmerung in die umliegenden Berge zurückzogen?

In der Horde überwog die Freude darüber, fast am Ziel zu sein, doch Mandu mahnte trotzdem zur Eile.

»Rasch, heute Nacht ist es so weit«, trieb er sie an. »Sobald der Vollmond hoch am Himmel steht, nimmt das Ritual seinen Lauf. Wenn wir den richtigen Moment verpassen, müssen wir wer weiß wie lange auf die nächste Gelegenheit warten.«

Wie ein bleiches Auge starrte der Mond auf sie herab, umgeben von kalten Sternen, die wie geschliffene Diamanten auf schwarzem Samt funkelten. Ob die Gestirne wohl ahnten, welch große Rolle sie im Reich der Trolle spielten?

Auf jeden Fall beleuchteten sie den Weg der Horde, der direkt zu einem tiefen Krater führte, über den sich rötlicher Feuerschein wölbte. Das musste der Platz sein, an dem die verbliebenen Trollschamanen ihr Ritual abhalten wollten. Nur zwei einsame Posten am Rande des Felskessels bewachten die Zeremonie. Wie müde gewordene Denkmäler stützen sie sich auf ihre langen Holzkeulen. Offensichtlich interessierten sie sich mehr für die Vorgänge in der Tiefe als für das, was um sie herum geschah.

Geräuschlos schlich Kroks Horde auf die Kultstätte zu. Ohne seinen schweren Ledermantel verschmolz auch Ascan mit der kalten Nacht. Ab und an verriet ein leises Scharren, wo sich die Orks befanden, doch niemals schälten sich ihre Umrisse lange genug aus der Dunkelheit hervor, um ihre gewaltigen Gestalten in vollem Umfang zu erahnen.

Dunkle Choräle übertönten die letzten geflüsterten Befehle – und dann schlugen die Orks zu. Der Wächter an der Ostseite stieß vergeblich einen Alarmruf aus, als er spürte, wie kalter Stahl durch seine Kehle fuhr. Mehr als ein feuchtes Röcheln brachte er nicht mehr zustande. Auch der Versuch, sich den Steilhang hinabzustürzen, scheiterte an einem Dutzend Orkpranken, die ihn rechtzeitig an Armen und Beinen packten, um ihn von dem Abgrund fortzuzerren und geräuschlos zu Boden gleiten zu lassen. Obwohl der Troll im Todeskampf ungeahnte Kräfte freisetzte, gelang es ihm nicht, den eisernen Griff seiner Gegner zu sprengen. Nur drei Köpfe kleiner als er, pressten ihn die Orks mit vereinten Kräften auf den felsigen Grund, bis alles Leben aus ihm gewichen war.

Der zweite Posten verblutete in der Zwischenzeit an einem Stich, der ihn durch den Rücken mitten ins Herz getroffen hatte. Mochten Trolle auch groß und muskulös wie kein anderes Volk sein, der tödliche Weg zwischen die Rippen hindurch, links an der Wirbelsäule vorbei, war stets der gleiche. Und scharf geschliffenem Elfenstahl waren auch Trolle nicht gewachsen.

Unten, am Grunde des Kraters, rissen die dunklen Gesänge keinen Atemzug lang ab. Was auch immer die Schamanen beschworen, nahm ihre Aufmerksamkeit zu stark in Anspruch, als dass sie den Tod der Wachen bemerkt hätten. Trotzdem blieben die Orks dem Kraterrand fern, bis Ascan zu ihnen aufgeschlossen hatte. Noch während sich Krok und der Elf mit Gesten darüber verständigten, dass sie einen gemeinsamen Vorstoß wagen wollten, tauchte Mandu aus der rückwärtigen Dunkelheit auf.

Zu dritt robbten sie an eine unregelmäßig verlaufende Abbruchkante, über die sie vorsichtig hinwegspähten. Mehrere Lagerfeuer verwandelten den Grund des Felskessels in einen Flickenteppich aus Licht und Schatten. Trotzdem schälten sich fünfzehn zu einem Keil formierte Schamanen klar umrissen aus der Nacht hervor. An ihrer Spitze kniete ein überraschend hagerer Troll mit schlohweißem Haar, das ihm wirr im Gesicht klebte, während er den Takt der gemeinsamen Bewegungen vorgab.

»Mondrak!«, knurrte Krok bei seinem Anblick, und auch Ascan hatte den weisesten aller Trolle schon einmal während des Großen Krieges zu Gesicht bekommen. Seitdem hatte der mit einem Lendenschurz bekleidete Schamane stark an Gewicht verloren, ansonsten sah er noch genauso aus wie früher.

Hinter Mondrak knieten zwei erdbraune Kolosse, die ebenfalls ergraut waren, wenn auch nicht so stark wie ihr Anführer. Im Rücken des Zweigespanns folgten drei weitere Trolle, in der vierten Reihe knieten vier nebeneinander und in der letzten gleich fünf, wobei sich die gesamte Sitzordnung nach Rang und Alter der Schamanen zu staffeln schien. Das Oberhaupt der Gruppe, nach dem sich alle anderen richteten, war der schlohweiße Mondrak, der bereits in tiefe Trance gefallen war.

Rhythmisch mit dem Oberkörper vor- und zurückschaukelnd warf er sich in genau bemessenen Abständen immer wieder mit ausgestreckten Armen nach vorne, bis seine Handflächen und das Gesicht den kalten Boden berührten, als wolle er eine finstere Gottheit um Vergebung anflehen. Die anderen folgten seinem Beispiel, die zweite und dritte Reihe noch zeitgleich, die übrigen Schamanen leicht verzögert.

»Es dauert noch ein wenig«, flüsterte Mandu seinen Begleitern zu. »Erst wenn alle Trolle ihren Geist zu einem einzigen Willen unter Mondraks Führung vereint haben, schreiten sie zur Tat.«

Ascan genügte diese Erklärung nicht. Er wollte tiefer in die seltsamen Vorgänge eingeweiht werden.

»Was geht hier eigentlich vor?«, fragte er missmutig. »Und wieso interessiert sich Grimm für diese Zeremonie?«

Anstatt erschöpfend zu antworten, umgab sich Mandu weiterhin mit dem Nimbus des Geheimnisvollen. »Siehst du den großen Schatten, der in Blickrichtung der Schamanen liegt?«, fragte er, während er mit seiner Rechten in die Tiefe deutete. »Noch ehe die Nacht vorüber ist, wirst du dort sehen, was Grimms Herz so stark begehrt.«

Krok entblößte seine Gebissreihen in einem breiten Grinsen, das gleichzeitig Vorfreude und tiefe Zufriedenheit ausdrückte. Nie zuvor hatten die kreuz und quer stehenden Orkzähne solches Unbehagen in dem Elfen ausgelöst. Trotzdem widerstand er der Versuchung, weitere Erläuterungen einzufordern.

Stattdessen fasste er die Stelle ins Auge, auf die Mandu gedeutet hatte. Erst bei näherem Hinsehen entdeckte er, dass sich innerhalb der schwarzen Fläche ein noch dunklerer, unregelmäßig gerundeter Schatten abzeichnete. Ein riesiges Loch, das steil oder gar senkrecht in die Tiefe hinabführte.

Ascan spürte ein unangenehmes Ziehen in seiner Magengegend, als er darüber grübelte, was wohl in den Tiefen unterhalb des Steinernen Waldes hausen mochte? Es kamen eine ganze Reihe von Wesen für eine Beschwörung in Frage, eines schrecklicher als das andere.

Die Schamanen befanden sich mittlerweile im Einklang. Im gleichen Moment, da alle fünfzehn den gleichen Rhythmus anschlugen, veränderte sich ihr monotoner Gesang und nahm einen herausfordernden, geradezu befehlenden Unterton an.

»Komm zu uns, du unruhiger Geist«, übersetzte Mandu leise. »Lass dich von uns einlullen, denn deine Zeit des Schlafes ist noch nicht vorüber.«

Als Ascan den Magier ansah, bemerkte er mit Schrecken, dass dieser inzwischen kniete – und sich genau wie die Schamanen im Felskessel bewegte. Beide Augen geschlossen, streckte Mandu seine geistigen Fühler aus. Der Elf spürte jedoch intuitiv, was vor sich ging. Sein angeborener Sinn, der ihm alle Tiere zugetan machte, wurde angesprochen. Doch die körperlose Berührung, die Ascan plötzlich spürte, ekelte ihn so stark an, dass er seinen Geist vor ihr verschloss. Zurück blieb nur noch die instinktive Furcht vor dem, was der Nekromant mit dem von ihm gewobenen Zauber bezweckte.

Am liebsten hätte ihn Ascan an den Schultern gepackt und wachgerüttelt, aber da Krok zwischen ihnen lag, blieb ihm nichts anderes übrig, als still mit anzusehen, was als Nächstes geschah. Sanfte Vibrationen erschütterten die Felskante, auf der er lag. Was auch immer aus den Tiefen des Berges in den Krater hinaufstieg, war so groß und schwer, dass es den gesamten Untergrund erbeben ließ. Und dabei so schnell, dass in dem schwarzen Loch unversehens acht faustgroße Augen aufschimmerten. Die ringförmige Anordnung der Pupillen, in denen sich das Mondlicht widerspiegelte, bestärkte Ascans schlimmste Befürchtungen.

*Nein!*, durchzuckte es ihn wie ein Peitschenhieb. *Nur das nicht!*

Doch die Götter, von denen sich der Elf schon vor langer Zeit abgewandt hatte, wollten ihn nicht erhören. Nur wenige Lidschläge später erhob sich ein kreisrunder, von spiralförmig angeordneten Zähnen gesäumter Schlund, gefolgt von einem langen, walzenförmigen Leib, in dem mehrere Eichenstämme Platz gefunden hätten. Wären nicht die entrückt dreinblickenden Augen rings um das trichterförmige Mahlstrommaul gewesen, man hätte dieses Ungetüm für einen zu groß geratenen Regenwurm halten können. Aber bei der Heiligen Quelle … dieses Tier war weitaus gefährlicher.

Ein Felszehrer!

Vermutlich sogar einer von denen, die im Großen Krieg der Kontrolle der Elfenmagier entglitten waren und anschließend furchtbare Schäden angerichtet hatten. Die Feste Hohenstein war damals dem Erdboden gleichgemacht worden, so dass sich nun dort, wo einst die nördlichste Elfenstadt gestanden hatte, ein Meer aus Steinschutt erstreckte.

Scherbental.

Viele Krieger waren den reißenden Bestien zum Opfer gefallen. Sie waren durch die wirbelnden Schlünde gedreht worden, die selbst Felsen zu zerkleinern vermochten, so dass am Ende nicht einmal genug von den Toten übriggeblieben war, um sie würdig zu bestatten.

Wäre es Mondrak und den übrigen Trollschamanen nicht im letzten Moment gelungen, die entfesselten Tiere zu bändigen, wäre wohl kein einziges der verfeindeten Völker mit dem Leben davongekommen. Scherbental, das war der Ort der Niederlage für die Magie der Elfen, aber auch das militärische Ende der Orks, die daraufhin in die Verbannung gegangen waren oder sich zu einem friedlichen Leben in den engen Grenzen des ihnen verbliebenen Reiches zurückzogen hatten.

Das weitere Schicksal der gebändigten Felszehrer hatten die Trollschamanen stets geheim gehalten, doch Grimm war ihnen offensichtlich auf die Spur gekommen. Darüber hinaus schien er fest entschlossen, sich dieser gefährlichen Bestien für seine Invasion zu bedienen.

Zwei widerstreitende Gefühle tobten in Ascans Brust.

Einerseits bewunderte er die Gerissenheit des jungen Feldherrn und verspürte nicht übel Lust, die ganze Silberfeste mitsamt seinem verhassten Bruder in sich zusammenstürzen zu sehen. Gleichzeitig erschreckte ihn die Aussicht auf das, was geschehen mochte, wenn die Ungetüme ein zweites Mal – und dann vielleicht endgültig – während einer Schlacht außer Kontrolle gerieten. Die Folge wäre ein Leben in ständiger Angst, denn niemand vermochte vorauszusagen, wohin sich ein frei lebender Felszehrer als Nächstes wandte, wenn er erst einmal im Boden verschwunden war. Doch was war ein Königreich wert, aus dem die Untertanen flohen, weil sie jederzeit mit ihrer aus der Erde hervorbrechenden Vernichtung rechnen mussten?

Nichts!

Das war Grimm hoffentlich bewusst.

Noch war der Felszehrer, der gut fünfzehn Ellen aus dem Talgrund hervorragte, vollkommen friedlich. Sein massiger

Leib wiegte sich im monotonen Takt der Trollgesänge, die einen abklingenden Schlafzauber erneuerten, damit er weiterhin in seiner Felskammer schlummerte, anstatt Angst und Schrecken unter Tieren und Völkern zu verbreiten.

»Sie erwachen langsam aus ihrem Zauber, wenn sie zu verhungern drohen«, flüsterte Krok, den die Anspannung gesprächig machte. »Siehst du, wie sein Spiralschlund mahlt? Er hat sich bereits auf seinem Weg in die Höhe einige Felsstücke aus dem Berg gebissen. Nun hat er wieder genügend im Magen, um zurück in den Tiefschlaf versetzt zu werden.«

Tatsächlich war in dem hoch über dem Kesselboden schwebenden Maul zu sehen, dass sich die gegeneinanderlaufenden Zahnreihen bewegten. Falls dabei wirklich Steinbrocken in den Verdauungstrakt des Untieres wanderten, waren sie schon so weit vorgedrungen, dass sie nicht mehr zu erkennen waren. Deshalb wirkte es, als gelüstete es den Felszehrer nach mehr. Seinem rotierenden Schlund zum Trotze gab sich das Monstrum den einlullenden Gesängen hin. Bis zu dem einschneidenden Moment, in dem Mandu beide Hände weit von sich stieß und wieder fest an seinen Brustkorb presste. Die Luft um sie herum begann plötzlich zu knistern. Ascan konnte sehen, wie der Magier seine gesammelte Kraft und Konzentration in diesem einen Moment bündelte.

»Wirf deine alten Fesseln ab!«, schrie er in die Nacht hinaus. »Und unterwirf deinen Willen fortan mir!«

Noch ehe diese Worte von den Felswänden widerhallten, stand die Orkhorde aufrecht hinter dem Magier, um ihn gegen jeden möglichen Angriff zu verteidigen. Gleichzeitig lief ein harter Ruck durch den Felszehrer, der sein achtäugiges Kopfende wie benommen zu schütteln begann. Lederne Augenlider schlossen sich über den verschleierten Pupillen und öffneten sich ebenso schnell wieder. Doch nun war der Blick des Riesenwurms frisch und klar – und von einer bösartigen Intelligenz beseelt.

Einige Trolle schrien vor Entsetzen auf, als sie spürten, dass ihnen die Kontrolle über den Felszehrer entglitt. Ein scharfer Befehl rief sie umgehend zur Ordnung, so dass ihr einschläfernder Gesang wieder wie eine einzige Stimme klang, doch auch Mandu verstärkte den geistigen Griff, mit dem er die Bestie unter seine Kontrolle zu bekommen versuchte. Diesmal schwieg er dabei, doch das schweißnasse, vor Anstrengung verzerrte Gesicht bewies, mit welcher geistigen Anspannung er sich in dieses unsichtbare Ringen stürzte.

Nun würde sich entscheiden, ob Grimm auf den richtigen Magier gesetzt hatte. Obsiegten die Trollschamanen, war das Leben der Eindringlinge, die ihre geheime Zeremonie gestört hatten, keinen Pfifferling mehr wert.

Keuchend presste Mandu die geballten Fäuste gegen seine Schläfen, als müsse er die dort hervorgetretenen Adern zurück in den Kopf drücken, bevor sie zerplatzten. Immer heftiger pulsierte das Blut in seinen Adern, bis er sich endlich durchsetzte.

Unter lautem Scharren stieß der Felszehrer aus seinem Loch hervor und schlug mit ganzer Länge zwischen den Trollen ein. Trotz ihrer imposanten Größe wirbelten die erdbraunen Giganten durch die Luft, als wären sie nur geschnitzte Spielfiguren. Zwei von ihnen blieben mit zerschmetterten Knochen liegen, die anderen rappelten sich auf, um in alle Richtungen davonzurennen. Fürchterliche Schreie erfüllten die Luft, als einer der jungen Schamanen zuerst bis zu den Knien und schließlich bis zum Unterleib in dem Schlund der Bestie verschwand. Erst als ihn die beweglichen Zahnreihen gänzlich zerrieben hatten, wurde es still im Krater.

Aber nur für kurze Zeit.

Das bluttriefende Maul verlangte nach mehr. Blitzartig schlug der Felszehrer mit der hinteren Hälfte seines schlangenförmigen Körpers um sich – eine baumlange und tonnenschwere Peitsche, die die Erde erbeben ließ. Mehrere der flüchtenden Trolle kamen zu Fall. Schon stülpte sich das trichterförmige Maul über einen am Boden Zappelnden, und der zerstörerische Mahlstrom begann erneut zu rotieren.

Inzwischen hatten andere Schamanen ihren ersten Schrecken überwunden und schritten zur Gegenwehr. Beherzt drangen sie mit ihren Hieb- und Stichwaffen auf den unförmigen Leib ein, doch die Verletzungen, die sie ihm damit zufügten, waren für den majestätisch aufragenden Felszehrer nicht schlimmer als Insektenstiche. Ein Troll, der den Augenkranz zu treffen versuchte, geriet mit Waffe und Arm in die rotierenden Zähne. Bis hinein in den Brustkorb rissen sie ihm das Fleisch von den Knochen. Keinen Herzschlag später brach er zusammen.

Angesichts dieses Massakers behielt nur ein Schamane einen kühlen Kopf, der schlohweiße Mondrak. Mit stechendem Blick suchte er den Kraterrand nach dem störenden Geist ab, der seine Beschwörung zunichtegemacht hatte. Als er Mandu entdeckte, hob er seine langen Arme so weit empor, als wollte er sich in die Lüfte schwingen. Stattdessen begann die Luft zwischen seinen Handflächen zu knistern. Rote Energiefäden sprangen zwischen Mondraks Fingern umher. Dabei schufen sie einen glühenden Ball, der zu schweben schien.

»Vorsicht!«, rief Krok, der die Gefahr für Mandu witterte. »Schnell, Ascan, dein Bogen! Töte den Schimmelkopf!«

Der Elf, der bis dahin wie gebannt auf das Geschehen im Krater gestarrt hatte, sprang umgehend auf die Füße. Sein erster Pfeil lag gerade auf, als es zwischen den Handflächen des Trolls zu gleißen begann. Die zum Abschuss bereite

Lichtkugel ging nicht mehr auf die Reise. Zuvor stach ein blau-weißer Blitz in Mondraks linke Brusthälfte. Augenblicklich gelähmt, stürzte er zur Seite wie ein gefällter Baum und blieb reglos liegen.

Feine Rauchfäden stiegen zwischen Mandus Fingern auf, die binnen kürzester Zeit mit Brandblasen übersät waren. Die Ausübung tödlicher Magie war mit großen Risiken verbunden, nicht nur für den, den sie treffen sollte. Der Nekromant verzog keine Miene, während er einen stillen Heilzauber wirkte.

Die Kontrolle über den Felszehrer gab er in dieser Zeit vollkommen auf.

Entsprechend wütete das Tier unter den verbliebenen Trollen. Den wenigen von ihnen, denen es gelang, den Kraterrand zu erreichen, machten die Orks den Garaus.

Seinen Bogen mit der gespannten Sehne noch immer in Händen, verfolgte Ascan den Untergang der Schamanen. Obwohl er schon vor langer Zeit jedem Mitgefühl abgeschworen hatte, wühlte der Anblick in seinen Eingeweiden. Der Schock und die Schmach von Scherbental, die tief in jedem Elfen wurzelten, ließen sich auch für ihn nicht so einfach abschütteln.

»Ich hoffe, du verstehst nun, warum wir dir unsere wahren Absichten verschwiegen haben«, sprach ihn Mandu unversehens an. »Wenn es um die Felszehrer geht, weiß niemand, wie ihr Elfen reagiert.«

Danach reckte der Magier seine Rechte in Richtung des Kraters und ballte die Hand zur Faust. Beinahe augenblicklich verstummten die Fressgeräusche der Bestie. Auf einen weiteren Fingerzeig hin kehrte sie in das Loch zurück, aus dem sie an die Oberfläche gekrochen war.

»Und ich hoffe nur, du weißt diese Kreatur dauerhaft zu

bändigen«, knurrte Ascan ungehalten. »Sonst wird Grimm am Ende über ein Reich ohne Untertanen herrschen.«

Mandu lächelte mit einer Spur von Überheblichkeit auf den Lippen. »Warum folgen wir dem Felszehrer nicht einfach?«, bot er dem Elfen an. »Und überzeugen uns an Ort und Stelle von meinen Fähigkeiten?«

# TEIL 4

# DIE STILLE
# NACH
# DER SCHLACHT

*Der Tod sucht sich seine Opfer
nicht sorgfältig aus.
Er frisst wahllos,
was ihm in den Weg kommt.*

ORKWEISHEIT

# Gohliks Erdhütte

## I.

Von weitem war noch nichts zu erkennen, doch je näher Binek dem hohlen Baumstamm kam, der als verdeckter Abzug diente, desto deutlicher zeichneten sich die hellgrauen Rauchfäden ab, die zwischen den Blättern der benachbarten Buchen aufstiegen. Erleichtert atmete das Halbblut auf. Seine Ahnung hatte nicht getrogen. Velb war zu seinem Warenlager zurückgekehrt.

Anders war der brennende Ofen in Gohliks unterirdischer Behausung nicht zu erklären. Es sei denn, irgendwelche Spitzbuben hätten die Gelegenheit dazu genutzt, sich in seiner leeren Höhle einzunisten. Binek beschloss, größte Vorsicht walten zu lassen.

Geschickt jede Deckung nutzend, suchte er die Gegend nach verborgenen Wachposten ab. Obwohl er die gesamte Umgebung aus dem Wipfel eines Baumes heraus ausspähte, entdeckte er keine Menschenseele. Derart beruhigt, suchte er den einzigen Zugang auf, den Gohlik in seiner Gegenwart benutzt hatte. Den, der sich neben dem halbversunkenen Findling bei Velbs verlassenem Lagerplatz befand.

Binek fummelte eine Weile an der vorspringenden Spitze des verwitterten Steins herum, bis er herausfand, wie sich der Mechanismus betätigen ließ. Zunächst knirschte es leise, dann erschien ein gerader Spalt in der zuvor unversehrten Oberfläche. Vorsichtig belastete er den überstehenden Teil, der eine Daumenbreite weit nachgab. Wie das mit Hammer und Meißel bearbeitete Innenleben des Findlings aussah, war von außen nicht zu erkennen. Dem Schleifen und Scharren nach zu urteilen, setzte sich ein ganzes Hebelwerk in Bewegung, das eine mit Gras bewachsene Falltür entriegelte.

Obwohl Binek wusste, was geschehen würde, fuhr er vor Schreck zusammen, als plötzlich, nur zwei Fußbreit von ihm entfernt, ein dunkles Loch im Erdboden aufklaffte. Die nach innen geschwungene Luke hatte sich ebenso leise wie schnell geöffnet. Unter dem Eingang zeichneten sich die Holme einer hölzernen Stiege ab, die im Dunkel des unterirdischen Tunnels versank.

Binek hütete sich davor, sie einfach zu betreten. Wenn er etwas in der Schlacht um Felsheim gelernt hatte, dann dass die Zwerge nicht nur eine Neigung zu Geheimgängen hatten, sondern auch zu gut verborgenen Fallen. Bereits in seiner Zeit als Dieb hatte er Bekanntschaft mit gefährlichen Vorrichtungen gemacht, die einen Eindringling festsetzen oder gar töten sollten.

Rasch holte er sein Feuerbesteck hervor, schlug einige Funken und ließ den brennenden Zunder in die Tiefe fallen. Die züngelnden Flammen erreichten auf Anhieb den untersten Tritt, vor dem eine große Schlinge ausgelegt war, in die ein Neuankömmling zwangsläufig hineintappen musste.

Nach kurzer Überlegung hatte er eine Idee, wie sich dieses Hindernis überwinden ließ. Vorsichtig belastete er die oberen Stufen und stieg so weit hinab, bis er die zwei Ellen dicke Erdschicht passiert hatte. Seine Hände ertasteten die Tunneldecke, an der er einen Halt zu finden hoffte, um sich tief in den Gang hineinschwingen zu können. Als er dabei auf eine Seilrolle stieß, über die ein straff gespanntes Tau führte, zog er seine Hände sofort zurück, doch zu spät – seine Berührung hatte bereits einen empfindlichen Mechanismus ausgelöst.

Binek hörte, wie ein schweres Gewicht in die Tiefe jagte, während der quietschende Seilzug etwas in die Höhe katapultierte. An dem typischen Rauschen erkannte er, dass es sich um ein Fangnetz handelte. Kleine Glöckchen bimmelten, als es zusammengezogen vor seiner Nase baumelte. Sofort griff er in die groben Maschen, um die Bewegung zu stoppen. Das Klingeln verstummte augenblicklich.

Hätte sich jemand in dem emporgerissenen Netz verfangen, hätte bereits die kleinste Gewichtsverlagerung für Alarm gesorgt.

Binek ließ neuen Zunder aufflammen, um sicherzustellen, dass ihn keine weitere Überraschung erwartete. Dabei stellte er fest, dass die Schlinge vor der untersten Sprosse nur eine Attrappe war, die einen Uneingeweihten zu einem langen Schritt verleiten sollte, der direkt in das nach oben schnellende Netz geführt hätte.

Elende Zwerge!

Atemlos lauschte er in den unterirdischen Gang hinein, doch wer auch immer sich an Gohliks Herd wärmte, hatte das kurze Klingeln überhört oder maß ihm keine besondere Bedeutung bei. Vorsichtig wagte er sich weiter, ohne auf eine weitere Falle zu stoßen. So konnte er unbeschadet nach einem der Kienspäne greifen, die sich der alte Zwerg bereitgelegt hatte. Die bescheidene Flamme, die sich daran entzünden ließ, reichte gerade aus, um eine Armlänge weit zu sehen, doch mehr brauchte Binek nicht, um seinen Weg zu finden.

Das flackernde Licht vorsichtig mit einer Hand abschirmend, arbeitete er sich den feuchten Stollen entlang, aus dem zahlreiche Baumwurzeln und Strünke hervorragten. Manchmal nahm er in seinen Augenwinkeln ein Huschen und Krabbeln wahr, doch immer, wenn er sich hastig danach umdrehte, handelte es sich nur um Würmer oder Käfer, die seinem Lichtschein zu entkommen suchten.

Zunächst ging es geradeaus entlang, ziemlich genau in die Richtung, in der die Buchen mit dem getarnten Schornstein lagen. Als sich der Tunnel nach zwei Seiten hin aufspaltete, musste er sich für eine von ihnen entscheiden. Auf gut Glück wählte er die linke, ohne zu wissen, ob sie ihn seinem Ziel näher brachte. Unterwegs kam er an weiteren Zugängen vorbei, die bei näherem Hinsehen alle mit Fangnetzen oder scharfen Klingen gesichert waren. Kreuzende Gänge bestätigten ihn in seiner alten Vermutung, dass Gohlik das Gelände rund um die Erdhütte komplett unterhöhlt hatte.

Gleichzeitig erhöhte das die Gefahr, sich rettungslos zu verlaufen. Zum Glück hörte er bald darauf Stimmen, die ihm den Weg wiesen.

Anderseits – Stimmen? Hatte Velb etwa Besuch, oder unterhielten sich dort Fremde, die Böses im Schilde führten?

Noch vorsichtiger als zuvor machte sich Binek daran, das Rätsel zu lösen. Als am Ende des Ganges warmer Feuerschein flackerte, blies er seine Lichtquelle aus und schlich auf allen vieren weiter. Dabei stellte er fest, dass er harten Fels unter den Händen spürte.

Die Stimmen wurden deutlicher. Eine von ihnen gehörte Velb, aber er sprach nicht mit sich selbst.

Mit klopfendem Herzen arbeitete sich der Halbelf bis zu einer Stelle vor, die ihm einen Blick in die erleuchtete Höhle erlaubte, während er selbst von Finsternis umgeben blieb. Eine offene Feuerstelle unter dem Rauchfang verströmte warmes Licht, das sich auf Töpfen, Kesseln und Pfannen spiegelte. Außerdem sah er einen grob gezimmerten Tisch mit zwei dazu passenden Stühlen.

Auf einem davon saß Velb, der Binek den Rücken präsentierte. Auf dem anderen ein schlecht rasierter Mann in zerschlissener Lederkluft. Auch der Kerl, der sie trug, hatte seine besten Tage bereits hinter sich. Die wenigen Haare, die ihm noch sprossen, trug er kurzgeschoren, und die Zähne in seinem Mund waren ein von schwarzen Stumpen durchzogener Trümmerhaufen.

Binek hatte im Pfuhl weitaus abgerissenere Bettler und Wegelagerer gesehen, trotzdem war ihm dieser Mann auf Anhieb unsympathisch. Es dauerte eine Weile, bis ihm aufging, dass das an dem runden Schmuck lag, den der verlauste Hund um den Hals trug. Eine primitive Holzschnitzerei, die an Kappoks Elfenbeinamulett erinnerte, denn sie zeigte eine Rotte Wildscheine, vom Frischling bis zum Riesenkeiler, die einander von hinten auffraßen.

Binek fröstelte. Wegen des widerlichen Motivs, aber auch weil es von irgendwoher kühl hereinzog. Erst ein leises Rauschen führte ihn auf die Spur einer runden Steinabdeckung, die zur Seite geschoben war. Daneben klaffte ein Loch in dem massiven Felsboden.

Konnte es sein, dass Gohlik, der alte Wasserknecht, hier gebaut hatte, weil er nicht ohne unterirdische Flussläufe leben mochte? Die Beine des Fremden waren jedenfalls bis zu den Waden durchnässt.

»Unsere Herren werden sich über deine Nachricht freuen«, erklärte er gerade, während er sich einen Becher vollschenken ließ. »Zwist zwischen Zwergen und Elfen kommt ihnen sehr gelegen. Das hast du gut gemacht.«

Viel zu gierig stürzte er das Getränk herunter, bis ihm der Rotwein aus den Mundwinkeln quoll. Ärgerlich setzte er ab und wischte über seine Lippen, bevor er auch den Rest in sich hineinschüttete.

»Vermutlich haben sie inzwischen den Staudamm gefunden, der die Elfen von dem Quellwasser abschneidet«, entgegnete Velb, der nur von seinem Wein nippte. »Aber ich habe dafür gesorgt, dass der Verdacht auf die Trolle fällt.«

Lachend hämmerte das Trümmermaul den Becher auf den niedrigen Zwergentisch, um zu zeigen, dass er weiterhin durstig war. »Du bist ein echter Fuchs, Waldläufer«, schmeichelte er dabei. »Grimm wird sich mehr als großzügig erweisen.«

»Mir geht es nicht nur ums Geld wie euch Fischern«, stellte Velb mit einer Stimme klar, die plötzlich vor Kälte klirrte. »Ich habe auch persönliche Motive.«

In den Augen seines Gegenübers blitzte es neckisch auf.

»Ja, natürlich!«, sagte er. »Du hast allen Grund dazu, den Elfen zu grollen. Ich wollte auch nichts anderes behaupten, sondern mich mit dir über die hohe Belohnung freuen, die dich erwartet. Ein wenig Gold hat noch niemanden geschadet, oder? Unsereiner ist jedenfalls froh über den Nebenverdienst. Bei dem, was uns der Statthalter von Norva zum Leben lässt, lohnt es sich schon lange nicht mehr, die Netze auszuwerfen. Ich für meinen Teil kann es nicht mehr erwarten, dass die Orks gegen die anderen Alten Völkern marschieren. Für uns wird danach alles besser. Sie haben uns Siedlungsland im Süden versprochen, weißt du? Dort werden wir den Hochwald der unterworfenen Elfen roden.«

Binek konnte kaum fassen, was der ungewaschene Fischer von sich gab. Sich freiwillig der Knechtschaft der Orks unterwerfen? Wie tief musste jemand gesunken sein, um darin sein Heil für die Zukunft zu sehen?

Velb hatte inzwischen nachgeschenkt. Gemeinsam mit dem Fischer leerte er den Becher, ohne dass einer von beiden weitersprach. Mit jedem Schluck wurde das Schweigen, das zwischen ihnen lastete, unangenehmer. Der Norvare wollte fort, das war ihm deutlich anzumerken. Erneut trank er so hastig, dass ihm der Wein vom Kinn tropfte. Diesmal setzte er nicht ab.

»Ich muss los«, sagte er, ohne von Velb zurückgehalten zu werden.

Als er schon an dem senkrechten Schacht stand, drehte er sich noch einmal um und hob sein Amulett mit der Rechten an, die in einem speckigen Handschuh steckte. »Auf die neue Ordnung!«, rief er dabei.

Velb nickte. »Auf die neue Ordnung«, echote er, wenn auch mit weit weniger Inbrunst in der Stimme.

Binek verspürte nicht wenig Lust, sich selbst zu ohrfeigen. Wie hatte er sich nur derart in dem Waldläufer täuschen können? Er musste in seine Faust beißen, um den wütenden Laut zu unterdrücken, der ihm in der Kehle saß.

Der Fischer aus Norva, der Velbs Botschaft an die Orks überbringen sollte, klammerte sich bereits an den eingeschlagenen Eisenstiegen fest, über die er in die Tiefe klettern wollte. Der Waldläufer half ihm bei dem schwierigen Einstieg, doch sobald der Kahlkopf verschwunden war, sah er mit finsterer Miene in Bineks Gang hinein. Fast so, als könne er die Dunkelheit, die das Halbblut wie einen schützenden Mantel umgab, mit seinen Blicken durchdringen.

Mühsam unterdrückte Binek den Wunsch, sofort davonzulaufen. In diesem Moment hätte ihn das leiseste Geräusch verraten. Kalter Schweiß nässte seinen Nacken, während er jede Bewegung vermied. Nur das Zittern seiner Beine war nicht zu unterdrücken.

Erst als sich Velb bewegte, kroch der Halbelf vorsichtig zurück in den dunklen Gang. Nicht lauter als eine Daunenfeder, die zu Boden fiel, eilte er davon. Plötzlich wollte er nur noch fort. Raus aus Gohliks Erdhöhle.

So schnell wie möglich eilte er den Weg zurück, den er gekommen war. Vielleicht hätte es einen kürzeren gegeben, doch die Gefahr, sich dabei zu verlaufen, war ihm zu groß, ebenso die, bei einem anderen Ausgang in eine Falle zu geraten. Als er endlich das helle Rechteck der offenen Falltür sah, durch die er eingestiegen war, schöpfte er erstmals Hoffnung, dass sich alles zum Guten wenden würde.

Vielleicht sah er deshalb nicht den Schlag voraus, der ihn im Dunkeln von den Beinen holte. Zuerst blitzten nur weiße Funken vor ihm auf. Anschließend wurde alles um ihn herum schwarz.

## 2.

Binek versuchte, sich zu rühren, doch es gelang ihm nicht. Anfangs konnte er sich das nicht erklären. Erst als er das Knistern der Feuerstelle hörte und sich Velb über ihn beugte, begriff er, dass ihn der Grenzgänger bewusstlos geschlagen hatte. Nun lag er an seinen Händen und Beinen gefesselt in Gohliks Wohnhöhle. Sein Kopf ruhte auf etwas, das zu hart für ein Strohkissen war. Dem hohlen Rauschen nach zu urteilen, das er zu seiner Linken hörte, musste es sich um die runde Steinabdeckung handeln.

Velb sah traurig aus, als er neben Binek niederkniete.

»Ausgerechnet du«, sagte er mit belegter Stimme. »Damit habe ich nicht gerechnet. Warum musstest du bloß heimlich lauschen? Ausgerechnet jetzt?«

Binek versuchte zu antworten, doch seine Zunge klebte ihm am Gaumen fest. Und in seiner Kehle steckte etwas, das sich wie eine stachlige Kastanie anfühlte.

Mühsam räusperte er sich.

»Der Ohrschmuck des Trolls, der bei dem Staudamm lag«, brachte er endlich hervor. »Ich habe ihn erkannt. Das war der, den du Marzz abgenommen hast.«

»Oh.« In Velbs Augen funkelte es. »Was haben die Zwerge dazu gesagt?«

»Nichts! Ich wollte erst hören, wie du mir das erklären kannst.«

»Du hast wirklich ein gutes Herz.« Velb nickte anerkennend. »Bevor du aus Versehen eine falsche Beschuldigung aussprichst, stellst du sicher, dass du wirklich richtigliegst, oder? Kameraden wie dich findet man nur noch selten. Wie schade, dass ich dich töten muss. Wir hätten viel zusammen erleben können.«

»Was?« Der Halbelf glaubte, sich verhört zu haben. Bis ihn der Waldläufer an den zusammengebunden Beinen packte und zur Seite wälzte. Bei der heftigen Bewegung durchfuhr Binek ein brennender Schmerz, als hätte jemand eine heiße Nadel durch seinen Schädel gestoßen.

Als er endlich wieder klar denken konnte, ragte er bereits mit den Schultern über den Rand des Schachtes hinaus. Tief unter ihm war das Rauschen eines durch Gestein fließenden Gewässers zu hören. Das erinnerte Binek daran, dass Ertrinken für ihn die furchtbarste aller denkbaren Todesarten war.

Verzweifelt wand er sich, um Velbs Griff zu entkommen. Er versuchte, seinem Gegner vor den Brustkorb zu treten, doch alles, was er damit erreichte, war, dass es hinter seiner geprellten Stirn mörderisch zu pochen begann.

Unter lautem Stöhnen erschlafften seine Bewegungen. Velb nutzte die Möglichkeit, ihn weiterzuschieben.

»Das kannst du doch nicht machen!«, begehrte Binek auf.

»Was bleibt mir übrig?«, sagte der Waldläufer. »Nach allem, was du gehört hast, bist du eine zu große Gefahr für mich und andere.«

Irgendwie wirkte er immer noch unschlüssig. Fast so, als suche er nach einem guten Grund, Binek *nicht* töten zu müssen. Aber wie sollte der aussehen?

Der Halbelf überlegte fieberhaft.

»Erzähle allen, was die Orks planen«, stieß er in höchster Not hervor. »Für diese Warnung werden die anderen Völker Gnade walten lassen.«

Velbs Gesicht verhärtete sich, scharf umrissen traten seine Wangenknochen hervor.

»Du weißt selbst, wie ungerecht es in der Welt zugeht«, sagte er. »Aber nicht nur dir ist Unrecht geschehen, sondern auch mir. Und wenn man sich nicht selbst hilft, hilft einem niemand. Ich träume nicht davon, an der Seite der Orks zu herrschen, wie andere Narren. Nur davon, Rache zu nehmen. Dafür sind Grimm und die Seinen die besten Verbündeten. Vielleicht wirst du das verstehen, wenn wir uns einmal in einem anderen Leben wiederbegegnen!«

Binek hätte gerne noch etwas gesagt, um das Unvermeidliche weiter hinauszuzögern, doch dafür war es zu spät. Mit einem harten Ruck schoss er über den Rand des Schachtes hinweg und stürzte in die Tiefe, den reißenden Fluten des unterirdischen Flusses entgegen …

# Bandor
## Unter dem Steinernen Wald

Über einen abschüssigen Tunnel ging es hinab in die Tiefe. Der Durchmesser der Röhre – drei Männer konnten problemlos nebeneinander herlaufen – entsprach dem Leibesumfang des Felszehrers. Hier hatten keine Trolle Spitzhacke oder Abbruchhammer geschwungen. Es war der Riesenwurm selbst gewesen, der sich einen Weg durch das Gestein gefressen hatte. Von der Decke herabrieselnder Staub wies ihnen den Weg, den das gesättigte Tier von der Oberfläche aus genommen hatte. Ascan spürte mit jeder Faser seines Leibes, dass sie hier unten nicht alleine waren. Die Präsenz der Felszehrer war stärker als die jedes anderen Raubtieres, das ihm je begegnet war.

Mandus Sinne waren in diesem Zusammenhang noch weitaus feiner als die des Elfen, entsprechend zielstrebig ging er durch das Labyrinth sich einander kreuzender Rundstollen voran. Selbst die Orks, die Pechfackeln aus den Beständen der Trolle in Händen trugen, hatten Mühe, mit dem Magier Schritt zu halten. Blakende Flammen malten zuckende Schatten an die gewölbten Wände, während die Horde immer weiter in die Finsternis vordrang.

Niemand sprach ein Wort, und das aus gutem Grund.

Alle wussten, dass ihr Leben verwirkt war, sollte hinter der nächsten Abzweigung der Felszehrer auf sie lauern. Hier, in dieser beengten Umgebung, würde ihnen weder Stahl noch

Muskelkraft weiterhelfen. Falls Mandus Kräfte versagten, waren sie dem Untergang geweiht. Der Magier strotzte jedoch vor Selbstbewusstsein. Ohne zu zögern, tauchte er in jede dunkle Abzweigung ein, als könne er das vollgefressene Tier gar nicht schnell genug einholen.

Je länger sie unterwegs waren, desto stärker beschäftigte Ascan, dass sie keine weiteren Stollen entdeckten, die zur Oberfläche führten. Er hatte auch eine Idee, warum das so war. »Ich glaube, die Spitzpfeiler des Steinernen Waldes verhindern, dass ein erwachter Felszehrer direkt nach oben durchbrechen kann«, teilte er Krok seine Vermutung mit.

»Hmmhmmm!« Die Antwort des Hordenanführers bestand aus einem tiefen Brummen, das alles Mögliche bedeuten konnte. Auch die anderen Orks sprachen kein Wort, aber da sich ihm alle Köpfe neugierig zuwandten, wusste er auch so, dass er ihre volle Aufmerksamkeit genoss.

Zu diesem Stoßtrupp, der sich tief in feindlichem Gebiet bewegte, gehörten nur ausgesuchte Krieger, die bereit waren, für ihren Feldherrn zu sterben. Doch in diesem Moment trug ein jeder von ihnen einen Funken Furcht im Herzen. Ascan fand das nicht weiter schlimm, im Gegenteil. Eine Spur von Angst konnte einen Krieger zur Vorsicht mahnen. Wichtig war lediglich, sich nicht von ihr beherrschen zu lassen. Aber das war bei diesen Orks nicht zu erwarten.

Mandu zeigte hingegen eine immer stärkere Neigung zum Leichtsinn, der sie alle in unnötige Gefahr zu bringen drohte. Längst eilte er dem Fackelschein der Horde weit voraus und war in völliger Finsternis entschwunden. Da ertönte ein unartikulierter Schrei, der alle alarmierte.

»Hier!«, rief Mandu gleich darauf. »Wir haben es gefunden!«

Als sie ihn eingeholt hatten, standen sie in dem Eingang

eines natürlichen Gewölbes, das sich so hoch vor ihnen öffnete, dass die blakenden Flammen nicht ausreichten, um die Umgebung völlig auszuleuchten. Dem Klang ihrer Stimmen nach zu urteilen, endete die Höhle jedoch erst weit oberhalb der auf ihnen lastenden Dunkelheit. Auch das Schnaufen der fünf Felszehrer, die hier schliefen, drang überdeutlich an ihre Ohren. Wie aufgerollte Fleischberge lagen sie da, in der Mitte spiralförmig nach oben anwachsend.

Ascan hielt unwillkürlich den Atem an, als er mit den anderen zwischen den schlafenden Felszehrern entlangging. Vier von ihnen waren grau eingestäubt, als hätten sie sich schon lange nicht mehr geregt. Dass sie nicht tot waren, war nur bei längerem Hinsehen zu erkennen. Ähnlich wie bei einem Bären im Winterschlaf, pochte ihr Herz nur in unnatürlich langen Abständen. Entsprechend flach verlief ihr Atem. Der Einzige unter ihnen, der laut vernehmlich rasselte, trug frische Blutspuren am Maul.

Siegesgewiss tätschelte Mandu die überraschend weiche und flexible Lederhaut des Trollfressers. »Wie ich es deinem Herrn vorausgesagt habe«, wandte er sich an Krok. »Dieser hier ist weiter als die anderen. Er will nicht mehr schlafen, will sich weiterentwickeln. Deshalb mussten ihn die Schamanen mit immer neuen Zaubern belegen. Umso erfreuter wird er demjenigen folgen, der ihn aus seiner Totenstarre befreit.«

Ohne auf eine Erwiderung zu warten, ließ sich der Nekromant vor dem zusammengerollten Tier nieder. Beide Beine untergeschlagen, die Handflächen fest aneinandergepresst, nahm er eine Haltung ein, die ihm höchste Konzentration ermöglichte. Obwohl Ascan seinen angeborenen Sinn tief in sich verschloss, spürte er, wie Mandu nach dem Verstand des Felszehrers tastete. Eine kurze Zeitspanne lang, die wie zäher Sirup dahintropfte, geschah nichts.

Gar nichts.

Bis zu dem Moment, in dem acht Augendeckel aufsprangen.

Ascans Herz beschleunigte schmerzhaft, als sich das Haupt des Felszehrers langsam erhob und das Tier mit allen Augen auf sie herabstarrte. Mehrere Orks langten instinktiv nach ihren Waffengriffen, doch Klingen oder Streitkolben zu ziehen hätte eher Unheil heraufbeschwören als verhindern können.

»Nur die Ruhe«, verlangte Mandu, obwohl er mit dem Rücken zu ihnen saß.

Gleich darauf erhob er sich in einer geschmeidigen Bewegung und deutete mit herrischer Geste auf den einzigen Zugang der Schlafhöhle. Sofort geriet der vor ihnen thronende Fleischberg in Bewegung. Überraschend geschickt schlängelte er an der Horde vorbei und schoss durch das Tunnelsystem davon.

Ascan, der Magier und die Horde folgten dem Tier ohne Eile.

Kaum lag das Gewölbe hinter ihnen, blieb Mandu noch einmal stehen. Nach einem kurzen Griff unter seinen Umhang hielt er eine mit blau-weißen Schlieren durchsetzte Kugel in Händen, vollkommen rund und nur halb so groß wie ein Hühnerei. Glatt und hart, wie sie war, hätte sie aus Glas bestehen können, doch Ascan wusste es besser.

»Ein Siegel?«, fragte er.

»Natürlich!« Mandu lachte. »Glaubt Ihr vielleicht, ich überlasse die anderen Felszehrer der Obhut der Trolle? Die bleiben schön hier, bis die Zeit für sie reif ist.«

Ascan sagte nichts dazu. Er war froh, dass Mandu mit einem Kraftspeicher arbeitete. Nichts hätte ihn mehr beunruhigt als ein erschöpfter Magier, dem die Stärke fehlte, den erweckten Felszehrer richtig zu kontrollieren.

Mit Interesse verfolgte der Elf, wie Mandu die Kugel ungefähr in die Mitte des Tunnels hielt und ein paar Machtworte in einer unbekannten Sprache murmelte. Vermutlich dienten sie nur dazu, seine Konzentration zu stärken, denn eigentlich war bloß ein Gedankenbefehl nötig, um die in ihr schlummernden Kräfte zu wecken.

Als der Magier von dem Siegel abließ, schwebte es scheinbar schwerelos in der Luft. Während sich Mandu einige Schritte entfernte, wuchs es allmählich an. Grelles Licht erhellte das Halbdunkel des Tunnels, als ein Strahlenkranz hervortrat, der Löcher in Decke, Boden und Stollenwände zu bohren schien. Entlang dieser flirrenden Lichtstäbe breitete sich die pulsierende Kugel weiter aus, bis sie den Zugang zu dem dahinterliegenden Gewölbe wie mit einer daumendicken Scheibe versperrte. Trotz der darin umherzuckenden Energielinien war sie durchscheinend.

Mit Schwertern, Hämmern oder ähnlichen Schlaggeräten war dieses Siegel nicht zu durchdringen, das wusste Ascan genau. Trotzdem konnte es von fremder Hand gebrochen werden.

»Haben die Trolle keine Möglichkeit, es in Eurer Abwesenheit zu zerstören?«, fragte er.

»Wer von ihnen sollte dazu noch in der Lage sein?«, gab der junge Nekromant herausfordernd zurück. »Ihre Schamanen sind alle tot. Was hast du denn gedacht, warum wir während einer Zeremonie zugeschlagen haben? Nur um einen Felszehrer für Grimm zu erbeuten? Nein, er wollte auch, dass wir alle magisch begabten Trolle ermorden, damit sie ihm nie wieder in die Quere kommen können.«

Ascan entging keineswegs, dass Mandu plötzlich in eine vertraulichere Anrede wechselte, die wohl seine neue Machtstellung unterstreichen sollte. Der Elf ließ sich deshalb keine

Gefühlsregung anmerken, denn im Grunde war es einerlei, wie sie innerhalb der Horde miteinander sprachen. Ihm gab vielmehr zu denken, dass Mandu von nun an über fast uneingeschränkte Macht verfügte. Wer durfte es schon wagen, ihn jetzt noch herauszufordern?

Als sie wieder an die Oberfläche gelangten, zeichnete sich der nahende Morgen als fein gesponnener Silberstreif am Horizont ab. Der Blick des Magiers wandte sich nach Osten, in Richtung der aufgehenden Sonne, ihrem nächsten Ziel entgegen. Imor.

# ENDE

# ANHANG

# Personenliste

## DIE MENSCHEN

| | |
|---|---|
| *Binek* | Schlitzohr und Halbelf |
| *Hartwig* | Meister der Diebesgilde |
| *Hordar* | Bandenoberhaupt |
| *Irmhild* | Bineks verstorbene Mutter |
| *Isleif* | Händler aus Imor |
| *Kappok* | Großmeister der Dunklen Gilden |
| *Mandu* | Magier in König Grimms Diensten |
| *Mitos* | Wirt im Pfuhl |
| *Pariel* | vurakischer Söldner |
| *Velb* | Waldläufer im Grenzland |

## DIE ZWERGE

| | |
|---|---|
| *Bikesch* | Kräuterkundiger |
| *Birol* | Hüter der Nekropole |
| *Borstel* | ein Steinmetz |
| *Endrik* | ein Holzknecht |
| *Gohlik* | greiser Zwerg aus dem Grenzland |
| *Hezio* | Oberster Hüter der Nekropole |
| *Imtje* | eine Küchenmagd |
| *Nok* | der Kerkermeister |

| | |
|---|---|
| *Olf* | ein Hirschberger |
| *Orm* | Oberster Steinmetz und Festungs-kommandant |
| *Ornus* | ein Holzknecht |
| *Ragatz* | Oberhaupt der Odemar-Sippe |
| *Ranuk* | eine Schildwache |
| *Thaar* | noch ein Hirschberger |
| *Wighild* | Hüterin der Nekropole |

## DIE ELFEN

| | |
|---|---|
| *Albriel* | Waldfürst der Silberfeste |
| *Ascan* | ein Elfensöldner |
| *Avea* | Erste Heilerin |
| *Beldor* | Hohepriester der Silberfeste |
| *Eyron* | Hauptmann der Silbergarde |
| *Kervis* | Erste Gleve der Silbergarde |
| *Lonin* | Obergardist |
| *Neene* | Erste Priesterin |
| *Oriel* | Ratsdame im Silberrat |
| *Robur* | Junggardist der Silbergarde |
| *Rumetin* | Hofmarschall der Silberfeste |
| *Silene* | Obergardistin |

## DIE ORKS

| | |
|---|---|
| *Grimm* | Sohn des Gremm, neuer König der Verfemten |
| *Krok* | Grimms Rechte Hand |
| *Moron* | Orkkönig auf dem Eichenthron |

## DIE TROLLE

| | |
|---|---|
| *Archat* | entlassener Hilfsarbeiter aus Felsheim |
| *Mondrak* | Oberster Schamane im Steinernen Wald |

# »Ein Paukenschlag!«

## Bernhard Hennen

Aufruhr in Garon. Als eine Armada verbannter Orks an der Küste landet, naht die Zeit der großen Schlachten. Unter der Führung ihres Kriegsfürsten Grimm bedienen sich die Invasoren einer verbotenen Magie, die das ganze Land in seinen Grundfesten erschüttert. Nur wenn alle Völker zusammenstehen, können sie dieser Gefahr trotzen. Doch der Zwist untereinander ist groß. Selbst viele Elfen zweifeln daran, dass es weise wäre, sich mit den Menschen zu verbünden.

Der zweite Band der großen Völkerkriege-Trilogie.

**Bernd Frenz**
**Die Macht der Elfen**
**Die Völkerkriege 2**

Ca. 450 Seiten

ISBN 978-3-596-29834-1

Jetzt für den Newsletter anmelden unter:

# TOR-ONLINE.DE

fi 10-29834/1